Mathias Enard
Kompass

PIPER

Zu diesem Buch

»Kompass« ist das Buch der Stunde: eine leidenschaftliche Beschwörung der Passion des Westens für die orientalische Kultur. Unter dem Schock einer medizinischen Diagnose verbringt der Wiener Musikwissenschaftler Franz Ritter eine schlaflose Nacht. Er denkt an seine Forschungsreisen: Istanbul, Damaskus, Aleppo, Palmyra – alles Städte, die untrennbar mit Sarah verbunden sind, der berühmten Orientalistin, seiner großen Liebe. Seine Erinnerung zaubert immer mehr Fakten, Romanzen und Geschichten hervor, die alle vom entscheidenden Beitrag des Orients zur westlichen Kultur und Identität zeugen.

Mathias Enard, geboren 1972 in Niort (Westfrankreich), Studium der Kunstgeschichte und orientalischen Sprachen, lebt, nach längeren Aufenthalten im Nahen Osten, heute in Barcelona, wo er Arabisch lehrt. Für »Zone« erhielt er in Frankreich 2008 den »Prix Décembre« und 2009 den »Prix du Livre Inter«, in Deutschland den deutsch-französischen »Candide Preis 2008«. Für »Kompass« wurde Mathias Enard mit dem Prix Goncourt sowie dem Leipziger Buchpreis der Europäischen Verständigung ausgezeichnet. Es stand wochenlang auf der SPIEGEL-Bestsellerliste.

Mathias Enard

Kompass

Roman

Übersetzung aus dem Französischen
von Holger Fock und Sabine Müller

Mit 12 Schwarzweißabbildungen

PIPER

Mehr über unsere Autoren und Bücher:
www.piper.de

Von Mathias Enard liegen im Piper Verlag vor:
Zone
Erzähl ihnen von Schlachten ...
Kompass

Bildnachweis:
S. 251: © Service historique de la Defense, CHA/Caen, 2747 x 4294,
S. 255: El Dschihad, Zeitung für die muhammedanischen Kriegsgefangenen (Arabische Ausgabe), © bpk/Museum Europaischer Kulturen, SMB,
alle anderen Abbildungen aus dem Privatarchiv des Autors

Die Übersetzer danken dem Deutschen Übersetzerfonds (DÜF) Berlin für die großzügige Förderung ihrer Arbeit durch ein Stipendium.

Dieser Text wurde vom Centre national du livre mit einer Übersetzungsförderung bedacht.

FSC
www.fsc.org
MIX
Papier aus verantwortungsvollen Quellen
FSC® C083411

Ungekürzte Taschenbuchausgabe
ISBN 978-3-492-31234-9
Mai 2018

Titel der französischen Originalausgabe:
»Boussole«, Actes Sud, Arles, 2015
Lizenzausgabe mit freundlicher Genehmigung
des Hanser Berlin im Carl Hanser Verlag

Umschlaggestaltung: zero-media.net, München
nach einem Entwurf von Peter-Andreas Hassiepen, München
Umschlagabbildung: Ismat Amiralai
Satz: Greiner & Reichel, Köln
Druck und Bindung: CPI books GmbH, Leck
Printed in the EU

Die Augen schließ' ich wieder,
Noch schlägt das Herz so warm.
Wann grünt ihr Blätter am Fenster?
Wann halt' ich mein Liebchen im Arm?

Wilhelm Müller & Franz Schubert,
Die Winterreise

Wir sind zwei Opiumraucher, jeder in seiner Wolke, ohne etwas draußen zu sehen, allein, ohne uns je zu verstehen, wir rauchen, sterbende Gesichter in einem Spiegel, wir sind ein gefrorenes Bild, dem nur die Zeit den Anschein von Bewegung verleiht, ein Schneekristall, der auf ein Raureifknäuel gleitet, dessen komplexes Geflecht niemand wahrnimmt, ich bin dieser kondensierte Wassertropfen an der Fensterscheibe meines Wohnzimmers, eine flüssige Perle, die hinabrinnt und nichts vom Dampf weiß, aus dem sie hervorgeht, und nichts von den Atomen, aus denen sie noch besteht und die bald andere Moleküle bilden werden, andere Gebilde, die Wolken, die heute Abend tief über Wien stehen: Wer weiß, in welchen Nacken dieses Wasser rinnen wird, über welche Haut, auf welchen Gehsteig, zu welchem Fluss, und dieses verschwommene Gesicht auf dem Glas ist nur einen Augenblick lang meines, eine der Millionen Konfigurationen, die sich in der Einbildung formen können – sieh an, trotz des Sprühregens führt Herr Gruber seinen Hund spazieren, er trägt einen grünen Hut und seinen ewigen Regenmantel; mit kleinen, lächerlich wirkenden Sprüngen auf dem Gehsteig schützt er sich vor dem Spritzwasser der Autos: Der Köter glaubt, sein Herrchen wolle spielen, deshalb springt er an ihm hoch und fängt sich einen kräftigen Klaps ein, als er seine schmutzige Pfote an den Regenmantel von Herrn Gruber legt, der sich schließlich trotzdem der Fahrbahn nähert, um über die Straße zu gehen, wobei seine Silhouette von den Straßenlampen in die Länge gezogen wird, eine schwarze Pfütze in einem Meer von Schatten hoher Bäume, das von den Scheinwerfern in der Porzellangasse zerrissen wird, und Herr Gruber zögert offenbar, in die Dunkelheit am Alsergrund einzutauchen, wie ich zögere, abzulassen von meinen Betrachtungen über die Regentropfen, das Thermometer und den Rhythmus der Straßenbahnen, die zum Schottentor hinunterfahren.

Das Leben ist ein schmerzendes Spiegelbild, der Traum eines Opiumsüchtigen, ein Gedicht von Rumi, gesungen von Shahram Nazeri, das *Ostinato* des *Zarb* lässt die Fensterscheibe unter meinen Fingern leicht zittern wie die Haut der Trommel, statt zu schauen, wie Herr Gruber im Regen verschwindet, statt den sich in die Höhe schraubenden Melismen des iranischen Sängers zu lauschen, dessen Kraft und Timbre manch einem unserer Tenöre die Schamesröte ins Gesicht treiben könnten, sollte ich lieber mit meiner Lektüre fortfahren. Ich sollte die CD anhalten, mich dabei zu konzentrieren ist unmöglich; obwohl ich diesen Sonderdruck zum zehnten Mal lese, verstehe ich seinen rätselhaften Sinn nicht, zwanzig Seiten, zwanzig entsetzliche, lähmende Seiten, die ausgerechnet heute bei mir angekommen sind, heute, wo ein mitfühlender Arzt meiner Krankheit vielleicht einen Namen gegeben und meinen Körper offiziell für krank erklärt hat, nachdem er fast mit Erleichterung eine Diagnose meiner Symptome stellen konnte – den Todeskuss –, eine Diagnose, die noch bestätigt werden muss, während, wie er meinte, die Behandlung schon beginnen und der weitere Verlauf abgewartet werden sollte, den Verlauf, so weit sind wir also schon, den Verlauf eines Wassertropfens beobachten bis zu seinem Verschwinden, bevor er sich im Großen All neu bildet.

Es gibt keine Zufälle, alles hängt zusammen, würde Sarah sagen, warum bekomme ich ausgerechnet heute diesen Artikel mit der Post zugesandt, einen altbackenen Sonderdruck, mit Heftklammern gebunden, und nicht als PDF, versehen mit »den besten Empfehlungen«, einer Mail, in der sie mir ein paar Neuigkeiten hätte berichten und mir mitteilen können, wo sie sich gerade aufhält, was es mit diesem Sarawak auf sich hat, von wo sie schreibt und das meinem Atlas zufolge ein malaysischer Bundesstaat ist, der im Nordwesten der Insel Borneo liegt und an Brunai mit seinem reichen Sultan grenzt, in Nachbarschaft auch, wie mir scheint, zu Debussys und Brittens Gamelan-Ensembles – aber der Artikel handelt von etwas anderem, nicht von Musik, abgesehen vielleicht von einem langen Klagelied; zwanzig eng bedruckte Seiten aus der Septembernummer von *Representations*, der schön gemachten Zeitschrift der Universität von Kalifornien, in der sie schon häufig veröffentlicht hat. Der Artikel trägt eine kurze Widmung auf dem Vorsatzblatt, ohne weiteren Kommentar, *Für Dich, lieber Franz, ich umarme Dich ganz fest, Deine Sarah*, und ist am 17. November, das heißt vor zwei Wochen, aufgegeben worden – es dauert also noch zwei Wochen, bis ein Brief aus Malaysia in Österreich ankommt, vielleicht hat sie mit den Briefmarken geknausert, sie hätte auch eine Postkarte beilegen können, was bedeutet das jetzt, ich bin alles durchgegangen, was ich von ihr in meiner Wohnung habe, ihre Artikel, zwei Bücher, ein paar Fotos und sogar eine gedruckte und in rotes Kunstleder gebundene Ausgabe ihrer Dissertation, zwei dicke Bände, je drei Kilo schwer:

»Es gibt im Leben Wunden, die wie die Lepra, langsam, in der Einsamkeit an der Seele zehren«, schreibt der Iraner Sadeq Hedayat zu Beginn seines Romans *Die blinde Eule*: Das wusste der kleine Mann mit den runden Brillengläsern besser als jeder andere. Eine dieser Wunden hat ihn dazu gebracht, an einem Abend großer Einsamkeit in seiner Pariser Wohnung in der Rue Championnet den Gashahn weit aufzudrehen, an einem Abend im April, weit weg von Iran, sehr weit weg, mit nichts anderem zur Gesellschaft als ein paar Gedichten von Omar Khayyam und vielleicht einer dunkelbraunen Flasche Cognac oder einem kleinen Brocken Opium, oder vielleicht mit nichts, mit nichts außer den Texten, die er noch für sich behalten hatte und die er in die große Leere des Gases mitnahm.

Man weiß nicht, ob er einen Brief hinterlassen hat oder ein anderes Zeichen als seinen Roman *Die blinde Eule*, der seit langem vollendet war und der ihm zwei Jahre nach seinem Tod die Bewunderung französischer Intellektueller einbrachte, die nie etwas aus Iran gelesen hatten: Der Verleger José Corti veröffentlichte *Die blinde Eule* kurz nach Julien Gracqs Roman *Das Ufer der Syrten*. Gracq hatte mit diesem Roman großen Erfolg, im Jahr 1951, als das Gas in der Rue Championnet gerade seine Wirkung zu entfalten begann, und er sagte später, *Das Ufer der Syrten* sei der Roman »aller noblen Fäulnis«, gleich jener, die Hedayat damals im Äther des Weins und des Gases aufgefressen hatte. André Breton setzte sich dann für beide Männer und ihre Bücher ein, zu spät, um Hedayat von seinen Wunden zu heilen, hätte er denn je geheilt werden können, wäre denn sein Leiden nicht ganz sicher ein unheilbares gewesen.

Der kleine Mann mit den dicken, runden Brillengläsern lebte im Exil wie in Iran, ruhig und zurückgezogen, er sprach mit leiser Stimme. Seine Ironie und seine bissige Traurigkeit brachten ihm die Zensur seiner Texte ein, wenn es nicht seine Sympathie für die Irren und die Trinker war, vielleicht sogar seine Bewunderung für bestimmte Bücher und Dichter; vielleicht unterlag er auch der Zensur, weil er ein bisschen Opium und Kokain ausprobierte, wobei er sich zugleich über Drogensüchtige mokierte, weil er allein trank oder den Makel hatte, nichts mehr von Gott zu erwarten, nicht einmal an gewissen Abenden großer Einsamkeit, wenn das Gas rief; vielleicht auch, weil er im Elend versank oder weil er mit Augenmaß daran glaubte oder eben nicht daran glaubte, dass seine Schriften wichtig waren, alles Dinge, die störten.

Jedenfalls weist in der Rue Championnet kein Schild auf sein Leben oder seinen Tod hin, und trotz des Gewichts der Geschichte, aufgrund derer man nicht an ihm vorbeikommt, trotz des Gewichts seines Todes, der noch immer auf seinen Landsleuten lastet, erinnert auch in Iran kein Denkmal an ihn. In Teheran lebt sein Werk heute so, wie er starb, elendig und im Untergrund, auf den Auslagen der Flohmärkte oder in verstümmelten Neuausgaben, um jede Anspielung gekürzt, die den Leser in Drogen oder in den Selbstmord treiben könnte, um die iranische Jugend zu schützen, die von solchen Krankheiten wie Verzweiflung, Selbstmord und Drogen befallen ist und sich deshalb mit großem Genuss auf Hedayats Bücher stürzt, wenn sie welche findet, und auf diese Weise gefeiert und schlecht gelesen, gesellt er sich zu den großen Namen, die auf dem Friedhof Père-Lachaise um ihn versammelt sind, zwei Schritte entfernt von Proust, wo er in alle Ewigkeit so bescheiden, so diskret wie zu Lebzeiten, ohne auffällige Blumen und mit seltenem Besuch seit jenem Apriltag 1951 ruht, als er sich für das Gas und die Rue Championnet entschied, um mit allem Schluss zu machen, aufgezehrt von einer erstickenden und unheilbaren seelischen Lepra. »Niemand trifft die Entscheidung, sich umzubringen; der Selbstmord sitzt in manchen Menschen, gehört zu ihrem Naturell.« Diese Zeilen schreibt Hedayat Ende der zwanziger Jahre. Er schreibt sie, bevor er Kafka liest und übersetzt, bevor er Khayyam herausgibt. Sein Werk entfaltet sich durch das Ende. Die erste Sammlung Kurzgeschichten, die er veröffentlicht, beginnt mit *Lebendig begraben*, *Zendé bé gour*, dem Selbstmord und der Zerstörung, und beschreibt, wie wir meinen, ganz eindeutig die Gedanken, die ihm zwanzig Jahre später durch den Kopf gehen, als er sich dem Gas überlässt, sanft in den Dämmerschlaf fällt, nachdem er in der winzigen Küche, die vom unerträglichen Duft des nahenden Frühlings erfüllt ist, für die Zerstörung seiner Unterlagen und Notizen gesorgt hat. Vielleicht noch beherzter als Kafka hat er seine Manuskripte vernichtet, vielleicht, weil er keinen Max Brod zur Hand hat, vielleicht, weil er niemandem vertraut oder weil er überzeugt ist, dass es an der Zeit ist zu verschwinden. Und wenn Kafka sich hustend davonmachte, bis zur letzten Minute Texte korrigierend, die seinem Willen nach verbrannt werden sollten, fällt Hedayat in die langsame Agonie des Tiefschlafs, nachdem er über seinen Tod bereits zwanzig Jahre zuvor geschrieben hat und sein ganzes Leben von den Narben und Wunden jener Lepra gezeichnet blieb, die ihn in seiner Einsamkeit aufzehrte und von der man ahnt, dass sie mit Iran, dem Orient, Europa und dem Okzident zusammenhängt, so wie Kafka in Prag zugleich Deutscher, Jude und Tscheche war, ohne auch nur irgendetwas davon zu sein, verlorener als jeder andere und freier als alle. Hedayat litt an einer dieser Verwundungen an sich selbst, die einen durch die Welt schlingern lassen, es ist dieser feine Riss, der sich immer weiter auftut, bis er zur Kluft wird; und dem liegt wie beim Opium, beim Alkohol, bei allem, was einen aufreißt, keine Krankheit zugrunde, sondern eine Entscheidung, ein Wille, bis zum Ende Risse in seinem Sein zuzulassen.

Wenn wir diese Arbeit mit Hedayat und seiner *Blinden Eule* beginnen, dann um diesen Riss zu erforschen, weil wir seine Tiefen ausloten und uns in die Trunkenheit der Frauen und Männer versetzen wollen, die durch ihre Andersheit ins Taumeln gerieten; wir werden die Hand des kleinen Mannes ergreifen, um hinabzusteigen und die aufzehrenden Wunden zu beobachten, die Drogen, die Fremdheit und jenes Zwischenreich, jenen *Barzach*, die Welt zwischen den Welten, in die Künstler und Reisende fallen.

Dieser Prolog ist wirklich eine Überraschung, und die ersten Zeilen sind noch genauso verwirrend wie vor fünfzehn Jahren – es muss schon spät sein, trotz des *Zarb* und Nazeris Stimme fallen mir über dem alten Typoskript die Augen zu. Als man Sarah bei der Verteidigung ihrer Doktorarbeit den »romantischen« Ton der Einleitung und die »vollkommen abwegige« Parallele zu Gracq und Kafka vorwarf, war sie wütend geworden.

Morgan, ihr Doktorvater, hatte immerhin versucht, sie in Schutz zu nehmen, auf ziemlich naive Weise allerdings, meinte er doch, es sei immer gut, »von Kafka zu sprechen«, was die Jury aus pikierten Orientalisten und schläfrigen Mandarinen aufseufzen ließ, die allenfalls durch den Hass, den sie einander entgegenbrachten, aus ihrem doktrinären Schlaf gerissen werden konnten. Sie vergaßen Sarahs befremdliche Einleitung übrigens ziemlich schnell, um sich über Fragen der Methodologie zu streiten, das heißt, sie sahen nicht, worin das wissenschaftliche Interesse an diesem *Spaziergang* (der alte Prof spuckte das Wort aus wie eine Beleidigung) liegen konnte, nicht einmal, wenn man sich dabei von Sadeq Hedayat an die Hand nehmen ließ. Ich war auf der Durchreise in Paris gewesen und freute mich, zum ersten Mal der Verteidigung einer Doktorarbeit »an der Sorbonne« beiwohnen zu dürfen, und dann auch noch bei ihrer Disputation, doch nachdem ich meine Überraschung und Belustigung über den baufälligen Zustand der Flure, des Hörsaals und der Jury hinter mir gelassen hatte, die ans hinterste Ende von Gott weiß welchem, im Labyrinth des Wissens verlorenen Fachbereich verbannt waren, wo fünf Geistesgrößen nacheinander ihr geringes Interesse an dem Text unter Beweis stellten, über den sie sprechen sollten, wobei sie – wie ich im Saal – übermenschliche Anstrengungen vollbrachten, um nicht einzuschlafen, erfüllte mich diese Übung mit Bitterkeit und Melancholie, und als wir den Ort verließen (einen schmucklosen Hörsaal mit zusammengeschobenen Pulten, die jede Menge Risse und Sprünge aufwiesen und kein Wissen, sondern unterhaltsame Graffiti und festklebende Kaugummis bargen), um diese Leute beratschlagen zu lassen, wäre ich am liebsten Hals über Kopf davongerannt, den Boulevard Saint-Michel hinunter ans Ufer der Seine, um Sarah nicht zu begegnen, damit sie nicht meine Eindrücke von dieser berühmt-berüchtigten Verteidigung erriet, die so wichtig für sie sein musste. Das Publikum zählte rund dreißig Personen, eine große Menge für den winzigen Flur, in den wir uns drängen mussten, Sarah war zusammen mit der Zuhörerschaft herausgekommen, sie sprach mit einer älteren und sehr eleganten Dame, ihrer Mutter, wie ich wusste, und mit einem jungen Mann, der ihr verblüffend ähnlich sah, ihrem Bruder. Es war unmöglich, zum Ausgang zu gelangen, ohne ihnen zu begegnen, also kehrte ich um und betrachtete die Porträts der Orientalisten, die den Flur schmückten, alte, vergilbte Stiche und Gedenktafeln aus einer glanzvollen Vergangenheit. Sarah schwatzte, sie sah erschöpft aus, aber nicht niedergeschlagen; vielleicht hatte sie im Eifer des wissenschaftlichen Gefechts, während sie sich Notizen machte, um ihre Antworten vorzubereiten, eine völlig andere Wahrnehmung gehabt als das Publikum. Sie hat mich bemerkt und mir zugewinkt. Ich war vor allem gekommen, um ihr beizustehen, aber auch, um mich, und sei es nur im Geiste, auf meine eigene Disputation vorzubereiten – und was ich nun erlebt hatte, war nicht dazu angetan, mich zu beruhigen. Ich täuschte mich: Nach einigen Minuten des Beratschlagens bat man uns erneut in den Saal, und sie erhielt die Bestnote; der berühmte Präsident, Gegner des »Spaziergangs«, beglückwünschte sie aufs Herzlichste zu ihrer Arbeit, und heute, da ich diesen Anfang wieder lese, muss ich durchaus einräumen, dass etwas Starkes und Innovatives in diesen vierhundert Seiten lag, die von den Bildern und Darstellungen des Orients handelten, den Nicht-Orten, Utopien und ideologischen Trugbildern, in denen sich viele, die sie durchstreifen wollten, verirrt hatten: Die Körper der Künstler, Dichter und Reisenden, die versucht haben, sie zu erforschen, sind nach und nach in die Selbstzerstörung getrieben worden; die Illusion zehrt, wie Hedayat sagte, in der Einsamkeit an der Seele – was man lange Zeit Wahn, Melancholie, Depression genannt hatte, war oft das Ergebnis einer Reibung, eines Selbstverlusts in der Schöpfung, im Kontakt mit der Andersheit, und selbst wenn mir das heute ein wenig voreilig erscheint, romantisch, um es genau zu sagen, lag darin zweifellos schon eine echte Intuition, auf der sie ihre ganze spätere Arbeit aufbaute.

Nachdem die für sie sehr erfreuliche Entscheidung verkündet war, ging ich zu ihr, um sie zu beglückwünschen, sie umarmte mich herzlich und fragte, was machst du denn hier, und ich antwortete, dass mich ein glücklicher Zufall in diesem Moment nach Paris geführt habe, eine kleine Notlüge, und so nahm ich ihre Einladung gerne an, mich ihr und ihrer Gesellschaft auf das traditionelle Glas Champagner anzuschließen; wir kamen im ersten Stock eines Cafés im Universitätsviertel zusammen, wo solche Ereignisse häufig gefeiert werden. Sarah sah plötzlich vollkommen erledigt aus, ich bemerkte, dass sie in ihrem grauen Kostüm schwamm; ihre Formen waren von der Universität aufgesaugt worden, die Spuren der Anstrengungen, die sie im Laufe der vorangegangenen Wochen und Monate vollbracht hatte, waren körperlich bei ihr sichtbar: Die vorausgegangenen vier Jahre waren auf diesen Augenblick ausgerichtet gewesen, hatten keinen anderen Sinn gehabt, und jetzt, da der Champagner floss, zeigte sie das sanfte Lächeln einer Gebärenden – mit Ringen um die Augen, ich dachte mir, dass sie in der Nacht zuvor vermutlich ihr Exposé durchgegangen war und vor Aufregung nicht hatte schlafen können. Ihr Doktorvater, Gilbert de Morgan, war natürlich auch da; ich war ihm bereits in Damaskus begegnet. Er machte keinen Hehl aus seiner Zuneigung zu seinem Schützling, betrachtete sie zärtlich mit väterlichem Auge, das in der Champagnerlaune sachte nach dem Inzest schielte: Beim dritten Glas, als er allein, mit erregtem Blick und geröteten Wangen, auf seine Ellbogen gestützt an einem hohen Tisch stand, ertappte ich ihn, wie er an Sarah hinauf- und hinuntersah, von den Knöcheln bis zum Gürtel, von unten nach oben, dann von oben nach unten – dann entfuhr ihm ein leiser sehnsüchtiger Rülpser, und er leerte sein viertes Glas. Er bemerkte, dass ich ihn beobachtete, rollte grimmig mit den Augen, bis er mich erkannte und mir zulächelte, wir sind uns doch schon einmal begegnet, oder? Ja, ich frischte sein Gedächtnis auf, ich bin Franz Ritter, wir sind uns mit Sarah in Damaskus begegnet – ach, natürlich, der Musiker, an diese Verwechslung hatte ich mich schon so sehr gewöhnt, dass ich mit einem etwas einfältigen Lächeln antwortete. Ich hatte noch keine zwei Worte mit der frisch Promovierten gewechselt, die von ihren Freunden und Verwandten belagert wurde, da nahm mich schon dieser große Gelehrte in Beschlag, um den außerhalb eines Seminarraums oder einer Beratungsstunde alle einen großen Bogen machten. Er stellte mir in diesem Rahmen angebrachte Fragen nach meiner akademischen Laufbahn, Fragen, auf die ich keine Antwort wusste und die ich mir selbst lieber nicht stellte; trotzdem, er war gut drauf, locker, *gaillard*, wie es bei den Franzosen heißt, um nicht scharf oder geil zu sagen, und ich malte mir alles aus, nur nicht, dass ich ihn ein paar Monate später in Teheran wiedersehen würde, unter anderen Umständen und in einer ganz anderen Verfassung, aber wieder in Begleitung von Sarah, die gerade ein längeres Gespräch mit Nadim führte – er war soeben eingetroffen und sie musste ihm erklären, was es mit der Disputation auf sich hatte, ich habe keine Ahnung, warum er nicht dabei war; er war ebenfalls sehr elegant gekleidet, trug ein weißes Hemd mit Stehkragen, das auf seine blasse Haut, seinen kurzen, schwarzen Bart abstrahlte; Sarah hielt seine Hände, als ob sie gleich zu tanzen beginnen würden. Ich entschuldigte mich bei ihrem Professor und ging zu ihnen; Nadim umarmte mich sogleich brüderlich, was mich augenblicklich nach Damaskus und nach Aleppo versetzte, zu Nadims nächtlichem Lautenspiel, an dem sich die Sterne am metallischen Himmel Syriens berauschten, jenem fernen, so fernen Syrien, dessen Himmel nicht mehr von Kometen, sondern von Raketen, Granaten und Kriegsgetöse zerrissen wurde – 1999 in Paris bei einem Glas Champagner konnte sich kein Mensch vorstellen, dass Syrien von schlimmster Gewalt verwüstet werden sollte, dass der Souk von Aleppo in Flammen aufgehen und die Umayyaden-Moschee einstürzen würde, dass so viele Freunde sterben oder zum Exil gezwungen sein würden; und von einer komfortablen, ruhigen Wiener Wohnung aus kann man sich den Umfang der Schäden, das Ausmaß des Schmerzes auch heute noch nicht vorstellen.

Jetzt ist die CD zu Ende. Welche Kraft in diesem Stück von Nazeri liegt. Welch magische, mystische Schlichtheit in dieser Perkussionsarchitektur, die das langsame Pulsieren des Gesangs trägt, den fernen Rhythmus der ersehnten Ekstase, ein hypnotischer *Dhikr*, der einem im Ohr bleibt und einen stundenlang begleitet. Nadim ist heute ein international anerkannter Lautenspieler, ihre Heirat hatte in der kleinen Ausländergemeinde von Damaskus großes Aufsehen erregt, sie kam so unvorhergesehen, so plötzlich, dass sie in den Augen vieler und vor allem in denen der französischen Botschaft von Damaskus verdächtig war – eine der zahllosen Überraschungen, für die Sarah bekannt ist, die letzte ist dieser besonders ergreifende Artikel über Sarawak: Kurz nach Nadims Ankunft verabschiedete ich mich bei ihnen, Sarah bedankte sich lang und breit für mein Kommen, fragte nach, ob ich noch einige Tage in Paris bliebe, ob wir Zeit fänden, uns wiederzusehen, nein, antwortete ich, am nächsten Tag würde ich nach Österreich zurückkehren; ich grüßte respektvoll den Professor, der nun über seinem Tisch völlig die Fasson verloren hatte, und ging weg.

Nachdem ich das Café verlassen hatte, setzte ich meinen Pariser Spaziergang fort. Ich grübelte, während ich durch das welke Laub auf den Kais der Seine schlurfte, lange über die wahren Gründe nach, die mich dazu getrieben haben könnten, meine Zeit mit der Disputation einer Doktorarbeit und dem darauffolgenden Umtrunk zu vergeuden, und im Lichtschein, der die brüderlichen Arme der Brücken in Paris umgab und sie dem Nebel entriss, ahnte ich, dass es etwas mit meinem Lebensweg zu tun haben musste, einem Schlendern, dessen Sinn und Zweck vermutlich erst a posteriori und sicher nur hier, in Wien, zum Vorschein kommen würde, wo Herr Gruber jetzt mit seinem grässlichen Köter von seinem Spaziergang zurückkommt: laute Schritte im Treppenhaus, ein kläffender Hund, und dann über mir, an meiner Decke, Galopp und Scharren. Herr Gruber hat es nie verstanden, rücksichtsvoll zu sein, aber er ist der Erste, der sich über meine CDs beschwert, Schubert geht ja noch, sagt er, aber diese alten Opern und diese, ähm, exotische Musik ist nicht unbedingt jedermanns Geschmack, wenn Sie wissen, was ich meine. Ich verstehe, dass die Musik Sie stört, Herr Gruber, und das tut mir sehr leid. Ich muss Ihnen allerdings sagen, dass ich in Ihrer Abwesenheit alles nur Erdenkliche ausprobiert habe, um ans Ohr Ihres Hundes zu dringen, und ich habe herausgefunden, dass einzig und allein Bruckner (und auch das nur in einer Lautstärke, die eigentlich nicht mehr akzeptabel ist) sein Scharren auf dem Parkettboden beruhigen und sein gellendes Bellen zum Verstummen bringen kann, über das sich übrigens das ganze Haus beschwert; ich habe mir sogar vorgenommen, eine wissenschaftliche Abhandlung zur Musiktherapie für Tiere darüber zu schreiben, was mir zweifelsohne die Glückwünsche meiner Kollegen einbringen wird: »Der Einfluss von Blechbläsern auf die Stimmung von Hunden, Ausblicke und Entwicklungen«.

Gruber hat Glück, dass ich selbst müde bin, sonst würde ich ihm umgehend einen Wirbel von *Tombak*-Schlägen hochschicken, exotische Musik für ihn und seinen Hund. Müde vom langen Tag der Erinnerungen, durch die ich – wozu sich verstellen – die Krankheit vergessen wollte, habe ich schon heute Morgen bei der Rückkehr vom Krankenhaus den Briefkasten geleert, ich dachte, der wattierte Umschlag würde jene aufschlussreichen Ergebnisse der medizinischen Untersuchungen enthalten, von denen mir das Labor eine Kopie zuschicken sollte: Bevor der Poststempel mich über meinen Irrtum aufklärte, schreckte ich minutenlang davor zurück, den Umschlag zu öffnen. Ich dachte, Sarah sei irgendwo zwischen Darjeeling und Kalkutta, und da taucht sie im sattgrünen Dschungel im Norden der Insel Borneo auf, in den ehemals britischen Besitzungen dieser dickbauchigen Insel. Das monströse Thema des Artikels, der trockene Stil, der so anders ist als ihre übliche Lyrik, hat etwas Erschreckendes; wochenlang haben wir uns keine Briefe geschrieben, und ausgerechnet jetzt, da ich die schwerste Zeit meines Lebens durchmache, erscheint sie auf diese einzigartige Weise wieder – ich habe den ganzen Tag mit ihr verbracht, damit, ihre Texte wieder zu lesen, was mich vom Grübeln abgehalten, mich abgelenkt hat, und wenngleich ich mir vorgenommen hatte, die Hausarbeit einer Studentin zu korrigieren, werde ich jetzt schlafen gehen, ich glaube, morgen früh ist noch Zeit genug, um in die Überlegungen dieser Studentin einzutauchen, *Der Orient in Glucks Wiener Opern*, denn mir fallen vor Müdigkeit schon die Augen zu, so dass ich alle Lektüre aufgeben und ins Bett gehen muss.

Das letzte Mal sah ich Sarah, als sie aus irgendwelchen akademischen Gründen drei Tage in Wien verbrachte. (Ich hatte ihr natürlich angeboten, bei mir zu wohnen, doch sie hatte abgelehnt mit der Begründung, die Organisation, die sie eingeladen habe, zahle ihr ein ausgezeichnetes, sehr wienerisches Hotel, auf das sie nicht zugunsten meines *durchgelegenen* Kanapees verzichten wolle, und ich war, geben wir es ruhig zu, stocksauer.) Sie hatte sich in einem Kaffeehaus im 1. Bezirk mit mir verabredet, einer dieser prunkvollen Einrichtungen, denen der Andrang von Touristen und älteren Wiener Herren jene dekadente Atmosphäre verlieh, die ihr gefiel, und sie war in blendender Form. Trotz des Nieselregens drang sie bald darauf, mit mir spazieren zu gehen, was mich verdrießlich stimmte, denn ich hatte nicht die geringste Lust, an einem feuchtkalten Herbstnachmittag den Urlauber zu spielen, aber sie sprühte vor Energie und konnte mich schließlich überreden. Sie wollte den D-Wagen bis zur Endstation oben in Nussdorf nehmen, dann ein wenig den Beethovengang entlangwandern. Ich erwiderte, dass wir vor allem durch Matsch stapfen würden und deshalb besser hier im Viertel bleiben sollten – wir sind dann über den Graben bis zum Stephansdom flaniert, und ich habe ihr zwei oder drei Anekdoten über Mozarts schlüpfrige Lieder erzählt, die sie zum Lachen brachten.

– Weißt du, Franz, meinte sie, als wir die Reihe der Kaleschen am Rand des Stephansplatzes entlanggingen, es gibt etwas ziemlich Interessantes bei den Leuten, die glauben, Wien sei das Tor zum Orient, worüber nun wiederum ich lachen musste.

– Lach du nur, aber ich meine es ernst, ich denke, ich werde darüber schreiben, über die Darstellungen Wiens als *Porta Orientis*.

Die Nüstern der Pferde dampften in der Kälte, und sie defäkierten ganz ruhig in die Lederbeutel, die man ihnen unter ihre Schwänze gebunden hatte, damit sie das edle Wiener Pflaster nicht verschmutzten.

– So viel ich auch darüber nachdenke, ich sehe das nicht, erwiderte ich. Hofmannsthals Formel von Wien als »Porta Orientis« scheint mir sehr ideologisch besetzt zu sein, verbunden mit seinem *Wunsch*, was den Platz des Kaiserreichs in Europa angeht. Die Floskel stammt von 1917 … Natürlich haben wir *Cevapcici* und Paprika, aber abgesehen davon ist Wien mehr die Stadt von Schubert, Richard Strauss und Schönberg, und darin liegt meines Erachtens nichts Orientalisches. Und selbst in den Bildern und Vorstellungen der Wiener konnte ich außer dem Halbmond nur schwerlich irgendetwas erkennen, das auch nur ein wenig an den Orient erinnert.

Es ist ein Klischee. Ich rieb ihr meine Verachtung für diese Vorstellung, die so abgedroschen ist, dass sie keinen Sinn mehr ergibt, unter die Nase:

– Nur weil die Osmanen zweimal vor den Stadttoren lagen, wird man doch nicht gleich zum Tor des Orients.

– Darum geht es nicht; inwieweit diese Vorstellung der Realität entspricht, ist nicht die Frage, mich interessiert, warum so viele Reisende Wien und Budapest als die ersten »orientalischen« Städte betrachtet haben, und was uns das über die Bedeutung sagen kann, die sie diesem Wort gaben. Und wenn Wien das *Tor* zum Orient ist, zu welchem Orient hin öffnet es sich dann?

Ihre endlose, ewige Suche nach der Bedeutung des Orients – ich gebe zu, dass ich meine Gewissheiten in Frage gestellt, sie meinerseits überdacht habe, und wenn ich jetzt daran denke, während ich das Licht ausknipse, lag vielleicht etwas von Istanbul, etwas von *Öster-Reich*, dem Reich des Ostens, im Kosmopolitismus des Kaiserreichwiens, aber heute läge das in weiter, sehr weiter Ferne für mich. Wien ist seit langem nicht mehr die Hauptstadt des Balkans, und die Osmanen gibt es nicht mehr. Das Habsburgerreich war zweifellos das Reich der Mitte, und während mein Atem wie immer kurz vor dem Einschlafen ruhiger wird, während ich, das wohltuend kühle Kopfkissen unter meiner Wange und den Nachklang des *Zarb* noch im Ohr, die Autos über die nasse Straße gleiten höre, muss ich mir eingestehen, dass Sarah Wien zweifellos besser, gründlicher kennt als ich, nicht auf Schubert oder Mahler beschränkt, wie so oft Auswärtige eine Stadt besser kennen als ihre im Alltag gefangenen Bewohner – vor langer Zeit, ich hatte bereits diese Wohnung bezogen, vor unserer Abreise nach Teheran, schleppte sie mich ins Josephinum, die ehemalige Lehranstalt für Feldärzte, in dem sich eines der schauderhaftesten Museen befindet: eine Ausstellung anatomischer Modelle vom Ende des 18. Jahrhunderts, die zu Anschauungszwecken und zur Ausbildung von Chirurgen für die Armee konzipiert war, so dass man ohne Leichen und die damit verbundenen Gerüche auskam –, es sind Wachsfiguren, die bei einer der größten Skulpturenwerkstätten in Florenz bestellt worden waren. Unter den in Schaukästen aus wertvollen Hölzern ausgestellten Modellen lag auf einem heute verblichenen rosa Kissen hingestreckt eine blonde junge Frau mit zarten Gesichtszügen, das Gesicht zur Seite gekehrt, den Nacken leicht geneigt, das Haar gelöst, mit einem goldenen Diadem über der Stirn, den Mund ein wenig geöffnet, mit einer schönen, zweireihigen Perlenkette um den Hals, ein Knie halb angezogen, die Augen geöffnet, in einer nahezu ausdruckslosen Pose, die aber bei längerer Betrachtung an Hingabe oder zumindest Passivität erinnert: Vollständig nackt, der Schamberg dunkler als ihr Haar und leicht gewölbt, war sie von großer Schönheit. Von der Brust bis zur Vagina offen wie ein aufgeschlagenes Buch, konnte man Herz, Lunge, Leber, Gedärme, Gebärmutter und Schlagadern sehen, als hätte ein Sexualstraftäter ihren Brustkorb und ihren Unterleib sorgfältig aufgeschlitzt und ihre Innereien mit außergewöhnlicher Geschicklichkeit freigelegt wie das Innere eines Nähkästchens, einer teuren Standuhr oder eines Automaten. Ihr langes, über das Kissen fließende Haar, ihr ruhiger Blick, ihre halb geschlossenen Hände suggerierten sogar, dass sie Lust daran hätte empfinden können, und das ganze Objekt samt dem Glaskäfig und seinem Mahagonirahmen erregten zugleich Begehren und Entsetzen, Faszination und Abscheu: Ich stellte mir vor, wie die jungen Medizinstudenten vor zweihundert Jahren diesen Wachskörper entdeckten, warum denken wir vor dem Einschlafen an solche Dinge, wo es doch besser wäre, sich den Kuss einer Mutter auf unsere Stirn vorzustellen, diese zärtliche Geste, auf die man am späten Abend wartet und die nie kommt, und nicht anatomische Puppen, die vom Schlüsselbein bis zum Unterleib offen daliegen – was dachten wohl jene angehenden Knochenklempner vor diesem nackten Simulacrum, gelang es ihnen, sich auf den Verdauungsapparat oder das Atmungssystem zu konzentrieren, wo doch die erste Frau, die sie aus der Höhe ihrer Sitzreihen und ihrer zwanzig Jährchen so unbekleidet sahen, eine elegante Blondine war, eine künstliche Tote, der ein Bildhauer unter großen Anstrengungen alle Aspekte des Lebens mitgegeben hatte, für die er sein ganzes Können aufgewandt hatte, in der Kniebeuge, beim Teint der Schenkel, dem Ausdruck der Hände, der realistischen Gestaltung des Geschlechts, beim gelben Aderwerk der Milz, beim Dunkelrot der Lungenbläschen. Sarah geriet vor dieser Perversion in Entzücken, schau dir nur dieses Haar an, ist doch unglaublich, meinte sie, wie gekonnt sie drapiert ist, um Unbekümmertheit und Liebe auszudrücken, und ich hatte einen ganzen Hörsaal voller studierender Feldscherer vor Augen, die Laute der Bewunderung ausstießen, als ein schnauzbärtiger Professor rüde dieses Modell enthüllte, um mit dem Stock in der Hand nacheinander die inneren Organe aufzuzählen und mit Kennermiene den Clou des Spektakels anzutippen, den winzigen Fötus in der dunkelrosaroten Gebärmutter wenige Zentimeter über dem verblassenden, zarten blonden Schamhaar, der so feingliedrig war, dass man ihn für den Abglanz einer erschreckenden, verbotenen Zärtlichkeit halten konnte. Sarah hatte mich darauf aufmerksam gemacht, ist ja irre, sie ist schwanger, und ich habe mich gefragt, ob diese wächserne Gravidität eine Laune des Künstlers oder eine Forderung der Auftraggeber war, das ewig Weibliche in jeder Hinsicht, in all seinen Möglichkeiten zu zeigen; hatte man über dem feinen Schamhaar diesen Fötus erst einmal entdeckt, verstärkte das noch die sexuelle Spannung, die von dieser Komposition ausging, und es beschlich einen ein ungeheures Schuldgefühl, hatte man doch die Schönheit im Tod gefunden, einen Funken Lust in einem so perfekt zerlegten Körper – man konnte nicht umhin, sich den Augenblick der Empfängnis dieses Embryos vorzustellen, eine im Wachs verloren gegangene Zeit, und sich zu fragen, welcher Mann, aus Fleisch oder aus Harz, in diese makellosen Eingeweide eingedrungen war, um sie zu schwängern, und wandte sogleich den Blick ab: Sarah lächelte über meine Scham, sie hat mich immer für prüde gehalten, sicher weil sie nicht begreifen konnte, dass es nicht an der Szene selbst lag, dass ich mich abwandte, sondern an der tatsächlich weitaus verwirrenderen Szene, die sich in meinem Kopf abspielte – und in der ich oder jemand, der mir ähnelte, dabei war, diese lebende Tote zu penetrieren.

Die restliche Ausstellung war entsprechend: Ein Gehäuteter ruhte friedlich, mit angezogenem Knie, als ob weiter nichts wäre, dabei bedeckte, um die bunte Vielfalt seines Blutkreislaufs zu zeigen, kein Quadratzentimeter Haut mehr seinen Körper, kein einziger; Füße, Hände, verschiedene Organe befanden sich in Präparategläsern, dazu Teile von Knochen, Gelenken, Nerven, also alles, was ein Körper an großen und kleinen Geheimnissen birgt, und natürlich muss ich jetzt daran denken, heute Abend, in dieser Nacht, nachdem ich am Vormittag Sarahs schrecklichen Artikel gelesen und dann die Mitteilung über meine Erkrankung erhalten habe und jetzt auf die verdammten Analyseergebnisse warte, wechseln wir lieber das Thema, drehen wir uns um, der Mensch, der versucht einzuschlafen, dreht sich um und unternimmt einen neuen Anlauf, einen neuen Versuch, atmen wir tief durch.

Eine Straßenbahn rattert unter meinem Fenster vorbei, wieder eine, die die Porzellangasse hinunterfährt. Die Straßenbahnen, die hinauffahren, sind leiser, oder vielleicht sind es einfach auch nur weniger; wer weiß, ob die Stadtverwaltung nicht bestrebt ist, die Konsumenten in die Innenstadt zu bringen, ohne sich darum zu kümmern, wie sie anschließend wieder nach Hause kommen. Das Scheppern hat etwas Musikalisches, etwas von Alkans Etüde *Le chemin de fer*, nur langsamer, Charles-Valentin Alkan, der vergessene Klaviervirtuose, Freund von Chopin und Liszt, Heinrich Heine und Victor Hugo, von dem man erzählt, er sei von seinem Bücherregal erschlagen worden, als er in einem Fach nach dem Talmud griff – neulich las ich, dies stimme wahrscheinlich nicht, es handele sich um eine weitere Legende, die sich um den legendären Komponisten rankt, der so brillant war, dass man ihn mehr als ein Jahrhundert lang vergessen hat, tatsächlich soll er von einer Garderobe oder einer schweren Hutablage erschlagen worden sein, der Talmud hatte a priori nichts damit zu tun. *Le chemin de fer* ist jedenfalls ein höchst virtuoses Klavierstück, man hört darin den Dampf und das Quietschen der ersten Eisenbahnzüge, für die rechte Hand galoppiert die Lokomotive und für die linke drehen sich ihre Pleuelstangen, was den wahrlich seltsamen Eindruck einer Vervielfachung der Bewegung erzeugt, und meiner Meinung nach furchtbar schwierig zu spielen – Kitsch, hätte Sarah dagegengehalten, reiner Kitsch diese Geschichte mit dem Zug, und sie hätte nicht ganz unrecht gehabt, diese programmatischen »imitativen« Kompositionen haben in der Tat etwas Antiquiertes, dennoch könnte das vielleicht die Idee zu einem Artikel sein, »Das Brausen von Zügen: die Eisenbahn in der französischen Musik«, wenn man zu Alkan noch *Pacific 231* von Arthur Honegger, die *Essais de locomotives* des Orientalisten Florent Schmitt und sogar die *Chant des chemins de fer* von Berlioz hinzunähme: Ich könnte auch selbst ein kleines Stück komponieren, *Porzellanstraßenbahnen*, für Glöckchen, *Zarb* und tibetanische Klangschalen. Aller Wahrscheinlichkeit nach würde Sarah auch das für den allerletzten Kitsch halten; ob sie die Evokation der Bewegung eines Spinnrads, eines Pferds im Galopp oder der Abdrift eines Boots für ebenso kitschig halten würde, sicher nicht, ich glaube mich zu erinnern, dass sie wie ich Schuberts *Lieder* schätzte, jedenfalls haben wir häufig darüber gesprochen. Der Madrigalismus ist definitiv ein Streitfall. In den zarten Federn meines mit einem Baumwollbezug frisch bezogenen Kopfkissens bekomme ich Sarah nicht aus dem Kopf, ich kann mich einfach nicht erinnern, warum sie mich in dieses unglaubliche Wachsfigurenmuseum geschleppt hatte – woran arbeitet sie zu dem Zeitpunkt, als ich hierherzog, damals kam ich mir vor wie Bruno Walter, der dem Ruf des großen Mahlers folgt, um ihm an der Wiener Oper zu assistieren, nur hundert Jahre später: Siegreich zurückgekehrt von einem Feldzug im Orient, aus Damaskus, um genau zu sein, war ich berufen worden, meinem Professor an der Universität zu assistieren, und ich hatte beinahe auf Anhieb diese

Wohnung zwei Schritte vom herrlichen Campus entfernt gefunden, wo ich meines Amtes walten sollte, ein kleines Apartment, sicher, aber angenehm, trotz des Kratzens von Herrn Grubers Tier, und das Schlafsofa war, ganz gleich was Sarah dazu sagt, ganz in Ordnung, der Beweis: Als sie zum ersten Mal hier war, zum Zeitpunkt unseres seltsamen Besuchs im Museum der aufgeschnittenen Schönen, hatte sie mindestens eine Woche darauf geschlafen, ohne sich zu beklagen. Entzückt von Wien, entzückt darüber, dass ich ihr Wien zeigte, wie sie sagte, obgleich sie es war, die mich zu den unwahrscheinlichsten Orten in der Stadt schleppte. Natürlich habe ich ihr Schuberts Geburtshaus und die zahlreichen Wohnstätten Beethovens gezeigt; natürlich habe ich ein Vermögen ausgegeben (ohne es ihr zu verraten, denn ich log, was die Preise betraf), damit wir in die Oper gehen konnten – in Verdis von Schwertern und Wut erfüllten *Simon Boccanegra* in der Inszenierung des großen Peter Stein, hinterher war Sarah begeistert, verblüfft, überwältigt vom Opernhaus, dem Orchester, den Sängern, der Aufführung. Gott weiß, dass die Oper kitschig sein kann, dennoch hat sie sich Verdi und der Musik hingegeben, nicht ohne mich wie immer auf eine amüsante Koinzidenz aufmerksam zu machen: Hast du mitbekommen, dass der Mann, der die ganze Oper hindurch zum Spielball der anderen wird, Adorno heißt? Der, der meint, er habe recht, der sich auflehnt, sich täuscht, am Ende aber zum Dogen ernannt wird? Das ist doch verrückt. Sie war unfähig abzuschalten, selbst in der Oper. Was hatten wir hinterher gemacht, sicher ein Taxi genommen, um in einem Heurigen zu Abend zu essen und die ungewöhnlich warme Frühlingsluft zu genießen, wenn die Hügel um Wien nach Gegrilltem, nach frischem Gras und Schmetterlingen riechen, das täte mir jetzt gut, ein bisschen Junisonne anstelle dieses endlosen Herbsts, dieses ständigen Regens, der gegen die Fensterscheibe prasselt – eilig, wie ich es hatte, mich hinzulegen und das Licht auszumachen, vergaß ich Idiot, die Vorhänge zuzuziehen, ich werde wohl wieder aufstehen müssen, nein, nicht jetzt, nicht jetzt, wo ich gerade unter einer Weinlaube beim Heurigen sitze und mit Sarah Weißwein trinke, um vielleicht Erinnerungen aufzufrischen an Istanbul, an Syrien, die Wüste, wer weiß, oder über Wien und seine Musik zu reden, über den tibetanischen Buddhismus oder den Aufenthalt in Iran, der sich abzeichnete. Die Grinzinger Nächte nach den Nächten von Palmyra, der Grüne Veltliner nach dem libanesischen Wein, die Frische eines Frühlingabends nach den schwülen, durchwachten Nächten von Damaskus. Eine leicht verlegene Spannung. Schwatzte sie da schon von Wien als dem Tor zum Orient, sie hatte mich schockiert, als sie Claudio Magris' *Donau*, eines meiner Lieblingsbücher, förmlich in der Luft zerriss: Magris sei ein Habsburg-Nostalgiker, meinte sie, sein Donaubuch eine furchtbare Ungerechtigkeit gegenüber den Balkanländern; je weiter er die Donau hinabfahre, umso weniger Informationen liefere er. Die ersten tausend Kilometer des Wasserlaufs nähmen zwei Drittel des Buchs ein; den weiteren tausendachthundert Kilometern widme er nur hundert Seiten: Sobald er Budapest verlasse, habe er fast nichts mehr zu sagen, vermittle er den Eindruck (im Gegensatz zur Ankündigung in seiner Einleitung), ganz Südosteuropa sei weit weniger interessant, als hätte sich dort nichts Bedeutendes abgespielt, als wäre dort nichts Bedeutendes gebaut worden. Das sei eine schrecklich »austrozentristische« Sicht der kulturellen Geographie, eine nahezu vollständige Negation der Identität des Balkans, von Bulgarien, Moldawien, Rumänien und vor allem ihres osmanischen Erbes.

Neben uns verschlang eine Tischgesellschaft von Japanern Wiener Schnitzel von märchenhafter Größe, die wie Ohren riesiger Teddybären zu beiden Seiten über den Rand der auch noch übergroßen Teller hingen.

Mit jedem Wort regte sie sich mehr auf, ihre Augen hatten sich verdunkelt, ihre Mundwinkel zitterten ein wenig; ich konnte nicht anders, ich musste scherzhaft dagegenhalten:

– Tut mir leid, aber ich versteh nicht, worum es geht; das Buch von Magris scheint mir kenntnisreich, poetisch und bisweilen sogar witzig zu sein, ein Spaziergang, ein gelehrter und subjektiver Spaziergang, was soll daran schlecht sein, sicher, Magris ist ein Spezialist für Österreich, er hat eine Doktorarbeit über das Bild des Kaiserreichs in der österreichischen Literatur des 19. Jahrhunderts geschrieben, also, was willst du, du wirst mich nicht von der Meinung abbringen, dass *Donau* ein großes Buch ist, ein weltweiter Erfolg zudem.

– Magris ist wie du, ein Nostalgiker. Ein melancholischer Triester, der dem Kaiserreich nachtrauert.

Sie übertrieb natürlich, der Wein tat das seine, sie war aufbrausend, redete immer lauter, so laut, dass sich unsere japanischen Tischnachbarn manchmal nach uns umdrehten; es machte mich allmählich etwas verlegen – außerdem wurmte mich das Wort Nostalgiker, auch wenn mir die Idee eines Austrozentrismus am Ende des 20. Jahrhunderts doch äußerst komisch erschien, sehr erheiternd.

– Die Donau ist ein Fluss, der Katholizismus, Orthodoxie und Islam verbindet, fügte sie noch hinzu. Das ist das eigentlich Wichtige: Sie ist mehr als ein Bindestrich, sie ist … Sie ist … ein Transportmittel. Die Möglichkeit des Übergangs.

Ich sah sie an, sie schien wieder ganz ruhig zu sein. Ihre Hand lag auf dem Tisch, ein Stück in meine Richtung geschoben. Zwischen den Weinspalieren und den Stämmen der Schwarzkiefern im blühenden Garten der Buschenschenke liefen Kellnerinnen in Spitzenschürzen mit schweren Tabletts um uns herum, die beladen waren mit Karaffen, aus denen bei fast jedem Schritt der Mädchen auf den Kieswegen ein wenig von dem Weißwein herausschwappte, der so frisch aus den Fässern kam, dass er noch trübe war und schäumte. Ich hätte gern in Erinnerungen an Syrien geschwelgt; stattdessen erörtere ich die *Donau* von Magris. Sarah.

– Du hast das Judentum vergessen, sagte ich.

Etwas überrascht lächelte sie mich an; für einen Augenblick hatte sich ihr Blick aufgehellt:

– Ja, natürlich, auch das Judentum.

War das, bevor oder nachdem sie mich ins Jüdische Museum in der Dorotheergasse mitgenommen hat, keine Ahnung mehr, sie war entrüstet, absolut schockiert gewesen über die »Armut« dieses Museums, sie hatte sogar eine sehr ironische und recht vergnügliche *Zusätzliche Erläuterung zum offiziellen Führer des Jüdischen Museums Wien* verfasst. Ich sollte wieder einmal hingehen in den nächsten Tagen, nachsehen, ob sich etwas gebessert hat; damals war der Besuch nach Stockwerken organisiert, zuerst die wechselnden Ausstellungen, dann die ständige Sammlung. Der *holographische* Rundgang die herausragenden jüdischen Persönlichkeiten der Hauptstadt entlang schien ihr von unsäglicher Vulgarität, Hologramme für eine verschwundene Gemeinde, für Geister, welch fürchterliche Evidenz, von der Hässlichkeit dieser Bilder ganz zu schweigen.

Dabei war das erst der Beginn ihrer Entrüstung. Im obersten Stockwerk brach sie sogar in Gelächter aus, ein Lachen, das nach und nach in traurige Wut überging. In Dutzenden von Vitrinen, vollgestopft mit Gegenständen jeder Art, waren ohne jede Ordnung Hunderte von Bechern, Kerzenleuchtern, Tefillin, Schals, Tausende von Judaica angehäuft und mit einer summarischen und grauenerregenden Erklärung versehen: *Zwischen 1938 und 1945 geraubte Gegenstände, deren Besitzer sich nie gemeldet haben*, oder so ähnlich, Kriegsbeute, die man aus den Trümmern des Dritten Reichs geborgen und unter dem Dach des Jüdischen Museums Wien aufgestapelt hatte wie auf dem Dachboden eines etwas unordentlichen Uropas, eine Ansammlung, ein Haufen von Trödelkram für einen skrupellosen Antiquitätenhändler. Und es besteht kein Zweifel, sagte Sarah, dass dies in bester Absicht geschah, bevor sich Staub auf die Dinge gelegt und diese Anhäufung ihren Sinn vollkommen verloren hätte, um einem Kapharnaum Platz zu machen, und Kapharnaum ist, nicht zu vergessen, sagte sie, der Name einer Stadt in Galiläa. Sie wechselte zwischen Wut und Lachen: Was gibt denn das für ein Bild von der jüdischen Gemeinde, ich sag's dir, stell dir eine Schulklasse beim Besuch dieses Museums vor, sie werden denken, diese verschwundenen Juden seien Finanzjongleure gewesen und hätten Kerzenleuchter gesammelt, und sie hatte zweifellos recht, es war deprimierend, und ich fühlte mich ein wenig schuldig.

Nach unserem Besuch im Jüdischen Museum ließ Sarah die Frage der Andersheit keine Ruhe mehr, auf welche Weise diese Ausstellung der Frage der Differenz aus dem Weg ging, um sich auf »bedeutende Persönlichkeiten«, die zum »Selben« gehörten, und eine Anhäufung »sinnentleerter« Gegenstände zu konzentrieren, die, wie sie sagte, die religiösen, kulturellen, sozialen und sogar die sprachlichen Unterschiede »entschärften«, um die materielle Kultur einer glänzenden und verschwundenen Zivilisation zu präsentieren. Das gleiche der Anhäufung kultischer Skarabäen in den Holzvitrinen des Kairoer Museums oder den Hunderten von Pfeilspitzen und knöchernen Schabmessern in einem Museum der Vorgeschichte, meinte sie. Der Gegenstand füllt die Leere aus.

Ich saß also ganz entspannt in einem Heurigen, um einen herrlichen Frühlingsabend zu genießen, und jetzt gehen mir Mahler und seine

Kindertotenlieder durch den Kopf, komponiert von dem Vater, der drei Jahre später in Maiernigg in Kärnten seine eigene tote Tochter in den Armen halten würde, Lieder, deren schreckliche Tragweite man erst lange nach seinem eigenen Tod 1911 verstanden hat: Manchmal wird die Bedeutung eines Werks auf entsetzliche Weise durch die Geschichte verstärkt, potenziert, in seinem Schrecken verzehnfacht. Es gibt keinen Zufall, würde Sarah sagen, die vom Buddhismus geprägt war, Mahlers Grab befindet sich auf dem Friedhof von Grinzing, zwei Schritte entfernt von diesem berühmten Heurigen, wo wir trotz der »danubischen« Auseinandersetzung einen wunderschönen Abend verbrachten, und diese *Kindertotenlieder* sind Gedichte von Friedrich Rückert, dem ersten großen orientalistischen Dichter Deutschlands zusammen mit Goethe, und schon wieder der Orient, immer der Orient.

Es gibt keinen Zufall, aber ich habe noch immer nicht die Vorhänge zugezogen, und die Straßenlampe an der Ecke zur Porzellangasse stört mich sehr. Nur Mut; wieder aufstehen fällt schwer, wenn man sich gerade hingelegt hat, ob man nun ein natürliches Bedürfnis übergangen hat, an das der Körper einen plötzlich erinnert, oder ob man vergessen hat, den Wecker zu stellen, der weit weg steht, es ist, vulgär gesprochen, zum Kotzen, man muss das Federbett zurückschlagen und mit den Zehenspitzen nach den Pantoffeln suchen, die nicht weit weg sein dürften, muss sich dazu durchringen, für das kurze Stück auf die Pantoffeln zu pfeifen, mit einem Satz zur Vorhangkordel zu springen, sich zu einem kurzen Abstecher im Badezimmer entschließen, im Sitzen urinieren, die Füße frei baumelnd, um einen weiteren Kontakt mit den eiskalten Fliesen zu vermeiden, muss dann so schnell wie möglich den umgekehrten Weg zurücklegen, um zu seinen Träumen zurückzukehren, die man am besten nie verlassen hätte, und dabei hat man immer dieselbe Melodie im Kopf, den man erleichtert aufs Kopfkissen sinken lässt – als Heranwachsender war es das einzige Stück von Mahler, das ich ertrug, und mehr noch, eines der seltenen Stücke, die mich zu Tränen rühren konnten, das Weinen der Oboe, dieser entsetzte Gesang, ich verbarg diese Leidenschaft wie ein kleines Schandmal, und heute stimmt es mich traurig zu sehen, wie Mahler strapaziert wird, vereinnahmt vom Kino und von der Werbung, sein schönes, schmales Gesicht derart eingesetzt, um weiß Gott was zu verkaufen, man muss sich schon zurückhalten, um diese Musik nicht zu verabscheuen, die die Orchesterprogramme verstopft, die Kästen in den Plattenläden, die Radiosender, und letztes Jahr, zu seinem hundertsten Todestag, musste man sich die Ohren zustopfen, so sehr schwitzte Wien noch aus den unverdächtigsten Ritzen Mahler aus, man sah Touristen stolz Gustavs Konterfei auf ihren T-Shirts zur Schau stellen, Poster und Magneten für ihre Kühlschränke kaufen, und sicherlich besuchten ganze Scharen Klagenfurt, um sein Komponierhäuschen am Ufer des Wörthersees zu besichtigen – ich war noch nie dort, das wäre noch ein Ausflug, den ich Sarah vorschlagen könnte, das mysteriöse Kärnten durchstreifen: Es gibt keinen Zufall, Österreich liegt zwischen uns mitten in Europa, dort haben wir uns kennengelernt, ich bin schließlich dorthin zurückgekehrt, und sie hat nie aufgehört, mich hier zu besuchen. Mag es Karma sein oder Schicksal, je nachdem, welchen Namen man den Kräften geben will, an die sie glaubt: Das erste Mal waren wir uns in der Steiermark begegnet, anlässlich eines Kolloquiums, eines jener Hochämter des Orientalismus, die von den führenden Köpfen unserer Branche in regelmäßigen Abständen veranstaltet werden und die, wie es sich gehörte, einige »junge Forscher« in ihrem Kreis akzeptiert hatten – die Feuertaufe für sie und für mich. Ich hatte die Reise von Tübingen mit dem Zug angetreten, über Stuttgart, Nürnberg und Wien, und ich nutzte die wunderbare Fahrt, um letzte Hand anzulegen an meinen Vortrag (»Tonarten und Intervalle in der Musiktheorie Al Farabis«, übrigens eine äußerst prätentiöse Überschrift in Anbetracht der wenigen gesicherten Erkenntnisse, die diese Zusammenfassung meiner Abhandlung enthielt), und vor allem, um *Kleine Welt: eine akademische Romanze* von David Lodge zu lesen, ein zwerchfellerschütterndes Buch, das, wie ich dachte, die beste Einführung in die Welt der Universität bildete (ich habe es schon lange nicht mehr wiedergelesen, es könnte einen langen Winterabend kurzweilig machen). Sarah präsentierte ein weitaus originelleres und besser ausgeführtes Papier als ich, »Das Wunderbare in Al-Masudis *Les prairies d'or* (Die Goldwiesen)«, ein Auszug aus ihrer Magisterarbeit. Als einziger »Musiker« fand ich mich in einem Panel von Philosophen; sie nahm merkwürdigerweise an einer Diskussionsrunde über »Arabische Literatur und okkulte Wissenschaft« teil. Das Kolloquium fand in Hainfeld statt, auf dem Anwesen des ersten großen österreichischen Orientalisten und Historikers des Osmanischen Reichs, Joseph von Hammer-Purgstall, des Übersetzers von *Tausendundeine Nacht* und des *Divan* von Hafis, der ein Freund des französischen Orientalisten Sylvestre de Saci und allen anderen war, die damals zur kleinen Bande der Orientalisten zählten; 1835 hatte eine hochbetagte Steirische Adlige ihn zu ihrem Alleinerben erklärt und ihm neben ihrem Titel auch dieses Schloss vermacht, das größte *Wasserschloss* in der Steiermark. Von Hammer, der Lehrer Friedrich Rückerts, dem er in Wien Persisch beibrachte und mit dem er Auszüge aus dem *Divan von Schams-e Tabrizi* übersetzte, ist das Bindeglied zwischen dem vergessenen Schloss in der Steiermark und den *Kindertotenliedern*, die Mahler mit der Dichtung von Hafis und den Orientalisten des 19. Jahrhunderts verbindet.

Wie dem Programm des Kolloquiums zu entnehmen war, hatte die Universität Graz, unsere Gastgeberin in dem erlauchten Palast, alles gut organisiert: Wir sollten in den nahegelegenen Kleinstädten Feldbach oder Gleisdorf untergebracht werden; ein *extra gecharterter* Bus würde uns jeden Morgen nach Hainfeld fahren und abends, nach dem Essen im *Schlossrestaurant*, zurückbringen; drei Säle des Gebäudes waren als Debattenräume eingerichtet, einer davon war von Hammers herrliche Bibliothek, deren Regale noch mit seinen Sammlungen bestückt waren, und als Sahnehäubchen würde das Tourismusbüro der Steiermark über die ganze Dauer des Kolloquiums an Ort und Stelle *Verkostung und Verkauf lokaler Produkte* anbieten: Das alles erschien »unter besonderen Auspizien« zu stehen, wie Sarah heute sagen würde.

Der Ort war wirklich erstaunlich.

Von einem modernen Bauernhof, einem Wald und einem Sumpfgebiet eingezwängt, umgaben breite, für Vergnügungsfahrten angelegte Wassergräben ein zweistöckiges Gebäude mit dunkel gedecktem Steildach, das einen quadratischen Innenhof von fünfzig mal fünfzig Metern einschloss – ein so merkwürdig proportioniertes Schloss, dass es von außen trotz der großen Ecktürme viel zu niedrig für solche Ausmaße erschien, als hätte es ein Riese mit der Hand in die Ebene gedrückt. Der graue Putz an den schmucklosen Außenmauern fiel in großen Placken ab und legte das Mauerwerk frei, nur das große Eingangsportal – ein langer, dunkler Tunnel mit einem Gewölbe aus gedrückten Spitzbögen – hatte seine barocke Pracht und zur großen Überraschung aller Orientalisten, die dort hindurchgingen, vor allem eine arabische Inschrift behalten, eine steinerne, als Hochrelief ausgeführte Kalligraphie, die das Anwesen und seine Bewohner mit ihren Segenswünschen beschützte: Es handelte sich ganz zweifellos um das einzige Schloss in ganz Europa, das auf diese Weise mit dem Namen Allahs des Mächtigen auf seinem Frontispiz drohte. Als ich aus dem Bus stieg, wunderte ich mich, was dieser Trupp Akademiker, den Kopf in den Nacken gelegt, wohl betrachten mochte, bevor ich meinerseits verdutzt auf das kleine Arabesken-Dreieck starrte, das sich wenige Kilometer von der ungarischen und slowenischen Grenze entfernt in diese katholischen Lande verirrt hatte: Hatte von Hammer diese Inschrift von einer seiner zahlreichen Reisen mitgebracht oder sie mühevoll von einem örtlichen Steinmetz kopieren lassen? Dieser arabische Willkommensgruß war aber nur die erste Überraschung, die zweite war auch nicht ohne: Trat man aus dem Tunnel heraus, hatte man plötzlich den Eindruck, sich in einem spanischen Kloster oder einem italienischen Kreuzgang zu befinden; rings um den riesigen Innenhof und über zwei Stockwerke verliefen endlose Arkaden mit sienabraunen Bögen, unterbrochen nur von einer weißen Barockkapelle, die mit ihrem Zwiebelglockenturm stark vom südländischen Anblick des Ganzen abstach. Sämtliche Wege des Schlosses führten also über diese riesige Loggia, auf die mit klösterlicher Gleichmäßigkeit die zahlreichen Zimmer hinausgingen, was für diese klimatisch nicht gerade für die mildesten Winter in Europa bekannte Ecke Österreichs ziemlich überraschend war und sich, wie ich später erfuhr, dadurch erklären lässt, dass der italienische Architekt die Gegend nur im Sommer besucht hatte. Solange man sich in diesem überdimensionierten *Cortile* aufhielt, hatte das Raabtal also etwas von der Toskana. Es war Anfang Oktober, und am Tag nach unserer Ankunft in der Steiermark herrschte kein gutes Wetter beim verblichenen Joseph von Hammer-Purgstall; etwas dumpf geworden von der Zugfahrt schlief ich wie ein Murmeltier in einer schmucken kleinen Pension mitten in einem Dorf, das mir (vielleicht wegen der Müdigkeit von der Reise oder dem dichten Nebel auf der Strecke, die sich von Graz an zwischen den Hügeln entlangschlängelte) wesentlich weiter entfernt vom Schloss vorkam, als die Veranstalter es angekündigt hatten, schlafen wie ein Murmeltier, das sollte ich mir jetzt wirklich vornehmen, vielleicht sollte ich jetzt auch ein Mittel finden, das mich dumpf macht, eine lange Zugfahrt, eine Bergbesteigung, oder durch dunkle Bars ziehen und versuchen, ein Opiumkügelchen aufzutreiben, doch im Alsergrund gibt es wenig Chancen, auf eine Bande iranischer *Teriyaki*, also Opiumraucher, zu treffen: Leider exportiert Afghanistan, ein Opfer der Märkte, heute vor allem Heroin, eine Substanz, die noch schrecklicher ist als die Tabletten, die Doktor Kraus mir verschrieben hat, aber ich bin zuversichtlich, sehr zuversichtlich, Schlaf zu finden, und wenn nicht, wird schon irgendwann die Sonne aufgehen. Noch immer diese unglückselige Melodie im Kopf. Vor siebzehn Jahren hat Sarah (versuchen wir doch, durch eine Verlagerung des Kopfkissens Rückert, Mahler und die toten Kinder zu verscheuchen) weit weniger radikale Positionen vertreten, oder vielleicht ebenso radikale, diese aber zurückhaltender; ich versuche, sie wieder vor mir zu sehen, wie sie mit ihren langen, roten Locken aus diesem Bus vor Schloss Hainfeld gestiegen war; ihre Pausbacken und Sommersprossen gaben ihr ein kindliches Aussehen, von dem ihr tiefgründiger, fast harter Blick abstach; sie hatte schon ein orientalisches gewisses Etwas in ihrem Gesicht, im Teint und in der Form ihrer Augen, das mit dem Alter, wie mir scheint, zugenommen hat, irgendwo muss ich noch Fotos haben, sicher nicht welche von Hainfeld, aber viele vergessene Aufnahmen, Albumblätter, aus Syrien und Iran, jetzt fühle ich mich sehr ruhig, benommen, eingelullt von der Erinnerung an dieses österreichische Kolloquium, an das Schloss von Hammer-Purgstall und an Sarah auf dem Vorplatz, wie sie die arabische Inschrift betrachtet, ganz hingerissen und mit einem ungläubigen Kopfschütteln, wie oft habe ich diesen Kopf zwischen Staunen, Unschlüssigkeit und jener blasierten Reserviertheit schwanken sehen, die sie mir gegenüber zeigt, als ich sie das erste Mal grüße, nach ihrem Beitrag, angezogen von der Qualität ihres Textes und natürlich von ihrer außerordentlichen Schönheit, der kastanienbraunen Strähne, die ihr in den ersten Minuten, in denen sie ein wenig aufgeregt ist, vors Gesicht fällt, während sie aus ihrem Manuskript über »Monster und Wunder der *Goldwiesen*« vorträgt: über grauenerregende Ghule, Dschinn, *Hinn*, *Nisnas*, *Hawatifs*, seltsame und gefährliche

Kreaturen, magische Praktiken und Weissagungen, halbmenschliche Völker und Fabelwesen. Ich durchquere die große Gruppe der Wissenschaftler, die sich in der Kaffeepause auf einer der Loggien, die auf den italienischen Innenhof des steirischen Schlosses hinausgehen, um das Buffet drängen, und gehe zu ihr. Sie ist allein, lehnt am Geländer mit einer leeren Tasse in der Hand; sie betrachtet die weiße Fassade der Kapelle, die die Herbstsonne reflektiert, und ich sage zu ihr, entschuldigen Sie, ein wunderbarer Vortrag über Al-Masudi, unglaublich all diese Monster, und sie lächelt mir freundlich zu, ohne etwas zu antworten, beobachtet mich, wie ich mit ihrem Schweigen und meiner Schüchternheit ringe: Ich verstehe sofort, dass sie abwartet, ob ich mich in Banalitäten verliere. Ich begnüge mich mit dem Angebot, ihr noch eine Tasse zu holen, sie lächelt mir wieder zu, und fünf Minuten später unterhalten wir uns aufs Beste über Ghule und Dschinn; das Faszinierende, sagt sie, ist die Unterscheidung, die Al-Masudi zwischen den *bezeugten*, *wahrhaften* Kreaturen und den reinen Erfindungen des Volksglaubens trifft: Für ihn sind Dschinn und Ghule ganz real, er sammelt alle Zeugnisse über sie, die seinen Kriterien genügen, während beispielsweise *Nisnas* oder Greife und der Phönix Legenden darstellen. Von Al-Masudi erfahren wir viele Einzelheiten über das Leben der Ghule: Da ihre Gestalt und ihr Instinkt sie von allen anderen Lebewesen trennt, wie er sagt, suchen sie die wildeste Einsamkeit und fühlen sich nur in der Wüste wohl. Körperlich ähneln sie zugleich dem Menschen und der wildesten Bestie. Als »Naturforscher« interessiert sich Al-Masudi für die Frage, wie Ghule auf die Welt kommen und sich fortpflanzen, ob es sich wirklich um Tiere handelt: Er schließt auch die Möglichkeit fleischlicher Beziehungen zu Menschen mitten in der Wüste nicht aus. Allerdings gibt er der These indischer Gelehrter den Vorzug, die Ghule für Manifestationen der Energie bestimmter Sterne halten, wenn diese am Himmel aufziehen.

Ein Kongressteilnehmer mischt sich in unser Gespräch ein, er scheint sich besonders für die Möglichkeiten der Paarung zwischen Menschen und Ghulen zu interessieren. Es ist ein recht sympathischer Franzose namens Marc Faugier, der sich mit viel Humor als »Spezialist für arabische Paarung« bezeichnet – Sarah stürzt sich in schreckenerregende Erklärungen über die Reize dieser Monster: Wenn im Jemen, erklärt sie, ein

Mann im Schlaf von einer Ghula vergewaltigt worden ist, was man an einem starken Fieber und Pusteln an den falschen Stellen feststellt, benutzte man einen Theriak, der aus Opium und Pflanzen bestand, die keimen, wenn der Hundsstern aufgeht, dazu Talismane und Beschwörungsformeln; wenn der Tod eintritt, muss man den Leichnam in der auf das Ableben folgenden Nacht verbrennen, um die Geburt der Ghula zu verhindern. Überlebt der Kranke, was selten der Fall ist, dann tätowiert man ihm ein magisches Zeichen auf die Brust – allerdings beschreibt offenbar kein einziger Autor die Geburt des Monsters ... Die in Lumpen und alte Decken gehüllten Ghule versuchten Reisende durch ihren Gesang vom Weg abzubringen, sie sind ein wenig die Sirenen der Wüste: Wenngleich ihr wahres Gesicht und ihr wahrer Geruch die eines verwesenden Leichnams sind, so haben sie doch die Macht, sich zu verwandeln, um einen Menschen, der sich verirrt hat, zu bezaubern. Ein vorislamischer Dichter mit dem Beinamen Taabbata Sharran, »der, der das Unglück unter seinem Arm trägt«, erzählt von seiner Liebesbeziehung mit einer Ghula: »Im Morgengrauen«, sagt er, »kam sie zu mir, um meine Gefährtin zu sein; ich bat sie um ihre Gunst, und sie hat sich niedergekniet. Wenn man mich nach meiner Liebe fragt, werde ich sagen, dass sie sich in den Tälern der Dünen versteckt.«

Der Franzose sieht aus, als fände er dies schändlich, aber auf vergnügliche Weise schändlich; mir scheint diese Leidenschaft des Dichters und des Monsters eher berührend. Sarah ist unerschöpflich: Während die meisten Wissenschaftler zu ihren Panels und Vorträgen zurückkehren, bleibt sie auf dieser Loggia und redet weiter. Bald sind wir draußen allein, zu dritt im anbrechenden Abend; das Licht ist jetzt orange, letzte Schimmer der Sonne oder erste elektrische Lichter im Hof. Sarahs Haar glänzt.

– Wissen Sie, dass Schloss Hainfeld ebenfalls Monster und Wunder verbirgt? Natürlich ist es das Wohnhaus des Orientalisten von Hammer, aber dieser Ort hat auch Sheridan Le Fanu zu seinem Roman *Carmilla* inspiriert, der ersten Vampirgeschichte, die der besseren Gesellschaft Englands ein Jahrzehnt vor *Dracula* Schauer über den Rücken jagte. Der erste Vampir in der Literatur ist eine Frau. Haben Sie die Ausstellung im Erdgeschoss gesehen? Das ist wirklich unglaublich.

Sarah verfügt über eine außergewöhnliche Energie; sie fasziniert mich, deshalb folge ich ihr durch die Gänge des riesigen Gebäudes. Der Franzose ist bei seinen wissenschaftlichen Beschäftigungen geblieben, Sarah und ich hingegen schwänzen die Vorträge, begeben uns in der Dunkelheit der Schatten und der vergessenen Kapellen auf die Suche nach den Erinnerungen an die geheimnisvollen steirischen Vampire – die Ausstellung befindet sich tatsächlich im Unter- und nicht im Erdgeschoss, in den zu diesem Zweck hergerichteten Kellergewölben; wir sind die einzigen Besucher; im ersten Ausstellungsraum wechseln sich mehrere große Kreuzigungen auf bemalten Holztafeln ab mit alten Hellebarden und Darstellungen von Scheiterhaufen, brennenden Frauen in Lumpen, *Die Hexen von Feldbach*, wie der Bildhinweis erläutert; die Ausstellungsmacher haben uns entsprechende Klänge nicht erspart, ein fernes Gebrüll, das in einem wilden Knistern untergeht. Ich bin betroffen von der großen Schönheit dieser Menschen, die den Handel mit dem Dämon mit ihrem Leben bezahlen und die die mittelalterlichen Künstler halbnackt darstellen, Fleisch, das sich in Flammen kräuselt, verfluchte Undinen. Sarah betrachtet und gibt Erläuterungen. Ihre Gelehrtheit ist außergewöhnlich, wie kann sie nur all diese Erzählungen so gut kennen, all diese Geschichten aus der Steiermark, wo sie doch auch erst angekommen ist, das ist ein wenig beunruhigend. Langsam wird mir unheimlich, ich bekomme kaum noch Luft in diesem feuchten Keller. Der zweite Raum ist den Liebes- und Zaubertränken gewidmet; eine Brunnenschale aus Granit mit eingeritzten Runen enthält eine unappetitliche schwarze Flüssigkeit, und während man sich ihr nähert, erklingt eine Klaviermusik, in der ich ein Thema von Georges Gurdjieff zu erkennen glaube, eine seiner esoterischen Kompositionen; an der Wand auf der rechten Seiten hängt eine Darstellung von Tristan und Isolde auf einem Schiff beim Schachspiel; Tristan trinkt aus einem großen Becher, den er in der rechten Hand hält, während ein Page mit Turban aus einem Schlauch den Liebestrank für Isolde einschenkt, die das Schachbrett betrachtet und zwischen Daumen und Zeigefinger eine Figur hält – hinter ihnen beobachtet sie die Dienerin Brangaine, und das endlose Meer breitet seine Wellen aus. Plötzlich komme ich mir vor, als wären wir im dunklen Wald bei dem Granitbrunnen in *Pelléas und Mélisande*; Sarah wirft zum Spaß einen Ring in die schwarze Flüssigkeit, was die Lautstärke der weit ausgreifenden und geheimnisvollen Melodie Gurdjieffs anschwellen lässt; ich betrachte sie, wie sie auf dem Rand der steinernen Brunnenschale sitzt; ihre langen Locken streichen über die Runen, während sie ihre Hand in das dunkle Wasser taucht.

Der dritte Raum, zweifellos eine ehemalige Kapelle, ist *Carmilla* und den Vampiren gewidmet. Sarah erzählt mir, wie der irische Schriftsteller Sheridan Le Fanu, einige Jahre bevor sich der Orientalist von Hammer hier niedergelassen hat, einen ganzen Winter in Hainfeld verbrachte; *Carmilla* beruht auf einer wahren Begebenheit, sagt sie: Graf Purgstall hat hier tatsächlich eine seiner verwaisten Verwandten namens Carmilla aufgenommen, die unverzüglich eine enge Freundschaft zu seiner Tochter Laura geknüpft hat, als würden sie sich schon seit einer Ewigkeit kennen – und sehr schnell pflegten die beiden einen intimen Umgang, teilten Geheimnisse und Leidenschaften. Laura beginnt von Fabelwesen zu träumen, die sie nachts besuchen, sie umarmen und streicheln; manchmal verwandeln sie sich in ihren Träumen in Carmilla, so dass Laura sich schließlich fragt, ob Carmilla nicht vielleicht ein verkleideter junger Mann ist, was ihre Verwirrung erklären würde. Laura erkrankt, fällt in eine Mattigkeit, die zu kurieren keinem Arzt gelingt, bis der Graf zufällig von einem ähnlichen Fall erfährt, der sich einige Kilometer entfernt zugetragen hat: Etliche Jahre zuvor war eine junge Frau mit zwei kreisrunden Wundmalen am Hals gestorben, ein Opfer des Vampirs Millarca Karstein. Carmilla ist nichts anderes als ein Anagramm und die Reinkarnation von Millarca; sie ist es, die Laura die Lebenskraft aussaugt – der Graf musste sie umbringen und mit Hilfe eines grauenhaften Rituals ins Grab zurückschicken.

Im hinteren Teil der Krypta, wo große, blutrote Schilder die Verbindungen zwischen Hainfeld und den Vampiren erklären, steht ein Himmelbett mit weißen Betttüchern, frisch bezogen, und Holzverkleidungen, die mit glänzenden Seidenvorhängen bespannt sind, von unten angestrahlt von einem sehr sanften Licht, das die Gestalter der Ausstellung dort installiert haben; auf dem Bett liegt in einem luftigen Kleid der Körper einer jungen Frau, eine Wachsfigur, die eine Schlafende oder eine Tote darstellt; über ihrer linken Brust hat sie zwei rote Male, die deutlich durch die Seide oder die Spitze durchscheinen – Sarah tritt fasziniert ans Bett; sie beugt sich über die junge Frau, streichelt sanft ihr Haar, ihre Brust. Ich bin verlegen, frage mich, was diese plötzliche Leidenschaft bedeutet, bevor ich selbst ein Begehren verspüre, das mir den Atem verschlägt: Ich beobachte, wie Sarahs Schenkel in ihrer schwarzen Strumpfhose am leichten Stoff des weißen Nachthemds reiben, ihre Hand flüchtig über den Bauch der Statue streicht, ich schäme mich für sie, schäme mich sehr, plötzlich versinke ich, atme schwer, hebe den Kopf von meinem Kopfkissen hoch, ich liege im Dunkeln, aber das letzte Bild ist geblieben, dieses barocke Bett, diese schreckliche und zugleich liebliche Krypta, ich mache meinen Mund weit auf, atme die frische Luft meines Schlafzimmers ein, die Berührung mit dem Kopfkissen und das Gewicht der Daunendecke beruhigen mich wieder.

Zurück bleibt große Scham vermischt mit einer Spur von Begehren.

Was für ein Erinnerungsvermögen in Träumen!

Man wacht auf, ohne eingeschlafen zu sein, während man versucht, in sich die Fetzen der Lust am anderen festzuhalten.

Es gibt Ecken, die leicht auszuleuchten sind, und andere, dunklere. Die dunkle Flüssigkeit hat sicher etwas zu tun mit dem schrecklichen Artikel, den ich heute Vormittag erhielt. Witzig, dass sich Marc Faugier in meine Träume einschleicht, ich habe ihn schon seit Jahren nicht mehr gesehen. Spezialist für den arabischen Koitus, darüber hätte er sehr gelacht. Er war natürlich nicht auf dem Kolloquium. Warum, durch welche geheime Assoziationskette er mir dort erschien – ich weiß es nicht.

Es war tatsächlich das Schloss Hainfeld, aber, wie mir scheint, war es noch größer als in Wirklichkeit. Jetzt spüre ich eine äußerst heftige körperliche Schwäche, einen Trennungsschmerz, als hätte man mir Sarahs Körper gerade entzogen. Liebestränke, Keller, tote Mädchen – wenn ich daran zurückdenke, habe ich den Eindruck, ich hätte selbst in diesem Himmelbett gelegen, mich auf meinem eigenen Totenbett glühend nach Sarahs tröstlicher Zärtlichkeit gesehnt. Das Gedächtnis ist wirklich erstaunlich, der grässliche Gurdjieff, mein Gott. Was hat der dort zu suchen, dieser alte orientalistische Okkultist, ich bin mir sicher, dass diese sanfte und bezaubernde Melodie nicht von ihm stammt, Träume tragen Masken, und diese hier war wirklich düster.

Von wem ist dieses Klavierstück, es liegt mir auf der Zunge, es könnte Schubert sein, aber er ist es nicht, vielleicht eine Passage aus Mendelssohns *Romance sans paroles D-Dur für Violoncello und Klavier*, jedenfalls ist es kein Stück, das ich häufiger höre, so viel steht fest. Wenn ich gleich wieder einschlafe, werde ich es vielleicht herausfinden, mit Sarah und den Vampiren.

Soviel ich weiß, gab es keine Krypta in Hammers Schloss, weder eine Krypta noch eine Ausstellung, im Erdgeschoss befand sich eine durch und durch steirische Gaststätte, in der man Schnitzel, Gulasch und Serviettenknödel servierte – doch Sarah und ich waren uns tatsächlich sofort sympathisch, auch ohne Ghule oder übernatürliche Koitusse, wir nahmen alle Mahlzeiten zusammen ein und musterten gemeinsam eingehend die Regale in der Bibliothek des erstaunlichen Joseph von Hammer-Purgstall. Ich übersetzte für sie die deutschen Titel, die sie nicht recht verstand; ihr Arabisch war meinem weit überlegen und erlaubte es ihr, mir den Inhalt von Werken zu erklären, von denen ich nicht das Geringste verstand, und wir blieben lange allein, Schulter an Schulter, während die anderen Orientalisten alle in den Gasthof geeilt waren aus Angst, es könnte nicht genügend Kartoffeln für alle geben – ich kannte sie erst seit einem Tag, und schon standen wir eng aneinander und beugten uns über ein altes Buch, wahrscheinlich tanzten meine Augen über den Zeilen und es schnürte mir die Brust zusammen, zum ersten Mal nahm ich den Geruch ihrer Locken wahr, zum ersten Mal erfuhr ich die Wirkung ihres Lächelns und ihrer Stimme: Es ist wirklich seltsam, sich vorzustellen, dass wir, ohne jede Aufsicht in dieser Bibliothek, deren großes Fenster auf einen kleinen Balkon über dem südlichen Wassergraben hinausging (die einzige Auskragung an der ansonsten fast schon eintönig gleichmäßigen Außenfassade), eine Gedichtsammlung Friedrich Rückerts in der Hand hielten, die er eigenhändig seinem alten Lehrer Hammer-Purgstall gewidmet hatte – in einer breiten und weit geschwungenen Handschrift, mit einer verschnörkelten, etwas vergilbten Signatur, datiert auf 1836 in Neuses, irgendwo in Franken, während vor uns, am Ufer des Wassergrabens, jene wohlriechenden Sumpfpflanzen zitterten, die Kalmus heißen und aus denen man einst das Kalamos genannte Schreibrohr schnitt. »*Beshnow az ney tchoun hekayat mikonad*«,

»Höre dem *Ney* zu, wie er Geschichten erzählt«, heißt es zu Beginn von Rumis *Mathnawi*, und es war wunderbar zu sehen, dass diese beiden Übersetzer aus dem Persischen, Hammer und Rückert, dort versammelt waren, während uns draußen das Schilfrohr eine majestätische Synästhesie bot, in der auf einen Schlag die Zärtlichkeit der Schubert'schen und Schumann'schen Lieder, die persische Dichtung, die Wasserpflanzen, aus denen man dort im Orient Flöten herstellt, und unser beider reglosen und einander kaum berührenden Körper zusammenkamen, im Dämmerlicht dieser Bibliothek mit den riesigen Holzregalen, deren Fachböden sich hinter den mit Intarsien verzierten Vitrinentüren unter dem Gewicht der Jahre und der Bücher durchbogen. Ich las Sarah einige Gedichte aus dem schmalen Band von Rückert vor, versuchte, sie so gut wie möglich für sie zu übersetzen – diese Stegreifübersetzung war sicherlich keine Glanzleistung, aber ich wollte den Moment nicht einfach so vorübergehen lassen, ich gebe zu, ich nahm mir viel Zeit, und sie unternahm keinen Versuch, mein Zögern abzukürzen, als hätten wir einen Schwur gelesen.

Ein seltsamer Schwur, denn sie hätte sich wohl nicht mehr an diesen Moment erinnert, oder vielmehr, sie hätte ihm nie die gleiche Bedeutung beigemessen wie ich, der Beweis ist dieser widernatürliche Artikel, den sie mir heute Morgen ohne ein Begleitwort geschickt hat und der mir die Albträume einflößt, die eines alten Opiumrauchers würdig sind.

Mit weit geöffneten Augen, seufzend, und mit leichtem Fieber, muss ich jetzt dennoch versuchen, wieder einzuschlafen (mich fröstelt an den Waden, ich bin glühend heiß bei eisiger Kälte sozusagen) und Sarah zu vergessen. Seit langem schon zählt man keine Schafe mehr; *»Go to your happy place«*, sagte man in einer Fernsehserie zu einem Sterbenden, und ich frage mich, was mein *happy place* sein würde, irgendwo in der Kindheit, im Sommer am Ufer eines Sees im Salzkammergut, in einer Operette von Franz Lehár in Bad Ischl, oder mit meinem Bruder in einem Autodrom im Prater, vielleicht in der Touraine bei meiner Großmutter, einem Landstrich, der uns außerordentlich exotisch und fremd vorkam, ohne es zu sein, in dem die Muttersprache, für die wir uns in Österreich beinahe schämten, plötzlich von der Mehrheit gesprochen wurde: In Ischl war alles Kaiserzeit und Tanz, in der Touraine war alles französisch, wir schlachteten Hühner und Enten, pflückten grüne Bohnen, verjagten Spatzen, aßen schimmligen, in Asche gewendeten Käse, besuchten Märchenschlösser und spielten mit Cousins, deren Idiom wir nicht ganz verstanden, denn wir sprachen ein Erwachsenenfranzösisch, das Französisch unserer Mutter und einiger französisch sprechenden Bekannten, ein wienerisches Französisch. Ich sehe mich noch als Gartenkönig mit einem Stock in der Hand, als Kapitän auf einem Leichter, der unter den Mauern des Schlosses aus Alexandre Dumas' *Die Dame von Montsoreau* die Loire hinunterfährt, oder auf dem Fahrrad in den Weinbergen um Chinon – bei den Erinnerungen an die Orte meiner Kindheit werde ich ganz wehmütig, vielleicht weil sie so grausam verschwunden sind, ein Vorgeschmack auf mein Verschwinden, die Krankheit und die Angst.

Ein Wiegenlied? Was bietet der Katalog der Wiegenlieder: Brahms, der klingt wie eine billige Spieldose, die alle Kinder Europas aus dem Bauch eines rosa oder blauen Plüschtiers im Bett gehört haben, Brahms, der Volkswagen unter den Wiegenliedern, leistungsstark und wirkungsvoll, es gibt nichts, was Sie schneller einschlafen lässt als Brahms, dieser böswillige, bärtige Schumann-Plünderer, der keine Kühnheit, keine Verrücktheit kannte – Sarah schwärmte für eines der Sextette von Brahms, sicher das erste, Opus 18 nach meiner Erinnerung, mit einem, wie soll man sagen, überwältigenden Thema. Es ist amüsant, dieses verdammte Wiegenlied von Brahms, grauenhaft einfach, wie es die wirkungsvollsten Schwertstreiche immer sind, ist die wahre Hymne Europas, die von Athen bis Reykjavík ertönt und sich über unsere bezaubernden Blondschöpfe ergießt. Vor ihm Schumann, Chopin, Schubert, Mozart und *tutti quanti*, na, das wäre doch mal ein Thema für einen Artikel, die Analyse des Wiegenlieds als Genre mit seinen Auswirkungen und Vorurteilen – zum Beispiel gibt es nur wenig Wiegenlieder für Orchester, das Wiegenlied gehört per definitionem zur Kammermusik. Soviel ich weiß, gibt es kein Wiegenlied für elektrisches oder präpariertes Klavier, aber das müsste noch überprüft werden. Kann ich mich an ein zeitgenössisches Wiegenlied erinnern? Arvo Pärt, der fromme Este, hat Wiegenlieder komponiert, Wiegenlieder für Chor und Streichorchester, Wiegenlieder, um ganze Klöster einzuschläfern, ich habe in meiner vernichtenden Kritik seines Orchesterwerks *Orient – Occident* davon gesprochen: Man hat die Schlafsäle bildhaft vor Augen, in denen die Mönchlein, unter der Leitung eines bärtigen Popen, vor dem Einschlafen singen. Trotzdem muss man wohl anerkennen, dass in Pärts Musik etwas Tröstliches liegt, etwas von der spirituellen Sehnsucht der westlichen Massen, der Sehnsucht nach einfacher Musik, die wie Glocken klingt, nach einem *Orient*, in dem nichts von der Verbindung verloren ist, die den Menschen mit dem Himmel vereint, einem durch das christliche *Credo* an den *Okzident* angenäherten *Orient*, einem spirituellen Trümmerstück, einer Kapsel für Momente der Verlassenheit – doch welches Wiegenlied ist für mich, wo ich hier und jetzt im Dunkeln liege und Angst habe, ich habe Angst, Angst vor Krankheit und Krankenhaus: Ich versuche die Augen zu schließen, doch ich fürchte dieses Duell mit meinem Körper, mit meinem Herzschlag, der mir dann zu rasen scheint, den Schmerzen, die sich, sobald man sich für sie interessiert, an allen Ecken und Enden des Körpers vervielfachen. Der Schlaf müsste unversehens kommen, von hinten, wie der Henker, der einen stranguliert oder enthauptet, wie der Feind, der zuschlägt, ich könnte ganz einfach eine Tablette nehmen, statt mich wie ein ängstlicher Hund zwischen meinen feuchten Decken zusammenzukrümmen, die ich zurückschlage, es ist zu warm darunter, kommen wir auf Sarah zurück und auf die Erinnerung, sie sind doch beide gleichermaßen unvermeidlich: Sie hat auch eine Krankheit, eine völlig andere als ich, sicher, aber trotzdem eine Krankheit. Diese Sarawak-Geschichte bestätigt vielleicht meine Zweifel, würde sie sich sonst ihrerseits, und zwar mit Haut und Haar, an den Orient verlieren wie all die Persönlichkeiten, deren Leben sie so intensiv erforscht hat.

Nach Hainfeld und der Rückert-Lektüre wurde unsere Freundschaft wirklich besiegelt durch einen kleinen Ausflug zu einem dreißig Kilometer entfernten Ort, den wir am Ende des Kolloquiums unternahmen: Sie hatte mich eingeladen, sie zu begleiten, ich hatte selbstverständlich zugesagt und so getan, als ob meine Zugfahrkarte leicht umzutauschen gewesen wäre – nach dieser kleinen Lüge nahm ich dann an dieser Spazierfahrt teil zum Leidwesen des Kellners aus der Gaststätte, der den Wagen fuhr und sicher gedacht hatte, mit Sarah allein unterwegs zu sein. Jetzt ist mir völlig klar, dass ebendies der Grund für ihre Einladung war, ich sollte den Anstandswauwau spielen oder dieser Spazierfahrt jeden Anflug eines romantischen Abenteuers nehmen. Da Sarah kaum Deutsch sprach und ihr Aushilfs-Chauffeur Englisch nur schlecht beherrschte, wurde ich außerdem (dessen wurde ich mir leider ziemlich schnell bewusst) für die Konversation benötigt. Ich war halbwegs beeindruckt gewesen vom eigentlichen Grund des Ausflugs: Was Sarah unbedingt sehen wollte, war das Denkmal für die Schlacht bei St. Gotthard oder vielmehr bei Mogersdorf, einen Steinwurf von Ungarn entfernt – doch warum interessierte sie sich überhaupt für eine Schlacht von 1664 gegen die Osmanen, für den Sieg des Heiligen Römischen Reichs und seiner französischen Verbündeten in einem abgelegenen Dorf, auf einem Hügel über dem Tal der Raab, einem Nebenfluss der Donau, der ein paar Hundert Meter entfernt vom Hainfelder Schilf vorbeifloss? Ich sollte es bald erfahren, doch zuvor musste ich eine Dreiviertelstunde lang das Palaver mit einem nicht gerade freundlichen jungen Typen hinnehmen, der sehr enttäuscht war, dass ich neben ihm saß und nicht Sarah in ihrem Minirock – ich meinerseits fragte mich, wieso ich all die Unkosten auf mich genommen hatte, neue Zugfahrkarte, zusätzliche Hotelnacht in Graz, um mit diesem Kellner ein Schwätzchen zu halten, der allerdings, geben wir es ruhig zu, gar kein so schlechter Kerl war. (Ich werde mir darüber klar, dass Sarah, die ruhig auf dem Rücksitz saß, sich ins Fäustchen gelacht haben muss, dass es ihr gelungen war, zwei erotischen Fallstricken zugleich auszuweichen, da sich die beiden Anwärter in ihrer wechselseitigen Trauer und Enttäuschung neutralisierten.) Er war aus Riegersburg und hatte dort an der Hotelfachschule studiert; unterwegs erzählte er uns ein oder zwei Anekdoten über die Burg der Gallerin, den Stammsitz der Purgstalls, ein Adlernest, das seit dem Jahr 1000 auf einer Felsspitze lag und das weder die Ungarn noch die Türken jemals hatten einnehmen können. Das Raabtal rollte sein vom Herbst orange gefärbtes Laubwerk aus, um uns herum leuchteten die Hügel und die alten erloschenen Vulkane der Steiermark mit ihrem satten Grün endlos bis in den grauen Himmel, und an den Hängen wechselten sich Wälder und Weinberge ab, eine perfekte Mitteleuropa-Landschaft; mit ein paar Nebelschleiern, Feenwispern und Hexengeschrei als klanglichem Hintergrund wäre die Szenerie vollkommen gewesen – stattdessen hatte ein feiner Nieselregen eingesetzt; es war elf Uhr vormittags, doch es hätte ebenso gut fünf Uhr nachmittags sein können, und ich fragte mich, was ich da eigentlich machte an jenem Sonntag, wo ich doch in meinem Zug hätte sitzen und in aller Ruhe nach Tübingen hätte fahren können, statt mit einer mir unbekannten oder nahezu unbekannten Frau und dem Kellner eines Landgasthofs, der seinen Führerschein wahrscheinlich erst im Sommer zuvor gemacht hatte, ein abgelegenes Schlachtfeld zu besuchen – und so machte ich mit der Zeit ein immer mürrischeres Gesicht; natürlich verpassten wir eine Abzweigung und erreichten die ungarische Grenze kurz vor der Stadt Szentgotthárd, deren Häuser man hinter den Zollbaracken schon erkennen konnte; der junge Chauffeur war verlegen; wir kehrten um – Mogersdorf lag ein paar Kilometer entfernt an der Flanke jenes Bergvorsprungs, der uns interessierte: dem Heerlager des Heiligen Römischen Reichs, das durch ein in den sechziger Jahren errichtetes monumentales Betonkreuz von vielleicht zehn Metern Höhe als solches ausgewiesen war; eine Kapelle aus dem gleichen Baumaterial und derselben Epoche vervollständigte das Ganze, und in geringer Entfernung wurde auf einer steinernen Orientierungstafel die Ansicht von der Schlacht ausgebreitet. Es herrschte klare Sicht; man sah das Tal, das sich zu unserer Linken ostwärts Richtung Ungarn erstreckte; zum Süden hin falteten sich die dreißig oder vierzig Kilometer, die uns von Slowenien trennten, zu Hügeln auf. Sarah war kaum aus dem Wagen gestiegen, als sie auch schon aufgeregt hin und her lief; nach einer ersten Orientierung betrachtete sie die Landschaft, dann das Kreuz, und wiederholte ständig: »Das ist doch unglaublich«, sie ging kreuz und quer über das Gelände, von der Kapelle zum Denkmal und wieder zurück zum großen Steintisch mit den Gravuren. Ich fragte mich (und der Kellner sich offenbar auch, der, auf die Tür seines Fahrzeugs gestützt, rauchte und mir von Zeit zu Zeit Blicke zuwarf wie in Panik geraten), ob wir nicht der Rekonstruktion eines Verbrechens beiwohnten wie bei Joseph Rouletabille oder Sherlock Holmes: Ich war darauf gefasst, dass sie rostige Schwerter oder Pferdeknochen ausgraben oder uns die Stellungen des einen oder anderen Ulanenregiments oder der piemontesischen Pikeniere zeigen würde, sollte es in dem Kampfgetümmel Ulanen und Pikeniere gegeben haben, die den wilden Janitscharen entgegentraten. Ich hoffte, das würde mir die Gelegenheit geben, meine Kenntnisse über die türkische Militärmusik und ihre Bedeutung für den im 18. Jahrhundert so häufigen *alla turca*-Stil, dessen berühmtestes Beispiel Mozart war, in die Schlacht zu werfen und damit zu brillieren, kurz, ich wartete mit dem Kutscher im Hinterhalt bei unserer Kutsche auf meine Gelegenheit, ohne mich zur Orientierungstafel und zu dem riesigen Kreuz am Rand des Vorsprungs zu bemühen und mir im Pferdemist die Schuhe dreckig zu machen, doch fünf Minuten später war die ungesellige Detektivin Sarah, nachdem sie ihr Hin und Her beendet hatte, noch immer in die eingehende Betrachtung der steinernen Karte versunken, als wartete sie darauf, dass ich zu ihr käme: Ich ging also zu ihr, weil ich mit einer weiblichen Schliche rechnete, die mich dazu verleiten sollte, zu ihr zu kommen, aber vielleicht ist die Erinnerung an Schlachten dem Liebesspiel nicht gerade zuträglich, oder ich kannte Sarah noch ziemlich schlecht, jedenfalls hatte ich den Eindruck, sie in ihren Überlegungen, beim Lesen der Landschaft zu stören. Sie interessierte sich an diesem Ort natürlich vor allem für die Art und Weise, in der das Gedenken an die Schlacht gestaltet war, und weniger für das Ereignis selbst. Das Wichtigste für sie war das große Kreuz von 1964, das mit dem Gedenken an die Niederlage der Türken eine Grenze, eine Mauer gegenüber dem kommunistischen Ungarn zog, damals der Osten, der neue Feind, der neue Orient, der den alten auf natürliche Weise ersetzt hatte. In ihren Betrachtungen war weder für mich noch für Mozarts *Türkischen Marsch* Platz; sie hatte ein kleines Notizbuch aus ihrer Tasche hervorgeholt und sich ein paar Dinge aufgeschrieben, dann hatte sie mich angelächelt, offenkundig sehr zufrieden mit ihrer Expedition.

Es begann wieder zu regnen; Sarah schloss ihr Notizbuch und steckte es in die Tasche ihres schwarzen Regenmantels; ich musste mir meine Betrachtungen über Einfluss und Widerhall der türkischen Militärmusik für den Rückweg aufsparen: Als Mozart 1778 seine elfte Klaviersonate komponierte, lagen die Präsenz der Osmanen, die Belagerung Wiens und die Schlacht bei Mogersdorf schon lange Zeit zurück, und dennoch ist sein *Rondo alla turca* sicher das Stück seiner Epoche, das sich den *Mehter*, den Fanfaren der Janitscharen, am meisten annähert; ob es nun an den Reiseberichten lag oder einfach nur daran, dass er das Genie zur Synthese besaß und auf prächtige Weise alle Charakteristika des »türkischen« Stils seiner Zeit aufnahm, weiß man nicht, und ich selbst zögerte nicht, die bei diesem Thema unumgänglichen Arbeiten von Eric Rice und Ralph Locke zusammenzuführen (also aufzublasen), um im Wagen zu brillieren, der mitten durch die Steiermark gondelte, über die sich der Herbst gelegt hatte. Mozart war die Verkörperung des türkischen »Klangs«, der Rhythmen und der Perkussion so gut gelungen, dass selbst der einzigartige Beethoven mit dem *tam taladam tam tam taladam* seines eigenen türkischen Marschs aus den *Ruinen von Athen* nicht über eine Kopie Mozarts oder vielleicht eine Hommage an ihn hinauskam. Der Wille allein macht noch keinen guten Orientalisten. Um sie ein wenig zum Lachen zu bringen, würde ich Sarah jetzt sehr gerne von der erheiternden Aufnahme erzählen, die 1974 gemacht wurde, als acht weltweit bekannte Pianisten Beethovens *Türkischen Marsch* an acht riesigen, kreisförmig aufgestellten Flügeln auf einer Bühne interpretierten. Sie spielen dieses seltsame Arrangement für sechzehn Hände ein erstes Mal, dann setzen sie sich nach dem Applaus wieder und spielen das Stück ein zweites Mal, aber in einer burlesken Version: Jeanne-Marie Darré verirrt sich in der Partitur; Radu Lupu holt irgendwo einen Tarbusch hervor und setzt ihn sich auf den Schädel, vielleicht um zu zeigen, dass er, der Rumäne, am orientalischsten von allen ist; er holt sogar eine Zigarre aus seiner Tasche und spielt, egal wie, wobei seine Finger von Tabakbrösel überhäuft sind, zum Leidwesen seiner Nachbarin Alicia de Larrocha, die dieses Konzert voller Dissonanzen und falscher Noten offensichtlich nicht besonders lustig findet, ebenso wenig wie die arme Gina Bachauer, deren Hände angesichts ihres gigantischen Körpers winzig erscheinen: der *Türkische Marsch* ist ganz sicher Beethovens einziges Stück, mit dem sie sich diesen Pennälerscherz erlauben konnten, auch wenn man davon träumen könnte, dass diese Glanzleistung eine Neuauflage mit zum Beispiel einer Ballade von Chopin oder Schönbergs *Suite für Klavier* erlebte; man würde doch gern hören, was Humor und Clownerie zu diesen Werken beitragen könnten. (Noch eine Idee für einen Artikel, einen über Abwege und Ironie in der Musik des 20. Jahrhunderts; ein weites Feld, sicher, zu dem es bestimmt schon Arbeiten gibt, ich glaube, mich vage an einen Beitrag – von wem? – über zum Beispiel die Ironie bei Mahler zu erinnern.)

Das Faszinierende an Sarah war, wie gelehrt, neugierig und bewandert sie damals, in Hainfeld, schon war, wie wissbegierig: Noch vor ihrer Ankunft hatte sie das Leben des Orientalisten Hammer-Purgstall so weit durchgeackert (und in jener schon weit zurückliegenden Zeit gab es noch kein Google, um sich schlauzumachen), dass ich sie verdächtigte, seine Erinnerungen gelesen und mich folglich belogen zu haben, als sie sagte, sie könne nur ganz wenig Deutsch; ihren Besuch von Mogersdorf hatte sie gut vorbereitet, sie wusste alles über diese vergessene Schlacht und ihre Umstände: wie die zahlenmäßig überlegenen Türken von der die Hügel hinabstürzenden Kavallerie des Heiligen Römischen Reichs überrascht wurden, als sie gerade die Raab überquert und ihre Linien noch nicht neu gebildet hatten; dass Tausende von Janitscharen, die zwischen Feind und Fluss eingeklemmt waren, einen verzweifelten Rückzug versucht hatten, bei dem die meisten von ihnen entweder ertranken oder vom Ufer aus massakriert wurden, so dass ein osmanisches Gedicht, wie Sarah erzählte, einen Soldaten beschreibt, dessen verstümmelter Leichnam bis Györ abtrieb: Er hatte seiner Geliebten versprochen zurückzukommen, und da war er nun, völlig zerfetzt, die Augen von Raben ausgehackt, und erzählte vom entsetzlichen Ausgang der Schlacht, bevor sein Kopf sich vom Rumpf löste und seine schreckliche Drift in der Donau bis Belgrad oder sogar Istanbul fortsetzte, ein Beweis für die Tapferkeit der Janitscharen und für ihre Zähigkeit – auf dem Rückweg versuchte ich, diese Geschichte für unseren Fahrer zu übersetzen, der, ich sah im Rückspiegel seine Augen, Sarah neben sich mit einem ein klein wenig erschrockenen Blick betrachtete; es ist sicher nicht einfach, einer Frau den Hof zu machen, die einem von Schlachten, verwesenden Leichen und abgerissenen Köpfen erzählt, selbst wenn sie diese Geschichte mit echtem Mitgefühl erzählt. Bevor man an etwas Schönes denkt, müsse man in den tiefsten Schrecken eintauchen und ihn gänzlich durchqueren, so weit Sarahs Theorie.

Unser junger Begleiter war alles in allem sehr sympathisch, er setzte uns mitten am Nachmittag mit Sack und Pack in Graz ab, empfahl uns eine Pension in der Altstadt (er stieg sogar aus dem Auto aus, um uns dort vorzustellen), zwei Schritte entfernt vom Aufstieg zum Schlossberg, Sarah dankte ihm sehr herzlich, ich ebenfalls. (Wie hieß der Junge noch, der uns so nett spazieren fuhr? In meiner Erinnerung hatte er einen Vornamen, der in der Generation vor ihm häufig vorkam, so etwas wie Rolf oder Wolfgang – nein, an Wolfgang würde ich mich erinnern; vielleicht Otto, oder Gustav, wenn nicht sogar Winfried, was ihn künstlich älter machte und eine eigentümliche Spannung in ihm schuf, die noch durch einen lichten, jugendlichen Schnurrbart betont wurde, der ebenso vergeblich über die Mundwinkel hinausgelangen wollte wie die türkische Armee über die verhängnisvolle Raab.)

Ich hätte zum Bahnhof gehen und den nächsten Zug nach Wien nehmen können, aber diese junge Frau mit ihren Geschichten von Monstern, Orientalisten und Schlachten faszinierte mich viel zu sehr, als dass ich sie so schnell wieder verlassen hätte, zumal ich die Chance hatte, den Abend bei einem Tête-à-Tête mit ihr zu verbringen statt mit Mama, was nicht unangenehm war, aber zu gewöhnlich – ich lebte ja gerade deshalb einige Zeit in Tübingen, weil ich aus Wien wegwollte, das mir zu erstickend, zu familiär geworden war, und nicht, um jeden Sonntag zum Abendessen zu Mama zurückzukehren. Sechs Wochen später sollte ich das erste Mal nach Istanbul reisen, und die türkischen Vorboten bei diesem Aufenthalt in der Steiermark hatten mich bezaubert – hatte nicht der junge Dragoman Joseph Hammer seine Laufbahn (nach immerhin acht Jahren an der Dolmetscherschule in Wien) in der österreichischen Gesandtschaft am Bosporus begonnen? Istanbul, der Bosporus, das war wirklich ein *happy place*, ein Ort, an den ich sofort zurückkehren würde, hielten mich nicht die Ärzte in der Porzellangasse fest, ich würde ein winziges Apartment im obersten Stock eines schmalen Gebäudes in Arnavutköy oder Bebek beziehen und zuschauen, wie die Schiffe vorbeifahren, ich würde sie zählen und dabei beobachten, wie das östliche Ufer je nach Jahreszeit die Farbe wechselt; manchmal würde ich eines der Linienschiffe nach Üsküdar oder Kadiköy nehmen, um die winterlichen Lichter über der Bagdat Caddesi zu sehen, und ich würde durchgefroren heimkehren, mit müden Augen, die Hände in den Hosentaschen, es bedauern, keine Handschuhe in einem der so hell erleuchteten Einkaufszentren gekauft zu haben, und mich am Anblick des Leanderturms erfreuen, der nachts mitten in der Meerenge so nahe zu sein scheint, dann würde ich mir, atemlos vom Aufstieg zu Hause angekommen, einen starken, tiefroten, sehr süßen Tee zubereiten, ich würde eine Opiumpfeife rauchen, ein einzige, und sanft in meinen Sessel sinken, hin und wieder von den Nebelhörnern der Tanker vom Schwarzen Meer geweckt.

Die Zukunft war so strahlend wie der Bosporus an einem schönen Herbsttag, sie kündigte sich unter ebenso glänzenden Auspizien an wie jener Abend in den neunziger Jahren allein mit Sarah in Graz, unser erstes Abendessen zu zweit, ich eingeschüchtert von dem, was dieses Protokoll an Romantik implizierte (auch wenn auf dem Tisch des Gasthauses keine Kerzenleuchter aus Zinn standen), sie aber nicht: Sie redete genauso und von denselben schrecklichen Dingen, als hätten wir zum Beispiel in der Cafeteria eines Studentenwohnheims zu Abend gegessen, weder leiser noch lauter, während mich die Plüschatmosphäre, das abgedunkelte Licht und der kühle Schick der Kellner dazu drängten zu flüstern, in einen Ton der Vertraulichkeit zu fallen – dabei wusste ich nicht, welche Geheimnisse ich dieser jungen Frau hätte anvertrauen können, die, ermutigt von unserem Besuch im Grazer Landeszeughaus, der Rüstkammer der Steiermark, deren Sammlung direkt aus dem 17. Jahrhundert hervorgegangen war, mit ihren Erzählungen von den Schlachten gegen die Türken fortfuhr. In diesem herrlichen alten Gebäude mit der reich verzierten Fassade befanden sich viele Tausend Waffen, bestens aufgeräumt und mit viel Sachkenntnis geordnet, als ob morgen 15 000 Mann in der Herrengasse Schlange stehen müssten, damit der eine einen Säbel, der nächste einen Brustharnisch, der dritte eine Arkebuse oder eine Pistole in Empfang nehmen könnte, um loszulaufen und die Region gegen einen unwahrscheinlichen osmanischen Angriff zu verteidigen: Tausende von Musketen, Hunderte von Lanzen, Hellebarden, um Pferde aufzuhalten, ein Unzahl von Faustwaffen, Blankwaffen, die schnell gezogen werden konnten, von Pulvertaschen, die sich jederzeit verteilen ließen, und es war ziemlich erschreckend, in dieser wohlgeordneten Sammlung zu sehen, dass viele der Ausstellungsstücke benutzt worden waren: Die Rüstungen trugen die Spuren von Kugeln, die sie aufgehalten hatten, die Klingen waren abgenutzt von den ausgeführten Hieben und Stichen, und man konnte sich leicht den Schmerz vorstellen, den all diese reglosen Dinge hervorgerufen hatten, den Tod, den sie verbreitet hatten, die durchbohrten Leiber, die im Kampfgeschehen zerstückelten Körper.

Man könne in diesem Arsenal, sagte Sarah, das große Schweigen dieser Kriegsinstrumente hören, ihr beredtes Schweigen, fügte sie noch hinzu, so sehr brachte diese Ansammlung von Todesvorrichtungen, die ihre Besitzer überlebt hatten, deren Leiden, ihre Schicksale und letztlich ihre Abwesenheit zum Vorschein: Darüber also sprach sie mit mir während des Abendessens, über das Schweigen, das im Landeszeughaus dargestellt wurde, und wie sie dieses Schweigen mit den zahlreichen, im Wesentlichen türkischen Erzählungen in Verbindung brachte, die sie gelesen hatte, vergessene Stimmen, die von jenen Auseinandersetzungen erzählten – ich muss den Abend damit verbracht haben, sie anzusehen und ihr zuzuhören, oder zumindest, denke ich, von ihrer Rede gebannt, betört gewesen sein, in der sich Geschichte, Literatur und buddhistische Philosophie mischten; hatte ich auch ihren Körper gemustert wie im Museum die Augen in ihrem Gesicht, die beiden Schwärme von Sommersprossen über den Wangenknochen, ihren Busen, den sie häufig mit ihren Unterarmen verbarg, wenn sie ihr Kinn mit den Handballen stützte, mit einer Geste, die so unwillkürlich war, als wäre sie nackt gewesen, die mir in ihrer Schamhaftigkeit immer bezaubernd vorkam und mich zugleich ärgerte, da sie mich auf die vermeintliche Lüsternheit meines Blicks auf sie verwies. Das Gedächtnis ist schon eine seltsame Sache; ich bin unfähig, mich an ihr Gesicht, ihren Körper von damals zu erinnern, beides verschwimmt und macht ihrem Bild von heute im Dekor der Vergangenheit Platz – sicher hatte ich zum Gespräch mit einem musikalischen Detail beigetragen: Es gab tatsächlich einen Musiker in dieser Schlacht bei Mogersdorf, einen vergessenen Barockkomponisten, Pál Esterházy, er war der erste Fürst seines Geschlechts, der einzige große Soldatenkomponist oder Komponistensoldat, den man kennt, der sich unzählige Male mit den Türken geschlagen hat, Autor von Kantaten, darunter dem herrlichen Zyklus *Harmonia cælestis*, und ein großer Cembalist – unbekannt ist, ob er auch der Erste war, der sich von der türkischen Militärmusik inspirieren ließ, die er so oft hörte, aber ich bezweifle das: Nach so vielen Schlachten und Desastern auf seinem Land dürfte ihm vor allem daran gelegen haben, die Gewalt zu vergessen und sich erfolgreich der Himmelsharmonie zu widmen.

Wo wir gerade bei Militärmusik sind: Herrn Grubers Galopp auf dem

Weg ins Bett lässt darauf schließen, dass es 23 Uhr ist – unglaublich, dass dieser Herr allabendlich ins Badzimmer *rennt*, jeden Abend, den uns Gott schenkt, stürmt Herr Gruber Punkt elf Uhr sein Scheißhaus und lässt sein Parkett knarren und meine Leuchter erzittern.

Auf der Rückreise von Teheran hatte ich in Istanbul haltgemacht und dort drei herrliche Tage allein verbracht, oder fast allein, sieht man einmal von einer denkwürdigen Spritztour mit Michael Bilger ab, um »meine Befreiung zu feiern«; nach zehn Monaten ungeheuren Trübsinns in Teheran, ohne ein einziges Mal auszugehen, hatte ich ein rauschendes Fest in der Stadt verdient, in verrauchten Bars, Tavernen, in denen es Musik, Mädchen und Alkohol gab, und ich glaube, es war das einzige Mal in meinem Leben, dass ich betrunken gewesen bin, stockbesoffen, trunken vom Lärm, vom Haar der Mädchen, von den Farben, der Freiheit, betrunken vom Vergessen des Schmerzes über Sarahs Abreise – der preußische Archäologe Bilger war ein ausgezeichneter Führer, er zog mit mir quer durch Beyoglu von Bar zu Bar, bevor er mir irgendwo in einem Nachtlokal den Rest gab: Inmitten einer Schar von Nutten in bunten Kleidern klappte ich zusammen, mit dem Gesicht in einem Schälchen mit rohen Karotten und Zitronensaft. Am nächsten Tag hat er mir erzählt, dass er gezwungen war, mich bis in mein Hotelzimmer zu schleppen, dabei soll ich aus vollem Hals den *Radetzky-Marsch* gesungen haben (was für ein Horror!), aber das kann ich nicht so richtig glauben, warum zum Teufel sollte ich (auch wenn ich nach Wien unterwegs war) in der Stambuler Nacht dieses Marschlied angestimmt haben, sicher hatte Bilger mich nur veralbert, er hat sich immer über meinen Wiener Akzent lustig gemacht – ich glaube nicht, dass ich jemals aus vollem Hals Johann Strauß gesungen, ja nicht einmal vor mich hin gepfiffen habe, und sei es auch nur der *Schlittschuhläufer-Walzer*, schon auf dem Gymnasium waren die Walzerkurse eine einzige Tortur für mich, der Walzer ist im Übrigen Wiens Fluch und hätte nach Errichtung der Republik zusammen mit dem Gebrauch von Adelstiteln verboten werden müssen: Das hätte uns zahllose fürchterliche Nostalgiebälle und grauenhafte Touristenkonzerte erspart. Und zwar sämtliche Walzer, außer natürlich Sarahs kleinen Walzer für Flöte und Violoncello, »Sarahs Thema«, das eine jener geheimnisvollen, kindlichen, zerbrechlichen Phrasen war, bei der man sich fragte, wo sie sie wohl ausgegraben hatte, und zu der man ja auch gern zurückkehrt, denn die Musik ist eine schöne Zuflucht vor der Unvollkommenheit der Welt und dem körperlichen Verfall.

Am Tag danach wachte ich in Istanbul putzmunter auf, als wäre nichts gewesen, mit solcher Kraft wischten die Energie der Stadt und das Vergnügen, sie zu durchstreifen, die Auswirkungen des am Abend zuvor hinuntergestürzten Alkohols weg, kein Brummschädel, keine Übelkeit, nichts, was nicht schlagartig verflogen wäre, Sarah und die Erinnerungen, vom Wind des Bosporus hinweggefegt.

Der kleine Walzer ist eine mächtige Droge: Die warmen Klänge des Cellos umfangen die Flöte, es liegt etwas stark Erotisches im Duo dieser beiden Instrumente, die, jedes in seinem eigenen Thema, seiner eigenen Phrase, einander umschlingen, als wäre die Harmonie eine berechnete Distanz, eine starke Verbindung und zugleich ein unüberbrückbarer Raum, eine Strenge, die uns zusammenschweißt, indem sie uns hindert, ganz zusammenzukommen. Ein Schlangenkoitus, das Bild stammt, glaube ich, von Strawinsky, aber damit meinte er bestimmt nicht den Walzer. Bei Berlioz ist in seinem *Faust*, in den *Trojanern* oder in *Romeo und Julia* die Liebe immer der Dialog einer Bratsche und einer Flöte oder Oboe – es ist schon lange her, dass ich *Romeo und Julia* mit den ergreifenden Passagen der Leidenschaft, der Gewalt und Leidenschaft, gehört habe.

Durch den Vorhang sieht man die Lichter der Nacht, ich könnte ebenso gut wieder zu lesen beginnen, doch ich muss mich ausruhen, sonst bin ich morgen ganz erledigt.

In Graz hatte ich nach unserem Abendessen zu zweit sicher auch schlecht geschlafen, ich fühlte mich ein klein wenig deprimiert von der Vollkommenheit dieser jungen Frau, ihrer Schönheit, vor allem aber von der Leichtigkeit, mit der sie vortrug, kommentierte, das unwahrscheinlichste Wissen mit außergewöhnlicher Ungezwungenheit ausbreitete. War mir damals schon bewusst, dass sich unsere Wege so nahe sein würden, hatte ich eine Ahnung, was sich aus jenem Abendessen ergeben sollte, oder ließ ich mich von meiner Begierde leiten, als ich ihr auf einem Flur Gute Nacht wünschte, den ich perfekt vor mir sehe, die Wände mit dunkelbraunem Filz bespannt, helle Holzmöbel, dunkelgrüne Lampenschirme, und ebenso sehe ich mich selbst, wie ich anschließend auf dem schmalen Bett liege, die Arme unter dem Kopf verschränkt, seufzend an die Decke schaue, enttäuscht, nicht neben ihr zu liegen und nach der Verzauberung durch ihren Geist nicht ihren Körper zu entdecken – den ersten Brief werde ich an sie schreiben, nahm ich mir vor und dachte dabei an meine Reise in die Türkei; ich malte mir eine glühende Korrespondenz aus, eine Mischung aus Lyrismus, Beschreibungen und musikalischer Gelehrtheit (vor allem aber Lyrismus). Ich nehme an, dass ich ihr in allen Einzelheiten vom Zweck meines Aufenthalts in Stambul erzählt habe, von der europäischen Musik im Istanbul des 19. und 20. Jahrhunderts, Liszt, Hindemith und Bartók über dem Bosporus, von Abdülaziz bis Atatürk, einem Forschungsprojekt, das mir ein Stipendium einer angesehenen Stiftung eingebracht hatte, auf das ich nicht wenig stolz war und aus dem mein Artikel über Donizettis Bruder Giuseppe hervorgehen sollte, der die europäische Musik in den Führungsschichten des Osmanischen Reichs einführte – ich frage mich, was dieser Text heute noch wert sein mag, sicher nicht mehr viel, sieht man von der Rekonstruktion der Biographie dieses einzigartigen, nahezu vergessenen Mannes ab, der vierzig Jahre im Schatten der Sultane lebte und in der Kathedrale von Beyoglu zu den Klängen der Marschmusik beigesetzt worden war, die er für das Reich komponiert hatte. (Die Militärmusik ist offensichtlich ein entscheidender Punkt des Austauschs zwischen Ost und West, hätte Sarah gesagt: Es ist außergewöhnlich, dass diese an Mozart angelehnte Musik fünfzig Jahre nach dem *Türkischen Marsch* in gewisser Weise zu ihrem Ausgangspunkt in die Hauptstadt der Osmanen »zurückfindet«; so gesehen ist es logisch, dass die Türken von dieser Verwandlung ihrer eigenen Rhythmen und Klänge verführt worden waren, denn hier lag – um Sarahs Vokabular aufzunehmen – das Ich im Anderen.)

Ich versuche jetzt, meine Gedanken zum Schweigen zu bringen, anstatt mich der Erinnerung und der Traurigkeit dieses kleinen Walzers hinzugeben; ich werde eine dieser Meditationstechniken anwenden, mit denen Sarah so vertraut ist und die sie mir hier in Wien erklärt hat, nicht ohne trotzdem ein wenig darüber zu lachen: Versuchen wir also, tief einzuatmen, die Gedanken in ein riesiges Weiß gleiten zu lassen und mit geschlossenen Augenlidern, die Hände auf dem Bauch, den Tod nachzuäffen, bevor er kommt.

23 Uhr 10

Sarah halbnackt in einem Schlafzimmer in Sarawak, kaum bekleidet mit Top und Baumwollshorts; ein bisschen Schweiß zwischen den Schulterblättern und in den Kniekehlen, ein bis zur Wadenmitte zurückgeschobenes Knäuel Decke. Vom pulsierenden Blut der Schläferin angelockt, hängen noch ein paar Insekten am Moskitonetz, obwohl die Sonne schon durch die Bäume sticht. Das *long house* erwacht, die Frauen sind draußen auf der Holzterrasse unter dem Vorbau; sie bereiten das Essen zu; undeutlich nimmt Sarah das Klappern der Schüsseln wahr, dumpf wie das Trommeln eines Semantrons, und die fremden Stimmen.

Malaysia ist sieben Stunden voraus, der Tag bricht an.

Wie lange habe ich es ausgehalten, an fast nichts zu denken, zehn Minuten vielleicht?

Sarah im Dschungel der Brookes, der weißen Rajas von Borneo, der Herrscherdynastie, die orientalische Könige sein wollten und es geworden sind, die fast ein Jahrhundert lang im Land der Piraten und Kopfjäger herrschten.

Die Zeiten sind vorbei.

Nach Schloss Hainfeld, den Wiener Spaziergängen, Istanbul, Damaskus, Teheran, liegt nun jeder von uns auf seiner Seite, getrennt durch die Welt. Mein Herz schlägt zu schnell, das spüre ich; ich atme zu stark; das Fieber könne dieses leichte Herzrasen verursachen, hat der Arzt gesagt. Ich werde aufstehen. Oder ein Buch lesen. Vergessen. Nicht an den Prüfungsmist denken, nicht an die Krankheit, an die Einsamkeit.

Eigentlich könnte ich ihr einen Brief schreiben, das würde mich beschäftigen – »Liebste Sarah, danke für den Artikel, aber ich muss gestehen, sein Inhalt beunruhigt mich: Geht es Dir gut? Was machst Du in Sarawak?« Nein, zu belanglos. »Liebe Sarah, Du sollst wissen, dass ich im Sterben liege.« Etwas verfrüht. »Liebe Sarah, Du fehlst mir«, zu direkt.

»Liebste Sarah, könnten die Schmerzen von einst nicht eines Tages Freuden werden?« Das ist schön, *die Schmerzen von einst*. Hatte ich in meinen Briefen aus Istanbul Dichter bemüht? Ich hoffe, sie hat sie nicht aufbewahrt – ein Monument des Bramarbasierens.

Das Leben ist eine Mahler-Sinfonie, es kehrt nie zurück, fällt nie wieder auf die Füße. In diesem Zeitgefühl, das eine Definition der Melancholie ist, das Bewusstsein von der Endlichkeit, gibt es keine Zuflucht außer im Opium und im Vergessen; Sarahs Doktorarbeit kann (das merke ich erst jetzt) als Katalog von Melancholikern gelesen werden, der seltsamste aller Kataloge von Abenteurern im Reich der Melancholie, in den unterschiedlichsten Gattungen und von ganz verschiedener Herkunft, Sadegh Hedayat, Annemarie Schwarzenbach, Fernando Pessoa, um nur einige ihrer Lieblinge zu nennen – es sind auch diejenigen, denen sie am wenigsten Seiten widmet, da Wissenschaft und Universität sie zwingen, bei ihrem Thema zu bleiben, das *»Bilder des Anderen zwischen Orient und Okzident«* hieß. Ich frage mich, ob das, was sie im Laufe ihres wissenschaftlichen Lebens gesucht hat, in dem sie völlig aufgeht, ob ihr lebenslanges Forschen nicht ihrer eigenen Heilung gilt – dem Sieg über die schwarze Galle, zuerst durch das Reisen, dann durch das Wissen und schließlich durch die Mystik, was zweifellos auch für mich stimmt, auch für mich, wenn man die Musik als durchdachte, als umschriebene und in Klang verwandelte Zeit ansieht, und wenn ich heute mit diesen Laken kämpfe, könnte man zehn zu eins darauf wetten, dass auch ich an diesem Mal de siècle leide, das in der modernen Psychiatrie, die der Kunst und der Philosophie überdrüssig ist, *strukturelle Depression* genannt wird, wenngleich sich die Ärzte in meinem Fall nur für die *körperlichen* Aspekte meiner Schmerzen interessieren, die zweifelsfrei völlig real sind, von denen ich aber nur zu gerne möchte, dass sie nur eingebildet wären – ich werde sterben, ich werde sterben, das ist die Nachricht, die ich Sarah schicken müsste, durchatmen, tief durchatmen, das Licht anmachen, sich nicht an diesem Abhang in die Tiefe reißen lassen. Ich werde dagegen ankämpfen.

Wo ist meine Brille? Diese Nachttischlampe ist wirklich jämmerlich, ich muss sie unbedingt ersetzen. Wie viele Abende habe ich sie erst an-, dann ausgeknipst und es mir dabei immer wieder gesagt? Was für ein

Schlendrian. Überall liegen Bücher. Sachen, Bilder, Musikinstrumente, die ich nie mehr werde spielen können. Wo ist die Brille? Unmöglich, wieder an die Akten des Hainfelder Kolloquiums zu kommen, in denen ihr Text über die Ghule, Dschinn und Monster neben meinem Vortrag über Farabi steht. Ich werfe nichts weg, und dennoch verliere ich alles. Die Zeit raubt mich aus. Ich habe bemerkt, dass mir zwei Bände meiner Karl-May-Gesamtausgabe fehlen. Nicht weiter schlimm, ich werde sie zweifellos nie wieder lesen, ich werde sterben, ohne sie wiedergelesen zu haben, und es ist ein entsetzlicher Gedanke, dass man eines Tages zu tot sein wird, um *Durch Wüste und Harem* zu lesen. Dass meine *Panorama-Ansicht Istanbuls vom Galataturm aus* bei einem Wiener Antiquar landet, der sie mit der Erklärung, sie stamme aus der Sammlung eines kürzlich verstorbenen Orientalisten, verkaufen wird. Wozu jetzt die Nachttischlampe auswechseln? Die *Panorama-Ansicht Istanbuls* … oder auch jene Zeichnung David Roberts' vom Eingang der Sultan-Hassan-Moschee in Kairo, von Louis Haghe lithographiert und für die königliche Subskription sorgfältig von Hand koloriert, die der Antiquar nicht verschleudern sollte, für den Druck habe ich ein Vermögen bezahlt. Das Faszinierende an Sarah ist, dass sie nichts besitzt. Ihre Bücher und ihre Bilder hat sie im Kopf, im Kopf und in ihren unzähligen Notizheften. Mich beruhigen die Dinge. Vor allem Bücher und Partituren. Oder sie ängstigen mich. Vielleicht ängstigen sie mich ebenso sehr, wie sie mich beruhigen. Ich kann mir ihren Koffer für Sarawak gut vorstellen: sieben Unterhosen, drei Büstenhalter, ebenso viele T-Shirts, Shorts und Jeans, eine Vielzahl halb vollgeschriebener Notizhefte und Punkt. Als ich das erste Mal nach Istanbul gereist war, hatte mich Mama gezwungen, Seife, Waschmittel, ein Erste-Hilfe-Set und einen Regenschirm mitzunehmen. Mein Koffer wog sechsunddreißig Kilo, was mir Ärger am Flughafen Schwechat einbrachte; ich musste einen Teil Mama mitgeben, die es sich nicht hatte nehmen lassen, mich hinzubringen: Widerwillig übergab ich ihr den Briefwechsel von Liszt und die Artikel Heines (die mir anschließend fehlten); ihr das Waschmittelpaket, den Schuhlöffel oder meine Bergsteigerstiefel zurückzugeben erwies sich leider als unmöglich, sie sagte: »Aber die Sachen sind unentbehrlich, du wirst doch nicht ohne Schuhlöffel verreisen! Und außerdem wiegen sie so gut wie nichts«, warum nicht auch einen Stiefelknecht, wo wir schon dabei waren, ich hatte bereits ein ganzes Arsenal an Krawatten und Jacketts mit »für den Fall, dass ich bei vornehmen Leuten zu Gast sein würde«. Es fehlte nicht viel, und sie hätte mich gezwungen, ein Reisebügeleisen einzupacken, doch es war mir gelungen, sie zu überzeugen, dass es zwar in der Tat zweifelhaft sei, ob man in diesen fernen Gefilden gutes österreichisches Waschmittel finden würde, dass es dort aber elektrische Hausgeräte in Hülle und Fülle gebe, dass es dort geradezu davon wimmele, da China und seine Fabriken in der Nähe seien, was sie allerdings nur mäßig beruhigte. Dieser Koffer wurde also mein Kreuz, ein dreißig Kilogramm schweres Kreuz, das ich unter Schmerzen (die Rollen waren natürlich gleich bei der ersten Unebenheit unter dem Gewicht weggebrochen) von einer Unterkunft zur anderen, von Yeniköy nach Taksim, durch die furchtbar steil abfallenden oder ansteigenden Straßen Istanbuls schleppen musste, was mir den beißenden Spott meiner Mitbewohner einbrachte, vor allem für das Waschmittel und die Apotheke. Ich wollte das Bild eines Abenteurers, Forschungsreisenden, Condottiere abgeben und war doch nur ein Muttersöhnchen, beladen mit Medikamenten gegen Durchfall, mit Knöpfen und Nähgarn *für den Notfall*. Es ist ein wenig deprimierend, dass sich daran zugegebenermaßen nicht viel geändert hat, dass die Reisen keinen kühnen, furchtlosen und braungebrannten Mann aus mir gemacht haben, sondern ein bleiches Brillenmonster, das heute bei dem Gedanken zittert, sein Stadtviertel zu durchqueren, um ins Krankenhaus gehen zu müssen.

Wie sich doch im Lampenlicht der Staub auf der *Panorama-Ansicht Istanbuls vom Galataturm aus* hervorhebt, man erkennt die Schiffe fast nicht mehr, ich müsste es abwischen, aber vor allem müsste mir diese verdammte Brille wieder unter die Hände kommen. Ich hatte den Photochromdruck in einem Laden hinter der Istiklal Cadessi gekauft, viel von dem Schmutz muss noch von Istanbul herrühren, eine ursprüngliche Schmutzschicht, der Archäologe Bilger war dabei – den letzten Berichten zufolge ist er noch immer genauso verrückt, Klinikaufenthalte wechseln mit Perioden einer erschreckenden Überspanntheit, in denen er die Gräber Tutanchamuns in den Parkanlagen von Bonn entdeckt, bevor er, besiegt von den Drogen und der Depression, einen Rückfall erleidet, und man fragt sich, welche dieser Phasen besorgniserregender ist. Man muss hören, wie er wild gestikulierend schreit, er sei ein Opfer des Pharaonenfluchs, wie er die Wissenschaftsverschwörung beschreibt, die ihn von einflussreichen Posten fernhalte, um zu begreifen, wie sehr er dem Wahnsinn verfallen ist. Das letzte Mal, als ich zu einer Konferenz ins Beethovenhaus eingeladen war, versuchte ich, ihm aus dem Weg zu gehen, doch leider war Bilger gerade nicht in der Klinik, er befand sich im Publikum, saß schön in der ersten Reihe und stellte natürlich eine endlose und unverständliche Frage zu einer Verschwörung gegen Beethoven im kaiserlichen Wien, in der alles durcheinanderging, Ressentiment, Paranoia und die Gewissheit, ein verkanntes Genie zu sein – das Publikum sah ihn (da es ihm nicht folgen konnte) vollkommen konsterniert an, und die Organisatorin warf mir entsetzte Blicke zu. Gott weiß, wie nahe wir uns einmal standen, damals – als ihm »eine große Zukunft bevorstand« und er sogar einige Monate lang, wenn auch nur interimsweise, die Außenstelle des hoch angesehenen Deutschen Archäologischen Instituts in Damaskus leitete. Er verdiente viel Geld, fuhr in einem beeindruckenden weißen Geländewagen kreuz und quer durch Syrien, wechselte von internationalen Ausgrabungsstätten zur Erkundung unbeschädigter hellenistischer Kulturdenkmäler, speiste mit dem Direktor des staatlichen syrischen Antikenmuseums zu Mittag und verkehrte mit zahlreichen ranghohen Diplomaten. Wir hatten ihn einmal auf einer Inspektionsreise auf dem Euphrat mitten in die Wüste hinter der grauenerregenden Stadt Raqqa begleitet, und es war herrlich anzusehen, wie all diese Europäer im Sand Blut und Wasser schwitzten, um den Einheiten syrischer Arbeiter, wahrer Künstler mit der Schippe, Befehle zu erteilen und ihnen zu sagen, wo und wie sie im Sand graben sollten, um die Überreste der Vergangenheit wieder ans Tageslicht zu bringen. Um die Mittagshitze zu meiden, kratzten die Einheimischen mit Kufiyas vom Morgengrauen an, wenn es noch eiskalt war, die Erde auf nach den Anweisungen französischer, deutscher, spanischer oder italienischer Wissenschaftler, von denen viele noch keine dreißig Jahre alt waren und die zumeist unentgeltlich anreisten, um an einem Tell in der syrischen Wüste Auslandserfahrung zu sammeln. Jede Nation hatte ihre Ausgrabungsstätten entlang des Flusses bis hin zu den öden Landstrichen der Dschazira an der Grenze zum Irak: Die Deutschen Tell Halaf und Tell Bi'a, einen Hügel, der eine mesopotamische Siedlung mit dem süßen Namen Tuttul bedeckte; die Franzosen Dura Europos und Mari; die Spanier Halabiya und Tell Halula und so weiter, sie schlugen sich um die syrischen Grabungsgenehmigungen wie Ölgesellschaften um Ölfelder und waren ebenso wenig bereit, ihre Steinchen zu teilen, wie Kinder ihre Murmeln, außer sie mussten sich zusammentun, um Gelder aus Brüssel zu bekommen, wenn es nämlich darum ging, nicht die Erde auszuheben, sondern die Schätze der Europäischen Kommission, waren sich alle schnell einig. Bilger schwamm in diesem Milieu wie ein Fisch im Wasser: Uns kam er vor wie der Sargon dieser fleißigen Heerscharen; er gab Kommentare ab zu den Baustellen, den Funden, den Lageplänen, er rief die Arbeiter bei ihren Kurznamen, Abu Hassan, Abu Mohammed: Die »lokalen« Erdarbeiter bekamen einen Hungerlohn, der aber immer noch weit höher war als das, was sie auf einer heimischen Baustelle verdient hätten, abgesehen davon, dass es eine Abwechslung war, für diese Franken mit ihren cremefarbenen Safarijacken und Seidentüchern zu arbeiten. Das war der große Vorteil der Grabungskampagnen im Orient: Wo sie in Europa durch ihre Budgets gezwungen waren, selbst zu graben, konnten die Archäologen in Syrien nach dem Vorbild ihrer ruhmreichen Vorgänger die niederen Arbeiten delegieren. Oder wie Bilger mit einem Zitat aus *Zwei glorreiche Halunken* sagte: »Auf dieser Welt gibt es zwei Arten von Menschen: die einen haben 'nen geladenen Revolver und die anderen buddeln.« Die europäischen Archäologen hatten sich deshalb ein sehr spezielles, technisches Arabisch angeeignet: hier graben, das da freilegen, mit der Schaufel, mit der Hacke, mit dem Meißel, mit der Kelle – der Pinsel gehörte zur Apanage der Westler. *Vorsichtig* graben, *schnell* freilegen, und allenthalben hörte man solche Dialoge:

– Hier einen Meter tief.

– Ja, Chef. Mit der Schippe?

– Ähm, mit der großen Schaufel … nein, nicht mit der Schaufel. *Eher* mit der Hacke.

– Der Spitzhacke?

– Nicht mit der Spitzhacke. Mit der kleinen Hacke.

– Also einen Meter tief graben mit der kleinen Hacke?

– *Na'am na'am*. Chouïa chouïa, *he, reißt mir bloß nicht die ganze Mauer ein, nur um schneller fertig zu werden*, okay?

– Alles klar, Chef.

Unter diesen Umständen kam es natürlich immer wieder zu Missverständnissen, die zu unersetzlichen Verlusten für die Wissenschaft führten: Viele Mauern und Stylobaten sind der perversen Allianz von Linguistik und Kapitalismus zum Opfer gefallen, doch insgesamt waren die Archäologen zufrieden mit ihrem Personal, das sie sozusagen von Saison zu Saison ausbildeten: Mit dem Erbe vom Vater zum Sohn waren manche seit mehreren Generationen archäologische Erdarbeiter, hatten die großen Ahnen der orientalistischen Archäologie gekannt und waren seit den dreißiger Jahren auf Fotos von den Ausgrabungen zu sehen. Es ist komisch, doch man fragt sich, welche Beziehung sie zu jener Vergangenheit hatten, zu deren Rekonstruktion sie beitrugen; die Frage hatte natürlich Sarah aufgeworfen:

– Ich würde nur zu gerne wissen, was die Ausgrabungen für diese Arbeiter bedeuten. Haben sie das Gefühl, dass man sie ihrer Geschichte beraubt, dass der Europäer ihnen einmal mehr etwas stiehlt?

Bilger hatte eine Theorie, er behauptete, für diese Erdarbeiter gehöre alles, was vorislamisch sei, nicht zu ihnen, sondern zu einer anderen Ordnung, einer anderen Welt, die sie in den *qadim jiddan*, das »sehr Alte«, verweisen; Bilger meinte, für einen Syrer teile sich die Geschichte der Welt in drei Perioden: in *jadid*, die jüngste, in *qadim*, die alte, und *qadim jiddan*, die sehr alte Vergangenheit, ohne dass man genau wusste, ob nicht das Niveau seiner Arabischkenntnisse der Grund für eine solche Vereinfachung war: Und selbst wenn ihn seine Arbeiter über die Abfolge der mesopotamischen Dynastien unterrichtet hätten, wären sie mangels einer gemeinsamen Sprache gezwungen gewesen, sich auf den *qadim jiddan* zu verlassen, damit er sie verstand.

Europa hat den Syrern, Irakern und Ägyptern die Antike unter dem Hintern weggegraben; unsere glorreichen Nationen haben sich kraft ihres Monopols in Wissenschaft und Archäologie des Universellen bemächtigt und mit diesem Raub den kolonisierten Völkern eine Vergangenheit entwendet, die deshalb von ihnen leicht als ortsfremd erlebt wird: Die hirnlosen islamistischen Zerstörer steuern die Abrissbagger in den antiken Stätten umso leichter, als sich ihre abgrundtiefe, ahnungslose Dummheit mit dem mehr oder weniger diffusen Gefühl verbindet, es handele sich bei diesem Kulturerbe um eine seltsame rückwirkende Emanation der fremden Macht.

Raqqa ist heute eine der Städte, die direkt vom Islamischen Staat in Irak und Syrien regiert werden, was sie sicher nicht viel gastfreundlicher macht, und die bärtigen Mörder frönen ihren Mordgelüsten, schneiden den einen die Kehle durch, hacken den anderen die Hände ab, setzen Kirchen in Brand und vergewaltigen ungläubige Frauen zum Vergnügen, ihre Sitten sind *qadim jiddan*, der Wahnsinn scheint die ganze Region erfasst zu haben, ist dort vielleicht ebenso unheilbar wie der Bilgers.

Ich habe mich oft gefragt, welche Anzeichen es für Bilgers Wahnsinn gegeben hatte, und ganz im Gegensatz zum Irrsinn in Syrien sehe ich da wenig außer seiner außergewöhnlichen Tatkraft, seiner Gewandtheit und seinem Größenwahn, was vielleicht schon viel ist. Er schien vollkommen ausgeglichen und zurechnungsfähig; bei unserer letzten Begegnung in Istanbul, vor seiner Abreise nach Damaskus, war er voller Begeisterung und Tatkraft – er war es, der mich Faugier vorgestellt hatte: Faugier suchte einen Mitbewohner, während ich vergeblich alle deutschsprachigen Institutionen abklapperte, um eine Unterkunft für die zwei Monate zu finden, die ich noch am Bosporus bleiben konnte, nachdem ich schon die Großzügigkeit des österreichischen Kulturforums im Palais Yeniköy, dem herrschaftlichen Sitz erst der Botschaft, dann des österreichischen Generalkonsulats, ausgeschöpft hatte, das weit oben bei der Rumelischen Festung lag, zwei Schritte entfernt vom Haus in Büyükdere, in dem mein großer Landsmann Hammer-Purgstall einst untergebracht war. Dieser Palast war ein erhabener Ort, der nur den einen Nachteil hatte, dass er in dieser von Staus aufgefressenen Stadt extrem schwierig zu erreichen war: Mein Koffer und ich waren also sehr froh, dass wir in der Wohnung dieses jungen französischen Forschers ein Zimmer mieten konnten, eines Sozialwissenschaftlers, der sich mit der Prostitution am Ende der osmanischen Herrschaft und zu Beginn der türkischen Republik beschäftigte, ein Thema, das ich Mama wohlweislich verschwieg, damit sie nicht meinte, ich würde in einem Bordell wohnen. Das Apartment lag zentral, ich hatte es nicht weit zu meinen musikwissenschaftlichen Forschungen und der ehemaligen Gesellschaft der Italienischen Chöre, deren Sitz nur wenige Hundert Meter entfernt lag. Faugier interessierte sich zweifellos für die Prostitution, doch in Istanbul war er im »Exil«, sein eigentliches Forschungsgebiet war der Iran, und solange er auf ein Visum für Teheran wartete, war er vom Französischen Institut für Anatolien-Studien aufgenommen worden. Jahre später begegnete ich ihm dann übrigens in Teheran wieder: In der Welt der Orientstudien gibt es keinen Zufall, hätte Sarah gesagt. In Istanbul stellte er seine Sachkenntnis in den Dienst des gastgebenden Instituts und arbeitete an einem Beitrag über »Die Regulierung der Prostitution in Istanbul zu Beginn der Republik«, von dem er mir Tag und Nacht erzählte – er war ein komischer Erotomane: ein Pariser Hallodri aus guter Familie, ziemlich elegant und von ungeheurer Freimütigkeit, die nichts zu tun hatte mit Bilgers subtiler Ironie. Wie und warum er darauf setzte, ein Visum für Iran zu erhalten, war für alle ein Rätsel, und wenn man ihn danach fragte, begnügte er sich mit einem »hoho, Teheran ist eine sehr interessante Stadt wegen ihrer Rotlichtviertel, dort gibt es alles«, und wollte nicht verstehen, dass unsere Verwunderung nicht den Voraussetzungen der Stadt für eine solche Untersuchung galt, sondern der Frage, inwieweit die Islamische Republik ausgerechnet diesem *pikanten* Forschungsgebiet gewogen sein sollte. (Mein Gott, ich denke schon wie meine Mutter, *pikant*, seit 1975 hat diesen Ausdruck niemand mehr benutzt, Sarah hat doch recht, ich bin prüde und altmodisch, unverbesserlich, da ist nichts zu machen.) Anders als man meinen könnte, war Faugier auf seinem Gebiet außerordentlich angesehen und schrieb von Zeit zu Zeit Artikel für die großen französischen Tageszeitungen – es ist amüsant, dass er sich als *Spezialist des arabischen Koitus* in meine Träume einschleicht, es hätte ihm nicht missfallen, auch wenn er, soviel ich weiß, keinerlei Beziehung zur arabischen Welt hat, sondern ausschließlich zur Türkei und zu Iran, aber wer weiß. Vielleicht wissen unsere Träume mehr als wir.

Der verrückte Bilger hatte einen Heidenspaß daran, mich mit einem solchen Mann in eine »Wohngemeinschaft« gebracht zu haben. Damals nutzte er eines seiner zahllosen Stipendien, um sich bei allen möglichen Prominenten anzubiedern, die man sich vorstellen kann – er hat sogar mich benutzt, um sich bei den Österreichern einzuführen, und stand unseren Diplomaten sehr schnell näher als ich.

Ich korrespondierte regelmäßig mit Sarah, Postkarten von der Hagia Sophia, vom Goldenen Horn aus gesehen: Wie sagte doch Grillparzer in seinem Reisetagebuch: »Die Welt hat vielleicht nichts, was sich damit als Ganzes vergleichen läßt.« Überwältigt beschrieb er diese Aufeinanderfolge von Baudenkmälern, Palästen, Dörfern, die Kraft, die von dieser Stätte ausging und die auch mich vollkommen überraschte und mit Energie erfüllte, so viel Offenheit ist in dieser Stadt, sie ist eine Wunde des Meeres, eine Spalte, in die sich die Schönheit stürzt; durch Istanbul zu wandern war, unabhängig vom Ziel des Streifzugs, eine Zerreißprobe für Schönheit entlang der Grenzlinie – ob man Konstantinopel nun als östlichste Stadt Europas oder als westlichste Asiens betrachtet, als Ende oder als Beginn, als einen Übergang oder als einen Rand, die Mischung ist durch die Natur aufgesprengt, und die geographische Lage schlägt sich hier in der Geschichte nieder wie die Geschichte im Menschen. Für mich war es die Grenze der europäischen Musik, das östlichste Reiseziel des unermüdlichen Liszt, der dessen Konturen in der Musik konkret werden ließ; für Sarah war es der Anfang des Territoriums, in das sich, im geographischen wie im geistigen Sinn, ihre Reisenden verirrt hatten.

Es war unglaublich, beim Durchblättern des *Journal de Constantinople – Écho de l'Orient* in der Bibliothek festzustellen, wie sehr die Stadt zu allen Zeiten alles angezogen hat, was Europa an Malern, Musikern, Geistesgrößen und Abenteurern zählte (unter anderem dank der Großzügigkeit eines Sultans, der in der zweiten Hälfte des 19. Jahrhunderts allerdings großartig pleite war) – zu entdecken, dass seit Michelangelo und Leonardo da Vinci alle vom Bosporus geträumt hatten, war absolut wunderbar. Was mich an Istanbul interessierte, war, wie Sarah es ausdrückte, mehr eine Variation des »Selbst«, die Aufenthalte und Reisen der Europäer in die osmanische Hauptstadt, als tatsächlich die türkische »Andersheit«; außer mit dem Personal verschiedener örtlicher Institute und einigen Freunden von Faugier und Bilger kam ich mit niemandem in Berührung: Einmal mehr erwies sich die Sprache als ein unüberwindliches Hindernis, und leider war ich alles andere als ein Hammer-Purgstall, der nach eigener Aussage »aus dem Türkischen oder Arabischen ins

Französische, Englische oder Italienische übersetzen konnte« und »Türkisch wie Deutsch sprach«; vielleicht fehlten mir auch schöne Griechinnen oder Armenierinnen, mit denen ich wie er jeden Nachmittag am Ufer der Meerenge hätte entlangspazieren können, um die Sprache zu sprechen. Sarah bewahrte in dieser Hinsicht eine grässliche Erinnerung an ihren ersten Arabischkurs in Paris: eine Kapazität, der renommierte Orientalist Gilbert Delanoue, hatte von der Höhe seines Katheders die folgende Wahrheit verfügt: »Um gut Arabisch zu können, braucht man zwanzig Jahre. Diese Zeit lässt sich mit Hilfe einer guten Bettgenossin als Wörterbuch auf die Hälfte verkürzen.« – »Eine gute Bettgenossin als Wörterbuch«, genau das hatte offenbar Hammer-Purgstall, und sogar mehrere; er hält damit nicht hinter dem Berg, dass er seine Kenntnisse des modernen Griechisch den jungen Mädchen von Konstantinopel verdankte, mit denen er am Ufer der Meerenge Süßholz raspelte. So stellte ich mir auch die »Faugier-Methode« vor; er sprach fließend Persisch und Türkisch, das Türkisch der Vergnügungsviertel und ein waschechtes Bazar-Persisch, das er an seinem Arbeitsplatz in den Istanbuler Bordellen und Teheraner Parkanlagen gelernt hatte. Sein akustisches Gedächtnis war phänomenal: Er war in der Lage, sich an ganze Gespräche zu erinnern und sie wiederzugeben, doch seltsamerweise fehlte es ihm an Gehör: Aus seinem Mund ähnelten alle Sprachen so sehr einem undeutlichen Pariser Dialekt, dass man sich fragen konnte, ob er nicht absichtlich so redete, weil er von der Überlegenheit des französischen Akzents über die einheimische Phonetik überzeugt war. Vielleicht waren Istanbuler und Teheraner, weil sie nie die Möglichkeit hatten, Jean-Paul Belmondo in ihrem Idiom radebrechen zu hören, von der seltsamen Mischung aus Raffinement und Vulgarität verzaubert, die aus dieser monströsen Verbindung zwischen ihren schlimmsten Orten des Lasters und einem europäischen Gelehrten von der Eleganz eines Diplomaten entstand. In keiner Sprache, nicht einmal im Englischen, legte er seine Grobheit jemals ab. In Wahrheit war ich furchtbar neidisch auf sein gewandtes Auftreten, sein Wissen, seine Freimütigkeit wie auf seine Kenntnis der Stadt – und vielleicht auch auf seinen Erfolg bei Frauen. Nein, *vor allem* auf seinen Erfolg bei Frauen: Im fünften Stockwerk jenes Gebäudes irgendwo am Ende einer Gasse von Cihangir, wo wir die Wohnung teilten und von wo der Blick dem der *Panorama-Ansicht* ähnelte, gab es sehr oft Partys, zu denen er einlud und die in großer Anzahl sehr begehrenswerte junge Leute anlockten; an einem Abend habe ich sogar getanzt (welche Schande) zu einem Hit von Sezen Aksu oder Ibrahim Tatlises, ich weiß nicht mehr so genau; meine Tanzpartnerin, eine hübsche Türkin (halblanges Haar, eng anliegender, leuchtend roter Baumwollpulli passend zum Lippenstift, blaues Make-up um Huri-Augen), setzte sich hinterher zu mir aufs Kanapee, wir unterhielten uns auf Englisch, andere tanzten mit einem Bier in der Hand um uns herum; hinter ihr erstreckten sich die Lichter des asiatischen Bosporusufers bis zum Bahnhof Haydar Pascha und rahmten ihr Gesicht mit den hervorspringenden Wangenknochen. Die Fragen waren banal, was machst du beruflich, was machst du in Istanbul, und wie gewöhnlich war ich in Verlegenheit:

– I'm interested in the history of music.

– Are you a musician?

(*Verlegenheit*) – No. I … I study musicology. I'm a … a musicologist.

(*Staunen, Interesse*) – How great, which instrument do you play?

(*Große Verlegenheit*) – I … I don't play any instrument. I just study. I listen and write, if you prefer.

(*Enttäuschung, ernüchtertes Staunen*) – You don't play? But you can read music?

(*Erleichterung*) – Yes, of course, that's part of my job.

(*Überraschung, Argwohn*) – You read, but you don't play?

(*Dreiste Lüge*) – Actually I can play several instruments, but poorly.

Anschließend stürzte ich mich nach einem pädagogischen Umweg über die bildenden Künste (kein Kunsthistoriker oder Kunstkritiker ist Künstler) in eine lange Erklärung meiner Recherchen. Ich musste zugeben, dass ich mich nicht allzu sehr für die »moderne« Musik interessierte (wissenschaftlich, versteht sich, ich konnte nicht umhin, mir eine Leidenschaft für türkischen Pop anzudichten, soweit ich ihn kannte), sondern mehr für die Musik des 19. Jahrhunderts, östliche wie westliche; der Name Franz Liszt war ihr geläufig, der Haci Emin Effendis sagte ihr absolut nichts, bestimmt, weil ich ihn grauenhaft aussprach. Ich musste dick auftragen, als ich ihr von meiner Forschungsarbeit über Liszts Klavier erzählte (die ich spannend, ja sogar atemberaubend fand), jenen berühmten Flügel, »großes Model, *a-e-a*, siebenoktavig und dreichörig, ein Érard-Flügel mit Repetitionsmechanik, mit allen Neuentwicklungen, aus Mahagoni usw.«, auf dem er 1847 vor dem Sultan gespielt hatte.

Inzwischen hatten sich die anderen Gäste ein neues Bier geholt und ebenfalls hingesetzt; Faugier, dessen Aufmerksamkeit bis dahin einem anderen Mädchen gegolten hatte, warf nun ein Auge auf die junge Frau, der ich auf Englisch (was immer knifflig ist, heißt es zum Beispiel Mahagoni wie auch auf Deutsch?) mühsam von meinen großartigen kleinen Werken erzählte: Mit einer Bemerkung auf Türkisch brachte er sie sofort zum Lachen, auf meine Kosten, wie ich vermute; dann redeten sie weiterhin in ihrer Sprache, über Musik, zumindest glaube ich Guns N' Roses, Pixies und Nirvana verstanden zu haben, und schließlich tanzten sie zusammen; ich betrachtete eine Weile den Bosporus, der im Fenster glänzte, und den Hintern des türkischen Mädchens, der sich quasi vor meiner Nase hin und her bewegte, während sie sich vor diesem selbstgefälligen Schönling von Faugier in den Hüften wiegte – am besten lacht man darüber, aber damals war ich eher verärgert.

Ich wusste freilich noch nichts von dem tatsächlichen Bruch, von dem kleinen Riss in Faugier, der zur Persönlichkeitsspaltung führen sollte – erst Jahre später in Teheran entdeckte ich bei diesem Vermessungsspezialisten der Rotlichtviertel die Traurigkeit und den düsteren Irrsinn der Einsamkeit, die sich hinter der Fassade des Verführers versteckten.

Es war natürlich Faugier, dem ich meine erste Opiumpfeife verdankte – die Leidenschaft dafür und die Technik hatte er von seinem ersten Aufenthalt in Iran mitgebracht. In Istanbul Opium zu rauchen schien mir wie aus einer anderen Zeit zu sein, eine Orientalisten-Schrulle, und genau aus dem Grund ließ ich mich davon in Versuchung führen, obwohl ich nie zuvor eine illegale Droge angerührt noch je einem anderen Laster gefrönt hatte: tief bewegt, erschrocken sogar, aber mit dem Schrecken vor dem Genuss, dem von Kindern vor dem Verbotenen, nicht dem von Erwachsenen vor dem Tod. Das Opium war in unserer Vorstellung so sehr mit dem Fernen Osten verbunden, mit den Kitschbildern von in Opiumhöhlen liegenden Chinesen, dass wir darüber beinahe vergessen haben, dass es aus der Türkei und Indien stammte und dass man es in Theben und Teheran und erst recht in Damaskus geraucht hatte, was meinem Verstand half, die Furcht zu verscheuchen: In Istanbul oder Teheran Opium zu rauchen hieß, dem Genius Loci nachzuspüren, an einer Tradition teilzuhaben, die wir kaum kannten, und eine örtliche Wirklichkeit wieder zutage zu fördern, die die kolonialen Klischees anderswohin verpflanzt hatten. In Iran gehört das Opium noch immer zur Tradition, und die *Teriyaki*, die Drogenabhängigen, zählen Tausende, man sieht abgezehrte Opas, die aufgebracht und verrückt gestikulieren, bis sie ihre erste Pfeife rauchen oder in ihrem Tee ein wenig von dem Rückstand des Vorabends auflösen und dann wieder sanft und brav werden, eingehüllt in ihre dicken Mäntel, um sich an einem Brasero aufzuwärmen, dessen Kohlen sie benutzen, um ihren *Bafour* anzuzünden und ihrer Seele und ihren müden Knochen Erleichterung zu verschaffen. Das alles erzählte mir Faugier in den Wochen vor meiner Initiation, die mich Théophile Gautier, Baudelaire und selbst dem armen Heinrich Heine näherbringen sollte, der im Laudanum und vor allem im Morphium ein Mittel gegen seine Schmerzen fand, einen Trost in seiner endlosen Agonie. Faugier hatte seine Beziehungen zu Bordellwirten und Türstehern von Nachtclubs spielen lassen, um ein paar Scheibchen jenes dunklen Harzes zu erhalten, das einen sehr speziellen Geruch an den Fingern hinterlässt, einen unbekannten Duft, der an Weihrauch erinnert, aber wie karamellisiert, zuckersüß und zugleich auf seltsame Weise bitter – ein Geschmack, der einem lange nachgeht, der an manchen Tagen für Augenblicke in den Rachen und die Nebenhöhlen zurückkehrt; wenn ich diesen Geschmack jetzt zurückholen will, finde ich ihn, wenn ich die Augen schließe, beim Schlucken meines Speichels wieder, so wie es ein Raucher, vermute ich mal, mit dem abscheulichen Geruch nach verbranntem Teer machen kann, der ganz anders ist, denn im Gegensatz zu dem, was ich dachte, bevor ich meine eigenen Erfahrungen machte, brennt das Opium nicht, sondern siedet, schmilzt und beginnt unter großer Hitze stark zu dampfen. Es sind zweifellos diese komplexen Vorbereitungen, die die europäischen Massen davon abhalten, zu *Teriyaki* nach iranischem Vorbild zu werden; das Opiumrauchen erfordert ein traditionelles Know-how, eine *Kunst*, wie manche sagen, die viel zeitaufwendiger und komplizierter ist als eine Spritze – in seinem autobiographischen Roman *Rohstoff* beschreibt Jörg Fauser, der deutsche Burroughs, die Hippies der siebziger Jahre in Istanbul, die in den zahllosen Pensionen der Kuçukayasofia Cadessi den lieben langen Tag damit beschäftigt waren, sich auf schmutzstarrenden Betten Rohopium zu spritzen, das sie zuvor auf die Schnelle in allen möglichen Flüssigkeiten gelöst hatten, weil sie unfähig waren, es wirkungsvoll zu rauchen.

In unserem Fall erfolgte die Vorbereitung laut Faugier nach *iranischer* Art; später, als ich seine Gesten mit denen der Iraner verglich, konnte ich mich davon überzeugen, in welchem Maße er dieses Ritual beherrschte, was recht mysteriös war: Er schien nicht süchtig zu sein oder zeigte zumindest keines der Symptome, die man allgemeinhin mit Drogensüchtigen verbindet, Langsamkeit, Magerkeit, Jähzorn, Konzentrationsschwierigkeiten, dennoch hatte er eine große Meisterschaft bei der Zubereitung der Pfeifen entwickelt, die sich nach Qualität des Stoffs richtete, den er in den Händen hielt, Rohopium oder fermentiertes Opium, und nach den Gerätschaften, über die er verfügte, in unserem Fall einen iranischen *Bafour*, dessen dicker Pfeifenkopf aus gebranntem Ton in einem kleinen Brasero langsam erwärmt wurde; die Vorhänge waren sorgfältig zugezogen, wie jetzt meine Vorhänge hier aus dem roten, golddurchwirkten Aleppostoff mit den vom jahrelangen schwachen Wiener Licht verblichenen orientalischen Mustern – in Istanbul mussten wir uns dazu durchringen, die Vorhänge vor der Meerenge zuzuziehen, um nicht von den Nachbarn gesehen zu werden, aber die Risiken waren überschaubar; in Teheran riskierte man weitaus mehr: Das Regime hatte den Drogen den Krieg erklärt, im Osten des Landes lieferten sich die Revolutionswächter regelrecht offene Schlachten mit den Drogenschmugglern, und für alle, die daran zweifeln könnten, dass sie es ernst meinten, veranstalteten die Richter der Islamischen Republik 2001 am Vorabend von Now-Rouz, dem iranischen Neujahrsfest, als ich gerade in Teheran angekommen war, ein Schauspiel von außerordentlicher Grausamkeit und verbreiteten die Bilder auf dem ganzen Planeten: die öffentliche Hinrichtung von fünf Drogenhändlern, darunter einer jungen, etwa dreißigjährigen Frau, die, an Kranwagen aufgehängt, mit verbundenen Augen und der Schlinge um den Hals langsam in die Luft gehoben wurden;

die Beine strampelten, bis der Tod eintrat und die bedauernswerten Leichname am Ende der Teleskoparme baumelten; die junge Frau hieß Fariba und war mit einem schwarzen Tschador bekleidet; vom Wind aufgebauscht, verwandelte das Kleidungsstück sie in einen grauenerregenden Vogel, einen Unglücksraben, der die Zuschauer mit seinen Flügeln verfluchte, und mit Genugtuung stellte man sich vor, dass die bornierte Menge (Männer, Frauen, Kinder), die Parolen brüllend zuschaute, wie die armen Teufel in den Tod gehoben wurden, von ihrem Fluch getroffen die fürchterlichsten Qualen erleiden würden. Diese Bilder haben mich lange verfolgt: Sie hatten wenigstens das eine Verdienst, uns daran zu erinnern, dass wir uns trotz aller Reize des Irans in einem verfluchten Land befanden, einem Hoheitsgebiet des Schmerzes und des Todes, wo alles, bis hin zum Klatschmohn, der Blume des Martyriums, blutrot war. Man beeilte sich, das alles in der Musik und in der Dichtung zu vergessen, schließlich musste man irgendwie leben, wie die Iraner, die Meister in der Kunst des Vergessens wurden – die Jungen rauchten Opium, das sie mit Tabak mischten, oder nahmen Heroin; Drogen waren selbst in iranischer Währung außerordentlich billig: Trotz aller Anstrengungen der Mullahs und der spektakulären Hinrichtungen war die Beschäftigungslosigkeit unter der Jugend so groß, dass sie nichts davon abhalten konnte, Trost in Drogen, Partys und Unzucht zu suchen, wie Sarah in der Einleitung zu ihrer Doktorarbeit schrieb.

Faugier untersuchte diese ganze Verzweiflung als Spezialist, als Entomologe der Niedergeschlagenheit, indem er sich, vom Gegenstand seiner Forschung gewissermaßen angesteckt, ebenfalls den fürchterlichsten Exzessen hingab, gequält von einer galoppierenden Traurigkeit, einer seelischen Schwindsucht, die er, wie Professor Laennec seine Lungen, mit gewaltigen Mengen an Betäubungsmitteln zu heilen versuchte.

Meine erste Opiumpfeife brachte mich Novalis, Berlioz, Nietzsche und Trakl näher – ich trat in den geschlossenen Zirkel derjenigen ein, die von dem fabelhaften Nektar gekostet hatten, den Helena Telemachos servierte, damit er für einen Moment seine Traurigkeit vergaß: »Da ersann die zeusentsprossene Helena andres. Und sie warf in den Wein, von welchem sie tranken, ein Mittel gegen Kummer und Groll und aller Übel Gedächtnis. Wer das hinunterschluckt, nachdem es im Kessel gemischt ist, dem rinnt keine Träne am nämlichen Tag von den Wangen, auch nicht, wenn ihm gestorben wären Mutter und Vater, selbst nicht, würde vor ihm sein lieber Sohn oder Bruder umgebracht mit dem Erz und er säh es mit eigenen Augen. Von so wohlerwogener Wirkung waren die Mittel, welche der Tochter des Zeus die Gemahlin des Thon, Polydamna, einst in Ägypten geschenkt; dort bringt die fruchtbare Erde mancherlei Kräuter hervor, mit vielen guten auch böse. Dort ist jeder ein Arzt, der kundiger ist als die andern Menschen; denn wahrlich, sie stammen dort ab vom Geschlecht des Paieon.« Und es stimmte wirklich, das Opium vertrieb allen Kummer, alles Leid, körperliches wie seelisches, und heilte vorübergehend die geheimnisvollsten Schmerzen bis hin zum Zeitgefühl selbst: Opium ruft eine Trift hervor, öffnet eine Parenthese im Bewusstsein, ein inneres Aussetzen, bei dem man den Eindruck hat, an die Ewigkeit zu rühren, die Endlichkeit des Seins und die Melancholie überwunden zu haben. Telemachos profitiert von einer doppelten Trunkenheit, zum einen macht ihn die Betrachtung von Helenas Gesicht trunken, zum anderen die Macht des Zaubertranks, und ich selbst hatte, als ich einmal in Iran mit Sarah allein rauchte, während sie nicht im Geringsten weder zu sanften noch zu harten Drogen neigte, das Glück, von ihrer Schönheit liebkost zu werden, als der graue Rauch meinen Geist leerte von jeder Begierde, sie zu besitzen, von jeder Angst, von jeder Einsamkeit: Ich sah sie wirklich, und sie strahlte wie der Mond – das Opium verwirrte die Sinne nicht, es machte sie objektiv; es brachte das Ich zum Verschwinden, und es ist nicht der geringste aller Widersprüche dieses mystischen Rauschmittels, dass es uns, während es das Bewusstsein und die Wahrnehmung steigert, uns selbst entzieht und in die große Stille des Universums katapultiert.

Faugier hatte mich gewarnt, dass eines der zahlreichen Alkaloide, die das Opium bilden, zum Erbrechen führen kann und dass die ersten Opiumerfahrungen von heftiger Übelkeit begleitet sein können, was bei mir nicht der Fall war – abgesehen von seltsamen erotischen Träumen in legendären Harems war die einzige Nebenwirkung eine starke Verstopfung: ein weiterer Vorteil der Mohnkapsel für den Reisenden, der immer mit mehr oder weniger chronischen Darmbeschwerden zu kämpfen hat, die mit Würmern und Amöben zu den ständigen Reisebegleitern aller durch den ewigen Orient Ziehenden gehören, selbst wenn sie nur selten in den Reiseerinnerungen auftauchen.

Warum das Opium heute aus der europäischen Pharmakopöe verschwunden ist, weiß ich nicht; mein Arzt hat jedenfalls laut losgelacht, als ich ihn bat, mir welches zu verschreiben – er weiß aber genau, dass ich ernsthaft erkrankt bin, ein guter Patient, und dass ich keinen Missbrauch treiben würde, soweit das bei diesem Allheilmittel (und das ist natürlich die Gefahr dabei) vermeidbar ist. Um meine letzten Befürchtungen auszuräumen, versicherte mir Faugier aber, dass man von ein oder zwei Pfeifen pro Woche nicht abhängig werden könne. Ich sehe seine Handgriffe beim Vorbereiten des *Bafour* wieder, dessen Tonkopf über der Kohleglut erhitzt wurde; er schnitt die harte, schwarze Paste in kleine Stückchen, die er weich machte, indem er sie näher an die heiße Feuerstelle schob, bevor er die warme Pfeife ergriff – das mit einem Messingring versehene, polierte Holz erinnerte ein wenig an ein Dulzian oder eine Schalmei ohne Rohrblatt und Grifflöcher, hatte aber einen vergoldeten Schnabel, den Faugier in den Mund nahm; dann griff er mit Hilfe einer kleinen Zange vorsichtig eines der glühenden Holzkohlestücke und drückte es von oben gegen den Pfeifenkopf; die Luft, die er einsaugte, fachte die Glut an, über sein Gesicht legte sich ein bronzener Schimmer, er schloss die Augen, das Opium schmolz mit einem kaum vernehmbaren Brutzeln, und wenige Sekunden später spuckte er eine kleine Wolke aus, den Überschuss, den seine Lungen nicht mehr fassen konnten, ein lustvoller Atemzug; er war ein antiker Flötenspieler, der im Halbdunkel spielte, und in der Abendluft lag der Duft des verbrannten Opiums (würzig, scharf und süßlich).

Ich warte mit pochendem Herzen, bis ich an der Reihe bin; ich frage mich, welche Wirkung das schwarze Latex bei mir hervorrufen wird; ich habe Angst, bis auf einen Joint mit Gras auf dem Gymnasium habe ich nie geraucht; ich frage mich, ob ich nicht husten, brechen oder in Ohnmacht fallen werde. Faugier gibt einen seiner grässlichen Sprüche von sich, »beim heiligen Johannes, dieser Stoff, der kann es«, er reicht mir die Pfeife, ohne sie loszulassen, ich stütze sie mit der linken Hand und beuge mich vor, das metallene Mundstück ist warm, ich entdecke den Geschmack von Opium, zuerst von weitem, dann, als ich einatme, während Faugier ein glühendes Kohlestück an den Pfeifenkopf hält, dessen Hitze ich an meiner Wange spüre, plötzlich ganz stark, noch stärker, so stark, dass ich meine Lungen nicht mehr spüre – ich bin überrascht, wie weich, beinahe wässrig dieser Rauch ist, überrascht von der Leichtigkeit, mit der er sich einsaugen lässt, selbst wenn ich zu meiner großen Schande nichts anderes spüre als das Verschwinden meiner Atmungsorgane, ein innerliches Grau-in-Grau, man hat mir die Brust mit einem Bleistift geschwärzt. Ich atme aus. Faugier beobachtet mich, das Lächeln in seinem Gesicht ist erstarrt, er macht sich Sorgen – Und? Ich verziehe den Mund, bin bereit, warte ab, höre zu. Ich höre mir zu, suche in mir einen neuen Rhythmus, neue Töne, ich versuche, meiner eigenen Verwandlung zu folgen, ich bin sehr aufmerksam, am liebsten würde ich die Augen schließen, am liebsten würde ich lächeln, ich lächle, ich könnte sogar lachen, doch ich bin glücklich zu lächeln, weil ich Istanbul um mich spüre, ich höre es, ohne es zu sehen, es ist ein ganz schlichtes, umfassendes Glück, das sich hier und jetzt einstellt, ohne etwas anderes zu erwarten als die absolute Vollkommenheit des ausgedehnten, schwebenden Augenblicks, und ich vermute, dass jetzt die Wirkung eingesetzt hat.

Ich beobachte, wie Faugier mit einer Nadel den Opiumrückstand herauskratzt.

Das Brasero wird grau, nach und nach kühlen die Kohlestücke ab und bedecken sich mit Asche; bald wird man über sie pusten müssen, um sie von dieser toten Haut zu befreien und, wenn es noch nicht zu spät ist, das Feuer wieder anzufachen, das in ihnen geblieben ist. Ich höre einem imaginären Musikinstrument zu, eine Erinnerung an meinen Tag; es ist das Klavierstück von Liszt; er spielt vor dem Sultan. Wenn ich es wagte, würde ich Faugier fragen: Was mag Liszt 1847 deiner Meinung nach wohl im Ciragan-Palast gespielt haben, vor dem Hof und all den wichtigen Fremden, die in der osmanischen Hauptstadt lebten? War Sultan Abdülmecit ebenso musikbegeistert wie später sein Bruder Abdülaziz, der erste Wagnerianer des Orients? Bestimmt hatte er die *Mélodies hongroises* und sehr wahrscheinlich auch den *Grand Galop Chromatique* auf dem Programm, den Liszt in ganz Europa und auch in Russland häufig gespielt hat. Und vielleicht wie anderswo auch die *Improvisationen über ein lokales Thema vermischt mit den Ungarischen Melodien*. Ob Liszt Opium genommen hat? Berlioz jedenfalls, ja.

Faugier formt im Pfeifenkopf ein neues Kügelchen aus der schwarzen Paste.

Ich lausche seelenruhig dieser fernen Melodie, ich sehe, von oben, all diese Seelen, die noch um uns herumspazieren: Wer war Liszt, wer war Berlioz, wer war Wagner und wer waren all diejenigen, die sie kannten, Musset, Lamartine, Nerval, ein riesiges Netz von Texten, Noten und Bildern, deutlich, klar, ein Pfad, den ich allein sehe, weil ich den alten Hammer-Purgstall mit einer ganzen Welt von Reisenden, Musikern und Dichtern verbinde, Beethoven mit Balzac, mit James Morier, Hofmannsthal, Strauss, Mahler und den süßen Rauchschwaden von Istanbul und Teheran, ist es möglich, dass mich das Opium nach all den Jahren noch immer begleitet, dass man seine Wirkungen heraufbeschwören kann wie Gott im Gebet – ich träumte im Mohn ausgiebig von Sarah wie heute Abend, voll langer und tiefer Sehnsucht, mit einem vollkommenen Begehren, weil es keine Befriedigung, keine Vollendung braucht; einer ewigen Lust, einer unendlichen, ziellosen Erektion, genau das bewirkt Opium.

Es führt uns durch die Finsternis.

Franz Liszt, ein hübsches Mannsbild, erreicht Konstantinopel Ende Mai 1847 von Jassy aus, der Stadt blutiger Pogrome, via Galatz über das Schwarze Meer. Er kommt von einer langen Tournee durch alle großen oder kleinen Konzertsäle, für die großen oder kleinen Würdenträger, die Osteuropa zu bieten hat, Lemberg, Tschernowitz, Odessa. Er ist ein Star, ein Ungeheuer, ein Genie; er bringt Männer zum Weinen, Frauen fallen in Ohnmacht, und man kann heute kaum glauben, was er von seinem Erfolg erzählt: Als er Berlin verlässt, begleiten ihn fünfhundert Studenten zu Pferd bis zur ersten Poststation; bei seinem Aufbruch in der Ukraine schüttet eine Menge junger Mädchen Blütenblätter über ihm aus. Es gibt keinen Künstler, der Europa bis in seine entlegensten Grenzen so gut kennt, im Westen wie im Osten, von Brest bis Kiew. Überall gibt er Anlass zu Gerüchten, Geschichten, die ihm von einer Stadt zur nächsten vorauseilen: Er ist verhaftet worden, er hat geheiratet, er ist erkrankt; überall wartet man auf ihn, und das Außergewöhnlichste ist, dass er überall hingeht, angekündigt vom Eintreffen seines Érard-Flügels, der so unverwüstlich ist wie er selbst und den der Pariser Klavierbauer per Schiff oder mit Kutsche im Eiltempo anliefern lässt, sobald er das Ziel seines besten Repräsentanten kennt; so veröffentlicht das *Journal de Constantinople* am 11. Mai 1847 einen aus Paris eingetroffenen Brief, vom Flügelbauer Sébastien Pierre Érard selbst stammend, der die bevorstehende Ankunft eines Mahagoni-Flügels, großes Modell, mit allen technischen Neuerungen, ankündigt, der am 5. April in Marseille verschifft wurde. Liszt wird also kommen! Liszt kommt! Doch sosehr ich auch gesucht habe, ich finde nur wenige Einzelheiten über seinen Aufenthalt in Istanbul, vielleicht mit Ausnahme des Namens der Dame, die ihn dorthin begleitete:

> Und diese arme Mariette Duplessis, die jetzt tot ist … Sie ist die erste Frau, in die ich verliebt war, und jetzt liegt sie auf irgendeinem Friedhof, den Grabwürmern überlassen! Sie hat es mir schon vor 15 Monaten gesagt: »Ich werde nicht lange leben; ich bin ein sonderbares Mädchen und ich werde an diesem Leben nicht festhalten können, von dem ich nicht weiß, wie ich es führen soll, und das ich auch nicht länger werde ertragen können. Nimm mich! Bring' mich wohin du willst! Ich werde dir nicht zur Last fallen. Tagsüber schlafe ich, abends lässt du mich ins Theater gehen und nachts machst du mit mir, was du willst!« […] Ich hatte ihr gesagt, dass ich sie nach Konstantinopel mitnehmen würde, weil das damals die einzige Reise war, die vernünftigerweise möglich war und die ich ihr zumuten konnte. Nun ist sie tot …

Sarah fand diesen Satz ungeheuerlich: »Nimm mich! Bring' mich wohin du willst! Ich werde dir nicht zur Last fallen. Tagsüber schlafe ich, abends lässt du mich ins Theater gehen und nachts machst du mit mir, was du willst!«, eine Erklärung von absoluter Schönheit und Verzweiflung, eine totale Entblößung – im Gegensatz zu Liszt weiß ich, auf welchem Friedhof sie begraben ist, auf dem Friedhof von Montmartre, den ich durch Sarah entdeckt habe. Das Schicksal des Vorbilds steht dem der Kameliendame in nichts nach, Dumas der Jüngere hat sogar, urteilt man nach diesem Satz, seine Figur ein wenig zurückgenommen: Verdis Adaption des Lebens der Marie Duplessis ist freilich musikalisch, übertreibt es aber ein bisschen mit dem Drama. *La Traviata* wurde 1853 in Venedig geschaffen, es ging schnell damals; sieben Jahre nach ihrem Tod ist die kleine Kurtisane Marie Duplessis *alias* Marguerite Gautier *alias* Violetta Valéry dank Dumas dem Jüngeren und Verdi in ganz Europa berühmt. Liszt gesteht traurig:

> Hätte ich mich während der Krankheit der Duplessis zufälligerweise in Paris befunden, hätte ich versucht, sie um jeden Preis zu retten, denn sie war wirklich von entzückender Natur, und die Gewohnheit dessen, was man verderblich nennt (und was es vielleicht auch ist), erreichte sie nie in ihrem Herzen. Würden Sie glauben, dass ich mich mit einer düsteren und elegischen Zuneigung in sie verliebt hatte, die, ohne dass ich etwas dazu tat, meine poetische und musikalische Ader wieder erweckte. Es war die letzte und einzige Erschütterung, die ich seit Jahren empfunden habe. Man muss davon absehen, diese Widersprüche zu erklären, das menschliche Herz ist ein seltsam Ding!

Das menschliche Herz ist gewiss ein seltsames Ding, und Franz Liszt, der ein weites Herz hatte, verliebte sich andauernd, sogar in Gott – auch mir erscheint in diesen Opium-Reminiszenzen, während ich Liszts virtuose Komposition, die mich in Konstantinopel beschäftigte, wie die Trommeln auf dem Richtplatz rollen höre, ein *sonderbares Mädchen*, dort unten in ihrem Sarawak, wenngleich Sarah nicht das Geringste zu tun hat weder mit der Duplessis noch mit der Schauspielerin Harriet Smithson (»Sehen Sie in der Avant-scène (…) jene dicke Engländerin?«, berichtet Heinrich Heine in seiner Kritik), die Berlioz zur *Symphonie fantastique* anregte. Armer Berlioz, versunken in seiner Leidenschaft für die Schauspielerin der *»poor Ophelia«*: »Armes Großgenie, die meiste Zeit rang er mit dem Unmöglichen!«, wie Liszt in einem seiner Briefe schrieb.

Es bräuchte eine Sarah, die sich für all diese tragischen Schicksale vergessener Frauen interessierte – und dennoch, was für ein Spektakel Berlioz bietet, verrückt vor Liebe, als er bei seinem eigenen Gang zum Richtplatz (*Marche au supplice*) im großen Konzertsaal des Konservatoriums die Pauke schlägt. Dieser vierte Satz ist der reine Wahnsinn, ein Opiumtraum, der Traum von einer Vergiftung, von misstönender, ironischer Marter, ein Gang in den Tod, geschrieben in einer Nacht, einer Mohnkapselnacht, und Berlioz, erzählt Heinrich Heine, Berlioz betrachtete von seiner Pauke aus Harriet Smithson, er starrte sie an, »und jedes

Mal, wenn sein Blick dem ihrigen begegnete, schlug er los auf seine Pauke, wie wütend«. (Heine bemerkt übrigens, dass die Pauke oder die Perkussionsinstrumente im Allgemeinen gut zu Berlioz passten. Berlioz war nie in den Orient gereist, aber er war seit seinem 25. Lebensjahr fasziniert von Hugos *Orientalia*-Gedichten. Es könnte also einen *zweiten* Orient geben, den Goethes oder Hugos, die weder die orientalischen Sprachen kennen noch die Länder, in denen sie gesprochen werden, die sich aber auf die Arbeiten von Orientalisten und Reisenden wie Hammer-Purgstall stützen, und sogar einen *dritten* Orient, einen *Dritt-Orient*, den von Berlioz und Wagner, der sich von eben diesen schon mittelbaren Werken nährt. Der *Dritt-Orient*, das wäre ein Begriff, den es noch herauszuarbeiten gilt. So gesehen steckt in einer Pauke mehr, als es den Anschein hat.) Jedenfalls unterlag die arme Harriet Smithson-Ophelia im Gegensatz zu den britischen Truppen den französischen Schlaginstrumenten und heiratete den Komponisten. Diese *von der Kunst erzwungene* Ehe endete in einem Desaster, die Musik kann manchmal nicht alles, und einige Jahre später bemerkt Heine, »als ich diesen Winter im Conservatoire wieder seine Symphonie hörte, saß er wieder als Paukenschläger im Hintergrunde des Orchesters, die dicke Engländerin saß wieder in der Avant-scène, ihre Blicke begegneten sich wieder … aber er schlug nicht mehr so wütend auf die Pauke«.

Es bedarf schon eines Heine, um auf diese Weise, in zehn Zeilen, den Roman einer verblichenen Liebe zu skizzieren; *der gute und spirituelle Henri Heine*, wie Théophile Gautier ihn nannte, jenen Heine, der dem Haschischraucher Gautier in Paris kurz vor dessen Abreise nach Konstantinopel auf einem Konzert von Liszt mit seinem deutschen Akzent voller Humor und Spottlust die Frage stellt: »Wie werden Sie es anstellen, um vom Orient zu sprechen, wenn Sie erst einmal dort gewesen sind?« Eine Frage, die man allen Istanbul-Reisenden hätte stellen können, so sehr überstrahlt die Reise ihr Ziel, zerstreut und vervielfältigt es in Bildern und Einzelheiten, bis ihm jede Wirklichkeit abhandenkommt.

Franz Liszt erzählt im Übrigen sehr wenig über diesen Besuch in der Türkei, an den Passanten durch eine Gedenktafel in der Gasse kurz erinnert werden, die zum Palais de France in Beyoglu hinunterführt. Man weiß, dass er gleich nach dem Verlassen des Schiffs vom Generalmusikdirektor Giuseppe Donizetti und dem österreichischen Botschafter begrüßt wurde, die der Sultan zu seinem Empfang beordert hatte; dass er auf dessen Einladung einige Tage im Ciragan-Palast logierte und dort ein Konzert an seinem berühmten Érard-Flügel gab; dass er anschließend einige Zeit im Österreichischen Palast verbrachte, dann im Palais de France, wo er Gast des Botschafters François-Adolphe de Bourqueney war und ein zweites Konzert gab, immer an demselben Instrument, das ihm wirklich überallhin folgte; dass er den Botschafter selbst erst am Ende seines Aufenthalts kennenlernte, weil dessen Frau zuvor erkrankt war; dass er ein drittes Konzert im Stadtteil Pera gab und zwei alte Bekannte wiedertraf, einen Franzosen und einen Polen, mit denen er einen Ausflug in den asiatischen Teil machte; dass er brieflich Lamartine dankte, dem großen Fachmann für das Osmanische Reich, der ihm ein Empfehlungsschreiben für den Außenminister Mustafa Resid Pascha geschickt hatte: Das ist nahezu alles, was sich aus sicherer Quelle sagen lässt.

Ich sehe wieder meine Spaziergänge zwischen zwei Besuchen der Urkundensammlungen und Zeitungsarchive aus der Zeit und meine Besuche bei Fachleuten, von denen ich mir Auskunft erhoffte, stets eher mürrischen Historikern, die, wie häufig an der Akademie, erschrocken waren bei dem Gedanken, dass ein junger Mann mehr als sie darüber wissen oder sie widerlegen könnte, vor allem, wenn dieser junge Mann kein Türke war, sondern Österreicher, und auch das nur zur Hälfte, und dass sein Forschungsgegenstand in eine wissenschaftliche Lücke fiel, in ein Loch zwischen türkischer und europäischer Musikgeschichte: Manchmal hatte ich den Eindruck, was ein wenig deprimierend war, dass meine Überlegungen dem Bosporus glichen – zweifellos ein schöner Platz zwischen zwei Ufern, aber eigentlich nur Wasser, um nicht zu sagen Wind. So sehr ich mich auch mit dem Gedanken tröstete, dass der Koloss von Rhodos oder Herkules zu ihrer Zeit auch einen Fuß auf jedem Ufer hatten, so häufig gelang es doch den Fachleuten, mich mit ihren spöttischen Blicken und ihren spitzen Bemerkungen zu entmutigen.

Zum Glück gab es Istanbul, und Bilger, und Faugier, und das Opium, das uns die Pforten der Wahrnehmung öffnete – meine Theorie über Liszts Erleuchtung in Konstantinopel entsprang seinen *Harmonies poétiques et religieuses* und vor allem der *Bénédiction de Dieu dans la solitude*, die er in Woronince kurz nach seinem Aufenthalt in Istanbul komponierte; diese musikalische »Adaption« eines Gedichts von Lamartine antwortete auf die Frage der ersten Verse: »Woher, mein Gott, strömt dieser Friede, der mich erfüllt? Woher kommt dieser Glaube, von dem mein Herz überquillt?«, und ich war zutiefst davon überzeugt, dass sie sich auf die Erfahrung des orientalischen Lichts bezog und nicht, wie die meisten Kommentatoren schrieben, auf eine für die Fürstin Carolyne zu Sayn-Wittgenstein »wiedergekäute« amouröse Erinnerung an Marie d'Agoult.

Nach seiner Istanbul-Reise gibt Liszt als Musiker sein unstetes Wanderleben auf, verzichtet auf den Erfolg der glanzvollen Jahre und beginnt von Weimar aus den langen Weg in die Kontemplation, eine neue Reise, die von den *Harmonies poétiques et religieuses* eröffnet wird – auch wenn einige dieser Stücke tatsächlich schon zuvor angelegt worden waren. Die *Bénédiction* … mag noch so sehr von allen Anfängern des Klavierspiels massakriert werden, sie ist und bleibt nicht nur Liszts schönste Melodie, sondern auch die schlichtweg vielschichtigste Begleitung, die der Komponist geschaffen hat, eine Begleitung (und genau das machte dieses Klavierstück in meinen Anfängerohren mit einer *Erleuchtung* vergleichbar), die man dort, wo die Melodie den Frieden Gottes darstellt, wie den überquellenden Glauben klingen lassen muss. Das scheint mir heute eine etwas »teleologische« und vereinfachende Lesart zu sein (zumal sich die Musik selten auf die Anlässe ihrer Komposition zurückführen lässt), die vor allem mit meinem eigenen Istanbul-Erlebnis zusammenhängt – an einem Morgen von intensivem Blau, wenn die Luft noch vor Kälte knisterte, die Prinzeninseln sich jedoch schon in dem hinter der Serailspitze heraufziehenden Licht abzeichneten und die Minarette des alten Stambul mit ihren Lanzen, ihren Bleistiften am Himmel kratzten, um den hundertsten Namen Gottes in dessen reine, wolkenlose Tiefe zu schreiben, sind erst wenige Touristen oder Passanten in der merkwürdigen Gasse (hohe, blinde Steinmauern, alte Karawansereien und geschlossene Bibliotheken) unterwegs, die hinter die von Sinan dem Göttlichen für Süleyman den Prächtigen erbaute Süleymaniye-Moschee führt. Ich gehe durch den Innenhof aus buntem Marmor; zwischen den Porphyrsäulen flattern ein paar Möwen umher, die Bodenplatten glänzen, als hätte es geregnet. Ich habe zuvor schon andere Moscheen besucht, die Hagia Sophia, die Blaue Moschee, und werde danach noch weitere in Damaskus, in Aleppo, sogar in Isfahan sehen, doch keine wird diese unmittelbare Wirkung auf mich haben: Nachdem ich meine Schuhe in ein Fach des Holzregals gestellt und den Gebetsraum betreten habe, schnürt es mir die Brust ein, ich verliere die Orientierung, versuche vergeblich weiterzugehen und lasse mich dort, wo ich bin, auf den roten, blau geblümten Teppich fallen, wobei ich versuche, mich wieder zu fassen. Ich stelle fest, dass ich allein in dem Bauwerk bin, allein in dem Licht bade, allein in diesem Raum mit seinen verwirrenden Proportionen; mit dem einladenden Rund der riesigen Kuppel und dem Licht der vielen Hundert Fenster, das mich umhüllt – ich setze mich im Schneidersitz hin. Ich könnte weinen, so bewegt bin ich, doch ich weine nicht, ich fühle mich, als schwebte ich über dem Erdboden, und lasse meinen Blick über die Inschriften der Iznik-Fliesen und die dekorativen Wandmalereien wandern, alles flimmert, dann steigt eine große Ruhe in mir auf, eine markerschütternde Ruhe, ein flüchtig erlebter Höhepunkt, doch die Schönheit entzieht sich mir schnell wieder und stößt mich ab – langsam komme ich wieder zu mir; was meine Augen jetzt wahrnehmen, erscheint mir gewiss herrlich, aber es hat nichts mit der Empfindung zu tun, die ich kurz zuvor hatte. Plötzlich überkommt mich eine tiefe Traurigkeit, ein Verlust, eine düstere Vision von der Wirklichkeit der Welt und von ihrer ganzen Unvollkommenheit, ihrem Schmerz, eine Traurigkeit, die noch verstärkt wird von der Vollkommenheit des Gebäudes, und mir fällt dazu ein Satz ein, allein die Proportionen sind göttlich, alles andere ist Menschenwerk. Als eine Gruppe von Touristen die Moschee betritt, versuche ich, mich aufzurichten, doch meine Beine, vom zweistündigen Sitzen steif geworden, lassen mich taumeln; ich verlasse die Süleymaniye-Moschee wie ein Betrunkener, wie ein Mann, der zwischen Freude und Tränen schwankt, und fliehe, es ist mehr eine Flucht als ein Hinausgehen aus der Moschee gewesen. Der starke Wind von Istanbul hat mich dann vollends geweckt, vor allem aber der kalte Marmor des

Innenhofs, denn in meiner Verwirrung habe ich meine Schuhe vergessen, und als mir bewusst wird, dass ich zwei Stunden reglos oder fast reglos in der Moschee gesessen habe, zwei Stunden, die unbemerkt vergangen sind, die einfach weg sind, an die mich nur meine Uhr erinnert, stelle ich plötzlich fest, dass ich mitten auf dem Innenhof in Socken dastehe und dass meine Treter aus dem Holzregal verschwunden sind, in dem ich sie abgestellt hatte, so etwas holt einen doch augenblicklich zu den Qualen dieser Welt zurück – ich habe dann meinerseits ein paar weite, blaue Plastiksandalen geklaut, nach einigen ergebnislosen Versuchen, mit dem schnauzbärtigen Hausmeister ins Gespräch zu kommen, der sich zum Zeichen seiner Machtlosigkeit, *»no shoes, no shoes«*, mit den Armen gegen den Körper schlug, der es aber billigte, dass ich diese Bademeisterlatschen mitgehen ließ, die dort herumlagen und mit denen ich anschließend wie ein Derwisch gepeinigt durch Istanbul gesprungen bin.

Das Gedächtnis ist doch ein Trauerspiel, denn ich erinnere mich viel klarer daran, wie sehr ich mich schämte, mit diesen ausgelatschten königsblauen Gummischlappen in Socken durch die Stadt zu marschieren, als an das Gefühl, das mich in der Süleymaniye-Moschee ergriffen hatte, und die verschwundenen Stunden, meine erste spirituelle Erfahrung, die ich nicht in der Musik erlebe – als ich die Geschichte einige Jahre später Sarah erzählte, die sie *Das Badelatschen-Satori* nannte, fiel mir dieser Vierzeiler von Omar Khayyam ein:

Was heut hierher mich trieb? Ich sag' es unverhohlen:
Ich hatt' in der Moschee 'nen Betteppich gestohlen,
Der ist jetzt alt und schlecht, drum kam – ein seltner Gast
Ich heute wieder her, 'nen neuen mir zu holen.

Im Gegensatz zum alten Omar Khayyam habe ich es nie gewagt, in die Süleymaniye-Moschee zurückzukehren, bei meinem letzten Aufenthalt in Istanbul bin ich im Garten der Moschee geblieben, um mir das Grabmal ihres Architekten Sinan anzuschauen, der wie nur wenige Menschen ein Mittler zwischen uns und Gott war; ich habe ein kurzes Gebet an ihn gerichtet und wieder an die schändlichen Schlappen gedacht, die ich mir damals angeeignet und dann irgendwo verloren oder weggeworfen hatte, ohne zu prüfen, als Ungläubiger, der ich war, ob sie nicht Wunder vollbrachten.

Ob es ein Stendhal-Syndrom oder echte mystische Erfahrung war, weiß ich nicht, aber damals stellte ich mir vor, dass Liszt, der himmlische Zigeuner, in jenen Landschaften und Bauten möglicherweise ebenfalls auf einen Auslöser, eine Kraft gestoßen war, dass vielleicht etwas von diesem Licht des Orients, das er in sich trug, während seines Aufenthalts in Konstantinopel wieder aufgeflammt war. Es war zweifellos eine interessante intuitive Erkenntnis auf der persönlichen Ebene, für die Wissenschaft aber war es angesichts der wenigen Äußerungen zu seiner Reise an den Bosporus, die wir von Liszt selbst kennen, ein völlig überzogener Ehrgeiz.

Was ich hingegen rekonstruieren konnte, ist eine ziemlich plausible Beschreibung des ersten osmanischen Ensembles, des privaten Orchesters von Abdülaziz, das auf den Teppichen sitzend im Serail spielte; man weiß, dass sich der Sultan über die »orientalischen« Ticks seiner Geiger aufregte, wenn sie Werke aus Italien oder Deutschland spielten, und dass er einen Chor für private konzertante Opernaufführungen, besonders für *Figaros Hochzeit*, engagiert hatte: Der große Mann wurde zornig, weil seine Sänger sich abmühten, anders als unisono zu singen, und weil die virtuosen Duos, Trios, Quartette, Oktette der *Hochzeit* zu einem Klangbrei verschmolzen, der dem musikliebenden Sultan Tränen der Ohnmacht über die Wangen trieb, und das trotz aller Bemühungen der Eunuchen mit ihren Engelsstimmen und der Ratschläge des italienischen Generalmusikdirektors. Aber Istanbul hatte schon 1830 einen inzwischen vergessenen, großen Komponisten hervorgebracht, August von Adelburg Abramović, dessen Lebensspuren ich geduldig nachgezeichnet hatte: Nach einer Kindheit am Bosporus gelangte Adelburg in Budapest zu Ruhm durch eine »nationale« Oper, *Zrinyi*, mit der er beweisen wollte, dass die ungarische Musik im Gegensatz zu dem, was Liszt behauptete, nicht von den Zigeunern herrührte – es liegt etwas Faszinierendes darin, dass ausgerechnet ein Levantiner sich über seinen Helden, den großen Türkenhasser Nikolaus Zrinski, auf Ungarisch Miklós Zrinyi, zum Vorsänger des ungarischen Nationalismus macht; es war zweifellos dieser tiefe innere Widerspruch, der ihn in den Wahnsinn getrieben hat, einen so ernsten Wahn, dass er interniert wurde und im Alter von 43 Jahren daran starb. Adelburg, der erste europäische Musiker von Rang, der im Osmanischen Reich geboren wurde, beendet sein Leben in der Demenz, im Riss der Andersheit; als ob sich die Vermischung trotz aller Brücken, aller mit der Zeit entstandenen Verbindungen, als unmöglich erwiesen hätte angesichts der nationalistischen Pathologie, die das 19. Jahrhundert nach und nach überschwemmte und die in einem schleichenden Prozess die fragilen Stege zerstörte, die in früheren Zeiten geschaffen worden waren, um nur noch Herrschaftsbeziehungen Platz zu machen.

Meine Brille lag natürlich unter dem Stapel Bücher und Zeitschriften, ich bin so etwas von zerstreut. Und zugleich muss ich nichts sehen, um die Ruinen in meinem Schlafzimmer (Ruinen von Istanbul, von Damaskus, von Teheran, von mir selbst) zu betrachten, ich habe sie alle im Kopf. Die vergilbten Photochromdrucke und Stiche aus dem Orient. Das dichterische Werk Pessoas auf einem holzgeschnitzten, eigentlich für den Koran vorgesehenen Lesepult. Mein Tarbusch aus Istanbul, mein schwerer, langer Wollhausmantel aus dem Souk von Damaskus, die Laute aus Aleppo, die ich mit Nadim gekauft habe. Die dicken, weißen Bände, an einer Seite schwarz, mit einem widerspenstigen Schnürchen auf dem Schnitt, sind Grillparzers Tagebücher – in Istanbul fanden es natürlich alle zum Schießen komisch, dass ein Österreicher mit seinem Grillparzer durch die Welt spazierte. Waschmittel geht ja noch, aber Grillparzer! Die Deutschen sind neidisch, das ist alles. Ich kenne die Ursache des Streits: Die Deutschen können den Gedanken nicht ertragen, dass Beethoven nach Wien gegangen ist und nie mehr nach Bonn zurückkommen wollte (das habe ich mir nicht ausgedacht, das hat Hugo von Hofmannsthal in seinem berühmten Artikel »Wir Österreicher und Deutschland« behauptet). Hofmannsthal, der größte Librettist aller Zeiten, hat übrigens einen seltsamen Theaterdialog zwischen dem ewigen Orientalisten Hammer-Purgstall und dem unermüdlichen Balzac geschrieben, den Sarah in ihrem Artikel über Balzac und den Orient ausgiebig zitiert; ich gebe zu, dass ich mich nicht mehr so recht daran erinnere, worum es ging, ich habe den Artikel gestern hervorgekramt, da ist er, sieh mal einer an, da hat sich ein kleiner Zettel mit einer Nachricht erhalten, ein alter Brief auf einer herausgerissenen Seite mit Randnotizen in Rot und blauen Linien, ein halbes Blatt aus einem Schulheft:

Mein lieber Franz,
hier also endlich der Aufsatz, mit dem ich die letzten Monate beschäftigt war. Ich habe mich etwas weit entfernt von meinen Monstern und anderen Ungeheuern, wie Du sagst, aber nur vorübergehend. Das Kolloquium von Hainfeld hat sich als recht ergiebig erwiesen, aber urteile selbst … Und nicht nur in akademischer Hinsicht!

Ich werde Dir nie genug danken können für das Bild vom Schloss und Deine Übersetzungen.

Ich vermute, Du bist kurz davor, aus Istanbul abzureisen, ich hoffe, dass Dein Aufenthalt von Nutzen für Dich war. Ein riesiges Dankeschön für die »prompte Erledigung« und die Fotos! Sie sind wunderbar! Meine Mutter ist entzückt. Du hast wirklich Glück, was für ein Traum, Konstantinopel entdecken … wirst Du nach Wien oder nach Tübingen zurückkehren? Aber vor allem vergiss nicht, Dich zu melden, wenn Du das nächste Mal nach Paris kommst.

Bis bald, wie ich hoffe, ich umarme Dich,
Sarah

PS: Ich bin neugierig darauf, was Du zu diesem »wienerischen« Artikel sagen wirst – nur Gutes, hoffe ich!

Wie schön, diese kostbaren, mit Tinte geschriebenen Zeilen zufällig wiederzufinden, die ein wenig eilig geschrieben und schwer lesbar, aber zärtlich und elegant sind – heute, da die Computer die Oberhand gewonnen haben, sieht man die Kalligraphie unserer Zeitgenossen selten, vielleicht wird die kursive Handschrift zu einer Form von Nacktheit, einer intimen und geheimen Äußerung, für alle verborgen außer für die Geliebten, Notare und Banker.

Jetzt bin ich hellwach. Der Schlaf hat praktisch nie richtig Lust auf mich, er verlässt mich sehr schnell um Mitternacht, nachdem er mich den ganzen Abend bedrängt hat. Der Schlaf ist ein egoistisches Monstrum, das nur macht, wonach ihm der Kopf steht. Doktor Kraus ist ein kümmerlicher Arzt, ich sollte mir einen anderen suchen. Ihn rauswerfen. Ich könnte mir den Luxus leisten, meinen Arzt vor die Tür zu setzen; ein Arzt, der bei jedem Besuch von Ausruhen spricht, aber unfähig ist, einem etwas für den Schlaf zu geben, verdient die Bezeichnung Arzt nicht. Zu seiner Entlastung muss ich zugeben, dass ich die Schweinereien, die er mir verschrieben hat, nie geschluckt habe. Aber ein Arzt, der nicht ahnt, dass man die Schweinereien nicht einnimmt, die er einem verschreibt, ist kein guter Arzt, und aus dem Grund muss ich ihn wechseln. Dabei wirkt Kraus intelligent, ich weiß, dass er Musik liebt, nein, ich übertreibe, ich weiß, dass er ins Konzert geht, aber das beweist gar nichts. Erst gestern hat er zu mir gesagt: »Ich war im Musikverein, um Liszt zu hören.« Ich habe ihm geantwortet, er könne sich glücklich schätzen, Liszt sei in Wien schon lange nicht mehr gespielt worden. Er hat natürlich gelacht und gesagt: »Ach, Herr Dr. Ritter, ich lach' mich noch tot wegen Ihnen«, was dann doch ein ziemlich seltsamer Satz ist aus dem Mund eines Arztes. Ich kann ihm immer noch nicht verzeihen, dass er auch gelacht hat, als ich ihn um ein Rezept für Opium gebeten habe. »Ah, ah, ah, ich kann Ihnen das Rezept ausschreiben, aber anschließend müssen Sie eine Apotheke aus dem 19. Jahrhundert finden.« Ich weiß, dass er lügt, ich habe im Amtsblatt nachgesehen, ein österreichischer Arzt hat das Recht, bis zu 2 g Opium und bis zu 20 g Laudanum pro Tag zu verschreiben, also muss es auch welches geben. Das Verrückte ist, dass ein Tierarzt derselben Nationalität bis zu 15 g Opium und 150 g Tinktur verschreiben kann, man hätte Lust, ein kranker Hund zu sein. Ich könnte vielleicht Grubers Kläffer bitten, mir ohne Wissen seines Herrn ein wenig von seinem Medikament zu verkaufen, dann wäre dieser Köter endlich einmal zu etwas nutze.

Ich frage mich, warum mir diese Frage heute einfach nicht aus dem Sinn geht, der Rausch hat mich nie sonderlich angezogen, ich habe alles in allem fünf oder sechs Pfeifen in meinem Leben geraucht – und das ist Jahre her. Sicher wegen des Textes von Balzac, den Sarah in diesem vergilbten, mit rostigen Büroklammern zusammengehaltenen Artikel zitiert, dessen Staub an meinen Fingern hängen bleibt:

Sie erwarteten vom Opium, dass es ihnen die vergoldeten Kuppeln von Konstantinopel zeigte und sie auf die Divane des Serails wälzte, mitten unter Mahmouds Frauen: Und dort fürchteten sie, von der Lust berauscht, entweder die Kälte des Dolchs oder das Zischen des geflochtenen Seidenbands; und von den Wonnen der Liebe übermannt, ahnten sie schon den Pfahl ... Das Opium lieferte ihnen das ganze Universum! ...

Und für 3 Francs, 25 Centimes begaben sie sich nach Cádiz oder Sevilla, kletterten auf Mauern, blieben dort unter einer Jalousie liegen, damit beschäftigt, zwei flammende Augen zu sehen – eine Andalusierin, verborgen von einem roten Seidenvorhang, dessen Schimmer die Hitze, die Endlichkeit, die Poesie der Figuren an diese Frau übertrugen, die phantastischen Gegenstände unserer jungen Träume ... Als sie sich dann umdrehten, fanden sie sich auf einmal vor dem entsetzlichen Gesicht eines Spaniers wieder, der mit einer geladenen Flinte bewaffnet war! ...

Manchmal erprobten sie die rollenden Planken der Guillotine und erwachten auf dem Grund der Gruben in Clamart, um sich in sämtliche Annehmlichkeiten des häuslichen Lebens zu versenken: ein Haus, eine Abendgesellschaft im Winter, eine junge Frau, Kinder voller Anmut, die niederknieten und unter dem Diktat eines alten Kindermädchens zu Gott beteten ... Das alles für drei Francs Opium. Ja, für drei Francs Opium bauten sie sogar die gigantischen Entwürfe der griechischen, asiatischen und römischen Antike neu! ... Sie besorgten sich das zu früh ausgestorbene und hier und da von Monsieur Cuvier wiedergefundene Anoplotherium. Sie rekonstruierten die Pferdeställe Salomons, den Tempel von Jerusalem, die Wunder Babylons und das ganze Mittelalter mit seinen Turnieren, Schlössern, Rittern und Klöstern! ...

Opium für drei Francs! Balzac spottet sicherlich, aber trotzdem, drei Francs, was mag das in Schilling gewesen sein? Nein, Unsinn, in Kronentaler damals. Ich war immer schlecht im Umrechnen. Man muss anerkennen, dass Sarah ein Talent dafür hat, auf die unwahrscheinlichsten, völlig in Vergessenheit geratenen Geschichten zu stoßen. Auf Balzac, der sich nur für die Franzosen und ihre Sitten interessiert haben soll, und seinen Text über das Opium, dazu noch einen der ersten von ihm veröffentlichten Texte. Balzac, der erste Romanautor Frankreichs, der einen

Text auf Arabisch in seinen Roman aufgenommen hat! Der Schriftsteller aus der Touraine, der ein so enger Freund von Hammer-Purgstall, dem großen österreichischen Orientalisten wurde, dass er ihm eines seiner Werke widmete, *Das Antiquitätenkabinett*. Das wäre mal ein Artikel gewesen, der für eine Sensation hätte sorgen können – aber an der Universität wird nichts zur Sensation, zumindest nicht in den Geisteswissenschaften; die Beiträge dort sind verlorene Einzelfrüchte, an denen niemand oder fast niemand knabbert, ich kann ein Lied davon singen. Und doch fand der Leser, der die Neuausgabe von *Das Chagrinleder* (*La Peau de chagrin*) von 1837 aufschlug, Sarah zufolge dies:

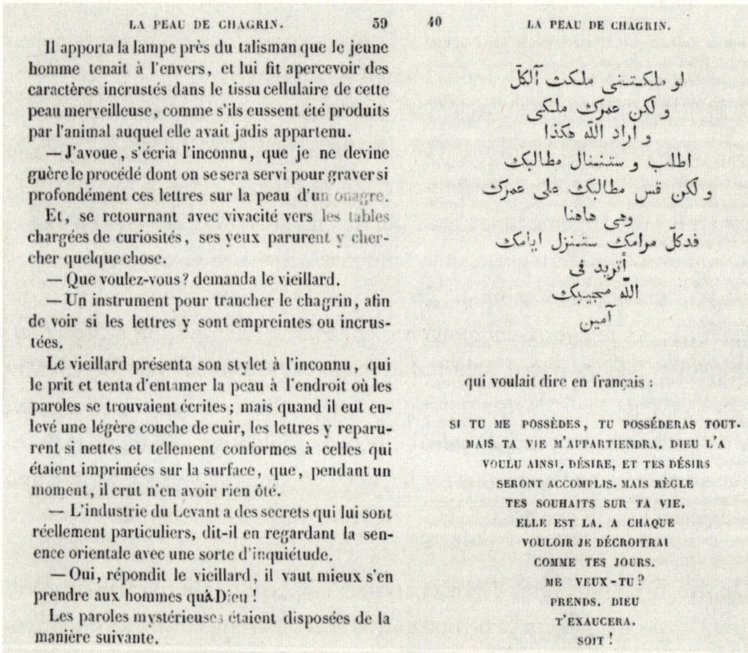

LA PEAU DE CHAGRIN. 39

Il apporta la lampe près du talisman que le jeune homme tenait à l'envers, et lui fit apercevoir des caractères incrustés dans le tissu cellulaire de cette peau merveilleuse, comme s'ils eussent été produits par l'animal auquel elle avait jadis appartenu.

— J'avoue, s'écria l'inconnu, que je ne devine guère le procédé dont on se sera servi pour graver si profondément ces lettres sur la peau d'un onagre.

Et, se retournant avec vivacité vers les tables chargées de curiosités, ses yeux parurent y chercher quelque chose.

— Que voulez-vous? demanda le vieillard.

— Un instrument pour trancher le chagrin, afin de voir si les lettres y sont empreintes ou incrustées.

Le vieillard présenta son stylet à l'inconnu, qui le prit et tenta d'entamer la peau à l'endroit où les paroles se trouvaient écrites; mais quand il eut enlevé une légère couche de cuir, les lettres y reparurent si nettes et tellement conformes à celles qui étaient imprimées sur la surface, que, pendant un moment, il crut n'en avoir rien ôté.

— L'industrie du Levant a des secrets qui lui sont réellement particuliers, dit-il en regardant la sentence orientale avec une sorte d'inquiétude.

— Oui, répondit le vieillard, il vaut mieux s'en prendre aux hommes qu'à Dieu !

Les paroles mystérieuses étaient disposées de la manière suivante.

40 LA PEAU DE CHAGRIN.

لو ملكتني ملكت آلكلّ
و لكن عمرك ملكي
و اراد الله هكذا
اطلب و ستنال مطالبك
و لكن قس مطالبك على عمرك
وهي هاهنا
فدكلّ مرامك ستنزل ايامك
أتريد فى
الله مجيبك
آمين

qui voulait dire en français :

SI TU ME POSSÈDES, TU POSSÉDERAS TOUT.
MAIS TA VIE M'APPARTIENDRA. DIEU L'A
VOULU AINSI. DÉSIRE, ET TES DÉSIRS
SERONT ACCOMPLIS. MAIS RÈGLE
TES SOUHAITS SUR TA VIE.
ELLE EST LA. A CHAQUE
VOULOIR JE DÉCROITRAI
COMME TES JOURS.
ME VEUX-TU?
PRENDS. DIEU
T'EXAUCERA.
SOIT !

Während man in der Erstausgabe von 1831 nur folgenden Text lesen konnte:

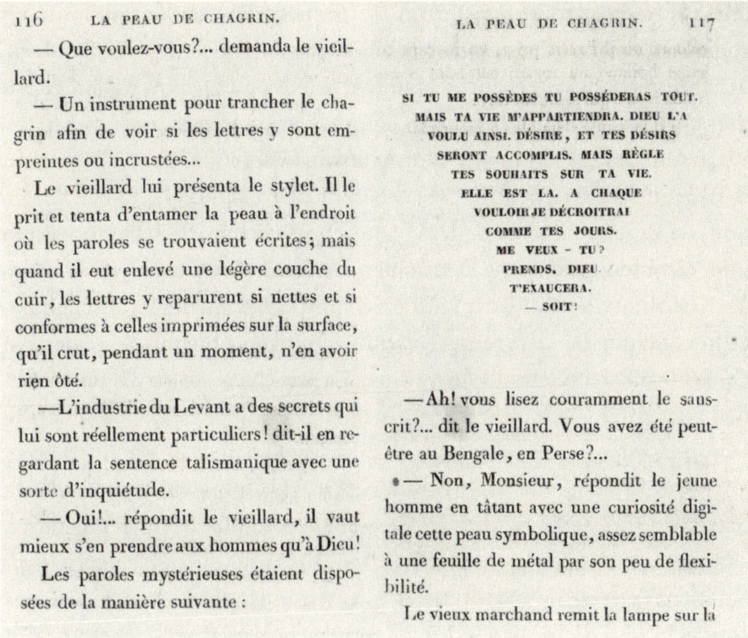

116 LA PEAU DE CHAGRIN.

— Que voulez-vous?... demanda le vieillard.

— Un instrument pour trancher le chagrin afin de voir si les lettres y sont empreintes ou incrustées...

Le vieillard lui présenta le stylet. Il le prit et tenta d'entamer la peau à l'endroit où les paroles se trouvaient écrites; mais quand il eut enlevé une légère couche du cuir, les lettres y reparurent si nettes et si conformes à celles imprimées sur la surface, qu'il crut, pendant un moment, n'en avoir rien ôté.

—L'industrie du Levant a des secrets qui lui sont réellement particuliers! dit-il en regardant la sentence talismanique avec une sorte d'inquiétude.

— Oui!... répondit le vieillard, il vaut mieux s'en prendre aux hommes qu'à Dieu!

Les paroles mystérieuses étaient disposées de la manière suivante :

LA PEAU DE CHAGRIN. 117

SI TU ME POSSÈDES TU POSSÉDERAS TOUT.
MAIS TA VIE M'APPARTIENDRA. DIEU L'A
VOULU AINSI. DÉSIRE, ET TES DÉSIRS
SERONT ACCOMPLIS. MAIS RÈGLE
TES SOUHAITS SUR TA VIE.
ELLE EST LA. A CHAQUE
VOULOIR JE DÉCROITRAI
COMME TES JOURS.
ME VEUX - TU?
PRENDS. DIEU
T'EXAUCERA.
— SOIT!

—Ah! vous lisez couramment le sanscrit?... dit le vieillard. Vous avez été peut-être au Bengale, en Perse?...

— Non, Monsieur, répondit le jeune homme en tâtant avec une curiosité digitale cette peau symbolique, assez semblable à une feuille de métal par son peu de flexibilité.

Le vieux marchand remit la lampe sur la

Abstract

Viele der zahlreichen Beziehungen europäischer Autoren und Künstler aus der ersten Hälfte des 19. Jahrhunderts zum Orient sind bereits erforscht worden. Man kennt beispielsweise die Umstände dieser Begegnung bei Goethe oder Hugo ziemlich genau. Dagegen ist eine der überraschendsten Verbindungen zwischen wissenschaftlichem Orientalismus und Literatur die Beziehung Honoré de Balzacs zu dem österreichischen Orientalisten Joseph von Hammer-Purgstall (1774–1856), die nicht nur zur ersten direkten Einbeziehung eines Textes in arabischer Sprache in ein Werk geführt hat, das für ein großes Lesepublikum in Frankreich bestimmt war, sondern auch ganz gewiss den bis dahin verborgenen Sinn des Dialogs erklärt, mit dem Hugo von Hofmannsthal die beiden im Wien des Jahres 1842 (sic) in Szene setzte in *Über Charaktere im Roman und im Drama* (1902). Wir wohnen hier der Entstehung eines Künstlernetzwerks bei, das seit dem Orientalisten Hammer-Purgstall ganz Westeuropa *speist*, von Goethe über Hugo, Rückert und sogar Balzac bis Hofmannsthal.

Diese Zusammenfassung ist tadellos, ich hatte den Artikel vollkommen vergessen, er ist richtig *wienerisch*, wie sie sagte – sie hatte mich gebeten, den Kupferstich von Schloss Hainfeld wieder aufzuspüren, den Hammer kurz nach Balzacs Besuch in einem Brief an diesen geschickt hatte. Sarah fügt der (übrigens von Hofmannsthal vorgebrachten) Theorie ein französisches Steinchen hinzu, nach der Österreich das Land der Begegnungen ist, ein Grenzland, das eigentlich weitaus reicher an Kontakten und Verbindungen ist als Deutschland, wo man im Gegenteil versucht, das *Andere* aus der Kultur auszumerzen und sich nach der sarahschen Begrifflichkeit in die Tiefe seines *Selbst* zu versenken, obwohl diese Suche in der schlimmsten Gewalt enden muss. Dieser Gedanke verdiente es, vertieft zu werden – ich muss diesen Artikel in Istanbul bekommen haben, zumindest dem kleinen Brief nach zu schließen, in dem sie mich fragt, ob ich nach Wien oder nach Tübingen zurückkehren würde; sie bedankt sich darin für die Fotos, um die sie mich gebeten hatte, doch eigentlich hätte ich ihr danken müssen: Sie hatte mir damit eine Gelegenheit geboten, ein großartiges Stadtviertel von Istanbul zu besuchen, fernab der Touristen und der üblichen Bilder von der osmanischen Hauptstadt, in das ich mich sonst niemals verlaufen hätte, das unzugängliche Hasköy am Ende des Goldenen Horns – wenn ich ernsthaft suche, müsste ich den Brief wiederfinden können, in dem sie mich bat, das Gymnasium der *Alliance Israélite Universelle* für sie zu fotografieren (heute sind solche Ausflüge durch das Internet zweifellos unnötig geworden), in dem ihr Urgroßvater mütterlicherseits in den 1890er Jahren zur Schule gegangen war; es hatte etwas Rührendes, ohne sie dorthin zu gehen und die Orte zu entdecken, von denen sie sozusagen abstammte, die sie aber, genauso wenig wie ihre Mutter, noch nie gesehen hatte. Mir bleibt vollkommen schleierhaft, wie ein türkischer Jude nach dem Ersten Weltkrieg ins französische Algerien gelangen konnte, und Sarah ist sich nicht sicher, ob sie selbst etwas darüber weiß – eines der zahlreichen Rätsel des 20. Jahrhunderts, hinter denen sich häufig Gewalt und Leid verbergen.

Es regnete in Hasköy, einer dieser Istanbuler Regenfälle, die einen, vom Wind gepeitscht, an einer Straßenecke binnen einer Sekunde durchnässen können, obwohl es sich eigentlich nur um einen feinen Nieselregen handelt; ich schützte meinen Fotoapparat sorgsam unter meinem

Regenmantel, ich hatte zwei Farbfilme à 36 Bilder mit einer Lichtempfindlichkeit von 400 ASA dabei, heute ist das die reinste Wörter-Archäologie – ob sich die Negative wohl noch in meiner Fotoschachtel befinden, sehr wahrscheinlich. Ich hatte auch einen Stadtplan dabei, von dem ich aus Erfahrung wusste, dass er hinsichtlich der Straßennamen sehr unvollständig war, und einen ganz und gar wienerischen Regenschirm mit Holzgriff. Der Weg nach Hasköy war für sich allein schon ein ganzes Programm: Man musste entweder *via* Sisli einen Bogen nach Norden schlagen oder längs des Goldenen Horns durch das Viertel Kasimpasa gehen, von Cihangir aus dann ein Fußmarsch von einer Dreiviertelstunde entlang der Hänge von Beyoglu. Als ein Auto, das an mir vorbeibrauste, meine Hosenbeine mit Dreck vollspritzte und ich diesen Ausflug, der sich unter den dunkelsten Vorzeichen abzuspielen schien, beinahe auf den Sankt-Nimmerleins-Tag verschoben hätte, habe ich Sarah verflucht, so angepisst war ich, als, schon zehn Minuten nachdem ich das Haus verlassen hatte, mein Regenmantel verdreckt und meine Füße nass waren, und nachdem mich Faugier, der mit einem Tee in der Hand seinen Rausch vom Vorabend bekämpfte und beobachtete, wie die Wolken den Bosporus verdunkelten, mich bereits freundlich vorgewarnt hatte: Das sei kein Tag, an dem ein Orientalist einen Fuß vor die Tür setzen sollte. Ich entschloss mich daher, ein Taxi zu nehmen, was ich eigentlich hatte vermeiden wollen, freilich nicht aus Knauserigkeit, sondern einfach, weil ich nicht wusste, wie ich dem Fahrer erklären sollte, wohin ich wollte: Ich beschränkte mich auf *Hasköy eskelesi, lütfen*, und nach einer guten halben Stunde im Stau fand ich mich am Ufer des Goldenen Horns an einem bezaubernden kleinen Hafen wieder; hinter mir einer dieser farbenprächtigen Hügel mit steilem Hang, die das Geheimnis von Istanbul ausmachen, eine steil ansteigende, geteerte Straße, die von einem Wasserfilm überzogen war, einem durchscheinenden Bach, der artig das Gefälle nutzte, um ins Meer zu schießen – dieser seltsame Anstieg des Wassers erinnerte mich an unsere Späße am Ufer der Wildbäche in den österreichischen Bergen; ich sprang von einer auf die andere Seite der kleinen Gasse, den Launen dieses städtischen Bächleins gehorchend, ohne genau zu wissen, wohin es ging; das Vergnügen an diesem Spiel machte die unliebsame Begleiterscheinung der nassen Schuhe bei weitem wett. Die

Passanten müssen wohl gedacht haben, ich sei ein übergeschnappter, an Aquaphilie leidender Tourist, der sich in ihrem Viertel für eine Forelle hält. Nach einigen Hundert Metern und einem vergeblichen Versuch, meinen Stadtplan unter meinem Schirm auseinanderzufalten, kam ein älterer Herr mit einem kurz gestutzten weißen Bart auf mich zu, musterte mich von Kopf bis Fuß und fragte mich dann:

– Are you a Jew?

Was ich freilich nicht verstand, weshalb ich mit What? oder Wie bitte? antwortete, woraufhin er lächelnd seine Frage präzisierte:

– I can make a good Jewish Tour for you.

Ich wurde von einem Propheten angesprochen, der gekommen war, um mich vor dem Wasser zu retten – Ilya Virano war eine der Säulen der jüdischen Gemeinde von Hasköy, er hatte gesehen, wie ich umherirrte, und erraten (wie er selbst zugab, denn in der Gegend waren Touristen nicht Legion), dass ich wahrscheinlich nach etwas suchte, das mit der jüdischen Geschichte des Viertels zu tun hatte, durch das er uns, mich und meinen Fotoapparat, den Rest des Tages führte. Monsieur Virano sprach ein perfektes Französisch, das er an einem zweisprachigen Gymnasium in Istanbul gelernt hatte; seine Muttersprache war das Ladino, von dessen Existenz ich auf diese Weise erfuhr: Die aus Spanien vertriebenen Juden, die sich im Osmanischen Reich niedergelassen hatten, hatten ihre Sprache mitgebracht und ihr altes Renaissance-Spanisch im Exil weiterentwickelt. Die Juden von Istanbul waren entweder Byzantiner oder Sepharden oder Aschkenasim oder Karäer, je nachdem, wann sie in der Hauptstadt angekommen waren (die geheimnisvollen Karäer waren mehr oder weniger die letzten Ankömmlinge, die meisten von ihnen hatten sich nach dem Krimkrieg hier niedergelassen), und es war einfach wunderbar, Ilya Virano zuzuhören, wie er den Gebäuden des Bezirks folgend von den großen Momenten dieser kulturellen Vielfalt erzählte: Am eindrucksvollsten war die beinahe festungsartige karäische Synagoge, umgeben von fensterlosen Mauern, die kleine Holz- und Steinhäuser umschlossen, von denen einige bewohnt waren, andere dem Verfall preisgegeben – meine Naivität, ihn zu fragen, ob ihre Bewohner noch immer Karäer seien, brachte Ilya Virano zum Lachen: Es gab hier schon lange keine mehr.

Die meisten jüdischen Familien Istanbuls sind anderswo hingezogen, in modernere Stadtviertel, nach Şişli oder auf die andere Seite des Bosporus, wenn sie nicht nach Israel oder in die Vereinigten Staaten ausgewandert sind. Ilya Virano erklärte das alles ohne Wehmut, ganz einfach, auf dieselbe Weise, wie er mich je nachdem, was wir besichtigten, in die unterschiedlichen Theologien und Rituale der zahlreichen Zweige des Judaismus einführte, während er flotten Schrittes und voller Respekt für meine Unwissenheit durch die steilen Straßen marschierte; er fragte mich nach dem Familiennamen jenes Urgroßvaters, nach dessen Spuren ich suchte: Schade, dass Sie ihn nicht wissen, meinte er, wer weiß, vielleicht leben noch ein paar Cousins hier.

Monsieur Virano muss ungefähr 65 Jahre alt gewesen sein, er war groß, ziemlich elegant, von athletischer Statur; sein Anzug, sein gestutzter Bart und sein mit Gel nach hinten gekämmtes Haar gaben ihm ein wenig das Aussehen eines inzwischen natürlich etwas ergrauten Debütanten, der ein Mädchen bei seinen Eltern abholte, um es zum Schulball auszuführen. Er redete viel, glücklich darüber, wie er mir sagte, dass ich Französisch verstand: Die meisten Touristen der Jewish Tours seien Amerikaner und Israelis, so dass er wenig Gelegenheit habe, diese schöne Sprache zu sprechen.

Im alten Tempel der aus Mallorca vertriebenen Juden, der Synagoge Major, war eine kleine Autowerkstatt untergebracht; doch ihre Holzkuppel, ihre Säulen und ihre hebräischen Inschriften waren erhalten; ihre Nebengebäude dienten als Lager.

Mein erster Film war voll, und wir waren noch nicht beim alten Gymnasium der *Alliance Israélite Universelle* angekommen; es hatte zu regnen aufgehört, und im Gegensatz zu meinem Führer fühlte ich mich von einer gewissen Schwermut ergriffen, einer unbestimmten, unerklärlichen Traurigkeit – all diese Stätten waren geschlossen, schienen aufgegeben zu sein; die einzige, noch ihrem Zweck dienende Synagoge mit ihren Pilastern aus byzantinischem Marmor an der Fassade war nur noch gelegentlich offen; der große Friedhof war um ein Viertel verkleinert durch den Bau einer Autobahn und von Gräsern überwuchert. Das einzige Mausoleum von Bedeutung, das, wie mir Virano erklärte, einer großen Familie gehört hatte, einer so großen Familie, dass sie einen Palast am Goldenen Horn besaß, einen Palast, in dem sich heute irgendeine militärische Einrichtung befindet, ähnelte einem alten römischen Tempel, einer vergessenen Gebetsstätte, deren einzige Farben die roten und blauen Tags waren, die sie schmückten; ein Totentempel, der den Hügel beherrschte, von dem aus man das Ende des Goldenen Horns überblickte, wo die Mündung sich in einen einfachen Fluss verwandelte, zwischen Fahrzeugen, Fabrikschloten und Ansammlungen großer Gebäude. Die Grabsteine schienen hier und da an den Hang geworfen (liegend, wie es der Brauch will, erklärte mir mein Führer), manche waren zerbrochen, die Inschriften häufig unleserlich; Virano entzifferte dennoch einige Familiennamen für mich: Die hebräischen Buchstaben widerstünden der Zeit besser als die lateinischen, sagte er, mir fiel es allerdings schwer, diese Theorie zu verstehen, Tatsache ist jedoch, dass es ihm gelang, ohne sichtliche Gefühlsregung die Namen der Toten auszusprechen und manchmal für sie Nachkommen oder Verwandte zu finden; er komme häufig hier hoch, meinte er, seit die Autobahn da sei, gebe es keine Ziegen mehr, und ohne Ziegen auch weniger Ziegendreck, dafür aber Gräser in Hülle und Fülle. Die Hände in den Taschen schlenderte ich zwischen den Gräbern umher, bemüht, etwas zu sagen; hier und da gab es Graffiti, *Antisemitismus*?, fragte ich, nein, nein, nein, erwiderte er, *Liebe*, wie denn, Liebe?, ja, ein Junge, der den Namen derjenigen hingeschrieben hat, in die er verliebt war, *Für Hülya ein Leben lang* oder etwas in der Art, und ich begriff, dass es hier nichts mehr zu entweihen gab, was die Zeit und die Stadt nicht schon entweiht hätten, und dass man die Gräber mit ihren Überresten und ihren Grabplatten sicher bald schon woanders hinbringen und stapeln würde, um den Baggerschaufeln Platz zu machen; ich dachte an Sarah, schoss auf dem Friedhof aber kein Foto, denn ich wagte es nicht, meinen Apparat hervorzuholen, auch wenn sie damit nichts zu tun hatte, auch wenn niemand etwas mit diesem Desaster zu tun hatte, das unser aller Desaster war, und während eine strahlende Sonne begann, sich in den »Süßen Wassern Europas« zu spiegeln und Istanbul bis zum Bosporus zu illuminieren, fragte ich Ilya Virano, ob er mir sagen könne, wo sich die Schule der *Alliance Israélite* befinde.

Die neoklassizistische Fassade des Gymnasiums war dunkelgrau und von weißen Halbsäulen gegliedert, es gab keine Inschrift auf dem Giebeldreieck. In dem Gebäude ist schon seit langem keine Schule mehr, erklärte mir Ilya Virano; heute ist es ein Altersheim – gewissenhaft fotografierte ich den Eingang und den Hof; auf einer Bank unter dem Portalvorbau saßen einige hochbetagte Insassen und schnappten frische Luft; während Monsieur Virano sie begrüßte, dachte ich, dass sie sicherlich ihr Leben in diesen Mauern begonnen hatten, dass sie hier Hebräisch, Türkisch und Französisch gelernt hatten, dass sie auf diesem Hof gespielt, Gedichte gemocht und abgeschrieben hatten, dass sie hier für kleine, nicht zu übersehende Verfehlungen Prügel bekamen und dass sie nun, da sich der Kreis geschlossen hat, im selben, ein wenig strengen Gebäude mit den makellosen Fliesen ihre Tage friedlich damit beendeten, vom Hügel oben aus dem Fenster zu schauen, wie Istanbul mit großen Schritten in die Moderne vorstieß.

23 Uhr 58

Von der kurzen Nachricht abgesehen, die ich beim Balzac-Artikel wiederfand, kann ich mich nicht entsinnen, dass Sarah jemals wieder auf die Fotos aus Istanbul zurückgekommen wäre, die ich dem Regen abgetrotzt hatte, um etwas vor dem Vergessen zu bewahren – deprimiert bin ich nach Cihangir zurückgekehrt, am liebsten hätte ich Bilger gesagt (er war zum Tee bei uns, als ich zurückkam), dass mir die Archäologie von allen Aktivitäten am traurigsten erschien, dass ich weder in den Ruinen Poesie noch irgendein Vergnügen am Umwälzen des Verschwundenen finden konnte.

Ich weiß übrigens immer noch nicht viel über Sarahs Familie, nur dass ihre Mutter die Kindheit in Algier verbracht hat, dass sie nach der Unabhängigkeit Algeriens aus der Stadt fortgegangen und nach Paris gezogen ist; ich weiß nicht, ob ihr Istanbuler Urgroßvater den Umzug mitgemacht hat. Sarah wurde einige Jahre später in Saint-Cloud geboren und ist in Passy im 16. Arrondissement aufgewachsen, das, wie sie erzählte, mit seinen Parks und seinen Winkeln, seinen alten Konditoreien und seinen noblen Boulevards ein sehr angenehmes Stadtviertel war – was für ein seltsamer Zufall, dass jeder von uns einen Teil seiner Kindheit in der Nachbarschaft Balzacs verbracht hat: sie in der Rue Raynouard, wo der große Mann lange Zeit gewohnt hatte, und ich wenige Kilometer entfernt von Saché, dem kleinen Schloss in der Touraine, in dem er sich häufig aufgehalten hatte. Monsieur de Balzac jedes Mal einen Besuch abzustatten, wenn wir bei Großmutter in den Sommerferien waren, war quasi Pflicht; das Schloss hatte den Vorteil, weitaus weniger besucht zu sein als andere in der Umgebung (Azay-le-Rideau oder Langeais), und es verfügte über einen *Kulturschatz*, um einen Ausdruck von Mama zu verwenden – ich nehme an, Großmutter wäre zufrieden, wenn sie wüsste, dass dieser Balzac, den sie ein bisschen wie ihren Cousin betrachtete (immerhin waren sie beide in Tours zur Schule gegangen), nach Wien gekommen war wie sie – ein oder zwei Mal hatte sie uns besucht, doch wie Balzac reiste sie nicht gern und klagte jedes Mal, dass sie ihren Garten nicht allzu lange allein lassen könne, nicht länger als Balzac seine Romanfiguren.

Balzac besucht Wien, wo er im Mai 1835 seine große Liebe, Madame Hańska, wiedersieht. »Am 24. März kam ich«, notiert Hammer-Purgstall, »von einer Abendgesellschaft bei der Gräfin Rzewuska (Mädchenname von Ewelina Hańska) nach Hause und fand einen Brief des Captain Hall vor (halten wir kurz fest, dass Captain Hall kein anderer ist als Basil Hall, 1788–1844, englischer Marineoffizier und Freund von Walter Scott, Autor zahlreicher Reiseberichte, insbesondere von *Schloss Hainfeld, oder: Ein Winter in Steiermark*, der Sheridan Le Fanu zu seinem Roman *Carmilla* inspirierte)[18], der mir die Nachricht der drohenden Todesgefahr meiner Freundin, der Gräfin Purgstall, brachte.«[19]

Wir wissen also, dass der große Orientalist das Werk Balzacs durch die Vermittlung Madame Hańskas kennenlernte und dass er schon seit einiger Zeit bei der Comtesse und ihren Freunden verkehrte.[20] Erst bei seiner Rückkehr aus der Steiermark nach Gräfin Purgstalls Tod erfährt Joseph von Hammer, dass Balzac gerade einige Wochen in Wien verbringt.[21] Die beiden besuchen sich gegenseitig und schätzen einander. Hammer ermöglicht uns sogar einzuschätzen, wie berühmt der Romancier in Europa war: Eines Tages, erzählt er, als er Balzac in seinem Wiener Domizil besuchen will, habe er ihn nicht vorgefunden, es heißt, er sei bei Fürst Metternich; da er [Hammer] ohnehin in der Staatskanzlei zu tun hat, entscheidet er sich hinzugehen und findet das Vorzimmer mit Gesandten, Präsidenten, Hofräten und Generälen gefüllt. Der Türsteher erklärt ihm, dass alle diese Herren zur Audienz bestellt seien, der Fürst aber plaudere seit einer halben Stunde mit Herrn von Balzac und habe verboten, anzuklopfen.[22]

Es ist unglaublich, aber selbst ein Metternich begeisterte sich für diesen Mann, der bis über beide Ohren in Schulden steckte, unter falschen Namen in Paris lebte und durch halb Europa fuhr, um zwischen zwei Romanen der Frau hinterherzusteigen, die er liebte. Worüber mochten sich die beiden zwei Stunden lang unterhalten haben? Über die europäische Politik? Über Balzacs Meinung über die Regierung von Louis-Philippe? Über *Das Chagrinleder*? Sarahs Artikel hebt vor allem auf Madame Hanskas Rolle als Vermittlerin zwischen Balzac und dem Orient ab; dass Hammer schließlich den Text, der *Das Chagrinleder* schmückt, für Balzac ins Arabische übersetzt, ist der Vermittlung durch die Comtesse Rzewuska zu verdanken. Und sicher ebenso Balzacs Gespräch mit Metternich. Ich stelle mir den Balzac in Saché vor, wo er mit seinen Manuskripten, seiner Feder und seiner Kaffeekanne eingeschlossen ist; er verließ das Haus kaum, und wenn, dann nur, um sich im Park ein wenig die Beine zu vertreten; er *schloss sich ein wie eine Auster*, wie er sagte; er spazierte zum Fluss hinunter, sammelte einige herabgefallene Kastanien, machte sich ein Spiel daraus, sie ins Wasser zu werfen, bevor er zurückging, um seinen *Vater Goriot* dort wiederzufinden, wo er ihn verlassen hatte; wenn er derselbe Mann ist wie der unsterblich Verliebte, der von der prüden Évelyne Hanska immer wieder abgewiesen wird, fünfzehn Jahre lang abgewiesen wird, dann sagt das viel über Balzacs Charakterstärke und Geduld aus. 1848 hat er sie schließlich geheiratet, das ist beruhigend; dass er kurze Zeit später, 1850, schon starb, weit weniger. Vielleicht lag es zum Teil an der Sehnsucht, dass dieser Mann taumelte, aber nicht fiel, man hat den Eindruck, Balzac stürze sich in die Arbeit und das Schreiben, weil er taumelt, weil sein Leben ihm (jenseits seiner Sätze, in denen er Gott ist) entgleitet, weil er von seinen Gläubigern, von seiner unmöglichen Liebe wie von der ungestillten Sehnsucht hin- und hergeschüttelt wird, und weil ihm nur die Bücher eine Welt nach seinem Maß bieten, ihm, der Drucker war, bevor er Schriftsteller wurde. Dreitausend Seiten Briefe, das ist das Denkmal, das er seiner Liebe errichtet hat, und oft erzählt er Évelyne von Wien, von seiner künftigen Reise nach Wien, um von dort aus die Schlachtfelder von Wagram und Essling zu besuchen, denn er hat den Plan, eine Schlachtenerzählung zu schreiben, eine gewaltige Schlachtenerzählung, die sich ganz und gar inmitten der Schlacht abspielen würde, ohne sie zu verlassen, an einem einzigen furiosen Tag; wie Sarah in St. Gotthard sehe ich Balzac über das Schlachtfeld von Aspern schreiten, sich Notizen machen, sich die Truppenbewegungen auf den Hügeln vorstellen, den Ort, wo Marschall Lannes tödlich verwundet wurde, die Blickpunkte ausfindig machen, die Bäume in der Ferne, die

Form der Hügel, alles, von dem er dann nicht schreibt, weil er sich zu lange in Wien aufhält und dieses Vorhaben vielleicht nur ein Vorwand war: Danach wird er sich mit der *Menschlichen Komödie* herumschlagen und dabei keine Zeit mehr finden, die Idee zu verwirklichen – ebenso wenig wie Sarah, soviel ich weiß, dazu kam, ihre Sicht der Schlacht bei Mogersdorf ausführlich zu beschreiben und alle Erzählungen, die türkischen wie die christlichen, begleitet von der Musik Pál Esterházys, einzuflechten, sollte sie das überhaupt jemals vorgehabt haben.

Sieh da, Sarahs Artikel enthält den Stich von Schloss Hainfeld, den Hammer Balzac nach dessen Rückkehr nach Paris schickte, ich hatte sämtliche Wiener Antiquariate abklappern müssen, um ihr diesen Gefallen zu tun – Hammer schickte seinen Freunden eine Abbildung seines Schlosses, wie wir heute ein Foto verschicken, der gute Hammer, von dem Balzac sagte, er sei »geduldig wie eine Ziege, die sich erdrosselt«, und dem er später *Das Antiquitätenkabinett* widmete zum Dank für das Wissen über den Orient, das er ihm vermittelt hat. Ich vermute, ich bin durch die Wiener Antiquariate gerannt, wie der bis über beide Ohren verliebte Balzac der Hanska hinterhergerannt ist, bis ich endlich diese Vignette in den Händen hielt, die Hanska zwischen den mit dem Aufenthalt in Wien zusammenhängenden Briefauszügen abdrucken ließ:

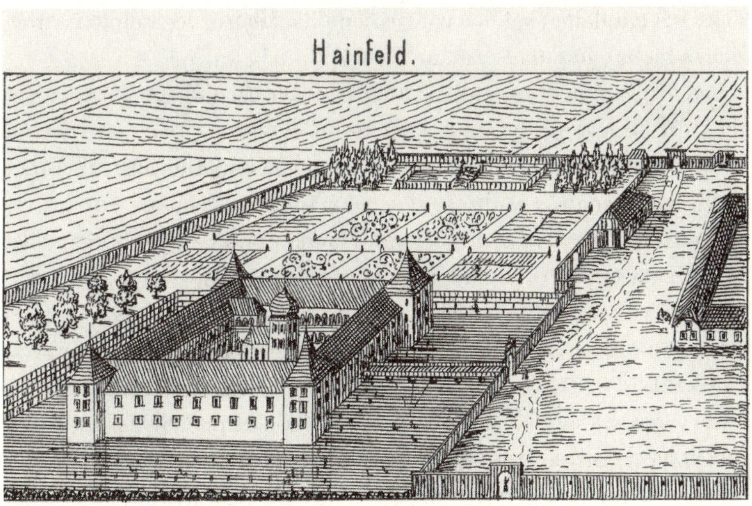

28. April 1834: *Wenn ich reich wäre, fände ich Gefallen daran, Ihnen ein Gemälde zu schicken, Die Frauen von Algier von E. Delacroix, der mir ein ausgezeichneter Maler zu sein scheint.*[31]
9. März 1834: *Von hier bis Wien indes gibt es nur Arbeit und Einsamkeit.*[32]
11. August 1834: *Oh, den Winter in Wien zu verbringen, ich werde dort sein, ja.*[33]
25. August 1834: *Ich muss unbedingt Wien sehen. Ich muss die Schlachtfelder von Wagram und Essling bis zum nächsten Juni erkundet haben. Ich brauche wohl vor allem Stiche, die die Uniformen der deutschen Armee darstellen, und ich werde sie zu finden wissen. Haben Sie die Güte, mir nur mitzuteilen, ob derlei existiert.*[34]
18. Oktober 1834: *Ja, ich habe ein wenig den Herbst in der Touraine geschnuppert, ich habe die Pflanzen und Austern goutiert, und wenn der Himmel besonders schön war, dachte ich, es sein ein Zeichen, und eine weiße Taube mit einem grünen Zweig im Schnabel käme vielleicht aus Wien herbei.*[35]

Armer Balzac, was hat er in Wien bekommen, ein paar Küsse und Schwüre, wenn man diesen Briefen glauben darf, aus denen Sarah ausgiebig zitiert – und ich, für den es immer die größte Freude ist, wenn sie in meine Hauptstadt kommt, so groß, dass ich mir jedes Mal eine neue Garderobe zulege und zum Friseur gehe, was habe ich bekommen, einen neuen Sonderdruck, den ich kaum zu lesen wage – das Leben knüpft Knoten, und es sind nur selten die der Kutte des heiligen Franziskus; wir begegnen uns, wir laufen einander jahrelang im Dunkeln hinterher, und wenn wir glauben, dass sich unsere Hände endlich über anderen schließen, raubt der Tod uns wieder alles.

Jane Digby taucht in Sarahs Artikel über Balzac und den Orient nicht auf, dabei ist sie eine der indirekten Verbindungen zwischen dem Mann aus der Touraine und Syrien; die schöne, bewunderungswürdige Jane Digby, deren Körper, Antlitz und Augen träumen ließen und im Europa und im Orient des 19. Jahrhunderts für einige Verheerungen sorgten, hat eine der erstaunlichsten und in jeder Hinsicht *abenteuerlichsten* Biographien jener Epoche. Mit zwanzig das erste Mal geschieden und wegen ihrer »Promiskuität« aus der viktorianischen Gesellschaft verbannt, war die skandalöse Engländerin nacheinander Geliebte eines österreichischen Adligen, Frau eines deutschen Barons, Geliebte König Ludwig I. von Bayern, Gattin eines korfiotischen Adligen, der auf den herrlichen Namen Spyridon Theotokis hörte, dann wurde Lady Jane Ellenborough geb. Digby (nicht gegen ihren Willen) von einem albanischen Piratenhauptmann entführt, bis sie schließlich ihr endgültiges Liebesglück in der Wüste zwischen Damaskus und Palmyra fand, in den Armen von Scheich Medjuel el-Mezrab, einem Prinzen vom Stamm der Annazahs, der zwanzig Jahre jünger war als sie und den sie mit siebenundvierzig Jahren ehelichte. Die letzten zwanzig Jahre ihres Lebens verbrachte sie in Syrien und in ungetrübtem Glück, zumindest beinahe – denn während der Massaker von 1860 lernte sie die Schrecken des Krieges kennen, denen sie dank ihrer Rettung durch Emir Abd el-Kader entkam, der in Damaskus im Exil lebte und dort zahlreiche syrische und europäische Christen beschützte. Die sicher schrecklichste Episode ihres Lebens hatte sich aber lange zuvor in Italien zugetragen, in Bagni di Lucca am Fuß des Apennins. An jenem Abend wollte ihr sechsjähriger Sohn Leonidas, das einzige ihrer Kinder, für das sie wirklich eine große Liebe empfand, zu seiner Mutter, als er sie vom Balkon seines Zimmers aus vor dem Hoteleingang stehen sah – er beugte sich über die Brüstung, verlor das Gleichgewicht, stürzte zu Füßen seiner Mutter auf die Terrasse und war auf der Stelle tot.

Vielleicht war es dieser furchtbare Unfall, der verhinderte, dass Jane ihr Glück woanders fand als am Ende der Welt, in der Wüste des Vergessens und der Liebe – ihr Leben war wie das von Sarah ein langer Weg nach Osten, eine Abfolge von Stationen, die sie unausweichlich immer weiter nach Osten führten auf der Suche nach etwas, von dem sie selbst nichts wusste. Balzac begegnet dieser außergewöhnlichen Frau zu Beginn seiner Laufbahn, erstmals in Paris um das Jahr 1835, als »Lady Ell« ihren deutschen Baron von Venningen mit Theotokis betrügt; Balzac erzählt Madame Hanska, Lady Ell habe sich wieder einmal mit einem Griechen davongemacht, dann sei ihr Mann gekommen, habe sich mit dem Griechen duelliert, ihn halbtot liegenlassen, seine Frau fortgebracht, bevor er den Liebhaber habe versorgen lassen – »welch außergewöhnliche Frau«, bemerkt er dazu. Einige Jahre später macht er dann auf der Rückkehr von Wien auf Schloss Weinheim bei Heidelberg Station, um Jane zu besuchen; er berichtet davon in einem Brief an Madame Hanska, und man kann mit Recht vermuten, dass er lügt, um keinen der, wie man weiß, häufigen Eifersuchtsanfälle Évelynes auszulösen, wenn es darin heißt: »wieder eine dieser Anschuldigungen, die mich zum Lachen bringen«.

Ich frage mich, ob Balzac nicht doch von der skandalösen Abenteurerin mit den blauen Augen verführt worden war, es ist gut möglich; bekanntlich war sie ihm teilweise Vorbild für die Romanfigur der Lady Arabelle Dudley in *Die Lilie im Tal*, die eroberungslustige, verliebte und sinnliche Lady Dudley. Ich habe den Roman nur wenige Kilometer von Saché entfernt gelesen, in jener Landschaft der Touraine, durch die Lady Dudley und dieser Idiot von Félix de Vendenesse reiten; und ich habe um die arme Henriette geweint, die vor Traurigkeit gestorben ist – ich war auch ein wenig eifersüchtig auf die erotischen Wonnen, mit denen die ungestüme Arabelle Félix beglückt. Schon Balzac hält einem keuschen und langweiligen Westen die Genüsse des Orients entgegen; es ist, als hätte er durch die Gemälde Delacroix', die er so sehr schätzt, in der orientalistischen Traumwelt, die sich bereits herausbildet, wie ein Prophet oder ein Seher das spätere Schicksal Jane Digbys gesehen: »Ihre Sehnsucht rast wie Wüstenwind, in ihren Blicken malen sich die glühenden Weiten der Wüste voll Himmelsblau und Liebe, mit nie getrübter Atmosphäre, mit ihren kühlen Sternennächten«, schreibt er über Lady Dudley, bevor ein langer Vergleich zwischen Okzident und Orient folgt, Lady Dudley als der Orient, der seine »Seele verströmt und seine Getreuen in einen lichten Dunstkreis hüllt«, und in dem kleinen, mit besticktem Stoff überzogenen Lehnsessel bei Großmutter, neben dem Fenster, durch dessen weiße Spitzenvorhänge das von den mageren Eichen am Waldrand bereits gedämpfte Licht fiel, malte ich mir aus, wie ich mit jener britischen Jagdgöttin Diana zu Pferd saß, und wünschte mir dabei (ich begann der Kindheit zu entwachsen), Félix möge schließlich doch die geknickte Henriette heiraten, wobei auch ich zwischen Seelenaufschwüngen und Fleischeswonnen schwankte.

Balzac und Hanska, Madschnun und Laila, Jane Digby und Scheich Medjuel, das wäre doch ein schöner Katalog von Liebesgeschichten, ein Buch, warum nicht, ich könnte ein Buch schreiben, ich stelle mir schon den Umschlag vor:

Über die verschiedenen Formen von Wahn im Orient
Erster Band
Die verliebten Orientalisten

Es gäbe da ein wunderbares Material über die Liebestollen aller Sorten, die glücklichen oder unglücklichen, die mystischen oder pornographischen, wenn ich nur zu etwas anderem gut wäre, als in meinem Bett sitzend bis zum Überdruss alte Geschichten wiederzukäuen, wenn ich die Energie und vor allem die Gesundheit eines Balzac oder eines Liszt hätte – ich weiß nicht, was in den nächsten Tagen auf mich zukommt, ich werde mich auf die Medizin verlassen, das heißt, mich auf das Schlimmste gefasst machen müssen, wobei ich mich keineswegs im Krankenhaus sehe, aber was werde ich in meinen schlaflosen Nächten machen? Der Orientale Victor Hugo erzählt in seinen nachgelassenen historischen Notizen *Choses vues* von Balzacs Agonie. Monsieur de Balzac lag in seinem Bett, sagt er, den Kopf von einem Stapel Kopfkissen gestützt, auf den man noch Kissen aus rotem Damast gelegt hatte, die vom Kanapee des Zimmers stammten. Sein Gesicht war violett, fast schwarz, und fiel nach rechts, der Bart war ungepflegt, das Haar grau und kurz geschnitten, ein Auge geöffnet und starr. Ein unerträglicher Geruch stieg vom Bett auf. Hugo hob die Bettdecke an und fasste Balzac an der Hand. Sie war schweißgebadet. Er drückte sie. Balzac reagierte nicht auf den Druck. Auf der einen Seite des Betts stand eine alte Frau, die Nachtwache, auf der anderen ein Diener. Auf einem Tisch am Kopfende brannte eine Kerze, eine zweite auf der Kommode neben der Tür. Auf dem Nachttisch stand eine Silberschüssel. Der Mann und die Frau schwiegen in einer Art Entsetzen und hörten zu, wie der Sterbende lautstark röchelte, Madame Hanska war in ihre Zimmer zurückgegangen, sicher konnte sie das Röcheln ihres Ehegatten und seinen Todeskampf nicht ertragen: Hugo erzählt allerlei Grauenhaftes über den Abszess an Balzacs Bein, der einige Tage zuvor aufgeplatzt war.

Was für ein Fluch der Körper ist, warum hat man Balzac kein Opium gegeben, oder Morphium wie Heinrich Heine, Heine mit seinem elenden Körper, bedauernswert auch er, der überzeugt war, er sterbe langsam an der Syphilis, während die heutige Medizin eher von einer Multiplen Sklerose ausgeht, jedenfalls von einer Degenerationskrankheit, die ihn *jahrelang* ans Bett fesselte, mein Gott, ein wissenschaftlicher Artikel macht genaue Angaben über die Morphiumdosen, die Heine dank der Hilfe eines wohlwollenden Apothekers nahm, der ihm dieses innovative, neue Schmerzmittel zur Verfügung gestellt hatte, das Morphium, Saft vom Saft des göttlichen Mohns – wenigstens verweigert man im 21. Jahrhundert diese Linderung einem Sterbenden nicht mehr, versucht man nur, die Lebenden davon fernzuhalten. Ich weiß nicht mehr, welcher französische Schriftsteller uns vorwarf, am Leben zu sein, während Beethoven tot ist, ich hatte mich tierisch darüber aufgeregt, der Titel war *Wenn ich daran denke, dass Beethoven tot ist, während so viele Dummköpfe am Leben sind* oder so ähnlich, was die Menschheit in zwei Kategorien einteilte, die Vollidioten und die Beethovens, und man kann gewiss davon ausgehen, dass jener Autor sich selbst, ohne zu zögern, unter den Beethovens einreihte, deren unsterblicher Ruhm die dargelegten Mängel aufwiegen sollte, und dass er sich unser aller Tod wünschte, um den des Meisters aus Bonn zu rächen: Sarah, der es manchmal an Unterscheidungsvermögen mangelt, fand den Titel in jener Pariser Buchhandlung eher lustig – einmal mehr hatte sie mir wahrscheinlich meinen Ernst und meine Verbohrtheit unter die Nase gerieben, als wäre sie nicht ebenso verbohrt. Die Buchhandlung lag an der Place de Clichy, am Ende unseres Ausflugs zu Sadeg Hedayats Domizil in der Rue Championnet und zum Friedhof Montmartre, wo wir die Gräber von Heine und Berlioz besucht hatten, und vor dem Abendessen in einer netten Brasserie, die, glaube ich, einen deutschen Namen trägt. Hinter meiner Wut auf dieses Buch (dessen Autor, wie mir scheint, auch einen deutschen Nachnamen hat, wieder eine Koinzidenz) steckte sicher die Absicht, die Aufmerksamkeit auf mich zu lenken, mich auf Kosten dieses Schriftstellers hervorzutun und mit meinem Wissen über Beethoven zu glänzen – Sarah steckte mitten in der Arbeit an ihrer Dissertation, sie hatte nur Augen für Sadeg Hedayat oder Annemarie Schwarzenbach. Sie hatte stark abgenommen, arbeitete vierzehn, manchmal sechzehn Stunden am Tag, ging kaum aus, wühlte sich wie ein Kampfschwimmer durch ihre Textsammlungen, aß beinahe nichts mehr; und schien trotz allem glücklich zu sein. Nach dem Vorfall im Zimmer des Baron Hotels in Aleppo hatte ich sie monatelang nicht mehr getroffen, war vor Scham wie im Erdboden versunken. Es war wirklich egoistisch von mir, sie mitten in ihrer Doktorarbeit mit meiner Eifersucht zu behelligen, ich war ein selbstgefälliger Idiot: Ich spreizte mich wie ein Pfau, wo ich ihr lieber alle Aufmerksamkeit hätte erweisen, ihr jeden Wunsch von den Lippen hätte ablesen sollen, statt die großen beethovenschen Pferde zu satteln, was mich, wie ich mit der Zeit bemerkte, bei Frauen nicht sonderlich beliebt machte. Vielleicht regte mich der Titel *Wenn ich daran denke, dass Beethoven tot ist, während so viele Dummköpfe am Leben sind* ja nur deshalb so sehr auf, weil sein Urheber einen Weg gefunden hatte, von Beethoven zu sprechen und dabei witzig und sympathisch zu wirken, was Generationen von Musikwissenschaftlern, meine inbegriffen, vergeblich versucht haben.

Der Orientalist Joseph von Hammer-Purgstall, er schon wieder, erzählt, dass er Beethoven in Wien durch Vermittlung Dr. Glossés öfters besucht habe. Was für eine Gesellschaft da doch zu Beginn des 19. Jahrhunderts in den Hauptstädten zusammentraf, wo Orientalisten mit Fürsten, Balzacs und genialen Musikern verkehrten. Seine Erinnerungen enthalten sogar eine grauenvolle Anekdote aus dem Jahr 1815: Hammer besucht ein Konzert Beethovens in einem der wunderbaren Wiener Salons; man kann sich leicht die Kabrioletts, die Lakaien, die vielen Hundert Kerzen, die Lüster mit den Glasperlen vorstellen; es ist Winter und sehr kalt, der Winter des Wiener Kongresses, und bei Gräfin Teresa von Apponyi, die eingeladen hat, wird so viel geheizt wie möglich – sie war knapp dreißig und wusste noch nicht, dass sie wenige Jahre später Tout-Paris bezaubern würde; alles, was die französische Hauptstadt an bedeutenden Schriftstellern, Künstlern und Musikern zu bieten hatte, folgte damals den Einladungen von Antoine und Teresa von Apponyi in ihre Botschaft am Faubourg Saint-Germain. Zu den Freunden des österreichischen Gesandten und seiner Frau zählten Chopin, Liszt, die skandalumwitterte George Sand; sie empfingen Balzac, Hugo, Lamartine und alle anderen Unruhestifter von 1830. Doch an jenem Winterabend in Wien empfängt die Gräfin Beethoven; der seit Monaten nicht mehr unter Menschen gewesen war – wie die wilden Tiere muss ihn der Hunger aus seiner tristen Höhle getrieben haben, er braucht Geld, Liebe und Geld. Also gibt er ein Konzert für die Gräfin und ihren riesigen Freundeskreis, darunter Hammer. Der Orientalist und Diplomat ist hoch angesehen bei Hof zur Zeit des Wiener Kongresses, wo er sich Metternich angenähert hat; er verkehrt mit Talleyrand, von dem man nicht weiß, ob er ein perverses Frettchen oder ein hochmütiger Falke ist – auf alle Fälle ein Raubtier.

Europa feiert den Frieden, das wiedergefundene Gleichgewicht im Spiel der Großmächte und vor allem das Ende Napoleons, der auf Elba mit den Füßen scharrt; die Herrschaft der Hundert Tage zieht vorüber gleich einem Angstschauder im Rücken eines Engländers. Napoleon Bonaparte ist der Erfinder des Orientalismus, im Schlepptau seiner Armee kommt die Wissenschaft nach Ägypten und verschafft Europa erstmalig über den Balkan hinaus Zutritt zum Orient. In Ägypten, in Indien, in China dringt hinter den Soldaten und den Händlern das Wissen ein; Übersetzungen aus dem Arabischen und aus dem Persischen beginnen, Europa zu überschwemmen, Goethe die starke Eiche hat das Rennen eröffnet; lange vor Hugo und seinen *Orientalia*-Gedichten, zur selben Zeit, als Chateaubriand mit dem *Tagebuch einer Reise von Paris nach Jerusalem* die Reiseliteratur erfindet, während Beethoven an jenem Abend für die kleine italienische Gräfin, die mit einem ungarischen Grafen verheiratet ist, vor den schönsten Wiener Gewändern spielt, legt Goethe der Riese letzte Hand an seinen *West-östlichen Divan* an, der direkt von den Hafis-Übersetzungen inspiriert ist, die Hammer-Purgstall (Hammer ist selbstverständlich auch unter den Gästen, man nimmt ihm den Mantel ab, lächelnd verbeugt er sich und tut so, als berührten seine Lippen die Handschuhe von Teresa Apponyi, denn er kennt sie gut, ist ihr Mann doch auch ein Diplomat aus dem Kreis um Metternich) 1812 veröffentlicht hat, in jenem Jahr, als der Drache Napoleon, dieser schreckliche Mittelmeermensch, meinte, er könne dreitausend Meilen entfernt von Frankreich mit den Russen und ihrem entsetzlichen Winter fertigwerden. Während Napoleon an jenem Abend auf Elba mit dem Fuß aufstampft und auf die Schiffe wartet, treffen Beethoven und der alte Hafis aufeinander, und Goethe, und folglich auch Schubert, der später Gedichte aus dem *West-östlichen Divan* vertonen wird, und Mendelssohn, und Schumann, und Strauss und Schönberg, die ebenfalls auf die Gedichte von Goethe dem Riesen zurückgreifen werden, und neben der Gräfin von Apponyi sitzt Chopin der Ungestüme, der ihr zwei seiner *Nocturnes* widmen wird; neben Hammer nehmen Rückert und Maulana Dschalal ad-Din Rumi Platz, und Ludwig van Beethoven, ihrer aller Meister, setzt sich an den Flügel.

Stellen wir uns Talleyrand vor, dem, von den Kachelöfen gewärmt, plötzlich die Augen zufallen, noch bevor die Finger des Komponisten die Tasten berühren; Talleyrand, der hinkende Teufel, hat die ganze Nacht gespielt, aber nicht Musik, sondern Karten: eine kleine Pharo-Partie mit Wein, viel Wein, und schon schlummert er. Er ist der eleganteste und auch der originellste von allen Bischöfen, die die Robe an den Nagel gehängt haben, er hat Gott gedient und Ludwig XVI., dem Konvent und dem Direktorium, Napoleon, Ludwig XVIII. und Louis-Philippe, und er wird zu dem Staatsmann, aus dem die Franzosen ihr Modell machen, die aufrichtig glauben, ihre Staatsdiener müssten sein wie Talleyrand, unverrückbare Gebäude und Kirchen, die allen Stürmen widerstehen und die berühmte *Kontinuität des Staates* verkörpern, das heißt, die Willensschwäche derer, die ihre Überzeugungen der Macht unterordnen, ganz gleich welcher – Talleyrand wird dem Ägypten-Feldzug Napoleons und allem, was Denon und seine Gelehrten an Wissen über das ägyptische Altertum mitgebracht hatten, durch seine Anordnung huldigen, seinen Leichnam entsprechend der über Paris gekommenen pharaonischen Mode *auf ägyptische Art* zu mumifizieren, womit er ein wenig Orient in seinen Sarg legen ließ, er, der Fürst, der immer davon geträumt hatte, sein Boudoir in einen Harem zu verwandeln.

Joseph Hammer schläft nicht ein, er ist Musikliebhaber; er schätzt die bessere Gesellschaft, den gepflegten Umgang, das schöne Publikum – er hat die vierzig überschritten, hat jahrelange Erfahrungen in der Levante gesammelt, spricht sechs Sprachen perfekt, hat mit Türken, Engländern, Franzosen verkehrt und schätzt, wenn auch auf unterschiedliche Weise, diese drei Nationen, deren Qualitäten er bewundern konnte. Er ist Österreicher, Sohn eines Provinzbeamten, und ihm fehlt nur noch ein Titel und ein Schloss, damit sich das Schicksal erfüllt, von dem er spürt, dass es seines ist – er muss noch zwanzig Jahre warten, bis ihm ein Glücksfall Hainfeld und das damit verbundene Baronat beschert und er zu von Hammer-Purgstall wird.

Beethoven grüßt das Publikum. Diese Jahre sind betrüblich für ihn, er hat gerade seinen Bruder Carl verloren und stürzt sich in ein langes Verfahren um das Sorgerecht für seinen Neffen; seine fortschreitende Taubheit isoliert ihn immer mehr. Er ist gezwungen, diese seltsam geformten, riesigen kupfernen Hörrohre zu benutzen, die man in Bonn in einer Vitrine des Beethovenhauses sehen kann, mit denen er wie ein Zentaur aussieht. Er ist verliebt, aber er spürt im Voraus, sei es wegen seiner Krankheit oder weil die junge Frau von hohem Stand ist, dass aus seiner Liebe nichts anderes wird als Musik; wie Harriet bei Berlioz ist seine Liebste im Saal; Beethoven beginnt, seine 27. Sonate zu spielen, die er einige Monate zuvor komponiert hatte, lebhaft, voller Gefühl und Ausdruckskraft.

Das Publikum zittert ein wenig; es entsteht ein Gemurmel, das Beethoven nicht hört: Hammer erzählt, das Klavier sei, vielleicht wegen der Heizung, verstimmt gewesen und habe schrecklich geklungen – Beethovens Finger spielen perfekt, und er hört die Musik in seinem Innern, wie sie sein sollte; doch für das Publikum ist es eine klangliche Katastrophe, und wenn Beethoven von Zeit zu Zeit einen Blick auf seine Angebetete wirft, muss er nach und nach die betretenen Gesichter wahrnehmen, ja, sogar ihre Scham darüber, einer solchen Demütigung des großen Mannes beizuwohnen. Zum Glück ist die Gräfin Apponyi eine taktvolle Dame, sie spendet lautstark Beifall und gibt diskret ein Zeichen, die Darbietung zu verkürzen. Man kann sich Beethovens Traurigkeit vorstellen, als er erkennt, welch entsetzlicher Farce er zum Opfer gefallen ist – es war sein letztes Konzert, erfahren wir von Hammer. Ich stelle mir gerne vor, dass Beethoven, als er einige Wochen später den Liederzyklus *An die ferne Geliebte* komponierte, an diese Ferne in der Taubheit dachte, die ihn gewiss mehr von der Welt abschnitt als das Exil, und auch wenn man trotz der intensiven Nachforschungen der Spezialisten noch immer nicht weiß, wer diese junge Frau war, ahnt man im finalen *Nimm sie hin denn, diese Lieder* die ganze Traurigkeit des Künstlers, der die Melodien, die er für die geliebte Frau schreibt, nicht mehr selbst singen oder spielen kann.

Jahrelang habe ich alle verfügbaren Interpretationen von Beethovens Klaviersonaten gesammelt, die guten und die schlechten, die zu erwartenden und die Überraschungen, auf Dutzenden von Vinylplatten, CDs, Tonbändern, und jedes Mal, wenn ich den trotz allem *sehr sanglichen* zweiten Satz der 27. höre, kann ich nicht anders, als an die Scham und die Verlegenheit aller ungehörten Liebeserklärungen zu denken, und bei Licht im Bett sitzend steigt mir die Schamesröte ins Gesicht, wenn ich wieder daran denke; von unseren Gefühlen getragen, spielen wir unsere Sonate ganz allein, ohne zu merken, dass das Klavier verstimmt ist: Die anderen hören, wie falsch wir klingen, und empfinden bestenfalls aufrichtiges Mitleid, schlimmstenfalls eine schreckliche Verlegenheit darüber, wie sie mit unserer Demütigung konfrontiert werden, von der sie einiges abbekommen, dabei hatten sie meist um nichts gebeten – Sarah hatte an jenem Abend im Baron Hotel um nichts gebeten, oder vielleicht doch, was weiß ich, ich gestehe, dass ich heute nicht mehr das Geringste darüber weiß, nach all der Zeit, nach Teheran, den Jahren, am heutigen Abend, an dem ich in der Krankheit versinke wie Beethoven, an dem Sarah trotz des mysteriösen Artikels, der am Morgen eintraf, weiter weg ist denn je, *die ferne Geliebte*, zum Glück schreibe ich keine Gedichte, und seit langem auch keine Musik mehr.

Mein letzter Besuch des Beethovenhauses in Bonn anlässlich jenes Vortrags über »*Die Ruinen von Athen* und der Orient« liegt schon einige Jahre zurück, und auch hier hat sich die Scham und Demütigung eingegraben, nämlich über den Wahn des armen Bilger – ich sehe ihn noch, wie er geifernd in der ersten Reihe steht und auf Kotzebue zu schimpfen beginnt (den Autor des Librettos der *Ruinen von Athen*, der auch niemanden um etwas gebeten hatte und dessen einziger Ruhm zweifellos der ist, heimtückisch erstochen worden zu sein), dann alles durcheinanderbringt, die Archäologie, den antiislamischen Rassismus, denn der »Chor der Derwische«, von dem ich zuvor gesprochen hatte, nennt den Propheten und die Kaaba und genau aus dem Grund, schrie Bilger, sei er bis heute nie interpretiert worden, wir würden viel zu rücksichtsvoll mit al-Qaida umgehen, unsere Welt sei in Gefahr, niemand interessiere sich mehr für die griechische und römische Archäologie, alles drehe sich nur noch um al-Qaida, und Beethoven hätte begriffen, dass man beide Seiten, den Orient und den Westen, in der Musik zusammenbringen müsse, um den Weltuntergang hinauszuschieben, der nahe, und du, Franz (das war der Moment, in dem sich die Dame vom Beethovenhaus mit konsterniertem Blick an mich wandte, worauf ich mit einem feigen Verziehen des Mundes antwortete, das so viel bedeutete wie »ich habe keine Ahnung, wer dieser Irre ist«), du weißt es, aber du sagst es nicht, du weißt, dass die Kunst bedroht ist, dass es ein Symptom für das Ende der Welt ist, wenn sich all diese Leute dem Islam, dem Hinduismus und dem Buddhismus zuwenden, man brauche ja nur Hermann Hesse zu lesen, um es zu wissen, die Archäologie sei eine Wissenschaft von der Erde, das würden alle vergessen, wie man auch vergesse, dass Beethoven der einzige deutsche Prophet ist – ich hatte plötzlich einen furchtbaren Druck auf der Blase, auf einmal hörte ich nicht mehr, was der mitten unter den Zuhörern stehende Bilger radebrechte, ich hörte nur noch meinen Körper und meine Blase, ich hatte das Gefühl, sie würde gleich platzen, und dachte: »Das ist der Tee, ich habe zu viel Tee getrunken«, ich halte es nicht mehr aus, ich muss sofort pissen, ich werde mir noch in die Hose machen und meine Strümpfe nässen, wie entsetzlich, vor all den Leuten, ich werde es nicht mehr lange zurückhalten können, ich muss merklich bleich geworden sein, und während Bilger noch seine unsäglichen Verwünschungen gegen mich ausstieß, rannte ich hinaus, mich windend, eine Hand im Schritt, und flüchtete mich in die Toiletten, während hinter mir donnernder Applaus meinen Abgang begrüßte, der als Missbilligung des spinnerten Redners interpretiert wurde. Als ich zurückkehrte, war Bilger nicht mehr da, er sei kurz nach meinem Verschwinden abgehauen, erzählte mir die nette Dame vom Beethovenhaus, nicht ohne dass er mich zuvor noch als Feigling und Verräter beschimpft habe, womit er, wie ich zugeben muss, nicht unrecht hatte.

Dieser Zwischenfall hatte mich tief betrübt; während es mir eine Freude war, die Exponate der Bodmer-Sammlung im Detail wiederzusehen, verbrachte ich in den Sälen des Bonner Museums keine zehn Minuten; die Kuratorin, die mich begleitete, bemerkte meine Bedrücktheit und versuchte, mich zu beruhigen, wissen Sie, Verrückte wie diesen gibt es *überall*. Doch auch wenn ihre Absicht löblich war, der Gedanke, es könnte überall Verrückte wie Bilger geben, deprimierte mich vollends. Ob seine allzu zahlreichen Aufenthalte im Orient einen zuvor schon vorhandenen Riss in seiner Seele vertieft hatten, ob er sich dort unten eine Geisteskrankheit zugezogen hatte oder ob die Türkei und Syrien mit alldem gar nichts zu tun hatten und er genauso verrückt geworden wäre, wenn er Bonn nie verlassen hätte, kann man nicht wissen – ein Patient für deinen Nachbarn, hätte Sarah auf Freud anspielend gesagt, aber ich muss zugeben, dass ich keine Ahnung habe, ob das paranoide Delirium eines Bilgers nicht die Psychoanalyse *übersteigt* und, trotz aller Sympathie, die mir der gute Dr. Freud und seine Anhänger einflößen, nicht vielmehr ins Fachgebiet der Trepanation gehört. Du »widerstehst«, hätte Sarah gesagt; sie hatte mir aus ich weiß nicht mehr welchem Grund das außergewöhnliche Konzept vom *Widerstand* in der Psychoanalyse erklärt, und ich war empört über die Schlichtheit der Argumentation, alles, was gegen die Theorie der Psychoanalyse gerichtet ist, gehört zum Bereich des Widerstands, also auch, wenn Kranke, die sich der Heilung verweigern, nicht bereit sind, sich von den Worten des guten Doktors aufklären zu lassen. Das trifft auf mich sicher zu, jetzt, wo ich daran denke, widerstehe ich, ich widerstehe seit Jahren: Die Wohnung des kokainsüchtigen Spezialisten für das Sexualleben von Säuglingen habe ich sogar nie betreten, ich habe nicht einmal Sarah begleitet, als sie hingegangen ist, alles, was du willst, habe ich gesagt, ich schaue mir gern mit dir zerlegte Frauen im Anatomiemuseum an, aber ich besichtige nicht die Wohnung des Scharlatans, außerdem hat sich nichts geändert, weißt du, der Schwindel geht gerade so weiter: Man lässt dich ein Vermögen dafür bezahlen, dass du eine vollkommen leere Wohnung siehst, denn alles, was er besaß, sein Divan, sein Teppich, seine Kristallkugel und seine Frauenakte, befindet sich in London. Das war freilich reine Böswilligkeit, noch eine Art, den Schlauberger zu spielen, ich habe selbstverständlich nichts gegen Freud, und wie immer hatte sie es gleich erraten. Vielleicht würde es Freud gelingen, mich mit seinem Hypnosependel in den Schlaf zu versetzen, jetzt sitze ich schon seit einer Stunde in meinem Bett, das Licht ist an, ich habe die Brille auf und einen Artikel in der Hand und starre dümmlich auf meine Bücherregale – »Die Zeiten sind so schlecht, dass ich mich entschlossen habe, mit mir allein zu reden«, sagte der spanische Essayist Gómez de la Serna, und ich verstehe ihn gut.

Mir passiert es auch, dass ich allein mit mir rede.

Manchmal singe ich sogar.

Bei Gruber ist alles still. Er wird schlafen, er steht erst gegen vier Uhr wieder auf, um aufs Klo zu gehen, seine Blase lässt ihm keine Ruhe, ein wenig wie meine in Bonn, wenn ich nur daran denke, welche Schande, alle haben geglaubt, ich hätte aus Empörung über Bilgers Wortmeldung den Saal verlassen, ich hätte ihm zurufen sollen »Erinnere dich an Damaskus! Denk an die Wüste von Palmyra!«. Und vielleicht wäre er jäh erwacht wie ein Patient Freuds, der plötzlich mitten in einer Sitzung feststellt, dass er den *Wiwimacher* seines Vaters mit dem eines Pferdes verwechselt hat, und sich schlagartig ungeheuer erleichtert fühlt – diese Geschichte vom *Kleinen Hans* ist doch unglaublich, ich habe den richtigen Namen des Patienten vergessen, aber ich weiß, dass er später Opernregisseur geworden ist und sein ganzes Leben lang dafür gekämpft hat, dass die Oper ein Volksschauspiel wird, was ist wohl aus seiner Pferdephobie geworden, ich habe keine Ahnung, ob der gute Dr. Freud ihn geheilt hat, hoffen wir, dass er zumindest den Ausdruck *Wiwimacher* nicht mehr benutzte. Warum ist er Opernregisseur geworden? Sicher weil man dort viel weniger *Wiwimachern* begegnet als, sagen wir mal, beim Film – und sehr viel weniger Pferden. Ich hatte mich also geweigert, mit Sarah zu Freud zu gehen, ich schmollte (oder widerstand, um bei der Terminologie zu bleiben). Sie war begeistert zurückgekommen, vor Energie sprühend, mit von der Kälte geröteten Wangen (an jenem Tag blies ein eisiger Wind durch Wien); ich wartete Zeitung lesend auf sie im Café Maximilian an der Ecke des Platzes neben der Votivkirche, in einem Winkel gut versteckt hinter dem *Standard*, der zwar nicht so recht ausreichte, um mich unentdeckt unter die Studenten und Kollegen zu mischen, die dieses Kaffeehaus aufsuchen, der damals aber eine Serie von hundert *österreichischen Filmen* auf DVD herausgebracht hatte und es verdiente, für diese interessante Aktion belohnt zu werden, die Feier des *österreichischen Kino*s; einer der ersten Filme aus der Serie war natürlich *Die Klavierspielerin*, ein umwerfender Film nach dem gleichnamigen Roman der nicht weniger umwerfenden Elfriede Jelinek, und hinter meinem *Standard* verschanzt dachte ich an diese ein wenig traurigen Dinge, als Sarah sehr schick und munter von Herrn Freud zurückkam: Sofort sind mir der *Kleine Hans*, die Platzangst der Jelinek und ihr Wille, alle *Wiwimacher* abzuschneiden, bei Männern wie bei Pferden, im Kopf durcheinandergeraten.

Sarah hatte eine Entdeckung gemacht und war darüber ganz aus dem Häuschen; sie zog die Zeitung zur Seite und fasste mich an der Hand, ihre Finger waren eiskalt.

SARAH *(aufgeregt, kindlich)*: Weißt du was? Es ist unglaublich, rate mal, wie die Nachbarin heißt, die über Doktor Freud wohnt.

FRANZ *(verwirrt)*: Wie bitte? Welche Nachbarin von Freud?

SARAH *(ein wenig ärgerlich)*: Auf den Briefkästen. Freuds Wohnung liegt im ersten Stock. Es gibt ja noch mehr Leute, die in dem Haus wohnen.

FRANZ *(mit Wiener Humor)*: Das Geschrei der Hysteriker zu ertragen muss noch viel schlimmer gewesen sein als der Hund meines Nachbarn.

SARAH *(lächelt geduldig)*: Nein, nein, ganz im Ernst, weißt du, wie die Dame heißt, die in der Wohnung über Freud wohnt?

FRANZ *(gelöst, ein wenig snobistisch)*: Keine Ahnung.

SARAH *(siegesgewiss)*: Nun, sie heißt Hannah Kafka.

FRANZ *(blasiert)*: Kafka?

SARAH *(ekstatisch lachend)*: Ich schwör's dir. Was für ein Zufall! Geradezu karmisch. Alles hängt zusammen.

FRANZ *(mit unverschämter Übertreibung)*: Na, wenn das keine Französin ist ... Wien ist voller Kafkas, es ist ein weit verbreiteter Familienname. Mein Klempner heißt auch Kafka.

SARAH *(empört über die Gehässigkeit, verärgert)*: Aber du musst doch zugeben, dass es schon sehr ungewöhnlich ist!

FRANZ *(hundsgemein)*: Ich geb dir recht. Natürlich ist das ungewöhnlich. Vielleicht ist es eine Großnichte von Franz, wer weiß.

SARAH *(strahlend schön, der reinste Sonnenschein)*: Ja, was? Das ist doch eine ... *phantastische* Entdeckung.

Kafka war eine ihrer großen Leidenschaften, eine ihrer »Lieblingspersönlichkeiten«, und dass sie einfach so in Wien über Freuds Praxis auf ihn stoßen konnte, war die helle Freude für sie. Sie liebt es über alles, die Welt als eine Abfolge glücklicher Fügungen und Begegnungen zu lesen, die dem Ganzen einen Sinn geben, die das *Samsara* zum Vorschein bringen, das Wollknäuel der Kontingenz und der Phänomene; sie hat mich natürlich auch darauf hingewiesen, dass ich Franz heiße wie Kafka: Ich musste ihr erklären, dass ich den Namen meines Großvaters erhalten hatte, der Franz-Josef hieß, weil er am Todestag des gleichnamigen Kaisers geboren wurde, am 21. November 1916; meine Eltern besaßen immerhin die Güte, mir nicht auch noch den *Josef* anzuhängen, worüber Sarah sehr lachte – Stell dir vor, du hättest Franz-Joseph heißen können! (In Briefen und

Mails hat sie mich übrigens mehrmals François-Joseph genannt. Gott sei Dank hat Mama nie etwas davon mitbekommen, dass man sich über ihre Namenswahl lustig machte, sie wäre sehr traurig darüber gewesen.) Zum Glück heißt mein Bruder nicht Maximilian, sondern Peter, aus Gründen, die ich übrigens nicht kenne. Seit sie 1963 nach Wien gekommen war, hatte Mama immer das Gefühl, eine französische Prinzessin zu sein, die ein junger Habsburger Adliger aus ihrer Provinz geholt hatte, damit etwas vom Glanz seiner schillernden Hauptstadt auf sie fiel – sie hat sich einen sehr starken französischen Akzent bewahrt, *wie im Kostümfilm*, als ich klein war, schämte ich mich schrecklich für diese Satzmelodie, diese Art, alle Sätze und alle Wörter in jedem Satz immer auf der letzten Silbe zu betonen und das Ganze noch mit einigen Nasallauten zu schmücken; die Österreicher finden diesen Akzent freilich *charmant*, *sehr charmant*. Die Syrer außerhalb der großen Städte hingegen waren so überrascht, dass ein Fremder auch nur einige Worte Arabisch sprechen konnte, dass sie große Augen machten und sich irrsinnig anstrengten bei dem Versuch, die Geheimnisse jener exotischen Aussprache der Franken zu durchdringen; dazu muss man sagen, dass Sarah weitaus besser Arabisch oder Persisch spricht als Deutsch, und es fällt mir immer schwer, ihr zuzuhören, wenn sie unser Idiom verwendet, vielleicht, welch schrecklicher Gedanke, weil ihre Aussprache mich an die meiner Mutter erinnert. Wagen wir uns lieber nicht auf dieses rutschige Terrain, überlassen wir dieses Gebiet dem guten Doktor, dem Nachbarn unter Frau Kafkas Wohnung. Sarah erzählte mir, dass Kafka in Prag ebenso ein Held sei wie Mozart, Beethoven oder Schubert in Wien; er hat dort sein Museum, seine Statuen, seinen Platz, das Prager Touristeninformationszentrum organisiert Kafka-Touren, und man kann Magneten mit dem Porträt des Schriftstellers kaufen, um sie nach der Rückkehr in Oklahoma City an seinen Riesenkühlschrank zu heften; man weiß nicht, warum die jungen Amerikaner so für Prag und Kafka schwärmen; ganze Banden von ihnen, Heerscharen, streifen durch die Straßen, verbringen mehrere Monate, wenn nicht sogar Jahre, in der tschechischen Hauptstadt, vor allem angehende Schriftsteller aus den *creative writing*-Kursen der amerikanischen Universitäten; sie gehen nach Prag, wie sie früher nach Paris gegangen sind, der Inspiration wegen; sie führen Blogs und füllen

Notizbücher oder schwärzen virtuelle Seiten in den Cafés, trinken literweise tschechisches Bier, und ich bin mir sicher, dass man einige von ihnen in zehn Jahren am selben Ort wieder antreffen wird, die immer noch dabei sind, letzte Hand an ihren ersten Roman oder eine Sammlung von Short Stories anzulegen, mit denen sie angeblich ihrem Ruhm entgegengehen – in Wien haben wir es zum großen Glück vorwiegend mit *älteren* Semestern von Amerikanern zu tun, Paaren in einem achtbaren Alter, die die zahlreichen Luxushotels nutzen, Schlange stehen vor der Hofburg, *Sachertorte* essen, ein Konzert besuchen, bei dem man in Perücken und alten Kostümen Mozart spielt, und abends zu Fuß, die Arme untergehakt, in ihr Hotel zurückgehen mit dem Gefühl, das ganze 18. und 19. Jahrhundert zu durchqueren, auf liebenswürdige Weise gekitzelt von der Angst, aus den menschenleeren und stillen Barockgassen könnte plötzlich ein Straßenräuber auftauchen und sie ausplündern, sie bleiben drei oder vier Tage, gehen dann nach Paris, Venedig, Rom oder London, bevor sie in ihren Bungalow nach Dallas zurückkehren und ihrer staunenden Umgebung ihre Fotos und Erinnerungen zeigen. Seit Chateaubriand wird gereist, um etwas zu erzählen; man schießt Fotos, Stützen für das Gedächtnis und Bojen für das Weitererzählen; man erklärt, dass in Europa »die Zimmer winzig sind«, dass in Paris »das gesamte Hotelzimmer kleiner war als unser Badezimmer«, was den Zuhörern einen Schauder über den Rücken jagt – und auch einen Schimmer von Neid in ihre Blicke pflanzt, »Venedig ist herrlich und dekadent, die Franzosen sind außergewöhnlich unhöflich, in Europa gibt es überall, in jedem kleinen Geschäft und in jedem Supermarkt, Wein zu kaufen«, und man ist zufrieden und hat die Welt gesehen, wenn man stirbt. Armer Stendhal, er ahnte nicht, was er tat, als er seine *Erinnerungen eines Touristen* veröffentlichte, er erfand damit weit mehr als nur ein Wort, »dem Himmel verdanken wir«, sagte er, »dass die gegenwärtige Reise keinerlei Anspruch auf statistische Vollständigkeit und Wissenschaftlichkeit erhebt«, ohne sich darüber im Klaren zu sein, dass er damit Generationen von Reisenden, noch dazu mit Hilfe des Himmels, in die Banalität trieb. Witzigerweise ist dieser Stendhal nicht nur mit dem Wort Tourist verbunden, sondern auch mit dem Reise-Syndrom, das seinen Namen trägt; anscheinend besitzt das Krankenhaus von Florenz eigens einen psychiatrischen Dienst für Ausländer, die vor den Uffizien oder dem Ponte Vecchio den Verstand verlieren, eine Hundertschaft pro Jahr, und ich weiß nicht mehr, wer mir erzählt hat, dass es in Jerusalem eine besondere Anstalt für den mystischen Wahn gab, dass schon allein der *Anblick* Jerusalems Fieber- und Schwindelanfälle, Jungfrauen- und Christuserscheinungen und solche von allen möglichen Propheten hervorrufen konnte inmitten der Intifada und der orthodoxen Juden, die auf Miniröcke und Dekolletés losgehen wie ihre arabischen Kollegen auf die israelischen Soldaten, mit Steinwürfen, auf die alte Art, *qadim jiddan*, mitten unter allem, was der Planet an laizistischen und religiösen Schriftgelehrten aufzuweisen hat, die sich über die ehrwürdigen Texte beugen, Thorarollen, Evangelien, und sogar Korane in sämtlichen alten und allen europäischen Sprachen je nach Schule, deutsche, holländische, britische und amerikanische Protestanten, französische, spanische, italienische Papisten, bis hin zu Österreichern, Kroaten, Tschechen, ganz zu schweigen von den Scharen autokephaler Kirchen, Griechen, Armenier, Russen, Äthiopier, Ägypter, Syrer, alle mit ihrer unierten Version, die sich zu den unendlich vielen Ausprägungen des Judaismus gesellen, zu den reformierten oder orthodoxen, rabbinischen oder nicht-rabbinischen Juden, und zu denen der islamischen Schismen, den Muslimen, für die Jerusalem zwar weniger bedeutet als Mekka, aber doch eine heilige Stätte ist, und sei es nur, weil man sie nicht einfach den anderen Konfessionen überlassen will: Alle diese Gelehrten, diese Kapazitäten teilten sich auf in ebenso viele Schulen, wissenschaftliche Zeitschriften und Auslegungen. Zwischen lauter Übersetzern, Pilgern, Hermeneutikern und Visionären, vor dem ganzen Trödel und Plunder dieser Parade von Händlern mit ihren Dreieckstüchern, Ikonen, heiligen und kulinarischen Ölen, Olivenholz-Kreuzen, mehr oder weniger heiligen Schmuckstücken, frommen oder profanen Bildern und in dem Gesang, der fortwährend zum ewig reinen Himmel aufstieg und der eine entsetzliche Kakophonie war, in der sich die Mehrstimmigkeit mit den Klageliedern, die frommen Monodien mit den heidnischen Leiern der Soldaten vermischten, erhob sich Jerusalem. Man muss in Jerusalem einmal die Füße dieser Menge und die vielen unterschiedlichen Beinkleider gesehen haben: Jesus-Sandalen mit oder ohne Socken, *Caligae*, Lederstiefel, Pantoletten, Flip-Flops, Mokassins mit heruntergetretenen Hacken; Pilger, Soldaten oder fliegende Händler konnten einander erkennen, ohne den Blick vom schmutzigen Boden der Jerusalemer Altstadt zu heben, auf dem man sich auch barfüßig in die Quere kam mit schwarzen Fußsohlen, die mindestens vom Flughafen Ben Gurion bis in die Altstadt gelaufen waren, manchmal aber von noch weiter her kamen, geschwollene Füße, mit und ohne Pflaster, blutige, behaarte oder unbehaarte, männliche oder weibliche Extremitäten – in Jerusalem könnte man ganze Tage nur mit der Beobachtung dieser Vielfalt an Quanten verbringen, immer gesenkten Hauptes, die Augen auf den Boden gerichtet als Zeichen faszinierter Demut.

Verglichen mit der mystischen Trunkenheit der Touristen in Jerusalem würde sich Stendhal mit seinem florentinischen Ohnmachtsanfall wie ein Anfänger ausnehmen. Ich frage mich, was Dr. Freud von diesen Geistesstörungen gehalten hätte; ich sollte Sarah danach fragen, sie ist Spezialistin für ozeanische Gefühle und jede Form von Selbstverlust – wie soll ich meine eigenen spirituellen Gefühle interpretieren, diese Kraft zum Beispiel, die mich in Konzerten zu Tränen rührt, wenn ich in bestimmten, sehr starken und sehr kurzen Augenblicken spüre, wie meine Seele das Unsagbare in der Kunst berührt und anschließend traurig ist, weil sie den Vorgeschmack auf das Paradies vermisst, den sie soeben erfahren hat? Was soll ich von meiner Versunkenheit an bestimmten, spirituell aufgeladenen Orten halten, wie der Süleymaniye-Moschee oder dem kleinen Derwisch-Kloster von Damaskus? So viele Geheimnisse für ein zweites Leben, wie Sarah sagen würde – ich hätte Lust, ihren irrsinnigen Artikel über Sarawak hervorzukramen, um ihn noch einmal zu lesen, zu überprüfen, ob er subtile Anspielungen auf unsere Geschichte enthält, auf Gott, auf Transzendenz jenseits des Schreckens. Auf die Liebe. Auf diese Beziehung zwischen Liebendem und Geliebtem. Vielleicht ist dieser einfache und erbauliche Artikel, »Der Orientalismus ist ein Humanismus«, der am stärksten mystische von Sarah; er ist Ignaz Goldziher und Gershom Scholem gewidmet und in einer Zeitschrift der Universität Jerusalem erschienen; ich muss ihn irgendwo haben, soll ich aufstehen, aufzustehen würde bedeuten, bis zum Morgengrauen auf Schlaf zu verzichten, ich kenne mich.

Ich könnte einen Versuch machen, wieder einzuschlafen, ich lege meine Brille und den Sonderdruck zu Balzac beiseite, na so was, meine Finger haben Spuren auf dem vergilbten Umschlag hinterlassen, immer vergisst man, dass Schweiß sauer ist und Flecken auf Papier hinterlässt; vielleicht schwitzen meine Finger vor Fieber, meine Hände sind tatsächlich feucht, obwohl die Heizung aus ist und ich nicht den Eindruck habe, dass mir besonders heiß ist, ich habe auch Schweißtropfen auf der Stirn, wie Blut – Jäger nennen das Blut des Wilds *Schweiß*, in Österreich fließt bei der Jagd kein Blut, sondern *Schweiß*, das einzige Mal, als ich meinen Jägeronkel bei der Jagd begleitet habe, sah ich einen an der Brust getroffenen Rehbock, die Hunde japsten vor dem Tier, ohne sich ihm zu nähern, der Bock zitterte und wühlte den Humus unter seinen Hufen auf, einer der Jäger pflanzte ihm ein Messer in die Brust, wie in einem Märchen der Gebrüder Grimm, aber es war kein grimmsches Märchen, es war ein grober, raubeiniger Jäger mit Schirmmütze, ich flüsterte meinem Onkel zu: »Vielleicht hätte man das arme Tier heilen können«, ein seltsam naiver Reflex, der mir eine Kopfnuss am Hinterkopf einbrachte. Die Hunde leckten das welke Laub. »Sie schlecken das Blut auf«, sagte ich angewidert; mein Onkel musterte mich mit finsterem Blick und knurrte: »Das ist kein Blut. Es gibt kein Blut. Das ist *Schweiß*.« Die Hunde waren gut dressiert, sie näherten sich dem sterbenden Rehbock nicht; sie gaben sich friedlich mit den Blutstropfen am Boden zufrieden, den *Schweißspuren*, denen sie so gut gefolgt waren und die das Tier verloren hatte, als es um sein Leben rannte. Ich dachte, ich müsse kotzen, aber nein; während man den verendeten Rehbock zum Auto trug, schlenkerte sein Kopf nach links und nach rechts, ich sah die ganze Zeit zu Boden, die Augen auf das Reisig und die vertrockneten Kastanien und Eicheln gerichtet, damit ich nicht durch diesen *Schweiß* gehen musste, der in meiner Vorstellung aus dem durchbohrten Tierherz tropfte, und als mir neulich eine Arzthelferin im Labor meinen Bizeps zur Blutabnahme abschnürte, schaute ich weg und sagte ganz laut: »Das ist kein Blut. Es gibt kein Blut. Das ist *Schweiß*.« Die junge Frau hat mich bestimmt für verrückt gehalten, und dann hat, als sie gerade dabei war, die Spritze in meine Vene zu stechen, mein Handy geklingelt, das Telefon steckte in meiner Jackentasche am Schreibtisch des Arztes, und durch die ganze Arztpraxis hallte in einem schrecklichen Digitalsound »Diese Menge, im

Gedränge! Wie das kommt und geht und bleibt!«. Dieses Smartphone, das sonst nie klingelt, hat sich ausgerechnet den Augenblick ausgewählt, als die Arzthelferin sich dranmachte, mich *schwitzen* zu lassen, um in ohrenbetäubender Lautstärke mit *Carmen* loszuplärren. Das Telefon befand sich in fünf Metern Entfernung, ich wurde durch das Venenstauband festgehalten, war bereit, von einer Nadel aufgespießt zu werden, ich hatte noch nie etwas so Peinliches erlebt – die Krankenschwester zögerte mit erhobener Spritze; die Garde hörte nicht auf, Wache zu schieben, Bizet machte sich zum Komplizen der Demütigung, die mit der Blutentnahme beauftragte Arzthelferin fragte mich, ob ich antworten wolle, mit einer Kopfbewegung bedeutete ich ihr Nein, und bevor ich wegsehen konnte, stach sie zu; ich sah, wie das Metall in die hervortretende blaue Vene eindrang, hörte den Verschluss des Venenstaubands einrasten, das Blut im Auffangbehälter schien mir zu brodeln, »Diese Menge, im Gedränge!«, wie lange ein Handy klingeln kann, mein *Schweiß* war schwarz wie die Tinte jener transparenten roten Füller, mit denen ich die Hausarbeiten der Studenten korrigiere, »wie das kommt und geht und bleibt!«, das alles würde also nie enden, das Leben ist manchmal lang, sagte T.S.Eliot, es ist sogar sehr lang, »Diese Menge, im Gedränge!«, die Arzthelferin zog die Kunststoffspritze von der Kanüle, das Handy verstummte endlich, und nachdem sie die bloße Kanüle einige Sekunden lang an meinem Arm hatte baumeln lassen, befestigte sie erbarmungslos eine zweite Spritze an der Kanüle.

Das ist kein Blut. Es gibt kein Blut. Das ist *Schweiß*.

Zum Glück blute ich nicht, diese nächtlichen Schweißausbrüche und das Fieber sind aber trotzdem beunruhigend.

Kafka spuckte Blut, das musste für ihn weitaus unangenehmer sein, diese roten Flecken in seinem Taschentuch, was für ein Horror; um 1900 starb anscheinend jeder vierte Wiener an Tuberkulose. Macht gerade diese Krankheit Kafka so populär, ist sie der Ursprung jenes »Irrtums« über seine Persönlichkeit? Vielleicht. In einem der letzten seiner Briefe voller Grauen aus dem Sanatorium in Kierling bei Klosterneuburg an der Donau schreibt er an Max Brod: »[Ich] habe heute schon einigemal grundlos geweint, mein Nachbar ist in der Nacht gestorben.« Zwei Tage später ist Franz Kafka ebenfalls tot.

Chopin, Kafka, diese grässliche Krankheit, der wir allerdings, nicht zu vergessen, den *Zauberberg* verdanken – es gibt keinen Zufall, in München hatte Thomas Mann der Große Bruno Walter zum Nachbarn, ihre Kinder spielten zusammen, erzählt sein Sohn Klaus Mann in seinen Erinnerungen, was für Familien die großen Männer haben! Sarah hatte natürlich all diese kleinen Verbindungen zwischen diesen »Persönlichkeiten« herausgestrichen: Kafka taucht in ihrer Doktorarbeit wegen zwei seiner Erzählungen auf, *In der Strafkolonie* und *Schakale und Araber*; für Sarah ist die kafkasche »Verschiebung« aufs Engste mit seiner Grenzidentität verbunden, mit der Kritik des untergehenden österreichischen Kaiserreichs und darüber hinaus mit der Notwendigkeit, die Andersheit als integralen Bestandteil des Ichs zu akzeptieren, als einen fruchtbaren Widerspruch. Andererseits bestehen zwischen der Ungerechtigkeit des Kolonialsystems (daran liegt die ganze Originalität ihrer Arbeit) und dem Wissen der »Orientalisten« Beziehungen von derselben Art wie zwischen den Schakalen und den Arabern in Kafkas Erzählung, sie sind vielleicht untrennbar miteinander verbunden, aber für die Gewalt der einen können auf keinen Fall die anderen verantwortlich gemacht werden. Kafka als einen kränkelnden und trübseligen, in einer stalinistischen Bürokratie umherirrenden Romantiker zu betrachten, hält Sarah für vollkommen abwegig – es hieße, das *Lachen*, den Spott, das Frohlocken auszublenden, die aus der Tiefe seiner Hellsichtigkeit aufsteigen. In ein Touristen-Andenken verwandelt ist der arme Franz nur noch eine Maske des triumphierenden Kapitalismus, und diese Erkenntnis hatte Sarah derart traurig gemacht, dass sie sich weigerte, obgleich Kafka doch dank der Nachbarin Doktor Freuds gerade im Café Maximilian an der Ecke zur Votivkirche seinen Auftritt hatte, mit mir nach Klosterneuburg zu gehen, um zu schauen, was aus dem Sanatorium geworden ist, in dem der Prager 1924 starb. Der Gedanke, die S-Bahn zu nehmen, hatte mich ohnehin nicht begeistert, deshalb bestand ich nicht darauf, auch wenn ich, um ihr eine Freude zu machen, bereit gewesen wäre, im Wind dieses vornehmen Vororts zu erfrieren, den ich für eiskalt halte.

Das ist kein Blut. Es gibt kein Blut. Das ist *Schweiß*.

Vielleicht hätte ich doch darauf bestehen sollen, denn die Alternative erwies sich als mindestens ebenso unerquicklich; ich kannte Sarahs Leidenschaft für Monstrositäten, auch wenn sich dieses Interesse am Tod und am Körper der Toten damals noch nicht mit solcher Vehemenz bemerkbar gemacht hatte. Nachdem ich schon die düstere Ausstellung der anatomischen Modelle über mich hatte ergehen lassen müssen, führte sie mich jetzt auf die andere Seite des Kanals nach Leopoldstadt in ein Museum, »das Magris in seinem Donaubuch erwähnte« und auf das sie schon immer neugierig war – das Wiener Kriminalmuseum, nicht mehr und nicht weniger, das ich vom Namen her kannte, in das ich aber noch nie einen Fuß gesetzt hatte: das offizielle Polizeimuseum, lauter Schrecken und Monster, eingeschlagene Schädel und Unmengen von Fotos mit verstümmelten Leichen, ich frage mich schon, warum sie sich für die Innereien meiner Stadt interessierte, wo ich ihr doch so viel Schönes hätte zeigen können, Mozarts Wohnung, das Belvedere und die Gemälde von Leopold Carl Müller, genannt der Ägypter oder *Orient-Müller*, mit Rudolf Ernst und Johann Viktor Krämer, einem der besten orientalistischen Maler Österreichs, und vieles andere, das zu mir gehört, das Viertel, in dem ich meine Kindheit verbracht hatte, mein Gymnasium, das Uhrengeschäft meines Großvaters usw. Was hatte Balzac schon groß in Wien besichtigen können außer den Schlachtfeldern und den Buchhandlungen, um Stiche von deutschen Uniformen zu finden, man weiß, dass er sich seinen Lakaien von Hammer auslieh, damit dieser ihn auf seinen Spaziergängen begleitete, aber man weiß praktisch nichts über seine Eindrücke; irgendwann muss ich unbedingt seine *Briefe an eine Fremde* ganz lesen, endlich eine Liebesgeschichte, die gut endet, nach fünfzehn Jahren Geduld, fünfzehn Jahre Geduld.

Im Dunkeln auf dem Rücken liegend könnte ich das gut gebrauchen, Geduld, nur ruhig atmen, auf dem Rücken liegend in der tiefen Stille um Mitternacht. Nicht an die Tür zu jenem Zimmer im Baron Hotel in Aleppo denken, nicht an Syrien denken, an die intime Nähe unter den Reisenden, an den Körper von Sarah, die hinter der Zwischenwand in ihrem Zimmer im Baron Hotel in Aleppo lag, einem riesigen Zimmer im ersten Stock mit Balkon über der Baron-Straße, der ehemaligen General-Gouraud-Straße, einer lärmenden Verkehrsader zwei Schritte entfernt vom Bab el-Faraj und der Altstadt mit ihren von Motorenöl- und Lammblutflecken übersäten Gassen, in denen es von Mechanikern, fliegenden Händlern, Imbiss- und Saftverkäufern wimmelte; ab dem Morgengrauen drang das Gebrüll von Aleppo durch die Fensterläden; begleitet wurde der Lärm von den Gerüchen der Holzkohle, des Diesels und der Tiere. Für den Reisenden aus Damaskus war Aleppo exotisch, viel kosmopolitischer vielleicht, ähnlich wie Istanbul, arabisch, türkisch, armenisch, kurdisch, wenige Kilometer entfernt von Antiochia, der Heimat der Heiligen und der Kreuzfahrer zwischen den Flussläufen des Orontes und des Euphrats. Aleppo war eine aus Stein gemauerte Stadt mit endlosen Labyrinthen von überdachten Souks, die an die abgeschrägten Mauern einer uneinnehmbaren Zitadelle stießen, und eine moderne Wohnstadt mit Parks und Gärten rings um den Bahnhof am südlichen Zweig der Bagdadbahn, mit der man Aleppo seit Januar 1913 von Wien aus über Istanbul und Konya in einer Woche erreichen konnte; alle Reisenden, die mit der Bahn eintrafen, logierten im Baron Hotel, dem Äquivalent zum Istanbuler Pera Palace – der Armenier, der das Hotel führte, als wir 1996 dort das erste Mal Zimmer nahmen, war ein Enkel des Gründers, die berühmten Gäste, denen das Hotel seinen hervorragenden Ruf verdankte, hatte er freilich nicht mehr kennengelernt: Lawrence von Arabien, Agatha Christie oder König Faysal hatten in diesem Gebäude mit den osmanischen Spitzbögen, der monumentalen Treppe und den alten, abgewetzten Teppichen geschlafen, in den verblassten Räumen mit ihren ausgeblichenen Tapeten und rostfleckigen Tagesdecken standen noch nutzlose Bakelit-Telefone und Blechbadewannen auf Löwenfüßen herum, deren Rohrleitungen, sobald man den Wasserhahn öffnete, ratterten wie ein Maschinengewehr. Der Charme der Dekadenz, meinte Sarah, die glücklich war, den Schatten Annemarie Schwarzenbachs wiedergefunden zu haben, ihrer rastlosen Schweizerin, die hier im Winter 1933–34 ihren Spleen spazieren trug – die letzten Überreste der Weimarer Republik waren zusammengefallen, durch ganz Deutschland hallte *ein Volk, ein Reich, ein Führer*, und die junge Annemarie ging verzweifelt auf Reisen, um der europäischen Tristesse zu entkommen, die selbst auf Zürich übergegriffen hatte. Am 6. Dezember 1933 stieg Annemarie im Baron Hotel in Aleppo ab; Sarah war überglücklich, als sie auf einer vergilbten, eingestaubten Seite die feine und gedrängte Schrift der Reisenden entdeckte, die ihren Anmeldebogen auf Französisch ausgefüllt hatte – unter den belustigten Blicken des Hotelwirts und des Personals, die es gewohnt waren, dass ihr Archiv Berühmtheiten ausspuckte wie eine Lokomotive Rauch, schwenkte sie in der Hotelhalle das Gästebuch, der Hoteldirektor konnte nicht damit punkten, diese tote Schweizerin zu kennen, derentwegen er eine solche stürmische Sympathiebekundung erleben durfte, aber (wer wäre je unempfänglich gewesen für Sarahs Reize) er machte den Eindruck, als freute er sich aufrichtig über den glücklichen Fund, der diesen Gefühlsausbruch ausgelöst hatte, so sehr, dass er die Entdeckung mit uns zusammen an der Hotelbar feierte: Links von der Rezeption ging es in einen kleinen Raum, der vollgestopft war mit alten Clubsesseln und dunklen Holzmöbeln, einem Tresen mit einer Kupferreling und lederbezogenen Barhockern im neobritischen Stil, die einem orientalistischen Salon des Second Empire an Hässlichkeit in nichts nachstanden; hinter dem Tresen eine große Nische mit Spitzbogen, darin dunkle Regalfächer, die über und über mit Werbeartikeln von Getränkemarken der fünfziger und sechziger Jahre zugestellt waren, Johnnie Walker als Keramikfigur, Katzen aus demselben Material, alte Jägermeister-Flaschen, und an jeder Seite dieses glanzlosen und verstaubten Museums baumelten, ohne dass man gewusst hätte warum, zwei leere Patronengürtel, als hätten sie gerade zur Jagd auf die Fasanen und Zwerge aus Porzellan gedient, die sie schlaff umrahmten. Bei Anbruch der Dunkelheit füllte sich die Bar nicht nur mit Hotelgästen, sondern auch mit Touristen, die andernorts logierten und kamen, um einem Nostalgiebad zu frönen bei einem Glas Bier oder einem Arak, dessen Anisduft zwischen dem Geruch nach Erdnüssen und Kippen die einzige orientalische Note in diesem Ambiente bildete. Die runden Tische verschwanden unter Fremdenführern und Fotoapparaten, und in den Gesprächen konnte man beiläufig die Namen T.E. Lawrence, Agatha Christie und Charles de Gaulle aufschnappen – ich sehe Sarah wieder am Tresen auf einem Barhocker sitzen, die in einen Hauch Schwarz gehüllten Beine übereinandergeschlagen, den Blick ins Ungefähre gerichtet, und ich weiß, dass sie an Annemarie, die Schweizer Archäologin und Journalistin denkt: Sie stellt sich vor, wie Annemarie sechzig Jahre zuvor an diesem Ort einen Arak schlürft nach einem ausgiebigen Bad, das sie genommen hat, um den Staub von unterwegs loszuwerden, sie ist gerade von einer Grabung zwischen Antiochia und Alexandrette zurückgekommen. Spät in der Nacht schreibt sie einen Brief an Klaus Mann, bei dessen Übersetzung ich Sarah geholfen habe, einen Brief mit dem Briefkopf des Baron Hotels, durch das 1996 noch Nostalgie und Dekadenz pfiffen wie heute die tödlichen Geschosse – ich stelle mir die geschlossenen, von Kugeln durchsiebten Fensterläden vor, die Straße, die blitzartig von Soldaten durchquert wird, die Zivilisten, die sich verstecken, so gut es geht, Scharfschützen und Folterer, Bab el-Faraj in Ruinen, der Platz von Trümmern übersät, die ausgebrannten Souks, ihre schönen Khane verkohlt und stellenweise eingestürzt, die Umayyaden-Moschee ohne ihr Minarett, dessen Steine auf dem geborstenen Marmor des Innenhofs verstreut herumliegen, und überall dieser Geruch, der Geruch von Dummheit und Traurigkeit. Damals konnte man an der Bar des Baron Hotels nicht ahnen, dass eines Tages der Bürgerkrieg über Syrien kommen würde, auch wenn die Gewalt der Diktatur und alle Anzeichen schon allgegenwärtig waren, so überdeutlich, dass man sie lieber übersah, denn für die ausländischen Gäste boten Polizeistaaten eine zuverlässige Annehmlichkeit, einen geräuschlosen Wattefrieden von Daraa bis Kamischli, von Kasab bis Kuneitra, einen von unterschwelligem Hass und unter das Joch gebeugten Schicksalen säuselnden Frieden, mit dem sich aber alle ausländischen Wissenschaftler bereitwillig abfanden, Archäologen, Sprachwissenschaftler, Historiker, Geographen, Politologen, Ethnologen, Kunsthistoriker und sogar Musikwissenschaftler, alle profitierten von der bleiernen Ruhe zwischen Damaskus und Aleppo, und auch wir, Sarah und ich, als wir die Briefe von Annemarie Schwarzenbach, dem *untröstlichen Engel*, an der Bar des Baron Hotels lasen und dabei Kürbiskerne mit weißem Zuckerguss und schmale, längliche Pistazien mit blassbrauner Schale knabberten, auch wir profitierten von der Ruhe im Syrien unter Hafez el-Assad, dem Vater der Nation – seit wann waren wir eigentlich in Damaskus? Ich muss Anfang Herbst eingetroffen sein; Sarah war schon seit einigen Wochen dort, sie hat mich sehr herzlich empfangen und mich nach meiner Ankunft sogar zwei Nächte lang in ihrem kleinen Apartment im Stadtteil Schaalan beherbergt. Der Flughafen von Damaskus war ein ungastlicher Ort, bevölkert mit bärtigen Galgengesichtern in bis zum Nabel hochgezogenen Bundfaltenhosen, von denen man schnell mitbekam, dass es sich um Schergen des Regimes handelte, die berüchtigten *Muchabarat*, unzählige Informanten und Geheimdienstler: Männer in Hemden mit Tortenheberkragen sitzen am Steuer eines Peugeot 504 Break oder eines Range Rovers, die mit so zahlreichen Porträts von Präsident Assad und seiner ganzen Familie geschmückt sind, dass man sich damals den Witz erzählte, der beste syrische Spion in Tel Aviv sei den Israelis nach vielen Jahren nur deshalb in die Hände gefallen, weil er ein Foto von Netanjahu und seinen Kindern an die Heckscheibe seines Wagens geklebt habe – über diese Geschichte konnten wir uns totlachen, wir, die Orientalisten von Damaskus, Repräsentanten aller Fachrichtungen, in Syrien begegnete man wirklich allen, von schwedischen Spezialistinnen für arabische Frauenliteratur bis zu katalanischen Avicenna-Exegeten, und die meisten standen auf die eine oder andere Weise mit den westlichen Forschungseinrichtungen in Verbindung, die sich in Damaskus niedergelassen hatten. Sarah hatte für einige Monate ein Forschungsstipendium am Französischen Institut für Arabistik erhalten, einer riesigen Einrichtung, die Dutzende von Europäern versammelte, Franzosen natürlich, aber auch Spanier, Italiener, Briten, Deutsche, und wenn diese kleine Welt nicht gerade mit ihren Doktorarbeiten oder Habilitationen beschäftigt war, widmete sie sich dem Sprachstudium. Alle zusammen wurden in reinster orientalistischer Tradition ausgebildet: Künftige Gelehrte, Diplomaten und Spione saßen Seite an Seite und gaben sich gemeinsam den Freuden der arabischen Grammatik und Rhetorik hin. Es gab sogar einen jungen römisch-katholischen Priester, der seine Pfarrgemeinde verlassen hatte, um sich dem Studium zu widmen, die moderne Version des einstigen Missionars – insgesamt nutzten rund fünfzig Studenten und zwanzig Forscher die Einrichtungen dieses Instituts und vor allem seine gigantische Bibliothek, die in der Zeit gegründet worden war, als Frankreich das Völkerbundmandat für Syrien bekommen hatte, und über der noch die kolonialen Schatten eines Robert Montagne oder Henri Laoust lagen. Sarah war sehr froh, sich unter all diesen Orientalisten zu befinden und sie zu beobachten; manchmal hatte man den Eindruck, sie beschreibe einen Zoo, eine Welt im Käfig, in der viele der Paranoia erlagen und den gesunden Menschenverstand verloren, weil sie prächtige Hassgefühle gegeneinander entwickelten, Verrücktheiten, Pathologien jeder Art, Ekzeme, mystische Delirien, Obsessionen, wissenschaftliche Blockaden, die sie dazu brachten, zu arbeiten und zu arbeiten und mit ihren Ellbogen stundenlang ihre Schreibtische zu polieren, ohne irgendetwas hervorzubringen, außer einer qualmenden Hirnhaut, deren Rauch aus den Fenstern des ehrwürdigen Instituts entwich, um sich in der Damaszener Luft aufzulösen. Manche suchten nachts die Bibliothek heim; stundenlang spazierten sie zwischen den Regalreihen umher in der Hoffnung, die gedruckte Materie würde endlich in ihre Köpfe fließen, sie mit Wissen imprägnieren, und am frühen Morgen endeten sie, von allem enttäuscht, zusammengesunken in einer Ecke, bis die Bibliothekare sie nach Öffnung wachrüttelten. Andere waren subversiver; Sarah erzählte mir von einem jungen rumänischen Forscher, der seine Zeit damit verbrachte, hinter einer Reihe besonders unzugänglicher oder vergessener Werke leichtverderbliche Lebensmittel zu verstecken (häufig eine Zitrone, manchmal aber auch eine *ganze* Wassermelone), um herauszufinden, ob es dem Personal gelang, das verfaulende Stück anhand des Geruchs ausfindig zu machen, was in einer energischen Reaktion seitens der Verwaltung endete: Man untersagte per Aushang »das Mitbringen jeglichen organischen Materials ins Magazin der Bibliothek bei Strafe des endgültigen Ausschlusses«.

Der entgegenkommende und liebenswürdige Bibliothekar hatte ein sonnengebräuntes Abenteurergesicht, war ein Spezialist für die Gedichte, die arabische Matrosen einst als Gedächtnisstütze zur Navigation benutzten, er träumte oft von Expeditionen mit dem Segelschiff zwischen dem Jemen und Sansibar unter den Sternen des Indischen Ozeans an Bord einer mit Khat und Weihrauch beladenen Dau, Träume, die er gerne mit allen Lesern teilte, die seine Bibliothek besuchten, gleich, ob sie Grundkenntnisse der Nautik besaßen oder nicht: Er erzählte von Stürmen, die er erlebt hatte, und von den Schiffbrüchen, denen er entronnen war, was in Damaskus (wo man sich traditionellerweise viel mehr um die Kamele der Karawanen und die ganz und gar terrestrische Piraterie der Beduinen in der Wüste sorgte) herrlich exotisch war.

Die Direktoren, Universitätsprofessoren, die normalerweise kaum darauf vorbereitet waren, eine derart imposante Einrichtung zu führen, begnügten sich häufig damit, die Tür zu ihrem Büro zu verbarrikadieren, sich in die Gesamtausgaben von al-Dschahiz oder Ibn Taimīya zu versenken, abzuwarten, dass die Zeit vergeht, und es ihren Assistenten zu überlassen, die Wissensfabrik am Laufen zu halten.

Mit amüsiertem Blick sahen die Syrer zu, wie diese angehenden Gelehrten durch ihre Hauptstadt schlenderten, und im Gegensatz zu Iran, wo die islamische Republik pedantisch über die Aktivitäten der Forschung wachte, gewährte das Regime von Hafez el-Assad den Wissenschaftlern, inklusive Archäologen, einen königlichen Frieden. Die Deutschen hatten in Damaskus ihr Archäologisches Institut, in dem Bilger, mein Vermieter (zu meinem großen Verdruss war Sarahs Apartment zu klein, um länger dort zu bleiben), seines Amtes waltete, und in Beirut das berühmte Orientinstitut der ehrwürdigen Deutschen Morgenländischen Gesellschaft, geleitet von der nicht weniger ehrwürdigen Koranspezialistin Angelika Neuwirth. Bilger hatte in Damaskus einen Kommilitonen aus Bonn wiedergetroffen, einen Spezialisten für osmanische Kunst und Architektur, Stefan Weber, den ich schon lange nicht mehr gesehen habe; ich frage mich, ob er immer noch das Museum für Islamische Kunst im Berliner Pergamonmuseum leitet – Weber hatte ein schönes arabisches Haus mitten in der Altstadt gemietet, in einer Gasse des Christenviertels Bab Tuma; der traditionelle Damaszener Wohnsitz mit großem Innenhof, einem schwarz-weißen Steinbrunnen, einem *Iwan* und einer Außengalerie im ersten Stock rief in der gesamten Orientalisten-Gemeinde viel Neid hervor. Wie alle anderen bewunderte auch Sarah diesen Stefan Weber, der perfekt Arabisch sprach und über ein beeindruckendes Wissen in Sachen osmanischer Architektur verfügte, zwei Eigenschaften, die ihm den unterdrückten Neid und die verstohlene Feindschaft Bilgers einbrachten, der in Sachen Kompetenz und Strahlkraft nur die eigene anerkannte. Dessen Wohnung entsprach ganz seinem Erscheinungsbild: protzig und überladen. Sie lag im Viertel von Jisr al-Abyad, der »weißen Brücke«: Dieses Luxusviertel unterhalb der Hänge des Qasyun-Bergs, in der Nähe des Präsidentenpalasts und der Wohnstätten wichtiger Persönlichkeiten des Regimes, verdankte seinen Namen einer Brücke über einen Nebenfluss des Barada, der häufiger zur Entsorgung von Haushaltsmüll als zu Bootsfahrten genutzt wurde, dessen schmales Ufer jedoch mit Bäumen bepflanzt war und eine angenehme

Promenade hätte bilden können, wäre es mit Gehwegen bestückt gewesen, die diese Bezeichnung verdienten. Die »Bilger-Residenz« war vollkommen nach saudischem oder kuwaitischem Geschmack eingerichtet, von den Türgriffen bis zu den Wasserhähnen war alles vergoldet, die Decken fielen fast auf einen herab mit ihrem schweren Neo-Rokokostuck, die Kanapees waren mit schwarz-goldenen Stoffen bezogen, die Zimmer mit gottesfürchtigen Weckern ausgestattet: Nachbildungen der Prophetenmoschee in Medina, die bei Sonnenaufgang mit näselnder Stimme losbrüllten und zum Gebet riefen, wenn man vergessen hatte, sie auszuschalten. Es gab zwei Salons, ein Esszimmer mit einem Tisch für zwanzig Gäste (auch der in Schwarz und Gold, die Füße mit glänzenden Palmetten verziert) und fünf Schlafzimmer. Drückte man nachts versehentlich den falschen Lichtschalter, tauchten Dutzende von Neonröhren die Wohnung in ein fahlgrünes Licht und bevölkerten die Wände mit den neunundneunzig Namen Allahs, für mich ein höchst beängstigendes Wunder, das Bilger hingegen entzückte: »Es gibt nichts Schöneres als Technik im Dienst des Kitsches.« Die beiden Terrassen boten einen herrlichen Panoramablick über die Stadt und die Oase von Damaskus, dort an der frischen Luft zu frühstücken oder zu Abend zu essen war ein Hochgenuss. Außer der Wohnung und dem Wagen gehörten ein Koch und ein Mann für alles zu Bilgers Equipage; der Koch kam mindestens dreimal die Woche, um das Essen für die offiziellen Festlichkeiten und die Empfänge vorzubereiten, die König Bilger seinen Gästen bot; der Mann für alles (zwanzig Jahre alt, humorvoll, lebhaft und angenehm, ein Kurde aus Qamishli, wo Bilger ihn für eine Grabung beschäftigt hatte) hieß Hassan, schlief in einem kleinen Zimmer hinter der Küche und verrichtete die kleinen Haushaltsarbeiten, Einkaufen, Putzen, Wäschewaschen, was ihm viel Freizeit ließ, da sein Herr (es fällt mir schwer, »sein Arbeitgeber« zu denken) häufig abwesend war; er studierte Deutsch am Goethe-Institut und Archäologie an der Universität von Damaskus und hatte mir erklärt, Bilger, den er wie einen Halbgott verehrte, habe ihm diese Möglichkeit geboten, damit er sein Studium in der Hauptstadt fortsetzen konnte. Wenn im Sommer auf den großen archäologischen Baustellen gearbeitet wurde, nahm Bilgers Faktotum, dieser sympathische Student, seine Grabungsarbeit wieder auf und begleitete seinen

Mentor zu den archäologischen Stätten im Dschazira, wo man ihm natürlich eine Schaufel in die Hand drückte, ihn aber auch sortieren und die Keramikfunde zeichnen ließ, eine Aufgabe, die ihn begeisterte und in der er es zur Meisterschaft gebracht hat: Er erkannte auf den ersten Blick anhand von winzigen Scherben Terra Sigillata, Grobkeramik oder islamische Glasuren. Bilger nahm ihn immer mit zur Prospektion noch unberührter Tells, und diese Nähe sorgte natürlich für Klatsch – ich erinnere mich an das anzügliche Zwinkern, wenn man über das Paar redete und sie »Bilger und *sein* Student« oder schlimmer noch »der Alte Fritz und sein Günstling« nannte, sicher, weil Hassan ganz objektiv jung und sehr schön war und weil es im Orientalismus eine gewisse Neigung nicht nur zur Homosexualität, sondern ganz allgemein zur sexuellen Dominanz der Mächtigen über den Schwachen, der Reichen über den Armen gab. Heute denke ich, dass Bilger im Gegensatz zu anderen nicht an Hassans Körper mit seinen vermeintlichen sexuellen Wonnen interessiert war, sondern am Image des Nabobs, des allmächtigen Wohltäters, auf das seine eigene Großzügigkeit verweisen sollte – während der drei Monate, die ich in Damaskus bei ihm verbracht hatte, bin ich nie Zeuge irgendwelcher körperlicher Vertraulichkeiten zwischen den beiden geworden, im Gegenteil; und wann immer ich Gelegenheit dazu hatte, widersprach ich den Gerüchten, die über sie im Umlauf waren. Bilger wollte den Archäologen von früher gleichen, einem Schliemann, einem Oppenheim, einer Dieulafoy; niemand sah, niemand konnte sehen, wie sehr diese Träume wahnhafte Formen annahmen, sicher, ein sanfter Wahn verglichen mit dem, der ihn heute umtreibt; Bilger, der Fürst der Archäologen, war ein sanfter Irrer, und jetzt ist er ein tobender Wahnsinniger; wenn man es recht bedenkt, war alles schon in Damaskus angelegt, in seiner Freigebigkeit und seiner Maßlosigkeit: Ich weiß, dass er trotz seines phantastischen Gehalts hochverschuldet nach Bonn zurückkehrte, worauf er stolz war, stolz, alles auf den Kopf gehauen zu haben, alles für luxuriöse Empfänge verschleudert zu haben, für die Bezahlung seiner Helfer, für märchenhafte Babuschen, Orientteppiche und sogar Antiquitäten vom Schwarzmarkt, vor allem für hellenistische und byzantinische Münzen, die er hauptsächlich Antiquitätenhändlern in Aleppo abkaufte. Was für einen Archäologen der Gipfel war: Wie Schliemann führte er diese Schätze seinen Gästen vor, aber er stahl sie nicht an den Stätten seiner Ausgrabungen – er begnügte sich damit, wie er sagte, die Objekte *wiederzuerlangen*, die auf dem Markt waren, um zu *verhindern, dass sie verschwanden*. Er erwies seinen Gästen die Ehre seiner *Numismata*, erläuterte ihnen das Leben der Kaiser, die sie hatten prägen lassen, der Phokas, der Komnenen, er klärte sie über die wahrscheinliche Herkunft dieser Stücke auf, die meistens aus den Toten Städten, den untergegangenen spätrömischen und byzantinischen Siedlungen im Norden stammten; der junge Hassan war mit der Pflege dieser glänzenden Preziosen beauftragt; er polierte sie, ordnete sie harmonisch auf dem schwarzen Filz der Präsentationskoffer an, ohne sich der außerordentlichen Gefahr bewusst zu sein, die sie für ihn darstellten: Bilger riskierte allenfalls den Skandal oder die Ausweisung und die Beschlagnahmung seines kostspieligen Spielzeugs, Hassan aber hätte, wäre er geschnappt worden, sein Studium in den Wind schießen, wenn nicht sogar ein Auge, einige Finger und seine Unschuld verlieren können.

Bilgers große Reden hatten etwas Obszönes: Man hätte ihn für einen militanten Umweltschützer halten können, der sich in einen goldbraunen Fuchs oder Hermelinpelz hüllt, um mit der Geste eines Auguren der Antike zu erklären, warum und wie man das Leben der Tiere schützen muss. An einem besonders peinlichen Abend, an dem der Alkohol in Strömen geflossen war, empfanden alle Anwesenden (junge Wissenschaftler, kleine Diplomaten) inmitten der schwarzen Kanapees und grünen Neonleuchten eine schreckliche Scham, als Bilger in der Mitte des Halbkreises seiner Gäste mit von Alkohol schwerer Zunge begann, seine zehn Gebote der Archäologie zu deklamieren, die vollkommen objektiven Gründe, warum er der kompetenteste aller zurzeit in Syrien tätigen ausländischen Wissenschaftler sei und wie die Wissenschaft dank ihm einen *Sprung in die Zukunft* machen würde – der junge Hassan, der an seiner Seite auf dem Boden saß, warf ihm bewundernde Blicke zu; aus dem leeren Whiskyglas, das Bilger in der Hand hielt, spritzten aufgrund seiner weit ausholenden Gesten ab und zu ein paar Tropfen der geschmolzenen Eiswürfel auf das braune Haar des Syrers, eine grauenhafte heidnische Taufe, die der junge Mann, ganz versunken in die Betrachtung des Gesichts seines Meisters und hoch konzentriert, um dessen bis fast zur Pedanterie verfeinertes Englisch zu verstehen, nicht zu bemerken schien. Als ich Sarah, die nicht dabei gewesen war, von dieser biblischen Szene erzählte, hat sie mir nicht geglaubt; sie dachte wie immer, ich würde übertreiben, und ich hatte alle Mühe der Welt, sie zu überzeugen, dass diese Episode sich tatsächlich so zugetragen hatte.

Trotz allem verdanken wir Bilger wunderbare Ausflüge in die Wüste, und vor allem eine Nacht in einem Beduinenzelt zwischen Palmyra und der Ruinenstadt Resafa, eine Nacht, die so klar war, in der so viele Sterne am Himmel standen, dass der Sternenhimmel die Erde berührte, weiter hinunterreichte als der Blick, eine Nacht, so stelle ich mir vor, wie nur Matrosen sie im Sommer erleben können, wenn das Meer ebenso glatt und dunkel ist wie die *Badiyé*, die syrische Wüste. Sarah war bezaubert, dass sie bis auf ein paar Details dieselben Abenteuer erleben konnte wie Annemarie Schwarzenbach oder Marga d'Andurain sechzig Jahre zuvor in der Levante unter französischem Mandat; aus diesem Grund war sie hier, und sie empfand dasselbe wie Annemarie, wie sie mir in der Bar im Baron anvertraute, die am 6.Dezember 1933 aus genau dieser Bar an Klaus Mann schrieb.

Und während dieser sonderbaren Reise geschieht es mir oft, dass sich wegen Müdigkeit oder wenn man viel getrunken hat, alles verwischt u. kein gestern mehr da ist u. kein einziges Gesicht. Das ist ein großer Schrecken, oder, je nachdem, auch Traurigkeit.

Anschließend erinnert sich Annemarie an das »unbeirrbare Gesicht« Erika Manns, die im Zentrum dieser Verzweiflung steht und von der sie ahnt, dass ihr Bruder die Rolle kennt, die sie in diesem Jammertal spielt – sie hat keine andere Wahl, als ihre Reise fortzusetzen, wohin sollte sie in Europa gehen? Auch die Familie Mann musste den Weg ins Exil antreten, der sie 1941 in die USA führen sollte, und wenn Annemarie Schwarzenbach sich dazu hätte durchringen können, der trügerischen Schweiz und dem Einfluss ihrer Mutter endgültig zu entfliehen, hätte sie sicher niemals diesen blödsinnigen Fahrradunfall im Engadin gehabt, der sie 1942 das Leben kostete und für immer vierunddreißig Jahre jung bleiben ließ – bei ihrer ersten Reise in den Mittleren Osten war sie fünfundzwanzig, ungefähr genauso alt wie Sarah. An diesem ersten Abend in Aleppo gingen wir, nachdem wir unsere Zimmer im Baron bezogen und die Entdeckung des Meldescheins von Annemarie im Gästebuch des Hotels gefeiert hatten, zum Essen nach Dschudaide, das christliche Altstadtviertel, in dem die alten Gebäude nach und nach restauriert und in Luxushotels und -restaurants verwandelt worden waren – das älteste und berühmteste von ihnen lag am Anfang einer engen Gasse, die auf einen kleinen Platz führte, und hieß Sissi House – Sarah fand das urkomisch: »Du Armer, Wien und Franz-Joseph verfolgen dich wirklich, da ist nichts zu machen«, und sie bestand darauf, dass wir dort zu Abend aßen. Ich muss zugeben, auch wenn ich nicht das bin, was man einen Sybariten oder Feinschmecker nennt, der Rahmen, das Essen und der ausgezeichnete libanesische Wein, den man dort servierte (vor allem aber die Gesellschaft Sarahs, deren Schönheit vom osmanischen *Cortile*, den Steinen, den Stoffen und den Maschrabiyyas erst richtig in Szene gesetzt wurde), haben diesen Abend fest in meinem Gedächtnis verankert; wir waren Prinzen des Westens, die der Orient als solche empfing und behandelte, mit feinen Umgangsformen, übertriebener Ehrerbietung, sanfter Wehmut, und diese Zusammenstellung, die mit dem Bild übereinstimmte, das wir uns in unserer Jugend vom mythischen Orient gemacht hatten, gab uns das Gefühl, endlich die verlorenen Lande aus *Tausendundeiner Nacht* zu bewohnen, die allein für uns zurückgekehrt waren: Es waren keine anderen Ausländer da, die an diesem Frühlingsanfang die Exklusivität hätten verderben können; unsere Tischnachbarn gehörten zu einer reichen aleppiner Familie, die den Geburtstag eines Patriarchen feierte und deren Frauen, schmuckbehangen und mit weißen Spitzenblusen und strengen schwarzen Strickwesten bekleidet, Sarah fortwährend zulächelten.

Der Humus, das *Mutabbal* und das gegrillte Fleisch kamen uns besser, viel feiner, vor als in Damaskus, die *Sucuk* war wilder, das *Basturma* aromatischer, und der *Nektar* aus dem Bekaatal stieg uns mehr in den Kopf als jeder andere Wein.

Auf dem Rückweg ins Hotel sind wir auf vielen Umwegen durch das Halbdunkel der Gassen und geschlossenen Basare geschlendert – heute sind alle diese Orte dem Krieg anheimgefallen, brennen oder sind abgebrannt, die Eisengitter vor den Geschäften sind von der Hitze des Großfeuers verbogen, der kleine Platz vor dem maronitischen Bischofssitz ist von eingestürzten Gebäuden übersät, seine bewundernswerte Kathedrale mit den beiden Glockentürmen unter roten Dachziegeln von den Explosionen verwüstet; ob Aleppo seine Pracht jemals wiedererlangen wird, vielleicht, wer weiß, aber heute ist unser damaliger Besuch in doppelter Hinsicht ein Traum, zugleich verloren in der Vergangenheit und eingeholt von der Zerstörung. Ein Traum mit Annemarie Schwarzenbach, T.E.Lawrence und allen Gästen des Baron Hotels, den berühmten und den vergessenen Toten, denen wir an der Bar begegneten, auf den runden Hockern mit dem Ledersitz, vor den Werbe-Aschenbechern, den beiden bizarren Jagdpatronengürteln; ein Traum von aleppiner Musik, dem Gesang, der Laute, der Kithara – ich sollte lieber an etwas anderes denken, mich umdrehen, einschlafen, um zu vergessen, um das Baron, Aleppo, die Geschosse, den Krieg und Sarah aus dem Kopf zu streichen, ich sollte lieber versuchen, sie durch eine Verlagerung des Kopfkissens im geheimnisvollen, zwischen dem Dschungel von Borneo und dem Chinesischen Meer eingeklemmten Sarawak wiederzufinden.

Durch weiß Gott welche Assoziation habe ich jetzt diese Melodie im Kopf; ausgerechnet beim Versuch, mit geschlossenen Augen tief ein- und auszuatmen, muss das Hirn arbeiten, muss im unpassendsten Moment meine innere Musikbox loslegen, ist das ein Anzeichen von Wahn? Ich weiß es nicht, ich höre keine Stimme, ich höre Orchester, Lauten, Lieder; sie verstopfen mir die Ohren und das Gedächtnis, kommen von alleine in Gang, als würde, während eine Gefühlsregung erlischt, eine andere, die unter der ersten eingezwängt war, ins Bewusstsein strömen – ich weiß, dass es sich um einen Satz aus *Le Désert* von Félicien David handelt, oder ich glaube es zu wissen, mir scheint, ich erkenne den alten Félicien wieder, den ersten großen orientalischen Komponisten, der vergessen ist wie alle, die sich mit Leib und Seele den Beziehungen zwischen Ost und West verschrieben haben, ohne bei den Schlachten der Kriegs- und Kolonialminister stehenzubleiben, er wird heute selten gespielt und kaum noch aufgenommen, doch von den Komponisten seiner Zeit wurde er vergöttert, weil er *mit etwas gebrochen* hat, *ein neues Donnern*, *einen neuen Klang* hervorgebracht hat; Félicien David, der in Südfrankreich, im Vaucluse oder im Roussillon, geboren wurde, ist (das weiß ich genau, es ist idiotisch genug, sich daran zu erinnern) in Saint-Germain-en-Laye gestorben, einer grauenhaften Gemeinde in der Umgebung von Paris, die sich um ein Schloss herum gebildet hat, das bis zu den Fensterkreuzen voller Faustkeile und echtem gallischen Geröll steckt, und dort ist Félicien David 1876 ebenfalls an Tuberkulose gestorben, ein heiliger Mann, sind doch alle Saint-Simonisten Heilige, Irre, Verrückte und Heilige wie Ismaël Urbain, der erste algerische Franzose, oder der erste Algerier Frankreichs, es wird Zeit, dass sich die Franzosen an diesen ersten Mann, diesen ersten Orientalisten erinnern, der sich ab den 1860er Jahren für ein *Algerien den Algeriern* eingesetzt hatte, gegen die Malteser, Sizilianer, Spanier und Marseiller, die in den Fußstapfen der Soldaten angekrochen kamen und den Kern der kolonialistischen Siedler bildeten: Ismaël Urbain war ein Berater Napoleons III., und es hätte nicht viel gefehlt, dass die arabische Welt ein anderes Schicksal genommen hätte, doch die französischen und englischen Politiker sind durchtriebene Feiglinge, die sich den *Wiwimacher* vor allem im Spiegel anschauen, und als Ismaël Urbain starb, der Freund Abd el-Kaders, war nichts mehr zu machen, die Politik Frankreichs und Großbritanniens war in Dummheit versunken, blieb in Ungerechtigkeit, Gewalt und Willensschwäche stecken.

Unterdessen hatten Félicien David, Delacroix, Nerval und all die anderen von Algeciras bis Istanbul die Fassade des Orients besucht, oder seinen Hinterhof von Indien bis Cochinchina; unterdessen hatte dieser Orient die Kunst, die Literatur und die Musik revolutioniert, vor allem die Musik: Nach Félicien David sollte nichts mehr sein wie zuvor. Das ist vielleicht ein frommer Wunsch, bei dem Gedanken übertreibst du, würde Sarah sagen, aber mein Gott, ich habe all das bewiesen, habe darüber geschrieben, gezeigt, dass die Revolution in der Musik des 19. und des 20. Jahrhunderts alles dem Orient verdankte, dass es sich nicht um »exotische Formen der Verarbeitung« handelte, wie man früher glaubte, sondern dass der Exotismus einen Sinn hatte, dass er Elemente von außen einführte, aus anderen Welten, dass es sich um eine breite Bewegung handelt, die unter anderen Mozart, Beethoven, Schubert, Liszt, Berlioz, Bizet, Rimski-Korsakov, Debussy, Bartók, Hindemith, Schönberg und Szymanowski umfasst, Hunderte von Komponisten in ganz Europa, über ganz Europa weht der Wind der Andersheit, und all diese großen

Männer benutzen, was sie vom Anderen bekommen, um ihr Selbst zu verändern, um es zu bastardisieren, denn das Genie will den Bastard, will Formen von außen verwenden, um die Diktatur des Kirchenliedes und der Harmonie zu brechen, warum rege ich mich jetzt, allein auf meinem Kopfkissen, eigentlich so auf, sicher weil ich ein armseliger Akademiker bin, der mit seiner revolutionären These nicht durchdringt, aus der niemand irgendeine Konsequenz zieht. Kein Mensch interessiert sich heute noch für Félicien David, den die Uraufführung von *Le Désert* am 8. Dezember 1844 am Pariser Konservatorium, dieser sinfonischen Ode in drei Teilen für Sprecher, Solotenor, Männerchor und Orchester, die er auf der Grundlage seiner Erinnerungen an die Reise im Orient zwischen Kairo und Beirut komponiert hatte, mit einem Mal zu einer Berühmtheit machte; im Saal saßen Berlioz, Théophile Gautier und alle Saint-Simonisten, darunter Barthélemy Enfantin, der »hohe Vater« dieser neuen Religion, der Verkünder eines weiblichen Messias, der selbst nach Ägypten ging, dort eine Frau zum Kinderkriegen fand und auf diese Weise Orient und Okzident versöhnte, sie im Fleisch vereinte, dieser Enfantin wird Pläne für den Suezkanal und die Eisenbahnlinie von Paris nach Lyon entwickeln, er wird vergeblich versuchen, Österreich und den alternden Metternich für seine orientalischen Projekte zu gewinnen, doch der Staatsmann empfing ihn nicht infolge einer katholischen Verschwörung und gegen den Rat von Hammer-Purgstall, der darin eine geniale Idee sah, dem Kaiserreich Zugang zum Orient zu verschaffen. Barthélemy Enfantin, der große mystische Hurenbock, der erste moderne Guru und geniale Unternehmer, sitzt im Saal neben Berlioz, der seine Sympathien für die sozialen Aspekte der saint-simonistischen Doktrin nicht verhehlt.

Le Désert eroberte Paris – »nach einhelliger Meinung war es das schönste Gewitter, das sich je in der Musik entladen hat, kein Maestro ist weiter vorgedrungen«, meinte Théophile Gautier in *La Presse* und beschrieb den Sturm, der die Wüstenkarawane überfällt; es ist auch der erste ägyptische Tanz, der »Danse des Almées« (Tanz der Mädchen), ein erotisches Motiv, dessen weiteren Erfolg man kennt, und, was für eine Überraschung, der erste »Gesang des Muezzin«, der erste muslimische Gebetsruf, der in Paris erschallte: »Was wir zu dieser Morgenstunde hören, ist die Stimme des Muezzin«, schreibt Berlioz am 15. Dezember in *Le Journal des débats*, »David hat sich hier auf die Rolle nicht des Imitators, sondern des einfachen Arrangeurs beschränkt; er hat sich vollkommen zurückgenommen, um uns mit dem seltsamen Gesang des Muezzins in seiner befremdlichen Blöße und sogar in arabischer Sprache bekannt zu machen. Der letzte Vers dieses fremdartigen melodischen Rufs endet mit einer Tonleiter aus Intervallen, die kleiner als Halbtöne sind, von Monsieur Béfort sehr gekonnt ausgeführt, die jedoch eine große Überraschung für die Zuhörerschaft bereithielt. Eine tiefe Altstimme, ein echter Countertenor (Monsieur Béfort ist Vater dreier Kinder), dessen seltsame Stimmhöhe ein wenig in die Irre führte oder vielmehr das Publikum in die Irre führte, indem sie Haremsphantasien usw. bei ihm wachrief. Nach dem Gebet des Muezzins nimmt die Karawane ihren Marsch wieder auf, entfernt sich und verschwindet. Die Wüste bleibt einzigartig.« Die Wüste ist einzigartig geblieben, und die symphonische Ode hat einen solchen Erfolg, dass David sie in ganz Europa spielt, und vor allem in Deutschland und in Österreich, wo die Saint-Simonisten noch immer vergeblich versuchen, ihren Einfluss geltend zu machen; ein Jahr darauf sollte Félicien David Mendelssohn kennenlernen, er sollte in Frankfurt, vor dem preußischen Hof in Potsdam, in München und im Dezember in Wien dirigieren, die vier Wiener Konzerte waren ein riesiger Erfolg, den Hammer-Purgstall natürlich erlebt hat, und dabei hatte er, so erzählt er, ein wenig Sehnsucht nach jenem für ihn schon so fernen Orient verspürt.

Man kann David natürlich seine Schwierigkeiten bei der Notation der arabischen Rhythmen in seiner Partitur vorwerfen, das hieße aber zu vergessen, dass die osmanischen Komponisten selbst große Mühe hatten, ihre eigenen Rhythmen in eine »westliche« Notation zu überführen; sie neigen zur Vereinfachung wie auch David, und man musste bis Béla Bartók und seine Reise in die Türkei warten, damit die Notation genauer wurde, auch wenn zwischenzeitlich der große Francisco Salvador Daniel, ein Schüler Félicien Davids, Geigenprofessor in Algier und erster großer Ethnomusikwissenschaftler zu einer Zeit, als es diesen Begriff noch nicht gab, uns ein wunderbares Album der arabischen, maurischen und kabylischen Lieder hinterlassen hat: Rimski-Korsakow wird diese Melodien, die Borodin ihm schenkte, in mehreren symphonischen Werken wieder aufnehmen. Francisco Salvador Daniel, der Freund von Gustave Courbet und dem Sozialisten und Kommunarden Jules Vallès, wird während der Pariser Commune Direktor des Konservatoriums und zuletzt von den Versailler Regierungstruppen exekutiert, nachdem er die Geige gegen das Gewehr getauscht und man ihn mit der Waffe in der Hand auf einer Barrikade geschnappt hat – kein Grabmal auf Erden für Francisco Salvador Daniel, der mit vierzig Jahren gestorben und seitdem in Frankreich, Spanien oder Algerien vollkommen vergessen ist, kein Grabmal für ihn außer den Spuren seiner Melodien in den Werken von Massenet, Delibes, Rimski, die zweifellos vollendeter sind, die jedoch nichts wären ohne den Stoff, den Francisco Salvador geliefert hat. Ich frage mich, wann man diese Leute dem Vergessen entreißen wird, wann wird man all ihnen Gerechtigkeit widerfahren lassen, die aus Liebe zur Musik daran gearbeitet haben, die Instrumente, die Rhythmen und die Tonarten des arabischen, türkischen oder persischen Repertoires bekannt zu machen. Meine Doktorarbeit und meine Artikel sind ein Grabmal für Félicien David, ein Grabmal für Francisco Salvador Daniel, ein sehr dunkles Grabmal, in dem man nicht in seinem ewigen Schlaf gestört wird.

o Uhr 55

Ich bin lieber in meinem Bett und starre in die Dunkelheit, auf dem Rücken liegend und den Nacken auf einem weichen Kopfkissen, als in der Wüste; selbst in Begleitung Félicien Davids, selbst in Begleitung Sarahs ist die Wüste ein äußerst unbehaglicher Ort; dabei spreche ich nicht einmal von der Sandwüste, wo man tagelang, nächtelang Silizium schluckt, das man in sämtlichen Körperöffnungen, in den Ohren, den Nasenlöchern und sogar im Bauchnabel hat, sondern von der syrischen Steinwüste, dem Schotter, den steinigen Böden, den felsigen Bergen, den Steinhaufen, Steinkegeln, Steinhügeln mit vereinzelten Oasen, wo, woher auch immer, eine rötliche Erde zutage tritt, und dann bedeckt sich die *Badiyé* mit Feldern, Winterweizen und Dattelbäumen. In Syrien, muss man sagen, war die Bezeichnung »Wüste« nichts anderes als eine Anmaßung, bis in die entlegensten Winkel gab es viele Menschen, Nomaden oder Soldaten, und eine Frau musste nur anhalten, um hinter einem Buckel am Straßenrand zu urinieren, sogleich streckte ein Beduine seine Nase hervor und beobachtete mit blasiertem Gesichtsausdruck das milchig helle Hinterteil der völlig verblüfften Frau aus dem Westen, in diesem Fall das von Sarah, die zurück zum Wagen gerannt kam, den Hosenbund mit einer Hand festhaltend, als ob sie einem Ghul begegnet wäre: Bilger und ich hatten zuerst geglaubt, ein Schakal oder auch eine Schlange oder ein Skorpion hätte sich an ihrem Hintern festgebissen, doch nachdem sie sich von ihrem Schrecken erholt hatte, brach sie in Gelächter aus und erklärte uns, eine rot-weiße Kufiya sei hinter einem Stein aufgetaucht, und unter der Kufiya ein keuchender Nomade, der mit verschränkten Armen und ausdruckslosem Gesicht schweigend beobachtete, wie eine fremde Frau in seiner Wüste hockte, was auch für ihn eine ungewöhnliche Erscheinung gewesen sein musste. Eine Figur wie aus einem Zeichentrickfilm, meinte Sarah fröhlich, während sie auf der Rückbank ihre Hose zuknöpfte, was hat der mir für einen Schrecken eingejagt, und Bilger fügte überheblich hinzu: »Diese Gegend ist seit dem dritten Jahrtausend vor Christus bewohnt, jetzt hast du den Beweis dafür.«

Um uns herum sah man trotzdem kilometerweit nur fahlen Staub unter dem matten Himmel – wir waren auf einer Forschungsreise unterwegs zwischen Palmyra und Deir ez-Zor, auf der endlos langen Strecke, die die berühmteste antike Stadt Syriens mit dem Euphrat und seinem undurchdringlichen Schilf verbindet, auf den Spuren von Annemarie Schwarzenbach und Marga d'Andurain, der betörenden Königin von Palmyra, die zur Zeit des französischen Völkerbundmandats für Syrien das Hotel Zenobia geführt hatte, das neben den Ruinen der Karawanenstadt lag, am Rand der Felder mit den zerbrochenen Säulen und Tempeln, deren warmer Stein sich in der Abendsonne ockerbraun färbte. Über Palmyra ragt ein felsiger Berg auf, den eine alte arabische Festung aus dem 14. Jahrhundert krönt, Qalat Fachr ad-Din al-Mani: Der Blick von oben auf die antiken Stätten, den Palmenhain und die Grabtürme ist so atemberaubend, dass wir mit einer Bande angehender Orientalisten aus Damaskus beschlossen hatten, dort zu kampieren. Wie einst Soldaten, Siedler oder Archäologen wollten wir die Nacht unbedingt, ohne uns um irgendwelche Vorschriften oder Annehmlichkeiten zu kümmern, in der alten Festung oder auf ihrem Vorplatz verbringen (Sarah und Bilger waren die treibenden Kräfte: beide aus ganz unterschiedlichen Gründen total begeistert von der Idee zu dieser Expedition), was auch immer die Museumswärter davon halten mochten. Diese mächtige, sich auf den Felsen kauernde Festung, ein dunkler Legostein ohne Fensteröffnungen abgesehen von den Schießscharten, die von weitem nicht zu erkennen sind, scheint in einem Balanceakt auf dem Gipfel des steinigen Abhangs zu liegen; vom Fuß der archäologischen Stätte aus konnte man meinen, die Festung beuge sich vor und drohe, sollte ein Sturm einmal heftiger ausfallen als gewöhnlich, auf dem Geröll bis zur Stadt hinunterzurutschen wie ein Kind auf einem Schlitten – doch wenn man näher kam, zeigte sich das Gebäude, je weiter sich die Straße in Serpentinen auf der Bergrückseite hinaufwand, dem Auge des Reisenden in seiner wahren Masse, seiner wahren Größe: als steil aufragender Bergfried, nach Osten hin gut geschützt von einem tiefen Graben, als starkes Mauerwerk mit tödlichen

Auskragungen, die nicht die geringste Lust darauf machten, ein Soldat zu sein mit dem Auftrag, es im Sturm zu nehmen. Der libanesische Drusen-Emir Fachr ad-Din, der die Festung ausbauen ließ, kannte sich in der Militärarchitektur gut aus – die Burg schien nicht anders einzunehmen als durch Hunger und Durst: Man konnte sich gut vorstellen, wie die Belagerten auf ihrem steinigen Hügel an Gott verzweifelten, wenn sie auf die Frische der Oase hinuntersahen, deren Palmen hinter den Ruinen der antiken Stadt einen tiefen grünen See bildeten.

Der Blick von dort war magisch – bei Sonnenaufgang wie bei Sonnenuntergang entflammte das einfallende Licht nacheinander den Baaltempel, das Lager des Diokletian, die Agora, das Tetrapylon, die Mauern des Theaters, und man konnte sich gut vorstellen, wie jene Engländer im 18. Jahrhundert gestaunt hatten, die die Oase entdeckten und die ersten Ansichten von Palmyra, der Wüstenbraut, nach Hause mitbrachten: Kaum waren ihre Zeichnungen in London gestochen, wurden sie auf dem ganzen Kontinent verbreitet, gingen durch ganz Europa. Bilger erzählte sogar, dass diese Reproduktionen in der europäischen Architektur das Vorbild zu zahlreichen klassizistischen Fassaden und Säulen lieferten: Unsere Hauptstädte verdankten den palmyrischen Kapitellen viel, ein Stück syrischer Wüste lebte im Verborgenen in London, Paris oder Wien. Ich stelle mir vor, dass sich Plünderer heute nach Herzenslust bei den Basreliefs, den Inschriften und den Statuen bedienen, um sie an skrupellose Kunstliebhaber zu verkaufen, und selbst Bilger könnte sicher nicht widerstehen, als Käufer dieser der Wüste entrissenen Stücke aufzutreten, wäre er nicht verrückt geworden – im syrischen Desaster haben Geschosse und Baggerlader die Pinsel der Archäologen abgelöst; man erzählt, die Mosaiken seien mit Hammer und Meißel demontiert, die Toten Städte oder die archäologischen Stätten am Euphrat mit dem Bulldozer gefilzt und die interessanten Stücke in der Türkei oder im Libanon verkauft worden, die Spuren der Antike sind ein unterirdischer Reichtum, ein Rohstoff wie das Öl, und wie dieses ist er zu allen Zeiten ausgebeutet worden. In Iran, in den Bergen bei Schiras, bot uns ein etwas fahriger junger Mann eine Mumie zum Kauf an, eine vollständig erhaltene Mumie aus Luristan mit ihrem Bronzeschmuck, ihren Pektoralen, ihren Waffen – es dauerte eine Weile, bis wir begriffen, was er uns da anbot, so vollkommen abwegig erschien es uns, das Wort »Mumie« in diesem Bergdorf zu hören, was sollen wir denn mit einer Mumie anfangen, antwortete ich ihm, »nun ja, sie ist hübsch, das ist nützlich, und man kann sie weiterverkaufen, wenn man Geld braucht«, meinte das Jüngelchen (er war sicher nicht älter als zwanzig) und zeigte sich bereit, uns die fragliche Mumie in die Türkei zu liefern, und als sich das Gespräch immer mehr in die Länge zog, fand Sarah einen sehr klugen Weg, um den Störenfried loszuwerden: Wir denken, dass iranische Antiquitäten in Iran bleiben müssen, Iran ist ein großes Land, das alle seine Antiquitäten braucht, wir möchten nichts tun, was Iran schaden könnte, und diese nationalistische Dusche schien den hitzigen Amateurarchäologen abgekühlt zu haben, der wohl oder übel zustimmen musste, auch wenn er innerlich wenig überzeugt war vom plötzlichen nationalistischen Eifer dieser beiden Ausländer. Als wir den jungen Mann aus dem Park gehen sahen, in dem er uns angesprochen hatte, stellte ich mir für einen Augenblick vor, wie die Mumie, der ehrwürdige Leichnam, auf einem Eselsrücken den Zagros und die Berge Kurdistans überqueren würde, um in die Türkei und dann nach Europa oder in die Vereinigten Staaten zu gelangen, wie ein zweitausend Jahre alter blinder Passagier, der denselben gefährlichen Weg zurücklegen würde wie die Armeen Alexanders des Großen oder die Iraner auf der Flucht vor ihrem Regime.

Die syrischen Grabräuber bieten, soviel ich weiß, keine Mumien an, sondern Bronzestatuen von Tieren, Rollsiegel, byzantinische Öllampen, Kreuze, Münzen, Statuen, Basreliefs und sogar ganze, aus Stein gehauene Gesimse oder Kapitelle – in Palmyra waren die alten Steine so zahlreich, dass das Gartenmobiliar im Hotel Zenobia aus nichts anderem bestand: Kapitelle als Tische, Säulenschäfte für die Bänke, Bruchsteine für die Rabatten, und für die Gestaltung der Terrasse hatte man sich reichlich bei den angrenzenden Ruinen bedient. Das einstöckige Hotel war von einem großen, vergessenen Architekten erbaut worden, Fernando de Aranda, einem Sohn des Musikers Fernando de Aranda, des Nachfolgers Donizettis als Dirigent und Leiter der kaiserlichen Militärkapelle am Hof Abdülhamids in Istanbul: Ich konnte mich in Palmyra also ein wenig zu Hause fühlen, in der Wüste hallten die fernen Klänge der Musik aus der osmanischen Hauptstadt nach. Fernando de Aranda junior hatte in Syrien, wo er in den sechziger Jahren starb, Karriere gemacht und mehrere bedeutende Gebäude in Damaskus errichtet in einem Stil, den man als *orientalisierenden Jugendstil* bezeichnen könnte, darunter den Hedschas-Bahnhof, die Universität, zahlreiche große Wohnsitze und das Hotel Zenobia in Palmyra, das damals noch nicht Zenobia hieß, sondern Kattané nach der Investmentgesellschaft, die es beim aufgehenden Star der modernen syrischen Architektur in Auftrag gegeben hatte in Erwartung einer Öffnung der Region für Reisende – das Gebäude war noch vor Fertigstellung aufgegeben und der französischen Garnison von Palmyra (Meharisten, Flieger, kleine Offiziere ohne Zukunft) überlassen worden, die über die Angelegenheiten der Beduinen und die riesigen Wüstengebiete bis in den Irak und nach Jordanien wachte, wo die Briten wüteten. Fernando de Arandas Entwurf, in seinen Ausmaßen ohnedies bescheiden, sah sich um einen Flügel amputiert, was der Fassade ein recht bizarres Aussehen bescherte: Das Giebeldreieck über dem Eingang mit seinen beiden Pilastern und seinen Palmetten wachte nicht mehr über eine vornehme Symmetrie, stattdessen mündete hier die Bucht, die zur Hotelterrasse führte, und dieses Ungleichgewicht gab dem ganzen Gebäude ein hinkendes Aussehen, das, je nachdem, welche Gefühle ein Hinkender in einem auslöste, Mitleid oder Verachtung erweckte. Ein Mitgefühl oder eine Verachtung, die zudem von der Inneneinrichtung des Gebäudes gefördert wurde, mit seltsamen, alten Korbstühlen in der Lobby, winzigen und stickigen Zimmern, die heute renoviert sind, in denen damals aber vergilbte Bilder des syrischen Tourismusministeriums hingen und verstaubter Beduinenkitsch herumstand. Sarah und ich neigten eher zu Mitgefühl, sie wegen Annemarie Schwarzenbach und Marga d'Andurain, ich, weil ich glücklich war, unerwartet Früchte des Meisters der osmanischen Musik zu sehen, die dieser mittels seines Sohnes der syrischen Wüste vermacht hatte.

Die Lage des Hotels Zenobia war außergewöhnlich: Auf der Seite der antiken Stadt hatte man kaum ein paar Dutzend Meter entfernt den Baaltempel vor Augen, und wenn man Glück hatte und eines der Zimmer bekam, das zur Vorderseite hinausging, schlief man quasi inmitten der Ruinen, mit dem Kopf in den Sternen und in den uralten Träumen, gewiegt von den Gesprächen Baalschamins, des Gottes der Sonne und des Morgentaus, mit Ischtar, der Löwengöttin. Hier herrschte Tammuz, der Adonis der Griechen, den der Iraker Badr Schakir as-Sayyab in seinen Gedichten besang; man rechnete damit, dass sich die Oase jeden Augenblick mit roten Anemonen bedeckte, die dem Blut dieses Sterblichen entsprungen waren, dessen einziges Verbrechen darin lag, dass die Göttinnen zu sehr für ihn entbrannten.

An jenem Tag kam das Hotel nicht in Frage, denn wir hatten den abstrusen Einfall, in der Zitadelle von Fachr ad-Dīn zu schlafen, um bei Sonnenuntergang und bei Sonnenaufgang die Schönheit der Stadt zu genießen. Natürlich hatten wir keinerlei Camping-Ausrüstung dabei; Bilger und ich hatten in seinem Geländewagen fünf oder sechs Decken gestapelt, die uns als Unterlage und Schlafsack dienen sollten, dazu Kopfkissen, Teller, Bestecke, Gläser, ein paar Flaschen libanesischen Wein und Arak und sogar den kleinen Metallgrill von seiner Terrasse. Wer außer Sarah war bei dieser Expedition noch dabei, ich habe eine fröhliche französische Historikerin mit langem braunen Haar vor Augen und ihren ebenso braunhaarigen und lächelnden Gefährten – heute ist er, glaube ich, Journalist und zieht für zahlreiche französische Medien kreuz und quer durch den Mittleren Osten: Damals träumte er von einer gutdotierten Professur an einer amerikanischen Universität, ich glaube, Sarah ist mit dem sympathischen Paar in Kontakt geblieben, das Schönheit und Intelligenz vereinte. Es ist doch seltsam, dass mir außer Sarah und dem verrückten Bilger keine Freunde aus Damaskus geblieben sind, weder Syrer noch Orientalisten, ich muss mit meinen Ansprüchen und meinem Ehrgeiz wohl unerträglich gewesen sein, zum Glück habe ich seither große Fortschritte gemacht, auch wenn sich das, was neue Freundschaften angeht, nicht in einem Übermaß an sozialen Kontakten niederschlägt, wie ich leider zugeben muss. Wäre Bilger nicht verrückt geworden, hätte Sarah sich nicht so unerreichbar gemacht, wären sie zweifellos eine Verbindung zu dieser ganzen Vergangenheit, die nachts an meine Tür klopft, wie hieß dieses französische Historiker-Paar nur, Jeanne vielleicht, nein, Julie, und er François-Marie, ich erinnere mich wieder an seine magere Gestalt, seinen dunklen Bart, seinen Humor und den verschmitzten Blick in der geheimnisvollen Harmonie des Gesichts, die den harten Gesamteindruck wettmachten, das Gedächtnis ist das Einzige, was mir keine Schwierigkeiten macht, mich nicht im Stich lässt wie der Rest meines Körpers – am späten Vormittag hatten wir bei einem Metzger in der Neustadt Palmyras Fleisch gekauft: Der Gehweg vor dem Schaufenster, in dem an einem Eisenhaken Lunge, Luftröhre und Herz des Tiers hingen, war mit den Blutspritzern eines frisch geschlachteten Lamms übersät; in Syrien konnte niemand übersehen, dass das zarte Fleisch auf den Spießen von einem Säugetier stammte, dem man die Kehle durchgeschnitten hatte, ein Wolle lieferndes, blökendes Säugetier, dessen Innereien alle Schaufensterauslagen zierten.

Gott ist der große Feind des Hammels; man fragt sich, aus welchem grauenhaften Grund er sich im Augenblick der Opferung entschied, Abrahams Sohn durch einen Schafsbock zu ersetzen, und nicht etwa durch eine Ameise oder eine Rose, und so die armen Schafe für alle Ewigkeiten zur Hekatombe zu verurteilen. Es war natürlich Sarah (was für eine lustige Koinzidenz zur Bibel), die mit den Einkäufen beauftragt war, nicht nur, weil der Anblick von Blut und warmen Schlachtabfällen sie nicht störte, sondern vor allem, weil ihre Kenntnisse des Dialekts und ihre außerordentliche Schönheit immer Ware von guter Qualität garantierten, und zu einem annehmbaren Preis, wenn man sie bezahlen ließ: Es kam nicht selten vor, dass die Ladenbesitzer, geblendet vom Strahlen dieses kastanienbraunen Engels mit dem karminroten Lächeln, versuchten, sie so lange wie möglich in ihrem Laden zurückzuhalten, indem sie sich insbesondere weigerten, einen Preis für ihre Lebensmittel zu nennen. Das moderne Palmyra im Norden der Oase war ein wohlgeordnetes Viereck von niedrigen Häusern aus nacktem Beton, im Norden und Nordwesten von einem Flughafen und einem finsteren Gefängnis begrenzt, dem berüchtigtsten von ganz Syrien, einem schwarzen und blutroten Gefängnis in den warnenden Farben der syrischen Flagge, die die Dynastie der Assads über das gesamte Territorium verbissen ausgebreitet hatte: In seinen Kerkern gab es täglich die grausamsten Folterungen, mittelalterliche Martern wurden systematisch angewandt, eine Routine, die kein anderes Ziel hatte als den allgemeinen Schrecken, wie Dung sollte die Angst über das ganze Land verteilt werden.

Neben der blendenden Schönheit der Ruinen und den Abscheulichkeiten des Assad-Regimes interessierten Sarah in Palmyra vor allem die

Spuren von Annemarie Schwarzenbach und ihrer seltsamen Zimmerwirtin Marga d'Andurain, der Besitzerin des Hotels Zenobia zu Beginn der dreißiger Jahre – um das Feuer vor der Zitadelle von Fachr ad-Dīn sitzend, verbrachten wir die Nacht größtenteils damit, uns reihum Geschichten zu erzählen, eine echte *Darbietung*, eine *Makame*, die vornehme Gattung der arabischen Literatur, bei der die Erzähler sich gegenseitig das Wort erteilen, um jeder, wenn er an der Reihe ist, ein vorgegebenes Thema zu erkunden: Wir haben in jener Nacht die *Maqâma tadmoriyya* geschrieben, die Palmyra-Darbietung.

Der Wärter des Forts war ein alter, mit einem Jagdgewehr bewaffneter hagerer Mann mit Kufiya; sein Auftrag bestand darin, das Gitter zum Eingang in die Festung mit einer Kette und einem beeindruckenden Vorhängeschloss zu schließen – unsere Delegation hatte ihn vollkommen überrascht: Wir, Bilger, François-Marie und ich, überließen die Verhandlungen mit ihm den Arabisch Sprechenden unter uns und verfolgten im Hintergrund den Gesprächsverlauf: Der Feldhüter ließ sich nicht erweichen, das Torgitter musste abends zum Sonnenuntergang geschlossen und zum Sonnenaufgang wieder geöffnet werden, das war sein Auftrag und den wollte er erfüllen, auch wenn es den Touristen nicht passte; unser schöner Plan fiel ins Wasser, und wir fragten uns, wie wir auch nur eine Sekunde lang an einen anderen Ausgang hatten glauben können, sicher aus kolonialistischem Dünkel. Sarah gab nicht auf; sie fuhr fort, Argumente vor dem Palmyrer auszubreiten, der gedankenlos mit dem Riemen seiner Waffe spielte, wobei er uns ab und zu nervöse Blicke zuwarf: Er dürfte sich gefragt haben, warum er sich mit dieser jungen Frau herumstreiten musste, während wir drei Männer zwei Meter Abstand hielten und dort in aller Ruhe ihr Getuschel beobachteten. Julie unterrichtete uns über den Fortgang der Verhandlungen; der Wärter bestand auf der Erfüllung seiner Pflicht, der Schließung und der Öffnung. Dafür könnten wir im Innern der Zitadelle bleiben, also eingeschlossen bis zum Morgengrauen, das würde seinen Auftrag nicht beeinträchtigen. Sarah hatte seine Bedingungen als Ausgangsbasis akzeptiert – darüber hinaus versuchte sie den Schlüssel für das Vorhängeschloss zu bekommen, was es uns erlaubt hätte, im Notfall die noble Festung zu verlassen, ohne wie im Märchen auf die Befreiung im Morgengrauen warten zu müssen. Man muss dazu sagen, dass die Aussicht, in wenigen Kilometern Entfernung in einem der übelsten Gefängnisse Syriens im Innern eines uneinnehmbaren Forts eingeschlossen zu sein, mich ein wenig frösteln ließ – das Gebäude war nichts als eine Ansammlung von Steinen ohne jede Annehmlichkeit, leere Räume um einen schmalen, von Schutt und Geröll versperrten *Cortile*, auf die mit mehr oder weniger Zinnen bewehrten Plattformen, über denen Fledermäuse schwirrten, führten Treppen ohne Geländer. Zum Glück war der Wärter mit seiner Geduld am Ende; nachdem er uns ein letztes Mal anbot einzutreten und wir immer noch zögerten, uns freiwillig einschließen zu lassen (hatten wir wirklich alles dabei, was wir brauchen würden? Streichhölzer, Zeitungspapier, Wasser?), sperrte er schließlich das Gittertor zu, ohne noch länger zu warten, denn er hatte es eilig, nach Hause zu kommen; Sarah stellte ihm eine letzte Frage, auf die er positiv zu antworten schien, bevor er uns den Rücken zukehrte, um geradeaus den Abhang hinunter zum Tal der Tempelgräber zu gehen.

»Er hat uns offiziell erlaubt, uns hier niederzulassen.«

»Hier« bedeutete der kleine Vorplatz zwischen der alten Zugbrücke und dem Bogen des Eingangsportals. Die Sonne war hinter unserem Hügel verschwunden; ihre letzten Strahlen spritzten golden auf die Säulenreihen, ließen die Palmen schillern; eine leichte Brise trug den Geruch von heißen Steinen herbei, bisweilen vermischt mit dem nach Gummi und verbrannten Haushaltsabfällen; weiter unten führte ein winziger Mann ein Kamel auf dem Oval der Staubpiste im großen Stadion spazieren, wo Dromedar-Rennen veranstaltet wurden, die Nomaden aus der ganzen Gegend anzogen, jene Beduinen, die Marga d'Andurain so sehr mochte.

Unser Lager war weitaus spartanischer als das früherer Forschungsreisender: Die erste Königin von Tadmor, Lady Hester Stanhope, eine stolze englische Abenteurerin mit stahlharten Sitten, die der Orient bis zu ihrem Tod 1839 in einem Dorf in den libanesischen Bergen um ihr gesamtes Vermögen und ihre Gesundheit gebracht hatte, soll, so wird erzählt, sieben Kamele für den Transport ihrer Equipage benötigt haben, und das Zelt, in dem sie die Emire aus der Gegend empfangen habe, sei das bei weitem prächtigste in ganz Syrien gewesen; der Legende nach soll die Nichte William Pitts außer ihrem Nachttopf, dem einzigen unerlässlichen Accessoire in der Wüste, wie sie sagte, ein komplettes Gala-Dîner nach Palmyra mitgebracht haben, ein königliches Dîner, für das man zur großen Überraschung der Tischgesellschaft das feinste Geschirr und die erlesensten Speisen aus den Koffern hervorholte; alle Scheichs und Emire aus der Gegend seien von Lady Hester Stanhope bezaubert gewesen, heißt es. Unser Essen bestand ausschließlich aus gegrilltem Lammfleisch, reichlich Worcestershire-Sauce und Ortolanen, nur einige Spieße, die ersten halb verbrannt, die nächsten halb roh, je nach den Launen des Feuers in Bilgers *Mangal*. Fleisch, das wir in das köstliche ungesäuerte Brot einrollten, jenen auf einer metallenen Kuppe gebackenen Buchweizenfladen, die im Mittleren Osten zugleich als sättigende Beilage, Teller und Gabel dienen. Unsere Flammen mussten rundum wie ein Leuchtturm kilometerweit zu sehen gewesen sein, und wir rechneten damit, dass die syrische Polizei anrücken und uns vertreiben würde, aber Eschmun beschützt die Orientalisten, und bis zum Morgengrauen störte uns niemand, abgesehen von dem eiskalten Wind: Es war saukalt.

In Bilgers himmelblaue Wolldecken eingemummt und ein Glas in der Hand, drängten wir uns um den kleinen Grill, dessen Wärme ebenso trügerisch war wie die Millionen Sterne über uns, und hörten Sarah zu, die Geschichten erzählte; die kleine Bucht im Fels hallte ein wenig und gab ihrer Stimme Kontur, eine tiefere Klangfarbe – selbst Bilger, der allerdings ziemlich schlecht Französisch verstand, hatte aufgehört zu schwadronieren, um zu lauschen, was sie von den Abenteuern Lady Stanhopes zu berichten wusste, die lange vor uns auf diesem Felsen war, eine Frau mit einem außergewöhnlichen Schicksal, wie Sarah erklärte, und ich kann ihre Leidenschaft für diese Frau gut verstehen, deren Motive ebenso mysteriös waren wie die Wüste selbst: Was hatte die reiche und mächtige Lady Hester Stanhope, die Nichte eines der brillantesten Politiker jener Zeit, dazu veranlasst, alles aufzugeben, um in die osmanische Levante zu ziehen, wo sie das kleine Landgut, das sie sich im Schuf-Gebirge zwischen Drusen und Christen zugelegt hatte, unermüdlich verwaltete und regierte wie einen Gutshof in Surrey? Sarah erzählte eine Anekdote darüber, wie Lady Hester in ihrem Dorf herrschte: »Von ihren Dorfbewohnern wurde sie hoch geachtet, obwohl sie sich in ihrer orientalischen Rechtsprechung manchmal irrte. Doch sie wusste, welche Bedeutung die Achtung der Frauen bei den Arabern hat, und sie bestrafte erbarmungslos jeden Verstoß gegen die strenge Enthaltsamkeit, die sie von ihren Untertanen forderte. Ihr Übersetzer und Sekretär, Sohn einer Engländerin und einer Syrerin, den sie sehr mochte, kam eines Tages zu ihr, um ihr mitzuteilen, ein anderer ihrer Untertanen namens Michel Toutounji habe eine junge Syrerin aus dem Dorf verführt, er habe die beiden unter einer Libanonzeder zusammen sitzen sehen. Toutounji gab an, das sei falsch. Lady Hester rief das ganze Dorf auf der Wiese vor ihrer Residenz zusammen, sie setzte sich auf Kissen, zu ihrer Rechten saß ihr Verwalter, zu ihrer Linken Toutounji, beide in ihre Mäntel gehüllt wie wir in unsere Decken, in respektvoller Haltung. Die Bauern bildeten einen Kreis; ›Toutounji‹, sagte sie, und nahm das lange bernsteinfarbene Rohr jener Pfeife aus dem Mund, die sie auf zeitgenössischen Abbildungen immer raucht, ›Ihr seid einer verbrecherischen Beziehung zu Fattum Aischa angeklagt, einem syrischen Mädchen, das hier vor mir steht. Ihr streitet es ab. Ihr anderen‹, wendete sie sich an die versammelten Bauern, ›wenn Ihr dazu etwas zu sagen habt, dann sagt es. Ich will Recht sprechen. Also sprecht.‹ Alle Dorfbewohner antworteten, dass sie nicht das Geringste darüber wüssten. Da drehte sie sich zu ihrem Sekretär um, der, die Arme über der Brust verschränkt, auf das Urteil wartete. ›Ihr legt diesem jungen Mann, der seinen Weg in der Welt beginnt und dessen ganzes Vermögen aus seinem guten Ruf besteht, verabscheuenswürdige Dinge zur Last. Ruft Eure Zeugen auf: Wo sind sie?‹ – ›Ich habe keine‹, antwortete er untertänig, ›aber ich habe ihn gesehen.‹ – ›Euer Wort ist wertlos vor dem Zeugnis aller Dorfbewohner und dem guten Ruf des jungen Mannes.‹ Dann nahm sie den strengen Tonfall eines Richters an und wendete sich an den Angeklagten Michel Toutounji: ›Wenn Eure Augen und Eure Lippen das Verbrechen begangen haben, wenn Ihr diese Frau angeschaut habt, wenn Ihr sie verführt und geküsst habt, dann werden Euer Auge und Eure Lippen die Strafe hinnehmen müssen. Man möge ihn ergreifen und festhalten. Und du, Barbier, rasiere die linke Augenbraue und die rechte Hälfte vom Schnurrbart des jungen Mannes.‹ Wie gesagt, so getan, ›*sa m'an wa tâ'atan*, ich höre und ich gehorche‹ wie im Märchen. Vier Jahre später erhielt Lady Stanhope, die über ihr Urteil sehr glücklich war, weil es dem Verurteilten so wenig geschadet hat, einen Brief, in dem Toutounji sich einen Spaß daraus machte, ihr zu erzählen, die Geschichte mit der Verführung habe gestimmt, Schnurrbart und Augenbraue würden ihm wieder gut zu Gesicht stehen.«

Diese orientalistische Parodie auf ein Urteil à la Harun ar-Raschid faszinierte Sarah; ob sich die Geschichte tatsächlich so zugetragen hat oder nicht (in Anbetracht der Gepflogenheiten dieser Dame spricht in der Tat alles dafür), war nicht so wichtig, vielmehr kam es darauf an zu zeigen, wie sehr die Engländerin sich jene Sitten angeeignet hatte, die den libanesischen Drusen und Christen in den Bergen unterstellt wurden, wo sie residierte, und wie ihre Legende dieses Verhalten kolportiert hatte; Sarah beschrieb uns leidenschaftlich die Radierung, auf der die bereits gealterte Lady in vornehmer, hieratischer Haltung zu sehen war, der eines Propheten oder eines Richters, die lange Pfeife in der Hand, weit, sehr weit entfernt von den Bildern schmachtender Haremsdamen; Sarah erklärte uns, dass sie sich geweigert hatte, den Schleier zu tragen, sich stattdessen »nach türkischer Mode« kleidete, aber wie ein Mann. Sie berichtete, wie Lamartine nach einer Begegnung mit ihr Feuer und Flamme war, der Dichter und Redner, Freund von Liszt und Hammer-Purgstall, mit dem er eine Geschichte im osmanischen Reich teilte: für die Franzosen ein Dichter ohnegleichen, aber auch ein genialer Prosaist – wie Nerval, aber in geringerem Maße –, offenbarte sich Lamartine auf seiner Orientreise, legte seine Pariser Samthandschuhe ab, öffnete seine Redeweise; verzichtete vor der Schönheit des Unbekannten auf jede Effekthascherei und machte sich frei von seinem hüstelnden Lyrismus. Vielleicht, und das ist wirklich sehr traurig, bedurfte es des Verlustes seiner Tochter Julia, die in Beirut an Tuberkulose starb, damit Schmerz und Tod sich bei ihm im Morgenland kristallisierten; vielleicht waren für ihn die schlimmste Verletzung, das äußerste Leiden notwendig, wie für andere die Offenbarung, damit seine tränenerfüllten Augen ohne den Vergessenstrank der trojanischen Helena dieses herrliche Porträt von der dunklen Schönheit eines unberührten Morgenlandes zeichnen konnten: eine magische Quelle, aus der, kaum dass sie entdeckt war, der Tod sprudelte. Lamartine war in den Orient gekommen, um den Chor einer Kirche zu sehen, der, wie sich herausstellte, zugemauert war, und die Cella eines Tempels zu besuchen, den man vernagelt hatte; er stand aufrecht vor dem Altar, ohne zu bemerken, dass die untergehende Sonne das Querschiff hinter ihm in strahlendes Licht tauchte. Lady Stanhope faszinierte ihn, weil sie sich jenseits seiner Fragestellungen bewegte; sie ist in den Sternen, sagte Sarah; sie liest das Schicksal der Menschen am Himmel ab – Lamartine ist kaum angekommen, da bietet sie schon an, ihm seine Zukunft vorauszusagen; dann erklärt ihm die Frau, die er »die Kirke der Wüste« nennt, zwischen zwei parfümierten Pfeifen seinen messianischen Synkretismus. Lady Stanhope offenbart ihm, dass der Orient sein wahres Vaterland sei, das Land seiner Väter, und dass er dorthin zurückkehren werde, sie liest es an seinen Füßen ab: »Sehen Sie«, sagt sie zu ihm, »der Spann ist sehr hoch, wenn Sie mit dem Fuß auf der Erde stehen, ist zwischen der Ferse und den Zehen Platz genug, damit Wasser hindurchfließen kann, ohne dass Sie nass werden – das ist der Fuß eines Arabers, der Fuß des Orients; Sie sind ein Sohn dieses Klimas, und wir nähern uns dem Tag, an dem jeder in das Land seiner Väter zurückkehren wird. Wir werden uns wiedersehen.«

Diese podologische Anekdote rief großes Gelächter hervor; François-Marie musste einfach seine Latschen ausziehen, um nachzusehen, ob auch er dazu berufen war, in den Orient zurückzukehren oder nicht – zu seinem großen Bedauern hatte er, wie er sagte, einen Bordeaux-Fuß, und am Ende der Zeiten würde er nicht in die Wüste zurückkehren, sondern in ein Landhaus im Entre-Deux-Mers in der Nähe Montaignes, was alles in allem ebenso beneidenswert war.

Wenn ich jetzt so daran denke, bilden Sarahs Füße perfekte Brücken, unter denen bequem ein kleiner Bach hindurchfließen könnte; sie redete in der Dunkelheit und war unsere Magierin der Wüste, ihre Erzählungen verzauberten das funkelnde Metall der Steine und der Sterne – nicht alle Abenteurerinnen im Orient machten die Erfahrung einer mystischen Erweiterung wie Madame Stanhope, die englische Einsiedlerin im Libanon-Gebirge, die den Weg des Verzichts eingeschlagen hatte, des zunehmenden Verzichts auf ihre Besitztümer, ihre alte westliche Kleidung, die sich Stück für Stück ihr eigenes Kloster errichtete, ein Kloster des Hochmuts oder der Demut; nicht alle reisenden Frauen hatten in der Wüste die tragische Erleuchtung einer Lady Hester oder einer

Isabelle Eberhardt, im Gegenteil – François-Marie hatte wieder das Wort ergriffen, trotz einer Unterbrechung durch Bilger, der uns nicht nur zu trinken einschenken, sondern vor allem selbst eine Geschichte erzählen wollte, ein Abenteuer von Alois Musil, genannt Lawrence von Mähren oder Alois von Arabien, einem Orientalisten und Spion der Habsburger, den die Franzosen nicht kannten – es war vor allem ein Versuch, die Aufmerksamkeit wieder auf sich zu lenken, ein unheilvoller Versuch, bei dem mancher Tischgenosse fast eingeschlafen wäre, weil sein Französisch so unverständlich war; aus Selbstgefälligkeit oder Anmaßung weigerte er sich, Englisch zu sprechen. Als ich mich schon für ihn und für Alois Musil zu schämen begann, fiel ihm François-Marie zum Glück geschickt ins Wort. Dieser Spezialist für die Geschichte des französischen Mandats in der Levante stützte sich auf Lady Hester und Lawrence von Mähren, um das Gespräch ganz diplomatisch auf Palmyra zurückzubringen. Das Schicksal der Marguerite d'Andurain, genannt Marga, bildete für ihn die Antithese zu dem Stanhopes, Eberhardts oder Schwarzenbachs, ihr schwarzes Double, ihr Schatten. Dank François-Maries Akzent und vor allem dank des libanesischen Weins, den Bilger aufgemacht hatte, wurde uns wieder warm; die langen rotbraunen Locken meiner Nachbarin wurden immer röter mit der letzten Glut, die ihre Gesichtszüge in düsteren Halbtönen modellierte. Das Leben Marga d'Andurains war für François-Marie die Geschichte eines tragischen Scheiterns – die schöne Abenteurerin war im letzten Jahr des 19. Jahrhunderts im Schoß einer begüterten Familie in Bayonne geboren (dieses Detail wurde von dem Historiker aus der Gascogne natürlich besonders betont; der zwischenzeitlich wieder in seine Schuhe geschlüpft war, um seine Füße vor der Kälte zu schützen), sie war sehr jung mit ihrem Cousin verheiratet worden, einem kleinen baskischen Adligen, dem eine große Zukunft bevorstand, der sich jedoch eher als träge und unentschlossen erwies und dessen Interesse fast ausschließlich Pferden galt. Marga hingegen besaß eine außergewöhnliche Energie, Lebendigkeit und Gewieftheit. Nach einem kurzen Versuch, vor dem Krieg, in Argentinien Pferde zu züchten, landete das Paar im November 1925 in Alexandria und ließ sich dann am Soliman-Pascha-Platz nieder, gegenüber dem Groppi-Teesalon, im Zentrum des »europäischen« Stadtteils von Kairo. Marga hatte die Absicht, dort ein Schönheits-Institut zu eröffnen und mit Kunstperlen zu handeln. Rasch fand sie Zugang zur guten Gesellschaft Kairos, und vor allem zu den britischen Aristokraten des Gezira Sporting Clubs in Zamalek, einem Stadtviertel auf dem nördlichen Teil der Nilinsel Gezira. Aus dieser Zeit stammt der ihrem Familiennamen hinzugefügte Titel einer »Gräfin«: sie adelte sich sozusagen durch Ansteckung. Zwei Jahre später entschloss sie sich, eine englische Freundin auf einer Reise nach Palästina und Syrien zu begleiten, die ein gewisser Major Sinclair führte, ein Beamter des Nachrichtendienstes der englischen Armee in Haifa. In seiner Begleitung gelangte Marga zum ersten Mal nach Palmyra – nach einer anstrengenden Fahrt von Damaskus aus, wo ihre britische Freundin, erschöpft und eifersüchtig, zurückgeblieben war und auf sie wartete. Die gespannten Beziehungen zwischen Frankreich und Großbritannien in der Levante, die jüngste syrische Rebellion und ihre blutige Unterdrückung sorgten dafür, dass die französischen Militärs ziemlich argwöhnisch gegenüber den Aktivitäten von Ausländern in ihrem Mandatsgebiet waren – die Garnison von Palmyra sollte also das Paar, das sich in dem von Fernando de Aranda erbauten Hotel eingemietet hatte, aus nächster Nähe beobachten. Mit großer Wahrscheinlichkeit wurden Sinclair und Margaret dort ein Liebespaar; ihre Beziehung füllte die Berichte der müßigen französischen Offiziere, Berichte, die bis zu Colonel Catroux gelangten, dem damaligen Chef des Nachrichtendienstes in Beirut.

Das palmyrische Abenteuer der eleganten Gräfin von Andurain begann mit einer Anklage wegen Spionage, die ihre Beziehungen zu den französischen Behörden der Levante schon früh vergiftete – der Ruf, eine Spionin zu sein, sollte sie ein Leben lang begleiten und jedes Mal zum Thema werden, wenn die Presse oder die Behörden sich für sie interessierten.

Einige Monate später starb Sinclair, Gerüchten zufolge nahm er sich aus Liebeskummer das Leben. Zwischenzeitlich hatte sich Marga d'Andurain mit ihrem Ehemann in Palmyra niedergelassen. Sie hatte sich dort verliebt – nicht mehr in einen englischen Major, sondern in die Stätte, die Beduinen und die Wüste; sie hatte etwas Land erworben und wollte sich dort (wie in Argentinien) der Pferdezucht widmen. In ihren Erinnerungen berichtet sie von der Gazellenjagd zusammen mit Nomaden, von ihren Nächten im Zelt und der kindlichen Zärtlichkeit, die sie für den Scheich empfand, der den Stamm anführte. Schon bald gab das Ehepaar d'Andurain seine landwirtschaftlichen Vorhaben auf, da die Behörden der Mandatsmacht ihnen die Leitung des Hotels von Palmyra (damals das einzige in der Stadt) anvertrauten, das, nachdem niemand das Erbe antrat, an die Verwaltung gefallen war, die es ihnen einige Zeit später (offenbar gibt es, fügte François-Marie hinzu, wie so häufig bei Zeugenaussagen, einen kleinen Unterschied zwischen dem, was Marga erzählt, und den übrigen Quellen) sogar zum Kauf anbot: Sie gibt dem Hotel den Namen Zenobia zu Ehren der Königin, die im 3. Jahrhundert nach Christus von Kaiser Aurelian besiegt worden war. Alle Besucher Palmyras mussten damals bei den Andurains ein Zimmer nehmen; Marga kümmerte sich um das Hotel, während ihr Mann sich vergnügte, so gut er konnte, ein Pferd sattelte oder die Offiziere der palmyranischen Garnison besuchte, die den Flugplatz bewachten und eine kleine Truppe von Meharisten befehligten, Resten der vom Weltkrieg und der syrischen Revolte dezimierten zweiten Orientarmee.

Fünf Jahre später langweilt sich Marga d'Andurain. Ihre Kinder sind groß geworden; die Königin von Palmyra stellt fest, dass ihr Königreich nur aus einem Haufen Steine und Staub besteht; es ist zwar romantisch, aber ohne Abenteuer oder Ruhm. Da beginnt sie einen verrückten Plan auszuhecken, der von den weiblichen Figuren inspiriert ist, die ihre Phantasie bevölkern, Lady Stanhope, die verliebte Jane Digby, Lady Anne Blunt, Byrons Enkelin, oder Gertrude Bell, die wenige Jahre zuvor gestorben war und deren unglaubliche Geschichte sie von Sinclair und ihren britischen Freunden erfahren hat. Sie träumt davon, noch weiter zu gehen als all diese Vorbilder und sich als erste Europäerin auf die Pilgerreise nach Mekka zu begeben, dann den Hedschas und das Nadschd zu durchqueren, um an den Persischen Golf zu gelangen und dort Perlen zu fischen (oder schlichtweg zu kaufen). Anfang 1933 findet Marga einen Weg, um ihr Vorhaben durchzuführen: Sie geht eine Scheinehe mit Süleyman Dikmari ein, einem der Meharisten in Palmyra aus dem Stamm der Mutayrs in Unaiza im Nadschd, der heimkehren will, aber nicht die finanziellen Mittel dazu hat. Er ist ein einfacher, ungebildeter Mann, der die Wüste nie verlassen hat. Gegen eine beträchtliche Summe, die ihm nach der Rückkehr ausbezahlt werden soll, akzeptiert er es, die sogenannte Gräfin nach Arabien, nach Mekka und Medina und dann an die Küste von Bahrain zu begleiten und sie nach Syrien zurückzubringen. Vor der Abreise lässt sie ihn freilich vor Zeugen schwören, dass er nicht versuchen wird, die Ehe zu vollziehen, und ihr in allem gehorchen wird. Das Nadschd und das Hedschas waren damals gerade von Prinz Ibn Saud vereint worden (und in dem Moment hatte ich den Eindruck, François-Marie, der ganz in seinem Element war, würde uns diese Einzelheiten nur erzählen, weil es ein Vergnügen für ihn war, seine Geschichtskenntnisse auszubreiten), der die Haschemiten besiegt und von seinem Territorium verjagt hatte – so blieben den Abkömmlingen der Scherifen von Mekka nur der Irak und Jordanien, wo sie von den Briten unterstützt wurden. Saudi-Arabien entsteht genau zu der Zeit, als Marga d'Andurain sich entscheidet, die Pilgerreise zu unternehmen. Das Land unterscheidet sich durch seine Beduinenidentität, es ist mehrheitlich wahhabitisch, puritanisch und kompromisslos. Das Königreich ist Nicht-Muslimen verboten, denn natürlich ist Ibn Saud argwöhnisch und befürchtet britische oder französische Interventionen in seinem kaum vereinten Reich. Alle Gesandtschaften werden nach Dschidda verbannt, dem Hafen von Mekka, einem Loch zwischen zwei Felsen am Roten Meer, ohne Süßwasser, von Haien und Schaben verseucht, wo man die Wahl hat zu verdursten, einen Sonnenstich zu bekommen oder sich zu Tode zu langweilen – außer zum Zeitpunkt der Haddsch: Wenn die pilgernden Muslime vom Indischen Ozean und aus Afrika auf der Halbinsel ankommen, ist die kleine Stadt ihr erster Anlaufpunkt und Dutzende von Schiffen mit Tausenden von Pilgern passieren dieses Nadelöhr, mit allen Risiken (polizeilicher, sanitärer, sittlicher Art), die das mit sich bringt. Hier also geht Marga d'Andurain nach ihrem offiziellen Übertritt zum Islam und einer (schwierigen) Heirat in Palästina mit ihrem »Reisepass-Gatten«, wie sie ihn nennt, zu Beginn der Pilgerfahrt an Land. Sie nennt sich jetzt Zeynab (zu Ehren, noch immer, von Zenobia, der Königin von Palmyra). Leider wenden sich die Dinge für sie sehr schnell zum Schlechten: Der für die Einwanderung zuständige Arzt teilt ihr mit, dass die Gesetze im Hedschas eine Frist von zwei Jahren zwischen dem Übertritt zum Islam und der Erlaubnis zur Pilgerfahrt verlangen. Deshalb wird Süleyman der

Beduine nach Mekka geschickt, um von König Abdelaziz eine Ausnahmegenehmigung zu erbitten. Marga-Zeynab darf ihn nicht begleiten, des Anstands wegen darf sie aber auch nicht allein in einem Hotel wohnen – und wird daher der Obhut eines Harems anvertraut, dem des Gouverneurs von Dschidda, wo sie einige Tage eingesperrt bleibt, alle Demütigungen über sich ergehen lässt, es aber schafft, dass die Ehefrauen und Töchter des Gouverneurs sie akzeptieren. Von ihr haben wir übrigens, sagte François-Marie, einen interessanten Augenzeugenbericht über das Leben in einem Provinzharem, einen der wenigen, die wir aus dieser Region und dieser Zeit besitzen. Schließlich kehrt Süleyman aus Mekka zurück, ohne die Sondererlaubnis für seine Frau bekommen zu haben; er muss sie also zu seiner Familie in der Nähe von Unaiza mitnehmen. Inzwischen ist Zeynab wieder zu Marga geworden: Sie verkehrt häufig mit dem französischen Konsul Jacques Roger Maigret (er vertrat übrigens siebzehn Jahre lang die französische Republik in Dschidda, siebzehn sehr lange Jahre, bis 1945, ohne sich sonderlich darüber zu beklagen, ich hoffe, sagte François, dass man ihn für diese endlose Amtszeit mindestens zum Ritter oder Kommandeur irgendeines republikanischen Ordens gemacht hat) und vor allem mit seinem Sohn, dem sie das erste erotische Herzflattern bereitet: Für den blutjungen Mann ist die Ankunft der schönen Marga im Königreich des wahhabitischen Puritanismus ein Lichtblick – trotz des Altersunterschieds geht er heimlich außerhalb der Stadt mit ihr baden und führt Zeynab in ihrem langen schwarzen Schleier durch die Gassen der Altstadt. Marga treibt die Provokation so weit, ihren jungen Liebhaber heimlich in das Hotelzimmer einzuschleusen, das der mächtige Konsul für sie auftun konnte (obwohl sie keine französische Staatsbürgerin mehr ist), um sie aus dem Harem herauszuholen. Süleyman beharrt darauf, die Reise fortzusetzen, zu der die Gräfin keinerlei Lust mehr hat: Sie fürchtet, man könnte sie fern in der Wüste gefangen halten, wo Maigret keinen Einfluss mehr hätte, um sie zu retten.

Eines Nachts klopft es an ihre Tür: Es ist die königliche Polizei. Sie versteckt ihren Liebhaber unter dem Bett wie in einer Boulevard-Komödie, weil sie glaubt, es gehe um ihre Affäre – aber die Sache ist viel ernster: Ihr Reisepass-Gatte ist verstorben. Süleyman ist tot, vergiftet, und hat seine Frau Zeynab beschuldigt, ihm ein tödliches Mittel verabreicht zu haben, damit sie ihn loswird. Marga d'Andurain wird ins Gefängnis geworfen, in einen grauenhaften Kerker, der alle Schrecken Dschiddas vereint: Hitze, Feuchtigkeit, Kakerlaken, Flöhe, Dreck, Exkremente.

Sie verbringt dort zwei Monate.

Ihr droht die Todesstrafe für Mord und Ehebruch.

Ihr Schicksal liegt in den Händen des Kadi von Mekka.

Konsul Maigret hält sie für verloren.

Am 30. Mai meldet die Beiruter Tageszeitung *L'Orient-Le Jour* ihren Tod durch Erhängen.

François-Marie legt eine Pause ein – ich konnte nicht anders, ich musste einfach einen Blick auf das Hotel Zenobia richten, auf den dunklen Block weit unter uns, dann sah ich zu Sarah hinüber, die über die vom Erzähler erzielte Wirkung lächelte. Tatsächlich starb Marga d'Andurain nicht durch den Strick in Hedschas, sondern wurde zwanzig Jahre später auf niederträchtigste Weise auf ihrem Segelboot vor Tanger ermordet, als sie sich anschickte, in den Goldschmuggel aus der internationalen Zone einzusteigen. Süleyman Dikari ist das zweite, aber noch längst nicht das letzte Opfer auf ihrem von gewaltsamen Toden gesäumten Lebensweg. Zuletzt war sie selbst an der Reihe, in der Bucht von Malabata, wo ihre Mörder sie mit einer Betonbeschwerung dem Meer überließen.

François-Marie fährt mit seiner Erzählung fort; Zeugen hätten gesehen, wie Marga ihrem Ehemann am Morgen seines Ablebens, als sie sich das letzte Mal trafen, eine weiße Kapsel gab, erklärt er. Sie gibt an, es habe sich um eine Kapsel Kalmine gehandelt, ein harmloses Schmerzmittel, das sie regelmäßig einnehme: In ihrem Gepäck hat man etwa zehn Schachteln dieses Medikaments gefunden, das im Wesentlichen Chinin und Codein enthält. Eine Probe wird nach Kairo zur Analyse geschickt. Zwischenzeitlich berichtet, ohne dass sie davon weiß, die orientalische Presse über ihre Abenteuer. Sie wird als franko-britische Spionin dargestellt, eine Mata Hari der Wüste, eine Gefangene in den Kerkern von Abdelaziz; an einem Tag wird sie hingerichtet, am nächsten feiert man ihre Wiederauferstehung; man spekuliert über eine Verschwörung, demnach sollen Geheimdienstler von Ibn Saud den armen Beduinen liquidiert haben, um Marga d'Andurain zur Rückkehr zu zwingen.

Da gemäß dem strengen religiösen Gesetz des Königreichs keinerlei

Autopsie vorgenommen wurde und die in Kairo durchgeführte Analyse der Kalmine-Kapsel ergab, dass das Pulver in den Kapseln ungefährlich war, wird sie schließlich nach zwei Monaten Gefängnis mangels Beweisen freigesprochen.

François-Marie schaute mit einem leichten, ironischen Lächeln in die Runde; wir spürten, dass noch etwas kommen würde. Ich dachte an die Kalmine-Kapseln, deren Erwähnung mich überrascht hatte; ich erinnerte mich an die kleinen blauen Metallschachteln mit der Aufschrift »Übelkeit, Müdigkeit, Fieber, Schlaflosigkeit, Schmerzen«, die das Badezimmer meiner Großmutter in Saint-Benoît-la-Forêt schmückten; dabei fiel mir ein, dass dieses Allheilmittel von der Firma Métadier produziert worden war und dass Paul Métadier, der erste Balzac-Spezialist in der Touraine, das Schloss von Saché in ein Balzac-Museum verwandelt hatte. Alles hängt zusammen. Nach der Affäre Jane Digby – Lady Ell gab es also noch eine Verbindung zwischen Balzac und Palmyra. Als Marga d'Andurain nach der Veröffentlichung ihrer Version der Geschichte in der Zeitschrift *L'Intransigeant* zum Dank für diese kostenlose Werbung von der Firma Métadier hundert Päckchen Kalmine als Geschenk mit der Post zugeschickt bekam, wusste sie sicher nicht, dass der Erfolg des Schmerzmittels, zu dem sie beigetragen hatte, es ermöglichen würde, den großen Schriftsteller in dem Schloss zu ehren, in dem er sich so gerne aufgehalten hatte. Paul Métadier hätte dieses Werbegeschenk sicher nicht gemacht, wenn er geahnt hätte, dass es in Wirklichkeit tatsächlich eine Kapsel mit dem Aufdruck »Laboratoires Métadier – Tours« war, die Süleyman Dikmari, den Krieger aus dem Stamm der Mutayrs, vergiftet hatte; François-Marie hatte diese Information den unveröffentlichten Erinnerungen von Jacques d'Andurain, dem jüngsten Sohn der Gräfin, entnommen. Darin erzählte Jacques d'Andurain, dass seine Mutter ihm kurz vor ihrer Abreise nach Mekka in Beirut ihre Zweifel hinsichtlich Süleyman anvertraut habe, dem einzigen »schwachen Glied« in der Kette ihrer Reise, wie sie meinte; Süleyman, Süleymans Lust, Süleymans Männlichkeit waren die am wenigsten kontrollierbaren Klippen ihres Abenteuers. In Mekka, im Nadschd wäre sie ihm ausgeliefert gewesen; dort hätte ihr Reisepass-Gatte Macht (so stellte sie es sich vor) über Leben und Tod seiner Frau gehabt: Es war logisch, dass sich auch für sie die Möglichkeit ergeben würde, ihn zu töten. Deshalb bat sie ihren Sohn, in Beirut das Gift für sie zu besorgen unter dem Vorwand, er wolle damit einen Hund töten, einen großen Hund, einen sehr großen Hund, und zwar schnell und schmerzlos. Sie bewahrte die Substanz in einer Kalmine-Kapsel auf, deren Inhalt sie entfernt hatte.

Mehr weiß man darüber nicht.

Zufrieden über die Verblüffung, die er hervorgerufen hatte, sah François-Marie uns an. Sarah ergriff wieder das Wort; sie war aufgestanden, um sich an der sterbenden Glut für einen Augenblick die Hände zu wärmen.

– Es gibt eine lustige Koinzidenz: Auf ihrer zweiten Reise in die Levante von Beirut nach Teheran kommt Annemarie Schwarzenbach in Begleitung ihres Ehemanns Claude Clarac, er ist Botschaftssekretär in Iran, nach Palmyra. Sie berichtet von ihrem Aufenthalt im Zenobia und ihrer Begegnung mit Marga d'Andurain in einer Erzählung mit dem Titel *Beni Zaïnab*. Sie hält es für durchaus möglich, dass Marga ihren Mann vergiftet hat … Zumindest habe sie die Persönlichkeit dazu gehabt. Nicht die einer Giftmörderin, aber die einer Frau, die zu allem entschlossen ist, um die Hindernisse aus dem Weg zu räumen, die zwischen ihr und ihrem gesetzten Ziel stehen.

Julie und François-Marie stimmten ihr offenbar zu.

– Ihr Leben war ganz und gar von Gewalt geprägt, es ist eine Metapher, eine Parabel für koloniale Gewalt. Kurz nach ihrer Rückkehr nach Palmyra, nachdem ihre Schwierigkeiten mit den Behörden mehr oder weniger ausgestanden sind, wird ihr Ehemann Pierre d'Andurain mit Messerstichen bestialisch ermordet. Obwohl Marga und ihr Sohn ein Komplott französischer Offiziere vermuten (und es anzeigen), bei denen offenbar alle Fäden zusammenlaufen, geht man von einem Racheakt der Familie Süleymans aus. Sie kehrt noch vor dem Krieg nach Frankreich zurück, verbringt die Besatzungszeit zwischen Paris und Nizza, lebt vom Schmuggel mit allen möglichen Waren, mit Schmuck, Opium; 1945 nimmt sich ihr ältester Sohn das Leben. Im Dezember 1946 wird sie festgenommen und in Untersuchungshaft gesteckt wegen der Vergiftung ihres Patensohns Raymond Clérisse, eines Geheimagenten aus der Resistance: Jetzt fällt die Presse über sie her. Man schreibt ihr mindestens

15 Morde zu, außerdem Spionagegeschichten, Kollaboration mit der Bonny-Lafont-Bande, Pariser Gestapo-Ganoven, und Gott weiß wie viele andere Schandtaten. All diese Artikel erzählen viel über die französischen Phantasmen bei der Befreiung – als man hin- und hergerissen war zwischen kolonialem Größenwahn, Furcht vor Kriegsspionage, Erinnerungen an Mata Hari und den Verbrechen des Arztes Dr. Petiot mit seinen 63 Leichen im Haus, der gerade mit der Guillotine hingerichtet worden ist. Wenige Tage später wird sie schließlich mangels Beweisen freigelassen. Auch hier gesteht sie kurz vor ihrem Tod ihrem Sohn in versteckten Anspielungen ihren Anteil an den Verbrechen, die man ihr anlastete – das ist im Großen und Ganzen alles, was man über das düstere Schicksal der Königin von Palmyra weiß.

Sarah wies darauf hin, wie sehr die Verbindung Sexualität – Orient – Gewalt bis heute in der öffentlichen Meinung vorherrscht; ein Roman voller Sensationen, an dem nichts sensationell ist, erzählte von den Abenteuern Marga d'Andurains: *Marga, Gräfin von Palmyra*. Sarah zufolge wurden in dem Buch, das sich weder um die Wahrscheinlichkeit kümmerte noch die Fakten respektierte, die »orientalischen« Aspekte der Affäre besonders nachdrücklich betont: Wollust, Rauschgift, Spionage und Grausamkeit. Der interessanteste Aspekt an der Person von Marga, fand Sarah, war ihr Freiheitsdrang – ein Freiheitsdrang, der so extrem war, dass er sogar über das Leben anderer hinausging. Für diese vielleicht rein mythische, ganz sicher übertriebene Freiheit, in der sie glaubte, sich entfalten zu können, hatte Marga d'Andurain die Beduinen, die Wüste und die Levante geliebt; sie war nicht auf der Höhe ihrer Träume, oder vielmehr doch, denn sie hatte sich so sehr in sie verrannt, dass diese schöne Freiheit in kriminellen Hochmut ausartete, der sie schließlich ins Verderben stürzte. Das Wunder ihres Lebens lag letztlich darin, dass sie nicht früher mit dem Beil des Henkers oder einem rächenden Dolch Bekanntschaft gemacht hat und jahrelang damit durchkam, dem Schicksal und dem Gesetz eine Nase zu drehen.

Bilger war seinerseits aufgestanden, um sich ein wenig zu wärmen – die Luft war immer eisiger, klarer geworden; unterhalb unseres Hügels gingen die Lichter der Stadt nach und nach aus, es dürfte gegen Mitternacht gewesen sein. Das Zenobia Hotel war noch immer erleuchtet und ich fragte mich, ob das derzeitige Personal sich noch an diese falsche Gräfin, aber wahre Mörderin ihres Ehemanns erinnerte, der mitten in dieser stahlgrauen Wüste starb, die in einer kalten Nacht alles andere als ein angenehmer Ort war, und nicht (ich hätte mir Vorwürfe eingehandelt, wenn ich diesen Gedanken meinen Begleitern eingestanden hätte) von der unwiderstehlichen Schönheit, die manche ihr zuschrieben.

Sarahs Nachsicht mit weiblichen Kriminellen, Verräterinnen und Giftmörderinnen ist mir immer schleierhaft gewesen; diese Zuneigung für die Abgründe der Seele erinnert ein wenig an Faugiers Vorliebe für die Abgründe der Städte – Gott sei Dank war Sarah, soviel ich weiß, nie eine Spionin gewesen, und sie hat auch nie jemanden umgebracht, doch sie hatte immer ein großes Interesse am Schrecken, an den Monstern, an Verbrechen und Eingeweiden: Als ich hier in Wien in jenem Café Maximilian neben der Votivkirche meinen *Standard*, dessen Affenarschfarbe so gut zum Teint der Leser passt, zur Seite gelegt und den Besuch in Kafkas Sterbeheim abgelehnt hatte, zwang sie mich (während ich Idiot schimpfte wie ein Rohrspatz, komische Art, sich liebenswert zu zeigen, manchmal mache ich – tun wir – genau das Gegenteil dessen, was das Herz uns gebietet), mit ihr das Kriminalmuseum zu besuchen: Also haben wir im Erdgeschoss und im Untergeschoss eines hübschen Hauses aus dem 18. Jahrhundert in der Leopoldstadt das offizielle, sozusagen mit dem *Poststempel* Wien versehene Polizeimuseum besucht, das Museum der Mörder und der Ermordeten mit den eingeschlagenen oder von Kugeln durchlöcherten Schädeln, den Tatwaffen, Beweisstücken und Fotografien, entsetzlichen Fotografien von verstümmelten Leichen, die in Stücke zerlegt waren, damit sie in Bastkörben versteckt oder in Abfalleimern abgelegt werden konnten. Sarah betrachtete diese Schrecken mit einem kühlen Interesse, mit dem, wie ich mir vorstelle, eines Sherlock Holmes oder Hercule Poirots, dem Helden Agatha Christies, dem man von Istanbul über Aleppo bis nach Palmyra überall im Orient begegnete – Christies Ehegatte war Archäologe, und seit Vivant Denon und dem Ägyptenfeldzug waren die Archäologen die ersten Parasiten, die sich über den orientalischen Hasenrücken hermachten: Die Verbindung des romantischen Interesses an Ruinen mit der Erneuerung der Geschichtswissenschaft trieb Dutzende von Archäologen in den Osten,

Ursprung der Zivilisation und der Religion und nebenbei Produzent von Objekten, die gegen Prestige oder klingende Münze eingetauscht werden konnten; zuerst kamen die Ägypter in Mode, dann die Nabatäer, Assyrer, Babylonier, Perser, und diese Moden verstopften die Museen und Antiquitätengeschäfte mit Überresten jeder Art wie die römischen Antiquitäten in der Renaissance – Bilgers Vorfahren reisten durch das Osmanische Reich von Bithynien bis Elam, häufig in Begleitung ihrer Frauen, Frauen, die wie Jeanne Dieulafoy oder Agatha Christie Schriftstellerinnen wurden, wenn sie sich nicht wie Gertrude Bell oder Annemarie Schwarzenbach selbst den archäologischen Freuden hingaben. Die Archäologie war, zusammen mit der Mystik, eine der fruchtbarsten Formen der Erforschung des Nahen oder des Mittleren Ostens, wie Bilger in jener Nacht in Palmyra einräumte, als er, vom libanesischen Wein befeuert, an unserer Sitzung, der *Maqâma tadmoriyya*, teilzunehmen geruhte, auf Englisch dieses Mal, mit der ganzen britischen Eloquenz, die er von seinem Aufenthalt in Oxford mitgebracht hatte, jener Universität, aus der so viele bedeutende Orientalisten hervorgegangen waren – wobei er stehen geblieben war; sein rundes Gesicht lag ganz im Dunkeln, nur die Gloriole des kurzen blonden Haarkranzes war zu sehen. Wie immer mit der Flasche in der Hand, lieferte er uns seinen Beitrag zur Wüste, wie er sich ausdrückte, und sprach über die Archäologen und Botaniker, die zur Erforschung des geheimnisvollen Arabiens beigetragen hatten: allerdings hatte auch der Städter Bilger von der Wüste geträumt, und keineswegs nur, als er die Abenteuer Kara Ben Nemsis im Fernsehen verfolgte; bevor er zum Spezialisten für die hellenistische Epoche wurde, hatte er erfolglos versucht, in der Archäologie des vorislamischen Arabiens »sein Loch zu graben« – das Gebaren, das die Erforscher der Halbinsel an den Tag legten, hatte nichts Geheimnisvolles für ihn. Er begann damit, das Interesse an Persönlichkeiten wie jener Marga d'Andurain, die er gerade erst entdeckt hatte, abzutun. In puncto Gewalt, Verrücktheit und Exzentrik hätten die Reisenden in den Nadschd, den Hedschas oder den Dschebel Schammar noch ganz andere Erzählungen zu bieten – und sogar, wie er großspurig hinzufügte, wahre Meisterwerke der Literatur. Dann stürzte er sich in eine komplizierte Geschichte der Erforschung Arabiens, von der ich nicht viel behalten habe, abgesehen von den Namen des Schweizers Burckhardt, der Engländer Doughty und Palgrave, des Franzosen Huber und des Deutschen Euting – nicht zu vergessen die Unumgänglichen der Wüste, Richard Burton, der Mann mit den tausend Leben, und das Ehepaar Blunt, unverbesserliche Pferdeliebhaber, die den weiten Sand durchpflügten auf der Suche nach den schönsten Pferden, von denen sie dann auf ihrem Gestüt in Sussex ein ganzes Geschlecht aufzogen, den edlen Araber *Stud* – von all diesen Forschungsreisenden war mir Anne Blunt im Übrigen am sympathischsten, denn sie war Geigerin und besaß nicht weniger als eine Stradivari als Instrument. Eine Stradivari in der Wüste.

Man könnte meinem Werk vielleicht eine Randbemerkung, eine Koda, wenn nicht sogar ein Kodizill, hinzufügen,

Über die verschiedenen Formen von Wahn im Orient
Addendum
Die Karawane der Verkleidungskünstler

das von der Leidenschaft meiner einstigen Kollegen für die Verkleidung und die örtlichen Trachten berichten würde – aus Gründen der Bequemlichkeit und um unauffällig zu bleiben, glaubten viele dieser politischen oder wissenschaftlichen Forschungsreisenden, sich verkleiden zu müssen: Burton als Pilger in der Karawane nach Mekka, der sympathische ungarische Orientalist Armin Vambery, ein Freund des Grafen von Gobineau, als mystischer Vagabund (mit rasiertem Schädel, in einem Gewand aus Bucharaseide), um von Teheran aus Transoxanien zu erforschen; Arthur Conolly, der erste Spieler des *Great Game* als persischer Händler, der in Buchara enttarnt und enthauptet werden sollte; Julius Euting als Beduine, T.E.Lawrence (der seinen Kipling gut gelesen hatte) als Soldat der Howeitat – alle erzählen von dem ein wenig kindlichen Vergnügen, das darin liegt (wenn man die Gefahr liebt), für jemand anderes gehalten zu werden, aber der Palmzweig gebührt den Forschungsreisenden in die Südsahara und die Sahelzone, René Caillié, dem Eroberer von Timbuktu, der sich als Ägypter verkleidete, und vor allem dem jungen Wüstenliebhaber Michel Vieuchange, der nichts oder fast nichts über die Wüste wusste, sich zuerst als Frau verkleidete, dann als Salzschlauch, um für eine Viertelstunde einen Blick auf Smara zu werfen, die zweifellos mythische, aber seit langem von ihren Einwohnern verlassene Ruinenstadt, bevor er krank zurück in die Dunkelheit und in die Gluthitze seines großen Jutesacks schlüpfte und sich tagelang vom Trott der Kamele durchschütteln ließ: Mit nur sechsundzwanzig Jahren stirbt er schließlich in Agadir an Erschöpfung und an der Ruhr. Sarah sind die etwas einfacher gestrickten oder weniger verrückten Gemüter lieber, von denen einige leider ein ebenso tragisches Schicksal ereilte, wie Isabelle Eberhardt, die Algerien-Liebhaberin und mystische Muslima – Isabelle verkleidete sich zwar als arabischer Reiter und nannte sich Si Mahmoud, ihre Begeisterung für den Islam und ihr Glaube hätten aber nicht aufrichtiger, nicht tiefer sein können; sie ertrank auf tragische Weise bei einer plötzlichen Überschwemmung in Aïn Sefra, im Süden von Oran, der Gegend, die sie so sehr liebte. In ihrem Zusammenhang erinnerte Sarah gern daran, dass Isabelle sogar General Lyautey, der für gewöhnlich wenig Begeisterung für Exzentriker zeigte, mit solcher Macht erobert hatte, dass er tagelang verzweifelt zuerst nach ihrem Leichnam und dann nach ihren Tagebüchern suchte – die Notizbücher fand er dann schließlich in den Überresten ihrer Lehmhütte, und das vollständige Manuskript von *Süd-Oranais* wurde von Soldaten mit der Geduld von Philatelisten, die Briefmarken ablösen, dem Schlamm entrissen.

Bilgers eigentliches Interesse in Palmyra galt der Beziehung zwischen Archäologie und Spionage, zwischen Kriegswissenschaft und allgemeiner Wissenschaft, um Mystik und Verkleidung kümmerte er sich kaum, abgesehen von den unterhaltsamen Anekdoten über die Geschichtenerzähler aller Art, die den Orient bevölkerten (die lustigsten handelten natürlich von den Abenteuern des Franzosen Charles Huber und des Deutschen Julius Euting, wahre Laurel und Hardy von Arabien). Wie sollen wir heute die Syrer von der Harmlosigkeit unserer Aktivitäten überzeugen, brummte Bilger, wenn unsere berühmtesten Vorgänger, geheim oder öffentlich, eine politische Rolle im Mittleren Osten gespielt haben? Er war verzweifelt über diese Feststellung: Die berühmten Archäologen waren alle zu dem einen oder anderen Zeitpunkt in politische Affären verwickelt. Wir mussten ihn beruhigen: Zum Glück oder unglücklicherweise waren die Archäologen nicht die Einzigen gewesen, die den Militärs dienten, im Gegenteil, nahezu alle Wissenschaftszweige (Linguisten, Religionswissenschaftler, Historiker, Geographen, Literaturwissenschaftler, Ethnologen) hatten in Zeiten des Krieges Beziehungen zu den Regierungen ihrer Herkunftsländer. Natürlich hatten nicht alle unbedingt selbst Waffen geführt wie T.E. Lawrence oder mein Landsmann Alois Musil, der Lawrence von Mähren, aber viele (einschließlich der Frauen, wie Gertrude Bell, fügte Sarah hinzu) hatten ihr Wissen zu dem einen oder anderen Zeitpunkt in den Dienst der europäischen Nation gestellt, aus der sie kamen. Manche aus nationalistischer Überzeugung, andere wegen der finanziellen oder akademischen Vorteile, die sie daraus ziehen konnten, andere wiederum gegen ihren Willen – es waren ihre Arbeiten, ihre Bücher, die Erzählungen von ihren Forschungsreisen, die die Soldaten benutzten. Man wisse, dass Landkarten nur dazu dienten, Kriege zu führen, sagte François-Marie, nun, Reisebeschreibungen ebenso. Seit Bonaparte in Ägypten 1798 die Dienste von Wissenschaftlern in Anspruch genommen hat, um seine Proklamation an die Ägypter zu schreiben und sich als ihren Befreier feiern zu lassen, gerieten Wissenschaftler, Künstler und ihre Arbeiten wohl oder übel immer wieder in die Lage, den politischen oder wirtschaftlichen Interessen ihrer Epoche zu dienen. Man könne allerdings, wie Sarah unterstrich, diese kleine Welt nicht als Ganzes verdammen, ebenso wenig wie man der Chemie das Pulver und der Physik die Ballistik zum Vorwurf machen könne: Man müsse die Dinge auf das Individuum zurückführen und davon absehen, einen allgemeinen Diskurs zu führen, der wiederum zu einem ideologischen Konstrukt werden würde, einem Gegenstand, der keine andere Tragweite hätte als seine Selbstrechtfertigung.

Die Debatte wurde lebhafter; Sarah hatte den großen Namen erwähnt, der Wolf war inmitten der Herde aufgetaucht, in der eiskalten Wüste: Edward Saïd. Es war, als hätte man sich in einem Karmeliterkloster auf den Teufel berufen; Bilger, den der Gedanke erschreckte, man könne ihn mit irgendeinem *Orientalismus* in Verbindung bringen, begann sofort mit einer wirren Selbstkritik, verleugnete Vater und Mutter; François-Marie und Julie waren in der Frage etwas differenzierter und gaben zu, dass Saïd eine heikle, aber berechtigte Frage aufgeworfen habe, nämlich die nach dem Verhältnis zwischen Wissen und Macht im Orient – ich hatte keine Meinung dazu, ich glaube, ich habe immer noch keine; Edward Saïd war ein ausgezeichneter Pianist, er hat über Musik geschrieben und mit Daniel Barenboim das *West-östliche Divan Orchester* gegründet, das von einer in Andalusien beheimateten Stiftung geführt wird, wo man sich gerne mit der Schönheit des gemeinsamen kulturellen Erbes und der Vielfalt beschäftigt.

Die Stimmen wurden langsam vom Wein, der Kälte und der Müdigkeit besiegt; wir hatten unser behelfsmäßiges Lager auf dem bloßen Fels des Vorplatzes hergerichtet. Julie und François-Marie auf der einen Seite, Sarah und ich auf der anderen – Bilger (der zweifellos schlauer war als wir) hatte es vorgezogen, mit seiner Flasche im Wagen Zuflucht zu suchen, der einige Meter weiter unten parkte, wo wir beide am nächsten Morgen fanden, Bilger auf dem Fahrersitz, das Gesicht platt gegen die beschlagene Seitenscheibe gedrückt und die leere Flasche so ins Lenkrad geklemmt, dass der Flaschenhals anklagend auf das Gesicht des schlafenden Archäologen zeigte.

Zwei Decken unter uns, zwei über uns, das war unsere palmyrische Bettstatt; Sarah hatte sich mit dem Rücken an meinen Bauch gelehnt und eingerollt. Sie hatte liebenswürdig gefragt, ob es mir auch nichts ausmachen würde: Ich versuchte, meine Begeisterung nicht zu zeigen, natürlich nicht, kein bisschen, und ich lobte mir das Nomadenleben – ihr Haar roch nach Bernstein und Lagerfeuer; ich wagte nicht, mich zu rühren, aus Angst, ihre Atmung zu stören, deren Rhythmus ich mich anpasste: Ich versuchte zu atmen wie sie, zuerst *Adagio*, dann *Largo*; an meiner Brust spürte ich ihren lang gekrümmten Rücken, den ihr Büstenhalter kreuzte, dessen Haken gegen meinen angewinkelten Arm drückte; sie fror an den Beinen und hatte sie deshalb ein wenig zwischen meine gesteckt – das Nylon an meinen Waden war weich und elektrisierend. Meine Knie lagen in ihren Kniekehlen, ich hätte besser nicht an diese Nähe denken sollen, aber das war natürlich unmöglich: Im Stillen verzehrte mich trotz allem ein ungeheures Begehren, das ich erfolgreich unterdrückte. Die Intimität dieser Stellung war zugleich keusch und erotisch wie der Orient selbst, und bevor ich meine Lider für einige Stunden in ihren Locken vergrub, warf ich einen letzten Blick über die blaue Wolle zum Himmel von Palmyra, um ihm zu danken, dass er so ungastlich war.

Das Aufwachen war lustig; kurz vor dem Morgengrauen schreckten uns die Stimmen der ersten Touristen aus dem Schlaf – es waren Schwaben und ihr singender Dialekt hatte nichts zu tun mit Palmyra. Bevor wir die Decken zurückschlugen, unter denen wir, umschlungen wie Ausgesetzte, schlotterten, träumte ich, ich würde in einer Pension in der Nähe von Stuttgart aufwachen: Völlig desorientiert öffnete ich die Augen und blickte auf eine Gruppe von Wanderschuhen, groben Kniestrümpfen, Beinen, von denen einige behaart waren, andere nicht, alle überragt von sandfarbenen Shorts. Ich vermute, die guten Leute waren ebenso verlegen wie wir; sie wollten den Sonnenaufgang über den Ruinen genießen und landeten mitten in einem Lager von Orientalisten. Eine schreckliche Scham überkam mich; in einem idiotischen Reflex zog ich sofort wieder die Decke über unsere Köpfe, was noch viel lächerlicher war. Sarah war ebenfalls aufgewacht und prustete los vor Lachen; hör auf, flüsterte sie, sonst meinen sie noch, wir seien nackt darunter – die Deutschen mussten unsere Körper unter den Decken geahnt und unser Getuschel gehört haben; kommt nicht in Frage, dass ich jetzt da hinausgehe, murmelte ich. »Hinausgehen« war freilich ein relativer Begriff, denn wir waren ja draußen, doch wie bei Kindern, die sich unter ihren Decken in einer Phantasiehöhle verstecken, war es für mich ausgeschlossen, in die Außenwelt zurückzukehren, bevor die Eindringlinge nicht verschwunden waren. Bereitwillig fügte Sarah sich lachend in das Spiel; sie hatte für ein Luftloch gesorgt, so dass wir unter der Decke nicht vollkommen erstickten; durch eine Falte spähte sie die Stellung der feindlichen Krieger um uns herum aus, die den Vorplatz anscheinend nicht verlassen wollten. Ich saugte ihren Atem ein, den Duft ihres Körpers, der erwachte. Auf dem Bauch ausgestreckt drückte sie sich an mich – und ich traute mich, meinen Arm über ihre Schulter zu legen in einer Geste, die, so dachte ich, als brüderlich durchgehen konnte. Sie drehte ihr Gesicht zu mir um und lächelte mich an; ich betete, dass Aphrodite oder Ischtar unseren Unterschlupf in Felsen verwandelte, uns unsichtbar machte und uns für die Ewigkeit dort ließe, in diesem Glückswinkel, den ich dank dieser von einem phantasievollen Gott geschickten schwäbischen Kreuzritter unbeabsichtigt geschaffen hatte: Reglos und lächelnd betrachtete sie mich, ihre Lippen wenige Zentimeter vor meinen. Ich hatte einen trockenen Mund und ich wendete den Blick ab, knurrte irgendetwas Absurdes, und fast im selben Moment hörten wir die dröhnende Stimme von François-Marie: *Good morning ladies and gentlemen, welcome to Fachr ad-Din's Castle*; wir riskierten einen Blick aus unserem behelfsmäßigen Zelt und brachen gemeinsam in Lachen aus, als wir sahen, dass der Franzose mit zerzaustem Haarschopf und nur mit einer Unterhose bekleidet, die ebenso schwarz war wie sein Brusthaar, aus seinem Schlafsack gekrochen war, um die Besucher im Morgengrauen zu begrüßen – diesem Dschinn gelang es beinahe auf der Stelle, sie in die Flucht zu schlagen, aber ich machte keine Anstalten, den Schleier über uns zu lüften, und Sarah auch nicht: Sie blieb unter der Decke, ganz nah bei mir. Die zunehmende Helligkeit streute helle Flecken ins Innere unserer Höhle. Ich drehte mich um, ohne zu wissen warum; mir war kalt und ich rollte mich zusammen, da zog sie mich an sich, ich spürte ihren Atem an meinem Hals, ihre Brüste an meinem Rücken, ihr Herz schlug mit meinem, und ich tat so, als würde ich wieder einschlafen, meine Hand in ihrer, während Baals Sonne langsam zu wärmen begann, was keiner Wärme mehr bedurfte.

Mir blieb unsere erste Nacht im selben Bett (später würde sie sagen, dass man vernünftigerweise nicht vom selben *Bett* sprechen könne), die mir schmerzende Knochen und einen unrühmlichen Katarrh bescherte, unauslöschlich in Erinnerung: Am Ende unserer Expedition hatte ich eine tropfende Nase, die von diesen doch harmlosen Sekreten rot angelaufen war, als ob meine Nase der Außenwelt auf symbolische Weise zeigen wollte, was mein Unbewusstes insgeheim die Nacht über ausgeheckt hatte.

Die Touristen hatten uns schließlich vertrieben, oder zumindest gezwungen, da die Schlacht von vornherein verloren war, aufzustehen und unser Bündel zu schnüren – mit Geduld gelang es uns, Wasser auf einem Reisigfeuer zum Kochen zu bringen und einen türkischen Kaffee zuzubereiten; ich sehe mich noch auf dem Felsen sitzen und mit einer Tasse in der Hand den Palmenhain hinter den Tempeln betrachten. Damals begriff ich den bis dahin rätselhaften Vers Badr Schakir as-Sayyabs: »Deine Augen sind zwei Palmenhaine im Morgenrot / Zwei Balkone, von denen der Mond sich entfernt«, mit dem die *Regenhymne* beginnt; Sarah war glücklich, dass ich den armen Dichter aus Basra erwähnte, der in Melancholie und Krankheit versunken war. Jene Nacht, jener Morgen, jene Decken hatten eine Intimität zwischen uns geschaffen, unsere Körper hatten Vertrauen zueinander gefasst und wollten einander nicht mehr loslassen – sie drückten, schmiegten sich weiter aneinander in einer Vertraulichkeit, die durch die Kälte allein nicht mehr zu rechtfertigen war.

Bin ich damals auf die Idee gekommen, dieses Gedicht zu vertonen? Bestimmt. Was hat zu diesem Projekt geführt? Die eisige Sanftheit jener Nacht in der Wüste, Sarahs Augen, der Morgen von Palmyra, die über den Ruinen schwebenden Mythen, so stelle ich es mir zumindest gerne vor – vielleicht war es ja auch ein Wink des Schicksals, jetzt bin ich es, der im schlafenden Wien allein, krank und melancholisch ist wie der Iraker Sayyab, dessen Schicksal mich damals in Damaskus so sehr berührt hatte. Ich darf nicht an die grauenhafte Zukunft denken, die mir die medizinischen Bücher voraussagen wie Pythien, wem könnte ich meine Ängste anvertrauen, wem könnte ich offenbaren, dass ich Angst vor dem körperlichen Verfall habe, Angst davor, zu verfaulen wie Sayyab, dass meine Muskeln und mein Gehirn langsam dahinschmelzen, Angst, alles zu verlieren, meinen Körper und meinen Geist, alles stückchenweise loszuwerden, in Fetzen, in Schuppen, bis ich nicht mehr in der Läge wäre, mich zu erinnern, zu sprechen oder mich zu bewegen, hat dieser Prozess schon begonnen, das ist das Schrecklichste, bin ich in diesem Augenblick schon weniger als das, was ich gestern war, unfähig, meine Zerrüttung wahrzunehmen – natürlich bemerke ich es an meinen Muskeln, den verkrampften Händen, den Krämpfen, den Schmerzen, den Anfällen von abgrundtiefer Müdigkeit, die mich ans Bett fesseln können, oder, im Gegenteil, an der Schlaflosigkeit, der Hyperaktivität, dem Unvermögen, meine Gedanken oder meine Selbstgespräche zu stoppen. Ich will nicht in die Namen dieser Krankheiten eintauchen, Ärzte oder Astronomen lieben es, ihren Entdeckungen den eigenen Namen zu geben, Botaniker taufen sie nach ihren Frauen – man kann allenfalls die Leidenschaft einiger Leute verstehen, Patenschaften für Asteroiden zu übernehmen, aber warum haben diese großen Doktoren ihre Familiennamen grauenvollen und vor allem unheilbaren Erkrankungen gegeben, heute ist ihr Name zum Synonym für den Fehlschlag, das Scheitern, die Ohnmacht geworden, Charcot, Creutzfeldt, Pick, Huntington, so viele Ärzte, die zur

Krankheit selbst geworden sind (durch eine seltsame metonymische Bewegung, der Heiler steht für das Unheilbare), und sollte der Name meiner Krankheit bald bestätigt werden (der Arzt ist ein Diagnose-Besessener; verstreute Symptome müssen geordnet werden und im Zusammenhang einen *Sinn* bekommen: Der gute Dr. Kraus wird erleichtert sein, wenn er erfährt, dass ich an einer tödlichen Krankheit leide, endlich ein bekanntes Syndrom, wie von Adam persönlich benannt), dann nach monatelangen Untersuchungen, einem Hin und Her von einer Praxis zur nächsten, von einem Krankenhaus ins nächste – überzeugt davon, ich hätte einen Parasiten von meinen Reisen mitgebracht, hat mich Kraus vor zwei Jahren zu einem Äskulap der besonderen Art überwiesen, einem Spezialisten für tropische Infektionskrankheiten, ich konnte ihm noch so viel erklären, dass es in Iran nicht von aggressiven Vibrionen oder exotischen Infusorien wimmelt (und vor allem, dass ich Europa seit Jahren nicht mehr verlassen hatte), als waschechter Wiener, für den die weite Welt auf der anderen Seite der Donau beginnt, setzte Kraus, typisch für Wissenschaftler, wenn sie ihr Nichtwissen verbergen möchten, seine verständnisvolle, spitzbübische Miene auf, um mich mit einem »man kann nie wissen« zu beehren – wobei er stolz wie Diafoirus mit dieser Floskel nichts anderes sagte, als »Ich weiß Bescheid, ich habe meine Hintergedanken«. Also fand ich mich mit meinen armseligen Symptomen (Augenmigräne, Schlaflosigkeit, Muskelkrämpfe, schwere Beeinträchtigungen durch Schmerzen im linken Arm) bei einem Spezialisten für allochthone Infektionskrankheiten wieder, und die Warterei in einem Krankenhausflur war umso ärgerlicher, als (ausgerechnet) zu diesem Zeitpunkt Sarah in Wien war und wir uns dringenden und schrecklichen touristischen Unternehmungen widmen wollten. Ich musste ihr meinen Arzttermin erklären, ohne ihr den Grund dafür zu verraten: Ich fürchtete, sie könnte mich für ansteckend halten, sich um ihre Gesundheit Sorgen machen und mich unter Quarantäne stellen – es wäre vielleicht an der Zeit, ihr von meinen Schwierigkeiten zu erzählen, bisher habe ich mich nicht getraut, aber wenn mich die Krankheit morgen in ein sabberndes, priapeisches Tier oder eine ausgetrocknete Puppe auf ihrem Nachtstuhl verwandelt, werde ich ihr nichts mehr sagen können, dann wird es zu spät sein. (Wie dem auch sei, wie soll ich es ihr jetzt erklären, da sie sich offenbar in Sarawak verirrt hat, was für einen Brief soll ich ihr schreiben, und vor allem, warum einen Brief schreiben, was bedeutet sie mir, oder vielmehr, und noch rätselhafter, was bedeute ich ihr?) Ich habe auch nicht den Mut, mit Mama zu sprechen, wie soll man einer Mutter erklären, dass sie mit fünfundsiebzig Jahren wieder in die Lage kommen wird, ihrem Sohn den Hintern zu putzen und ihn mit dem Löffel zu füttern, bis er sein Leben aushaucht, verkümmert genug, um in ihre Gebärmutter zurückkehren zu können, diese Nachricht ist so entsetzlich, dass ich es nicht übers Herz bringe, Gott behüte uns, lieber krepiere ich allein mit Kraus. Kraus ist kein schlechter Kerl, ich kann ihn nicht ausstehen, aber er ist mein einziger Verbündeter, im Gegensatz zu den Krankenhausärzten, gewieften Burschen, schlau und unberechenbar. Der Spezialist für Tropenkrankheiten trug einen offenen weißen Kittel über einer Hose aus blauem Leinen; er war ein bisschen dick, mit großem, rundem Gesicht und Berliner Akzent. Das ist doch komisch, habe ich gedacht, ein Spezialist für exotische Infektionskrankheiten muss natürlich ein Deutscher sein, unser Kaiserreich war immer rein europäisch, keine Samoainseln und kein Togoland, um das Pestfieber zu erforschen. Sarah fragte mich wegen der Untersuchung, ob alles in Ordnung sei. Alles in Ordnung, habe ich geantwortet, der Arzt ähnele ein wenig Gottfried Benn, was sie sofort zum Lachen brachte, Gottfried Benn, wie das, Gottfried Benn sieht doch aus wie Herr Jedermann – eben, Gottfried Benn ähnelt niemandem besonders, und dieser Arzt ist ihm wie aus dem Gesicht geschnitten. Während der ganzen Untersuchung sah ich mich 1914 in einem Lazarett an der belgischen Front oder in einer grässlichen Klinik für Geschlechtskrankheiten in der Weimarer Republik. Gottfried Benn, überzeugt, die Menschheit sei immer vom Bösen *infiziert*, suchte meine Haut ab nach Spuren von Parasitose oder »weiß Gott was«. Seinen absurden Untersuchungsanforderungen habe ich übrigens nie Folge geleistet, meinen Stuhlgang in einen Plastikbecher zu verrichten ging absolut über meine Kräfte, wovon ich Sarah natürlich nichts gesagt habe – zu meiner Entlastung muss ich gestehen, dass es nicht vertrauenerweckend ist, vom Verfasser der Gedichtbände *Morgue* und *Fleisch* abgehört zu werden. Um Sarahs Fragen auszuweichen, habe ich mich dann in meiner Verlegenheit in einen Vergleich zwischen Benn und Georg Trakl gestürzt, die man einander zugleich annähern und entgegensetzen muss; Trakl, der stille Feingeist, dessen Dichtung die Wirklichkeit verdunkelte, um sie zu verzaubern, Trakl, der sensible Salzburger, dessen Lyrik das *Ich* in einem komplexen Symbolwald verhüllte, versteckte, Trakl, der Verfluchte, der Süchtige, der wahnsinnig verliebt war in seine Schwester und den Mohnsaft, durch dessen Werk sich der Mond und das Blut ziehen, Opferblut, Menstruationsblut, Entjungferungsblut, ein unterirdischer Fluss, der 1914 bis in die Massengräber der Schlacht von Grodek und zu den Sterbenden auf den ersten Schlachtfeldern von Galizien floss – Trakl, den sein so früher Tod vielleicht davor bewahrte, auf Benns politische Abwege zu geraten, diesen entsetzlichen Satz hielt Sarah mir entgegen, jung zu sterben bewahre einen manchmal vor schrecklichen Irrtümern im reifen Alter; stell dir vor, Gottfried Benn wäre 1931 gestorben, meinte sie, würdest du ihn auf dieselbe Weise beurteilen, wenn er nicht *Der neue Staat und die Intellektuellen* geschrieben und so fürchterliche Reden gegen die antifaschistischen Schriftsteller geführt hätte?

In meinen Augen war das ein Scheinargument; viele waren 1931 nicht gestorben, ohne deshalb wie Benn den »Sieg neuer autoritärer Staaten« zu verherrlichen; bei Benn ist der Körper nicht der Dom der Seele, er ist nur ein armseliges Werkzeug, das durch die Genetik verbessert werden muss, damit eine bessere, leistungsfähigere Rasse hervorgebracht wird. Dass die Ärzte in der Folge über die Konsequenzen ihrer eigenen Theorien entsetzt waren, spricht sie nicht frei von Schuld. Dass Benn sich schließlich von den Nazis entfernte, kurz nachdem sie an die Macht gekommen waren, spricht ihn nicht frei von Schuld. Die Benns haben am Trugbild der Nazis mitgewirkt. Ihr nachträglicher Schrecken angesichts ihres Golems entschuldigt sie nicht im Geringsten.

Da meldet sich wieder das Herzrasen und das Gefühl zu ersticken. Die Bilder des Todes, die zersplitterten Knochen in Trakls Melancholie, der Mond, der Schatten der Esche im Herbst, in dem die Geister der Massakrierten seufzen; Schlaf und Tod, finstere Adler –, »Schwester stürmischer Schwermut / Sieh ein ängstlicher Kahn versinkt / Unter Sternen, / Dem schweigenden Antlitz der Nacht« – die wilde Klage der gebrochenen Stimmen. Ich würde gern in die Wüste zurückkehren, oder in die Gedichte des Irakers mit dem abgezehrten Gesicht zwischen den übergroßen, abstehenden Ohren, as-Sayyab, der in bitterer Armut, Einsamkeit und Schmerz in Kuwait gestorben ist, wo er in den Persischen Golf heulte: »O Golf / Du bringst Perlen, Muscheln und Verderben!«, ohne eine andere Antwort als das Echo, das der Wind des Orients ihm zutrug, »Du bringst Perlen, Muscheln und Verderben«, und schon sind wir beim Todeskampf, dem rauschenden Schweigen, in dem einzig meine eigenen Worte widerhallen, ich versinke in meiner eigenen Atmung, in der Panik, ich bin ein Fisch auf dem Trockenen. Schnell den Kopf vom Kissen heben, diesem tiefen Sumpf der Ängste, die Lampe anmachen, im Licht atmen.

Ich atme noch im Licht.

Meine Bücher stehen alle vor mir und sehen mich an, ein ruhiger Horizont, eine Gefängnismauer. Die Laute von Aleppo ist ein Tier mit prallem Bauch auf dünnen, kurzen Beinen, eine lahmende Gazelle, wie die, denen die Umayyaden-Fürsten und Marga d'Andurain in der syrischen Wüste nachsetzten. Die Radierung von Ferdinand-Max Bredt ähnelt ihr; *Die zwei Gazellen*, das junge Mädchen mit den dunklen Augen in Pluderhosen, die das schöne Tier mit der Hand füttert.

Ich habe Durst. Wie viel Zeit bleibt mir noch zu leben? Was ist bei mir falsch gelaufen, dass ich mich jetzt in der Nacht so allein wiederfinde, wach und mit pochendem Herzen, zitternden Muskeln und brennenden Augen, ich könnte aufstehen, den Kopfhörer aufsetzen und Musik hören, Trost in der Musik suchen, bei Nadims Oud zum Beispiel, oder bei einem Beethovenquartett, einem seiner letzten – wie spät ist es jetzt in Sarawak, wenn ich mich an jenem Morgen in Palmyra getraut hätte, Sarah zu küssen, statt mich feige umzudrehen, hätte alles anders sein können; ein Kuss verändert manchmal das ganze Leben, das Schicksal beugt sich, nimmt einen anderen Lauf, macht einen Umweg. Schon als ich nach dem Kolloquium von Hainfeld zurück in Tübingen war und mit meiner damaligen Geliebten zusammentraf (keine Ahnung, ob aus Sigrid die brillante Übersetzerin geworden ist, die zu werden sie sich erträumte), bemerkte ich, wie fade mir unsere durchaus tiefe, alltägliche Beziehung neben der kurzen Zeit erschien, die ich mit Sarah erlebt hatte: Die folgenden Monate verbrachte ich damit, an sie zu denken und ihr mehr oder weniger regelmäßig zu schreiben, aber immer heimlich, als hätte ich genau gewusst, dass in diesen wenngleich unschuldigen Briefen eine so mächtige Kraft am Werk war, dass sie meine Beziehung zu Sigrid gefährdete. Wenn mein Liebesleben (sehen wir der Sache ruhig ins Gesicht) ein solcher Fehlschlag ist, dann zweifellos, weil ich, ob bewusst oder nicht, immer einen Platz für Sarah freigehalten habe, und dieses Warten hat mich bis heute daran gehindert, mich vollständig auf eine andere Liebe einzulassen. Alles ist ihre Schuld, ein wehender Rock haut einen Mann sicherer um als ein Taifun, das weiß man ja; hätte sie die Zweideutigkeit nicht sorgfältig gepflegt, wäre sie eindeutig gewesen, wäre es nicht so weit gekommen, dass ich hier mitten in der Nacht das Bücherregal anstarre, die Hand noch auf der Bakelit-Olive (ansonsten ein angenehmer Gegenstand) des Schalters der Nachttischlampe. Der Tag wird kommen, an dem ich nicht einmal mehr diese einfache Geste, das Betätigen des Lichtschalters, werde ausführen können, an dem meine Finger so steif, so starr sein werden, dass es eine ungeheure Anstrengung sein wird, Licht in meine Nacht zu bringen.

Ich sollte aufstehen und etwas trinken, aber wenn ich mein Bett verlasse, graut der Morgen, bevor ich mich wieder hinlege, man sollte immer eine Flasche Wasser in Reichweite haben, oder einen Lederschlauch wie in der Wüste, einen Schlauch, der den Flüssigkeiten seinen charakteristischen Ziegen- und Teergeruch gibt: Erdöl und Tier, danach schmeckt Arabien – Leopold Weiss wäre damit einverstanden gewesen, schließlich hatte er in den dreißiger Jahren Monate auf einem Kamelrücken zwischen Medina und Riad oder zwischen Ta'if und Ha'il zugebracht. Leopold Weiss, mit muslimischem Namen Muhammad Asad, zu seiner Zeit der brillanteste Korrespondent im Mittleren Osten, der für die *Frankfurter Zeitung* und die meisten großen Zeitungen der Weimarer Republik arbeitete; Leopold Weiss, Jude aus Galizien, der in Wien, nicht weit von hier, zur Schule ging: Das ist der Mann oder vielmehr das Buch, das nach meinem Aufenthalt in Istanbul für meine Reise nach Damaskus verantwortlich war. Ich erinnere mich wieder an meine letzten Wochen in Tübingen, als Sigrid bereits auf einem Weg war, auf dem sie sich mit der Zeit unweigerlich von meinem entfernte, eine Distanz, die durch meine Reise in die Türkei noch deutlicher geworden war; ich sehe mich noch, wie ich zwischen zwei Briefen an den fernen Stern, der Sarah für mich war, die spirituellen Lebenserinnerungen Muhammad Asads, jenes außergewöhnliche Buch *Der Weg nach Mekka* entdeckte, das ich wie den Koran selbst voller Bewunderung auf einer Bank am Neckar unter einer Weide sitzend las und dabei dachte, »wenn Gott Vermittler braucht, dann ist Leopold Weiss ein Heiliger«, so gut eignete sich sein Bericht, die Unruhe, die mich seit meiner Erfahrung in Istanbul ergriffen hatte, in Worte zu kleiden – ich erinnere mich noch genau an die Sätze, die mir die Brust zusammenschnürten und die Tränen in die Augen trieben: »Dieses sonore Ineinander und Auseinander der Stimmen ist ungleich allem andern menschlichen Singen. Und als mein Herz mir in aufgeregter Liebe für diese Stadt und ihre Klänge bis zum Halse zu schlagen beginnt, begreife ich, dass alle meine Wanderungen nur einen einzigen Sinn hatten: den Sinn dieses Rufens zu erfassen …« Den Sinn des Gebetsrufs, jenes *Allah akbar*, das seit dem Zeitalter des Propheten auf der Spitze aller Minarette der Welt moduliert wird, den Sinn dieser einzigartigen Melodie, die auch mich aufgewühlt hatte, als ich sie in Istanbul zum ersten Mal hörte, der Stadt, in der dieser *Adhan* allerdings am wenigsten auffällt, weil er im Lärm des modernen Lebens untergeht. Auf meiner Bank in Tübingen, in einer Umgebung, die nicht im Geringsten an Arabien erinnerte, konnte ich meine Augen nicht mehr abwenden von den Worten, *dass alle meine Wanderungen nur einen einzigen Sinn hatten: den Sinn dieses Rufens zu erfassen*, als hätte ich die Offenbarung vor mir gehabt, während in meinen Ohren die Stimme des Muezzins klarer denn je widerhallte, diese Stimme, dieser Gesang, der Félicien David fasziniert hatte oder jenen Leopold Weiss, meinen Landsmann, und die daraufhin ihr Leben veränderten – noch ganz erfüllt von der Erinnerung an die Süleymaniye-Moschee wollte auch ich versuchen, den Sinn dieses Schreis zu begreifen, ihm zu folgen; ich musste wieder wegfahren, ich musste unbedingt entdecken, was hinter jenem Schleier war, musste den *Ursprung* dieses Gesangs entdecken. Man kann sagen, dass mein spirituelles Leben dasselbe Desaster gewesen ist wie mein Gefühlsleben. In dieser Hinsicht bin ich heute genauso ratlos wie früher, ohne den Trost des Glaubens – ich gehöre sicher nicht zu den Auserwählten; vielleicht hat es mir an der Willenskraft des Asketen oder der schöpferischen Vorstellungskraft des Mystikers gefehlt; vielleicht war die Musik letzten Endes meine einzig wahre Leidenschaft. Die Wüste (das kann man wohl sagen) hat sich als ein Haufen Steine erwiesen; die Museen sind für mich ebenso leer geblieben wie die Kirchen; das Leben der Heiligen, der Dichter, ihre Texte, deren Schönheit ich durchaus erfasste, leuchteten wie Prismen, ohne dass das Licht, das Licht Avicennas, die Essenz, mich jemals erreichte – ich bin zum utopischen Materialismus Ernst Blochs verdammt, der in meinem Fall eine Resignation ist, mein »Paradox von Tübingen«. In Tübingen sah ich undeutlich drei mögliche Wege: die Religion wie bei Leopold Weiss alias Muhammad Asad; die Utopie wie in Blochs *Geist der Utopie* und *Das Prinzip Hoffnung*; den Wahnsinn und das Eingesperrtsein Hölderlins, dessen Turm zwischen den Trauerweiden und den Ruderbooten auf dem Neckar einen beunruhigenden Schatten über die ganze Stadt warf. Warum zum Teufel hatte ich mich dafür entschieden, die relativ großzügigen Stipendien der Europäischen Gemeinschaft für Studenten zu nutzen, um nach Tübingen zu gehen und nicht nach Paris, Rom oder Barcelona wie alle meine Kommilitonen, ich erinnere mich nicht mehr genau daran; sicher erschienen mir damals die Dichtung Hölderlins, der Orientalismus Enno Littmanns und die Philosophie der Musik Ernst Blochs ein feines Programm zu sein. Ich hatte die vielen Tausend Seiten der Littmann'schen Übersetzung von *Tausendundeiner Nacht* verschlungen und damit begonnen, bei seinen Nachfolgern Arabisch zu lernen. Es war seltsam, sich vorzustellen, dass hundert Jahre zuvor, bis der Erste Weltkrieg die Wissenschaftler beiseiteräumte, Tübingen und sogar Straßburg (wo unter anderen Theodor Nöldeke und Euting lehrten) die orientalischsten Städte Deutschlands gewesen waren. Im großen Netzwerk der Orientalisten war Enno Littmann einer der wichtigsten deutschen Knotenpunkte; er hatte zum Beispiel die Reisetagebücher jenes berühmten Euting herausgegeben, mit dessen Abenteuer in Arabien uns Bilger in Palmyra so sehr zum Lachen gebracht hatte; als Spezialist für Epigraphik und semitische Sprachen reiste Littmann ab 1900 durch den Süden Syriens auf der Suche nach nabatäischen Inschriften; in einem Brief an Eduard Meyer, dem Spezialisten des alten Orients, beschrieb er eine Grabungskampagne im winterlichen Hauran – mit der Kälte, dem Wind und den Schneestürmen ringend, berichtet er von seiner Begegnung mit einem Beduinen, der sich Kelb Allah,

»Gottes Hund«, nennen lässt: Dieser so bescheidene Beiname ist eine Offenbarung für ihn. Wie bei Leopold Weiss ist die Demut des Nomadenlebens eines der stärksten Bilder des Islam, die große Entsagung, die Schlichtheit der verschlissenen, mondänen Hüllen in der Nacktheit der Wüste – diese Reinheit, diese Einsamkeit zogen auch mich an. Ich wollte diesen Gott treffen, der so gegenwärtig, so natürlich war, dass sich seine bescheidenen Geschöpfe in ihrer vollständigen Mittellosigkeit *die Hunde Gottes* nennen. Zwei Visionen standen sich in meinem Geist vage gegenüber: auf der einen Seite die städtische, wunderbare, üppige, erotische Welt aus *Tausendundeiner Nacht*, auf der anderen die Welt der Leere und der Transzendenz in *Der Weg nach Mekka*; Istanbul hatte für mich die Entdeckung einer zeitgenössischen Version der ersten Form bedeutet – nun hoffte ich, dass Syrien mir ermöglichen würde, nicht nur in den Gassen von Damaskus und Aleppo mit ihren zauberhaften Namen die Träumerei und die verführerische Sinnlichkeit von *Tausendundeiner Nacht* wiederzufinden, sondern auch, diesmal in der Wüste, die Ganzheit im Lichte Avicennas zu erahnen. Denn in Verbindung mit Muhammad Asad hatte die häufige Lektüre von Ernst Blochs *Spuren* und seinem kleinen Text über Avicenna (zu Sigrids großem Verdruss, die darüber verzweifelte, dass ich ihr mit lauter Stimme endlos Auszüge aus diesen Werken vorlas) eine fruchtbare, aber große Unordnung in meinem Geist gestiftet, in der der utopische Materialist dem islamischen Mystiker die Hand reichte, Hegel mit Ibn Arabi versöhnte, und das alles in der Musik; stundenlang saß ich im Schneidersitz in einem wackligen tiefen Sessel, der mir die Zelle ersetzte, mit einem Kopfhörer auf den Ohren vor unserem Bett, ohne mich von Sigrids Kommen und Gehen (weiße Beine, muskulöser Bauch, hoch sitzende, feste Brüste) stören zu lassen, und suchte die Denker auf: René Guénon, der in Kairo zu Scheich Abdel Wahid Yahia geworden war, der dreißig Jahre damit zubrachte, von China über den Hinduismus, den Buddhismus und das Christentum bis hin zum Islam der unfehlbaren Kompassnadel der Tradition zu folgen, ohne Ägypten zu verlassen, und dessen Arbeiten über die Initiation und die Weitergabe der Wahrheit mich faszinierten. Und ich war nicht der Einzige; viele meiner Kommilitonen, vor allem Franzosen, hatten die Bücher Guénons gelesen, und bei vielen hatte das die Suche nach dem mystischen Funken ausgelöst, die einen suchten bei den sunnitischen oder schiitischen Muslimen, andere bei den orthodoxen Christen der östlichen Kirchen, wieder andere, wie Sarah, bei den Buddhisten. In meinem Fall vergrößerten die Arbeiten Guénons, wie ich wohl zugeben muss, nur meine Verwirrung.

Zum großen Glück rückt einem die Wirklichkeit den Kopf wieder zurecht; in Syrien schien mir in allen Glaubensrichtungen ein steriler Formalismus zu herrschen, und mein spiritueller Schwung brach sich sehr schnell am Gehabe meiner Kollegen, die sich zweimal pro Woche wie zum Sportunterricht in einer Turnhalle beim gemeinsamen *Dhikr* mit Schaum vor dem Mund auf dem Boden wälzten und bei denen sich die Trancezustände verdächtig schnell einstellten: In einem Derwisch-Kloster unter Kopfschütteln endlos »*la ilâha illâ Allah*, es gibt keinen Gott außer Allah« zu wiederholen war sicher dazu angetan, einen in äußerst seltsame Zustände zu versetzen, aber diese beruhten eher auf einer psychologischen Täuschung als auf dem Wunder des Glaubens, so zumindest hat es mein Landsmann Leopold Weiss in schöner Nüchternheit beschrieben. Meine Fragen mit Sigrid zu teilen war keine einfache Sache: Meine Gedanken waren so wirr, dass sie nichts davon verstand, und das war nicht verwunderlich, denn ihre Welt, die der slawischen Sprachen, war doch weit entfernt von meiner. Wir begegneten uns bei der russischen oder polnischen Musik, bei Rimski, Borodin, Szymanowski natürlich, aber mich begeisterten weniger die Ufer der Wolga oder der Weichsel als vor allem *Scheherazade* oder die *Lieder eines verliebten Muezzins*, das orientalische Element – die »*Allah akbar*«, die ich inmitten der polnischen Verse des *Verliebten Muezzins* von Karol Szymanowski entdeckte, in denen sich eine unbändige Liebe (»Würde ich Dich nicht lieben, wäre ich dann der singende Irre? Und sollten meine inbrünstigen Gebete, die sich zu Allah aufschwingen, Dir nicht sagen, dass ich Dich liebe?«) in Melismen und Koloraturen ausbreitet, stießen bei mir auf großen Widerhall als schöne europäische Variation über ein orientalisches Thema: Szymanowski war 1914 auf seiner Reise nach Algerien und Tunesien von den nächtlichen Festen des Ramadan stark beeindruckt, ja, sogar begeistert gewesen, und diese Begeisterung trat in den *Liedern eines verliebten Muezzins* zutage, die ansonsten nicht viel Arabisches an sich haben: Szymanowski beschränkte sich darauf, die für die *Imitationen* arabischer Musik typischen übermäßigen Sekunden und Moll-Tonarten aufzugreifen, ohne sich um die Vierteltöne zu kümmern, die Félicien David eingeführt hatte – aber es war auch nicht Szymanowskis Absicht, arabische Musik zu komponieren, er musste bei dieser musikalischen Erinnerung die Harmonien nicht verlassen, die Tonalität nicht brechen. Aber er hatte die Vierteltöne gehört; er benutzte sie in den *Mythen* für Violine und Klavier, und ich bin überzeugt, dass am Beginn dieser Stücke, die zu einem radikalen Wandel im Geigen-Repertoire des 20. Jahrhunderts führten, die arabische Musik steht. Eine einverleibte arabische Musik dieses Mal, nicht mehr ein Element, das von außen in das Werk hereingeholt wurde, um eine exotische Wirkung zu erzielen, sondern ganz und gar eine Möglichkeit zur Erneuerung: eine evolutionäre Kraft, keine Revolution, wie er selbst ganz zu Recht bestätigte. Ich erinnere mich nicht mehr, ob ich in Tübingen schon die Gedichte von Hafis kannte und das *Lied der Nacht* nach Versen von Rumi, das Meisterwerk Szymanowskis – ich glaube nicht.

Es fiel mir schwer, meine neuen Leidenschaften mit Sigrid zu teilen; für sie verkörperte Karol Szymanowski einen Teil der polnischen Seele, nichts Orientalisches; sie zog die *Mazurkas* dem *Muezzin* vor, die Tänze der Tatra denen des Atlas. Ihre Sicht auf ihn war auch absolut gerechtfertigt.

Vermutlich, weil wir vom Gleichklang der Seelen befreit waren, gaben sich unsere Körper nach Herzenslust einander hin: Ich verließ meinen Dogmatiker-Sessel nur, um aufs Bett zu springen zu dem Körper, den Beinen und den Lippen, die dort lagen. Die Bilder der nackten Sigrid erregen mich noch heute, sie haben nichts von ihrer Macht verloren, ihre schlanke, weiße Figur, auf dem Bauch liegend, die Beine leicht gespreizt, wenn sich nur ein rosiger Strich, umgeben von Karminrot und Blondheit, in den hellen Laken andeutete, ich sehe deutlich ihre festen Hinterbacken, zwei kleine Hochplateaus, die in die Hüften übergehen, und die Zahnung ihrer Wirbel, die ihren höchsten Punkt über der Falte erreichen, in der die Seiten des aufgeschlagenen Buchs zusammentreffen, das ihre Schenkel bilden, deren Haut, die nie dem Sonnenlicht ausgesetzt war, ein perfektes Sorbet ist für die Zunge, die daran leckt, bei der Erinnerung, wie meine Hand den flaumigen Abhang ihrer Waden hinabglitt und dort verweilte, bevor sie in den parallelen Furchen der Kniekehlen spielte, bekomme ich Lust, erneut das Licht auszuknipsen, diese Visionen unter meinem Federbett zu präzisieren, in meiner Phantasie die Wolken am Himmel von Tübingen aufzusuchen, die die Erforschung der Weiblichkeit vor mehr als zwanzig Jahren so schön begünstigt hatten: Heute bin ich im Voraus erledigt von der Aussicht, mich an die Anwesenheit eines Körpers gewöhnen zu müssen, und dass man sich an meinen gewöhnt – eine ungeheure Faulheit, eine Trägheit, die fast Verzweiflung ist, ich sollte verführen, die Scham über mein unschönes, total mageres, von Ängsten und der Krankheit gezeichnetes Äußeres ablegen, die Erniedrigung der Entblößung vergessen, die Scham und das Alter vergessen, die einen langsam und behäbig machen, doch dieses Vergessen erscheint mir unmöglich, außer bei Sarah natürlich, deren Name sich immer in meine tiefsten, geheimsten Gedanken einschleicht, ihr Name, ihr Gesicht, ihr Mund, ihr Busen, ihre Hände, und mit dieser Ladung an Erotik soll ich jetzt wieder einschlafen, mit diesem weiblichen Wirbeln über mir, Engeln der Wollust und der Schönheit – nun ja, das Abendessen mit Katharina Fuchs liegt vielleicht zwei Wochen zurück, ich habe mich natürlich nicht mehr bei ihr gemeldet und sie auch nicht an der Universität getroffen, sie wird denken, ich gehe ihr aus dem Weg, und es stimmt, ich gehe ihr aus dem Weg, trotz des unleugbaren Charmes ihrer Konversation, trotz ihres unleugbaren Charmes werde ich sie nicht wieder anrufen, seien wir aufrichtig, je mehr das Abendessen sich seinem Ende näherte, umso mehr erschrak ich über die Wendung, die die Ereignisse nehmen könnten, und bei Gott, wie sehr hatte ich mich doch angestrengt, eine schöne Figur abzugeben, ich hatte das kleine weinheferote Tuch über meinem weißen Hemd geknotet, das mich wie einen sehr schicken Künstler aussehen lässt, hatte mich gekämmt, mit Kölnischwasser besprengt, hatte mir also etwas von diesem Abendessen zu zweit erhofft. Ich hoffte natürlich, mit Katharina Fuchs zu schlafen, aber als ich die in ihrem Zinnkandelaber schmelzende Kerze sah, konnte ich nicht umhin, darin die Vorankündigung einer Katastrophe zu sehen, Katharina Fuchs ist eine ausgezeichnete Kollegin, eine ganz schätzenswerte Kollegin, und ganz sicher war es besser, mit ihr zu Abend zu essen, als mit Studentinnen zu schäkern, wie es gewisse Kollegen machen. Katharina Fuchs ist eine Frau in meinem Alter und in meinen Lebensumständen, eine lustige und kultivierte Wienerin, die ordentlich isst und in der Öffentlichkeit kein Theater spielt. Sie ist eine Spezialistin für die Beziehung zwischen Musik und Film, sie kann stundenlang über die *Räubersymphonie* und die Filme von Robert Wiene erzählen; Katharina Fuchs hat ein hübsches Gesicht, rote Backen, helle klare Augen, eine sehr unauffällige Brille, kastanienbraunes Haar und lange Hände mit gepflegten Fingernägeln; sie trägt zwei Diamantringe – was hatte mich dazu gebracht, dieses Abendessen mit ihr einzufädeln und sogar davon zu träumen, mit ihr zu schlafen, Einsamkeit und Melancholie sicher, was für ein Trauerspiel. In dem eleganten italienischen Restaurant hat Katharina Fuchs mir Fragen über Syrien, über Iran gestellt, sie hat sich für meine Arbeiten interessiert, die niederbrennende Kerze warf einen orangefarbenen Schatten über die weiße Tischdecke, vom Rand des grauen Kerzenständers hingen kleine graue Hoden herab: Ich habe die *Räubersymphonie* noch nie gesehen – solltest du unbedingt, sagte sie, ich bin sicher, dass dich der Film begeistern würde, ich stellte mir vor, wie ich mich vor Katharina Fuchs auszog, oh, es ist bestimmt ein Meisterwerk, und wie sie sich vor mir ausziehen würde bis auf die rote Spitzenunterwäsche, von der ich den Träger des Büstenhalters sah, ich kann ihn dir ausleihen, wenn du willst, ich habe ihn auf DVD, sie hatte reizende Brüste von respektabler Größe, das Tiramisu ist hier ausgezeichnet, und ich selbst, was für eine Unterhose trug ich? Die rosa karierte, die wegen ihres kaputten Gummibands von selbst herunterfällt? Wie armselig wir doch sind, was für ein Elend mit unserem Körper, kommt nicht in Frage, dass ich mich heute vor irgendjemandem ausziehe, nicht mit diesem jämmerlichen Lumpen auf den Hüften, oh ja, das Tiramisu, es ist ein bisschen – wie soll ich sagen – ein bisschen weich, ja, das ist das Wort, das Tiramisu ist oft zu weich für mich, nein danke.

Hat sie schließlich einen Nachtisch bestellt? Ich musste fliehen vor meiner Unfähigkeit, den Mut zur Intimität aufzubringen, fliehen und vergessen, welcher Demütigung hatte ich Katharina Fuchs ausgesetzt, sie muss mich heute dafür hassen, zumal ich sie, ohne es zu wollen, davon abhalten musste, dieses weiche Tiramisu zu probieren – man muss Italiener sein, um auf den Gedanken zu kommen, Löffelbiskuits in Kaffee einzuweichen, jeder weiß doch, dass es unmöglich ist, sie in was auch immer einzuweichen, sie sehen hart aus, aber sobald man sie eintaucht, hängen sie jämmerlich herab, hängen und fallen in die Tasse. Was für eine Idee, etwas Weiches herzustellen. Katharina Fuchs ist bestimmt böse auf mich, sie hatte nicht die geringste Lust, mit mir zu schlafen, sie ist böse auf mich, weil ich sie einfach so im Eingang des Restaurants stehenließ, als hätte ich es eilig gehabt, sie zu verlassen, als hätte ihre Gesellschaft mich schrecklich gelangweilt, auf Wiedersehen, schönen Abend noch, da kommt ein Taxi vorbei, ich nehme es, guten Abend, was für eine Kränkung, ich glaube, Sarah würde viel darüber lachen, wenn ich ihr diese Geschichte erzählte, ich werde es nie wagen, ihr diese Geschichte zu erzählen, die von einem Typ handelt, der sich verdrückt, weil er befürchtet, am Morgen seine rosa-weiße Unterhose mit dem lockeren Gummiband angezogen zu haben.

Sarah hat mich immer witzig gefunden. Anfangs war es ein wenig kränkend, dass sie loslachte, sobald ich ihr meine intimen Gedanken anvertraute. Wenn ich mich in Palmyra unter jenem notdürftigen Zelt getraut hätte, sie zu küssen, statt mich abzuwenden, weil mir der Schneid dazu fehlte, wäre alles anders gewesen, alles wäre anders verlaufen, oder auch nicht, die Katastrophe im Baron Hotel oder die in Teheran hätten wir jedenfalls nicht verhindern können, der Orient der Leidenschaften lässt mich komische Dinge tun, wirklich komische Dinge, und heute sind Sarah und ich wie ein altes Paar. Der Traum von gerade eben liegt noch in der Luft, Sarah in jener geheimnisvollen Krypta erschlafft. Sarawak, Sarawak. Denn für sie hätte ich mich interessieren müssen, ich alter Egoist, alter Feigling, sie leidet auch. Der Artikel, den ich heute Morgen erhalten habe, ähnelt einer Flaschenpost, ist ein erschreckendes Zeichen von Angst. Ich stelle fest, dass es in Sarawak den Namen Sarah gibt. Noch eine Koinzidenz. Ein Wink des Schicksals, Karma, würde sie sagen. Zweifellos bin ich derjenige, der deliriert. Ihre Obsession für Tod und Perversion, Verbrechen, Folter, Selbstmord, Anthropophagie, Tabus, an alldem hat sie ein rein wissenschaftliches Interesse. Wie Faugier für die Prostitution und die Elendsviertel. Wie ich für die iranische Musik und die orientalistischen Opern. Welche Verzweiflungskrankheit kann uns befallen haben? Sarah trotz ihrer vielen Jahre Buddhismus, Meditation, Wissen und Reisen. Letztlich hatte Kraus sicher recht, mich zu einem Spezialisten für exotische Krankheiten zu schicken, Gott weiß, welche seelische Verderbtheit ich mir in jenen fernen Ländern eingefangen haben kann. Wie die Kreuzfahrer, die ersten Orientalisten, die in ihre finsteren Dörfer im Westen zurückkehrten, beladen mit Gold, Bazillen, Kummer und dem Wissen, dass sie im Namen Christi die größten Wunderwerke zerstört hatten, die sie jemals gesehen haben. Dass sie die Kirchen von Konstantinopel geplündert, Antiochia und Jerusalem niedergebrannt hatten. Welche Wahrheit hat uns verbrannt, welche Schönheit haben wir nur kurz erblickt, bevor sie sich uns entzog, welcher Schmerz hat uns wie Lamartine im Libanon insgeheim gezeichnet, der schmerzvolle Anblick des Ursprungs oder des Endes, keine Ahnung, die Antwort lag nicht in der Wüste, jedenfalls nicht für mich, mein *Weg nach Mekka* war von einer anderen Art, im Gegensatz zu Muhammad Asad alias Leopold Weiss war die syrische *Badiyé* für mich eher erotischer als spiritueller Natur: Nachdem wir an jenem Morgen in Palmyra aus unseren Decken geschlüpft waren, trennten wir uns von Julie und François-Marie, um unsere Forschungsreise mit Bilger dem Verrückten in den Nordosten des Euphrat fortzusetzen mit den Stationen einer alten, in der Zeit und in den Steinen versunkenen Umayyaden-Burg und einer byzantinischen Geisterstadt mit hohen Mauern, Resafa, wo heute vielleicht der neue Kommandeur der Gläubigen residiert, Gottes Schatten auf Erden, der Kalif der Schlächter und Plünderer des Islamischen Staats im Irak und in Syrien, Gott schütze ihn, denn Kalif zu sein dürfte heutzutage nicht einfach sein, vor allem Kalif einer Bande brutaler Gewalttäter, die den Landsknechten Karls, die Rom geplündert haben, in nichts nachstehen. Möglicherweise plündern sie eines Tages, wer weiß, Mekka und Medina mit ihren schwarzen Standarten, der Fahnen der abbasidischen Revolution im 8. Jahrhundert würdig, das liefe vielleicht auf eine Veränderung des geopolitischen Gleichgewichts in der Region hinaus, wenn das Königreich Ibn Sauds, des Freundes von Leopold Weiss, unter den Säbelhieben der Bärtigen, der großen Schlächter der Ungläubigen, auseinanderfallen würde. Wenn ich noch die Kraft dazu hätte, würde ich gerne einen langen Artikel über Julien Jalaleddin Weiss schreiben, den Namensvetter von Leopold und wie dieser ein Konvertit, der vor kurzem an Krebs gestorben ist, einem Krebs, der so sehr mit der Zerstörung Aleppos und Syriens einhergeht, dass man sich fragen kann, ob die beiden Ereignisse nicht zusammenhängen – Weiss lebte zwischen den Welten; er war der größte Kanunspieler in Orient und Okzident geworden, und er war ein großartiger Wissenschaftler. Das von ihm gegründete Ensemble Al-Kindi begleitete die größten Sänger der arabischen Welt, Sabri Mudallal, Hamza Shakkur oder Lotfi Bouchnak. Sarah hatte mich ihm in Aleppo vorgestellt, sie hatte ihn dank Nadim kennengelernt, der manchmal mit ihm spielte – er lebte in einem Mamelucken-Palast tief im Innern des Altstadtlabyrinths, zwei Schritte entfernt von den Seifenstapeln und Hammelköpfen der Souks, hinter einer schmucklosen Steinfassade, die auf einen zauberhaften Innenhof hinausging; die winterlich kühlen Zimmer waren überladen mit Musikinstrumenten, Lauten, Zithern, Rohrflöten, Perkussionsinstrumenten. Dieser schöne blonde Mann war mir sofort unsympathisch – ich mochte weder seinen Ehrgeiz noch sein Wissen noch sein vornehmes Getue eines orientalischen Sultans, und vor allem nicht die kindliche Bewunderung, die Nadim und Sarah ihm entgegenbrachten, und wegen dieser eifersüchtigen Böswilligkeit habe ich die Schönheit seines Werks lange ignoriert, das unter dem Zeichen der Begegnung, des Austauschs und der Befragung der Tradition, der Vermittlung kunstvoller, hauptsächlich religiöser Musik steht. Vielleicht bedurfte es meines Aufenthalts in Iran und meiner Arbeiten mit During, damit diese Fragen ihren vollen Sinn für mich entfalteten. Man müsste darüber schreiben, welche Huldigung Weiss und das Ensemble Al-Kindi dem Krieger, Jäger und Schriftsteller Usama ibn Munqidh darbrachten, dem Fürsten von Schaizar, einer befestigten Stadt am Ufer des Orontes, der in seinem langen Leben Zeuge fast des ganzen 12. Jahrhunderts unserer Zeitrechnung wurde und nicht nur die Kreuzzüge und die Errichtung des fränkischen Königreichs in der Levante erlebte, sondern nach Kräften mitmischte. Ich stelle mir vor, wie dieser Fürst, der Lanzen und Falken, Bögen und Pferde, Gedichte und Sänger liebte, vor den schweren Waffen der Franken stand, vor der nüchternen Gewalt dieser Feinde, die von so weit her gekommen waren, dass es viel Zeit und viele Schlachten brauchte, um sie zu bändigen, um die Schicht aus Barbarei auf ihren Rüstungen ein wenig zu schleifen – schließlich lernten die Franken Arabisch, goutierten die Aprikosen, kosteten den Jasmin und entwickelten eine gewisse Achtung vor den Landstrichen, die sie gerade von den Ungläubigen befreit hatten; nach einem mit Schlachten und Löwenjagden erfüllten Leben, lernte der Fürst von Schaizar das Exil kennen – und dort, im Exil in der Festung von Hasankeyf am Ufer des Tigris, verfasste er, fern der Kämpfe, im Alter von fast achtzig Jahren ebenso vielfältige wie herrliche Abhandlungen, darunter das *Lob der Frauen* oder ein *Buch des Stockes*, das wundertätigen Stöcken gewidmet war, von Moses' Stab bis zu dem Stock, den Fürst Usama auf seine alten Tage selbst benutzte und der sich, wie es heißt, unter seinem Gewicht bog und die Form des mächtigen Bogens annahm, den er in seiner wilden Jugend führte; eine *Abhandlung über den Schlaf und die Träume* und jene außergewöhnliche Autobiographie, das *Buch der Belehrung durch Beispiele*, das zugleich ein geschichtliches Handbuch, eine Abhandlung über die Jagd und ein Lehrbuch der Literatur ist. Usama ibn Munqidh fand auch Zeit, sein dichterisches Werk zu versammeln, von dem das Ensemble Al-Kindi Auszüge vertonte.

Heute ist die Karawanserei von Jalaleddin Weiss in Aleppo niedergebrannt, und er selbst ist tot, vielleicht daran gestorben, dass er mitansehen musste, wie das, was er geschaffen hatte (eine Welt gemeinschaftlicher Ekstase, der möglichen Übergänge, der Teilhabe an der Andersheit), von den Flammen des Krieges verzehrt wurde; er hat sich an den Ufern eines anderen Flusses zu Usama gesellt, dem großen Kämpfer, der vom Krieg sagte:

Die Tapferkeit ist gewiss ein festeres Schwert als alle Rüstungen
Doch sie schützt den Löwen vor dem Pfeil ebenso wenig
Wie sie den Besiegten über Schande und Ruin hinwegtröstet.

Ich frage mich, was der tapfere Usama ibn Munqidh von diesen Bildern, von den lachenden Kämpfern des Dschihad halten würde, die Musikinstrumente verbrennen, weil sie *unislamisch* sind: Musikinstrumente, die vermutlich von alten libyschen Militärkapellen stammen, Trommeln, Pauken und Trompeten, mit Benzin übergossen und angezündet vor einer furchteinflößenden Truppe von Bärtigen, die so zufrieden aussehen, als würden sie Satan höchstselbst verbrennen. Nahezu dieselben Trommeln und Trompeten, die die Franken Jahrhunderte zuvor den osmanischen Militärkapellen nachgebaut haben, dieselben Trommeln und Trompeten, die die Europäer mit Schrecken beschrieben, weil sie das Nahen der unbesiegbaren türkischen Janitscharen in Begleitung der *Mehter* bedeuteten, und kein Bild könnte den grauenerregenden Kampf besser beschreiben, den die Dschihadisten von heute in Wahrheit gegen die Geschichte des Islams führen, diese jämmerlichen Typen im Kampfanzug auf ihrem Flecken Wüste, die sich über die traurigen Musikinstrumente des Krieges hermachen, über deren Herkunft sie nichts wissen.

Auf der hübsch asphaltierten Strecke zwischen Palmyra und Resafa gab es keinen einzigen mittelalterlichen Soldaten noch irgendeinen zerlumpten Schlächter, nur eine Bretterbude am trostlosen Straßenrand, wo im Schatten eines jämmerlichen Wellblechs syrische Rekruten trotz der Hitze in ihren dunkelbraunen Winteruniformen vor sich hin dösten, betraut mit der Öffnung einer Kette, die die Durchfahrt versperrte und die Bilger erst im letzten Moment sah, so dass er eine Vollbremsung hinlegen musste, die die Reifen des Geländewagens auf dem überhitzten Asphalt zum Quietschen brachte: Wer rechnet schon mit einer unangekündigten Straßensperre mitten in der Wüste? Die Schädel nahezu kahlgeschoren, rissen die beiden schwitzenden Rekruten in ihren staubigen, schlecht sitzenden blousonartigen Jacken in der Farbe von Kameldung die Augen auf, packten ihre Waffen, näherten sich dem weißen Range Rover, musterten die drei Ausländer, zögerten, setzten zu einer Frage an, die sie dann doch nicht zu stellen wagten; der eine ließ die Kette herab, der andere winkte großartig mit dem Arm, und Bilger drückte wieder aufs Gaspedal.

Sarah seufzte, Bilger verkniff sich jeden Kommentar. Für ein paar Sekunden zumindest.

DER FAHRER *(großkotzig)*: Fast wäre ich mit 120 Sachen in diese Scheißkette gerauscht.

DER BEIFAHRER *(vorne, ziemlich erschrocken)*: Du könntest versuchen, etwas langsamer zu fahren und aufmerksamer zu sein.

DIE MITFAHRERIN *(hinten, auf Französisch mit einem Hauch von Angst)*: Meint ihr, dass ihre Gewehre geladen waren?

DER FAHRER *(ungläubig)*: Eine verdammte Straßensperre mitten in der Wüste, das ist nicht normal.

DIE MITFAHRERIN *(noch immer auf Französisch, Sorge vermischt mit wissenschaftlicher Neugier)*: Franz, da war ein Schild, aber ich hatte nicht die Zeit, es zu lesen.

DER BEIFAHRER *(in derselben Sprache)*: Tut mir leid, ich habe nicht aufgepasst.

DER FAHRER *(selbstsicher und auf Deutsch)*: Nicht weit von hier muss irgendwo ein Militärstützpunkt sein.

DER BEIFAHRER *(nonchalant)*: Ja, außerdem sehe ich einen Kampfpanzer da hinten, rechts.

DIE MITFAHRERIN *(beunruhigt, auf Englisch, an den Fahrer gerichtet)*: Und da stehen zwei Typen mit Maschinengewehren im Straßengraben, fahr langsam, brems!

DER FAHRER *(vulgär und plötzlich angenervt)*: Was haben diese ver… A… auf meiner Strecke zu suchen?

DER BEIFAHRER *(phlegmatisch)*: Ich glaube, es handelt sich um ein Infanteriebataillon im Manöver.

DIE MITFAHRERIN *(immer beunruhigter und wieder auf Französisch)*: Aber sieh nur, mein Gott, sieh doch nur, auf dem Hügel da hinten stehen Kanonen! Und links weitere Maschinengewehre! Dreh um, dreh um!

DER FAHRER *(auf sehr germanische Art selbstsicher und an den Beifahrer gerichtet)*: Wenn sie uns durchgelassen haben, bedeutet das, dass wir fahren dürfen. Ich werde aber ein bisschen langsamer machen.

DER BEIFAHRER *(weniger selbstsicher, auf Französisch)*: Ähm, ja. Wir müssen nur vorsichtig sein.

DIE MITFAHRERIN *(gekränkt)*: Es ist trotzdem verrückt, sieh nur all die Soldaten, die rechts da hinten laufen. Und diese Staubwolken, ist das vielleicht der Wind?

DER BEIFAHRER *(plötzlich beunruhigt)*: Ich glaube, das sind eher Fahrzeuge, die durch die Wüste rasen. Wahrscheinlich Panzer.

DERSELBE *(an den Fahrer gerichtet)*: Bist du sicher, dass wir auf der richtigen Straße sind? Deinem Kompass nach zu schließen, fahren wir eher Richtung Nordwesten statt nach Norden. Richtung Homs.

DER FAHRER *(beleidigt)*: Ich bin die Strecke schon hundertmal gefahren. Das ist die richtige, vorausgesetzt, sie haben nicht kürzlich eine zweite Piste asphaltiert.

DER BEIFAHRER *(mit einer Miene, als könnte er kein Wässerchen trüben)*: Stimmt, der Straßenbelag sieht nagelneu aus.

DIE MITFAHRERIN *(die den Nagel auf den Kopf trifft)*: Ehrlich gesagt, der Asphalt ist viel zu glatt.

DER FAHRER *(eindeutig wütend)*: Ist ja gut, ihr Feiglinge, ich dreh um, was seid ihr nur für Hasenfüße!

Doppelt wütend, einmal darüber, dass er sich im Weg getäuscht hatte, und weil er von einer Armee im Manöver aufgehalten wurde, legte Bilger schließlich den Rückwärtsgang ein – zurück am Checkpoint, ließen die beiden staubigen Rekruten die schwere Kette genauso phlegmatisch herunter wie auf dem Hinweg; wir hatten Zeit genug, mit Sarah die verwitterte Beschriftung des Holzschilds zu entziffern: »Militärgelände – Lebensgefahr – Betreten verboten«. Es ist unheimlich, wenn man daran denkt, dass die Panzer und Maschinengewehre, die wir beim Manöver sahen, heute dazu dienen, die Rebellion zu bekämpfen, ganze Städte zu vernichten und ihre Einwohner zu massakrieren. Wie oft haben wir uns über die zerlumpten syrischen Soldaten lustig gemacht, die im Schatten ihrer defekten Sowjetjeeps mit aufgestellter Motorhaube am Straßenrand hockten und vergebens auf Pannenhilfe warteten. Als hätte diese Armee für uns nicht die geringste Zerstörungskraft besessen, keinerlei Gefechtsbereitschaft; das Assad-Regime und seine Panzer kamen uns vor wie Pappmaschee-Spielzeug, wie Puppen, sinnentleerte Abbildungen an den Rändern der Städte und der Dörfer; wir sahen jenseits der offensichtlichen Zerrüttung der Armee und ihrer Führer nicht die Wirklichkeit aus Angst, Tod und Folter hinter den Plakaten, nicht die Möglichkeit der Zerstörung und der extremen Gewalt hinter den allgegenwärtigen Soldaten, so schlecht gekleidet sie auch waren.

Bilger war an jenem Tag in glänzender Form: Wie eine beleidigte Leberwurst, und das wegen seines eigenen Irrtums, hatte er den größten

Teil des Tages geschmollt, und als wir fast wieder an den Ausgangspunkt unserer Tour wenige Kilometer entfernt von Palmyra zurückgekommen waren, wo sich tatsächlich eine Abzweigung befand, die wir verpasst hatten, und eine andere Straße in weit weniger gutem Zustand (was erklärte, warum wir sie übersehen hatten) abzweigte, die durch die steinigen Hügel geradewegs nach Norden führte, bestand er darauf, um sein Ansehen wiederherzustellen, uns einen magischen Ort zu zeigen, das berühmte Qasr al-Heir, einen alten Umayyaden-Palast vom Ende des 7. Jahrhunderts, ein Jagdschloss mit Wildgehege, in das sich die Kalifen aus Damaskus zurückzogen, um Gazellen zu jagen, Musik zu hören und mit ihren Begleitern jenen Wein zu trinken, der so schwer, so gewürzt, so stark war, dass man ihn mit Wasser mischen musste – die Dichter von damals beschrieben diese Mischung, erzählte Sarah; das Zusammentreffen des Nektars und des Wassers war explosiv, schlug Funken; die Mischung im Becher war rot wie das Auge eines Hahns. In Qasr al-Heir gab es, wie Bilger erklärte, herrliche Fresken mit Jagdszenen und Trinkgelagen – Jagdszenen und Trinkgelagen, aber auch von Musik: Auf einem der berühmtesten Fresken sieht man einen Musiker, der mit seiner Laute eine Sängerin begleitet, und selbst wenn diese Fresken natürlich längst woanders hingen, gerieten wir bei dem Gedanken, dieses berühmte Schloss zu besuchen, in höchste Aufregung. Natürlich wusste ich damals noch nicht, dass Alois Musil dieses Schloss auf seiner zweiten Forschungsreise wiederentdeckt und erstmalig beschrieben hatte. Der Weg dorthin führte über eine zwanzig Kilometer lange, kleine asphaltierte Straße nach Norden, dann musste man in einem Labyrinth von Pisten, die alle in die Wüste führten, nach Osten abbiegen; unsere Landkarte war sehr grob, aber Bilger machte sich anheischig, das fragliche Schloss zu finden, das er bereits kannte und das wie eine Festung von weitem zu sehen sei, wie er sagte.

Die Steinwüste flimmerte weiß in der Sonne; hier und da spross mitten in der Einöde, man weiß nicht wie, kahles Dornengestrüpp; in der Ferne sah man gelegentlich eine kleine Gruppe schwarzer Zelte. Dieser Teil der *Badiyé* war nicht flach, überhaupt nicht, aber man hatte größte Mühe, die Reliefs zu erkennen, die weder besondere Vegetationsformen kannten noch den geringsten Schatten boten: Ein Zelt, das eine Sekunde zuvor noch zu sehen war, verschwand plötzlich wie durch Zauberei hinter einer unsichtbaren Anhöhe, was die Orientierung noch schwieriger machte; manchmal fuhren wir in weite Senken hinab, Talkessel, in denen man ohne Probleme ein ganzes Meharistenregiment hätte verstecken können. Sobald Bilger schneller fuhr als dreißig Stundenkilometer, wurde der Geländewagen auf den Steinen hin- und hergeworfen und begann spektakuläre Sprünge zu machen; er musste mindestens sechzig fahren, sozusagen über die Steine fliegen, damit der Motor weniger vibrierte und wir Insassen nicht wie auf einem höllischen Massagesessel durchgerüttelt wurden – diese Geschwindigkeit erforderte jedoch starke Konzentration: ein plötzlicher Buckel, eine Vertiefung oder ein großer Stein, und die Karre wurde zur Seite geschleudert; dann stießen unsere Köpfe äußerst heftig gegen die Decke und die Mechanik quietschte grässlich. Bilger hatte sich also mit beiden Händen an sein riesiges Lenkrad geklammert und starrte mit zusammengebissenen Zähnen geradeaus auf die Piste; die Muskeln seiner Unterarme sprangen hervor, an den Handgelenken zeigten sich die Sehnen – er erinnerte mich an einen Kriegsfilm aus meiner Kindheit, in dem ein Soldat des Afrikakorps irgendwo in Libyen in einem Jeep mit offenem Verdeck nicht wie gewöhnlich auf Sand fuhr, sondern über spitze und scharfe Steine; dabei schwitzte der Soldat, und wie bei Bilger waren die Finger vom Druck auf das Lenkrad weiß. Sarah schien sich der Schwierigkeit der Übung nicht bewusst zu sein; sie las uns mit lauter Stimme auf Französisch Annemarie Schwarzenbachs Erzählung über die *Beni Zaïnab* vor, über die Begegnung mit Marga d'Andurain in Palmyra, von der am Vortag so viel die Rede gewesen war: Wir fragten sie immer wieder, ob ihr beim Lesen unter solchen Umständen nicht schwindlig werden würde, doch nein, abgesehen davon, dass das Buch bei jedem Rumpeln vor ihren Augen hüpfte, schien sie leider nichts zu stören. Bilger konnte sich ein paar ironische Bemerkungen, natürlich auf Deutsch, nicht verkneifen: »Gut, dass du ein Hörbuch mitgenommen hast, auf langen Fahrten ist das sehr angenehm. Und ich kann mein Französisch verbessern.« Ich hätte so gern neben ihr auf dem Rücksitz gesessen; ohne wirklich daran zu glauben, hoffte ich, dass wir in der nächsten Nacht aufs Neue unter dieselbe Decke kriechen würden und ich diesmal den Mut finden würde, ins kalte

Wasser zu springen, oder vielmehr sie zu küssen – Bilger hatte angekündigt, wir würden wohl gezwungen sein, in Qasr al-Heir zu biwakieren: Nachts könne man nicht durch die Wüste fahren, was meinen Wünschen sehr entgegenkam.

Ich sollte erhört werden, nicht ganz im Sinne meiner Hoffnungen, aber immerhin erhört: wir würden in der Wüste schlafen. Drei Stunden später fuhren wir noch immer mehr oder weniger Richtung Osten in einer Geschwindigkeit, die zwischen fünfzig und sechzig Stundenkilometern schwankte. Da keiner von uns an der Abzweigung daran gedacht hatte, auf den Kilometerzähler zu schauen, wussten wir nicht, welche Entfernung wir inzwischen zurückgelegt hatten; die Landkarte war keine Hilfe: auf ihr war in diesem Sektor nur eine Ost-West-Piste verzeichnet, während sich hier Dutzende von Wegen kreuzten und immer wieder kreuzten; nur der kleine Kompass auf Bilgers Armaturenbrett und die Sonne zeigten uns ungefähr den Norden an.

Bilger begann, sich aufzuregen. Er fluchte wie ein Droschkenkutscher, klopfte auf sein Lenkrad; ist doch nicht möglich, kreischte er, wir hätten längst die Autobahn Palmyra–Deir ez-Zor kreuzen müssen, sieh nur auf die Karte, das ist unmöglich, vollkommen unmöglich, ABSOLUT UNMÖGLICH, doch wir mussten uns der Wirklichkeit beugen: wir hatten uns verirrt. Oder vielleicht nicht verirrt, aber verfahren. Sarah hat, glaube ich, diesen kleinen Unterschied gemacht, aus Rücksicht auf Bilgers Stolz, und mir war es schwergefallen, diese Nuance für Bilger ins Deutsche zu übersetzen: Es hatte ihn nur mäßig getröstet, und er wetterte weiter halblaut vor sich hin wie ein kleines Kind, dessen Spielzeug nicht tut, was es tun soll. Wir machten eine lange Pause, um zu Fuß eine steinige Anhöhe zu erklimmen, von wo uns der Panoramablick vielleicht eine Landmarke hätte bieten können – die Autobahn nach Deir ez-Zor oder das berühmte Umayyadenschloss selbst. Doch was uns als vorgelagerte Bergkuppe erschienen war, entpuppte sich als ein mehr oder weniger auf gleicher Höhe mit der Umgebung gelegenes Gelände, es gab nichts zu sehen, nur unser Auto stand ein wenig tiefer als das allgemeine Niveau der Wüste. Der grüne Fleck weit im Norden (war es wirklich Norden?) war ein Feld mit Frühlingsweizen oder ein Stück Gras, und die schwarzen Punkte waren Ansammlungen von Zelten. Wir riskierten nichts weiter, außer

Qasr al-Heir heute nicht mehr zu sehen. Der Nachmittag war weit fortgeschritten – und zu Bilgers großer Verzweiflung begann die Sonne hinter uns zu sinken; ich dachte an Alois Musil, den großen Entdecker der Umayyadenschlösser, und an seine Forschungsmissionen: Nachdem er alle westlichen Dokumente über die Region um Ma'an und die Berichte der Reisenden in der Bibliothek der von Jesuiten gegründeten Sankt-Joseph-Universität in Beirut studiert hatte, stürzte er sich 1898 in Begleitung einiger osmanischer Gendarmen, die er sich beim Kaymakam von Akaba ausgeliehen hatte, auf einem Kamelrücken in die Wüste, um das berühmte Lustschloss von Qasr Tuba ausfindig zu machen, von dem außer den Beduinen seit Jahrhunderten niemand mehr gehört hatte. Welcher Mut, welcher Glaube oder welcher Irrsinn trieb den kleinen katholischen Priester aus Böhmen dazu an, sich mit einer Waffe über der Schulter in die Leere zu stürzen, mitten unter Nomadenstämme, die der osmanischen Macht mehr oder weniger feindlich gesinnt waren und regelmäßig Überfälle verübten und Kriege anzettelten? Hatte auch er den Schrecken der Wüste empfunden, diese einsame Angst, die einem in der unermesslichen Weite die Brust zuschnürt, die große Gewalt dieser unermesslichen Weite, die, wie man sich vorstellen kann, viele Gefahren und Schmerzen birgt – sowohl körperliche als auch seelische Schmerzen und Gefahren, Hunger und Durst, sicher, aber auch Einsamkeit, Verlassenheit und Verzweiflung; es war ein amüsanter Gedanke, der mir oben auf diesem bedeutungslosen kleinen Steinhaufen kam, dass die Vettern Musil, Alois und Robert, jeder für sich und auf völlig unterschiedliche Weise, die Erfahrung des Verzichts und der Verlassenheit gemacht hatten: Robert in den Trümmern des kaiserlichen Wiens, Alois Tausende Kilometer entfernt unter den Nomaden; beide waren durch Ruinen geschritten. Ich erinnere mich an den Anfang vom *Mann ohne Eigenschaften* (ist es wirklich der Anfang?), als Ulrich auf drei Herumtreiber trifft, die ihn mit »mit Blei gefüllten Gummischläuchen« niederstrecken und ihn, da sie ihn für tot halten, auf einem Wiener Gehweg liegenlassen; ihm wird von einer sehr schönen, jungen Frau geholfen, die ihn in ihrem Wagen mitnimmt und der er während der Fahrt einen ironischen Vortrag über die Ähnlichkeiten der Erfahrung von Gewalt und der mystischen Erfahrung hält: Für seinen Vetter Alois war diese Wüste sehr real, dachte ich, während ich Sarah beobachtete, die mit großer Mühe den Hang des kleinen Hügels erklomm wie Ulrich, der nach den Hieben gerade seine Bonadea kennengelernt hatte, war die Wüste ganz sicher gleichermaßen der Ort der Erleuchtung wie der Verlassenheit, wo Gott auch durch seine Abwesenheit seine Umrisse zeigte, ein Widerspruch, auf den Ulrich in Musils Roman den Finger legt: »daß Roheit und Liebe nicht weiter voneinander entfernt seien als der eine Flügel eines großen bunten stummen Vogels vom andern./Er hatte den Ton auf die Flügel und den bunten, stummen Vogel gelegt, – ein Gedanke ohne rechten Sinn, aber voll von einem wenig jener ungeheuren Sinnlichkeit, mit der das Leben in seinem maßlosen Leib alle nebenbuhlerischen Gegensätze gleichzeitig befriedigt; er bemerkte nun, daß seine Nachbarin das nicht im geringsten verstand, dennoch war der weiche Schneefall, den sie im Wagen verbreitete, noch dichter geworden.« Sarah ist dieser weiche Schneefall über der Wüste, dachte ich, als sie mich fast eingeholt hatte oben auf der Anhöhe, von wo aus es nichts zu sehen gab.

Ich glaube, ich bin gerade dabei einzuschlummern, ich gleite sanft in den Schlaf, eine leichte Brise aus der Wüste streift im 9. Bezirk dieses Neuen Wiens, das keiner der beiden Musils kannte, über mein Gesicht auf meinem Kopfkissen, über das Federbett, unter dem ich liege, die zusammen ein Nomadenzelt sind, ebenso tief und geräumig wie das, das uns in jener Nacht beherbergte, der Nacht in der Wüste: Plötzlich hatte ein scheppernder Kipplaster neben uns angehalten, und wie die Führer von Alois Musil erklärten uns seine Insassen (faltige, gebräunte Gesichter, in rote Kufiyas gehüllt, mit steifen Schnurrbärten, die die Gesichter in zwei Hälften teilten), dass es zu dem von uns gesuchten Schloss noch sehr weit sei, noch gut drei Stunden Piste in Richtung Nordosten, und dass wir es keinesfalls mehr vor Anbruch der Dunkelheit erreichen würden: Nach bester Beduinentradition luden sie uns ein, in ihrem schwarzen Zelt zu schlafen. Wir waren nicht die einzigen Gäste: Im »Salon« untergebracht, befand sich dort bereits ein seltsamer Hausierer, ein fliegender Wüstenhändler, der in riesigen grauen Nylonsäcken, die aussahen wie übergroße Schläuche, hunderterlei verschiedener Plastikformteile verkaufte, Becher, Siebe, Eimer, Gummisandalen, Kinderspielzeug oder auch Teekannen, Kaffeekannen, Teller und Bestecke aus Weißblech:

Seine riesigen Quersäcke vor dem Zelt sahen aus wie zwei schlaffe dicke Larven oder zwei entartete Bohnen einer Höllenpflanze. Der Hausierer stammte aus dem Norden Syriens und hatte kein Fahrzeug: Er durchquerte die *Badiyé* von Zelt zu Zelt mit Hilfe der Lastwagen und Traktoren der Nomaden, bis er alles verkauft hatte, und kehrte dann nach Aleppo zurück, um im Labyrinth der Souks seine Säcke wieder zu füllen. Hatte er seinen Krempel erneuert, ging er wieder auf Tour, diesmal im Reisebus den Euphrat hinunter, dann zog er kreuz und quer durch das zwischen dem Fluss, Palmyra und der irakischen Grenze liegende Territorium, und dabei machte er sich die Gastfreundschaft der Nomaden zunutze (ein Westler würde sagen, er nutze sie aus), die ebenso seine Kunden wie seine Gastgeber waren. Dieser T.E.Lawrence der Töpfe musste gewiss auch ein wenig Spion sein und die Behörden über das Tun und Lassen dieser Stämme unterrichten, die enge Beziehungen zum Irak, zu Jordanien, Saudi-Arabien und sogar Kuwait unterhielten: Mit Erstaunen erfuhr ich, dass ich mich in einem »Haus« des Clans der Mutayr befand, des berühmten kriegerischen Stammes, der sich zu Beginn der zwanziger Jahre mit Ibn Saud verbündet und ihm den Weg zur Macht geebnet hatte, bevor er gegen ihn rebellierte. Der Stamm, dem der Reisepass-Gatte von Marga angehört hatte. Der arabische Jude Muhammad Asad erzählt, wie er selbst für Ibn Saud in Kuwait an einer Spionageoperation gegen die Mutayr von Faysal ad-Dawisch teilgenommen hat. Diese großen Krieger schienen (zumindest in ihrer syrischen Version) zu den friedlichsten zu gehören: Sie züchteten Schafe und Ziegen, besaßen einen Lastwagen und einige Hühner. Aus Anstand hatte Sarah ihr Haar im Wagen zusammengesteckt, so gut sie konnte, als wir dem Lastwagen der Beduinen bis zu ihrem Zelt folgten: Als sie das Fahrzeug verließ, entflammte der Sonnenuntergang kurz ihre Strähnen, bevor sie in den Kernschatten des schwarzen Zeltes trat; was für ein Pech, dachte ich, keine zweite Nacht unter dem Sternenhimmel, an Sarah geschmiegt, was für ein verdammtes Pech, dass wir es nicht geschafft hatten, dieses abgelegene Wüstenschloss zu erreichen. Das Innere des Hauses aus Fellen war dunkel und gemütlich; eine Zwischenwand aus Schilf, durchflochten mit roter und grüner Webware, teilte das Zelt in zwei Bereiche, eine Seite für die Männer, eine für die Frauen. Der Chef dieser Wohnstätte, der

Patriarch, ein sehr alter Mann mit goldenem Prothesenlächeln, schwatzte wie eine Elster: Er sprach drei Worte Französisch, gelernt bei der Armee der Levante, in der er zur Zeit des französischen Mandats in Syrien gedient hatte: »Aufstehen! Hinlegen! Marsch, Marsch!«, Befehle, die er mit größtem Vergnügen in Zweiergruppen brüllte, »Aufstehhinlegen! Hinlegenmarsch!«, glücklich nicht nur über das simple Vergnügen an der schönen Erinnerung, sondern auch über die Anwesenheit einer französischen Zuhörerschaft, die diese martialischen Befehle wohl zu schätzen wüsste – unser Arabisch war zu dürftig (vor allem das von Bilger, das sich auf »Graben! Schaufel, Hacke« beschränkte, eine andere Version des »Aufstehhinlegenmarschmarsch«), um die zahlreichen Erzählungen des achtzigjährigen Clanchefs gut zu verstehen, doch Sarah gelang es, sowohl durch Empathie als auch dank ihrer Sprachkenntnisse, den Geschichten des alten Mannes mehr oder weniger zu folgen und uns ihren allgemeinen Sinn zu vermitteln, wenn er uns entging. Sarahs erste Frage an den Methusalem des Clans betraf natürlich die Gräfin von Palmyra, Marga d'Andurain – ob er sie gekannt habe? Der Scheich strich sich über den Bart und schüttelte den Kopf, nein, er hatte zwar von ihr gehört, von dieser *Comta* in Palmyra, aber mehr nicht – er hatte keinen Kontakt zu der Legende, Sarah war bestimmt enttäuscht. Wir saßen im Schneidersitz auf den Wollteppichen, die direkt auf der Erde lagen, und tranken einen süßen und wohlriechenden Aufguss von Zimtschalen; bei unserer Ankunft hatte ein schwarzer Hirtenhund gebellt, der die Tiere vor Schakalen oder sogar Hyänen beschützte: Die Geschichten von Hyänen, die uns der Opa, seine Söhne und der Hausierer erzählten, ließen einem die Haare zu Berge stehen. Sarah war im siebenten Himmel, augenblicklich genesen von ihrer Enttäuschung, nicht einen der letzten Zeitzeugen getroffen zu haben, der noch Marga d'Andurain, die Giftmörderin der Wüste, gekannt hatte; häufig drehte sie sich mit einem komplizenhaften Lächeln zu mir um, und ich wusste, dass sie in diesen magischen Erzählungen die Märchen von den Ghulen und den anderen Phantasiewesen wiederfand, die sie studiert hatte: Um Hyänen, die aus diesen Gegenden nahezu verschwunden waren, rankten sich bei diesen Nomaden die ungewöhnlichsten Legenden. Der alte Scheich war ein begnadeter Erzähler, ein großer Komödiant; mit einer kleinen Handbewegung brachte er seine Söhne oder den Hausierer zum Schweigen, um selbst vergnüglich eine Geschichte vorzutragen, die er kannte – die Hyäne, sagte er, hypnotisiere die Menschen, die das Pech haben, ihrem Blick zu begegnen; diese seien dann gezwungen, ihr durch die Wüste bis zu ihrer Höhle zu folgen, wo sie sie quäle und schließlich verschlinge. Wem es gelinge, ihr zu entwischen, den verfolge sie in ihren Träumen; bei einer Berührung mit ihr entstehen grauenhafte Pusteln – kein Wunder, dachte ich, dass diese Viecher weidlich niedergemetzelt worden waren. Den Schakal hingegen müsse man respektieren, er sei aber harmlos; sein langgezogener Ruf bohre sich durch die Nacht – ich fand dieses Heulen besonders unheimlich, aber es habe nichts zu tun mit dem grauenerregenden Schrei der Hyäne, wie die Beduinen betonten, der einen vor Entsetzen auf der Stelle erstarren, zu Eis gefrieren lasse: Wer dieses heisere Brüllen einmal gehört habe, erinnere sich ein Leben lang daran.

Nach einigen Betrachtungen zur übernatürlichen Zoologie versuchten Sarah und ich (wie Alois Musil, so stellte ich mir vor, von seinen Nomaden), Informationen über die archäologischen Stätten in der Umgebung zu erhalten, jene Tempel, Schlösser und vergessenen Städte, die einzig die Beduinen noch kennen konnten – diese Fragerei ging König Bilger auf die Nerven, er war sich sicher, dass Generationen von Orientalisten »die Wüste ausgeschöpft« hatten; die Grabars, Ettinghausens oder Hillenbrands waren jahrelang damit beschäftigt gewesen, die islamischen Ruinen zu beschreiben, während ihre Kollegen, die Spezialisten der Antike, die römischen oder byzantinischen Festungen und Dörfer zusammengetragen hatten: Da gebe es nichts mehr zu entdecken, meinte er – tatsächlich erzählten unsere Gastgeber von Qasr el-Heir und Resafa, nicht ohne Geschichten von versteckten Schätzen anzufügen, die Bilger mäßig amüsierten, der sich noch immer ein wenig darüber ärgerte, sich verfahren zu haben. Er erklärte mir auf Deutsch, dass die Einheimischen die Ausgrabungen der Archäologen beobachten und ihrerseits zu graben beginnen würden, sobald der letzte Archäologe das Feld geräumt habe: Diese Krähen der Archäologie, Bilger übertrieb, seien eine wohlbekannte Plage an den Grabungsstätten, deren unmittelbare Umgebung am Ende mit Löchern und Erdhaufen überzogen sei, als wäre sie von riesigen Maulwürfen durchpflügt worden.

In langen, von Stickereien verstärkten dunklen Kleidern brachten die Frauen das Abendessen; ohne Hefe gebackenes rundes Brot, Honig, getrockneter wilder Thymian mit Sumak und Sesam vermischt, Käse, Milch, Joghurt – hätte er nicht so schrecklich verbrannt geschmeckt, hätte man den Käse mit trockener, gesalzener Seife verwechseln können. Alle Milchprodukte hatten übrigens denselben verbrannten Geschmack, der für mich der Geschmack der Wüste geblieben ist, des Landes, in dem Milch, Honig und Feuer fließen. Der alte Mann aß wenig, beharrte aber sehr, dass wir von diesem und jenem kosteten; Sarah hatte das Gespräch mit einer der Frauen begonnen, eine der jüngsten, wie mir schien – vielleicht aus übertriebenem Anstand versuchte ich, sie so wenig wie möglich anzusehen. Wir sprachen noch immer über Mysterien und Entdeckungen. Der Hausierer stand auf und ging hinaus, sicher um einem natürlichen Bedürfnis nachzugehen (ich stellte fest, dass dieses Zelt im Gegensatz zu den Campingplätzen im Salzkammergut über keine sanitären Anlagen in der Nähe verfügte: Mama hätte das ganz und gar nicht gefallen; sie hätte mich auch vor den Nahrungsmitteln gewarnt, wenngleich das starke Brandaroma darauf hinzuweisen schien, dass die Milch abgekocht worden war), und der Scheich nutzte seine Abwesenheit (was bestätigte, dass man den Hausierer verdächtigte, ein Informant zu sein), um uns mit leiser Stimme anzuvertrauen, dass es fern im Südwesten, an der Grenze zwischen der Wüste und dem Basaltgebirge, das die *Badiyé* von der Hauran-Ebene trennte, tatsächlich geheimnisvolle und vergessene Ruinen gebe, ja, eine ganze Stadt, wie der alte Mann meinte, bedeckt von Gebeinen; ich hatte größte Mühe, dieses Wort zu verstehen, Knochen, Gebeine, und musste Sarah fragen, was »adhm« bedeutete. Laut dem Scheich handelte es sich um Ruinen einer durch Gotteszorn zerstörten Stadt, wie es im Koran geschrieben stand – er sprach mit Schrecken davon, sagte, der Ort sei verflucht, und niemals, absolut niemals würden die Beduinen in seiner Nähe das Lager aufschlagen: Sie würden sich damit begnügen, die Berge von Knochen und Trümmern zu betrachten, sich zu sammeln und ihres Weges zu ziehen. Mit einem gereizten Gesichtsausdruck hob Bilger die Augen zum Himmel, was unserem Gastgeber gegenüber äußerst unhöflich war: Die Stadt sei einfach zu finden, spottete er, laut Bibel würde es genügen, an der Kreuzung mit der versteinerten Frau den Weg nach rechts zu nehmen. Ich versuchte mehr darüber zu erfahren, ob es sich um Tierknochen handelte? Einen Kamelfriedhof vielleicht? Einen Vulkanausbruch? Der alte Mann lachte über meine Fragen, nein, Dromedare versteckten sich nicht an geheimen Orten, um zu sterben, sie verendeten dort, wo sie sich gerade aufhielten, legten sich hin und stürben wie jeder. Bilger versicherte mir, dass die Vulkane in Syrien seit Zehntausenden von Jahren erloschen seien, was die These eines Ausbruchs wenig wahrscheinlich machte; er schien das alles für der abergläubischen Phantasie der Einheimischen entsprungene Albernheiten zu halten. Ich stellte mir die Überreste einer alten Festung und einer verschwundenen Stadt auf den Abhängen eines Kraters aus Mondgestein vor, bedeckt mit den Gebeinen ihrer Bewohner, die durch Gott weiß welche Katastrophe umgekommen waren – eine albtraumhafte, schwarze, selenische Vision. Der Hausierer kam zurück ins Zelt, und ich ging meinerseits hinaus; es war dunkel; die Kälte schien von den Steinen direkt in den von Sternen vereisten Himmel aufzusteigen. Ich entfernte mich zum Urinieren vom Zelt, einen Moment lang begleitete mich der Hund, bevor er mich verließ, um irgendwo weiter weg in der Dunkelheit zu schnüffeln. Über mir schien, was wir am Tag zuvor nicht wahrgenommen hatten, hoch am Himmel, nach Westen, in Richtung Palästina und Mittelmeer zeigend, wie eine plötzliche Offenbarung, ein Komet mit einem langen Schweif aus leuchtendem Staub.

2 Uhr 20

Sarah liegt nackt neben mir; ihre langen Zöpfe fallen über ihren Rücken wie ein Bach, der sich an den Felsbrocken ihrer Wirbelsäule bricht. Schuldgefühle plagen mich; ich betrachte sie bedrückt. Das Schiff bringt uns nach Beirut, auf der letzten Route der österreichischen Lloyd: Triest – Alexandria – Jaffa – Beirut. In meiner Verwirrung ahne ich, dass Sarah nicht vor unserer Ankunft morgen in Beirut aufwachen wird, wo Nadim uns zu ihrer Hochzeit erwartet. Umso besser. Ich mustere eingehend ihren schlanken, muskulösen, fast mageren Körper; als ich kurz an ihrem Geschlecht spiele, rührt sie sich nicht, sie schläft tief und fest. Ich weiß, dass ich nicht da sein sollte. Das Schuldgefühl schnürt mir die Kehle zu. Durch das Bullauge sehe ich das winterliche Meer in seiner endlosen grünlichen Weite, schraffiert von den Schaumkronen auf den Wellenkämmen; ich gehe aus der Kabine in die langen, mit rotem Samt verkleideten Gänge, die von bronzenen Wandleuchtern erhellt sind, ich irre durch die schwüle Hitze des Schiffs, wie ärgerlich, sich auf diese Weise in den stickigen Korridoren zu verlaufen, dabei bin ich zu spät dran; die ovalen Schilder an den Kabinentüren geben die Namen, den Geburts- und den Todestag der Passagiere an – bei Kathleen Ferrier, dann bei Lou Andreas-Salomé zögere ich, an die Tür zu klopfen, ich wage es nicht, sie zu stören, zu sehr schäme ich mich, dass ich mich verlaufen habe, dass ich im Flur urinieren musste, in einen prächtigen Schirmständer, bevor mich die Gastgeberin (durchsichtiges Seidenkleid, ich betrachte ausgiebig ihre Unterwäsche) am Arm nimmt, »kommen Sie, Franz, Sie werden oben erwartet, lassen Sie uns durch die Kulissen gehen. Stefan Zweig ist wütend, er will Sie in Ihrer Ehre verletzen, Sie zum Duell auffordern; er weiß, dass Sie nicht den Mut haben werden, ihm gegenüberzutreten, und dass man Sie aus der Burschenschaft ausschließen wird.«

Ich versuche, sie auf den Mund zu küssen, sie lässt es zu, ihre Zunge ist weich und warm, ich fahre mit einer Hand unter ihr Kleid, und während sie meine Hand liebevoll zurückzieht, murmelt sie *nein, nein, nein, Liebchen*, ich bin gekränkt, obwohl ich es verstehe. Im großen Foyer stehen viele Leute um uns herum, Dr. Kraus feiert einen Triumph, nach dem Ende der *Geistervariationen* von Schumann spenden wir tosenden Beifall. Ich nutze es aus und versuche von neuem, das Kleid der Gastgeberin hochzustreifen, sie weist mich ebenso sanft wieder zurück. Ich kann es kaum erwarten, dass die ernsthaften Dinge beginnen. Der Oberst befindet sich in einem ausführlichen Gespräch mit Dr. Kraus; er erklärt mir, Kraus ertrage es nicht, dass seine Frau besser Klavier spiele als er, und ich gebe ihm recht, Lili Kraus ist eine großartige Pianistin, kein Vergleich mit Ihnen, lieber Doktor. Ich verschütte die Milch in meinem Glas über der Galauniform des Oberst, alle Adler sind mit Spritzern übersät, zum Glück macht Milch auf Uniformen keine Flecken, anders als auf Abendkleidern, die Gastgeberin muss ihres ausziehen: Sie knüllt es zusammen und lässt das Wäscheknäuel in einem Wandschrank verschwinden.

– Was soll nur aus uns werden? Dieses Land ist so klein und so alt, Oberst, dass es nichts nützt, es zu verteidigen. Wir sollten es besser austauschen.

– Das ist in der Tat die Lösung des Syrien-Problems, sagt er.

Draußen wütet noch immer der Krieg; man kann nicht hinaus, wir werden, eingeschlossen unter dieser Treppe, ausharren müssen.

– Hast du nicht dein Hochzeitskleid dort versteckt? Das, auf dem ich versehentlich Flecken gemacht habe?

Immer mit der Ruhe, immer mit der Ruhe. Wir halten uns in der Dunkelheit eng umschlungen, doch die Gastgeberin interessiert sich nicht für mich, ich weiß, dass sie nur Augen hat für Sarah. Man muss etwas tun, aber was? Die Irische See ist in Aufruhr, Sie werden sicher erst in zwei oder drei Tagen ankommen. Zwei oder drei Tage! Herr Ritter, sagt Kraus leise, ich glaube, wir können jetzt die Krankheit wechseln. Sie haben recht, es wird Zeit. Es wird Zeit. Schauen Sie, Franz, wie diese junge Frau sich liebkost! Stecken Sie Ihr Gesicht zwischen ihre Beine, das bringt Sie auf andere Gedanken.

Kraus verzapft weiter absurdes Zeug, ich friere, ich muss unbedingt meine Kabine und die schlafende Sarah wiederfinden, schweren Herzens überlasse ich die Gastgeberin ihrer Masturbation. Sie sind bald dran, Herr Ritter. Sie sind bald dran. Das Meer ist heute wirklich aufgewühlt. Spielen Sie uns zum Zeitvertreib doch etwas vor! Das ist zwar nicht meine Laute, aber ich müsste ein Stück improvisieren können. Welche Tonart bevorzugen Sie? *Nahavand? Hedschasi? Hedschasi!* Das passt doch bestens zu den Umständen. Na los, lieber Franz, spielen Sie unseren Walzer, erinnern Sie sich noch? Oh ja, *Der Todeswalzer*, natürlich erinnere ich mich noch, *f, f-a, f-ais-h, h, h*. Meine Hände gleiten über den Hals der Oud mit dem Geigenklang. Die Bar dieses Schiffes, das Foyer der Oper, ist zum Meer hin offen, und die Gischt spritzt auf die Musiker und ihre Instrumente. Unmöglich, unter diesen Bedingungen zu spielen, verehrtes Publikum. Was für eine Enttäuschung! Wo wir doch so sehr den *Todeswalzer* hören wollten! Wir steuern geradewegs auf den Schiffbruch zu, freuen Sie sich. Ich freue mich, verehrtes Publikum, liebe Freunde. Liebe Freunde, Herr Dr. Zweig möchte eine kurze Ansprache halten (schon wieder der alte Zweig mit dem langen Gesicht, wie ärgerlich). Ich verlasse mit meiner Laute die Bühne, um ihm Platz zu machen, unter dem Stuhl befindet sich eine große Wasserlache. Zweig schimpft mit mir, fährt mit der Hand durch mein Haar und sagt mir, ich solle mich setzen. Meine Damen und Herren, schreit er, es ist Krieg! Montjoie! Saint-Denis! Es ist Krieg! Freuen Sie sich!

Alle klatschen Beifall, die Soldaten, die Matrosen, die Frauen, das Ehepaar Kraus und sogar Sarah, ich bin wirklich überrascht, dass sie da ist, ich stürze zu ihr, du bist aufgewacht? Du bist aufgewacht? Ich verstecke die Laute hinter meinem Rücken, damit sie nicht sieht, dass ich sie Nadim gestohlen habe – habe ich sie gestohlen? Ich weiß, dass mich die Polizei für dieses schreckliche Verbrechen sucht, das ich einst begangen habe. Kommen wir bald an? Es ist Krieg, sage ich, alle freuen sich darauf, im Kampf zu fallen. Wien wird die neue Hauptstadt von Syrien werden. Auf dem Graben wird man Arabisch sprechen.

Vor allem darf Sarah nichts erfahren, wegen des Totschlags und der Leiche. Doktor Kraus! Doktor Kraus! Über unseren Leichen sind Ihre Schwertlilien noch immer gewachsen! Was für ein furchtbarer Frühling mit diesem endlosen Regen, man sollte nicht glauben, dass man im Orient ist. Alles verfault. Alles wird schimmelig. Die Knochen verwesen unaufhörlich. Wir werden dieses Jahr eine gute Weinlese haben, der Wein der Toten wird sehr ergiebig sein. Pssst, murmelt Sarah, sprich nicht vom Wein der Toten, das ist ein Geheimnis. Ein Zaubertrank? Vielleicht. Liebestrank oder Todestrank? Du wirst sehen.

In der Ferne singt ein Matrose, »nach Osten fährt das Schiff, der Wind bläst frisch über unser Land, wohin führt dein Leben, mein Kind aus Irland?«.

Was Sarah sehr zum Lachen bringt. Sie ähnelt doch Molly Bloom, dachte ich, die ihren Karren durch die engen Straßen schiebt, um Muscheln und Krabben zu verkaufen. Gott, wie riesig das Meer ist!

Wie viele Kinder werden wir haben, Doktor Kraus?

Wie viele?

Es wäre wirklich undenkbar, dass ich solcherlei Vorhersagen machte, ich bin ein seriöser Arzt, Herr Ritter. Teilen Sie diese Spritze mit niemandem, sonst werden sie einander anstecken.

Du hast schöne Adern, Franz, weißt du das?

Ich habe Sie gewarnt, Herr Ritter.

Du hast schöne Adern, Franz, wiederholt Sarah.

Schweiß, Schweiß, Schweiß.

Horror. Mein Gott, was für ein Horror. Das Licht brennt noch, ich halte noch immer den Lichtschalter. Dieses Bild von Sarah mit der Spritze in der Hand, zum Glück bin ich aufgewacht, bevor etwas Irreparables geschehen wäre und Sarah mir unter dem lüsternen Blick von Dr. Kraus die widerliche Flüssigkeit, ihren *Totenwein*, gespritzt hätte, wie entsetzlich, und da wollen manche noch Spaß am Träumen haben! Einatmen, ausatmen. Es ist furchtbar, wenn man das Gefühl hat, keine Luft zu bekommen, als ob man im Schlaf ertrinken würde. Zum Glück erinnere ich mich nicht an meine Träume, nur an die letzten Sekunden, zum Glück erlöschen sie fast augenblicklich in meinem Gedächtnis. Ich entgehe dem Schuldgefühl des Unbewussten, dem ungezügelten Begehren. Dieses seltsame Gefühl überkommt mich häufig im Traum. Zu glauben, dass ich wirklich ein grauenhaftes Verbrechen begangen habe, das aufgedeckt zu werden droht. Der Totenwein. Sarahs Artikel geht mir nicht aus dem Sinn, was für eine Idee, mir diesen Text aus Sarawak zu schicken, wo ich jetzt, in diesem Moment, doch krank und so zerbrechlich bin. Ich merke, wie sehr sie mir fehlt. Wie sehr ich sie verfehlt habe. Wie sehr vielleicht auch sie krank und zerbrechlich ist, in ihrem sattgrünen Dschungel, mit ihren ehemaligen Kopfabschneidern und Leichenfledderern. Was für eine Reise. Das ist mal Arbeit für den Scharlatan in der Berggasse, den Nachbarn von Frau Kafka. Letztlich kommt man immer auf dasselbe zurück. Ich glaube mich zu erinnern, dass Jung, der erste unbewusste Orientalist, herausgefunden hatte, dass eine seiner Patientinnen vom tibetischen Totenbuch träumte, obwohl sie noch nie etwas von ihm gehört hatte, was den Argwohn des Jüngers erregte und ihn auf die Spur des kollektiven Unbewussten und der Archetypen brachte. Ich träume weder vom tibetischen noch vom ägyptischen Totenbuch, aber von den geheimen Winkeln in Sarahs Schädel. Tristan und Isolde. Liebestrank und Todestrank. Dik al-Dschinn der Irre. Der alte Dichter aus Homs, der so wahnsinnig war vor Eifersucht, dass er die Frau tötete, die er liebte. Aber das ist nicht alles, sagte Sarah, Dik al-Dschinn war so voller Leidenschaft, so zerrissen vom Schmerz, das Objekt seiner Leidenschaft zerstört zu haben, dass er die Asche seiner Geliebten mit Tonerde vermischte und einen Becher daraus formte, einen Todesbecher, einen magischen und tödlichen Becher, aus dem er Wein trank, den ersten Totenwein, der ihn zu erhabenen Liebesgedichten anregte. Er trank aus dem Leichnam seiner Geliebten, er trank den Körper seiner Liebe, und dieser dionysische Wahn wurde apollinisch durch das Spiel der Verse, der klassischen und regelmäßigen Metrik, in der er die Triebkraft seiner nekrophagen Leidenschaft für die Frau bezwang, die er, den Gerüchten und dem Hass nachgebend, aus Eifersucht getötet hatte: »Ich habe dich in vollkommenster Nacktheit wiedererschaffen«, dichtete er, »ich habe dein Gesicht mit der Erde vermischt, und hätte ich es ertragen können, deine Verwesung zu sehen, hätte ich dein Totenantlitz in der prallen Sonne liegen lassen.«

Man kann verstehen, dass dieser Dichter aus Homs sich volllaufen lässt, der fast siebzig Jahre gelebt hat, ob er sich noch an seinem Lebensabend mit seinem Totenbecher betrank, schon möglich, wahrscheinlich. Warum interessierte Sarah sich für diese entsetzlichen Dinge, Nekrophagie, schwarze Magie, verzehrende Leidenschaften? Ich sehe sie wieder im Wiener Kriminalmuseum, wie sie mit einem Lächeln auf den Lippen in diesem Keller in der Leopoldstadt umherschlenderte zwischen den von Kugeln durchbohrten Schädeln und Totschlägern jeder Art von politischen oder gemeinen Mördern oder Mördern aus Leidenschaft, bis wir zum krassen Höhepunkt der Ausstellung gelangen, einem alten, verstaubten Bastkorb, in dem man zu Beginn des 20. Jahrhunderts eine Frauenleiche ohne Arme und Beine fand, und den Fotoaufnahmen von damals, die einem nicht erspart blieben, der Rumpf der Frau nackt und verstümmelt, die Scham so schwarz wie die Schultern und die Schenkel, wo die abgetrennten Gliedmaße geblutet hatten. Ein Stück weiter, eine weitere Frauenleiche, aufgeschlitzt und vergewaltigt, bevor oder nachdem man sie ausgeweidet hatte. »Ihr seid ein komisches Volk, ihr Österreicher«, sagte Sarah, »ihr stellt Bilder von zu Tode gefolterten Frauen aus, aber ihr zensiert die einzige Darstellung von Lust im ganzen Museum.« Es handelte sich um ein Gemälde in dem Teil der Ausstellung, der den Wiener Bordellen gewidmet ist, es zeigt eine Odaliske in orientalistischem Dekor, die die Beine spreizt und sich streichelt; ein zeitgenössischer Zensor hatte ein großes schwarzes Quadrat über ihre Hand und ihre Schamteile geklebt. Die Bildbeschreibung erklärte nüchtern: »Dekoratives Gemälde aus einem Freudenhaus.« Ich schämte mich natürlich, mit Sarah vor diesem Bild zu stehen und etwas dazu sagen zu müssen; ich errötete und sah woanders hin, was sie für ein Geständnis hielt: ein Anerkennen der Wiener Perversion – Frauen, die man im Keller foltert, zensierte Erotik und draußen die prüdeste Keuschheit.

Ich frage mich, warum ich ausgerechnet jetzt daran denke, vielleicht eine Spur von Traumtätigkeit, ein Kometenschweif, eine Remanenz der Sinne, die die Macht des Begehrens auf das Gedächtnis überträgt, ich sollte akzeptieren, dass die Nacht für mich vorbei ist, sollte aufstehen und zu etwas anderem übergehen, die Hausarbeit zu Gluck korrigieren oder meinen Artikel über die Oper *Maruf, der Schuster von Kairo* überarbeiten, die auf einer Geschichte aus *Tausendundeiner Nacht* in der Übersetzung von Charles Mardrus beruht; ich würde den Artikel gerne Sarah zukommen lassen, das wäre meine Antwort auf ihr Opus über den Wein der Toten im mysteriösen Sarawak. Ich könnte ihr eine Mail schicken, aber ich weiß jetzt schon, wenn ich ihr schreibe, werde ich die nächsten

Tage vor dem Computer hocken wie ein Idiot und auf ihre Antwort warten. Alles in allem war es schön mit ihr im Kriminalmuseum, zumindest war sie da, und ich wäre mit ihr auch ins Bestattungsmuseum am Wiener Zentralfriedhof oder in den Narrenturm gegangen, um einmal mehr die grauenhaften genetischen Anomalien und entsetzlichen Pathologien anzuschauen, wenn sie es gewünscht hätte.

Mir fehlt nicht mehr viel für den Artikel über *Maruf*, nur noch ein kleiner Dreh, eigentlich könnte ich auch direkt Sarah *um Rat fragen*, statt ihr den Artikel einfach nur zu schicken, das wäre doch ein kluger Zug, um mit ihr in Kontakt zu treten, anstatt ihr geradeheraus zu gestehen, du fehlst mir, oder sie hintersinnig an die nackte Frau im Kriminalmuseum zu erinnern (weißt du noch, liebe Sarah, in welche Bedrängnis ich geriet, als wir zusammen ein pornographisches Bild in einem blutigen Keller betrachteten?), schließlich hat auch sie sich mit dem Werk von Dr. Mardrus beschäftigt, und vor allem mit dem seiner Frau Lucie, der ersten in ihrer Sammlung orientalistischer Frauen mit Lou Andreas-Salomé und Jane Dieulafoy. Mardrus, der Kaukasier unter den Schriftstellern, dessen Großvater in den Reihen Imam Schamils gegen die Russen gekämpft hatte, das wäre nun wirklich ein Mann gewesen, dem ich gern begegnet wäre, dem Mardrus des so mondänen Paris der 1890er Jahre; er verkehrte mit Mallarmé, dann mit Apollinaire; kaum war er von Bord des Dampfers der *Messageries maritimes* gegangen, auf dem er als Schiffsarzt gedient hatte, avancierte er dank seines Charmes und seiner Bildung zum Liebling der Pariser Salons – genau das fehlt mir noch, um mein großes Werk zu schreiben, ein jahrelang währender Aufenthalt in einer Schiffskabine zwischen Marseille und Saigon. Mardrus übersetzte auf See Tausende von Seiten aus *Tausendundeiner Nacht*; er war in Kairo aufgewachsen, hatte in Beirut Medizin studiert, Arabisch war sozusagen seine Muttersprache, das war sein großer Vorteil gegenüber uns nicht orientalischen Orientalisten, die die Sprache erst erlernen mussten, ein Zeitgewinn. Die Wiederentdeckung der Geschichten durch seine Übersetzung rief eine Welle von Nachahmungen, Adaptionen, Fortsetzungen des Meisterwerks hervor wie fünfzig Jahre zuvor Victor Hugos *Orientalia*-Gedichte, die Gedichte Rückerts oder Goethes *West-östlicher Divan*. Dieses Mal würde der Orient selbst, so glaubt man, der Kunst der Jahrhundertwende seine Kraft, seine Erotik, seine exotische Macht direkt einhauchen; die Sinnlichkeit, die Gewalt, das Vergnügen, die Abenteuer, die Ungeheuer und die Geister faszinieren, man kopiert, kommentiert und vervielfacht sie; man meint, endlich das wahre Gesicht des ewigen und geheimnisvollen Orients ohne Vermittler zu sehen: aber es ist der Orient von Mardrus, noch immer ein Abbild, ein Dritt-Orient; letzten Endes ist es der Orient Mallarmés und der *Revue blanche*, die Erotik eines Pierre Louÿs, eine Darstellung, eine Interpretation. Wie in Josef Roths *Geschichte von der 1002. Nacht* oder in Hofmannsthals *Scheherazade* werden die Motive aus *Tausendundeiner Nacht* benutzt, um in einem europäischen Kontext eine Spannung aufzubauen oder zu schaffen; das Begehren des Schahs, mit der Gräfin W. zu schlafen, setzt in Josef Roths Roman eine ganz und gar wienerische Intrige in Gang, wie das Ballett der Scheherazade von Rimski oder die Tänze Mata Haris dazu dienten, den Pariser Bourgeois zu erregen: Auf ihr Verhältnis zum sogenannten echten Orient kommt es gar nicht an. Doch selbst unter dem Beduinenzelt in der Wüste, wo wir immerhin mit der greifbarsten Wirklichkeit des Nomadenlebens konfrontiert sind, trafen wir auf unsere eigenen Abbilder, die durch unsere Erwartungen parasitär an der Möglichkeit hingen, jene Lebenserfahrung zu machen, die nicht unsere war; die Armut dieser Frauen und Männer schien uns voll von der Poesie der Alten, ihre Mittellosigkeit erinnerte uns an die der Eremiten oder Erleuchteten, ihr Aberglaube schickte uns auf eine Zeitreise, die Exotik ihrer Lebensumstände hinderte uns sicherlich daran, ihre Lebensauffassung auf dieselbe Weise zu verstehen, wie sie unsere Frau, die das Haar offen trug, unser Geländewagen und unser rudimentäres Arabisch daran hinderten, in uns etwas anderes zu sehen als die geborenen Deppen, die sie vielleicht um ihr Geld beneideten, oder auch um ihren Wagen, aber sicher nicht um ihr Wissen oder ihren Verstand, ja, nicht einmal um ihre Technik: Der alte Scheich hatte uns erzählt, die letzten Besucher aus dem Westen, die er empfangen hatte, zweifellos Europäer, seien mit einem Campingwagen gekommen und das grauenhafte Brummen ihres Generators (für den Kühlschrank, vermute ich) habe ihn die ganze Nacht am Schlafen gehindert. Während ich unter dem Halleyschen Kometen urinierte und dabei die Dunkelheit absuchte, um sicherzugehen, dass der Hund sich nicht anschickte, mir etwas wegzufressen, dachte ich, dass nur der Hausierer wirklich etwas über das Leben dieses Stammes erfährt, denn nur er nimmt daran teil; acht Monate im Jahr verzichtet er auf alles, um seinen Kleinkram zu verscherbeln. Wir anderen bleiben Reisende, eingeschlossen in ihr Selbst, die vielleicht in der Lage sind, wer weiß, sich im Kontakt mit dem Leben der Anderen zu verändern, aber sicher nicht dazu, dieses Leben in seiner Tiefe zu erfahren. Wir sind Spione, unsere Kontakte sind flüchtig und verstohlen wie die von Spionen. Als Chateaubriand 1811 mit seinem *Tagebuch einer Reise von Paris nach Jerusalem* mehr oder weniger zeitgleich mit Goethes *Italienischer Reise* und lange vor Stendhal mit seinen *Erinnerungen eines Touristen* die Reiseliteratur erfindet, spioniert er für die Kunst; Chateaubriand ist sicher nicht mehr der Forscher, der für die Wissenschaft oder das Militär spioniert: Er spioniert hauptsächlich für die Literatur. Die Kunst kennt genauso ihre Spione wie die Geschichte oder die Naturwissenschaften. Die Archäologie ist eine Form von Spionage, die Botanik, die Dichtung sind es ebenso; und die Musikethnologen sind die Spione der Musik. Spione sind Reisende, Reisende sind Spione. »Hüte dich vor den Geschichten Reisender«, heißt es bei Saadi im *Rosengarten*. Sie sehen nichts. Sie glauben zu sehen, doch sie betrachten nur Abbilder. Wir sind Gefangene von Bildern, von Darstellungen, sagte Sarah, und nur diejenigen, die sich wie sie oder der Hausierer dazu entschließen, sich von ihrem Leben zu lösen (wenn so etwas überhaupt möglich ist), können den Anderen erreichen. Ich erinnere mich an das Plätschern meines Urins, der in der berauschenden Stille der Wüste auf die Steine fiel; ich erinnere mich an meine kleinen, völlig belanglosen Gedanken angesichts der unendlich großen Zahl von Lebewesen; ich war mir nicht bewusst, dass ich mit meinem Urin Ameisen und Spinnen ertränkt hatte. Wir sind dazu verdammt, sagt Montaigne gegen Ende seines letzten *Essais*, zu denken, wie man pisst, im Vorübergehen, schnell und heimlich, wie Spione. Nur die Liebe, dachte ich, als ich zitternd vor Kälte und, in Erinnerung an die vorausgegangene Nacht, zitternd vor Begehren ins Zelt zurückging, öffnet uns dem Anderen; die Liebe als Entsagung, als Verschmelzung – es ist nichts Erstaunliches daran, dass sich diese beiden Absolutheiten, die Wüste und die Liebe, begegnet sind, um eines der bedeutendsten Werke der Weltliteratur hervorzubringen, die Geschichte von Madschnun, der verrückt ist vor Liebe zu Laila, die er um das Jahr 750 herum in einem ganz ähnlichen Zelt geliebt hatte, und der in seinem Liebeswahn Steine und Hornvipern anbrüllt. Die Trennwand aus Ziegenhaut war wieder zugezogen; das Licht der Gaslampe drang durch eine kleine Tür, man musste sich bücken, um einzutreten. Bilger lag halb ausgestreckt auf einer Wollmatratze, ein Glas Zimttee in der Hand; Sarah war verschwunden. Sie war eingeladen worden, auf die Seite der Frauen zu wechseln, in das zweite Zimmer des Zeltes, während wir, Bilger und ich, bei den Männern lagen. Man rollte eine Daunendecke für mich aus, die gut roch nach Holzfeuer und Tier. Der alte Mann hatte sich hingelegt, der Hausierer schlief, eingerollt in einen großen schwarzen Mantel, in der Haltung des Propheten. Ich bin in der Wüste wie Qais, der von Laila Besessene, der so verliebt war, dass er sich selbst aufgegeben hat, um in der Steppe bei den Gazellen zu leben. Auch mir hat man meine Sarah entführt, mich der zweiten Nacht neben ihr beraubt, einer keuschen Nacht reiner Liebe, und ich hätte mit verzweifelten Versen den Mond oder den Kometen anheulen können, um die Schönheit meiner innig Geliebten zu besingen, die gerade durch soziale Konventionen meiner Obhut entrissen worden war. Ich dachte an die langen Strecken, die Qais Madschnun in der Wüste zurücklegte, um auf den Spuren an den verlassenen Lagern von Lailas Familie vor Verzweiflung zu weinen, wobei ich mich erbittert kratzte, überzeugt, dass in der Wolle oder Baumwolle meiner Matratze massenweise Flöhe und andere Tierchen steckten, die sich tollwütig über meine Haxen hermachten.

Ich hörte Bilger leise schnarchen; draußen klirrte ein Mast oder ein Fall im Wind, man hätte meinen können, wir befänden uns auf einem Segelschiff am Liegeplatz – bis ich schließlich eingeschlafen bin. Der runde Mond, der mich weckte, als man das Zelt über der blassblauen Weite öffnete, stand kurz vor Sonnenaufgang dicht über der Erde: Der Schatten einer Frau hob das Ende des Stoffes an, und der Geruch der Wüste (trockene Erde, Asche, Tiere) wirbelte über mir im noch leisen Gackern der Hühner, dieser schrecklichen Ungeheuer, die im Halbdunkel verstohlen nach den Krümeln unseres Abendessens pickten, oder nach den nächtlichen Insekten, die unsere Wärme angelockt hatte – dann streckte die

Morgenröte ihre Rosenfinger durch den Dunst, schubste den Mond weg, und alles schien zu einem Konzert anzuheben: Der Hahn krähte, der alte Scheich verscheuchte mit dem Aufschlagen seiner Decke ein paar allzu wagemutige Hühner, der Hausierer stand auf, zog den Mantel aus, den er sich am Abend zuvor um die Schultern gewickelt hatte, und ging hinaus – nur Bilger schlief noch; ich warf einen Blick auf meine Uhr, es war fünf Uhr morgens. Ich stand ebenfalls auf; die Frauen machten sich vor dem Zelt zu schaffen, sie grüßten mich mit einem kleinen Handzeichen. Der Hausierer vollzog andeutungsweise seine rituellen Waschungen mit einer blauen Plastikkanne: einem der Gegenstände, die er verkaufte, dachte ich. Abgesehen von einer leichten Rötung des Himmels im Osten war die Nacht noch immer tiefdunkel und eiskalt; der Hund schlief noch, an der Außenwand des Zelts zu einer Kugel eingerollt. Ich fragte mich, ob ich auch Sarah gleich herauskommen sehen würde, aber vielleicht schlief sie noch wie der Hund, wie Bilger. Ich blieb einfach stehen, betrachtete den sich öffnenden Himmel, im Ohr das Oratorium von Félicien David, der als Erster die erschreckende Schlichtheit der Wüste in der Musik wiedergegeben hat.

Wenn es schon fünf Uhr wäre, könnte ich aufstehen, erschöpft wie jeden Morgen, besiegt von der Nacht; ich kann den Erinnerungen an Sarah einfach nicht entkommen, ich frage mich, was besser ist, sie zu verscheuchen oder mich ganz dem Begehren und der Reminiszenz zu überlassen. Ich sitze paralysiert in meinem Bett, wie lange starre ich schon reglos auf das Bücherregal, geistesabwesend, die Hand noch immer auf dem Lichtschalter, wie ein Knirps, der seine Klapper festhält? Wie viel Uhr ist es? Der Wecker ist der Stock des Schlaflosen, ich sollte mir einen Moschee-Wecker kaufen, wie Bilger welche in Damaskus hatte, mit der Moschee von Medina oder von Jerusalem, aus vergoldetem Plastik und mit einem kleinen Kompass, der die Gebetsrichtung anzeigt – da sieht man wieder die Überlegenheit der Muslime über die Christen: In Deutschland bekommt man das Evangelium in der Nachttischschublade aufgedrängt, in muslimischen Hotels findet man einen kleinen Kompass am Bett angebracht oder eine auf den Schreibtisch gezeichnete Windrose, die nach Mekka zeigt, Kompass oder Windrose, die sicher nützlich sind, um die Arabische Halbinsel zu lokalisieren, die aber auch, wenn einem das Herz danach steht, nach Rom, Wien oder Moskau weisen: Dort ist man nie verloren. Ich habe sogar schon Gebetsteppiche mit einem eingewobenen kleinen Kompass gesehen, Teppiche, auf denen man am liebsten sofort davongeflogen wäre, da sie für die Navigation in der Luft vorbereitet waren: ein Garten in den Wolken mit einem Baldachin aus Tauben, um sich vor der Sonne zu schützen, wie Salomos Teppich in der jüdischen Legende – es gäbe viel zu schreiben über fliegende Teppiche, über diese wunderbaren Illustrationen, die sofort zu Träumen von Prinzen und Prinzessinnen verleiten, die im Schneidersitz in ihren prächtigen Kostümen mitten in einem Himmel aus Legenden sitzen, der im Westen rötlich schimmert, Teppiche, die den Märchen von Wilhelm Hauff sicher mehr verdanken als denen aus *Tausendundeiner Nacht*, mehr den Kostümen und Bühnenbildern aus der *Scheherazade* der Ballets russes als den Texten arabischer oder persischer Autoren – einmal mehr ein gemeinschaftliches Konstrukt, ein komplexes Werk der Zeit, in dem eine Phantasie die andere, eine Schöpfung die andere überlagert zwischen Europa und dem *Dar al-Islam*, dem »Haus des Islams«. Türken und Perser wiederum kennen *Tausendundeine Nacht* in den Übertragungen von Antoine Galland und Richard Burton, sie übersetzen sie nur selten aus dem Arabischen; ihre Phantasie entzündet sich an Übersetzungen, die andere vor ihnen gemacht haben: Die Scheherazade, die im 20. Jahrhundert nach Iran zurückkehrt, ist weit gereist, sie schleppt vieles aus dem Frankreich Ludwigs XIV., dem viktorianischen England und dem zaristischen Russland mit sich; selbst ihr Aussehen ist aus safawidischen Miniaturen, Kleidern von Paul Poiret, den Modepuppen Georges Lepapes und den iranischen Frauen von heute zusammengesetzt. »Vom kosmopolitischen Schicksal magischer Objekte«, das wäre der Titel für einen Aufsatz von Sarah: Darin ginge es in einem hübschen Durcheinander um Wunderlampen, fliegende Teppiche, phantastische Babuschen; sie würde aufzeigen, wie diese Gegenstände aus einer Abfolge gemeinsamer Anstrengungen entstanden sind und dass das, was man für ganz und gar »orientalisch« hält, in Wirklichkeit oft nur ein »westliches« Element wieder aufnimmt, das selbst die Abwandlung eines früheren »orientalischen« Elements ist, und so weiter; sie würde daraus schließen, dass Orient und Okzident nie getrennt in Erscheinung treten, dass sie immer vermischt sind, der eine im anderen gegenwärtig, und dass diese Worte – Orient, Okzident – keinen anderen heuristischen Wert mehr haben, als die unerreichbare Ferne zu bezeichnen, in der sie liegen. Ich denke, dass sie diesen Beitrag mit einem politischen Ausblick auf den Kosmopolitismus als einzig möglichen Standpunkt in dieser Frage beschließen würde. Ich auch, wäre ich mehr – ja, was eigentlich? Wäre ich brillanter, weniger krank, weniger unentschlossen, könnte ich meinen Artikel über die Oper *Maruf, der Schuster von Kairo*, Henri Rabaud und Charles Mardrus vorantreiben und in einer echten Synthese über diesen berühmten *Dritt-Orient* in der französischen Musik gipfeln lassen, die Schüler Massenets einbeziehen vielleicht, Rabaud selbst, aber auch Florent Schmitt, Reynaldo Hahn, Ernest Chausson und vor allem Georges Enesco, der ist nämlich ein interessanter Fall, ein »Orientale«, der über Frankreich in den »Orient« zurückkehrt. Alle Schüler Massenets haben Wüsten- oder Karawanenmelodien zu orientalistischen Gedichten komponiert, von Gautiers *Karawane* (»Die menschliche Karawane in der weltweiten Sahara …«) bis zu den *Petites Orientales* von Jules Lemaître – ich habe mich immer gefragt, wer dieser Jules Lemaître war –, die sicher nichts zu tun haben mit der Karawanen-Arie »Durch die Wüste« im zweiten Akt von Rabauds Oper, in der Maruf, um die Händler und den Sultan zu täuschen, eine reiche Karawane von tausend Kamelen und Maultieren für sich erfindet, die von einem Tag auf den anderen eintreffen soll, und ihre wertvolle Fracht in allen Einzelheiten mit so unglaublich vielen *Orientalismen* beschreibt, dass einem schwindlig wird: Selbst in den arabischen Erzählungen gibt es einen *Traum vom Orient*, ein Schwelgen in Edelsteinen, Seidenstoffen, Schönheit und Liebe; und dieser Traum, den wir für einen orientalischen Traum halten, ist in Wirklichkeit eine biblische und koranische Träumerei; er gleicht den Beschreibungen des Paradieses im Koran, wo man uns in goldenen Schalen und Bechern alles serviert, was unser Herz begehrt, und alles, was unsere Augen verzaubert, wo wir in Gärten und an Quellen Früchte im Überfluss haben werden, wo wir Kleidung aus feinster Seide und Brokat tragen und Huris mit schönen Augen zur Frau haben werden, wo man uns einen mit Moschus versiegelten Nektar kredenzen wird. Marufs Karawane – die aus *Tausendundeiner Nacht* – verwendet diese Elemente auf ironische Weise: Ihre Beschreibung ist natürlich überzogen, übertrieben; sie ist eine Lüge, eine Lüge, um das Publikum zu verführen, ein wunderbarer, *traumhafter* Katalog. Für diesen Orientalismus im Orient könnte man in *Tausendundeine Nacht* genügend Beispiele zweiter Ordnung finden. Die Karawanen-Arie von Henri Rabaud fügt diesem Konstrukt eine Bewegung hinzu: Die Mardrus-Übersetzung des Märchens *Die Geschichte vom Kauf des Honigkuchens* wurde von einem Librettisten, Lucien Népoty, unter dem Titel *Maruf, der Schuster von Kairo* adaptiert, dann von Rabaud brillant orchestriert: Auch hier bleibt Massenet im Schatten, versteckt hinter einer Düne in jener imaginären Wüste, durch die die Kamele und Maultiere dieser außerordentlichen Karawane von Stoffen, Rubinen und Saphiren, bewacht von tausend Mamelucken, die schön wie der Mond sind, ihres Weges ziehen, natürlich in g-Moll, unter den Trillern der Saiten und den Glissandos der Bläser. Auf sehr ironische Weise übertreibt und forciert die Musik diesen Zug: Man hört bei jedem Takt den Stock des Maultiertreibers die Esel schlagen, ein wirklich lächerliches musikalisches Sinnbild, wäre es nicht gerade so komisch, so übertrieben gemacht, um die Händler und den Sultan hinters Licht zu führen: Sie müssen diese Karawane hören, damit sie an sie glauben! Und, oh Wunder der Musik wie auch des Wortes, sie glauben an sie!

Ich vermute, dass Reynaldo Hahn ebenso wie sein Freund Marcel Proust *Tausendundeine Nacht* in der neuen Übersetzung von Mardrus gelesen hatte; jedenfalls waren beide 1914 bei der Premiere von *Maruf*. Hahn begrüßt die Komposition seines alten Kameraden vom Konservatorium in einer wichtigen Fachzeitschrift; er unterstreicht die Qualität der Musik, deren Kühnheit nie die Reinheit verdirbt; er bemerkt auch die Feinheit, die Phantasie, den Scharfsinn und vor allem das Fehlen jeglicher Vulgarität im »genauen Erfassen des orientalischen Sinns«. Eigentlich begrüßt er aber die Erscheinung eines Orientalismus »à la française«, der Debussy nähersteht als der ausschweifenden Gewalt und Sinnlichkeit der Russen – so viele Musikkulturen, so viel Orient, so viele Exotismen.

Ich frage mich übrigens, ob ich den Artikel mit all diesen Orient-Überlagerungen um eine Schicht erweitern sollte, indem ich Roberto Alagna aus Marokko hinzunehme. Das könnte einem eher ernsthaften

Beitrag ein wenig »Magazin«-Charakter verleihen und würde auch Sarah zum Lachen bringen, dieses Bild vom temperamentvollen europäischen Tenor im Orient des 21. Jahrhunderts – dieses Video ist wirklich unbezahlbar: Die Karawanen-Arie von Rabaud auf einem Festival in Fès, eine *arabische* Version von »Durch die Wüste« mit Oud und Kanun. Man kann sich die guten Absichten der Veranstalter vorstellen, die Parodie ins Leere laufen zu lassen, indem sie die Karawane zurückschicken in die *echte* Wüste der Authentizität, mit authentischen Musikinstrumenten in einer authentischen Umgebung – doch der Weg in die Hölle ist bekanntermaßen mit guten Absichten gepflastert, die Aufführung fällt durch. Die Oud nützt gar nichts, der Kanun fühlt sich bei Rabauds harmonischen Anstiegen unwohl, setzt gerade mal die konventionellen Kommazeichen in den Gesangspausen; Alagna, in einer weißen Dschellaba, singt genauso wie auf der Bühne der Komischen Oper, nur mit Mikrophon in der Hand, die Schlaginstrumente (Becken mit Besen und aneinanderschlagende Schlüssel) versuchen mit allen Mitteln, die große, ungeheure Leere, die diese Maskerade offenbart, mit Klang zu füllen; der Kanunspieler scheint beim Hören einer so miserablen Musik ein Martyrium zu erleiden: Nur Alagna der Prächtige, ganz beschäftigt mit seinen großen Gesten und seinen Kameltreibern, bemerkt offenbar nichts, es ist ein Witz, mein Gott, würde Rabaud das hören, würde er sich im Grab umdrehen. Im Übrigen ist das vielleicht die Strafe für Rabaud – das Schicksal bestraft ihn für sein Verhalten während des Zweiten Weltkriegs, seinen Philonazismus, die Eile, mit der er die jüdischen Professoren am Konservatorium denunzierte, dessen Direktor er war. Zum Glück war sein Nachfolger 1943 aufgeklärter, mutiger, und versuchte seine Schüler eher zu retten, als sie den Besatzern auszuliefern. Henri Rabaud steht auf der langen Liste der Orientalisten (Künstler oder Wissenschaftler), die direkt oder indirekt mit dem Naziregime kollaboriert haben – muss ich auf diesem Aspekt in seinem Leben beharren, diese Episode aufzeigen, die sich viel später abspielte als die Komposition von *Maruf* 1914, ich weiß es nicht. Allerdings dirigierte der Komponist selbst die 100. Aufführung seines *Maruf* an der Pariser Oper am 4. April 1943 (dem Tag, an dem ein verheerender Bombenangriff die Renault-Werke zerstörte und im Westen von Paris mehrere Hundert Menschen das Leben kostete) vor einem Parkett voller deutscher Uniformen und notorischer Vichy-Anhänger. Nahm *Maruf, der Schuster von Kairo* im Frühjahr 1943, während in Tunesien noch Kämpfe tobten, man aber bereits wusste, dass Rommels Afrikakorps besiegt und die Hoffnungen der Nazis auf eine Eroberung Ägyptens in weite Ferne gerückt waren, einen besonderen Sinn an, drehte er dem deutschen Besatzer eine lange Nase? Wohl kaum. Es ging nur um einen Moment der *guten Laune*, die das Werk nach einhelliger Meinung verbreitete, eine *gute Laune*, bei der man den Krieg vergaß, eine *gute Laune*, die unter solchen Umständen, diese Frage stellte ich mir, vielleicht etwas Kriminelles hatte: Man sang »Durch die Wüste marschieren, mit Stoffen beladen, tausend Kamele unter dem Stock meiner Treiber«, während sechs Tage zuvor einige Kilometer entfernt ein Zug (der dreiundfünfzigste) mit tausend französischen Juden aus dem Lager von Drancy nach Polen und der Vernichtung entgegenfuhr. Dies interessierte die Pariser und ihre deutschen Gäste viel weniger als Rommels Niederlagen in Afrika, viel weniger als die Abenteuer des Schusters *Maruf*, seiner Frau, Fattumah der Unglückseligen, und die imaginäre Karawane. Und sicher scherte sich der alte Henri Rabaud mit dem Taktstock in der Hand dreißig Jahre nach der Premiere von *Maruf* einen Dreck um diese entsetzlichen Züge. Ich weiß nicht, ob Charles Mardrus im Saal ist – es ist möglich, aber mit seinen 75 Jahren lebt er seit Beginn der Feindseligkeiten zurückgezogen in Saint-Germain-des-Prés, geht kaum noch aus, lässt den Krieg an sich vorüberziehen wie andere den Regen. Man erzählt, dass er seine Wohnung nur verlässt, um ins Café *Les Deux Magots* zu gehen oder in ein iranisches Restaurant, bei dem man sich wundert, wie es ihm gelingt, unter den Bedingungen der Besatzung Reis, Safran und Lammfleisch aufzutreiben. Dagegen weiß ich, dass Lucie Delarue-Mardrus die 100. Aufführung von *Maruf* nicht besucht; sie ist bei sich zu Hause in der Normandie, wo sie ihre Erinnerungen an den Orient durchgeht – sie schreibt an ihrem letzten Buch, *El Arab, l'Orient que j'ai connu (»El Arab, der Orient, wie ich ihn kannte«)*, in dem sie von ihren Reisen zwischen 1904 und 1914 in Begleitung ihres Ehemanns Mardrus erzählt. Sie starb kurze Zeit nach Erscheinen ihrer letzten Erinnerungen 1945: Dieses Buch und seine Autorin faszinierten Sarah; diesbezüglich könnte ich sie sicher um Unterstützung für den Artikel bitten – einmal mehr kreuzen sich unsere Interessen; meines an Mardrus und den musikalischen Adaptionen seiner Übersetzungen durch Rabaud oder Honegger, ihres an Lucie Delarue, der geheimnisvollen, weitschweifigen Dichterin und Romanautorin, die in den zwanziger Jahren eine leidenschaftliche Liebesbeziehung mit Nathalie Barney unterhielt, für die sie ihre berühmtesten Gedichte schrieb, *Nos secrètes amours (Unsere geheimen Liebschaften)*, und die mit derselben Leichtigkeit homoerotische Gedichte wie normannische Oden und Kindergedichte verfasste. Ihre Erinnerungen an die Reisen mit J.-C. Mardrus sind verblüffend, Sarah zitiert sie in ihrem Buch über die Frauen und den Orient. Lucie Delarue-Mardrus verdanken wir diesen außergewöhnlichen Satz: »Die Orientalen haben nicht den geringsten Sinn für den Orient. Den Sinn für den Orient, den haben nur wir Westler, wir, die Rumis. (Ich meine die Rumis, eine ganze Menge immerhin, die keine Flegel sind.)« Für Sarah fasst allein diese Passage den Orientalismus zusammen, den Orientalismus als Träumerei, den Orientalismus als Beweinung, als stets enttäuschte Erforschung. Tatsächlich haben sich die Rumis das Terrain des Traums angeeignet, den klassischen arabischen Erzählern zufolge erforschen und durchstreifen sie es, und alle ihre Reisen sind eine Konfrontation mit diesem Traum. Es gibt sogar eine fruchtbare Strömung, die aus diesem Traum entsteht, ohne überhaupt reisen zu müssen, deren berühmtester Vertreter Marcel Proust mit seinem Werk *Auf der Suche nach der verlorenen Zeit* ist, dem symbolischen Herzen des europäischen Romans: Proust hat *Tausendundeine Nacht* zu einem seiner Modelle genommen – das Buch der Nacht, das Buch des Kampfs gegen den Tod. Wie Scheherazade jeden Abend nach der Liebe mit dem Urteil kämpft, das über ihr schwebt, indem sie Sultan Schahriyâr eine Geschichte erzählt, greift Marcel Proust jede Nacht zur Feder, viele Nächte lang, wie er sagt, »vielleicht hundert, vielleicht tausend«, um gegen die Zeit zu kämpfen. Im Laufe seiner *Suche* spielt Proust mehr als zweihundert Mal auf den Orient und die Geschichten aus *Tausendundeiner Nacht* an, die er in den Übersetzungen von Galland (der keuscheren aus seiner Kindheit, die er in Combray gelesen hat) und von Mardrus (der verwirrenderen, erotischeren, für die Erwachsenen) kennt – er durchwirkt seinen ganzen Roman mit dem Goldfaden des arabischen Wunderbaren; Swann hört eine Geige wie einen Geist aus der Wunderlampe sich aufbäumen, eine Symphonie offenbart »alle Edelsteine aus *Tausendundeiner Nacht*«. Ohne den Orient (diesen staatenlosen Traum auf Arabisch, Persisch und Türkisch, den man Orient nennt) gäbe es keinen Proust, keine *Suche nach der verlorenen Zeit*.

Wohin soll ich meinen Teppich mit seinem eingewobenen Kompass steuern? Die Wiener Morgendämmerung im Dezember hat nichts mit der in der Wüste zu tun: Die rußfingrige Morgenröte, die den Graupel befleckt, lautet das Epitheton des Homers von der Donau. Kein Wetter, um einen Orientalisten nach draußen zu locken. Ich bin entschieden der Stubenhocker-Typ des Wissenschaftlers, ich habe nichts zu tun mit Bilger, Faugier oder Sarah, die nur am Steuer ihrer Geländewagen glücklich waren, in den, wie soll ich sagen, *erregendsten* Vergnügungsvierteln oder ganz einfach bei der Forschung »im Feld«, wie die Ethnologen sagen – ich bleibe ein Spion, ein schlechter Spion, ich hätte zweifellos dasselbe Wissen hervorbringen können, wenn ich Wien nie verlassen hätte für diese fernen und unwirtlichen Landstriche, wo man mit Gehenkten und Skorpionen empfangen wird, ich hätte dieselbe kümmerliche Karriere machen können, wenn ich nie gereist wäre – mein meistzitierter Artikel heißt »Die erste orientalische Oper aus dem Orient: *Leila und Madschnun* von Useir Gadschibekow«, und es ist ganz offensichtlich, dass ich nie einen Fuß nach Aserbaidschan gesetzt habe, wo man, wie mir scheint, in Erdöl und Nationalismus watet; in Teheran waren wir nicht weit weg von Baku, und bei unseren Ausflügen ans Kaspische Meer tauchten wir unsere Füße in dasselbe Wasser wie das am Aserbeidschaner Ufer einige Dutzend Kilometer weiter im Norden, kurz, der Gedanke ist ziemlich deprimierend, dass sich die akademische Welt für die Analyse der Beziehungen zwischen Rossini, Verdi und Gadschibekow an mich erinnern wird. Diese numerische Aufzählung von Erwähnungen und Indexierungen führen die Universität ins Verderben, niemand stürzt sich heute mehr in schwierige und kostspielige lange Arbeiten, eine Menge ausgewählter kurzer Notizen zu veröffentlichen zählt viel mehr als umfangreiche gelehrte Werke – ich mache mir keine Illusionen hinsichtlich der wahren Qualität des Artikels über Gadschibekow, als einer der seltenen europäischen Beiträge zur Forschung über den Aserbaidschaner Gadschibekow wird er automatisch in allen Publikationen aufgenommen, in denen es um den Komponisten geht, und das einzig Interessante an dieser Arbeit, nämlich die Erscheinung eines *orientalischen* Orientalismus, verschwindet natürlich in der Versenkung. Dafür muss man nicht nach Baku fahren. Doch seien wir ehrlich: Wäre ich nicht in Syrien gewesen, hätte ich nicht diese kleine zufällige Wüstenerfahrung gemacht (und, ich gebe es zu, eine Liebesenttäuschung erlebt), hätte ich mich nie so sehr für den von Leila besessenen Madschnun begeistert, dass ich eine Partitur von Gadschibekows *Leila und Madschnun* bestellte, was damals noch eine komplizierte Angelegenheit war; ich hätte auch nie gewusst, dass der Verliebte, der den Schrei seiner Liebe an die Gazellen und Felsen richtete, eine große Menge an Romanen in Versen, auf Persisch oder auf Türkisch, angeregt hatte, darunter den von Fouzouli, den Gadschibekow adaptierte – ich richtete den Schrei meiner Liebe an Sarah, nicht meine Liebe für sie, sondern für Madschnun, für alle *Madschnuns*, und meine Begeisterung kam ihr furchtbar komisch vor: Ich sehe uns noch vor mir in den Ledersesseln des französischen Forschungsinstituts in Iran, wo sie mich, ohne an Böses zu denken (ohne an Böses zu denken?), nach den Neuigkeiten in meiner »Sammlung« fragte, wie sie es nannte, als sie mich mit einem Paket unter dem Arm aus der Buchhandlung zurückkommen sah, und, fragte sie, immer noch besessen von Leila? Und ich musste zugeben, es war ein von Leila Besessener, oder ein *Chosrau und Schirin*, oder ein *Vis und Ramin*, kurz, ein klassischer Liebesroman, eine verhinderte Liebe, die sich im Tod auflöste. Pervers, warf sie mir mit dem Anschein eines Vorwurfs zu, »und die Musik in alldem?«. Ich hatte eine Antwort parat: Ich bereite einen *endgültigen und allgemeinen* Text über die Liebe in der Musik vor, von den Troubadouren über Schubert und Wagner bis hin zu Gadschibekow, und dabei sah ich ihr in die Augen, und sie brach in Gelächter aus, in das monströse Gelächter eines Dschinns, einer Fee oder Pari, ein schuldhaftes Lachen, und schon wieder bin ich bei Sarah, nichts zu machen. Welchen Liebestrank haben wir getrunken, ist es der steirische Wein in Hainfeld gewesen, der libanesische in Palmyra, der Arak im Baron Hotel in Aleppo oder der Totenwein, dieser komische Liebestrank, der a priori nur in einer Richtung wirkt – nein, im Baron Hotel in Aleppo war das Übel schon geschehen, was für eine Schande, mein Gott, was für eine Schande, es war mir gelungen, Bilger loszuwerden, der am Euphrat geblieben war, im schrecklichen Raqqa mit der düsteren Turmuhr, und (noch von der Nacht in Palmyra zitternd) Sarah fortzubringen zu den Freuden von Aleppo, wo sie wieder voller Begeisterung bei Annemarie Schwarzenbach, den Briefen an Klaus Mann und der ganzen Melancholie der androgynen Schweizerin war. Dabei ist die Beschreibung, die Ella Maillart in ihrem Buch *Der bittere Weg* von Annemarie gibt, nicht dazu angetan, Begeisterung hervorzurufen: Eine wehleidige Drogensüchtige, stets unzufrieden und von krankhafter Magerkeit in kurzen Hosenröcken oder Pluderhosen, die sich ans Lenkrad ihres Fords klammert und in der Reise, in den Strapazen der langen Reise von Zürich nach Kabul, eine Ausrede für ihren Schmerz sucht – ein trauriges Porträt. Nur mit Mühe konnte man hinter der Beschreibung dieses Wracks mit Engelsgesicht die überzeugte Antifaschistin, die Kämpferin, die gebildete und bezaubernde Schriftstellerin erkennen, in die sich Erika Mann oder Carson McCullers verliebten – vielleicht weil die nüchterne Ella Maillart, die wandernde Nonne, einfach nicht die richtige Person war, um sie zu beschreiben, vielleicht weil Annemarie 1939 genau wie Europa am Ende war, von Entsetzen gepackt, auf der Flucht. Wir sprachen über sie in jenem Restaurant, dem Sissi House, mit Kellnern in schwarzen Anzügen und weißen Hemden, das tief in einer steinernen Gasse lag; Sarah erzählte mir von dem kurzen und tragischen Leben der Schweizerin, der jüngst erfolgten Wiederentdeckung ihrer zerstückelten, verstreuten Texte und ihrer zwischen Morphium, Schreiben und ihrer mutmaßlichen, in jenem so konservativen Milieu am Ufer des Zürichsees kaum auszulebenden Homosexualität nicht weniger zerstückelten Persönlichkeit.

Die Zeit schloss uns wieder ein; das Restaurant mit den Baststühlen, die köstlichen und zeitlosen osmanischen und armenischen Speisen auf den kleinen, glasierten Keramiktellern, die ganz frische Erinnerung an die Beduinen und die trostlosen Ufer des Euphrats mit den Ruinen der Zitadellen, alles das schloss uns in eine seltsame Intimität ein, ebenso gemütlich, nett und einsam wie die engen, dunklen, von hohen Palastmauern eingefassten Straßen. Ich betrachtete Sarah mit ihrem kupferroten Haar, dem glänzenden Blick, dem strahlenden Gesicht, dem Perlmutt-

und Korallenlächeln, und jenes vollkommene Glück, das kaum beeinträchtigt wurde vom Heraufbeschwören der Melancholie in den Zügen Annemaries, gehörte ebenso zu den 1930er wie zu den 1990er Jahren, ebenso zum 16. Jahrhundert der osmanischen wie zur zusammengewürfelten – ort- und zeitlosen – Welt aus *Tausendundeiner Nacht*. Alles um uns herum trug zu diesem Dekor bei, von den ungewöhnlichen Spitzendeckchen bis zu den Antiquitäten (Biedermeierkandelaber, arabische Metallkannen) auf den Fensterbänken; die Spitzbogenfenster gingen hinaus auf den überdachten Patio und auf die Ecke, in der die Treppe mit den überaus steilen Stufen und den schönen, schmiedeeisernen Balustraden zu den von schwarzen und weißen Steinen eingefassten Maschrabiyyas hinaufführte; ich hörte, wie Sarah mit dem Oberkellner und den aleppiner Damen am Nebentisch Syrisch redete, und ich hielt es für ein Glück, in diese Kugel, diesen Bannkreis ihrer Gegenwart gelangt zu sein, die zu meinem alltäglichen Leben werden sollte, denn nach der Nacht von Tadmor und der Schlacht gegen die schwäbischen Ritter war für mich völlig klar, dass wir zu einem – ja, was?, einem Pärchen?, einem Liebespaar? – geworden waren.

Armer Franz, du wiegst dich immer in Illusionen, hätte Mama in ihrem so sanften Französisch gesagt, so bist du immer gewesen, ein Träumer, mein armer Kleiner. Dabei hast du doch *Tristan und Isolde*, *Vis und Ramin*, *Leila und Madschnun* gelesen, es gibt Kräfte zu überwinden, und das Leben ist sehr lang, manchmal ist das Leben sehr lang, so lang wie der Schatten über Aleppo, der Schatten der Zerstörung. Das Sissi House ist wieder der Zeit anheimgefallen; das Baron Hotel steht noch, liegt aber mit seinen geschlossenen Fensterläden in tiefem Schlaf und wartet darauf, dass die Schlächter des Islamischen Staats ihren Generalstab in ihm einrichten, es in ein Gefängnis oder einen Panzerschrank umwandeln, oder es am Ende in die Luft sprengen, und zusammen mit meiner Schande und der stets brennenden Erinnerung daran werden sie das Andenken so vieler Reisender mit in die Luft jagen, der Staub wird zurückfallen auf Annemarie, T.E. Lawrence, Agatha Christie, Sarahs Zimmer und den breiten Flur (Fliesen mit geometrischen Motiven, Wände cremefarben lackiert); über dem Treppenabsatz, wo die beiden großen Zedernholztruhen standen, Särge des Heimwehs mit ihren Grabplatten,

»London – Baghdad in 8 days by Simplon Orient Express and Taurus Express«, werden die hohen Decken einstürzen, Trümmer werden die Prunktreppe unter sich begraben, die ich eine Viertelstunde nach Sarah, die sich um Mitternacht entschlossen hatte, schlafen zu gehen, aus einer plötzlichen Anwandlung heraus hinaufgestiegen war: Ich sehe mich wieder an ihre Tür klopfen, zwei Flügel aus Holz in vergilbter Farbe, die Fingerglieder neben den drei Ziffern aus Metall, mit der Angst, Entschlossenheit, Hoffnung, Blindheit und Beklemmung dessen, der es wagt, der in einem Bett das Wesen, das er in Palmyra unter einer Decke erahnt hat, wiederfinden möchte und sich weiter ans Vergessen, an die Übersättigung der Sinne klammern, sich darin verkriechen möchte, damit Zärtlichkeit die Melancholie verscheucht, damit sich bei der begierigen Erforschung des Anderen die eigenen Mauern öffnen.

Kein Satz, kein Wort fällt mir mehr ein, alles ist auf glückliche Weise ausgelöscht; mir bleiben nur ihr ein wenig ernstes Gesicht und das Ansteigen des Schmerzes, die Empfindung, plötzlich wieder zu einem Gegenstand in der Zeit zu werden, der von der Faust der Scham zerschmettert und zum Verschwinden gezwungen wird.

2 Uhr 50

Ich ärgere mich, dass ich so feige gewesen bin, feige und verschämt, gut, ich stehe auf, ich habe Durst. Wagner hat im September 1854, genau zu dem Zeitpunkt, als er anfing, über *Tristan und Isolde* nachzudenken, Schopenhauers *Die Welt als Wille und Vorstellung* gelesen. Darin gibt es ein Kapitel über die Liebe. Schopenhauer hat nie jemanden so geliebt wie seinen Hund Atma, einen Hund, der das Sanskrit-Wort für Seele als Namen hat. Ich frage mich, ob es stimmt, dass Schopenhauer seinen Hund als seinen Alleinerben eingesetzt hat, wie man erzählt. Gruber wird es vielleicht genauso machen. Das wäre lustig. Gruber und sein Köter schlafen wahrscheinlich, es ist nichts zu hören über mir. Was für ein Fluch die Schlaflosigkeit doch ist. Wie spät ist es? Ich erinnere mich nicht mehr richtig an Schopenhauers Theorien über die Liebe. Ich glaube, er unterscheidet die Liebe als eine mit dem sexuellen Begehren verknüpfte Illusion von der universellen Liebe als Mitgefühl. Was wohl Wagner davon hielt? Über Schopenhauer und Wagner müssen Hunderte von Seiten geschrieben worden sein, und ich habe keine gelesen. Das Leben ist manchmal zum Verzweifeln.

Liebestrank. Gifttrank. Liebestod.

Ich mache mir jetzt mal einen Tee.

Lebe wohl, Schlaf.

Eines Tages werde ich eine Oper mit dem Titel *Schopenhauers Hund* komponieren, in der es um Liebe und Mitgefühl, das vedische Indien, den Buddhismus und vegetarische Restaurants geht. Der Hund darin soll ein musikliebender Labrador sein, den sein Herrchen in die Oper mitnimmt, ein wagnerischer Hund. Wie wird er heißen? Atma? Günter. Das ist ein schöner Name, Günter passt. Der Hund wird Zeuge des Untergangs von Europa, des Ruins der Kultur und der Rückkehr der Barbarei; im letzten Akt taucht Schopenhauers Geist aus den Flammen auf, um den Hund (und nur den Hund) vor der Vernichtung zu retten. Der zweite Teil wird *Günter, ein deutscher Hund* heißen und von der Reise des Hundes nach Ibiza und seinen Gefühlen erzählen, als er die Welt des Mittelmeers entdeckt. Der Hund wird über Chopin, George Sand und Walter Benjamin sprechen, über alle Exilierten, die ihre Liebe oder ihren Frieden auf den Balearen gefunden haben; Günter wird sein Leben glücklich unter einem Olivenbaum beenden als Gefährte eines Dichters, den er zu hübschen Sonetten über die Natur und die Freundschaft inspirieren wird.

Jetzt werde ich auch noch verrückt. Ich werde völlig verrückt. Mach dir einen Tee, gieß einen kleinen Stoffbeutel auf, der dich an die getrockneten Blüten von Damaskus und Aleppo erinnert, an die Rosen in Iran. Die Zurückweisung an jenem Abend im Baron Hotel brennt offenbar auch Jahre danach noch immer ein wenig in dir, obwohl sie sehr taktvoll reagiert hatte, obwohl sich danach noch alles hätte ereignen können, trotz Teheran, trotz der Reisen; natürlich war es unumgänglich, ihr am nächsten Morgen unter die Augen zu treten, es war uns beiden peinlich, und du bist aus allen Wolken gefallen, aus dem Himmel gestürzt, sie hatte den Namen Nadim ausgesprochen, und der Schleier war gerissen. Egoistisch habe ich ihm danach monatelang, ja, sogar jahrelang die kalte Schulter gezeigt – aus Eifersucht, aus Eifersucht und, so traurig es ist, dies zuzugeben, aus verletztem Stolz, was für eine dumme Reaktion. Trotz meiner Verehrung für Nadim, trotz der Abende, die ich damit zugebracht hatte, ihn spielen zu hören, ihn improvisieren zu hören und mühsam zu lernen, Stück für Stück, die typischen Tonarten, Rhythmen und Phrasen der traditionellen Musik zu erkennen, trotz aller Freundschaft, die zwischen uns aufzukeimen schien, trotz Nadims Großzügigkeit, schloss ich mich in meinen verletzten Stolz ein und schmollte wie Balzac. Nach Damaskus lebte ich weiter als Einzelgänger, und jetzt stehe ich hier und suche meine Pantoffeln, man sucht seine Pantoffeln und pfeift dabei *Weinen, Klagen, Sorgen, Zagen*, die Füße auf dem Bettvorleger, diesem Gebetsteppich (ohne Kompass) aus Chorasan, den wir im Teheraner Basar gekauft hatten, der Sarah gehörte und den sie nie haben wollte. Man schnappt seinen Morgenmantel, man wurstelt sich in die viel zu langen Ärmel des goldbestickten Mantels eines Beduinen-Emirs, der immer gut ist für einen sarkastischen oder argwöhnischen Kommentar des Briefträgers oder des Gasablesers, schließlich findet man seine Pantoffeln unter dem Bett und sagt sich, dass man ganz schön blöd sein muss, sich wegen einer solchen Kleinigkeit aufzuregen, vom Goldschnitt der Bücher angezogen wie ein Schmetterling vom Kerzenlicht wandert man zu seiner Bibliothek, streichelt (weil sonst nichts zum Streicheln da ist, kein Körper, keine Haut) das dichterische Werk Fernando Pessoas auf dem Lesepult, schlägt irgendeine Seite auf um des Vergnügens willen, das Dünndruckpapier unter den Fingern wegschlüpfen zu spüren, stößt natürlich (wegen des Lesezeichens) auf das *Opiarium* von Álvaro de Campos: »Vor dem Opium ist meine Seele krank./Das Leben fühlen stärkt und schwächt zugleich,/Und so suche ich im Opium, das tröstet,/Den Orient im Orient des Orients.« Eine der großen Oden von Campos, diesem Geschöpf Pessoas – ein Reisender, *Suez-Kanal, an Bord, März 1914*: Die Signatur soll zurückdatiert sein, Pessoa hat getrickst, er wollte mit Álvaro de Campos einen Dichter »à la française« schaffen, einen Apollinaire, Liebhaber des Orients und der Ozeandampfer, einen Modernen. Das *Opiarium* ist eine herrliche Kopie, die gerade dadurch authentischer wird als ein Original: Campos brauchte eine »Kindheit«, Jugendgedichte, Spleen, Opium und Reisen. Dabei fällt einem Henry Jean-Marie Levet ein, der Dichter des Spleens, des Opiums und der Ozeandampfer, ich suche in meinen Bücherregalen und finde (nicht weit weg, im Regalfach »vergessene französische Dichter« neben Sarahs anderem »Stern«, dem maritimen Dichter Louis Brauquier, der bei der Reederei *Messageries Maritimes* angestellt war) ein winziges Büchlein, seine *Cartes postales*: Das Gesamtwerk von Levet ist schmal, seine Texte kann man mit den Fingern zählen. Der angehende Diplomat, der in Indien und Indochina seinen Dienst versah, Konsul in Las Palmas war und dessen Gedichte wir in Teheran sangen, starb 1906 mit zweiunddreißig Jahren an Tuberkulose: Ich erinnere mich, einige seiner Verse vertont zu haben, schreckliche Jazzmelodien, zum Vergnügen der Freunde, schade, dass sich kein echter Komponist seiner Verse angenommen hat, nicht einmal Gabriel Fabre, der Freund der Dichter und ein Musiker, der noch mehr in Vergessenheit geraten ist als Henry Levet selbst – die beiden waren Nachbarn in der Rue Lepic in Paris, und Levet widmete ihm seine *Carte postale* über Port-Saïd:

Man sieht die Feuer von Port-Saïd leuchten,
Wie die Juden auf das Gelobte Land sahen:
Denn man kann nicht von Bord; verboten hat's
– Wohl – die Santitätskonvention von Venedig

Für die Leute der gelben Quarantänestation
Kein Landgang, um die gereizten Sinne zu beruhigen.
Oder um sich einen Vorrat an obszönen Fotos
Und exquisiten Tabaks aus Latakia anzulegen …

Als Dichter hätt' man gern beim kurzen Halt
Für ein, zwei Stunden Pharaonenland betreten
Anstatt im Salon Miss Florence Marshall
The Belle of New York *singen zu hören.*

Gerne würde ich eines Tages in einem vergessenen Koffer eine Partitur von Fabre zu Versen von Levet finden – armer Gabriel Fabre, im Wahn versunken; von allen verlassen, verbrachte er die letzten zehn Jahre seines Lebens in der Anstalt. Er hatte Mallarmé vertont, Maeterlinck, Laforgue und sogar chinesische Gedichte, sehr alte chinesische Gedichte, von denen ich mir wünschte, sein Nachbar Henry Levet möge ihm die Übersetzung geschenkt haben. Musikalische Übertragungen, leider ohne Genie, blasse Melodien –den Dichtern musste das gefallen: die *Wörter* waren darin wichtiger als der Gesang. (Gut vorstellbar übrigens, dass diese noble Bescheidenheit Gabriel Fabre um seinen posthumen Erfolg brachte, da er sich zu sehr um den von anderen sorgte.)

Sarah hält die *Cartes postales* in Ehren wie einen Schatz, so wertvoll wie die Werke Pessoas – sie behauptet übrigens, der junge Álvaro de Campos habe seine Inspiration von Henry Levet bezogen, den er in der Ausgabe von Fargue und Larbaud gelesen habe. Die Figur des Dandys und Reisenden Henry, der so jung in den Armen seiner Mutter starb, rührt sie – aus verständlichem Grund. In Teheran, in den tiefen, havannabraunen Ledersesseln des Französischen Forschungsinstituts in Iran erzählte sie davon, wie sehr sie als Jugendliche, in Paris, Passagierschiffe geliebt und von den Ozeanriesen geträumt hatte, von den *Messageries Maritimes* und allen anderen kolonialen Schiffslinien. Faugier neckte sie immer damit, das sei eine Leidenschaft von Jungs, Schiffe seien wie Eisenbahnen immer Spielzeug für Jungen gewesen, und er kenne kein Mädchen, das *dieser Bezeichnung würdig* sei, das sich für solche Dinge begeistert habe wie Dampfschiffe, kupferne Maschinentelegraphen, Windsäcke, Bojen, goldene Kugelkompasse, bestickte Mützen und die stolze Linienführung des Bugs. Sarah räumte ein, dass sie der technische Aspekt nur mäßig interessiere (obwohl sie imstande sei, sich an die charakteristischen Eigenschaften der Schiffe wie Größe, Fassungsvermögen, Tiefgang, Geschwindigkeit zu erinnern, wie sie behauptete), sie mochte vor allem die Namen der Schiffe und allem voran besonders die Schifffahrtslinien: Marseille – Port-Saïd – Suez – Aden – Colombo – Singapur – Saigon – Hongkong – Shanghai – Kobe – Yokohama in dreißig Tagen, zweimal im Monat, jeweils sonntags, an Bord der *Tonkin*, der *Tourane* oder der *Cao-Bang*, die bei ihrem Untergang im Nebel vor der Insel Con Dao, dem entsetzlichen Bagno im Meer vor Saigon, 6700 Bruttoregistertonnen hatte und die neuen Sträflingsaufseher zur Ablösung brachte. Sie träumte von langsamen Seereisen, den Häfen, die es zu entdecken gab, den Zwischenstationen; von den luxuriösen Schiffsmessen mit ihrer Mahagonivertäfelung; den Rauchzimmern, den Boudoirs, den geräumigen Kabinen, den Galamenüs, die mit jedem Zwischenstopp exotischer wurden, und vom Meer, dem Meer, der ursprünglichen Flüssigkeit, die von den Gestirnen ohne jede Anteilnahme geschwenkt wurde wie ein silberner Cocktailshaker von einem Barkeeper.

> *Die* Armand-Béhic *(der Messageries Maritimes)*
> *Macht vierzehn Knoten im Ozean von Indien …*
> *In diesem wie mit der Hand geplätteten Meer*
> *Geht in schreiendem Blutrot die Sonne unter.*

Denn es gibt einen Orient hinter dem Orient, er ist das Wunschbild der Reisenden von einst, der Traum vom kolonialen Leben, der kosmopolitische und bourgeoise Traum von Piers und Dampfschiffen. Gerne stelle ich mir vor, wie Sarah als junges Mädchen in einer nur für Landratten geschaffenen Wohnung im 16. Pariser Arrondissement vor sich hin träumt:

Sie liegt mit einem Buch in der Hand da, die Augen zur Decke gerichtet, und malt sich den Landgang in Saigon aus – welche Bilder sah sie in diesen seltsamen Stunden, in diesem Zimmer, in das ich gerne eingedrungen wäre wie ein Vampir, um mich als Sturm- oder Lachmöwe auf ihr Betthaupt zu setzen wie auf die Reling eines vom Abend gewiegten Passagierschiffs zwischen Aden und Ceylon? Loti in der Türkei, Rimbaud in Abessinien, Segalen in China, diese Lektüren, mit denen eine französische Kindheit ausklingt, rufen bestimmte Neigungen hervor, zum Orientalisten oder zum Träumer, wie Hesses *Siddhartha* oder Durrells *Alexandria-Quartett* – wir haben alle keine guten Gründe für unser Handeln, unser Schicksal ist, solange wir jung sind, ebenso leicht zu steuern wie ein Korken, in den man eine Nadel steckt; Sarah liebte das Lesen, das Lernen, das Träumen und das Reisen: was weiß man im Alter von siebzehn schon vom Reisen, man mag die Geräusche, die Wörter, die Karten, alles, was damit zusammenhängt, und sein ganzes Leben lang versucht man dann, in der Wirklichkeit die kindlichen Wunschbilder wiederzufinden. Segalen der Bretone, Levet aus Montbrison oder Hesse aus Württemberg träumen und rufen wiederum Träume hervor wie vor ihnen Rimbaud, dieser Dämon auf Reisen, von dem man den Eindruck hat, das Leben habe sein ganzes Leben lang versucht, den Dämon in Ketten zu legen, um ihn an der Abreise zu hindern, bis hin zur Amputation eines Beines, damit er sich gewiss nicht mehr fortbewegen konnte – doch selbst als Einbeiniger wird er sich eine höllische Reise von Marseille in die Ardennen und zurück leisten mit einem schrecklichen Stumpf, der ihm auf den holprigen Wegen durch Frankreich grausame Schmerzen bereitet, so viele göttliche Spurrillen, in denen er Gedichte versteckt hat, die als Erinnerungen hervorbrechen bei jeder Drehung der Räder, bei jedem Quietschen von Metall auf Metall, bei jedem Aufsteigen kratziger Gerüche mit dem Dampf. Der entsetzliche Sommer der Schmerzen, an denen der Seher mit dem Sträflingskopf sterben wird – man wird ihm weder den Beistand des Morphiums noch der Religion versagen; der größte Dichter Frankreichs, der Mann der verrücktesten Ausreißversuche, von den Hügeln im Norden bis ins geheimnisvolle Java, stirbt am 10. November 1891 gegen 14 Uhr im Hospital de la Conception in Marseille, einbeinig und mit einem riesigen Tumor in der Leiste. Sarah bedauerte dieses sechsunddreißigjährige Kind (das Levet um vier Jahre, Hunderte von Versen und Kilometern und zehn Jahre, die er im Orient lebte, überholte), das noch vom Krankenbett an seine Schwester schrieb: »Wo sind die Bergüberquerungen, die Gewaltritte, die Streifzüge, die Wüsten, Flüsse und Meere? Und jetzt das Dasein eines beinlosen Bettlers!«

Ich muss meinem Gesamtwerk noch einen Band

Über die verschiedenen Formen von Wahn im Orient
Zweiter Band
Wundbrand & Tuberkulose

hinzufügen und einen Katalog der Leidenden, der Schwindsüchtigen, der Syphilitiker erstellen, von allen, die am Ende entsetzliche Krankheitsbilder entwickeln, einen Krebs, eine Couperose, stinkende Pilze, eiternde Pickel, blutige Auswürfe bis hin zur Amputation oder Erstickungsanfällen wie bei Rimbaud oder Levet, diesen Märtyrer des Orients – und ich könnte, auch wenn ich es leugne, mit »Geheimnisvolle Krankheiten« und »Eingebildete Krankheiten« ein oder zwei Kapitel mir selbst widmen und mir eine Erwähnung im Abschnitt »Durchfälle und Winde« einräumen, die mehr als jedes andere Leiden die wahren Begleiter des Orientalisten sind: Heute bin ich nach der Indikation von Dr. Kraus dazu verdammt, Joghurt zu trinken und Kräuter zu essen, einen Misthaufen an Grünzeug, von Spinat bis hin zum iranischen *Sabzi*, deren Wirkung zwar weniger spektakulär, aber ebenso unangenehm ist wie Montezumas Rache: Eines Nachts war Faugier in einem Reisebus zwischen Teheran und dem Kaspischen Meer mitten in einem Schneesturm gezwungen, den Busfahrer grob anzugehen, der sich weigerte, auf dieser von Schneewehen gesäumten Bergstraße am Straßenrand anzuhalten, und ihn stattdessen aufforderte, die für ein wenig später geplante Pause abzuwarten – Marc, der kreideweiß war und die Hinterbacken zusammenkniff, packte den Fahrer am Kragen, drohte ihm, sich vor ihm auf dem Boden des Busses zu entleeren, und überzeugte ihn anzuhalten. Ich erinnere mich deutlich, wie Faugier in den Schnee hinausrannte, dann hinter einem Schneehaufen verschwand; einige Sekunden später sahen wir zu unserer Überraschung in dem von Schneeflocken schraffierten Lichtkegel des Scheinwerfers wie ein Feuerzeichen in einem Comic eine herrliche Dampfwolke aufsteigen, bei deren Anblick der Fahrer in Gelächter ausbrach. Eine Minute später stieg der arme Faugier, vor Kälte schlotternd, schneebedeckt und durchnässt, mit einem fahlen, aber gelösten Lächeln auf dem Gesicht, mühsam wieder ein. Tatsächlich hielt der Bus wenige Kilometer weiter an einer Kreuzung mitten im Gebirge, damit die Fahrgäste sich die Beine vertreten konnten – hinter uns machte das Massiv des Damawand mit seinen fast sechstausend Höhenmetern den Winter noch dunkler; vor uns stürzten sich dichte Wälder aus Eichen und Hainbuchen steil hinab zur Küstenebene. Der Fahrer bestand darauf, dass Faugier eine Tasse Tee aus seiner Thermoskanne trank; Tee heile alles, sagte er; zwei nette weibliche Mitreisende boten dem Kranken kandierte Sauerkirschen an, die er mit heiligem Entsetzen ausschlug; ein alter Herr bedrängte ihn, er solle wenigstens eine halbe Banane nehmen, die angeblich (jedenfalls soweit wir den persischen Ausdruck verstanden) den Magen beruhige – Faugier flüchtete sich für einige Minuten auf die Toilette der Tankstelle, bevor er sich der Weiterfahrt hinunter nach Amol stellte, die er starr wie das Gesetz, mit Schweiß auf der Stirn und zusammengebissenen Zähnen, tapfer überstand.

Statt mit Tee, kandierten Früchten oder Bananen kurierte er seine Scheißerei mit Opium, was schließlich eindrucksvolle Ergebnisse zeitigte: Einige Wochen später leistete er mir, was die Geheimnisse des Stuhlgangs anging, Gesellschaft und schlug sich mit chronischer Verstopfung herum.

Die Leiden, die uns Orientalisten plagten, waren freilich nur kleine Unpässlichkeiten verglichen mit denen unserer berühmten Vorgänger, den Bilharziosen, Trachomen und anderen Augenkrankheiten der Ägyptenarmee, der Malaria, der Pest und der Cholera in früheren Zeiten – Rimbauds Osteosarkom hatte *a priori* nichts Exotisches, er hätte genauso gut in Charleville daran erkranken können, auch wenn der Dichter und Abenteurer die Strapazen des Klimas, der langen Fußmärsche und Ritte zu Pferde dafür verantwortlich machte. Für den kranken Rimbaud war der Weg hinunter nach Zeila und an den Golf von Aden ungleich schwieriger als die Busreise zum Kaspischen Meer für Faugier, »sechzehn Negerträger«, die ihn auf einer Trage aus den Bergen des Harar dreihundert Kilometer durch Wüste trugen, zwölf Tage unter schrecklichen Leiden, zwölf Tage Martyrium, und bei seiner Ankunft in Aden war er so erschöpft, dass der Arzt des europäischen Krankenhauses beschloss, ihm sofort ein Bein abzunehmen, bevor er seine Meinung änderte und Rimbaud riet, sich lieber anderswo amputieren zu lassen: Rimbald der Seemann, wie ihn sein Freund Germain Nouveau nannte, ergatterte einen Platz auf dem Liniendampfer *Amazone*, der am 9. Mai 1891 nach Marseille auslief. Vom Erforscher der Regionen Harar und Schoa, dem »Mann mit den Windsohlen«, konnte Sarah ganze Passagen rezitieren –

Der Sturm gab meinem Wachen auf dem Meer den Segen
Ich tanzte wie ein Korken auf den Wellen hin
Die, sagt man, ewig über ihre Opfer fegen,
Zehn Nächte, ohne unbedarftes Hafenlicht im Sinn!

Und alle hörten zu, in jene tiefen iranischen Sessel gesunken, in denen Henry Corbin höchstpersönlich mit anderen Kapazitäten über die orientalische Erleuchtung und Suhrawardi geplaudert hatte; wir starrten auf Sarah, die sich in das Schiff verwandelte, in eine Rimbaud-Pythia –

Und seitdem badete ich mich in den Poemen
Den sterndurchsunkenen des Meers, das milchig blinkt,
Die grünen Himmelsbläuen schlingend, wo der Schemen
Eines Ertrunkenen entzückt und still versinkt;

Ihre Augen glänzten, ihr Lächeln wurde noch strahlender; sie leuchtete, funkelte vor Poesie, was die anwesenden Wissenschaftler ein wenig ängstigte. Faugier meinte lachend, man müsse wohl »der Muse in ihr einen Maulkorb verpassen«, und warnte sie liebenswürdig vor diesen »Anflügen von Romantik«, was sie mit schallendem Gelächter quittierte. Dennoch gab es viele europäische Orientalisten, die ihre Berufung großteils den Träumen vom Leben in den Kolonien verdankten: Ventilatoren mit Flügeln aus exotischem Holz, starke Drinks, Begeisterung für alles Einheimische, Liebschaften mit Dienerinnen. Diese süßen Trugbilder scheinen bei Franzosen und Engländern häufiger vorhanden gewesen zu sein als beim übrigen Orientalistenvolk: Die Deutschen hatten im Großen und Ganzen biblische und archäologische Träume; die Spanier hingen iberischen Schimären vom muslimischen Andalusien und den himmlischen Zigeunern nach; die Holländer träumten von Gewürzen, Pfeffersträuchern, Kampferbäumen und Schiffen im Sturm vor dem Kap der Guten Hoffnung. Sarah und ihr Meister und Leiter des Instituts, Gilbert de Morgan, waren in dieser Hinsicht perfekte Franzosen: Sie begeisterten sich nicht nur für die persischen Dichter, sondern auch für die, die allgemein vom Orient inspiriert worden waren, für die Byrons, Nervals, Rimbauds und alle, die wie Pessoa durch Álvaro de Campos, »den Orient im Orient des Orients« gesucht hatten.

Ein äußerster Orient jenseits der Flammen des Mittleren Ostens, bei dem einem plötzlich einfällt, dass das Osmanische Reich früher »der kranke Mann am Bosporus« war: Heute ist Europa sein eigener kranker Mann, gealtert, ein Leib, aus dem das Leben gewichen ist, der an seinem Galgen hängt, der sich dabei zusieht, wie er verfault, und meint, *Paris bleibt immer Paris*, und das in dreißig verschiedenen Sprachen, darunter auch Portugiesisch. »Europa liegt auf ihrem Ellbogen«, schreibt Fernando Pessoa in *Botschaft*, dieses dichterische Gesamtwerk ist ein Orakel, ein düsteres Orakel der Melancholie. In Iran begegnet man auf den Straßen Bettlern, die mit Vögeln bewaffnet sind, sie warten auf den Passanten, um ihm die Zukunft vorauszusagen: Gegen einen kleinen Schein zeigt der Sittich (ein gelber oder grüner Halsbandsittich, die spitzbübischsten Vögel) mit seinem Schnabel auf einen gefalteten oder gerollten Zettel, den man überreicht bekommt und auf dem ein Vers von Hafis steht, man nennt dieses Orakeln *fâl-e Hafis*, Weissagung des Hafis: Ich werde das Pessoa-Orakel ausprobieren und sehen, was mir der portugiesische Weltmeister der Unruhe voraussagt.

Ich schließe die Augen, lasse den Finger einige Seiten nach dem *Opiarium* blind über die Seiten laufen, dann öffne ich sie wieder: »Groß sind die Wüsten, und alles ist Wüste«, also wieder die Wüste, durch Zufall auf Seite 199, durch Zufall wieder Álvaro de Campos, und ich beginne eine Weile zu träumen, dass tatsächlich alles zusammenhängt, jedes Wort, jede Geste ist mit allen Wörtern und allen Gesten verbunden. Alle Wüsten mit der Wüste. »Ich zünde die Zigarette an, um die Reise aufzuschieben,/ um alle Reisen aufzuschieben,/ um das gesamte Weltall aufzuschieben.«

Eine Bibliothek enthält das ganze Weltall, ich brauche sie nicht zu verlassen: Wozu aus dem Turm gehen, sagte Hölderlin, das Weltende hat schon stattgefunden, es gibt keinen Grund loszuziehen, um die Erfahrung selbst zu machen; ich verweile, den Fingernagel zwischen zwei Seiten (sie sind so weich, so cremefarben), wo Álvaro de Campos, der Ingenieur-Dandy wahrer wird als Pessoa, sein Doppelgänger aus Fleisch und Blut. Groß sind die Wüsten, und alles ist Wüste. Es gibt einen portugiesischen Orient, so wie jede Sprache Europas einen Orient hat, einen in sich und einen außerhalb – gerne würde ich, so wie man in Iran am letzten Mittwoch vor Jahresende über ein Lagerfeuer springt, weil es Glück bringt, über die Flammen von Palästina, Syrien und dem Irak springen, über die Flammen der Levante, um mit geschlossenen Füßen im Golf oder in Iran zu landen. Der portugiesische Orient beginnt auf Sokotra und Hormus, beides Etappen auf der Indienroute, zwei Inseln, die der Eroberer Afonso de Albuquerque Anfang des 16. Jahrhunderts eingenommen hatte. Man steht immer vor seinem Bücherregal mit seinem Pessoa in der Hand; man steht vorne auf dem Bug eines gierigen Schiffs – eines Schiffs der Reue, das nach Schiffbrüchen lechzt; sobald es das Kap der Guten Hoffnung umschifft hat, gibt es nichts mehr, das es aufhält: Die Schiffe aus Europa kehren in den Norden zurück, die Portugiesen an der Spitze. Arabien! Der Golf! Der Persische Golf ist die Schleimspur der mesopotamischen Kröte, heißer Schweiß, glatt, an seinen Ufern kaum beeinträchtigt von den klebrigen schwarzen Ölklumpen, den Fladen der Tanker, diesen Wiederkäuern des Meers. Ich schwanke; ich halte mich an einem dicken Buch fest, an einem hölzernen Pfosten, ich bin mit den Füßen in einem Seil hängengeblieben – nein, im Morgenmantel, dem alten Piratenumhang, der sich am Lesepult verfangen hat. Ich betrachte meine Schätze auf den Regalbrettern, vergessene, eingestaubte Schätze, ein Holzkamel, einen silbernen syrischen Talisman mit eingravierten antiken Symbolen (ich meine mich zu erinnern, dass dieses unlesbare Amulett zur Beruhigung diente, vielleicht einst sogar dazu, gefährliche Irre zu heilen), eine Miniatur auf Holz, ein kleines Diptychon mit grün angelaufenen Kupferscharnieren, das einen Baum, einen Pfau und zwei

Liebende zeigt, ohne dass ich genau wüsste, zu welchem Liebesroman diese ländliche Szene gehört, die ich bei einem der Antiquare in der Manutschihri-Straße von Teheran erworben habe. Ich stelle mir vor, nach Darakeh oder nach Darband zurückzukehren, hoch in die Berge im Norden der Stadt, ein Freitagsausflug entlang eines kleinen Bachs abseits der Massen, inmitten der Natur, unter einem Baum, mit einer jungen Frau in grauem Foulard und blauem Mantel, umgeben von Klatschmohn, der Blume der Märtyrer, die diese Steinwüsten, diese kleinen Schluchten liebt und dort jedes Frühjahr ihre winzigen Samen aussät – das Plätschern des Wassers, der Wind, der Duft nach Gewürzen, nach Kohle, eine Gruppe junger Leute in der Nähe, aber unsichtbar, unterhalb von uns im Erosionstal, von denen nur das Gelächter und die Essensdüfte zu uns dringen; wir bleiben dort, im Schatten eines riesigen dornigen Granatapfelbaums, werfen Steine ins Wasser, essen kandierte Kirschen und Pflaumen und hoffen, hoffen auf was? Ein Schaf, einen Steinbock, einen Luchs, aber nichts zeigt sich; niemand kommt vorbei außer einem alten Derwisch mit einem merkwürdigen Hut, geradewegs Rumis *Mathnawi* entsprungen, der mit seiner umgehängten Rohrflöte und einem Stock in der Hand auf wer weiß welche Gipfel steigt, wer weiß welche Zuflucht sucht. Etwas erschrocken über dieses Vorzeichen, den Einbruch des Spirituellen in eine Szene, die wir im Gegenteil lieber ganz und gar irdisch, als Liebesszene erlebt hätten, grüßen wir ihn mit einem »*Yá Ali*«. »Hör' auf der Flöte Rohr, was es verkündet,/Hör', wie es klagt, von Sehnsuchtsschmerz entzündet:/Als man mich abschnitt am beschilften See,/Da weinte alle Welt bei meinem Weh.« Gibt es auf Deutsch eine vollständige Übersetzung von Rumis *Mathnawi*? Oder auf Französisch? Sechsundzwanzigtausend Reime, dreizehntausend Doppelverse. Eines der Monumente der Weltliteratur. Eine Summa der Dichtung und der mystischen Weisheit, Hunderte von Anekdoten, Erzählungen, Personen. Rückert hat leider nur einige Ghaselen übersetzt, sich nicht an den *Mathnawi* gewagt. Außerdem ist Rückert heutzutage ohnedies schlecht ediert. Entweder findet man schmale und billige zeitgenössische Sammelwerke oder Ausgaben vom Ende des 19. oder vom Anfang des 20. Jahrhunderts ohne Anmerkungen, ohne Kommentare, dafür gespickt mit Fehlern; eine historisch-kritische Ausgabe ist offenbar in Arbeit, die »Schweinfurter Edition« (»schöner Ort, schrecklicher Name«, sagte der Dichter), sie wächst langsam, in zehn oder zwölf Bänden. Warum gibt es in Deutschland oder Österreich keine Pléiade-Reihe? Da hätten wir einmal eine Erfindung, um die man Frankreich beneiden kann, diese angenehmen Werkausgaben mit dem weichen Ledereinband, die so sorgfältig herausgegeben sind mit Einführungen, Anhängen, gelehrten Kommentaren und die eine Gesamtschau der französischen und internationalen Literatur bieten. Nicht zu vergleichen mit den weit weniger populären, luxuriösen Bänden des Deutschen Klassiker Verlags, die nicht so häufig auf dem Weihnachtstisch liegen dürften. Wäre Rückert Franzose, er wäre in der Pléiade – es gibt dort immerhin drei Bände von Gobineau, dem Begründer der Rassentheorie, Orientalisten und Iran-Spezialisten. Die Pléiade-Reihe ist weit mehr als eine Literatursammlung, sie ist eine Staatsangelegenheit. Die Aufnahme eines Autors unter den Schutz des Kunststoffschubers und des farbigen Ledereinbands erhitzt die Gemüter. Das Höchste für einen Schriftsteller ist es natürlich, *zu Lebzeiten* in die Pléiade aufgenommen zu werden – von der Musealisierung durch sie zu profitieren, die (wie ich annehme) angenehme Erfahrung des posthumen Ruhms zu machen, bevor man die Radieschen von unten anschaut. Ist man erst einmal in der Pléiade, ist es das Schlimmste (aber ich glaube nicht, dass es einen solchen Fall schon einmal gegeben hat), zu Lebzeiten wieder ausgeschlossen zu werden. Eine Verbannung *ad vitam*. Denn man kann auch aus dieser göttlichen Reihe verwiesen werden, und in Teheran gab dies Anlass zu einer Szene, die des *Epistels über die Wunder, die Lehrer bewirken* von al-Dschahiz würdig gewesen wäre: Der Leiter des Französischen Forschungsinstituts in Iran, ein bedeutender Orientalist, entrüstete sich so sehr, dass er aus seinem Büro stürmte und unter den Rufen »Was für ein Skandal!«, »Eine Schande!« das Vestibül durchmaß, was unter den Angestellten sogleich Panik hervorrief: Die sanftmütige Sekretärin (die sich vor den Stimmungsschwankungen ihres Chefs gewaltig fürchtete) versteckte sich hinter ihren Akten, der Informatiker tauchte mit einem Schraubenzieher in der Hand unter dem Schreibtisch ab, bis hin zur gutmütigen Büroleiterin, der plötzlich einfiel, dass sie dringend eine Cousine oder eine alte Tante anrufen musste und die sich am Telefon sehr laut in endlosen Höflichkeitsfloskeln erging.

SARAH (*auf der Schwelle zu ihrem Büro, beunruhigt*): Was ist denn los? Alles in Ordnung, Gilbert?

MORGAN (*mit dem Blitz in der Hand*): Ein unglaublicher Skandal, Sarah! Sie wissen es noch nicht? Halten Sie sich fest! Was für ein Affront für die Wissenschaft! Was für ein Nackenschlag für die Literatur!

SARAH (*zögerlich, eingeschüchtert, mit tonloser Stimme*): Mein Gott, ich rechne mit dem Schlimmsten.

MORGAN (*froh, seinen Schmerz teilen zu können*): Sie werden es nicht glauben: Man hat soeben Germain Nouveau aus der Pléiade geworfen!

SARAH (*verblüfft, ungläubig*): Nein! Wie das? Man kann doch niemanden aus der Pléiade werfen! Und schon gar nicht Germain Nouveau!

MORGAN (*niedergeschlagen*): Doch. Sie haben es getan. *Exit* Nouveau. Adieu. Die Neuausgabe bringt nur Lautréamont, allein, ohne Germain Nouveau. Es ist eine Katastrophe.

SARAH (*zieht automatisch an dem Bleistift, der ihr Haar zusammenhält; die Strähnen fallen ihr wirr auf die Schultern, sie sieht aus wie ein antikes Klageweib*): Man muss etwas tun, eine Petition verfassen, die Wissenschaftsgemeinde mobilisieren …

MORGAN (*ernst, resigniert*): Zu spät … Der Lautréamont ist gestern erschienen. Und der Herausgeber hat mitgeteilt, dass für die nächsten Jahre kein Einzelband mit Germain Nouveau vorgesehen ist.

SARAH (*empört*): Furchtbar. Armer Germain Nouveau! Armer Humilis!

FRANZ (*beobachtet die Szene von der Tür zum Büro der Gastforscher aus*): Ist etwas Schlimmes passiert? Kann ich euch helfen?

SARAH (*lässt ihren Ärger an dem armen Ausländer ab*): Ich glaube nicht, dass Österreich oder auch Deutschland uns in dieser Sache irgendwie helfen könnte, danke.

MORGAN (*ebenso, ohne die geringste Ironie*): Sie platzen mitten in ein Staatsbegräbnis, Franz.

FRANZ (*leidlich verärgert, während er die Bürotür schließt*): Dann mein herzliches Beileid.

Ich hatte keine Ahnung, wer dieser Germain Nouveau sein mochte, dessen Abgang die Wissenschaft mit Schmerz erfüllte und untröstlich machte: Ich erfuhr es bald, von Sarah natürlich, die mir ein komplettes

Seminar über den Mann an den Kopf warf, ein Seminar und Vorhaltungen, denn allem Anschein nach hatte ich ihren in den *Lettres françaises* erschienenen Artikel über »Germain Nouveau im Libanon und in Algerien« nicht gelesen, dabei kam mir der Titel zu meiner großen Schande sogar irgendwie bekannt vor. Eine halbe Stunde nach dem nationalen Trauerakt lud sie mich ein zu einem Trauerumtrunk nach »oben«, in den Salon des Gästeapartments, um mir den Kopf geradezurücken: Germain Nouveau sei ein Weggefährte Rimbauds (dem er nach London gefolgt war) und Verlaines (dem er in die Trunksucht und in den Katholizismus gefolgt war) gewesen, ein Weggefährte ohne den Ruhm des einen oder des anderen, aber ein ausgezeichneter Dichter, und wie sie habe er eine der ungewöhnlichsten Lebensgeschichten, die denen der beiden Vorgenannten in nichts nachstehe. Aus Südfrankreich stammend, sei er sehr jung in die Hauptstadt gekommen, sehr jung, aber alt genug, um sich in den Kneipen des Quartier Latin und des Montmartre herumzutreiben. Er wollte Dichter werden.

Es kommt einem heute unglaublich vor, dass man 1872 in der Hoffnung, Dichter zu werden, von Marseille nach Paris gehen konnte mit nichts in der Tasche als zwei oder drei Sonetten, ein paar Goldmünzen und den Namen von Cafés, in denen sich die Bohème traf: bei Tabourey, bei Polidor … Ich stelle mir vor, ein junger Mann aus Innsbruck oder Klagenfurt würde sich heute auf den Weg nach Wien machen mit nicht mehr im Reisegepäck als einem Empfehlungsschreiben seines Deutschlehrers und seinen Gedichten auf dem iPad, er dürfte sich schwertun, auf Gleichgesinnte zu treffen – Absinth auf tschechische Art und Drogen aller Sorten, um sich um den Verstand zu bringen, finden sich sicherlich, aber die Dichtung, meine Güte. Wahrscheinlich (und zum Glück für die Dichtung) kenne ich meine Stadt sehr schlecht, da ich abends keine Kaffeehäuser aufsuche und noch weniger Dichter, die mir immer als verdächtige Verführer erschienen sind, besonders zu Beginn des 21. Jahrhunderts. Germain Nouveau war ein echter Dichter, er suchte Gott in der Askese und im Gebet und wurde verrückt, litt laut seinen Ärzten in der Klinik von Bicêtre, wo er das erste Mal für sechs Monate interniert war, unter einem »melancholischen Delirium mit mystischen Vorstellungen«. Wie Sarah in ihrem Beitrag bemerkte, fällt der erste Ausbruch geistiger Verwirrung bei Nouveau exakt mit Rimbauds Abstieg aus Harar zusammen und dauert bis zum Tod des Letzteren; Nouveau verlässt die Anstalt, als Rimbaud stirbt, im November 1891. Natürlich wusste Germain Nouveau nichts vom traurigen Schicksal seines einstigen Weggefährten, aber nachdem es ihm nicht gelungen war, im Libanon Fuß zu fassen, und er lange durch Frankreich gewandert war, nimmt Germain in Algier erneut das Abenteuer Orient in Angriff; er schreibt von dort an Arthur Rimbaud in Aden, um ihm sein Vorhaben anzuvertrauen: Er möchte Dekorationsmaler in Alexandria oder Aden werden und bittet ihn unter Berufung auf ihre alte Freundschaft um *Tipps*. »Ich habe Verlompe seit bald zwei Jahren nicht gesehen«, schreibt er. Sarah fand diesen Brief an einen Verstorbenen sehr bewegend; Verlompe-Verlaine hätte ihn von Rimbauds Tod benachrichtigen können, der genau zwei Jahre zuvor gestorben war. Ein nächtliches Getuschel. Es ist doch eine nette Vorstellung, dass Forscher heute noch versuchen zu beweisen, und die fehlenden Beweise dabei durch Verbissenheit wettmachen, dass Germain Nouveau der Verfasser der *Illuminations* sei, und nicht Rimbald der Seemann – wahrscheinlich wird man es nie herausfinden.

Sarah hatte mit großer Sorgfalt die Abenteuer (eher die missglückten Abenteuer) Germain Nouveaus in Beirut und Algier nachgezeichnet. Auch er hatte vom Orient geträumt, so sehr, dass er versuchte, sich als Lehrer an einem griechisch-katholischen Collège in Beirut niederzulassen. Sarah hatte alle griechisch-katholischen Einrichtungen im Libanon abgeklappert und in den durch die Zeitläufte und die Kriege verstreuten Archiven nach den Anstellungsschreiben gesucht, vor allem um herauszufinden, warum er wenige Wochen nach seiner Ankunft aus seiner Lehrertätigkeit entlassen wurde – ohne Erfolg. Nur eine Legende hat überdauert, nach der Germain eine Liebesbeziehung mit der Mutter eines seiner Schüler hatte. Doch angesichts der Bescheinigungen seiner französischen Dienststellen und der zahlreichen entsetzten Berichte seiner Vorgesetzten in Frankreich (»Dieser Mann ist alles, bloß kein Lehrer«, attestierte ein Schulleiter), glaubt Sarah eher, dass Germain Nouveau wegen seiner Inkompetenz vor die Tür gesetzt wurde. Ohne Geld, ohne Anstellung bleibt er bis zum Herbst in Beirut, kämpft dafür, seinen Lohn ausgezahlt zu bekommen. Man erzählt, er habe sich in eine junge Blinde verliebt, die er in Bab Idriss für sie beide zum Betteln schickte; vielleicht ist sie die Frau (blind oder nicht), die er in einem seiner Sonette aus dem Libanon beschreibt, die gleichermaßen orientalistische Malereien sind:

Oh! Dein Haar zu malen, so blau wie der Rauch,
Deine Goldhaut, so dunkel, dass man sie beinah für eine
verbrannte Rose halten könnte! und deinen Leib,
Duftend im weiten Engelsgewand, wie auf einer Freske.

Vielleicht bekam er schließlich, was er wollte, und dazu eine Entschädigung, oder das französische Konsulat nahm sich seiner an und brachte ihn in seine Heimat zurück, jedenfalls bestieg er die *Tigre* von den *Messageries Maritimes* Richtung Marseille mit Zwischenhalt in Jaffa – wo der sehr christliche Germain Nouveau der Nähe der Heiligen Stätten nicht widerstehen konnte und sich zu Fuß nach Jerusalem begab, dann nach Alexandria, und sich mit Betteln durchbrachte; einige Wochen später bestieg er dort erneut ein Schiff, die *Seyne*, kehrte zurück nach Marseille und traf zu Beginn der 1885er Jahre wieder auf Verlaine, den Absinth und die Pariser Cafés.

Ich schlage den Band aus der Pléiade auf, der Nouveau und Lautréamont, den Orient von Germain Nouveau und das Uruguay von Isidore Ducasse vereint, jenen Pléiade-Band, in dem heute, nachdem man ihm seinen zufälligen Rivalen vom Hals geschafft hat, der Comte de Lautréamont allein thront – das ist das Schicksal von Humilis, es entspricht dem Namen, den er für sich gewählt hat; der Dichter-Bettler, der Narr in Christo hatte nie nach einer Neuausgabe seines schmalen dichterischen Werks verlangt, und heute (diesen Schluss zieht zumindest Sarah) leuchtet es, *Stella maris*, wie ein von den Wolken des Vergessens verborgener Stern.

Es ist verrückt, dass ich daran sterben werde,
Und ob, Madame, das weiß ich doch gewiss,
Und zuerst … nach deiner kleinsten Geste,
Verrückt … nach deiner himmlischen Erscheinung,
die einen Duft von reifen Früchten hinterlässt,

Nach deinem flinken, kecken Gang,
Ja, verrückt vor Liebe, verrückt vor Liebe,
Verrückt nach deinem verdammten … Hüftschwung,
Der einem Angst einjagt … die nackte Angst,
Mehr als ein wilder Trommelwirbel.

Der Arme starb tatsächlich im Wahnsinn, verrückt vor Liebe und verrückt vor Christus, und Sarah meint, vielleicht zu Recht, dass seine Monate in Beirut und seine Pilgerfahrt nach Jerusalem (wie die »Begegnung« mit dem heiligen Benoît Labre, Nouveaus und Verlaines Schutzpatron) bereits die Anfänge dieses melancholischen Leidens waren, das sich 1891 zur Krise zuspitzte: Er malte Kreuzzeichen mit der Zunge auf den Boden, murmelte unablässig Gebete, legte seine Kleider ab. Von Stimmenhalluzinationen verfolgt, reagierte er nicht mehr, wenn er angesprochen wurde. Man steckte ihn in eine Anstalt. Und entweder nahm er es auf sich, die Zeichen seiner Heiligkeit so gut wie möglich zu verbergen, oder die Wirkung des Absinths ließ nach, jedenfalls ließ man ihn einige Monate später laufen – er schnappte sich Rucksack und Pilgerstab und begab sich zu Fuß nach Rom, wie der heilige Benoît Labre im 18. Jahrhundert:

Es war Gott, der ihn nach Rom führte,
Ihm einen Pilgerstab in die Hand gab,
Den Heiligen, der nur ein armer Mann war,
Ein Mauersegler, der
Alles stehn und liegen ließ,
Seine einsame Zelle,
Und die Klostersuppe,
Seine Bank, die in der Sonne warm wird,
Taub für sein Jahrhundert, seine Orakel,
Empfangen vom einz'gen Tabernakel,
Doch mit der Gabe, Wunder zu vollbringen,
Und gekrönt von einem Nimbus aus Vermeil.

Die Praxis des Elends: so nennt Sarah die Regel des heiligen Germain le Nouveau. Zeugen berichten, dass er in seinen letzten Jahren in Paris, bevor er nach Süden aufbrach, in einer Mansarde gewohnt habe, wo er auf einem Karton schlief; dass er mehr als einmal mit einem Haken bewaffnet in den Mülleimern nach etwas Essbarem wühlend gesehen wurde. Er wies seine Freunde an, seine Werke zu verbrennen, strengte Prozesse gegen jene an, die sie ohne seine Zustimmung veröffentlichten; er verbrachte die letzten zehn Jahre seines Lebens damit zu beten, mehr zu fasten, als es vernünftig war, sich mit dem Brot zu begnügen, das ihm das Armenhaus gab: Schließlich starb er unmittelbar vor dem Osterfest an Unterernährung, an zu langem Fasten auf seinem ärmlichen Lager, in Begleitung nur von Läusen und Spinnen. Sarah fand es außerordentlich, dass man von seinem großen Werk *La Doctrine de l'amour* (*Die Liebesdoktrin*) nur das kannte, was sein Bewunderer und Freund, der Comte de Larmandie, auswendig gelernt hatte. Es gab kein Manuskript. Larmandie sagte: Wie die Entdecker ausgestorbener Städte habe ich die Juwelen eines verstorbenen Königs gestohlen und in meinem Herzen versteckt, um sie der Sonne wiederzugeben. Diese Überlieferung, mit all den Schatten der Ungewissheit, die sie auf das Werk warf (hatte nicht Nouveau, als er »seine« Gedichtsammlung auf diese Weise als Raubdruck entdeckte, an Larmandie geschrieben: »Sie legen mir irgendwas in den Mund!«), rückte Nouveau in die Nähe der großen antiken Texte, der frühen Mystiker und der orientalischen Dichter, deren Verse mündlich überliefert wurden, bevor man sie, oft viele Jahre später, niederschrieb. Bei einer Tasse Tee, in den berühmten Sesseln im ersten Stock sitzend, erklärte mir Sarah, was ihre *Liebe* für Nouveau ausmachte, gewiss weil sie eine Vorahnung hatte, dass sie selbst sich wenig später für die Askese und die Kontemplation entscheiden würde, auch wenn die Tragödie, die für diese Entscheidung verantwortlich war, noch nicht stattgefunden hatte. Sie interessierte sich bereits für den Buddhismus, nahm an Kursen teil, meditierte – was ernst zu nehmen mir allerdings schwerfiel. Irgendwo muss ich Sarahs Beitrag »Germain Nouveau im Libanon und in Algerien« haben, gestern Abend habe ich die meisten Sonderdrucke ihrer Beiträge hervorgeholt – aus Sarahs Fach in der Mitte meiner Bibliothek. Pessoa auf sein Lesepult zurückstellen, Nouveau neben Levet einordnen, Sarahs Texte stehen mitten zwischen den Musikkritiken, ich weiß nicht mehr warum. Vielleicht damit ihre Werke hinter dem Kompass aus Bonn stehen, nein, Blödsinn, damit Sarah so wie in meinem Leben auch im Zentrum der Bibliothek steht, das ist genauso blödsinnig, schon eher wegen des Formats ihrer Bücher und der schönen Farben der Buchschnitte. Der Blick fällt auf die Reise in den portugiesischen Orient, das gerahmte Foto von der Insel Hormus mit einem sehr viel jüngeren Franz Ritter beim Fort auf dem Rohr der alten, in den Sand gesunkenen Kanone sitzend; auf den Kompass in seinem Gehäuse direkt vor *Orients féminins* (*Weibliche Oriente*), Sarahs erstem Buch, *Désorients* (*Menschen ohne Orient*), der gekürzten Fassung ihrer Dissertation, und *Dévorations* (*Formen des Verschlingens*), ihrer Arbeit über das verspeiste Herz, das verräterische Herz und alle Arten heiligen Schreckens des symbolischen Kannibalismus. Ein nahezu wienerisches Buch, das es verdient hätte, ins Deutsche übersetzt zu werden. Richtig, auch in Frankreich spricht man von einer *verzehrenden* Leidenschaft, um nichts anderes geht es in diesem Buch – zwischen Leidenschaft und gierigem Verschlingen. Der geheimnisvolle Artikel über Sarawak ist übrigens nur eine Erweiterung jenes Buches, ein Schritt weiter im Abscheulichen. Mit dem Totenwein. Dem Leichensaft.

Dieses Foto von der Insel Hormus ist wirklich schön. Sarah ist eine begabte Fotografin. Heutzutage ist das eine heruntergekommene Kunst, jeder fotografiert jeden mit Telefonen, Computern, Tablets – das führt zu Millionen von kläglichen Aufnahmen, ungnädige Blitzlichter zerstören die Gesichter, die sie eigentlich in ein günstiges Licht rücken sollen, die Unschärfe ist selten künstlerisch gewollt, das Gegenlicht betrüblich. Zu Zeiten der Analogfotografie legte man mehr Wert auf diese Dinge, scheint mir. Aber vielleicht beweine ich wieder Ruinen. Was für ein rettungsloser Nostalgiker ich doch bin. Ich muss zugeben, dass ich mich auf diesem Abzug ziemlich gutaussehend finde. So sehr, dass Mama eine Vergrößerung eingerahmt hat. Mit blau kariertem Hemd, kurzem Haar, Sonnenbrille, das Kinn schön auf die rechte Hand gestützt, mit Denkermiene vor dem Hellblau des Persischen Golfs und dem Cyanblau des Himmels. Im Hintergrund erkennt man deutlich die Küste und Bandar Abbas; zu meiner Rechten in Rot und Ockerbraun die eingefallenen Mauern des portugiesischen Forts. Und die Kanone. In meiner Erinnerung stand dort eine zweite Kanone, die nicht auf dem Foto zu sehen ist. Es war Winter, und wir waren froh, Teheran verlassen zu haben – es hatte einige Tage lang ausgiebig geschneit, und danach hatte eine eisige Kältewelle die Stadt ergriffen. Die *Djoubs*, die Wasserkanäle zwischen Gehweg und Straße, waren unsichtbar, zugeschneit, und gaben ausgezeichnete Fallen für Fußgänger und sogar für Autos: Hier und da sah man in einer Kurve einen liegengebliebenen Paykan mit zwei Rädern in einem der Bäche stecken. Je nach Windstärke ließen die riesigen Platanen der Valiasr-Straße im Norden des Stadtteils Vanak Früchte aus gefrorenem Schnee schmerzhaft auf die Passanten regnen. Im Viertel Schemiran herrschte eine gedämpfte Stille, es roch nach Holz- und Kohlefeuern. Am Tadschrisch-Platz flüchtete man sich in den kleinen Basar, um dem eisigen Luftstrom zu entgehen, der durch das Darband-Tal von den Bergen herabzuschießen schien. Sogar Faugier hatte es aufgegeben, in die Parks zu gehen; die ganze nördliche Hälfte Teherans war ab der Enqelâb-Straße unter Schnee und Frost erstarrt. Das Reisebüro lag übrigens an dieser Avenue, ganz in der Nähe des Ferdowsi-Platzes; Sarah hatte die Tickets gekauft, ein Direktflug nach Bandar Abbas mit einer neuen Luftfahrtgesellschaft, die den singenden Namen Aria Air trug, in einer herrlichen, dreißig Jahre alten, von Aeroflot ausgemusterten Iljuschin, in der noch alle Aufschriften auf Russisch waren – ich nahm ihr das ziemlich übel, was für ein Einfall, diese Knauserigkeit, für ein paar hundert Rials Preisunterschied sein Leben aufs Spiel zu setzen, ich erinnere mich noch, wie ich sie im Flugzeug abgekanzelt habe, dieser Geiz, das ist doch allerhand, schreib hundert Mal den Satz auf: »Nie wieder fliege ich mit diesen irrsinnigen Airlines mit Sowjettechnologie«, sie lachte, mir stand der kalte Schweiß auf der Stirn, und sie lachte, beim Start machte ich mir schier in die Hose, die Maschine vibrierte, dass einem Hören und Sehen verging, als wollte sie auf der Stelle auseinanderbrechen. Aber nein. Während unseres zweistündigen Fluges achtete ich aufmerksam auf jedes Geräusch in der Kabine. Als dieses Bügeleisen schließlich aufsetzte und dabei wie eine Truthenne über das Rollfeld trudelte, stand ich erneut im Schweiß. Der Steward hatte für die Ankunft 26 Grad Celsius angekündigt. Die Sonne brannte herab, und Sarah schimpfte auf ihren islamischen Mantel und ihren schwarzen Schal – der Persische Golf war eine weißliche, an der Basis leicht bläulich gefärbte Dunstmasse, Bandar Abbas eine flache Stadt an einem sehr langen Strand, an dem eine breite, sehr hohe Betonmole weit ins Meer hineinragte. Wir brachten unser Gepäck ins Hotel, ein Gebäude, das ganz neu aus sah (nagelneuer Aufzug, leuchtende Wandfarben), dessen Zimmer jedoch vollkommen abgenutzt waren: alte schiefe Schränke, schäbige Teppiche, der Bettüberwurf gesprenkelt mit Löchern von Zigarettenglut, wackelige Nachttische und zerbeulte Nachttischlampen. Etwas später erfuhren wir des Rätsels Lösung: Das Hotel befand sich zwar in einem neuen Gebäude (der Bau muss das gesamte Vermögen seines Besitzers aufgezehrt haben), aber die Innenausstattung war ganz einfach so, wie sie war, von einem alten Etablissement hierhergebracht worden, darüber hinaus hatte das Mobiliar, wie uns der Rezeptionist anvertraute, ein wenig unter dem Umzug gelitten. Sarah sah darin sofort eine wunderbare Metapher des zeitgenössischen Irans: neue Bauten, alter Plunder. Mir wäre etwas mehr Komfort oder auch Schönheit lieber gewesen, im Stadtzentrum von Bandar Abbas suchte man Letztere vergebens: Es bedurfte schon viel (sehr viel) Vorstellungskraft, um dort den antiken Hafen zu entdecken, in dem Alexander der Große Station machte auf dem Weg zu den Ichthyophagen, den ehemaligen portugiesischen Hafen Porto Comorão, den Pier für die Handelsware aus Indien, oder die mit Hilfe der Engländer zurückeroberte portugiesische Hafenstadt, die Port Abbas genannt wurde zu Ehren Schah Abbas', des Herrschers, der diese Hafenstadt an der Meerenge von Hormus zusammen mit der gleichnamigen Insel für die Perser eingenommen und damit die lusophone Präsenz im Persischen Golf beendet hatte. Die Portugiesen hatten Bandar Abbas den »Krabbenhafen« genannt, und nachdem wir unser Gepäck in den schrecklichen Zimmern abgestellt hatten, machten wir uns auf die Suche nach einem Restaurant, um die riesigen weißen Garnelen aus dem Indischen Ozean zu kosten, die wir, glänzend auf Eis liegend, bei den Fischhändlern des Basars am Tadschrisch-Platz in Teheran eintreffen sahen. Das *Tschelow meygou*, ein Ragout aus diesen schwimmenden Zehnfüßern, war in der Tat köstlich – inzwischen war Sarah in einen leichteren islamischen Mantel aus cremefarbener Baumwolle geschlüpft und hatte ihr Haar unter einem geblümten Foulard versteckt. Der Spaziergang entlang des Meeres bestätigte uns, dass es in Bandar Abbas nichts zu entdecken gab außer einer langen Reihe mehr oder weniger moderner Gebäude; auf dem Strand sah man hier und dort Frauen in traditioneller Kleidung und mit der verzierten Ledermaske, die ihnen ein ziemlich bedrohliches Aussehen gab, das an die monströsen Besucher eines morbiden Maskenballs oder die Figuren eines Romans von Alexandre Dumas erinnerte. Der Basar brach zusammen unter Datteln jeder Sorte aus Bam oder Kerman, unter Bergen getrockneter oder frischer, schwarzer oder heller Datteln, die sich mit den roten, gelben und braunen Piment-, Curcuma- und Kümmelpyramiden abwechselten. In der Mitte der Mole befand sich der Passagierhafen, ein Ponton, der über hundert Meter geradeaus ins Meer reichte – der Grund war sandig und fiel sehr sanft ab, größere Schiffe konnten sich nicht zum Anlegen nähern. Das Merkwürdigste war, dass es gar keine größeren Schiffe gab, nur kleine Schnellboote, ziemlich schmale Motorboote, die mit riesigen Außenbordmotoren ausgestattet waren, dieselbe Art von Boot, wie mir schien, die die Revolutionswächter während des Krieges benutzten, um Öltanker und Frachtschiffe anzugreifen. Um sich einzuschiffen, musste man daher auf einer Metallleiter vom Ponton bis in das Motorboot hinabsteigen: Der Kai diente in Wirklichkeit nur dazu, dass sich die potentiellen Passagiere dort sammeln konnten. Zumindest für diejenigen (sie waren nicht zahlreich), die sich auf die Insel Hormus begeben wollten: Die Reisenden nach Kisch oder Qeschm, den beiden großen Nachbarinseln, nahmen auf komfortablen Fähren Platz, weshalb ich feige versuchte, Sarah einzuflüstern: »Sieh mal, wollen wir nicht lieber nach Qeschm fahren?« Sie machte sich nicht einmal die Mühe einer Antwort, sondern begann, unterstützt von einem Matrosen, die Leiter in die Barkasse hinabzusteigen, die drei Meter unter uns auf den Fluten schaukelte. Um mir Mut zu machen, dachte ich an die Österreichische Lloyd, deren stolze Schiffe Triest verließen, um die Weltmeere zu durchpflügen, und auch an die Schwertboote, mit denen ich ein oder zwei Mal auf dem Traunsee gekreuzt hatte. Einziger Vorteil der enormen Geschwindigkeit unserer Barkasse, von der nur die Motorachse und die Schraube das Wasser berührten, während der Bug nutzlos in den Himmel zeigte, war die Kürze der Überfahrt, die ich damit verbrachte, mich ans Schandeck zu klammern und zu versuchen, nicht jedes Mal auf lächerliche Weise erst nach hinten, dann nach vorne geworfen zu werden, wenn eine winzige Welle drohte, uns in ein ungewöhnlich gebautes Wasserflugzeug zu verwandeln. Ganz sicher hatte der Kapitän, das einzige Besatzungsmitglied, früher eine der Selbstmordmaschinen gesteuert, und der Fehlschlag seiner Mission (nämlich der Selbstmord) verfolgte ihn zwanzig Jahre nach Beendigung des Konflikts noch immer. Dass ich keinerlei Erinnerung an unser Anlegen auf Hormus habe, beweist meine Erschütterung; ich habe noch das portugiesische Fort vor Augen, Objekt von Sarahs Begehren – ein breiter, beinahe viereckiger Turm mit eingefallener Spitze, aus roten und schwarzen Steinen, zwei niedrige Mäuerchen, Gewölbe mit zerbrochenen Bögen und rostige alte Kanonen vor der Meerenge. Die Insel war ein großer, trockener Felsen, ein Felsen, der einer Einöde glich – dennoch gab es ein kleines Dorf, einige Ziegen und Revolutionswächter: Im Gegensatz zu unseren Befürchtungen beschuldigten uns diese Pasdaran in sandfarbener Uniform nicht der Spionage, sondern waren vielmehr sehr angetan davon, einige Worte mit uns wechseln und uns den Weg weisen zu können, der um das Fort herumführte. Stell dir die portugiesischen Matrosen im 16. Jahrhundert vor, sagte Sarah, die auf diesem Stein stationiert waren, um die Meerenge zu bewachen. Oder gegenüber, in Porto Comorão, woher alle notwendigen Lebensmittel für die Soldaten und die Handwerker kamen, einschließlich dem Wasser. Bestimmt wurde das Wort Nostalgia hier zum ersten Mal gebraucht. Wochenlang auf See, um in der feuchten Gluthitze des Golfs auf diesem Inselchen zu landen. Was für eine Einsamkeit …

Sie stellte sich – weit besser als ich, wie ich zugeben muss – die Qualen jener portugiesischen Abenteurer vor, die dem Sturmkap und dem Riesen Adamastor trotzten, dem »König der Wellen« in Meyerbeers Oper *Die Afrikanerin*, um diesen runden Felsen zu kolonisieren, die Perlen vom Golf, die Gewürze und Seidenstoffe aus Indien. Afonso de Albuquerque war, wie ich von Sarah erfuhr, der Schmied der Politik des portugiesischen Königs Dom Manuel, einer Politik, die weitaus ehrgeiziger war, als es ihre bescheidenen Ruinen erahnen ließen: Als sie sich im Persischen Golf festsetzten, nachdem sie den ägyptischen Mamelucken in den Rücken gefallen waren, deren Flotte sie bereits zuvor im Roten Meer versenkt hatten, wollten die Portugiesen nicht nur eine Kette befestigter Handelsniederlassungen von Malakka bis Ägypten einrichten, sondern auch einen letzten Kreuzzug unternehmen, um Jerusalem von den Ungläubigen zu befreien. Dieser portugiesische Traum war noch zur Hälfte mediterran; er passte zu einem Umschwenken der Politik, durch das der Mittelmeerraum nach und nach aufhörte, allein im Mittelpunkt der politischen und wirtschaftlichen Interessen der Seemächte zu stehen. Ende des 15. Jahrhunderts träumten die Portugiesen *zugleich* von Indien und von der Levante, sie (zumindest Dom Manuel und sein Abenteurer Albuquerque) befanden sich zwischen zwei Wassern, zwischen zwei Träumen und zwei Epochen. Zu Beginn des 16. Jahrhunderts war es unmöglich, Hormus ohne Unterstützung durch das Festland zu halten, ob von persischer Seite wie heute oder von osmanischer Seite wie zu Zeiten jenes Sultanats von Hormus, dem Afonso de Albuquerque, der Gouverneur von Portugiesisch-Indien, mit seinen Kanonen und seinen fünfundzwanzig Schiffen ein Ende bereitete.

Ich dachte dagegen, die *Saudade* sei, worauf ihr Name hinweist, auch ein sehr arabisches und sehr iranisches Gefühl, und dass diese jungen Pasdaran auf ihrer Insel, sofern sie aus Schiras oder Teheran stammten und nicht jeden Abend zurück nach Hause konnten, sich wahrscheinlich an einem Lagerfeuer Gedichte vorlasen, um ihre Traurigkeit zu betäuben – und sicherlich keine Verse von Camões, wie Sarah von der verrosteten Kanone herab, auf der sie saß. Dann setzten wir uns im Schatten eines alten Mäuerchens vor dem Meer in den Sand, jeder in seine *Saudade* versunken: ich in meine *Saudade* wegen Sarah, die viel zu nahe war, um nicht in mir die Sehnsucht zu wecken, mich in ihren Armen zu verkriechen, und sie in die *Saudade* wegen des traurigen Schattens Badr Schakir as-Sayyabs, der sich in weiter Ferne, im Norden zwischen Kuweit und Basra, auf dem Golf spiegelte. Um der Repression im Irak zu entgehen, war der hochgewachsene Dichter 1952 nach Iran gegangen, bestimmt nach Abadan und Ahvaz, ohne dass man genau wüsste, wo überall in Iran er gewesen ist. »Ich schreie zum Golf: / ›O Golf, Du bringst Perlen, Muscheln und Verderben.‹ / Schluchzend kehrt das Echo zurück: / ›O Golf, Du bringst Perlen, Muscheln und Verderben …‹« Diese Verse, die mir ständig durch den Kopf gehen, kehren auch zu mir zurück wie ein Echo, die *Regenhymne* des Irakers, der durch den Tod seiner Mutter, aus seiner Kindheit und aus seinem Heimatdorf Dschaikur vertrieben, in die Welt und in den Schmerz geworfen wurde, in ein endloses Exil wie auf jene von Muschelschalen übersäte Insel im Persischen Golf. In seinem Werk gab es einen Widerhall auf T.S. Eliot, den er ins Arabische übersetzt hatte; er war nach England gegangen, wo er seinen Briefen und Texten zufolge entsetzlich unter seiner Einsamkeit litt – er hatte die Erfahrung der *Unreal City* gemacht, war zu einem Schatten unter den Schatten der London Bridge geworden. *»Here, said she, is your card, the drowned Phoenician Sailor. (Those are pearls that were his eyes, look!)«* Geburt, Tod, Auferstehung, das Brachland so unfruchtbar wie die Erdölebene am Golf. Sarah trällerte mein Lied zu den Versen der *Regenhymne*, langsam und in ernstem Ton, todtraurig und prätentiös zugleich, wo doch Sayyab bis zum Ende bescheiden blieb. Zum Glück habe ich aufgehört, Melodien zu komponieren, mir fehlte es an der Demut eines Gabriel Fabre, an seinem Mitleid. Und sicher auch an seiner Leidenschaft.

Wir haben vor dem alten portugiesischen Fort die Verse von Sayyab und Eliot rezitiert, bis zwei Ziegen uns aus unserer Beschaulichkeit herausrissen, zwei Ziegen mit braunrotem Fell in Begleitung eines kleinen Mädchens, dessen Blick vor Neugier strahlte; die Ziegen waren gutmütig, rochen stark und begannen, uns sanft, aber fest mit der Schnauze zu stoßen: Diese homerische Attacke machte unserer Zweisamkeit ein Ende, das Kind und die Tiere waren sichtlich entschlossen, den Nachmittag mit uns zu verbringen. Sie trieben ihre Unterwürfigkeit so weit, uns (wortlos, ohne auch nur eine Antwort auf unsere Fragen) bis zurück zum Landungssteg zu begleiten, von wo die Boote nach Bandar Abbas ablegten: Sarah fand das Mädchen lustig, das keine Annäherung zuließ und, im Gegensatz zu den Ziegen, flüchtete, sobald man die Hand nach ihr ausstreckte, sich einige Sekunden später jedoch wieder auf ein bis zwei Meter näherte, ich fand es eher beängstigend, vor allem wegen ihrer unbegreiflichen Stummheit.

Die Pasdaran auf dem Landungssteg schienen nicht im Geringsten beunruhigt zu sein wegen dieser Göre, die sich uns mit ihren Zicklein an die Fersen geheftet hatte. Sarah hatte sich umgedreht, um dem Kind zum Abschied zuzuwinken, ohne irgendeine Reaktion bei ihm auszulösen, nicht die kleinste Geste. Wir sprachen noch lange darüber, um den Grund für dieses so scheue Verhalten zu verstehen; ich vertrat die Ansicht, dass die Kleine (sie war höchstens zehn bis zwölf Jahre alt) gestört oder vielleicht taub gewesen sein musste; Sarah hielt sie nur für schüchtern: Sicher hat sie zum ersten Mal eine fremde Sprache gehört, meinte Sarah, was mir unwahrscheinlich vorkam. Wie dem auch sei, diese seltsame Erscheinung und die Soldaten waren die einzigen Bewohner der Insel Hormus, die wir zu Gesicht bekamen. Auf dem Rückweg hatten wir einen anderen Bootsführer, sein Boot und seine Fahrweise waren aber genau dieselben – sieht man davon ab, dass er uns am Strand auslud, indem er einige Meter vom Ufer entfernt seinen Motor hochklappte und das Schiff auf den sandigen Grund setzte. Wir hatten also die Chance, unsere Füße ins Wasser des Persischen Golfs tauchen und zwei Dinge nachprüfen zu können: zum einen, dass die Iraner weniger streng sind, als man meinen könnte, und dass sich kein unter einem großen Kieselstein versteckter Polizist auf Sarah stürzte, um ihr zu befehlen, sie solle ihre Knöchel (laut den Zensoren ein allerdings hoch erotischer weiblicher Körperteil) verhüllen und ihre hochgekrempelten Hosenbeine runterstreifen; zum anderen, und betrüblicher, dass ich, sollte ich auch nur einen Augenblick gezweifelt haben, dass es in dieser Gegend Kohlenwasserstoffe gab, nun absolut sicher sein konnte: Eine meiner Fußsohlen war von dicken und klebrigen Teerklumpen verschmutzt, so dass trotz hartnäckiger Pflege unter der Hoteldusche lange Zeit eine bräunliche Aureole meine Haut und die Zehen zierte: Schmerzlich vermisste ich Mamas Spezial-Reinigungsmittel, die kleinen Fläschchen Doktor Soundso, von denen ich sicher zu Unrecht dachte, ihre Wirksamkeit sei jahrelangen, uneingestehbaren Erfahrungen bei der Reinigung von Naziuniformen zu verdanken, aus denen man Flecken nur schwer herausbekam, wie Mama von weißen Tischtüchern sagte.

Wo wir schon bei Ziegen und bei Stoffen sind, ich muss unbedingt diesen Hausmantel kürzer machen lassen, sonst schlage ich mir noch am Ende den Schädel an einer Regalecke ein und falle tot um, adieu Franz, adieu, letztlich wird dich der Mittlere Osten besiegen und nicht ein grauenerregender Parasit, Würmer, die die Augen von innen auffressen, oder eine Vergiftung am Fuß, sondern nur ein zu langer Beduinenmantel, die Rache der Wüste – ich sehe schon die kleine Pressemeldung: »Getötet von seinem fürchterlichen Kleidungsgeschmack: Der verrückte Professor verkleidete sich als Omar Sharif in *Lawrence von Arabien*.« Als

Omar Sharif oder vielmehr als Anthony Quinn, der Auda Abu Tayi des Films – Auda der stolze Beduine der Howeitat, des Stammes der mutigen Krieger, die 1917 mit Lawrence das von den Osmanen gehaltene Akaba einnahmen, Auda, der wilde Mann der Kriegslust, der unumgängliche Führer für alle Orientalisten in der Wüste: Er begleitete Alois Musil den Mähren ebenso wie Lawrence den Engländer oder Pater Antonin Jaussen, den Dominikaner aus der Ardèche. Dieser in Jerusalem ausgebildete Priester lernte auch die beiden zuvor Genannten kennen, die so zusammen die drei Musketiere des Orientalismus bildeten mit Auda Abu Tayi als d'Artagnan. Zwei Priester, ein Abenteurer und ein Beduinenkämpfer und großer Haudegen, der gerne Türken niedersäbelte – leider sorgten die Zufälle der internationalen Politik dafür, dass Musil im Lager der Gegner von Jaussen und Lawrence kämpfte; Auda wiederum begann den Ersten Weltkrieg mit dem einen und beendete ihn als Verbündeter der beiden anderen, als es Faisal, dem Sohn von Hussein, dem Scherifen von Mekka, gelang, ihn zu überzeugen, seine tapferen Reiter in den Dienst des arabischen Aufstands gegen die Türken zu stellen.

Im Übrigen besteht kein Zweifel, dass Jaussen, hätte sein Land ihn um seine Meinung gefragt, sich lieber auf die Seite des österreichischen Priester-Forschers geschlagen hätte, mit dem er gerne während langer Expeditionen auf dem Kamel in der Steinwüste von Bilad asch-Scham, dem von Damaskus beherrschten Gebiet, über arabische Theologie und arabische Altertümer geplaudert hätte, statt auf die der Seite des hageren Briten, dessen seltsame Mystik den grässlichen Geruch nach Heidentum verströmte und dessen Regierung im Ruch eines heimlichen Verrats stand. Antonin Jaussen und Alois Musil standen sich also durch die Ereignisse gezwungen (relativ betrachtet: beide waren dank ihrer Mönchskutten vom Militärdienst befreit und hatten sich freiwillig gemeldet) in feindlichen Lagern gegenüber, als es um die Herrschaft über den arabischen Orient ging, genauer gesagt, über die kriegerischen Stämme zwischen syrischer Badiyé und Hedschas, die mit Raubzügen und Clankriegen vertraut waren. Auda *alias* Anthony Quinn war weder dem einen noch dem anderen böse; er war ein pragmatischer Mann, der vor allem den Kampf, die Waffen und die kriegerische Dichtung der alten Zeiten schätzte. Man erzählt, dass sein ganzer Körper von Narben bedeckt gewesen sei und die Neugier der Frauen geweckt habe; der Legende nach soll er sich gut zwanzig Mal verheiratet und viele, viele Kinder gehabt haben.

Oh, offenbar habe ich ganz vergessen, die HiFi-Anlage auszuschalten. Ich habe noch immer keinen dieser Infrarotkopfhörer gekauft, mit denen man kabellos Musik hören kann. Ich könnte mit Mohammad-Resa Schadscharian oder Franz Schubert in den Ohren bis in die Küche gehen. Wenn ich den Wasserkessel anstelle, flackert die Deckenlampe immer ein wenig. Die Dinge sind miteinander verbunden. Der Wasserkessel steht in Kontakt mit der Deckenlampe, obwohl die beiden der Theorie nach nichts miteinander zu tun haben. Auf dem Tisch gähnt ein Notebook, halb geöffnet, wie ein silberner Frosch. Wohin habe ich nur diese Teebeutel geräumt? Eigentlich könnte ich ein wenig iranische Musik hören, den *Tar*, den *Tar* und den *Zarb*. Das Radio, der Freund der Schlaflosen. Nur Schlaflose hören *Die Ö1 Klassiknacht* in ihrer Küche. Schumann. Ich würde meine Hand dafür ins Feuer legen, dass es Schumann ist, ein Klaviertrio. Irrtum ausgeschlossen.

Ah, hier ist er. *Samsara Chai* oder *Red Love* – man kommt wirklich zu keinem Ende. Wieso nur habe ich diese Beutel gekauft? *Samsara Chai* muss außerdem schwarzer Tee sein. Na gut, ein kleines bisschen *Red Love*. Laut Verpackung Rosenblätter, getrocknete Himbeeren, Hibiskusblüten. Warum habe ich keinen Kamillentee in meinen Schubladen? Oder Eisenkraut, oder vielleicht Melissentee? Der Kräuterladen an der Ecke ist seit fünf oder sechs Jahren geschlossen, die Dame war sehr sympathisch, sie schätzte mich außerordentlich, anscheinend war ich ihr einziger Kunde; man muss sagen, dass ihr Laden nicht das ehrwürdige Alter hatte, um Vertrauen zu erwecken, es war nur ein schauderhaftes Geschäft aus den 1970er Jahren, ohne jeden Reiz in seiner Baufälligkeit und ohne irgendetwas Besonderes in den Resopalregalen. Seither muss ich *Samsara Love* oder Gott weiß was im Supermarkt kaufen.

Schumann, na klar, ich wusste es. Mein Gott, es ist drei Uhr früh. Die Nachrichten sind immer deprimierend, trotz der eher beruhigenden (weil weichen) Stimme des Sprechers. Eine Geisel in Syrien enthauptet, in der Wüste, von einem Henker mit Londoner Akzent. Sie denken sich die ganze Inszenierung aus, um den westlichen Zuschauer in Schrecken zu versetzen, den schwarz maskierten Opferpriester, die kniende Geisel mit gebeugtem Kopf – seit rund zehn Jahren sind diese entsetzlichen Videos von Enthauptungen in Mode, seit der Ermordung Daniel Pearls 2002 in Karatschi, vielleicht sogar schon seit früherer Zeit, seit Bosnien und Tschetschenien, wie viele sind seither auf diese Weise hingerichtet worden, Dutzende, Hunderte im Irak und anderswo: Warum diese Hinrichtungsart, fragt man sich, warum das Durchschneiden der Kehle bis zur Enthauptung mit dem Küchenmesser – vielleicht kennen sie die Macht des Schwerts oder der Axt nicht. Wenigstens die Saudis, die jedes Jahr Myriaden armer Teufel enthaupten, tun es sozusagen mit dem ganzen Gewicht der Tradition – mit dem Säbel, der, so stellt man sich vor, von einem Riesen geführt wird: Der Scharfrichter durchtrennt mit einem einzigen Hieb in den Nacken des Verurteilten dessen Halswirbel und trennt damit (aber das ist nebensächlich) den Kopf von den Schultern wie zu Zeiten der Sultane. Die Geschichten aus *Tausendundeine Nacht* sind voller Enthauptungen nach demselben *modus operandi*, mit dem Säbelhieb in den Nacken; auch in den Ritterromanen enthauptet man mit voller Wucht, »à tour de bras«, wie die Franzosen sagen, mit dem Schwert oder der Axt, den Kopf auf einen Richtblock gelegt, wie bei Milady, der Frau von Athos in den *Drei Musketieren*, es war, wie ich mich erinnere, ein Privileg des Adels, enthauptet statt gevierteilt, verbrannt oder erdrosselt zu werden – mit der Erfindung der Guillotine brachte die Französische Revolution Ordnung in die Sache; in Österreich hatten wir den Galgen, ähnlich der spanischen Garotte, der Erdrosselung von Hand. Natürlich gab es ein Exemplar dieses Galgens im Kriminalmuseum, Sarah hatte herausfinden können, wie er funktionierte, und war auch dank einer außergewöhnlichen Fotografie aus den 1910er Jahren auf den berühmtesten Henker in der österreichischen Geschichte gestoßen, Josef Lang, der mit Melone auf dem Kopf, Schnurrbart, Fliege und einem breiten Lächeln im Gesicht abgelichtet war, umgeben von seinen ebenfalls lächelnden Assistenten, auf seinem Schemel thronend hinter dem Leichnam eines Mannes, den er selbst hingerichtet, gehängt, sauber erdrosselt hatte. Sarah betrachtete diesen Abzug, seufzte: »Er lächelt wie ein Arbeiter über seine gut verrichtete Arbeit«, und bewies damit, dass sie die Psychologie Josef Langs perfekt verstanden hatte, eines entsetzlich normalen Typen, guten Familienvaters, der sich rühmte, einen fachmännisch in den Tod zu befördern, wobei man »angenehme Empfindungen« haben solle. »Wie groß die Leidenschaft für den Tod bei deinen Landsleuten doch ist«, meinte Sarah. Und für makabere Erinnerungen. Sogar für die Köpfe der Toten – vor einigen Jahren berichteten alle Wiener Zeitungen von der Beisetzung eines Schädels, des Schädels von keinem Geringeren als Kara Mustafa Pascha. Der Großwesir hatte den Oberbefehl bei der zweiten Belagerung Wiens im Jahre 1683 und war, nachdem er die Schlacht verloren hatte, in Belgrad, wohin er sich zurückgezogen hatte, auf Befehl des Sultans mit einer Seidenschnur erdrosselt worden – ich erinnere mich, wie ich der ungläubigen Sarah erzählte, dass man Kara Mustafa *post mortem* enthauptet hatte, dass anschließend die Haut von seinem Gesicht abgezogen und zum Beweis für seinen Tod nach Konstantinopel geschickt worden war, während sein Schädel (mit dem Rest seiner Gebeine, so vermutet man) in Belgrad begraben wurde. Wo ihn fünf Jahre später, bei der Besetzung der Stadt, die Habsburger im entsprechenden Grab entdeckten. Der Schädel Kara Mustafas, Mustafa des Schwarzen, wurde irgendeinem Wiener Prälaten geschenkt, der ihn seinerseits dem bürgerlichen Zeughaus übergab, von wo aus er ins Historische Museum der Stadt gelangte; dort wurde er über viele Jahre hinweg ausgestellt, bis ein von Skrupeln geplagter Konservator dachte, unter den berühmten historischen Sammlungen der Stadt Wien habe dieser morbide Plunder keinen Platz mehr, und sich entschloss, ihn loszuwerden. Da man den Schädel Kara Mustafas, der seine Zelte zwei Schritte entfernt von hier, nur wenige hundert Meter vor dem Wiener Glacis Richtung Donau, aufgeschlagen hatte, nicht einfach in den Müll werfen konnte, fand man für ihn eine Nische in einer anonymen Grabstätte. Hat diese Türkenreliquie etwas mit der Mode der schnauzbärtigen Türkenköpfe zu tun, die die Giebeldreiecke unserer schönen Stadt schmücken? Das ist eine Frage für Sarah, ich bin mir sicher, dass sie auf alle Fragen zur Enthauptung, zu den Türken, ihren Köpfen, den Geiseln und sogar zu den Dolchen der Henker eine Antwort parat hat – sie müsste da unten im Sarawak eigentlich dieselben Nachrichten, dieselbe Nachrichtensendung hören wie wir, oder vielleicht auch nicht, wer weiß. Im Sarawak geht es vielleicht mehr um die jüngsten Entscheidungen des Sultans von Brunei und nicht so sehr um die maskierten Mörder dieser makaberen Farce des

Islams mit den schwarzen Fahnen. Das ist letztlich eine sehr europäische Geschichte. Mit europäischen Opfern und Henkern mit Londoner Akzent. Mit einem neuen und gewalttätigen radikalen Islam, der in Europa und in den Vereinigten Staaten entstanden ist, mit westlichen Bomben, und die einzigen Opfer, die zählen, sind letztlich die Europäer. Arme Syrer. Deren Schicksal interessiert unsere Medien in Wirklichkeit nur wenig. Der erschreckende Nationalismus der Leichen. Auda Abu Tayi, der stolze Krieger von Lawrence und Musil, würde heute bestimmt an der Seite des Islamischen Staats kämpfen, für den neuen weltweiten Dschihad nach so vielen anderen – wer war als Erster auf die Idee gekommen, Napoleon in Ägypten oder Max von Oppenheim 1914? Der Kölner Archäologe Max von Oppenheim, der bereits Tell Halaf entdeckt hat, ist schon alt, als die Feindseligkeiten ausbrechen; wie viele Orientalisten und Arabisten jener Zeit arbeitet er für die *Nachrichtenstelle für den Orient*, das Berliner Amt, in dem alle aus dem Osten stammenden Informationen von militärischem Interesse gesammelt und ausgewertet werden sollen … Oppenheim ist ein Stammgast in den Zirkeln der Macht; er kann Wilhelm II. davon überzeugen, eine offizielle Reise in den Orient und eine Pilgerreise nach Jerusalem zu unternehmen; er glaubt an die Macht des Panislamismus, über den er sich mit Abdülhamid, dem roten Sultan, höchstpersönlich unterhalten hat. Hundert Jahre nach Napoleon waren die deutschen Orientalisten besser mit den Realitäten im Orient vertraut als die Arabisten Bonapartes, die ohne großen Erfolg als Erste versucht hatten, den kleinen Korsen als den Befreier der Araber vom türkischen Joch hinzustellen. Die erste europäische Kolonialexpedition in den Nahen Osten war militärisch ein schönes Fiasko. Napoleon Bonaparte feierte nicht den erhofften Erfolg als Retter des Islam und musste eine empfindliche Niederlage gegen die hinterlistigen Briten hinnehmen – dezimiert durch die Pest, das Ungeziefer und die britischen Kanonenkugeln mussten die letzten aufgeriebenen Haufen der glorreichen Armee von Valmy an Ort und Stelle zurückgelassen werden, und die einzigen Fachrichtungen, die ein wenig von dem Abenteuer profitieren konnten, waren der Reihenfolge ihrer Bedeutung nach die Militärmedizin, die Ägyptologie und die semitische Sprachwissenschaft. Ob die Deutschen und die Österreicher an Napoleon dachten, als sie 1914 zum weltweiten

Dschihad aufriefen? Die Idee (die der Archäologe Oppenheim vorgelegt hatte) bestand darin, die Muslime der Welt zum Ungehorsam anzustiften, die marokkanischen Bataillone, die algerischen und senegalesischen Infanteristen, die indischen Muslime, die Kaukasier und die Turkmenen, die die Triple Entente zum Kampf an die europäische Front schickte, und die muslimischen Kolonien der Engländer, Franzosen und Russen durch Aufstände und Guerillaaktionen zu destabilisieren. Die Idee gefiel Österreichern und Osmanen, und so wurde am 14. November 1914 in der nach Mehmed dem Eroberer benannten Fatih-Moschee in Istanbul im Namen des Sultan-Kalifen auf Arabisch der Dschihad ausgerufen, sicher auch, um dieser im Übrigen ziemlich komplexen Fatwa ein möglichst starkes symbolisches Gewicht zu verleihen, denn es wurde nicht zum Heiligen Krieg gegen alle Ungläubigen aufgerufen, die Fatwa schloss die Deutschen, die Österreicher und die Repräsentanten der neutralen Länder von den Gottlosen aus. Wie ich sehe, zeichnet sich ein dritter Band des Werkes ab, das meinen Ruhm begründen soll:

Über die verschiedenen Formen von Wahn im Orient
Dritter Band
Porträts von Orientalisten und Kommandeuren der Gläubigen

Dem Aufruf folgte unmittelbar eine feierliche Parade bis zu den Botschaften Deutschlands und Österreichs, dann eine erste kriegerische Aktion: Nach den Reden leerte ein türkischer Polizist seine Waffe, als er zum Auftakt des Dschihad aus nächster Nähe auf die edle englische Standuhr in der Eingangshalle des Grand Hotel Tokatliyan schoss, wenn man den Erinnerungen des deutschen Dragomans Schabinger glauben kann, eines der Schmiede dieser feierlichen Erklärung, die alle orientalistischen Kräfte in die Schlacht warf. Alois Musil wurde zu seinen geliebten Beduinenstämmen und dem kriegerischen Auda Abu Tayi gesandt, um sich ihrer Unterstützung zu versichern. Briten und Franzosen blieben nicht untätig; um den Gegen-Dschihad einzuleiten, mobilisierten sie ihre Wissenschaftler, die Lawrences, Jaussens, Massignons und Konsorten, mit dem bekannten Erfolg: den großen Aufmärschen von Faisal und Auda Abu Tayi in der Wüste. Dem Beginn der Legende des

Lawrence von Arabien, die zum großen Schaden für die Araber mit den französischen und englischen Völkerbundmandaten für den Nahen Osten enden sollte. In meinem Computer habe ich Sarahs Artikel über die französischen Kolonialsoldaten und den deutschen Dschihad mit den Bildern von jenem Musterlager für muslimische Kriegsgefangene in der Nähe von Berlin, in dem sich die Ethnologen und Orientalisten jener Zeit die Klinke in die Hand gaben; ein Artikel »für das breite Publikum« in einer illustrierten Ausgabe von *L'Histoire* oder irgendeiner Zeitschrift derselben Art, das ist doch die ideale Begleitmusik für den Tee und die Rundfunknachrichten:

Man kennt diese beiden Männer nur von den vergilbten Karteikarten in den Archiven des Verteidigungsministeriums, das die ungefähr eine Million dreihundertdreißigtausend Karteikarten von einer Million dreihundert und noch ein paar tausend Soldaten geduldig digitalisiert hat, die zwischen 1914 und 1918 für Frankreich gefallen sind. Diese von Hand, in Schönschrift mit Grund- und Aufstrich in schwarzer Tinte ausgefüllten Bögen sind knapp; darauf stehen Name, Vorname, Geburtsdatum und Geburtsort des gefallenen Soldaten, Dienstgrad, das Armeekorps, dem er angehörte, seine Personenkennziffer und diese entsetzliche Zeile, die keine zivilen Beschönigungen kennt: »Todesart«. Die *Todesart* belastet sich nicht mit Dichtung; dennoch entwickelt die *Todesart* eine dumpfe, brutale Poesie, bei der die Wörter in fürchterlichen Bildern aufmarschieren – »im Kampf gefallen«, »Verwundung«, »Krankheit«, »torpediert und gesunken« – und in endlosen Varianten wiederholt oder auch gestrichen werden: die Angabe »Verwundung« wurde vielleicht getilgt oder mit »Krankheit« überschrieben, ein »Verschollen« gegebenenfalls im Nachgang durchgestrichen und durch ein »im Kampf gefallen« ersetzt, was bedeutet, dass der Leichnam des Verschollenen später gefunden wurde, er folglich nicht mehr zurückkehren würde; dieses Nicht-lebendig-Zurückkehren verhilft ihm zur Angabe »Mort pour la France« (Für Frankreich gefallen) und die sich daran anschließenden Ehrungen. Dann ist auf der Karteikarte noch der Ort festgehalten, an dem die fragliche *Todesart* eingetreten ist und dem Lebenslauf des Soldaten hier auf Erden ein endgültiges Ende bereitet hat. Man weiß also wenig über die beiden Kriegsteilnehmer, die uns hier interessieren.

Selbst ihr Personenstand bleibt im Dunkeln, wie häufig bei Soldaten aus den Kolonien. Ein Geburtsjahr ist alles, was wir haben. Vornamen und Familienname, der Familienname zuerst. Ich glaube dennoch, dass sie Brüder sind. Zumindest Waffenbrüder. Sie kommen aus demselben Dorf am Ufer des Flusses Niger, aus Niafounké im Süden von Timbuktu, jenem ehemaligen Französisch-Sudan, das heute Mali heißt. Sie sind in einem Abstand von zwei Jahren geboren, 1890 und 1892. Sie stammen aus dem Clan der Tamboura, die zum Volk der Bambara gehören. Sie heißen Baba und Moussa und werden zwei verschiedenen Regimentern zugeteilt. Angeblich sind sie Freiwillige, so werden die in den Kolonien ausgehobenen Truppen zumindest genannt: Die Gouverneure jeder Region sind gehalten, eine bestimmte Quote an Soldaten zu stellen; in Bamako oder Dakar ist man bei der Erfüllung der Quote nicht zimperlich. Ebenso wenig weiß man, was Baba und Moussa in Mali zurückließen, vielleicht einen Beruf, eine Mutter, eine Frau, Kinder. Dagegen kann man sich gut vorstellen, was sie beim Abmarsch empfunden haben, ein wenig Stolz auf die Uniform, bestimmt Angst vor dem Unbekannten, und vor allem diesen starken, tiefen Riss, den der Abschied aus dem Heimatland bedeutet. Baba hatte Glück, Moussa weniger. Baba wird einem Bataillon der Pioniere zugeteilt, entgeht knapp der Entsendung ins Schlachthaus der Dardanellen und bleibt etliche Monate unbehelligt bei den Somali in Afrika stationiert.

Nach der Ankunft in Marseille Anfang 1916 wird Moussa im Lager von Fréjus im Umgang mit Waffen ausgebildet, bevor er im Frühjahr 1916 in Verdun zum Einsatz kommt. Man stelle sich vor, mit welcher Wucht diese jungen Schützen aus dem Senegal Europa entdecken. Wälder mit unbekannten Bäumen, ruhige Flüsse, die sich im Frühling durch unglaublich grüne Ebenen ziehen, verwunderliche, schwarz-weiß gefleckte Kühe. Und plötzlich landen sie, nach einem Umweg über ein Lager im Hinterland und nach einem endlosen Marsch von Verdun aus, in der Hölle. Schützengräben, Stacheldraht, Geschosse, so viele Geschosse, dass Stille zu einem seltenen und besorgniserregenden Gut wird. Die Soldaten aus den Kolonien entdecken den Tod zur selben Zeit wie das weiße Fußvolk neben ihnen. Nie war der Ausdruck »Kanonenfutter« so gerechtfertigt. Unter der Wirkung der Sprengwaffen zerreißt es die Männer wie Gliederpuppen, die Schrapnelle zerfetzen sie wie Papier, sie brüllen, bluten, die Wälle sind voll von

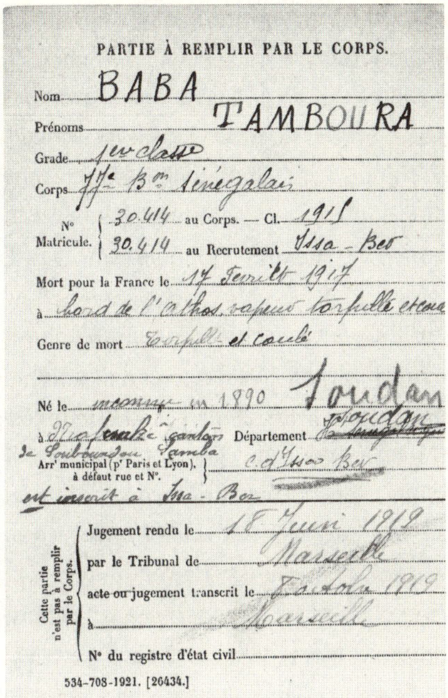
PARTIE À REMPLIR PAR LE CORPS.

Nom BABA

Prénoms TAMBOURA

Grade 1re classe

Corps 77e Bon sénégalais

N° Matricule. 30.414 au Corps. — Cl. 1915

30.414 au Recrutement Issa-Ber

Mort pour la France le 17 Février 1917

à bord de l'Athos, vapeur torpillé et coulé

Genre de mort torpillé et coulé

Né le inconnu en 1890 Soudan

à … Département …

Arr' municipal (p' Paris et Lyon), à défaut rue et N°. c. d'Issa Ber

est inscrit à Issa-Ber

Cette partie n'est pas à remplir par le Corps.

Jugement rendu le 18 Juin 1919

par le Tribunal de Marseille

acte ou jugement transcrit le … 1919

à Marseille

N° du registre d'état civil

534-708-1921. [26434.]

menschlichen Überresten, die von der Pfeffermühle der Artillerie zermalmt wurden. 700 000 Männer sterben in Verdun auf beiden Seiten der Maas. Verschüttet, bei lebendigem Leib verbrannt, von Maschinengewehren oder den Millionen von Geschossen zerstückelt, die den Boden umpflügen. Wie alle seine Kameraden macht Moussa zuerst Bekanntschaft mit der Angst, dann mit der ganz großen Angst, schließlich mit dem blanken Entsetzen; und nachdem er seine Waffenbrüder um sich herum hat fallen sehen, ohne zu begreifen, aus welchem seltsamen Grund er selbst unverwundet geblieben ist, fasst er Mut inmitten des Schreckens, den Mut, einem Gefreiten zu folgen und gegen eine Stellung anzurennen, die viel zu gut verteidigt wird, auf deren Einnahme man verzichten sollte. Der Frontabschnitt heißt nicht zufällig »Mort-Homme«, Toter-Mann; kaum zu glauben, dass an dieser Stelle, diesem Massengrab, das die Regenfälle des Frühjahrs in einen Sumpf verwandelt haben, in dem statt Wasserpflanzen Finger und Ohren treiben, einst ein Dorf gestanden hat. Moussa Tamboura wird schließlich am 24. Mai 1916 zusammen mit dem größten Teil seines Trupps an der

Höhe Nummer 304 gefangen genommen, bei deren vergeblicher Verteidigung 10 000 Männer starben.

Ungefähr zur selben Zeit, als Moussa, der soeben dem Tod entronnen war, sich fragt, ob sein Bruder noch am Leben ist, schlägt Baba sein Zelt in der Gegend von Dschibuti auf. Sein Bataillon wird zusammen mit anderen Einheiten aus den Kolonien neu zusammengestellt. Man wartet auf Soldaten aus Indochina, mit denen sie gemeinsam nach Frankreich verlegt werden sollen.

Für Moussa ist die Gefangenschaft, das lässt sich nicht leugnen, eine Erleichterung; die muslimischen Soldaten aus den Kolonien erfahren eine Sonderbehandlung von den Deutschen. Moussa Tamboura wird in ein Gefangenenlager im Süden von Berlin gebracht, tausend Kilometer von der Front entfernt. Auf der Reise erkennt er sicher, dass die deutschen Landschaften denen ähneln, die er im Norden Frankreichs zu sehen bekam. Er wird in einem Lager in Zossen in der Nähe von Wünsdorf interniert, das *Halbmondlager* heißt; es ist »mohammedanischen« oder als solche geltenden Gefangenen vorbehalten. Dort sind Algerier, Marokkaner, Senegalesen, Malier, Somalier, Gurkhas aus dem Himalaya, Sikhs und indische Muslime, Komoren, Malaien und in einem Nachbarlager Muslime aus dem Zarenreich, Tataren, Usbeken, Tadschiken interniert. Das Lager ist wie ein kleines Dorf angelegt mit einer hübschen kleinen Holzmoschee im osmanischen Stil; es handelt sich um die erste Moschee in der Gegend von Berlin. Eine Kriegsmoschee.

Moussa ahnt, dass der Krieg für ihn zu Ende ist, dass ihn die Geschosse so weit entfernt, im tiefsten Preußen, nicht mehr erreichen werden, aber seine Freude darüber ist verhalten. Sicher, er läuft nicht mehr Gefahr, sich eine schreckliche Verwundung zuzuziehen, die schlimmer ist als der Tod, aber das Gefühl der Niederlage, des Exils, der Ferne ist ein heimtückischer Schmerz – an der Front war er gedanklich abgelenkt von der beständigen Anspannung, dem täglichen Kampf gegen Minen und Maschinengewehre. Hier, zwischen den Stacheldrahtzäunen und der Moschee, befindet man sich unter Überlebenden; endlos erzählen sie sich Geschichten aus der Heimat in Bambara, doch hier, so weit entfernt vom Niger, inmitten all der anderen Sprachen und Schicksale, klingt die Sprache seltsam. Der Ramadan beginnt in jenem Jahr am 2. Juli; in den endlos langen Tagen des Som-

mers im Norden – die Dunkelheit der Nächte dauert kaum fünf Stunden – ist das Fasten die reinste Marter. Moussa ist kein Kanonenfutter mehr, dafür Futter für Völkerkundler, Orientalisten und Propagandisten: Sämtliche Wissenschaftler des Kaiserreichs besuchen das Lager und unterhalten sich mit den Gefangenen, um etwas über ihre Sitten und Gebräuche zu erfahren; die Männer in den weißen Kitteln fotografieren und beschreiben sie, vermessen ihre Schädel und lassen sie Geschichten aus ihrer Heimat erzählen, die sie aufnehmen, um anschließend ihre Sprachen und ihre Dialekte zu erforschen. Aus den Aufnahmen aus dem Lager bei Zossen gehen viele sprachwissenschaftliche Studien hervor, wie beispielsweise die von Friedrich Carl Andreas, dem Ehemann von Lou Andreas-Salomé, über die iranischen Sprachen im Kaukasus.

Das einzige Bild von Moussa Tamboura, das wir haben, wurde in diesem Lager aufgenommen. Es handelt sich um einen Propagandafilm für die muslimische Welt, der das Fest des Fastenbrechens zum Ende des Ramadans am 31. Juli 1916 zeigt. Als Ehrengast sieht man einen Angehörigen

Gefangenenlager Zossen Mohammedaner (Kamelreiter)

des preußischen Adels ebenso wie den türkischen Botschafter aus Berlin. Man erkennt Moussa Tamboura zusammen mit drei Kameraden beim Anfachen des rituellen Feuers. Alle muslimischen Gefangenen sitzen, während alle Deutschen mit ihren stattlichen Bärten stehen. Dann verweilt die Kamera bei den Gurkhas, den stolzen Sikhs, den Marokkanern und Algeriern; der Gesandte von der Hohen Pforte sieht geistesabwesend aus, der deutsche Fürst schaut voller Neugier auf diese ehemals feindlichen Soldaten von einer neuen Art, von denen man sich im Übrigen sehr wünschen würde, dass sie in Massen desertierten oder gegen die Kolonialbehörden revoltierten: Man will zeigen, dass Deutschland ein Freund des Islams ist, wie es ein Freund der Türkei ist. Ein Jahr zuvor haben alle Orientalisten des Deutschen Reichs in Istanbul gemeinsam einen Text in klassischem Arabisch verfasst, der die Muslime auf der ganzen Welt zum Dschihad gegen Russland, Frankreich und Großbritannien aufruft in der Hoffnung, die Soldaten aus den Kolonien mögen sich gegen ihre Herren erheben. Deshalb die Kamera, die Moussa Tamboura nicht zu bemerken scheint, da er ganz ins Anfachen des Feuers vertieft ist.

Im Muster-Lager von Zossen verfasst und publiziert man in fünfzehntausend Exemplaren eine Zeitung mit dem nüchternen Titel *El Dschihad*, »Zeitung für die mohammedanischen Kriegsgefangenen«, die gleichzeitig in Arabisch, Tatarisch und Russisch erscheint, dazu eine zweite, *Der Kau-*

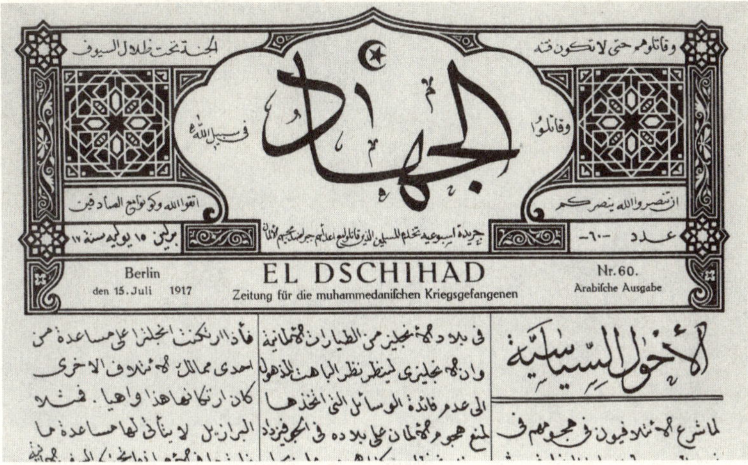

الجهاد

عدد -٦٠-

Berlin
den 15. Juli 1917

EL DSCHIHAD
Zeitung für die muhammedanischen Kriegsgefangenen

Nr. 60.
Arabische Ausgabe

الأحوال السياسية

kasus, die für die Georgier bestimmt ist, und eine dritte, *Hindustan*, in zwei Ausgaben in Urdu und Hindi. Übersetzer und Redakteure dieser Publikationen sind Kriegsgefangene, Orientalisten und »Einheimische«, die der Politik Deutschlands verbunden sind und zumeist aus den Provinzen des Osmanischen Reichs stammen. Max von Oppenheim, der berühmte Archäologe, war einer der Verantwortlichen für die arabische Ausgabe. Außen- und Kriegsminister hofften sogar auf eine »Wiederverwendung« der Kolonialsoldaten nach ihrer so sehr ersehnten »Rekonversion« zum neuen heiligen Krieg.

Man weiß nicht, ob der deutsche Aufruf zum Dschihad tatsächlich einen Widerhall in den betroffenen Ländern gefunden hat; er war sicher gleich null; man weiß nicht einmal, ob er beispielsweise bis zu Baba Tamboura nach Dschibuti gedrungen ist. Baba hat keine Ahnung davon, dass sein Bruder unfreiwillig der deutschen Sache dient; er hält ihn für einen toten oder noch lebenden Frontsoldaten in einem Krieg, dessen Echos trotz der Zensur noch bis zu den Ufern des Roten Meers reichen: Heldentum, Ruhm und Opfertod, das stellt sich Baba unter dem Krieg vor. Er ist sich sicher, dass sein Bruder dort, in Frankreich, ein Held ist, ein bedeutender Kämpfer. Weniger gewiss ist er sich seiner eigenen Gefühle, einer kruden Mischung aus Tatendrang und Furcht. Schließlich erfährt Baba Anfang Dezember 1916, während für seinen Bruder der eiskalte Berliner Winter beginnt, dass

sein Bataillon über Port Saïd und den Suezkanal an die Front im Mutterland verlegt werden soll. 850 Infanteristen müssen sich Ende Dezember 1916 auf dem Passagierschiff *Athos* der französischen Reederei »Messageries Maritimes« einschiffen, einem herrlichen, nahezu neuen Dampfer von 160 Metern Länge und 13 000 Bruttoregistertonnen, der, aus Honkong kommend, eine Ladung von 950 chinesischen Kulis mitführt, die den Kielraum bereits ausfüllen. Das Schiff legt schließlich erst Anfang Februar ab, als Moussa im preußischen Winter schon erkrankt ist und vor Kälte hustet und schlottert.

Die *Athos* läuft am 14. Februar 1917 in Port Saïd aus und kreuzt drei Tage später, als sich die Infanteristen gerade an die Wildheit des Meeres zu gewöhnen beginnen, 180 Seemeilen südöstlich von Malta das deutsche U-Boot U 65, das ihr einen Torpedo in die Backbordseite jagt. Der Angriff kostet 750 Passagiere das Leben, darunter auch Baba, der vom Krieg nur sein plötzliches, wildes Ende erlebt, eine grauenvolle Explosion, gefolgt von Panik und Schmerzensschreien, die mit den Menschen schnell vom Wasser erstickt werden, das in Kielraum, Decks und Lungen eindringt. Moussa sollte nie etwas vom Tod seines Bruders erfahren, da er selbst wenige Tage später an den Folgen einer *Krankheit in Gefangenschaft im Lazarett des Lagers Zossen* stirbt, sofern man der Karteikarte »Gestorben für

Frankreich« trauen darf, auf der die *Todesart* vermerkt ist, der einzigen heute noch existierenden Spur jenes schmerzlichen Exils im Halbmondlager.

Was für ein Wahnsinn, dieser erste wirkliche Weltkrieg. In der Dunkelheit eines Schiffsbauchs zu sterben, zu ertrinken, wie entsetzlich. Ich frage mich, ob es diese dschihadische Moschee im Süden von Berlin, in der sandigen, von Seen zerschnittenen, von Mooren durchbrochenen Weite der Mark Brandenburg heute noch gibt. Ich müsste Sarah fragen – eine der ersten Moscheen im Norden Europas, seltsame Folgen hat so ein Krieg. Dieser deutsche Dschihad schafft Bettgenossen, die nicht unterschiedlicher sein könnten – die Wissenschaftler Oppenheim oder Frobenius, Angehörige des Militärs, türkische und deutsche Diplomaten, bis hin zu Exilalgeriern oder pro-osmanischen Syrern wie dem Drusen Schekib Arslan. Wie heute ist der Heilige Krieg alles andere als spirituell.

Es wird erzählt, die Mongolen hätten Pyramiden aus abgeschlagenen Köpfen aufgeschichtet, um die Bewohner der eroberten Gebiete abzuschrecken – im Grunde wenden die Dschihadisten in Syrien dieselbe Methode an, Schrecken und Entsetzen, indem sie an Menschen ein grausames Verfahren der Opferung praktizieren, das bisher Hammeln vorbehalten war, das Durchschneiden der Kehle mit anschließendem mühsamen Durchtrennen des Halses, bis der Kopf im Namen des Heiligen Krieges ganz abgetrennt ist. Noch eine Scheußlichkeit, die ein Gemeinschaftswerk ist. Der Dschihad, so äußerlich, so sehr von außen bestimmt diese auf den ersten Blick extrem fremde Vorstellung auch sein mag, ist das Ergebnis einer langen und eigenartigen kollektiven Entwicklung, die Synthese einer grauenhaften und kosmopolitischen Geschichte – Gott bewahre uns vor dem Tod und *Allah akbar*, *Red Love*, Enthauptung und Mendelssohn-Bartholdys *Oktett Es-Dur für Streicher*.

Gott sei Dank sind die Nachrichten vorbei, es kommt wieder Musik, Mendelssohn und Meyerbeer, Wagners verschworene Feinde, besonders Meyerbeer, auf den Wagner seinen gesamten Hass richtete, einen furchtbaren Hass, bei dem ich mich immer fragte, ob er die Ursache oder die Folge seines Antisemitismus war: Möglicherweise wird Wagner zum Antisemiten, weil er vor Neid auf Meyerbeers Erfolg und Geld fast platzt. Auf ein oder zwei Widersprüche kommt es bei Wagner nicht mehr an:

In *Das Judenthum in der Musik* beschimpft er Meyerbeer, denselben Meyerbeer, dem er jahrelang um den Bart gegangen war, denselben Meyerbeer, dem nachzueifern er sich erträumte, denselben Meyerbeer, der ihm half, *Rienzi* und den *Fliegenden Holländer* auf die Bühne zu bringen. »Die Leute rächen sich für die Gefallen, die man ihnen tut«, sagte Thomas Bernhard, das passt zu Wagner. Richard Wagner ist nicht auf der Höhe seiner Werke. Wagner ist niederträchtig, wie alle Antisemiten. Wagner rächt sich für die Gefallen, die Meyerbeer ihm getan hat. In seiner ressentimentgeladenen Erörterung wirft Wagner Meyerbeer und Mendelssohn vor, sie besäßen keine Muttersprache und sprächen nur in einer Sprache, die auch Generationen später immer noch die »semitische Aussprechweise« spiegele. Weil die europäischen Nationalsprachen ihnen nicht angeboren seien, seien sie dazu verdammt, keinen eigenen Stil entwickeln zu können und andere plündern zu müssen. Der schreckliche Kosmopolitismus von Mendelssohn und Meyerbeer hindere sie daran, Kunst hervorzubringen. Was für ein ausgemachter Blödsinn. Doch Wagner ist nicht blöd, er ist niederträchtig. Er ist sich bewusst, dass seine Worte idiotisch sind. Es ist sein Hass, der aus ihm spricht. Er ist blind vor Hass, den seine Frau Cosima Liszt weiter schürt, unter deren Einfluss er zwanzig Jahre später das Pamphlet noch einmal veröffentlicht, jetzt unter eigenem Namen. Wagner ist ein Verbrecher. Ein gehässiger Verbrecher. Wenn Wagner Bach kennt und jene Harmonie, von der er so großartigen Gebrauch zu machen weiß für die Revolutionierung der Musik, dann verdankt er das Mendelssohn. Mendelssohn, der Bach in Leipzig aus der relativen Vergessenheit hervorholt, in die er gefallen war. Ich habe das abscheuliche Foto vor Augen, auf dem ein deutscher Polizist mit Pickelhaube und Schnauzbart in größter Selbstzufriedenheit Mitte der dreißiger Jahre vor der an einen Kran geketteten, zur Zerstörung bestimmten Mendelssohnstatue posiert. Dieser Polizist ist Wagner. Man kann sagen, was man will, aber sogar Nietzsche ist angeekelt von Wagners Niedertracht. Und es kommt nicht darauf an, ob es aus persönlichen Gründen geschieht, wenn auch er den kleinen Polizisten aus Leipzig zurückweist. Und er hat recht, sich von der anti-kosmopolitischen Haltung Wagners angeekelt abzuwenden, der sich im Trugbild der Nation verrannt hat. Die einzigen annehmbaren Wagner sind Mahler und Schönberg. Das einzige große Werk Wagners, das man sich anhören kann, ist *Tristan und Isolde*, denn es ist das einzige, das nicht entsetzlich deutsch oder christlich ist. Eine Legende keltischen oder iranischen Ursprungs, vielleicht auch von einem unbekannten mittelalterlichen Autor erfunden, das ist nicht bedeutsam. Aber man findet Vis und Ramin in Tristan und Isolde. Man findet darin die leidenschaftliche Liebe von Madschnun dem Verrückten für Leila, die leidenschaftliche Liebe von Chosrau für Schirin. Einen Hirten und eine Flöte. *Öd und leer das Meer!* Die Abstraktion des Meeres und der Leidenschaft. Kein Rhein, kein Gold, keine Undinen, die lächerlich durchs Bühnenbild schwimmen. Ah, die Selbstinszenierungen Wagners in Bayreuth haben bestimmt einiges hergegeben in Bezug auf bürgerlichen Kitsch und Dünkel. Die Lanzen, die Flügelhelme. Wie hieß doch gleich die Stute, die der verrückte Ludwig II. ihm für die Aufführung schenkte? Ein lächerlicher Name, den ich vergessen habe. Irgendwo gibt es bestimmt Bilder von dieser illustren Mähre; die arme, man musste dem Tier Watte in die Ohren stopfen und Scheuklappen anlegen, damit es keine Angst bekam oder an den Hüllen der Undinen knabberte. Es ist witzig, sich vorzustellen, dass der erste Wagnerianer des Orients der türkische Sultan Abdülaziz war, der Wagner eine große Geldsumme für die Festspiele in Bayreuth zukommen ließ – unglücklicherweise verstarb er, bevor er die Lanzen, Helme, die Stute und die unvergleichliche Akustik des Festspielhauses genießen konnte, zu dessen Erbauung er beigetragen hatte.

Wer weiß, vielleicht war der iranische Nazi im Abgineh-Museum in Teheran Wagnerianer – was war das für eine Überraschung, als uns in jenem fast leeren Raum zwischen zwei herrlichen Vasen ein rundlicher Dreißigjährer mit Schnauzbart ansprach und mit erhobenem Arm »*Heil Hitler!*« brüllte. Ich dachte zuerst an einen äußerst geschmacklosen Scherz, überzeugt, der Mann halte mich für einen Deutschen und es handele sich um eine Art Beschimpfung, aber wir sprachen mit Faugier Französisch. Der verrückte Kerl sah uns lächelnd an, er hatte noch immer den Arm erhoben, also gab ich zurück, was ist in Sie gefahren, was fällt Ihnen ein? Faugier, der neben mir stand, amüsierte sich. Plötzlich sah der Mann betreten aus wie ein geprügelter Hund und keuchte mit einem verzweifelten Japsen, »ah, Sie sind keine Deutschen, wie schade«.

Schade, *indeed*, weder Deutsche noch Nazianhänger, tut uns leid, scherzte Faugier. Der Kerl schien vor allem darüber betrübt, er schwang sich zu einer langen, an Hitlers Vorbild orientierten Schmährede mit starken pathetischen Akzenten auf; beharrte vor allem darauf, dass Hitler »schön, sehr schön« gewesen sei, »Hitler *qashang, kheyli qashang*«, plärrte er, während er die Faust um einen unsichtbaren Schatz schloss, sicherlich den Schatz der Arier. Er erklärte langatmig, Hitler habe der Welt gezeigt, dass die Deutschen und die Iraner gemeinsam ein Volk bildeten, und dass dieses Volk dazu bestimmt sei, das Schicksal des Planeten zu lenken, es sei seiner Meinung nach sehr traurig, ja, sehr traurig, dass diese herrlichen Ideen noch nicht umgesetzt worden seien. Dieser Blick auf Hitler als einen iranischen Helden mitten zwischen Kelchen, Rhytha und bemalten Tellern hatte etwas zugleich Erschreckendes und Komisches. Faugier versuchte, das Gespräch weiterzuführen und herauszufinden, was der letzte (oder vielleicht nicht letzte) Nazi im Orient »im Bauch hatte«, inwieweit er wirklich mit nationalsozialistischem Gedankengut und vor allen Dingen mit seinen Konsequenzen vertraut war, doch er gab schnell auf, denn die Antworten des jungen Schwärmers beschränkten sich auf große, um sich weisende Gesten, die offenbar sagen sollten: »Seht! Seht! So groß ist Iran!«, als wären diese ehrwürdigen Glaswaren selbst eine Emanation der Überlegenheit der arischen Rasse. Der Mann war sehr höflich; trotz seiner Enttäuschung darüber, nicht auf zwei deutsche Nazis getroffen zu sein, wünschte er uns einen wunderschönen Tag, einen herrlichen Aufenthalt in Iran, bot uns seine Hilfe auf, falls wir irgendetwas benötigten, strich seinen schönen Kaiser-Wilhelm-Schnauzbart glatt, schlug die Hacken zusammen und ließ uns sprach- und ratlos zurück, so dass wir Bauklötze staunten, wie Faugier sich auszudrücken beliebte. Diese Beschwörung des alten Adolf mitten in dem kleinen neoseldschukischen Palast des Abgineh-Museums mit seinen Herrlichkeiten war so schrill, dass sie einen seltsamen Nachgeschmack bei uns hinterließ – zwischen Lachanfällen und Irritation. Etwas später, nach unserer Rückkehr ins Institut, erzählte ich Sarah von der Begegnung. Wie wir lachte sie zuerst drauflos, dann fragte sie sich, was dieses Lachen bedeutete – Iran schien uns so weit entfernt von europäischen Fragen zu liegen, dass ein iranischer Nazi nur ein harmloser, unzeitgemäßer Kauz sein konnte; während dieser Mann in Europa unsere Wut und unseren Ärger hervorgerufen hätte, hatten wir hier Mühe zu glauben, dass er den tieferen Zusammenhang begriff. Und die Rassentheorien rund um die Arier schienen uns heute ebenso absurd wie Schädelvermessungen zur Auffindung der Sprachareale im Gehirn. Reine Illusion. Dennoch verriet diese Begegnung, meinte Sarah, viel über die Propagandamacht des Dritten Reichs in Iran – wie im Ersten Weltkrieg und häufig mit demselben Personal (zu dem der unvermeidliche Max von Oppenheim gehörte) hatte Nazideutschland sich um die Gunst der Muslime bemüht, um Engländern und Russen vom sowjetischen Zentralasien, von Indien und vom Nahen Osten aus in den Rücken zu fallen, und hatte erneut zum Dschihad aufgerufen. Die wissenschaftlichen Gesellschaften (und Universitäten bis hin zur Deutschen Morgenländischen Gesellschaft) waren seit den 1930er Jahren so weit nazifiziert, dass sie dabei mitspielten: Man fragte sogar bei den Islam-Spezialisten unter den Orientalisten an, ob der Koran auf die eine oder andere Weise die Ankunft des Führers voraussagte, was die Gelehrten trotz ihres guten Willens nicht positiv beantworten konnten. Dennoch schlugen sie vor, in diesem Sinn Texte auf Arabisch zu schreiben. Man fasste sogar ins Auge, auf dem Gebiet des Islam ein wirklich erheiterndes *Porträt des Führers als Kommandeur der Gläubigen* mit Turban und Accessoires im Stil der großen osmanischen Epoche zu verbreiten, das die muslimischen Massen begeistern sollte. Goebbels war von diesem schauderhaften Bild so entsetzt, dass er die Operation abblies. Die Nazis in ihrer Niedertracht waren bereit, die »Untermenschen« für ihre militärischen Zwecke zu gebrauchen, aber die Bereitschaft ging nicht so weit, ihrem obersten Führer dafür einen Turban oder einen Tarbusch aufzusetzen. Der SS-Orientalismus, und besonders *Obersturmbannführer* Viktor Christian, der bedeutende Leiter seines Wiener Zweigs, musste sich damit begnügen, die Geschichte des Altertums »judenfrei« zu machen und, auf Kosten der Wahrheit, die historische Überlegenheit der Arier über die Semiten in Mesopotamien aufzuzeigen sowie eine »Schule für Mullahs« in Dresden einzuweihen, in der SS-Imame ausgebildet werden sollten, deren Aufgabe es gewesen wäre, die sowjetischen Muslime zu unterweisen: Im Vorfeld hatten die Nazis in ihren theoretischen Überlegungen die allergrößten Schwierigkeiten zu entscheiden, ob diese Einrichtung Imame oder Mullahs ausbilden und welches der passende Name für dieses seltsame Unternehmen sein sollte.

Faugier gesellte sich zu uns; wir kochten Tee, der Samowar summte leise. Sarah nahm ein Stück Kandis und ließ es in ihrem Mund zergehen; sie hatte ihre Schuhe ausgezogen und im Ledersessel die Füße angezogen und unter ihre Schenkel gestreckt. Eine Schallplatte mit Sitar-Musik füllte die Gesprächspausen – es war Herbst oder Winter und bereits dunkel. Faugier lief hin und her wie jeden Tag bei Sonnenuntergang. Eine Stunde musste er noch durchhalten, dann würde die Angst zu groß und er müsste seine Opiumpfeife oder einen Opiumjoint rauchen, bevor er sich der Nacht überließ. Ich erinnerte mich an die Ratschläge, die er mir einst als Kenner in Istanbul gegeben hatte – offenbar hatte er sie nicht befolgt. Acht Jahre später war er opiumsüchtig geworden; die Vorstellung, nach Europa zurückzukehren, wo es weit schwieriger für ihn sein würde, die Droge aufzutreiben, bedrückte ihn schrecklich. Er wusste, was geschehen würde; er würde auf Heroin umsteigen (das er bereits in Teheran, wenn auch selten, ein wenig rauchte), und er würde die Schmerzen der Sucht oder die Agonie der Abhängigkeit durchmachen. Die Sorge um die materiellen Schwierigkeiten, die seine Rückkehr mit sich bringen würde (das Ende des Forschungsstipendiums, die fehlende Aussicht auf eine unmittelbare Weiterbeschäftigung in dieser Geheimgesellschaft, die der französische Universitätsbetrieb darstellte, der ein laizistisches Kloster ist, in dem das Noviziat ein ganzes Leben dauern kann), verband sich mit dieser entsetzlich klaren Einsicht in seinen Zustand, seiner panischen Angst vor dem Abschied vom Opium – die er mit Überaktivität kompensierte. Er unternahm immer mehr Ausflüge (wie an jenem Tag, als er mich ins Abgineh-Museum mitnahm), steigerte die Zahl der Zusammenkünfte, der fragwürdigen Exkursionen, der durchwachten Nächte, um die Zeit zu strecken und im Vergnügen und in den Rauschgiften zu vergessen, dass sich sein Aufenthalt dem Ende zuneigte, was seine Angst noch von Tag zu Tag steigerte. Gilbert de Morgan, der Leiter des Instituts, war übrigens nicht unglücklich, ihn loszuwerden – man muss sagen, dass sich der Orientalist der alten Schule mit ihrem überkommenen Standesdünkel nur schwer an den Schwung, die Freiheit und die eigenartigen Forschungsgegenstände Faugiers gewöhnte. Morgan war überzeugt, »das Zeitgenössische« würde ihm all seine Schwierigkeiten nicht nur mit den Iranern, sondern auch mit der französischen Botschaft einbringen. Die Literaturwissenschaften (wenn möglich die klassischen), die Philosophie und die Geschichte des Altertums fanden Gnade vor seinen Augen. Stellen Sie sich vor, man schickt mir noch einen Politiker, sagte er. (So nannte er die Studenten der Neueren Geschichte, der Geographie oder der Soziologie.) Die sind verrückt in Paris. Wir setzen alle Hebel in Bewegung, um Visa für die Forscher zu bekommen, und dann müssen wir Bewerbungen vorlegen, von denen wir genau wissen, dass sie den Iranern nicht gefallen werden. Also muss man lügen. Was für ein Irrsinn.

Irrsinn war in der Tat ein Schlüsselelement der europäischen Forschungsvorhaben in Iran. Hass, Verschleierung von Gefühlen, Neid, Angst, Manipulation waren die einzigen Beziehungen, die in der wissenschaftlichen Gemeinde aufgebaut werden konnten, jedenfalls im Umgang mit den Institutionen. Kollektiver Wahn, individuelle Entgleisungen – Sarah musste stark sein, um in dieser Atmosphäre nicht allzu sehr zu leiden. Morgan hatte seine Art der Geschäftsführung auf einen einfachen Nenner gebracht: die Knute. Wie früher. Bestand die iranische Verwaltung nicht schon seit Jahrtausenden? Man musste auf gesunde Prinzipien der Organisation zurückgreifen: Stillhalten und Peitsche. Natürlich hatte diese unfehlbare Methode die unliebsame Begleiterscheinung, die anstehenden Arbeiten zu verzögern (wie bei den Pyramiden oder dem Palast von Persepolis). Sie erhöhte auch den Druck auf Morgans Schultern, der plötzlich seine Zeit damit verbrachte zu klagen; zu etwas anderem, als seine Untergebenen zu beaufsichtigen, habe er keine Zeit mehr, sagte er. Die Forscher waren davon ein wenig ausgenommen. Sarah war ausgenommen. Faugier sehr viel weniger. Die Stipendiaten aus anderen Ländern, der Pole, der Italiener oder ich, waren keinen Pfifferling wert, wie die Österreicher sagen. Gilbert de Morgan sah respektvoll über uns hinweg, überging uns, ohne rücksichtslos zu sein, ließ uns die Annehmlichkeiten seines Instituts nutzen und vor allem die große Wohnung über dem Büro, in der Sarah ihren Tee schlürfte, wo Faugier hin und her lief, wo wir uns in Theorien über den Verrückten vom Abgineh-

Museum ergingen (wir hatten schließlich entschieden, dass er verrückt sein musste), über den mit Tarbusch oder Turban auf dem Kopf posierenden Adolf Hitler und seinen fernen Ideenlieferanten, Graf Gobineau, sprachen, der den Arier samt Rassenlehre erfunden hatte: Auch der Verfasser des *Versuchs über die Ungleichheit der Menschenrassen* war Orientalist gewesen, erster Sekretär der französischen Gesandtschaft in Persien, dann Botschafter, der Mitte des 19. Jahrhunderts zweimal seinen Dienst in Iran versehen hatte – seinen Werken werden drei schöne Bände in der berühmten Sammlung der Pléiade zugestanden, aus der man laut Morgan und Sarah den armen Germain Nouveau so zu Unrecht hinausgeworfen hatte. Er war Frankreichs erster Rassist, Gedankengeber von Houston Stewart Chamberlain, dem großen Theoretiker des hasserfüllten Germanentums, den Cosima Liszt und Wagner, die seit 1876 mit Gobineau befreundet waren, auf diesen aufmerksam gemacht hatten: Gobineau ist ebenfalls Wagnerianer; er schreibt an die fünfzig Briefe an Wagner und an Cosima. Er hätte es für den Nachruhm des schwärzesten Teils seines Werks, leider, nicht besser treffen können; es ist der Bayreuther Kreis (Chamberlain hauptsächlich, der Eva Wagner heiraten sollte), über den seine Arier-Theorien zur Evolution der Menschenrassen ihren grauenvollen Weg nehmen. Doch Gobineau ist, wie Sarah bemerkte, kein Antisemit, im Gegenteil. Er erachtete die »jüdische Rasse« als eine der edelsten, gelehrtesten und arbeitsamsten, er zählte sie zu den am wenigsten dekadenten, die sich im allgemeinen Niedergang am besten bewahrte. Der Antisemitismus ist Bayreuth: Wagner, Cosima, Houston Chamberlain, Eva Wagner fügen ihn hinzu. Die erschreckende Liste der Schüler Bayreuths, die grauenerregenden Zeugnisse, Goebbels, der Chamberlain im Todeskampf die Hand hält, Hitler bei seinem Begräbnis, Hitler, der enge Freund Winifred Wagners – welche Ungerechtigkeit, wenn man daran denkt, dass die alliierte Luftwaffe zwei Brandbomben über dem Gewandhaus des armen Mendelssohn in Leipzig abwarf und keine einzige über dem Festspielhaus von Bayreuth. Selbst die Alliierten waren ungewollt Komplizen der Ariermythen – die Zerstörung des Festspielhauses von Bayreuth wäre für die Musik sicher ein großer Verlust gewesen. Man hätte es eben identisch wiederaufgebaut, aber Winifred Wagner und ihr Sohn hätten wenigstens ein bisschen von der Zerstörung zu spüren bekommen, die sie über die Welt gebracht haben, ein wenig von diesem Schmerz, etwas verloren zu haben, wenn sie das kriminelle Erbe ihres Schwiegervaters und ihres Großvaters in Rauch hätten aufgehen sehen. Sofern Bomben das Verbrechen sühnen können. Es ist empörend sich zu erinnern, dass eine der Verbindungen, die Wagner mit dem Orient zusammenbringt (abgesehen vom Einfluss Schopenhauers, Nietzsches und der Lektüre von Burnoufs *Einführung in die Geschichte des indischen Buddhismus*), die Bewunderung Wagners für Graf Gobineaus *Versuch über die Ungleichheit der Menschenrassen* ist – wer weiß, Wagner hat vielleicht auch *Drei Jahre in Asien* oder die *Asiatischen Novellen* gelesen. Cosima Wagner übersetzte selbst für die *Bayreuther Blätter* einen Beitrag Gobineaus, *Was in Asien geschieht*; Gobineau besuchte die Wagners häufig. Er begleitete sie 1881 zur triumphalen Premiere des *Rings* in Berlin, fünf Jahre nach der Gründung von Bayreuth und zwei Jahre vor dem Tod des Meisters in Venedig, eines Meisters, der, wie es heißt, an seinem Lebensende noch plant, eine buddhistische Oper zu schreiben, *Die Sieger*, deren so ganz und gar nicht buddhistischer Titel bei Sarah schallendes Gelächter hervorrief – zumindest ebenso viel Gelächter wie einige Bemerkungen des armen Gobineau: Sie hatte seine Gesammelten Werke »aus dem Keller«, das heißt aus der Bibliothek des Instituts geholt, und jetzt, da der zweite Satz des *Oktetts* von Mendelssohn beginnt, erinnere ich mich wieder, wie wir uns die Fragmente von *Drei Jahre in Asien* laut vorlasen. Selbst Faugier hatte aufgehört, seine ängstlichen Kreise zu drehen, und sich über die Prosa des armen Orientalisten gebeugt.

Die Person Gobineaus hatte etwas Rührendes – er war ein grässlicher Dichter und ein einfallsloser Romancier; nur seine Reiseberichte und die Erzählungen, die er aus seinen Erinnerungen schöpfte, schienen wirklich von Interesse gewesen zu sein. Er war auch Bildhauer und hatte sogar einige Büsten ausgestellt, darunter eine *Walküre*, eine *Sonata appassionata* und eine *Queen Mab* (Wagner, Beethoven, Berlioz: der Mann hatte Geschmack), eher expressive Marmorbüsten von schönem Zartgefühl laut den Kritiken. Er war ziemlich berühmt gewesen in den Machtzirkeln, hatte Napoleon III. sowie dessen Frau und Minister getroffen. Hinter ihm lag eine erfolgreiche Diplomatenlaufbahn mit Posten in Deutschland, zwei Mal in Persien, Griechenland, Brasilien, Schweden und Norwegen; er verkehrte mit Tocqueville, Renan, Liszt und zahlreichen Orientalisten seiner Zeit, dem deutschen Sanskritisten August Friedrich Pott oder dem iranisierenden Deutsch-Franzosen Jules Mohl, dem ersten Übersetzer des *Schahname*. Julius Euting persönlich, der große Orient-Gelehrte aus dem deutschen Straßburg, kaufte nach Gobineaus Tod dessen gesamten Nachlass auf Rechnung des Reichs: Skulpturen, Manuskripte, Briefe, Teppiche, allen Plunder, den ein Orientalist nur hinterlassen konnte. Der Zufall und der Erste Weltkrieg sorgten dafür, dass diese Sammlung 1918 wieder nach Frankreich kam – es ist ein komischer Gedanke, dass die Millionen von Toten dieses idiotischen Krieges letzten Endes kein anderes Ziel erreichten, als Österreich um seine Adriastrände zu bringen und den Trödel aus dem Nachlass Gobineaus zurückzuholen, den die Teutonen gebunkert hatten. Leider sind alle diese Menschen umsonst gestorben: Millionen von Österreichern machen Ferien in Istrien und Venetien, und die Universität von Straßburg verzichtet seit langem darauf, in ihrem kleinen Museum Gobineaus Reliquien auszustellen, die dem theoretischen Rassismus seines Jahrhunderts zum Opfer fielen, da die aufeinanderfolgenden Konservatoren des Museums sich nicht die Finger an ihnen verbrennen wollen.

Graf Gobineau hatte einen Horror vor der Demokratie. »Die Macht des Volkes hasse ich auf den Tod«, sagte er. Er konnte von großer ironischer Heftigkeit gegenüber der mutmaßlichen Dummheit der Zeiten sein, der Dummheit einer Welt, die »von Insekten verschiedener Art und Gestalt« bevölkert war, »mit Sägen, Scheren, Bohrern und anderen Werkzeugen der Vernichtung ausgestattet« und »darauf aus, Sitten, Recht, Gesetz und Brauch, das heißt alles, was ich geachtet und geliebt habe, zu stürzen, eine Welt, die Städte niederbrennt, Kathedralen zerstört, von Büchern, von Musik, von Bildern nichts mehr wissen will und an die Stelle aller dieser Dinge Kartoffeln, blutiges Rindfleisch und den gewöhnlichsten roten Tischwein setzt«, wie er in seinem Roman *Die Plejaden* schrieb, der mit dieser langen Schmährede gegen die Dummköpfe beginnt, die uns an die Reden rechtsextremer Intellektueller von heute erinnert. Grundlage der rassistischen Theorien Gobineaus war die Klage: das Gefühl einer langen Dekadenz des Westens, das Ressentiment gegenüber dem Vulgären. Wo ist das Reich des Darius, wo die Größe Roms?

Doch im Gegensatz zu seinen späteren Anhängern machte er für den Niedergang der arischen Rasse nicht »das jüdische Element« verantwortlich. Für ihn (und das ist freilich ein Element, das nicht nach dem Geschmack von Wagner oder Chamberlain gewesen sein dürfte) war der französische Adel das beste Beispiel für die Reinheit der arischen Rasse, was sehr komisch ist. Sein Jugendwerk, der *Versuch über die Ungleichheit der Menschenrassen*, verdankt sich ebenso sprachwissenschaftlichen Annäherungsversuchen wie dem Gestammel der gerade entstehenden Sozialwissenschaften – doch während seiner beiden Missionen als Diplomat des kaiserlichen Frankreichs in Persien konnte er die Realität in Iran sehen; der Anblick Persepolis' oder Isfahans überzeugte ihn davon, dass er richtig gelegen hatte, was die Größe der Arier anging. Sein Reisebericht ist brillant, oft auch lustig, nie rassistisch im modernen Sinn des Begriffs, zumindest nicht im Hinblick auf die Iraner. Sarah las uns Passagen vor, die selbst den verängstigten Faugier zum Lachen brachten. Ich erinnere mich an diesen Satz: »Unter den Gefahren, die den Reisenden in Asien erwarten, gebührt der erste Rang, wie ich zugeben muss, und ohne mich um den gekränkten Stolz der Tiger, Schlangen und Marodeure zu bekümmern, unbestritten den britischen Dinners, die man über sich ergehen lassen muss.« Eine absolut erheiternde Erkenntnis. Und von diesen »im wahrsten Sinn satanischen« Mahlzeiten, die einem die Engländer servierten, fügte Gobineau noch hinzu, steht man entweder krank oder hungrig auf, »gemartert oder todhungrig«. Seine Eindrücke von Asien verbinden hochgelehrte Beschreibungen mit höchst komischen Betrachtungen.

Dieser Teeaufguss hat einen englischen Geschmack, hätte Gobineau gesagt, er schmeckt künstlich nach einem säuerlichen Bonbon. Weit entfernt von den Aromen Ägyptens oder Irans. Ich werde mein Urteil über das *Oktett* von Mendelssohn revidieren müssen, es ist noch interessanter, als ich dachte. *Ö1 Klassiknacht*, mein Leben ist trotzdem recht erbärmlich, statt alte Erinnerungen an Iran beim Radiohören wiederzukäuen, könnte ich auch etwas lesen. Der Verrückte vom Abgineh-Museum. Mein Gott, war Teheran trist. Die ewige Trauerzeit, die Eintönigkeit, die Luftverschmutzung. Teheran oder die Haupt-ab-Stadt. Diese Tristesse wurde vom geringsten Licht nur verstärkt; wenngleich die unglaublichsten Feste der Jeunesse dorée im Norden der Stadt uns für einen Moment Zerstreuung boten, stürzten sie mich anschließend durch ihren schreienden Gegensatz zum toten öffentlichen Raum in tiefe Schwermut. Diese wunderschönen jungen Frauen, die in sehr erotischer Kleidung und sehr erotischen Posen zu verbotener Musik aus Los Angeles tanzten, dabei türkisches Bier oder Wodka tranken, legten anschließend wieder ihre Schleier und Mäntel um und verloren sich in der Menge der islamischen Schicklichkeit. Dieser so typische iranische Unterschied zwischen dem *birun* und dem *andarun*, dem Innen und dem Außen des Hauses, dem Privaten und dem Öffentlichen, den schon Gobineau bemerkte, wurde von der Islamischen Republik auf die Spitze getrieben. Betrat man ein Apartment oder eine Villa im Norden von Teheran, befand man sich plötzlich inmitten junger Leute im Badeanzug, die sich mit einem Glas in der Hand um einen Swimmingpool herum vergnügten, perfekt Englisch, Französisch oder Deutsch sprachen und im geschmuggelten Alkohol und in der Zerstreuung die graue Welt draußen und die fehlende Zukunftsperspektive der iranischen Gesellschaft vergaßen. Es lag etwas Verzweifeltes in diesen Festen, eine Verzweiflung, von der man spürte, dass sie sich bei den Mutigeren oder den weniger Wohlhabenden in jene Bereitschaft zur Gewalt verwandeln könnte, die Revolutionären eigen ist. Razzien der Sittenpolizei waren je nach Periode und Regierung mehr oder weniger an der Tagesordnung; man hörte Gerüchte, nach denen der eine oder andere verhaftet worden sei, dieser die Prügelstrafe erlitten habe, jene sich einer erniedrigenden gynäkologischen Untersuchung unterziehen musste, bei der überprüft wurde, ob sie außereheliche sexuelle Beziehungen hatte. Diese Berichte, die mich immer an die grauenerregende proktologische Untersuchung erinnerten, die Verlaine in Belgien nach seiner kleinen Auseinandersetzung mit Rimbaud über sich ergehen lassen musste, gehörten zum Alltag in der Stadt. Die Intellektuellen und Akademiker besaßen größtenteils nicht mehr die Energie der Jugend, man konnte sie in mehrere Kategorien einteilen: Den einen war es im Laufe der Jahre einigermaßen gelungen, sich ein mehr oder weniger bequemes Leben »am Rand« des öffentlichen Lebens aufzubauen; andere verstärkten die Scheinheiligkeit, um so viel wie möglich von den Pfründen des Regimes zu profitieren, und viele, sie waren sehr zahlreich, litten an einer chronischen Depression, einer ungezähmten Traurigkeit, die sie mehr oder weniger gut pflegten, indem sie sich in ihre Gelehrsamkeit zurückzogen, in imaginäre Reisen oder künstliche Paradiese flüchteten. Ich frage mich, was aus Parviz geworden ist – ich habe seit einer Ewigkeit nichts mehr von dem großen Dichter mit dem weißen Bart gehört, ich könnte ihm schreiben, es liegt schon so lange zurück, dass ich ihm das letzte Mal geschrieben habe. Aber unter welchem Vorwand? Ich könnte eines seiner Gedichte ins Deutsche übersetzen, aber es ist eine fürchterliche Erfahrung, aus einer Sprache zu übersetzen, die man nicht wirklich kennt, man hat das Gefühl, im Dunkeln zu schwimmen – ein ruhiger See wird dabei zu einem aufgewühlten Meer, ein angenehmes Badebecken zu einem tiefen Fluss. In Teheran war das einfacher, er war da und konnte mir fast Wort für Wort den Sinn seiner Texte erklären. Vielleicht hält er sich nicht einmal mehr in Teheran auf. Vielleicht lebt er in Europa oder in den Vereinigten Staaten. Aber das bezweifle ich. Die Traurigkeit von Parviz (wie die von Sadeq Hedayat) resultierte gerade aus dem doppelten Scheitern seiner kurzen Versuche, in Frankreich und in Holland im Exil zu leben: Iran hatte ihm so sehr gefehlt, dass er nach zwei Monaten zurückgegangen war. Zurück in Teheran hatte es freilich nur wenige Minuten gedauert, bis er seine Mitbürger aufs Neue verabscheute. Bei den Frauen vom Grenzschutz, die im *Marnaé*, dem Kurzschleier, am Flughafen Mehrâbad den Reisepass kontrollieren, kann man den Schlächter nicht vom Opfer unterscheiden, erzählte er; sie tragen den schwarzen Kapuzenumhang der mittelalterlichen Henkersknechte; sie lächeln einen nicht an; sie sind flankiert von brutalen Typen in khakibraunen Parkas, die mit G3-Sturmgewehren *made in the Islamic Republic of Iran* bewaffnet sind und von denen man nicht weiß, ob sie da sind, um die Frauen vor den Ausländern zu beschützen, die aus den unreinen Flugzeugen steigen, oder um sie zu erschießen, falls sie jenen zu viel Sympathie entgegenbringen. Man weiß immer noch nicht (und Parviz flüsterte dies in einem ironisch resignierten Ton, einer ganz und gar iranischen Mischung aus Traurigkeit und Humor), ob die Frauen der iranischen Revolution die Geliebten oder die Geiseln der Machthaber sind. Die Beamtinnen im Tschador von der Stiftung für die Besitzlosen gehören zu den reichsten und mächtigsten Frauen in Iran. Die Gespenster sind mein

Land, sagte er, diese Schatten, diese Krähen des Volks, an denen man ihre schwarzen Schleier gut befestigt, wenn man sie durch Hängen hinrichtet, um jede Unschicklichkeit zu vermeiden, denn unschicklich ist hier nicht der Tod, der allgegenwärtig ist, sondern der Vogel, der freie Flug, die Farbe, vor allem die Haut der Frauen, die so weiß, so weiß ist – und da sie nie die Sonne sieht, würde sie die Märtyrer durch ihre Reinheit blenden. Bei uns sind die Henker unter den schwarzen Kapuzenumhängen der Trauer zugleich die Opfer, die man seelenruhig aufhängt, um sie für ihre unzerstörbare Schönheit zu bestrafen, und man hängt, und man hängt, und man peitscht, schlägt mit dem Stock zum Spaß das, was man liebt und schön findet, und die Schönheit greift selbst zur Peitsche, zum Strick, zur Axt und gebiert den Klatschmohn der Märtyrer, die Blume ohne Duft, reine Farbe, reiner Zufall an der Böschung, rot, rot, rot – unseren Märtyrerblumen ist jede Schminke verboten, denn sie sind reiner Schmerz und sterben nackt, ja, sie, die Märtyrerblumen, haben das Recht, rot zu sterben, ohne dass man sie in schwarze Kleidung steckt. Für den Staat, der darin eine unanständige Konkurrenz sieht, sind die Lippen immer viel zu rot – nur Heilige und Märtyrer dürfen das süße Rot ihres Blutes über Iran pusten, Frauen ist dies verboten, aus Gründen der Schicklichkeit müssen sie ihre Lippen schwarz färben, schwarz, und Diskretion an den Tag legen, wenn wir sie strangulieren, schauen Sie! Schauen Sie! Unsere schönen Toten brauchen niemanden zu beneiden, vornehm baumeln sie oben an den Kränen, schicklich hingerichtet, und werfen Sie uns jetzt nicht unsere technologische Rückständigkeit vor, wir sind ein Volk der Schönheit. Unsere Christen, zum Beispiel, sind herrlich. Sie feiern den Tod am Kreuz und erinnern sich ihrer Märtyrer genauso wie wir. Unsere Zoroastrier sind herrlich. Sie tragen Ledermasken, in denen das Feuer die Größe Irans widerspiegelt, sie überlassen ihre Leichen der Verwesung und ernähren die Vögel mit ihrem toten Fleisch. Unsere Schlachter sind herrlich. Sie schneiden den Tieren mit größter Hochachtung die Kehle durch wie zu Zeiten der Propheten und des Gotteslichts. Wir sind groß wie Darius, noch größer, Anuschirvan, *größer*, Kyros, größer, die Propheten haben den revolutionären Eifer und den Krieg gepredigt, und im Krieg haben wir im Blut geatmet wie in den Kampfgasen.

Wir haben gewusst, wie man Blut atmet, wie wir unsere Lungen mit Blut füllen und den Tod voll und ganz auskosten können. Wir haben den Tod jahrhundertelang in Schönheit verwandelt, das Blut in Blumen, in Blutfontänen, wir haben die Vitrinen in den Museen gefüllt mit Uniformen, die von Märtyrerblut befleckt sind, und mit zerbrochenen Brillen, und wir sind stolz darauf, denn jeder Märtyrer ist ein roter Klatschmohn, ist ein bisschen Schönheit, ist diese Welt. Wir haben ein flüssiges und rotes Volk erzeugt, es lebt im Tod und ist glücklich im Paradies. Wir haben ein schwarzes Tuch über das Paradies gespannt, um es vor der Sonne zu schützen. Wir haben unsere Leichen im Paradiesfluss gewaschen. Paradies ist ein persisches Wort. Dort geben wir den Vorbeikommenden unter den schwarzen Zelten der Trauer das Wasser des Todes zu trinken. Paradies ist der Name unserer Heimat, der Friedhöfe, auf denen wir leben, der Name der Opferung.

Parviz konnte nicht in Prosa sprechen; jedenfalls nicht auf Französisch. Auf Persisch bewahrte er sich seine Schwärze und seinen Pessimismus für seine Gedichte, da war er weit weniger ernst und voller Humor; wer wie Faugier oder Sarah die Sprache gut genug beherrschte, um ihn zu verstehen, brach häufig in schallendes Gelächter aus – mit großem Vergnügen erzählte er lustige, schlüpfrige Geschichten, und überall sonst auf der Welt würde man staunen, dass ein großer Dichter sie kennt. Parviz sprach auch häufig über seine Kindheit in den 1950er Jahren in Qom. Sein Vater war ein Geistlicher, ein Denker, den er in seinen Texten immer den »Mann in Schwarz« nennt, wenn ich mich recht erinnere. Dank des »Mannes in Schwarz« hat er die Philosophen aus der persischen Tradition gelesen, von Avicenna bis Ali Schariati – und die mystischen Dichter. Parviz hatte unglaublich viele klassische Verse im Kopf, von Rumi, Hafis, Chwadschu, Nezami, Bidel, und moderne von Nima, Schamlou, Sepehri oder Achawan-Sales. Er war eine wandelnde Bibliothek – Rilke, Jessenin, Lorca, Char –, kannte Tausende von Gedichten (auf Persisch und in der Originalversion) in- und auswendig. Als er an dem Tag, an dem wir uns zum ersten Mal begegneten, erfuhr, dass ich aus Wien kam, war er sein Gedächtnis durchgegangen, wie man eine Anthologie durchblättert, und von dieser kurzen inneren Reise mit einem Gedicht von Lorca auf Spanisch zurückgekehrt: »*En Viena hay diez muchachas, un hom-*

bro donde solloza la muerte y un bosque de palomas disecadas«, von dem ich natürlich kein Wort verstand, er musste es für mich übersetzen: »In Wien gibts zehn hübsche Frauen, eine Schulter, an der der Tod sich ausweint, und einen Wald mit ausgestopften Tauben«, dann sah er mich sehr ernst an und fragte mich: »Stimmt das? Ich bin nie dort gewesen.«

Sarah antwortete an meiner Stelle: »Ja, das stimmt, vor allem, was die ausgestopften Tauben angeht.«

– Das ist doch interessant, eine Stadt der Tierpräparatoren.

Ich war mir nicht sicher, ob das Gespräch eine für mich günstige Richtung nehmen würde, deshalb sah ich Sarah mit großen Augen an, was ihr sofort riesigen Spaß machte, sieh da, ein Österreicher, der beleidigt ist, es gibt nichts, was ihr mehr Freude macht, als meine Schwächen öffentlich zur Schau zu stellen – das Apartment von Parviz war klein, aber komfortabel, voller Bücher und Teppiche; merkwürdigerweise befand es sich in einer Straße mit dem Namen eines Dichters, Nezami oder Attar, ich weiß nicht mehr welcher. Man vergisst die wichtigen Dinge so leicht. Ich muss aufhören, laut zu denken, was für eine Schande, wenn mich jemand aufnehmen würde. Ich habe Angst, man könnte mich für verrückt halten. Nicht für einen Verrückten wie den vom Abgineh-Museum oder unseren Freund Bilger, aber doch für einen Mann mit Dachschaden. Den Typen, der mit seinem Radio oder seinem Notebook spricht. Der mit Mendelssohn und einer Tasse säuerlichem *Red Love* diskutiert. Nun, ich hätte mir auch einen Samowar aus Iran mitbringen können. Ich frage mich, was Sarah mit ihrem gemacht hat. Lieber einen Samowar mitbringen als Schallplatten, Musikinstrumente und Werke von Dichtern, die ich nie verstehen werde. Habe ich früher schon allein gesprochen? Erfand ich Rollen, Stimmen, Personen? Mein guter alter Mendelssohn, ich muss dir gestehen, dass ich dein Werk letztlich nicht sehr gut kenne. Was willst du, man kann eben nicht alles hören, ich hoffe, du bist mir deshalb nicht böse. Dafür kenne ich dein Haus in Leipzig. Die kleine Büste von Goethe auf deinem Schreibtisch. Goethe dein Pate, dein erster Meister. Goethe, der zwei Wunderkinder hörte, den kleinen Mozart und dich. Ich habe deine Aquarelle gesehen, deine schönen Schweizer Landschaften. Deinen Salon. Deine Küche. Ich habe das Porträt von der Frau gesehen, die du liebtest, und die Erinnerungen an deine Reisen nach England.

Deine Kinder. Ich habe mir einen Besuch von Clara und Robert Schumann bei dir vorgestellt; du eiltest Hals über Kopf aus deinem Arbeitszimmer, um sie zu empfangen. Clara war strahlend schön; sie trug eine kleine Haube, ihr Haar war hinten hochgesteckt, an den Schläfen rahmten ein paar Ringellocken ihr Gesicht. Robert hatte einige Partituren unter dem Arm und ein wenig Tinte auf seiner rechten Manschette, du hast gelacht. Ihr habt euch alle in den Salon gesetzt. Am Morgen hattest du einen Brief von Ignaz Moscheles aus London erhalten, in dem er dir seine Zustimmung mitteilte, nach Leipzig zu kommen, um an deinem brandneuen Konservatorium zu lehren, das du kurz zuvor gegründet hattest. Moscheles, dein Klavierlehrer. Du verkündest Schumann diese großartige Neuigkeit. Ihr werdet also alle zusammen arbeiten. Sofern Schumann damit einverstanden ist, natürlich. Er ist einverstanden. Dann esst ihr zu Mittag. Anschließend geht ihr spazieren, ich habe mir Schumann und dich immer als große Wanderer vorgestellt. Vier Jahre bleiben dir noch zu leben. In vier Jahren werden Moscheles und Schumann deinen Sarg tragen.

Sieben Jahre später wird es Schumann sein, der in Düsseldorf in den Rhein und in die Demenz fällt.

Ich frage mich, mein guter alter Mendel, was mich zuerst packen wird, der Tod oder der Wahn.

– Doktor Kraus! Doktor Kraus! Ich weise Sie an, auf diese Frage zu antworten. Nach den letzten Untersuchungen jener Rechtsbewahrer der Seele, die die Psychiater *post mortem* sind, scheint es, dass Schumann nicht geistesgestörter war als Sie und ich. Dass er einfach nur traurig gewesen ist, tieftraurig über die Schwierigkeiten in seiner Liebesbeziehung, über das Ende seiner Leidenschaft, eine Traurigkeit, die er im Alkohol vergaß. Clara ließ ihn sterben, nachdem sie ihn zwei lange Jahre lang in seiner Irrenanstalt allein gelassen hatte, so sieht die Wahrheit aus, Doktor Kraus. Die einzige Person, die ihn besucht hat (außer Brahms, aber Sie werden damit einverstanden sein, dass Brahms nicht zählt), Bettina von Arnim, die Schwester Brentanos, bestätigt das im Übrigen. Ihr zufolge hatte man Schumann zu Unrecht eingesperrt. Er ist nicht Hölderlin in seinem Turm. Übrigens war der letzte große Klavierzyklus, die *Gesänge der Frühe*, den Schumann kaum sechs Monate vor seiner Internierung komponiert hatte, von Hölderlin inspiriert und Bettina von Arnim gewidmet. Dachte Schumann an Hölderlins Turm am Neckar, fürchtete er sich davor, was meinen Sie, Kraus?

– Die Liebe kann uns zerrütten, davon bin ich zutiefst überzeugt, Doktor Ritter. Aber worauf kann man schon schwören? Ich empfehle Ihnen jedenfalls, diese Medikamente zu nehmen, damit Sie sich ein wenig erholen, mein Freund. Sie brauchen Ruhe und Erholung. Und nein, ich werde Ihnen kein Opium verschreiben, um *Ihren Stoffwechsel zu verlangsamen*, wie Sie es ausdrücken. Man kann den Zeitpunkt des Todes nicht hinausschieben, indem man *den Stoffwechsel verlangsamt*, die Zeit streckt, Doktor Ritter, das ist eine ganz und gar kindische Vorstellung.

– Aber, lieber Kraus, was verabreichte man denn Schumann während der zwei Jahre in seiner Bonner Irrenanstalt? Hühnerbrühe?

– Das weiß ich nicht, Doktor Ritter, ich habe nicht den blassesten Schimmer. Ich weiß nur, dass die Ärzte in jener Zeit eine *Melancholia psychotica* diagnostizierten, die es erforderte, dass man ihn einsperrte.

– Ach ihr Ärzte seid schrecklich, nie widersprecht ihr einem Kollegen! Es waren Scharlatane, Kraus! Scharlatane! Sie waren gekauft! *Melancholia psychotica, my ass!* Er erfreute sich bester Gesundheit, das versicherte die Brentano! Er war nur ein bisschen angeschlagen. Ein bisschen angeschlagen, doch der Rhein hat ihn geweckt, ihn sogar zu neuem Leben erweckt, als guter Deutscher hat der Rhein ihn wieder lebendig gemacht, die Undinen haben seine Glieder gestreichelt und hopp! Stellen Sie sich vor, Kraus, dass er bereits vor dem Besuch der Brentano nach Notenblättern, einer Ausgabe der *Capricci* von Paganini und einem Atlas verlangte. Nach einem Atlas, Kraus! Schumann wollte die Welt sehen, er wollte Endenich und seinen Henker Doktor Richarz verlassen. Die Welt sehen! Es gab keinen Grund, ihn in dieser Irrenanstalt zu begraben. Einzig seine Frau ist verantwortlich für sein Unheil. Clara, die ihn trotz aller Krankenberichte, die sie aus Endenich erhielt, nie abholen kam. Clara, die *Wort für Wort* die kriminellen Anweisungen von Richarz befolgte. Und Clara war bereits für diese Krise verantwortlich, die von der Medizin in ein langes Begräbnis verwandelt wurde. Es ist die Leidenschaft, das Ende der Leidenschaft, die Angst um die Liebe, die ihn krank gemacht hat.

– Was wollen Sie damit sagen, Doktor Ritter, während Sie Ihren grauenhaften Aufguss künstlicher Blüten leertrinken, glauben Sie vielleicht, Sie selbst seien nicht so schwer angegriffen? Dass auch Sie nur »ein bisschen angeschlagen« von einer Liebesgeschichte sind und nicht an einer langen, schrecklichen Krankheit leiden?

– Ich wünschte von Herzen, Sie hätten recht, Doktor Kraus. Ich wünschte von Herzen, ich hätte auch recht in Bezug auf Schumann. Die *Gesänge der Frühe* sind so ... so einzigartig. Außerhalb von Schumanns Zeit, außerhalb seiner Schrift. Schuhmann war außer sich, als er die *Gesänge der Frühe* schrieb, einige Wochen vor der verhängnisvollen Nacht, kurz vor den letzten, um die Zeit seines Sturzes in den Rhein komponierten *Geistervariationen*, die mich immer erschreckt haben. *Es-Dur*. Ein Thema, das aus einer akustischen Halluzination entstanden ist, ein melodischer Tinnitus oder eine göttliche Offenbarung, armer Schumann. *Es-Dur*, dieselbe Tonart wie Beethovens Klaviersonate *Les Adieux – Das Lebewohl*. Die Geister und das Lebewohl. Das Morgengrauen, der Abschied. Armer Eusebius. Armer Florestan, arme Davidsbündler. Was für arme Tröpfe wir sind.

3 Uhr 45

Manchmal frage ich mich, ob ich nicht selbst Halluzinationen habe. Jetzt gerade, da ich an Beethovens *Les Adieux* denke, kündigt *Die Ö1 Klassiknacht* die Sonate Opus 111 von ebendiesem Beethoven an. Vielleicht setzen sie die Musik *rückwärts* ins Programm, erst der späte Schumann, dann Mendelssohn, Beethoven; es fehlt Schubert – ich bin sicher, wenn ich lange genug eingeschaltet bleibe, spielen sie noch eine Symphonie von Schubert, zuerst Kammermusik, dann Klaviermusik, fehlt nur noch ein Orchesterwerk. Ich habe an *Les Adieux* gedacht, und jetzt spielen sie die Sonate Nr. 32, die Thomas Mann in *Doktor Faustus* den »Abschied von der Sonate« nennt. Passt sich die Welt wirklich meinen Wünschen an? Jetzt ist es der Zauberer Mann, der in meiner Küche erscheint; wenn ich Sarah von meiner Jugend erzähle, lüge ich immer, ich sage dann, dass »meine Berufung zum Musikologen von *Doktor Faustus* kommt, denn als ich mit vierzehn *Doktor Faustus* las, wurde mir die Musik offenbart«, was für eine gewaltige Lüge. Meine Berufung zum Musikologen gibt es nicht. Bestenfalls bin ich ein Serenus Zeitblom, Herr Doktor, eine aus der Luft gegriffene Kreatur; im schlimmsten Fall Franz Ritter, der als Kind davon träumte, Uhrmacher zu werden. Eine Berufung, zu der man sich unmöglich bekennen kann. Wie soll ich der Welt erklären, lieber Thomas Mann, lieber Zauberer, dass meine Leidenschaft in meiner Kindheit Uhren und Pendeln galt? Man wird mich sofort für einen Konservativen halten, der unter Verstopfung leidet (was übrigens stimmt), man wird nicht den Träumer in mir sehen, nicht den Schöpfer, den die Frage der Zeit umtreibt. Dabei ist es von der Zeit zur Musik nur ein Schritt, mein lieber Thomas Mann. Das sage ich mir, wenn ich traurig bin. Zwar hast du in der Welt der mechanischen Wunderwerke, der Kuckucks- und der Wasseruhren keine Fortschritte gemacht, aber du hast die Zeit durch die Musik bezwungen. Die Musik, das ist die domestizierte

Zeit, die reproduzierbare Zeit, die in Form gebrachte Zeit. Und wie bei den großen und kleinen Uhren wollte man, dass diese Zeit vollkommen ist, dass sie keine Mikrosekunde abweicht. Sie begreifen, worauf ich hinauswill, Doktor Mann, lieber Nobelpreisträger und Leuchtturm der europäischen Literatur. Meine Berufung zum Uhrmacher kommt von meinem Großvater, der mir auf sehr gefühlvolle, sehr sanftmütige Weise die Liebe zu schönen mechanischen Laufwerken, unter der Lupe eingestellten Getrieben und passenden Federn vermittelte (die Schwierigkeit bei einer runden Feder, im Gegensatz zu einem vertikalen Gewicht, besteht darin, sagte er, dass sie zu Beginn der Entspannung mehr Energie benötigt als am Ende; also muss man ihre Ausdehnung durch feine Einschränkungen kompensieren, ohne sie über die Maßen zu belasten). Mit meiner Uhrenleidenschaft war ich prädestiniert für das Studium der Musik, wo es ebenfalls um Federn und Gegengewichte geht, um archaische Federn, um Schlagen und Klopfen und folglich, darauf läuft diese Abschweifung letztlich hinaus, belüge ich Sarah nicht, nicht wirklich, wenn ich ihr sage, dass ich mich zur Musikwissenschaft berufen fühlte, die für die Musik dasselbe ist wie die Uhrmacherei für die Zeit, *mutatis mutandis*. Ich sehe, Sie runzeln die Stirn, Doktor Mann, Sie waren nie Dichter. Sie haben *den* Roman über die Musik geschrieben, *Doktor Faustus*, alle stimmen darin überein, außer dem armen Schönberg, der, wie berichtet wird, sehr neidisch darauf war. Ah, diese Musiker. Sind nie zufrieden. Aufgeblähte Egos. Sie sagen, Schönberg sei Nietzsche plus Mahler, ein unnachahmliches Genie, und er beklagt sich. Sicher beklagt er sich darüber, dass Sie ihn nicht Arnold Schönberg, sondern Adrian Leverkühn genannt haben. Vielleicht wäre er sehr glücklich darüber gewesen, wenn Sie ihm durch die Nennung seines Namens, Schönberg, sechshundert Seiten eines Romans und vier Jahre Ihres Genies gewidmet hätten, doch am Ende war es nicht er, sondern ein Adorno lesender Nietzsche, Vater eines toten Kinds. Ein syphilitischer Nietzsche, natürlich, wie Schubert, wie Hugo Wolf. Ohne Sie verärgern zu wollen, Doktor Mann, ich möchte Sie nicht verärgern, aber diese Bordellgeschichte scheint mir ein bisschen übertrieben. Schauen Sie mich an, man kann sich die exotischsten Leiden einfangen, ohne sich in eine aufgrund einer Berufserkrankung herabgesunkene Prostituierte verlieben zu müssen.

Diese Geschichte von dem jungen Mann, der das Objekt seiner Liebe über das Bordell hinaus verfolgt und mit ihr schläft im Wissen, dass er sich mit dem schrecklichen Bakterium infizieren wird, ist doch grauenerregend. Übrigens, vielleicht war Schönberg deshalb so sauer auf Sie, weil Sie mit größter Unschuldsmiene vorgaben, er sei Syphilitiker. Stellen Sie sich sein Sexualleben nach dem Erscheinen von *Doktor Faustus* vor, der Arme. Die Zweifel seiner Partnerinnen. Gewiss, ich übertreibe, niemand ist je auf diesen Gedanken gekommen. In Ihren Augen war die Krankheit Widerstand gegen die *Gesundheit* der Nazis. Dem kranken Körper und Geist Geltung zu verschaffen bedeutete, denjenigen unmittelbar die Stirn zu bieten, die beschlossen hatten, alle Geisteskranken in den ersten Gaskammern zu ermorden. Sie haben recht. Sie hätten vielleicht eine andere Krankheit wählen können, die Tuberkulose zum Beispiel. Pardon, entschuldigen Sie bitte, das war natürlich unmöglich. Aber die Tuberkulose setzt, selbst wenn Sie nicht den *Zauberberg* geschrieben hätten, die Abschottung von der Gesellschaft voraus, die Zusammenlegung der Kranken in ruhmreichen Sanatorien, während die Syphilis ein Fluch ist, den man für sich behält, eine jener Einsamkeitskrankheiten, die einen im Innern zerfressen. Tuberkulosekranke und Syphilitiker, daraus besteht die Kunstgeschichte Europas – das Öffentliche, das Soziale hat Tuberkulose, das Intime, Beschämende die Syphilis. Statt der Klassifizierung als dionysisch oder apollinisch schlage ich für die europäische Kunst diese beiden Kategorien vor. Rimbaud: tuberkulös. Nerval: syphilitisch. Van Gogh? Syphilitisch. Gauguin? Tuberkulös. Rückert? Syphilitisch. Goethe? Ein großer Tuberkulosekranker, weiter! Michelangelo? Schrecklich tuberkulös. Brahms? Tuberkulös. Proust? Syphilitisch. Picasso? Tuberkulös. Hesse? Tuberkulose nach anfänglicher Syphilis. Roth? Syphilitisch. Die Österreicher im Allgemeinen sind Syphilitiker, bis auf Zweig, der natürlich das Modell des Tuberkulösen ist. Sehen Sie sich Bernhard an: trotz seiner Lungenkrankheit ein absoluter, entsetzlicher Syphilitiker. Musil: syphilitisch. Beethoven? Ach ja, Beethoven. Man hat sich gefragt, ob Beethovens Taubheit nicht von der Syphilis herrührte, armer Beethoven, *a posteriori* hat man ihm alle Leiden angedichtet. Hepatitis, Leberzirrhose, Syphilis, die Medizin beißt sich an den großen Männern fest, kein Zweifel. An Schumann, an Beethoven. Wissen

Sie, was Letzteren umgebracht hat, Herr Mann? Was man heute aus mehr oder weniger sicherer Quelle weiß? Blei! Eine Bleivergiftung. Ja, Herr Mann. So wenig Syphilis wie Butter am Spieß, wie man in Frankreich sagt. Und dreimal dürfen Sie raten, woher das Blei kam? Von den Ärzten. Die scheußlichen und absurden Behandlungen, die diese Scharlatane Beethoven verordneten, haben ihn getötet, haben ihn bestimmt auch das Hörvermögen gekostet. Entsetzlich, finden Sie nicht? Ich war zwei Mal in Bonn. Das erste Mal während meiner Zeit als Student in Deutschland und ein weiteres Mal vor nicht allzu langer Zeit zu einem Vortrag über Beethovens Orient und *Die Ruinen von Athen*, bei dem ich das Gespenst meines Freunds Bilger wiedergetroffen habe. Aber das ist eine andere Geschichte. Kennen Sie Beethovens Hörrohre im Bonner Beethovenhaus? Ich kenne nichts Erschreckenderes. Schwere Hammer, bestielte Konservendosen, bestimmt braucht man zwei Hände, um sie zu halten. Ah, Opus 111 beginnt. Am Anfang sind wir noch immer in der Sonate. Noch kein Lebewohl. Der gesamte erste Satz ist mit Überraschungen und Verschiebungen gebaut: die majestätische Einführung zum Beispiel. Man hat den Eindruck, auf einen fahrenden Zug aufzuspringen, irgendetwas verpasst zu haben; man wird in eine Welt versetzt, die bereits vor unserer Geburt begonnen hat, sich zu drehen, ist ein wenig orientierungslos durch die verminderte Septime – diese *forti*, wie Säulen eines antiken Tempels. Der Portikus zu einem neuen Universum, ein Portikus von zehn Takten, unter dem wir in d-Moll eintreten, eine Verbindung von Kraft und Zerbrechlichkeit. Mut, Ausgelassenheit, Bombast. Befindet sich das Manuskript der Zweiunddreißigsten auch in den Sälen der Bodmer-Sammlung in Bonn? Ich weiß, dass Sie, Doktor Mann, den berühmten Hans Conrad Bodmer getroffen haben. Den größten Beethoven-Sammler. Zwischen 1920 und 1950 hat er geduldig alles zusammengetragen, alles aufgekauft, Partituren, Briefe, Möbel, die unterschiedlichsten Objekte; er füllte seine Züricher Villa damit und zeigte diese Reliquien den großen Interpreten, die in Zürich Station machten, Backhaus, Cortot, Casals. Mit haufenweise Schweizer Franken hat Bodmer Beethoven wieder zusammengesetzt, wie man eine zerbrochene antike Vase wieder zusammensetzt. Aneinandergefügt, was in nahezu hundert Jahren verstreut worden war. Wissen Sie, welches von all diesen

Objekten mich am meisten gerührt hat, Doktor Mann? Beethovens Schreibtisch? Der sich in Stefan Zweigs Besitz befand, an dem dieser die meisten seiner Bücher schrieb und den er schließlich mit seiner Manuskripte-Sammlung an seinen Freund Bodmer verkaufte? Nein. Sein Reisesekretär? Seine »Gehörmaschinen«? Auch nicht. Sein Kompass. Beethoven besaß einen Kompass. Einen kleinen Metallkompass aus Kupfer oder Messing, der in einer Vitrine neben seinem Spazierstock ausgestellt ist. Ein Taschenkompass, rund, mit einem Deckel, heutigen Modellen sehr ähnlich, wie mir scheint. Mit einem schönen farbigen Rahmen und einer herrlichen Windrose. Wir wissen, dass Beethoven ein großer Wanderer war. Doch er wanderte in Wien, im Winter in der Stadt, im Sommer im Umland. Um aus Grinzing herauszukommen oder nach Augarten zu finden, braucht man keinen Kompass – nahm er ihn bei seinen Ausflügen in den Wiener Wald mit? Oder wenn er durch die Weinberge ging, um bei Klosterneuburg an die Donau zu gelangen? Plante er eine große Reise? Nach Italien vielleicht? Oder Griechenland? Hatte ihn vielleicht Hammer-Purgstall davon überzeugt, in den Orient zu reisen? Hammer hatte Beethoven die Vertonung von »orientalischen« Texten vorgeschlagen, deren Verfasser er war, aber auch die Vertonung von Übersetzungen. Offenbar ist der Meister dem nie nachgekommen. Abgesehen von den *Ruinen von Athen* aus der Feder des grässlichen Kotzebue finden sich keine »orientalischen« Lieder bei Beethoven. Nur der Kompass. Ich besitze eine Replik davon – oder besser gesagt, ein ähnliches Modell. Ich habe nicht oft Gelegenheit, ihn zu benutzen. Ich glaube, er hat die Wohnung nie verlassen. Auf dem Regal, unter dem geschlossenen Deckel, zeigt er deshalb immer in dieselbe Richtung, ins Unendliche. Auf ihrem Wassertropfen zeigt die doppelte rote und blaue Magnetnadel, vom Magnetismus festgehalten, unermüdlich nach Osten. Ich habe mich immer gefragt, wo Sarah dieses bizarre Artefakt gefunden hat. Mein Beethoven-Kompass zeigt nach Osten. Oh, es ist nicht einfach nur das Zifferblatt, nein, nein, sobald man versucht, sich zu orientieren, nimmt man wahr, dass dieser Kompass nach Osten und nicht nach Norden zeigt. Es ist ein Scherzartikel. Ich habe lange ungläubig mit ihm gespielt, habe zig Versuche gemacht, am Küchenfenster, am Wohnzimmerfenster, am Schlafzimmerfenster, und tatsächlich, er zeigt stets nach

Osten. Sarah hielt sich den Bauch vor Lachen, als sie mir zusah, wie ich diesen verflixten Kompass nach allen Richtungen drehte. »Na, findest du dich zurecht?«, fragte sie. Es war vollkommen unmöglich, mit diesem Instrument seinen Standort zu bestimmen. Ich richtete ihn auf die Votivkirche, die Nadel stabilisierte sich schnell, stand ziemlich still, ich drehte die Gradskala, um das N unter die Nadel zu platzieren, doch dann zeigte der Azimut an, dass sich die Votivkirche im Osten befindet, und nicht im Süden. Die Anzeige ist falsch, dieser Kompass funktioniert schlicht und ergreifend nicht. Sarah prustete los, freute sich sehr über ihren Scherz, du weißt noch nicht einmal, wie man einen Kompass benutzt! Ich sage dir, dass er nach Osten zeigt! Und tatsächlich, auf unerklärliche Weise fand wie durch ein Wunder alles auf seinen Platz, wenn man statt des N das E unter die Nadel drehte: Der Norden war im Norden, der Süden im Süden, und die Votivkirche lag wieder am Ring. Ich begriff nicht, wie das möglich war, durch welchen Zauber ein Kompass nach Osten und nicht nach Norden weisen konnte. Gegen diese Häresie empört sich der Erdmagnetismus, diesem Ding haftet schwarze Magie an. Sarah hatte vor Lachen Tränen in den Augen, weil ich so ratlos war. Sie weigerte sich, mir den Trick zu erklären; ich war schrecklich eingeschnappt; ich drehte dieses verflixte Zifferblatt in alle Richtungen vor und zurück. Die Hexe, die für den Zauber verantwortlich war (oder ihn zumindest eingekauft hatte: selbst die größten Magier kaufen ihre Tricks ein), verriet mir schließlich aus Mitleid mit meiner mangelnden Vorstellungskraft, dass der Kompass in Wirklichkeit zwei Nadeln besaß, die durch ein Stück Pappe voneinander getrennt waren: die magnetisierte Nadel befand sich, unsichtbar, unter der Pappe und die zweite, auf die erste aufgebrachte Nadel stand im Winkel von neunzig Grad dazu und zeigte stets die Ost-West-Achse an. Wozu? Abgesehen davon, dass man sofort sah, ohne rechnen zu müssen, wo Bratislava oder Stalingrad lag, sah ich keinen Sinn darin.

– Franz, dir fehlt es an Poesie. Du besitzt jetzt einen der wenigen Kompasse, die in den Orient zeigen, den Kompass der Erleuchtung, das Artefakt Suhrawardis. Einen mystischen Zauberstab.

Sie fragen sich, verehrter Herr Mann, welche Verbindung zwischen diesem Suhrawardi, dem großen persischen Philosophen des 12. Jahrhunderts, der auf Befehl Saladins in Aleppo geköpft wurde, und Beethovens Kompass (oder zumindest der von Sarah erworbenen Spielart davon) bestehen konnte. Suhrawardi aus Suhraward im Nordwesten von Iran wurde für Europa (und größtenteils auch für die Iraner) von Henry Corbin entdeckt (habe ich Ihnen schon von den Ledersesseln Corbins erzählt, in denen wir in Teheran Pistazien knabberten?), dem zum Islam konvertierten Heidegger-Spezialisten, der Suhrawardi und seinen Nachfolgern einen ganzen Band seines großen Werks *En Islam iranien* (Im iranischen Islam) gewidmet hat. Henry Corbin ist mit Sicherheit einer der einflussreichsten europäischen Denker in Iran, dessen lange editorische Arbeit und Exegese an der Erneuerung der Tradition des schiitischen Denkens teilhatte. Und besonders am neuen Aufschwung der Beschäftigung mit Suhrawardi, dem Begründer der »orientalischen Theosophie«, der Philosophie des Lichts, einem Erbe Platons, Plotins, Avicennas und Zarathustras. Während die muslimische Metaphysik in der Dunkelheit des Westens mit dem Tod des Averroës erlosch (und das lateinische Europa es dabei bewenden ließ), leuchtete sie im Osten weiter in der mystischen Theosophie der Anhänger Suhrawardis. Das ist, laut Sarah, der Weg, den mein Kompass mir zeigt, der Weg der Wahrheit unter der aufgehenden Sonne. Der erste Orientalist im strengen Wortsinn ist dieser Enthauptete von Aleppo, Scheich *al-Ischraq*, Meister der orientalischen Erleuchtung, der Lichter des Ostens. Mein Freund Parviz Baharlou, der Dichter aus Teheran, der fröhlich-traurige Gelehrte, erzählte uns häufig von Suhrawardi, vom Wissen des *Ischraq* und dem Zusammenhang, in dem es mit der zoroastrischen Tradition des antiken Iran stand, diesem untergründigen Bindestrich, der den modernen schiitischen Iran mit dem alten Persien verbindet. Für ihn war diese Strömung weitaus interessanter und subversiver als die von Ali Schariati eingeleitete Neulektüre der Schia als Waffe im revolutionären Kampf, die er einen »ausgetrockneten Fluss« nannte, weil die Tradition nicht darin floss, keine geistige Energie in ihm strömte. Parviz war der Ansicht, die an der Macht befindlichen iranischen Mullahs hätten leider weder mit der einen noch der anderen Strömung etwas anzufangen gewusst: Nicht nur die revolutionären Ideen von Shariati hatten ihre Kraft verloren (bereits zu Anfang der Revolution hatte Khomeini seine Lehre als eine zu tadelnde Neuerung verdammt), auch der theosophische und mystische Aspekt war aus der Staatsreligion verbannt worden zugunsten der gefühllosen *Welayat-e Faqih*, der »Statthalterschaft der Rechtsgelehrten«: Kleriker sind bis zur Ankunft des Mahdi, des verborgenen Imams, der die Gerechtigkeit auf die Erde bringen wird, verantwortlich für die weltliche Verwaltung, sie sind die vorübergehenden, nicht die spirituellen Stellvertreter des Mahdi. Diese Theorie hatte zu ihrer Zeit den Zorn der ranghöchsten Ajatollahs wie des Großajatollahs Kasem Schariatmadari hervorgerufen, bei dem der Vater von Parviz in Ghom ausgebildet worden war. Parviz fügte übrigens hinzu, dass das *Welayat-e Faqih* gewaltige Folgen hatte, da immer mehr sich zum Mullah berufen fühlten – die Zahl der Mullah-Anwärter hatte sich verhundertfacht, denn ein weltliches Amt erlaubte es sehr viel leichter, sich die Taschen vollzustopfen (und Gott weiß, dass die Taschen der Mullahs tief sind), als ein geistliches Priesteramt, das zwar im Jenseits reich belohnt wird, aber auf dieser niederen Welt ziemlich schlecht bezahlt ist: In Iran schossen die Turbane ins Kraut, zumindest ebenso sehr wie die Beamten in der k.u.k. Monarchie, das sagt alles. Ihre Anzahl wuchs so sehr an, dass sich heute einige Geistliche darüber beklagen, dass es in den Moscheen mehr Geistliche gebe als Gläubige, dass man zu viele Hirten und immer weniger Schafe zu scheren finde, etwa so, wie es im kaiserlichen Wien gegen Ende mehr Kommis in der Verwaltung gab als zu verwaltende Bürger. Parviz selbst erklärte, er wüsste nicht, aus welchem Grund er in die Moschee gehen sollte, da er doch im islamischen Paradies auf Erden lebe. Die einzigen religiösen Versammlungen, zu denen Menschenmassen strömten, sagte er, seien die politischen Zusammenkünfte der einen oder anderen: Es werden eine Menge Busse gechartert, um die Bewohner aus dem Süden der Stadt abzuholen, und sie steigen fröhlich ein, freuen sich über den kostenlosen Ausflug und das Essen, das man ihnen nach dem ersten gemeinsamen Gebet bietet.

Trotzdem gab es den philosophischen und mystischen Iran noch immer, er floss wie ein unterirdischer Strom unter den Füßen der gleichgültigen Mullahs; die Anhänger des *erfân*, des spirituellen Wissens, behielten die Traditionen der Glaubenspraxis und der Kommentierung der Glaubenssätze bei. Die großen persischen Dichter hatten Teil an diesem Gebet des Herzens, das im Getöse von Teheran vielleicht nicht zu vernehmen war, dessen dumpfer Puls jedoch einen der innersten Rhythmen der Stadt und des Landes bildete. Wenn man mit Intellektuellen und Musikern verkehrte, vergaß man beinahe die schwarze Maske des Regimes, dieses Trauertuch, das über alles in seiner Reichweite gespannt war, man machte sich beinahe frei vom *zahir*, dem Schein, um sich dem *bâtin*, dem Bauch, dem Verborgenen, den Mächten des Sonnenaufgangs zu nähern. Beinahe, denn Teheran verstand sich auch darauf, einem plötzlich die Seele zu zerreißen und einen auf die oberflächlichste Tristesse zurückzuwerfen, wo es keine Ekstase und keine Musik gab – der verrückte, bärtige Neo-Rassenkundler vom Abgineh-Museum schaffte das zum Beispiel mit seinem Hitlergruß, oder auch jener Mullah, der uns an der Universität begegnete, Professor für ich-weiß-nicht-was, der uns zur Seite nahm und uns erklärte, dass wir, die Christen, anders als er drei Gottheiten hätten, Menschenopfer praktizierten und Blut trinken würden: wir seien also nicht nur einfache Ungläubige, sondern *stricto sensu* furchtbare Heiden. Das war, wenn ich es recht bedenke, das erste Mal, dass man mir die Bezeichnung eines *Christen* aufzwang, das erste Mal, dass die Tatsache meiner Taufe von jemandem benutzt wurde, um mich zu kennzeichnen und mich (bei dieser Gelegenheit) verächtlich zu machen, ganz so wie mir im Abgineh-Museum das erste Mal jemand die Bezeichnung *Deutscher* aufdrückte und mich mit den Nazis in einen Topf warf. Diese Gewalt, die einem widerfährt, wenn ein anderer einem eine Identität als Etikett anheftet, sie wie eine Verurteilung ausspricht, empfand Sarah noch viel stärker als ich. Ihr Name, den sie hätte tragen können, musste in Iran geheim bleiben: Wenngleich die Islamische Republik die iranischen Juden offiziell schützte, war die seit viertausend Jahren in Teheran ansässige, kleine jüdische Gemeinde Opfer von Schikanen und argwöhnischer Beobachtung; es kam immer wieder vor, dass die letzten Vertreter des altpersischen Judentums verhaftet, gefoltert und nach aufsehenerregenden Prozessen gehängt wurden, die mehr mittelalterlichen Hexenprozessen als einer modernen Rechtsprechung folgten und in denen man sie – neben tausend anderen haarsträubenden Anklagepunkten – beschuldigte, durch Fälschung von Medikamenten versucht zu haben, die Muslime in Iran – natürlich – im Auftrag des israelischen Staates zu vergiften, dessen Erwähnung in Teheran dieselbe Wirkung erzeugte wie das Auftreten von Ungeheuern und Wölfen in Kindermärchen. Und selbst wenn Sarah in Wirklichkeit nicht mehr jüdisch als katholisch war, musste man sich (in Anbetracht der Mühelosigkeit, mit der die Polizei Spione fabrizierte) in Acht nehmen und die wenigen Verbindungen verbergen, die sie mit diesem zionistischen Häuflein unterhalten konnte, das der offizielle iranische Diskurs so inständig auszulöschen wünschte.

Es mutet seltsam an, dass man heute in Europa die Bezeichnung »Muslim« so leicht allen verpasst, die einen arabischen oder türkischen Namen tragen. Die Gewalt der aufgezwungenen Identitäten.

Oh, die zweite Exposition des Themas. Man muss sehr genau hinhören. Alles verwischt. Alles flieht. Wir betreten Neuland. Alles ist Fuge. Man muss zugeben, lieber Thomas Mann, dass Ihre Ausführungen zur 32. Sonate von Beethoven geeignet sind, Neid bei Musikwissenschaftlern zu wecken. Dieser stotternde Redner, Kretzschmar, der während des Klavierspiels seine Kommentare brüllt, um seine eigenen *fortissimi* zu übertönen. Was für eine Gestalt. Ein Stotterer, der über einen Tauben spricht. Warum hat Opus 111 keinen dritten Satz? Ich möchte Ihnen gern meine eigene Theorie dazu unterbreiten. Dieser berühmte dritte Satz ist *als Leerstelle* da. Durch sein Fehlen. Er schwebt über den Köpfen, in der Stille, in der Zukunft. Man wartet ja auf diesen dritten Satz, denn er würde die Dualität im Aufeinanderprall der ersten beiden Teile brechen. Er wäre langsam. Langsam, so langsam oder so schnell, dass er in einer endlosen Spannung verharren würde. Im Grunde genommen ist es dieselbe Frage wie die nach der Auflösung des Tristan-Akkords. Der Doppelklang, die Vieldeutigkeit, die Undurchsichtigkeit, das sich Entziehende. Die Fuge. Dieser falsche Kreis, diese unmögliche Rückkehr ist von Beethoven selbst ganz am Anfang der Partitur mit dem *maestoso*, das soeben zu hören war, vermerkt worden. Diese verminderte Septime. Das Trugbild der erwarteten Tonalität, die Nichtigkeit der Hoffnungen des Menschen, die so leicht vom Schicksal enttäuscht werden. Was wir zu verstehen glauben, worauf wir zu warten glauben. Auf das majestätische Hoffen auf Wiederauferstehung, auf Liebe und auf Trost folgt nur die Stille. Es gibt keinen dritten Satz. Das ist furchtbar, nicht wahr? Die Kunst und die Wonnen, die Freuden und die Leiden der Menschen hallen in der Leere nach. Alle diese Dinge, an denen wir festhalten, die

Fuge, die Sonate, alles das ist zerbrechlich, von der Zeit aufgelöst. Hören Sie dieses Ende des ersten Satzes, diese geniale Coda, die nach diesem langen harmonischen Weg schwebend verklingt – selbst der Raum zwischen den beiden Sätzen ist ungewiss. Von der Fuge zur Variation, von der Flucht zur Evolution. Die Arietta führt weiter, *adagio molto*, in einem höchst überraschenden Rhythmus, Aufbruch in die Einfachheit des Nichts. Illusion, noch, nichts als das Wesen; man findet es in der Variation nicht weniger wieder, als man es in der Fuge erkennt. Man glaubt, von einer liebevollen Zärtlichkeit berührt zu werden, und ehe man sich versieht, stürzt man Hals über Kopf die Treppe hinab. Eine paradoxe Treppe, die nur wieder an ihren Ausgangspunkt führt – weder ins Paradies noch in die Hölle. Das Genie dieser Variationen, Sie werden mir sicher zustimmen, Herr Mann, liegt auch in ihren Übergängen. Dort, im Zusammenhang zwischen allen Dingen, versteckt sich das Leben, das zerbrechliche Leben. Die Schönheit ist die Überleitung, der Wandel, all die Schlichen des Lebendigen. Diese Sonate ist so lebendig, gerade weil sie von der Fuge in die Variation übergeht und im Nichts endet. »In der Mandel – was steht in der Mandel?/Das Nichts./Es steht das Nichts in der Mandel./Da steht es und steht.« Diese Verse von Paul Celan können Sie natürlich nicht kennen, Herr Mann, als sie erschienen sind, waren Sie schon tot.

Ein Nichts
waren wir, sind wir, werden
wir bleiben, blühend:
die Nichts-, die Niemandsrose.

Alles läuft auf diesen berühmten dritten Satz hinaus, auf die Stille in Dur, eine Nichts-, eine Niemandsrose.

Aber ich predige einem Konvertiten, lieber Thomas Mann, ich weiß, dass Sie meiner Meinung sind. Stört es Sie, wenn ich das Radio ausmache? Beethoven macht mich irgendwann immer traurig. Besonders dieser unendliche Triller unmittelbar vor der Schlussvariation. Beethoven verweist mich auf das Nichts; auf den Kompass, der Richtung Orient zeigt, auf die Vergangenheit, die Krankheit und die Zukunft.

Hier endet das Leben in der Tonika; ganz einfach, *pianissimo*, in C-Dur, ein vollkommen reiner Akkord, gefolgt von einem Quart-Seufzer. Und dem Nichts.

Das Wesentliche ist, den Osten nicht zu verlieren. Verlier nicht den Osten, Franz. Schalte das Radio aus, hör auf, dich mit dem Gespenst des Zauberers Mann laut zu unterhalten. Mit Mann, dem Freund von Bruno Walter. Freund bis ins Exil, fünfunddreißig Jahre lang. Thomas Mann, Bruno Walter und der Fall Wagner. Immer wieder die Aporie Wagner. Bruno Walter, der Schüler Mahlers, den die Münchner Bourgeoisie schließlich als Dirigent wegjagte, weil er, der Semit, die deutsche Musik beschmutzte. Er polierte nicht eifrig genug die Wagner-Statue. In den Vereinigten Staaten wurde er einer der größten Dirigenten aller Zeiten. Warum bin ich heute Abend so wütend auf Wagner? Vielleicht der Einfluss von Beethovens Kompass, ich meine den, der nach Osten weist. Wagner ist der *zahir*, das Äußerliche, der trostlose, gefühllose Okzident. Er verstopft die unterirdischen Flüsse. Wagner ist ein Staudamm, mit ihm tritt das Bächlein der europäischen Musik über die Ufer. Wagner verstopft alles. Zerstört die Oper. Ertränkt sie. Das Gesamtkunstwerk wird totalitär. Was ist in seiner Mandel? Das Ganze. Das Trugbild des Ganzen. Der Gesang, die Musik, die Dichtung, das Theater, die Malerei mit unseren Bühnenbildern, die Körper mit unseren Schauspielern und sogar die Natur mit unserem Rhein und unseren Pferden. Wagner, das ist die Islamische Republik. Trotz seines Interesses für den Buddhismus, trotz seiner Leidenschaft für Schopenhauer verwandelt Wagner diese ganze Andersheit in ein christliches *Selbst*. Die buddhistische Oper *Die Sieger* wird zur christlichen Oper, zum *Parsifal*. Nietzsche hat als Einziger verstanden, sich von diesem Magneten zu entfernen. Hat als Einziger die Gefahr gesehen. Wagner: tuberkulös. Nietzsche: syphilitisch. Nietzsche der Denker, Dichter, Musiker. Wollte »die Musik *mediterranisiren*«. Er liebte die exotische Überschwänglichkeit von *Carmen*, den Orchesterklang von Bizet. Er liebte. Nietzsche sah die Liebe in der untergehenden Sonne vor dem Meer in Rapallo, in den verborgenen Lichtern an der italienischen Küste, wo die kräftigsten Grüntöne im Quecksilber leiden. Nietzsche hatte begriffen, dass es bei der Wagner-Frage nicht so sehr darum ging, welche

Gipfel er erreichen konnte, sondern um seine Nachfolge, die unmöglich war, um den Tod einer Tradition, die durch keine Andersheit mehr (aus sich selbst heraus) neu belebt werden konnte. In der entsetzlichen Modernität Wagners. »Die Anhängerschaft an Wagner zahlt sich teuer.« Wagner wollte ein einsamer Fels sein, er hat die Boote aller seiner Nachfolger gegen Riffe geschleudert.

Für Nietzsche ist das Christentum, das er im *Parsifal* entdeckt, unerträglich. Der Gral des »Perceval« klingt beinahe wie eine persönliche Beleidigung. Das Eingeschlossensein im Ich, in der katholischen Illusion.

»Wagner ist ein großer Verderb für die Musik«, bekräftigt Nietzsche. Eine Krankheit, eine »*névrose*«. Das Heilmittel ist *Carmen*, das Mittelmeer und der spanische Orient. Die Zigeunerin. Ein Liebesmythos, der völlig anders ist als der des *Tristans*. Man muss die Musik bastardisieren, nichts anderes sagt Nietzsche. Nietzsche hat rund zwanzig Vorstellungen von *Carmen* besucht. Das Blut, die Gewalt, der Tod, die Stiere; die Liebe als Schicksalsschlag, wie die Blume, die einem zugeworfen wird und die einen zum Leiden verdammt. Diese Blume, die mit einem im Gefängnis verdorrt, ohne ihren Duft zu verlieren. Eine heidnische Liebe. Tragische Liebe. Für Bizet ist Italien der Orient – in Sizilien entdeckt der junge Georges Bizet, mit dem Prix de Rome in der Tasche, die Spuren der Mauren, die von Leidenschaft glühenden Himmel, die Zitronenbäume, die zu Kirchen umgebauten Moscheen, die schwarzgekleideten Frauen aus den Novellen Prosper Mérimées, jenes Mérimées, den Nietzsche bewunderte. Auf einer Postkarte – auf der er sich als »eine Art fliegender Fisch« bezeichnet und sagt, er lebe »seltsam, wie auf den Wellenspitzen des Daseins« – erklärt der schnauzbärtige Seher, dass die »*tragische Consequenz*« von Mérimée in Bizets Oper fortlebe.

Bizet hat eine Jüdin geheiratet und eine Zigeunerin erfunden. Er heiratete die Tochter des Komponisten Halévy, dessen Oper *La Juive* bis in die dreißiger Jahre des 20. Jahrhunderts das am meisten gespielte Werk an der Pariser Oper war. Man erzählt, Bizet habe auf dem Sterbebett liegend eine imaginäre Aufführung von *Carmen* dirigiert und sei bei der Szene gestorben, in der die drei kartenlegenden Zigeunerinnen beim Umdrehen der Schicksalskarte mit den Worten *la mort! la mort!* den Tod verkündeten. Ich frage mich, ob das wahr ist. Es gibt ein ganzes Netz von todbringenden Zigeunerinnen in der Literatur und in der Musik, angefangen bei Mignon, dem androgynen Kind in Goethes *Wilhelm Meister*, über die verdorbene Esmeralda von Hugo bis zu Carmen – als Heranwachsender hat mich *Isabella von Ägypten* in schreckliche Angst versetzt, eine Erzählung von Achim von Arnim, dem Mann Bettina Brentanos; ich erinnere mich noch an ihren düsteren Anfang, als die alte Zigeunerin der jungen Bella einen Punkt auf dem Hügel zeigt und dabei sagt, dies ist ein Galgen, daneben fließt ein Bach; dort oben hängt dein Vater. Weine nicht, sagt sie zu ihr, heute Nacht werfen wir seinen Leichnam in den Fluss, damit dieser ihn nach Ägypten trägt; nimm dieses »Töpfchen mit Schweinefleisch« und dieses Glas Wein und feiere zu seinen Ehren das Totenmahl. Und ich malte mir aus, wie das Mädchen im unerbittlichen Mondlicht aus der Ferne den Galgen betrachtete, an dem der Leichnam ihres Vaters baumelte; ich sah Bella, wie sie allein dieses Fleisch aß und den Wein trank und dabei an den Zigeunerherzog dachte, diesen Vater, dessen Leichnam sie vom Galgen abnehmen und dem Strom übergeben müsste, einem Strom, der so stark war, dass er die Leichen bis zum anderen Ufer des Mittelmeers mitnehmen konnte, nach Ägypten, der Heimat der Toten und der Zigeuner, und in meiner noch kindlichen Phantasie waren all die schrecklichen Wendungen in den weiteren Abenteuern von Bella, die Herstellung des Homunculus durch Zauberei, die Begegnung mit dem jungen Karl V., all das war nichts verglichen mit diesem entsetzlichen Anfang, der sterblichen Hülle Herzog Michaels, die in der Nacht oben an der hölzernen Richtstätte knarrte, dem verwaisten Kind mit seinem Totenmahl. Meine Zigeunerin ist eher Bella als Carmen: Das erste Mal, als ich meine Eltern in die Wiener Oper begleiten durfte, ein Initiationsritus, den alle Bürgersöhne durchlaufen, wurde *Carmen* gegeben, dirigiert von Carlos Kleiber – ich war fasziniert gewesen vom Orchester, dem Orchesterklang, den vielen Musikern, den raschelnden Kleidern der Sängerinnen und der feurigen Erotik der Tänze, aber auch sehr schockiert von der grässlichen Aussprache des Französischen bei diesen Göttinnen: Ach!, statt eines aufregenden spanischen Akzents war Carmen eine Russin, und als die deutsche Micaëla zu den Soldaten »No no, schö refiendree« sagte, fand ich es (wie alt mochte ich wohl gewesen sein, zwölf vielleicht?) zum Totlachen. Ich hatte eine französische Oper im wilden Spanien erwartet und ich verstand absolut nichts, weder von den gesprochenen Dialogen noch von den Arien, die in einem Kauderwelsch vorgetragen wurden, das sich anhörte wie vom Mars und von dem ich noch nicht wusste, dass es, leider, typisch für die heutige Oper ist. Auf der Bühne herrschte ein gigantisches hüpfendes Durcheinander, Zigeuner, Soldaten, Esel, Pferde, Stroh, Messer, man rechnete jeden Augenblick damit, dass ein echter Stier aus den Kulissen herauskam, damit ihn Escamillo (ebenfalls ein Russe) auf der Bühne niederstreckte; Kleiber hüpfte an seinem Pult und trieb das Orchester an, lauter, noch lauter, immer lauter zu spielen, mit solch überspitzten Akzenten, dass einem selbst die Esel, die Pferde, die Schenkel unter den Kleidern und die Brüste in den Dekolletés wie eine züchtige Dorfparade vorkamen – die Musiker schlugen die Triangeln, als wollten sie sich die Schultern ausrenken, die Blechbläser bliesen so kräftig, dass die Haare der Geiger und die Röcke der Arbeiterinnen in der Zigarrenfabrik flatterten, und die Streicher übertönten die Stimmen der Sänger, die brüllen mussten wie Maultiere oder Stuten, um gehört zu werden, und jede Nuance ging verloren; nur der Chor der Kinder, »Diese Menge, im Gedränge!« etc. schien Spaß an dieser überhöhten Ausdruckskraft zu haben, auch sie brüllten nach Leibeskräften und schwangen dabei ihre Holzwaffen. Die Bühne war so voll, dass man sich fragte, wie man sich darauf bewegen konnte, ohne in den Orchestergraben zu fallen, Hüte, Perücken, Hauben, Rosen in den Frisuren, Sonnenschirme, Gewehre, ein Gemenge, ein Magma an Leben und Musik in einem uferlosen Durcheinander, das in meiner Erinnerung (aber das Gedächtnis übertreibt immer) noch verstärkt wurde durch den Vortrag der Darsteller, die ihren Text kollerten – zum Glück hatte mir meine Mutter zuvor geduldig die verhängnisvolle Geschichte von Don Josés Liebe zu Carmen erzählt; ich erinnere mich noch genau, dass ich sie fragte, aber warum tötet er sie? Aus welchem Grund die töten, die man liebt? Wenn er sie liebt, warum ersticht er sie? Und wenn er sie nicht mehr liebt, wenn er Micaëla geheiratet hat, wie kann er sie dann noch so sehr hassen, dass er sie tötet? Die Geschichte kam mir höchst unwahrscheinlich vor. Es kam mir äußerst seltsam vor, dass Micaëla ganz ohne Hilfe das Versteck der Schmuggler im Gebirge gefunden haben soll, wo es doch der Polizei nicht gelungen war. Ebenso wenig verstand ich, warum José am Ende des ersten Akts Carmen zur Flucht aus dem Gefängnis verhalf, obwohl er sie doch kaum kannte. Sie hatte immerhin ein armes Mädchen mit dem Messer verwundet. Hatte Don José gar kein Rechtsempfinden? War er bereits ein potentieller Mörder? Meine Mutter seufzte, dass ich nichts von der Kraft der Liebe verstünde. Zum Glück ließ mich der kleibersche Überschwang die Erzählung vergessen und ich konnte mich auf die auf der Bühne tanzenden Frauen konzentrieren, auf ihre aufreizenden Kleider und Posen, auf die verlockende Sinnlichkeit ihrer Tänze. Bei Zigeunerinnen geht es immer um Leidenschaft. Seit der *Geschichte des Zigeunermädchens* von Cervantes hat das fahrende Volk in Europa ein anderes Begehren und eine andere Gewalt dargestellt, einen Mythos von Freiheit und Reisen verkörpert – bis in die Musik hinein: durch die Figuren, mit der es die Opern bereichert, aber auch durch Melodien und Rhythmen. In *Die Zigeuner und ihre Musik in Ungarn* beschreibt Franz Liszt, nachdem er sich in einer erbärmlichen antisemitischen Einführung neunzig Seiten lang über die »Israeliten« in Kunst und Musik ausgebreitet hat (ständiges Wiederkäuen der absurden wagnerischen Argumente: Verstellung, Kosmopolitismus, fehlende schöpferische Kraft, fehlendes Genie, dafür Imitation und Talent: die Genies Bach und Beethoven gegenüber den talentierten Imitatoren Meyerbeer und Mendelssohn), die Freiheit als das herausragende charakteristische Merkmal »dieser wunderlichen Rasse« der Zigeuner. Liszt strapaziert seinen vom Rassenbegriff und Antisemitismus aufgeweichten Grips, um die Zigeuner zu retten – sie unterschieden sich von den Juden darin, wirft er ein, dass sie nichts zu verbergen hätten, dass sie keine eigene Bibel und keine Glaubensbotschaft hätten; Diebe seien sie, ja, weil sie sich keiner Norm beugten wie die Liebe in Carmen: »die Liebe ist ein Zigeunerkind, das kein Recht und keine Gesetze kennt«. Diese Zigeunerkinder würden »unaufhörlich dem elektrischen Funken einer Aufregung« nachjagen. In Übereinstimmung mit der Natur seien sie zu allem bereit, zahlten jeden Preis, um zu *fühlen*. Am glücklichsten sei ein Zigeuner, wenn er in einem Birkenwäldchen einschliefe, wenn er die Ausdünstungen der Natur mit all seinen Poren aufnähme, weiß Liszt. Freiheit, Natur, Traum, Leidenschaft: Liszts Zigeuner sind das romantische Volk par excellence. Am tiefsten dringt Liszt, und sicher auch am liebevollsten ihnen gegenüber, wenn er die Rassenunterschiede vergisst, mit denen er die *Rommy* zuvor abgegrenzt hat, und sich für ihren Beitrag zur ungarischen Musik und die Motive, die sie ihr liefern, interessiert – das *Zigeunerepos* verschafft der Musik neue Nahrung. Liszt wird sich zum Rhapsoden dieser musikalischen Abenteuer machen. Die Vermischung mit Elementen der Tataren (jene hielt man damals hinsichtlich ihres Ursprungs für geheimnisvolle Ungarn) kennzeichne die Entstehung der ungarischen Musik. Anders als in Spanien, wo die Zingari nichts Gutes beitrügen (eine alte Gitarre mit dem Klang einer Säge in einer müßiggängerischen Grotte des Sacromonte oder in den Palastruinen der Alhambra könne man nicht als Musik erachten, meint er), findet die Zigeunerglut in den gewaltigen Weiten Ungarns seiner Meinung nach ihren schönsten Ausdruck – ich stelle mir vor, wie Liszt in Spanien, in der vergessenen Pracht der von den Almohaden zeugenden Bauwerke oder in der Moschee von Córdoba, hingebungsvoll nach Zigeunern sucht, um ihre Musik zu hören; in Granada las er die *Tales of the Alhambra* von Washington Irving, er hörte die Köpfe der Abencerragen unter dem Säbel der Henker in das Becken des Löwenbrunnens fallen – der Amerikaner Washington Irving, ein Freund von Mary Shelley und Walter Scott, war der erste Schriftsteller, der das Heldenlied der Muslime Spaniens wiederauferstehen ließ, der erste, der die Chronik der Eroberung Granadas neu schrieb und einige Zeit in der Alhambra lebte. Merkwürdig, dass Liszt in den Liedern, die zu dieser »schlechten Guitarre«, wie er sagt, erklangen, nichts als Banalitäten hörte: Wenigstens gibt er zu, dass er Pech hatte. Der Glücklichere war Domenico Scarlatti, der während seines langen Aufenthalts in Andalusien, am kleinen Hof von Sevilla, die Spuren der verlorengegangenen maurischen Musik in den gerade entstehenden Flamenco der Zigeuner überführte; dieser Klang frischt die Barockmusik auf und hat durch die Originalität Scarlattis Anteil an der Entwicklung der europäischen Musik. Von den Rändern aus, von den ungarischen Landstrichen und den andalusischen Hügeln, gibt die Zigeunermusik ihre Energie weiter an die sogenannte »Musik des Okzident« – wieder ein Stein mehr zu Sarahs Idee einer »Gemeinsamen Konstruktion«. Darin liegt übrigens der Widerspruch bei Liszt: Indem er den Einfluss der Zigeunermusik im Sinne von Gobineaus Rassenlehre herausfiltert, entfernt, neutralisiert er ihn; zugleich kann er den Einfluss, den er anerkennt, nur damit erklären, dass die ungarische Musik in ihrer Frühzeit von diesem Volk, das »wie die Juden ein fremdes und herumziehendes Volk« sei, musikalische Elemente übernommen habe: Seine Rhapsodien tragen die Titel *Ungarische Rhapsodien*, und nicht *Zigeuner-Rhapsodien* ... Dieser großen Bewegung des »nationalen« Ausschlusses, der historischen Konstruktion einer »deutschen«, »italienischen«, »ungarischen« Musik als Ausdruck der jeweiligen Nation und in vollkommener Entsprechung zu ihr, wird in Wirklichkeit sofort von ihren eigenen Theoretikern widersprochen. Die modalen Höhenflüge einiger Sonaten Scarlattis, die Veränderungen der Klangfarben durch die Zigeunertonleitern (Liszt spricht von einem »höchst seltsamen Schillern, ja einem blendenden Glanz«) sind gleichermaßen Messerstiche in die klassische Harmonie wie die, mit denen Carmen einer Arbeiterin der Zigarrenfabrik das Andreaskreuz ins Gesicht ritzt. Ich könnte Sarah vorschlagen, sich mit den orientalischen Zigeunern zu beschäftigen, über die es kaum Studien gibt, mit den türkischen Çingâne, den syrischen Nawar, den iranischen Luri – nomadische oder sesshafte Gruppen, die man seit der Epoche der Sassaniden und ihrem Großkönig Bahram Gor V. von Indien über Zentralasien bis in den Maghreb überall findet. In der klassischen persischen Dichtung sind die Zigeuner frei, fröhlich und Musiker; sie sind von der Schönheit des Mondes, sie tanzen und verführen – sie werden geliebt und begehrt. Ich weiß nichts über ihre Musik, unterscheidet sie sich von der iranischen oder ist sie im Gegenteil das Substrat, auf dem die iranischen Tonarten sprießen? Zwischen Indien und den westeuropäischen Ebenen pulsiert das freie Blut ihrer geheimnisvollen Sprachen, all dessen, was sie auf ihren Wanderschaften mit sich führten – und sie zeichnen eine andere, geheime Karte, die eines riesigen Landes, das vom Tal des Indus bis zum Guadalquivir reicht.

Ich kreise um die Liebe. Ich rühre mit meinem kleinen Löffel in der leeren Tasse. Soll ich noch einen Tee trinken? Eines ist sicher, ich finde keinen Schlaf. Was sagt mir das Schicksal heute Nacht? Ich könnte mir die Karten legen, wenn ich auch nur die geringste Ahnung davon hätte, würde ich zu Tarotkarten greifen. *Madame Sosostri, famous clairvoyante,/.../ Is known to be the wisest woman in Europe./With a wicked pack of cards.*

(»*Madame Sosostris, Top-Wahrsagerin, / War schwer erkältet, nichtsdestotrotz / Gilt sie als weiseste Frau Europas, / Dank eines verruchten Kartenspiels. Hier, sprach sie, / Ist Ihre Karte, der ertrunkene phönizische Seemann.*«) Hier, meine Karte, der ertrunkene phönizische Seemann. Eigentlich der orientalische Gehenkte im Wasser. »*Fürchten Sie den Tod durch Wasser.*« Oder bei Bizet:

Doch wenn du sterben musst,
Wenn laut des Schicksals Gebot
geschrieben steht das furchtbare Wort,
Dann auch nach zwanzig Mal
Die Karte unerbittlich
wiederholt: Der Tod!
Und noch einmal
Der Tod! Der Tod!
Verzweiflung noch!
Und immer nur der Tod!

Von Carmens oder Madame Sosostris' Hand zu sterben, das ist Jacke wie Hose, *kifkif bourricot*, wie die Franzosen sagen. Die Ankündigung des baldigen Todes, wie mit schöner Nüchternheit im Postskriptum eines der letzten Briefe von Nietzsche, dem Riesen mit dem lehmroten Bart, klingt wie eine Grabinschrift:

NB. Ich bleibe diesen Winter in Nizza. Meine Sommer-Adresse ist: Sils-Maria, Oberengadin, Schweiz. – Meine Universitäts-Professur habe ich aufgegeben. Ich bin dreiviertel blind.

Man kann sich nur schwer vorstellen, dass es einmal eine letzte Nacht gibt, dass man schon zu dreiviertel blind sein wird. Sils im Engadin zählt zu den schönsten Gebirgslandschaften Europas, heißt es. Der Silser See und der Silvaplaner See, um die Nietzsche herumwanderte. Nietzsche der Perser, Nietzsche der Leser des *Avesta*, letzter oder erster Zoroastrier Europas, geblendet von dem Licht des Feuers Ahura Mazdas, des Herrn der Weisheit. Immer wieder begegnet man sich aufs Neue;

Nietzsche war verliebt in Lou Salomé, dieselbe Lou, die einen Orientalisten, Friedrich Carl Andreas, Fachmann für iranische Sprachen, heiraten sollte, einen Orientalisten, der sich beinahe mit einem Messer umgebracht hat, weil sie ihm ihren Körper so lange verweigerte, bis er vor Begehren durchdrehte; in Sils-Maria kreuzen sich die Wege Nietzsches und Annemarie Schwarzenbachs, deren Familie dort ein prachtvolles Chalet besaß; Annemarie Schwarzenbach begegnet dem Gespenst Nietzsches bei ihren wiederholten Aufenthalten in Teheran; über Erika und Klaus Mann, den Adressaten ihrer verzweifelten Briefe aus Syrien und Iran, kreuzt Annemarie Schwarzenbach die Wege Thomas Manns und Bruno Walters; und Annemarie Schwarzenbach kreuzt ahnungslos Arthur de Gobineaus Weg im Tal des Lahr, einige Dutzend Kilometer im Norden von Teheran. Der Kompass zeigt immer nach Osten. In Iran nimmt mich Sarah nach und nach zu all diesen Orten mit: zur Villa in Farmanieh, wo Annemarie mit ihrem Ehemann, dem jungen französischen Diplomaten Claude Clarac, wohnte, einem hübschen Haus mit neopersischen Säulen und einem herrlichen Garten, heute die Residenz des italienischen Botschafters, einem leutseligen Mann, der sich freut, uns an seinem Sitz zu empfangen und zu erfahren, dass die melancholische Schweizerin einige Zeit hier gelebt hat – Sarah strahlt im Schatten der Bäume, ihre Haare sind die goldenen Fische, die im braunen Wasser schillern; ihre Seligkeit darüber, dieses Haus zu sehen, geht in ein endloses Lächeln über; ich bin selbst so glücklich über ihre kindliche Freude, voller frohlockender, vom Duft der zahllosen Teheraner Rosen gestärkter Frühlingsgefühle. Die Villa ist prachtvoll – Kacheln im Kadscharen-Stil an den Wänden erzählen die Geschichten persischer Helden; das Mobiliar, zumeist Stilmöbel, schwankt zwischen dem alten Europa und dem unsterblichen Iran. Das Gebäude war in den 1940er Jahren umgebaut und erweitert worden in einer unentwirrbaren, ziemlich harmonischen Stilmischung aus italienischer Neugotik und persischem 19. Jahrhundert. Die oft so herbe Stadt um uns herum wird milder beim Anblick Sarahs, die am Brunnenrand kniet, und ihrer weißen, vom Wasser in einem mit Seerosen gefüllten Becken verzerrten Hand. Einige Monate nach Paris und der Verteidigung ihrer Doktorthese, und viele Monate nach ihrer Heirat und meiner Eifersucht, nach Damaskus, nach Aleppo und der wieder geschlossenen Tür ihres Zimmers im Baron Hotel, die sie mir vor der Nase zuschlug, treffe ich sie in Iran wieder – der Schmerz vergeht nach und nach, alle Schmerzen vergehen, die Scham ist ein Gefühl, in dem man sich den anderen in sich vorstellt, sich die Sicht des anderen zu eigen macht, eine Verdopplung, und jetzt, da ich Richtung Wohnzimmer und Schreibtisch schlurfe und mich dabei wie üblich am Porzellan-Schirmständer stoße, der im Dunkeln nicht zu sehen ist, denke ich, dass es ziemlich erbärmlich von mir war, ihr auf diese Weise die kalte Schulter zu zeigen und zugleich alle nur denkbaren Hebel in Bewegung zu setzen, um sie in Iran wiederzusehen, nach Forschungsthemen, Stipendien, Einladungen Ausschau zu halten, um nach Teheran zu reisen, und ich von dieser fixen Idee so verblendet war, dass ich meine mir teuren universitären Vorhaben über den Haufen warf; jeder in Wien fragte mich, warum Teheran, warum Persien? Istanbul und Damaskus, das geht ja noch, aber Iran? Und ich musste die abwegigsten Begründungen erfinden, Fragen zur »Richtung der musikalischen Tradition«, zur klassischen persischen Dichtung und ihren Echos in der europäischen Musik, oder ein schlagendes Argument vorbringen, »ich muss zu den Quellen zurückkehren«, das keinen Widerspruch duldete und den Vorteil hatte, dass es alle Neugierigen sofort zum Schwiegen brachte, die überzeugt waren, ich folgte einer Eingebung oder, häufiger, einem Anflug von Wahnsinn.

Jetzt habe ich doch unwillkürlich meinen Computer geweckt. Franz, ich weiß, was du vorhast, du willst in alten Geschichten kramen, in deinen Teheraner Tagebüchern, die Briefe von Sarah wiederlesen, und du weißt, dass das keine gute Idee ist, es wäre besser, noch einen Tee zu trinken und wieder ins Bett zu gehen. Oder aber korrigiere, korrigiere diese höllische Hausarbeit über Glucks orientalistische Opern.

Ein Schwall iranisches Opium, ein Schwall Erinnerungen, das ist eine Art von Vergessen, von Vergessen der vorrückenden Nacht und der Krankheit, die die Oberhand gewinnt, der Blindheit, die uns überkommt. Das war es vielleicht, was Sadeq Hedayat fehlte, als er im April 1951 in Paris den Gashahn weit aufdrehte, eine Pfeife Opium und Erinnerung, eine Begleitung: Der größte iranische Prosaist des 20. Jahrhunderts, der düsterste, der komischste, der bissigste auch, ergibt sich letztlich in den Tod aus Ermüdung; er lässt sich gehen, hat keine Widerstandskraft mehr, sein Leben scheint es ihm nicht mehr wert, weitergelebt zu werden, ob hier oder dort – die Perspektive, nach Teheran zurückzukehren, ist ihm ebenso unerträglich wie die, in Paris zu bleiben, er schwimmt, er schwimmt in dieser kleinen Wohnung, die er mit so viel Mühe bekommen hat, der Wohnung in der Rue Championnet in Paris, der Stadt des Lichts, in der er so wenig sieht. In Paris gefallen ihm die Brasserien, er liebt den Cognac und die hartgekochten Eier, denn er ist seit langem Vegetarier, seit seinen Reisen nach Indien; in Paris liebt er die Erinnerung an die Stadt, die er in den 1920er Jahren gekannt hatte, und diese Spannung zwischen dem Paris seiner Jugend und dem von 1951 – zwischen seiner Jugend und 1951 – bereitet ihm tagtäglich einen Schmerz, bei seinen Spaziergängen im Quartier Latin, bei seinen langen Streifzügen durch die Banlieue. Er trifft sich (das ist fast schon zu viel gesagt) mit einigen Iranern, Exil-Iranern wie er, doch die finden ihn ein bisschen hochmütig, ein wenig herablassend, was wahrscheinlich zutrifft. Er schreibt nicht mehr viel. »Ich schreibe nur für meinen Schatten, den der Schein der Öllampe an die Wand wirft; ihm muss ich mich nicht zu erkennen geben.« Seine letzten Texte wird er verbrennen. Niemand hat Iran so sehr geliebt und gehasst wie Hedayat, erzählte Sarah. Niemand hat so auf die Sprache in den Straßen, auf die Menschen in den Straßen, auf die Frömmler, die Bescheidenen und die Mächtigen geachtet. Niemand außer Hedayat konnte eine so rasende Kritik Irans verfassen, die zugleich eine gewaltige Eloge war. Er war vielleicht ein trauriger Mann, besonders an seinem Lebensende, zugleich bissig und bitter, aber er ist kein trauriger Schriftsteller, alles andere als das.

Wie Hedayat hat auch mich Paris stets eingeschüchtert; die seltsame Gewalt, die man dort spürt, der laue Erdnussgeruch der U-Bahn, die Gewohnheit der Pariser, zu rennen, statt zu gehen, die Augen immer auf den Boden geheftet, bereit, alles über den Haufen zu rennen, was ihnen im Weg steht, um an ihr Ziel zu gelangen; der Schmutz, der sich seit Napoleon unablässig in der Stadt anzuhäufen scheint; der so edle und so zwischen seine gepflasterten Quais eingezwängte Fluss, an dessen Ufern verstreut hochmütige und bunt gemischte Baudenkmäler liegen; unter dem schlaffen und milchigen Auge von Sacré-Cœur hat das Ganze für mich immer eine monströse baudelairesche Schönheit. Paris, Hauptstadt des 19. Jahrhunderts und Frankreichs. Ich konnte in Paris nie die Hemmungen ablegen, die mit dem Gefühl verbunden waren, Tourist zu sein, und obwohl ich meine Ehre daransetze, ein gepflegtes, nüchternes, perfektes Französisch zu sprechen, ist es dort doch immer im Exil – ich habe das Gefühl, nur jedes zweite Wort zu verstehen, und schlimmer noch, Gipfel der Demütigung, man fordert mich häufig auf, meine Sätze zu wiederholen: Seit Villon und dem Ende des Mittelalters spricht man in Paris nur Jargon. Und ich weiß nicht, ob diese Charakterzüge es ausmachen, dass Wien oder Berlin sanft und provinziell erscheinen, oder ob es im Gegenteil Paris ist, das in seiner Provinzialität stecken bleibt, mitten in dieser Île-de-France isoliert ist, deren Name vielleicht am Ursprung der Einzigartigkeit dieser Stadt und ihrer Bewohner steht. Sarah ist eine echte Pariserin, sollte dieses Adjektiv wirklich eine Bedeutung haben – auf jeden Fall ist sie dort geboren, dort aufgewachsen, und für sie »piepst kein Schnabel wie in Paris«. Und auch für mich – ich muss gestehen, dass Sarah selbst überarbeitet und abgemagert, mit leichten Augenringen, einem kürzeren Haarschnitt als sonst, als wäre sie in ein Kloster eingetreten oder ins Gefängnis gekommen, mit blassen Händen und fast so knochig, dass ihr zu groß gewordener Ehering locker an ihrem Finger saß, das Ideal weiblicher Schönheit für mich blieb. Welchen Vorwand hatte ich für diesen kurzen Parisaufenthalt gefunden, ich erinnere mich nicht mehr; ich wohnte in einem kleinen Hotel direkt an der Place Saint-Georges, einem der vielen Plätze, die seit der Erfindung des Automobils auf wundersame Weise zur Hölle geschrumpft sind – ich hatte nicht gewusst, dass »direkt an der Place Saint-Georges« (wie es in der Broschüre des Hotels hieß, das ich wohl unbewusst ausgewählt hatte wegen des viel freundlicheren Klangs des Namens dieses Heiligen, der mir viel vertrauter war als, sagen wir einmal, Notre-Dame-de-Lorette oder Saint-Germain-l'Auxerrois) leider auch bedeutete, zwei Schritte entfernt von der Place Pigalle, dem grauen Monument aller Arten von visuellen Grausamkeiten, wo die Schlepper den Passanten am Arm packten, um ihn auf ein Glas in die Animierbars zu ziehen, und ihn erst wieder losließen, wenn sie ihn ausgiebig als schwul oder impotent beschimpft hatten mit der Gewissheit, diese Schmähungen würden zu einem Ausbruch von Männlichkeit führen. Sonderbarerweise lag diese Place Pigalle (mit den angrenzenden Straßen) zwischen Sarah und mir. Das gemeinsame Apartment von Sarah und Nadim befand sich etwas weiter bergan, an der Place des Abbesses, auf halbem Weg des Aufstiegs, der einen (oh, Paris!) von den Nutten von Pigalle zu den Mönchlein von Sacré-Cœur führte und, hinter der Anhöhe, auf die die Kommunarden einst ihre Kanonen geschoben hatten, zur letzten Bleibe Sadeq Hedayats. Nadim war zur Zeit meines Besuchs in Syrien, was mir gut in den Kram passte. Je länger ich diese kleinen Gassen zu Sarah hinaufstieg, die ohne Vorwarnung vom Schäbigen ins Touristische, dann vom Touristischen ins Bürgerliche übergingen, umso mehr wurde mir bewusst, dass ich noch Hoffnung hatte, eine verrückte Hoffnung, die sich nicht als solche zu erkennen gab, und als ich dann, nachdem ich mich ein wenig verirrt hatte und überraschend auf einen zwischen zwei Häusern eingeklemmten Weinberg gestoßen war, dessen alte Weinstöcke mich an Wien und Nussdorf erinnerten, die große Treppe zur Rue du Mont-Cenis hinunterging, Stufe für Stufe auf das Rathaus des 18. Arrondissements zu, der Armut und Schmucklosigkeit der Randbezirke entgegen, die auf das großtuerische Montmartre folgten, verlor sich diese Hoffnung im trüben Grau, das anscheinend sogar die Bäume an der Rue Custine traurig stimmte, die in schmiedeeisernen Gittern steckten, dieser typisch pariserischen Beschränkung des hartnäckigen Pflanzenwildwuchses. (Nichts repräsentiert den modernen Geist mehr als dieser sonderbare Einfall, einen Baum mit einem Gitter zu umgeben. Man kann noch so viel Überzeugungsarbeit leisten und behaupten, diese wuchtigen Eisenteile seien dazu da, die Kastanie oder die Platane zu schützen, dienten nur ihrem Wohl, damit nichts ihre Wurzeln beschädige, es gibt doch, glaube ich, kein schrecklicheres Beispiel für den Kampf auf Leben und Tod zwischen Stadt und Natur und kein aussagekräftigeres Zeichen für den Sieg der ersteren über die zweite.) Und als ich endlich nach einigen Unsicherheiten, einem Rathaus, einer Kirche und einem geräuschvollen Kreisverkehr in der Rue Championnet ankam, hatte Paris über meine Hoffnung gesiegt. Der Straßenzug hätte ansprechend, sogar liebenswürdig sein können; einige Gebäude wirkten elegant mit ihren fünf Stockwerken und ihren Attiken unter den Zinkdächern, doch die meisten Geschäfte schienen aufgegeben zu sein; die Straße war menschenleer, schnurgerade, endlos. Gegenüber von Hedayats Wohnung befand sich ein merkwürdiges Gebäudeensemble, bestehend aus einem niederen alten Haus, sicher aus dem 18. Jahrhundert, das an ein großes Backsteingebäude angebaut war, mit der Zufahrt zu einem Parkdeck für Pariser Autobusse. Während ich auf Sarah wartete, hatte ich Zeit genug, um die Fenster des Hauses *37bis* zu mustern, wo Sadeq Hedayat beschlossen hatte, mit seinem Dasein Schluss zu machen, was unter dem eintönigen, fahlgrauen Himmel nicht besonders heiter stimmte. Ich dachte an diesen achtundvierzigjährigen Mann, der die Küchentür mit Lappen abdichtete, bevor er den Gashahn aufdrehte, sich auf einer Decke auf den Boden legte und für immer einschlief. Der Orientalist Roger Lescot hatte die französische Übersetzung der *Blinden Eule* mehr oder weniger abgeschlossen, doch der Verlag Grasset wollte das Buch nicht mehr herausbringen oder hatte nicht mehr die Mittel dazu. Später faszinierte der Text José Corti, den Buchhändler und Verleger der Surrealisten, der ihn zwei Jahre nach dem Tod des Autors veröffentlichte. *Die blinde Eule* ist ein Traum vom Tod. Ein gewaltiges Buch von wilder Erotik, in dem die Zeit ein Abgrund ist, dessen Inhalt als todbringendes Erbrochenes zurückfließt. Ein Buch vom Opium.

Sarah traf ein. Sie ging schnell, ihre Aktentasche um die Schulter gehängt, den Kopf leicht gebeugt; sie hatte mich nicht gesehen. Ich erkannte sie trotz der Entfernung an der Farbe ihres Haarschopfs, an der Hoffnung, die sich von neuem als ängstliche Beklemmung in mein Herz einschlich. Sie steht vor mir, mit langem Rock, Stiefeln, einem riesigen sienabraunen Schal. Sie gibt mir die Hand, lächelt, sagt, sie freue sich sehr, mich wiederzusehen. Sicher, ich hätte ihr nicht sofort sagen sollen, dass sie sehr mager geworden sei, blass aussehe, Ringe um die Augen habe, das war nicht sehr klug; doch ich war so überrascht von dieser physischen Veränderung und flüchtete mich vor Angst so sehr in Belanglosigkeiten, dass ich es nicht für mich behalten konnte, und der Tag, dieser Tag, den ich herbeigeführt hatte, für den ich gearbeitet, auf den ich hingelebt, den ich mir vorgestellt hatte, nahm eine beklagenswerte Wendung. Sarah war verärgert – sie versuchte, es nicht zu zeigen, und als unser Besuch in der Wohnung von Hedayat zu Ende war (nun ja, es war vor allem ein Besuch des Treppenhauses, da der augenblickliche Wohnungsmieter sich geweigert hatte, uns zu öffnen: Er war laut Sarah, die ihn am Abend zuvor am Telefon gesprochen hatte, sehr abergläubisch und entsetzt von dem Gedanken, ein geheimnisvoller Fremder könnte sich auf dem Linoleumboden seiner Küche das Leben genommen haben), als wir die Rue Championnet Richtung Westen wieder hinaufgingen, dann in die Rue Damrémont einbogen und dieser zum Friedhof von Montmartre folgten, bevor wir zum Mittagessen in dem türkischen Restaurant einkehrten, bewahrte sie ein zähes Schweigen, während ich mich in hysterischem Geplapper verrannte – Ertrinkende wehren sich, schlagen mit Händen und Füßen um sich; ich versuchte, sie aufzuheitern oder wenigstens ihr Interesse zu wecken; ich erzählte ihr das Neueste aus Wien, soweit es in Wien überhaupt Neues gibt, ich spann den Faden mit Schuberts orientalischen Liedern weiter, wie sehr mich diese Epoche begeisterte, kam auf Berlioz, dessen Grab wir besucht hatten, und meine ganz persönliche Lektüre der Trojaner – bis sie mitten auf dem Gehweg stehenblieb und mir mit einem Anflug von Lächeln sagte:

– Franz, du redest mich schwindelig. Es ist unglaublich. Du sprichst ohne Unterbrechung seit zwei Kilometern. Gott, wie kann man nur so geschwätzig sein!

Ich war sehr stolz darauf, dass ihr von meinen schönen Reden der Kopf schwirrte, und hatte nicht die Absicht, diesen Pfad zu verlassen:

– Du hast recht, ich rede und rede und lasse dich nicht zu Wort kommen. Also, sag, geht's voran mit der Doktorarbeit? Bist du bald fertig?

Die Frage hatte eine unerwartete, wenn auch keine erhoffte Wirkung: Sarah holte tief Luft, schlug dort, wo sie stand, auf dem Gehweg in der Rue Damrémont, die Hände vors Gesicht, schüttelte den Kopf, hob die Arme zum Himmel und stieß einen langen Schrei aus. Ein aufgebrachtes Brüllen, einen Ruf an die Götter, eine Bitte voller Wut, die mich sprachlos machte, mich überraschte, verletzte – mit großen Augen starrte ich sie an. Dann verstummte sie, drehte sich zu mir und seufzte erneut:

– Komm, gehen wir essen.

Auf der gegenüberliegenden Straßenseite befand sich ein Restaurant; eines mit exotischer Ausstattung, Wandbehängen, Kissen, Gegenständen aller Art, Trödel, der so staubig war wie die vom Fett eingetrübte Vitrine, keine Gäste außer uns, denn es war Punkt zwölf Uhr, und die Pariser brüsten sich gerne damit, unter südländischem Einfluss zu stehen und eine größere Freiheit als der Rest ihrer Mitbürger zu haben, und essen spät zu Mittag. Wenn sie überhaupt in diesem Laden speisten. Ich hatte das Gefühl, wir waren die Einzigen, die in dieser Woche, ja vielleicht in diesem Monat hier einkehrten, so überrascht betrachtete uns der Wirt (zusammengesackt an einem Tisch versuchte er, seinen persönlichen Tetris-Rekord zu brechen). Ein Wirt, dessen blasses Gesicht, dessen Akzent, dessen schlechte Laune und Preise bewiesen, dass er ein waschechter Pariser war: Zum Teufel mit den orientalischen Annehmlichkeiten, wir waren auf das einzige türkische Restaurant gestoßen, das von einem Einheimischen geführt wurde, der es nicht für nötig hielt, sich von seinem Computer zu erheben, bevor er seine Partie beendet hatte, um uns mit einem Seufzer zu begrüßen.

Tödlich getroffen von Sarahs lächerlichem Aufheulen, schwieg ich jetzt meinerseits. Für wen hielt sie sich eigentlich? Ich interessiere mich für sie, und was kommt zurück? Gellendes Geschrei. Kauziges Getue. Nach einigen Minuten, in denen ich hinter der Karte schmollte und mich durch Schweigen rächte, war sie bereit, sich zu entschuldigen.

– Franz, entschuldige, verzeih mir, es tut mir leid, ich weiß nicht, was in mich gefahren ist. Aber man kann nicht behaupten, dass du die Sache leichter machst.

(Tödlich beleidigt, mit pathetischer Betonung) – Keine Ursache, lass uns nicht mehr darüber reden. Lass uns lieber sehen, was es zu essen gibt in diesem prachtvollen Gasthof, in den du uns geführt hast.

– Wir können woanders hingehen, wenn dir das lieber ist.

(Entschieden, mit einem Hauch Heuchelei) – Man kann nicht einfach vom Tisch aufstehen und gehen, wenn man die Karte gelesen hat. Das gehört sich nicht. Wie sagt ihr in Frankreich: Wenn der Korken raus ist, muss die Flasche getrunken werden.

– Ich könnte vortäuschen, dass mir übel ist. Und wenn du deine Haltung nicht änderst, dann wird mir übel werden.

(Hinterhältig, immer noch hinter der Karte versteckt) – Du bist unpässlich? Das würde deine Stimmungsschwankungen erklären.

– Franz, du schaffst es noch, dass ich wirklich die Fassung verliere. Wenn du so weitermachst, gehe ich, auf mich wartet Arbeit.

(Feige, erschrocken, verwirrt, die Karte plötzlich auf den Tisch legend) – Nein, nicht doch, geh nicht, ich habe das nur gesagt, um dich zu ärgern. Ich bin sicher, es schmeckt sehr gut hier. Sogar köstlich.

Sie begann zu lachen. Ich weiß nicht mehr, was wir gegessen haben, ich erinnere mich nur an das leise »kling« der Mikrowelle, das, unmittelbar bevor unser Essen auf den Tisch kam, in dem leeren Restaurant ertönte. Sarah erzählte mir von ihrer Doktorarbeit, von Hedayat, von Schwarzenbach, von den Leuten, die ihr lieb und teuer waren; von diesen Spiegeln zwischen Orient und Okzident, die sie durch kontinuierliches Hin-und-her-Wandern zertrümmern wollte, wie sie sagte. Es gehe darum, die Rhizome dieser gemeinsamen Konstruktion der Moderne ans Licht zu fördern. Sie wolle zeigen, dass die »Orientalen« nicht davon ausgeschlossen waren, sondern im Gegenteil aktiv daran teilhatten, häufig sogar diejenigen waren, von denen die Anregung, der zündende Funke ausging, letztlich zeigen, dass Saïds Theorien ungewollt zu einem besonders subtilen Herrschaftsinstrument geworden seien: die Frage sei nicht, ob Saïd mit seiner Sicht auf den Orientalismus recht habe oder nicht; das Problem sei die Bruchlinie, der ontologische Riss zwischen einem Okzident, der beherrsche, und einem Orient, der beherrscht werde, den seine Leser akzeptiert hatten, eine Bruchlinie, die sich weit über die koloniale Wissenschaft hinaus auftue und daher dazu beitrage, dass das auf diese Weise geschaffene Modell zur Realität werde und a posteriori das Szenario der Herrschaft vollende, gegen das Saïds mit seinen Thesen ankämpfen wollte. Dabei könne man doch die Geschichte auf eine ganze andere Weise verstehen, meinte sie, auf eine ganz andere Weise schreiben, nämlich als Miteinander und Kontinuität, sagte sie. Sie sprach ausführlich über die heilige postkoloniale Trinität, Saïd, Bhabha, Spivak; über die Frage des Imperialismus, der Differenz, des 21. Jahrhunderts, in dem wir uns angesichts der Gewalt mehr denn je von der absurden Idee einer absoluten Andersheit des Islams freimachen und nicht nur zugeben müssten, welch schreckliche Gewalt der Kolonialismus sei, sondern auch anerkennen, was Europa dem Orient verdanke – über die Unmöglichkeit, das eine vom anderen zu trennen, und die Notwendigkeit eines Perspektivwechsels. Man müsse, betonte sie, jenseits der dämlichen Reue der einen und der kolonialen Nostalgie der anderen eine neue Vision entwickeln, die den anderen in sich einschließe. Die beide umfasse.

Das Ambiente passte dazu: Die falschen anatolischen Stoffe zusammen mit dem Nippes made in China und einem Wirt mit durch und durch pariserischem Benimm schienen das beste Beispiel für die Richtigkeit ihrer These zu sein.

Der Orient ist eine Konstruktion aus Bildern, ein Komplex von Repräsentationen, aus dem jeder, je nach Standpunkt, nach Belieben schöpfe. Es sei naiv zu glauben, fuhr Sarah mit lauter Stimme fort, dass dieser Koffer mit orientalischen Bildern heute allein ein spezifisches Gut Europas sei. Nein. Diese Bilder, diese Schatztruhe, seien allen zugänglich und alle steuerten zu ihnen bei mit dem, was sie jeweils an Kulturgütern hervorbrachten, neue Aufkleber, neue Porträts, neue Musik. Algerier, Syrer, Libanesen, Iraner, Inder, Chinesen schöpfen ihrerseits wieder aus dieser Reisetruhe, aus diesem Imaginären. Ich gebe dir ein ganz aktuelles und schlagendes Beispiel, sagte sie: Die verschleierten Prinzessinnen und fliegenden Teppiche aus den Disney Studios können als »orientalistisch« oder »orientalisierend« betrachtet werden; sie entsprechen in Wirklichkeit aber der letzten Äußerungsform dieser heutigen Konstruktion eines Imaginären. Nicht umsonst sind diese Filme in Saudi-Arabien nicht nur erlaubt, sondern sogar allgegenwärtig. Alle didaktischen Kurzfilme (Unterweisungen im Beten, Fasten und in der richtigen islamischen Lebensführung) kopieren sie. Die prüde zeitgenössische saudi-arabische Gesellschaft ist ein Disneyfilm. Der Wahhabismus, ein Disneyfilm. Mit ihren Filmen erweitern die Filmemacher, die für Saudi-Arabien arbeiten, also den gemeinsamen Bestand an Bildern. Ein anderes, sehr schockierendes Beispiel: die öffentliche Enthauptung mit dem Krummschwert und dem weißgekleideten Henker, oder noch entsetzlicher, die Erdrosselung bis zur Enthauptung. Auch das ist das Ergebnis einer gemeinsamen Konstruktion, die, von muslimischen Quellen ausgehend, durch all die Bilder der Moderne verwandelt wurden. Diese Gräuel haben ihren festen Platz in dieser Bilderwelt; sie verfolgen die gemeinsame Konstruktion. Wir Europäer sehen in ihnen mit Entsetzen die Andersheit; doch für einen Iraker oder einen Jemeniten ist diese Andersheit ebenso erschreckend. Selbst das, was wir zurückweisen, was wir hassen, kommt aus dieser gemeinsamen Bilderwelt. Was wir in diesen grausamen Enthauptungen als »anders«, »verschieden«, »orientalisch« identifizieren, ist ebenso »anders«, »verschieden« und »orientalisch« für einen Araber, einen Türken oder einen Iraner.

Versunken in ihren Anblick, hörte ich ihr zerstreut zu: Trotz der Augenringe und ihrer Magerkeit, überwältigte mich ihr Gesicht, es war entschlossen und zärtlich zugleich. Ihr Blick sprühte nur so vom Feuer ihrer Ideen; ihr Busen schien mir kleiner zu sein als einige Monate zuvor; aus dem Dekolleté ihres schwarzen Kaschmirpullovers blitzte eine bogenförmige Bordüre von gleicher Farbe, der Rand einer Korsage, dessen zarte zur Schultermitte führende Linie unter der Wolle den Träger erahnen ließ. Die Sommersprossen auf ihrem Brustbein folgten dem Rand der Spitze und gingen bis zum Schlüsselbein hoch; ich sah den Knochenansatz auf beiden Seiten, über dem je ein Ohrring baumelte, zwei gravierte Wappen mit unbekannten, der Phantasie entsprungenen Motiven. Sie hatte ihr Haar hochgesteckt, ein kleiner Silberkamm hielt es zusammen. Während ihres Vortrags rührten ihre hellen Hände die Luft um. Sie hatte ihren Teller kaum angerührt. Ich dachte an Palmyra, an die Berührung ihres Körpers, ich hätte mich gerne an sie geschmiegt, bis ich in ihr versunken wäre. Sie war zu einem anderen Thema übergegangen, erzählte von ihren Schwierigkeiten mit Gilbert de Morgan, ihrem Doktorvater, dem ich, erinnerte sie mich, in Damaskus begegnet sei; sie war beunruhigt über seine Stimmungsschwankungen, seine Alkoholkrisen und seine Verzweiflung – und vor allem über seinen unglücklichen Hang, sein Heil im Lächeln der Studentinnen aus dem ersten und zweiten Studienjahr zu suchen. Er rückte ihnen auf die Pelle, als wollte er sich mit Jugend infizieren. Und durchaus nicht alle waren bereit, sich von ihm das Blut aussaugen zu lassen. Diese Erinnerung quittierte ich mit süffisantem Lächeln und leisem Hohn, was mir einen hübschen Rüffel einbrachte. Das ist nicht lustig, Franz, du bist genauso ein Macho wie er. Frauen sind keine Objekte usw. Spürte sie mein Begehren, so sehr ich es auch verschleierte, so gut ich es hinter Zuvorkommenheit und Respekt verbarg? Sie wechselte wieder das Thema. Ihre Beziehung zu Nadim wurde zunehmend schwieriger. Sie hatten geheiratet, gestand sie, damit Nadim leichter nach Europa kommen konnte. Nach einigen Monaten in Paris fehlte ihm Syrien; in Damaskus oder Aleppo war er ein gefeierter Musiker, der viele Konzerte gab, in Frankreich ein Immigrant mehr. Sarah war so von ihrer Doktorarbeit in Anspruch genommen, dass sie leider nur wenig Zeit für ihn gehabt hatte; Nadim entwickelte eine Abneigung gegen sein Gastland, sah überall Rassisten, Islamfeinde; er träumte von der Rückkehr nach Syrien, was ihm die unbegrenzte Aufenthaltserlaubnis, die er kurz zuvor erhalten hatte, nun ermöglichte. Sie hätten sich mehr oder weniger getrennt, sagte sie. Sie fühlte sich schuldig. Sie war offensichtlich erschöpft, plötzlich glänzten Tränen in ihren Augen. Sie bemerkte die egoistischen Hoffnungen nicht, die diese Offenbarungen in mir schürten. Sie entschuldigte sich; nach der Doktorarbeit werde alles besser, versuchte ich sie ungeschickt zu trösten. Nach der Doktorarbeit werde sie ohne Stelle, ohne Geld und ohne Projekte dastehen, meinte sie. Ich platzte schier vor Begierde, ihr ins Gesicht zu brüllen, dass ich sie leidenschaftlich liebte. Dieser Satz verwandelte sich in meinem Mund zu einem bizarren Vorschlag, du könntest für einige Zeit nach Wien kommen. Zunächst verdutzt, lächelte sie anschließend, danke, das ist nett von dir. Nett, dass du dir Sorgen um mich machst. Sehr nett. Und da der Zauber ein seltenes und vorübergehendes Phänomen ist, wurde jener Augenblick vom Wirt schnell unterbrochen: Auf einem grässlichen, mit einem gemalten Vogel ausgeschmückten Bambusschälchen schleuderte er uns die Rechnung auf den Tisch, um die wir noch gar nicht gebeten hatten. »*Bolboli khoun djegar khorad o goli hâsel kard*«, eine Nachtigall hat sich mit Herzblut eine Rose zu eigen gemacht, dachte ich. Ich sagte nur »armer Hafis«, Sarah verstand sofort, worauf ich anspielte, und lachte.

Dann machten wir uns auf den Weg zum Friedhof von Montmartre, in die beruhigende Gesellschaft der Gräber.

4 Uhr 30

Seltsam, diese Dialoge, die sich in der zufälligen Topographie der Friedhöfe ergeben, dachte ich, als ich vor dem Orientalisten Heinrich Heine andächtig verharrte (»Wo wird einst des Wandermüden / Letzte Ruhestätte sein? / Unter Palmen in dem Süden? / Unter Linden an dem Rhein?« – nichts von alledem: unter den Kastanienbäumen des Montmartre-Friedhofs), eine Lyra, Rosen, ein Schmetterling aus Marmor, ein schmales, nach vorne gebeugtes Gesicht zwischen zwei dunklen Gräbern einer Familie Marchand und einer Dame Beucher, die das makellose Weiß des Heine-Standbilds rahmen, der sie als trauriger Wächter überragt. Ein unterirdisches Netz verbindet die Grabstätten miteinander, Heine mit den Musikern Hector Berlioz und Charles Valentin Alkan in nächster Nähe, oder mit Halévy, dem Komponisten von *La Juive*, alle sind da und leisten einander Gesellschaft, halten zusammen. Ein Stück weiter weg liegt Théophile Gautier, der Freund des *guten Henri Heine*, Maxime du Camp, der Flaubert nach Ägypten begleitete und die Wonnen mit Kuchuk Hanem erlebte, oder der sehr christliche Ernest Renan, nachts debattieren sie dort bestimmt heimlich miteinander, führen lebhafte Gespräche, die von den Wurzeln der Ahornbäume und den Irrlichtern übertragen werden, stille unterirdische Konzerte, denen die Versammlung der Verblichenen aufmerksam beiwohnt. Berlioz teilte sein Grab mit seiner *poor Ophelia*, Heine lag offenbar allein in seinem und dieser Gedanke, so kindlich er gewesen sein mochte, löste eine leichte Traurigkeit in mir aus.

Sarah schlenderte ziellos herum, ließ sich von den Namen der Vergangenheit leiten, ohne auf den Friedhofsplan zu schauen, den wir am Eingang unentgeltlich erhalten hatten – ihre Wege führten uns wie von selbst zu Marie Duplessis, der Kameliendame, und zu Louise Colet, die sie mir sozusagen vorstellte. Ich war erstaunt über die vielen Katzen, die man auf den Pariser Friedhöfen vorfand, die Gefährtinnen der toten Dichter, wie sie es zu deren Lebzeiten schon immer gewesen waren: Ein riesiger, feldgrauer Kater faulenzte auf der liegenden Figur eines schönen Unbekannten, den es nicht kümmerte, dass sein vornehmer Faltenwurf den Beleidigungen durch die Tauben oder der Zudringlichkeit des Säugetiers ausgesetzt war.

Unter allen gemeinsam Ruhenden, den Katzen, Bürgern, Malern und Varietésängern, war das blühendste Mausoleum, vor dem sich die Touristen drängten, das der Sängerin Dalida, der Italienerin aus Alexandria, direkt neben dem Eingang: ein Standbild, von Buchsbaumkugeln umgeben, zeigte die Künstlerin in einem durchsichtigen Kleid, die einen Schritt auf die Schaulustigen zugeht; hinter ihr warf eine blendende Sonne ihre Goldstrahlen auf eine schwarze Marmorplatte in der Mitte eines monumentalen Torbogens aus graugeflammtem Marmor: Nur mit Mühe hätte man erraten können, welche Gottheit die Sängerin zu Lebzeiten verehrte, abgesehen vielleicht von Isis auf der Insel Philae oder Kleopatra in Alexandria. Dieser Einbruch des orientalischen Traums in die Auferstehung der Körper missfiel zahlreichen Malern sicher nicht, die sich auf dem Friedhof Montmartre einer ewigen Ruhestätte erfreuten, darunter Horace Vernet (sein Sarkophag war von großer Nüchternheit, ein einfaches Steinkreuz, das so gar nicht zur üppig wuchernden Malerei dieses martialischen Orientalisten passte) oder Théodore Chassériau, der die erotische Genauigkeit Ingres' mit dem Furor Delacroix' verband. Ich stelle ihn mir in einem intensiven Getuschel mit seinem Freund Gautier am anderen Ende des Friedhofs vor – sie unterhalten sich über Frauen, die Körper von Frauen, und diskutieren über die erotischen Qualitäten der Statue von der Sängerin aus Alexandria. Chassériau ist nach Algerien gereist, hat eine Zeitlang in Constantine gelebt, wo er seine Staffelei aufgestellt und seinerseits die geheimnisvolle, keusche Schönheit der Algerierinnen gemalt hat. Ich frage mich, ob Halil Bey ein Gemälde von Chassériau besaß, bestimmt: Der osmanische Diplomat, ein Freund von Sainte-Beuve und Gautier, später Außenminister in Istanbul, besaß eine herrliche Sammlung orientalistischer Gemälde und erotischer Szenen: Er erwarb *Das türkische Bad* von Ingres, und es ist ein erheiternder Gedanke, dass dieser aus Ägypten stammende Türke, der einer großen Familie von Staatsdienern entsprossen ist, mit Vorliebe Orientalistengemälde sammelte, die Frauen von Algier, Aktbilder, Haremsszenen. Über das Leben von Halil Bey aus Ägypten ließe sich ein schöner Roman schreiben; er trat lieber in den diplomatischen Dienst Istanbuls als in den seines Heimatlandes ein, weil er, wie er in einem Brief an den Großwesir auf Französisch erklärte, »unter Augenproblemen litt, die der Staub von Kairo verursachte«. Er begann seine brillante Karriere in Paris als ägyptischer Kommissar bei der Weltausstellung von 1855 und nahm im darauf folgenden Jahr am Pariser Kongress zur Beendigung des Krimkrieges teil. Er hätte in Paris den großen arabischen Autor Faris al-Schidyaq kennenlernen können, der Sarah sehr am Herzen lag und der dort zur selben Zeit seinen großen Roman *La Jambe sur la jambe* (Ein Bein über das andere geschlagen) in der Druckerei der Gebrüder Pilloy mit Sitz am Boulevard de Montmartre Nr. 50 drucken ließ, einen Steinwurf entfernt von diesen Gräbern, die wir so andächtig besichtigten. Halil Bey liegt, glaube ich, in Istanbul begraben; eines Tages würde ich gerne Blumen am Grab dieses Osmanen von beiden Ufern niederlegen – ich weiß leider nicht, wen er hier in Wien, zwischen 1870 und 1872, besucht hat, während Paris einen Krieg und dann eine Revolution mehr erlebte, jene Commune, die seinen Freund Gustave Courbet ins Exil zwingen sollte. Halil Bey lernte Courbet während seines zweiten Aufenthalts in Paris kennen und bestellte Bilder bei ihm, zuerst das zärtliche *Die Schlafenden*, das er für zwanzigtausend Francs kaufte, eine Darstellung der Wollust und der homosexuellen Liebe, zwei nackte Frauen, die sich im Schlaf umarmen, eine brünette und eine blonde, deren Haar- und Hautfarben in wunderbarem Kontrast zueinander stehen. Man würde viel dafür geben, um eine Niederschrift des Gesprächs zu bekommen, das Anlass für diese Bestellung war, und noch mehr, um beim nächsten dabei gewesen zu sein, dem zur Bestellung des Gemäldes *Der Ursprung der Welt*: Der junge Osmane gönnt sich ein weibliches Geschlecht in Großaufnahme, gemalt von einem der Künstler mit der größten Begabung für die realistische Darstellung des Fleisches, ein absolut skandalöses Gemälde, direkt und unverhohlen, das dem großen Publikum jahrzehntelang verborgen bleiben wird. Man kann sich das Vergnügen Halil Beys gut vorstellen, heimlich ein solches Kleinod zu besitzen, eine braune Vulva und zwei

Brüste, das aufgrund des kleinen Formats in seinem Badezimmer leicht hinter einem grünen Schleier zu verhüllen war, wenn man Maxime du Camp Glauben schenken darf, der Courbet ebenso verabscheute wie die Phantasien und den Reichtum des Osmanen. Die Identität der Besitzerin dieses so dunkelbraunen Schamhügels und dieser marmornen Brüste ist noch immer nicht geklärt; Sarah gefiele es sehr, wenn es sich um das Geschlecht von Marie-Anne Detourbay *alias* Jeanne de Tourbey handelte, die als Comtesse de Loynes starb, Gustave Flaubert schwärmen ließ und die Geliebte – die Muse – eines Großteils des literarischen Tout-Paris einschließlich der 1860er Jahre war, inklusive des temperamentvollen Halil Bey vielleicht. Das Grab Jeanne de Tourbeys befand sich irgendwo auf dem Friedhof von Montmartre, nicht weit entfernt von dem Renans oder Gautiers, die sie in ihrem Salon empfangen hatte in jener Zeit, als man ihr die schreckliche Bezeichnung »Halbweltdame« gab; wir haben ihr Grab nicht gefunden, vielleicht, weil es von der Vegetation überwuchert war oder die Friedhofsverwaltung, verärgert darüber, solch skandalöse Beckenknochen zu beherbergen, entschieden hatte, ihren Sarkophag den lüsternen Blicken der Vorübergehenden zu entziehen. Unter den Kastanienbäumen der großen, von Mausoleen gesäumten Hauptallee erging sich Sarah gerne in Mutmaßungen, dieses sanft geöffnete Geschlecht sei für Halil Bey die Erinnerung an eine begehrte Frau gewesen, deren Gesicht er aus Gründen der Diskretion Courbet zu verbergen bat; so konnte er ihre Scham betrachten, ohne Gefahr zu laufen, die junge Dame zu kompromittieren.

Welche auch immer die wahre Identität des Modells war, sollte man sie jemals herausfinden, bleibt doch die Tatsache, dass wir dem Osmanischen Reich und einem seiner bedeutendsten Diplomaten eines der Prunkstücke der europäischen erotischen Malerei verdanken. Auch die Türken waren für die Schönheiten der orientalistischen Trugbilder nicht unempfänglich, bei weitem nicht, sagte Sarah – der Beweis: Halil Bey der Sammler-Diplomat, oder der erste orientalistische Maler des Orients, der Archäologe Osman Hamdi, dem wir die Entdeckung der Sarkophage von Saida und herrliche Szenen orientalischer »Genremalerei« verdanken.

Dieser Spaziergang durch die wunderbare Welt der Erinnerung hatte Sarah wieder Kraft gegeben; sie vergaß das Schreiben an ihrer Doktorarbeit, reiste stattdessen von einem Grab zum anderen, von einer Epoche zu anderen, und als sich der schwarze Schatten der Caulaincourt-Brücke (die Grabstätten, die sie überragt, liegen in ewiger Dunkelheit) und ihrer genieteten Stahlpfeiler allmählich über die Nekropole legte, mussten wir die Vergangenheit leider verlassen und wieder in das Treiben der Place de Clichy eintauchen: Ich hatte eine bizarre Mischung aus Grabsteinen und weiblichen Geschlechtsteilen im Kopf, einen ganz und gar heidnischen Camposanto, und während wir zu dem großen Platz voller Busse und Touristen hinuntergingen, malte ich mir in meiner Phantasie einen *Ursprung der Welt* aus, der ebenso rot war wie Sarahs Haar.

Trotz all meiner Anstrengungen ist dieser Schreibtisch genauso überladen wie der Friedhof von Montmartre, ein fürchterliches Durcheinander. Ich kann noch so viel aufräumen, aufräumen, aufräumen, es wird nicht besser. Die Bücher und Papiere häufen sich darauf wie eine steigende Flut, bei der man vergeblich auf die Ebbe wartet. Ich schichte um, ich ordne, ich staple; die Welt bleibt dabei, Kipplaster-Ladungen von Mist über meinem winzigen Arbeitsplatz auszuschütten. Um den Computer daraufzustellen, muss ich jedes Mal diesen Schutt zur Seite fegen wie einen Haufen welkes Laub. Werbung, Rechnungen, Kontoauszüge, die man sichten, abheften, archivieren muss. Ein Kamin, das wäre die Lösung. Ein Kamin oder ein Aktenvernichter, die Guillotine des Beamten. In Teheran hatte uns ein alter französischer Diplomat erzählt, dass die Trübsal blasenden Konsulatsschreiber früher, als die prüde Islamische Republik sogar den Botschaften den Import alkoholischer Getränke verbot, einen alten, manuellen Aktenvernichter in eine Traubenpresse umgewandelt hatten und in ihrem Keller in Zusammenarbeit mit den Italienern von gegenüber Wein kelterten, um sich die Langeweile zu vertreiben; sie bestellten etliche Hektogramm gute Urmia-Trauben, pressten sie, ließen den Wein in den Becken der Waschküche gären und füllten ihn dann in Flaschen ab. Sie hatten sogar ein paar hübsche Etiketten gedruckt mit dem kleinen Abzeichen ihrer Gesandtschaft, *Cuvée Neauphle-le-Château*, nach dem neuen Namen, Avenue Neauphle-le-Château, den das revolutionäre Iran der alten Avenue de France aufgezwungen hatte. Diese würdigen Nachkommen der Mönche aus der Abtei von Thélème wussten sich also in ihrem Kloster ein wenig zu trösten, und man erzählt, dass im Herbst die ganze Straße stark nach vergorenen Trauben stank, deren säuerliche Schwaden aus den Kellerfenstern aufstiegen und die iranischen Polizisten verhöhnten, die vor den hoheitlichen Gebäuden Wache schoben. Die Qualität war freilich nicht nur den Wechselfällen der Traubenqualität unterworfen, sondern auch denen der Küfermeister: Die Beamten wurden häufig ausgetauscht, und wenn der eine oder andere Önologe (ansonsten Buchhalter, Sachbearbeiter oder Verschlüsselungsspezialist) bisweilen vor der Abfüllung ins Mutterland zurückgerufen wurde, löste das große Verzweiflung unter der Belegschaft aus.

Ich habe diesen Berichten keinen Glauben geschenkt, bis ein Diplomat vor unseren verdutzten Augen eine dieser göttlichen Ampullen exhumierte: Trotz des Staubs war das Etikett noch lesbar; das Flüssigkeitsniveau war um ein gutes Viertel gesunken, und der zur Hälfte aus dem Flaschenhals herausschauende, von Schimmel bedeckte Korken war ein angeschwollener Bubo, graugrün und von violetten Adern durchzogen, der nicht die geringste Lust machte, ihn herauszuziehen. Ich frage mich, ob der besagte Aktenvernichter noch immer im Untergeschoss der französischen Botschaft in Teheran steht. Bestimmt. Ein solches Gerät würde in meinem Büro Wunder wirken – Schluss mit dem Papierkram, in Papierstreifen und Strähnen verwandelt, kann man ihn leicht zusammenknüllen und wegwerfen. »Studenten von der Linie des Imam« hatten in Teheran tagelang geduldig sämtliche Kabel und Drahterlasse der amerikanischen Botschaft rekonstruiert; Jungen und Mädchen hatten sich über das gigantische Puzzle aus den Yankee-Papierkörben hergemacht, die vom Aktenvernichter zerschnittenen Papiere brav wieder zusammengeklebt und so bewiesen, dass es in Iran sinnvoller war, diese Maschinen als Traubenpresse einzusetzen, als damit Geheimdokumente zu vernichten: Alle vertraulichen Telegramme waren von den »Studenten von der Linie des Imam« veröffentlicht worden, die das »Spionagenest« der amerikanischen Botschaft im Sturm eingenommen hatten; ein Dutzend Bände waren erschienen, und die dünnen Linien auf den Seiten zeigten, wenn es dessen noch bedurft hätte, die an ein Wunder grenzende Geduld, die nötig war, um diese drei Millimeter breiten Schnipsel Stück für Stück wieder zusammenzufügen zu dem einzigen Zweck, Uncle Sam durch die Veröffentlichung seiner Geheimnisse Unannehmlichkeiten zu bereiten. Ich frage mich, ob Aktenvernichter heute noch genauso funktionieren, oder ob man einen US-Ingenieur mit ihrer Verbesserung beauftragt hat, um zu verhindern, dass eine nur mit der Lupe bewaffnete Horde von Studenten aus der Dritten Welt die am besten gehüteten Geheimnisse des State Departments dechiffrieren kann. Letzten Endes ist WikiLeaks nur die postmoderne Version der Klebestifte dieser iranischen Revolutionäre.

Mein Computer ist ein treuer Freund, sein bläulicher Bildschirm ein bewegtes Bild in der Nacht – ich sollte mal das Bild austauschen, dieses Gemälde von Paul Klee ist da schon so lange drauf, dass man es nicht einmal mehr sieht, zugedeckt von den Büro-Icons, die sich darauf anhäufen wie virtuelle Papiere. Jeder hat seine Rituale, den Posteingang öffnen, die unerwünschten Nachrichten in den Papierkorb befördern, die Werbung, die Newsletter, unter den fünfzehn neuen Eingängen ist tatsächlich keine wirkliche Nachricht, nur Schlacken, Überbleibsel der fortwährenden Lawine von Scheiße, die die Welt von heute ist. Ich hatte auf eine Mail von Sarah gehofft. Gut, ich muss die Initiative ergreifen. Neu. An Sarah. Betreff: Aus Wien. Meine Liebe, heute Morgen – nein, gestern Morgen habe ich Deinen Sonderdruck erhalten, ich wusste gar nicht, dass man heute noch welche druckt … Vielen Dank – doch was für ein Horror ist dieser Totenwein! Ich mache mir große Sorgen deshalb. Geht es Dir gut? Was machst du in Sarawak? Hier ist alles wie immer. Mitten in der Universität hat gerade der Weihnachtsmarkt eröffnet. Grässliche Gerüche nach Glühwein und Würstchen. Hast Du vor, bald einmal wieder nach Europa zu kommen? Schreib, was es Neues bei Dir gibt. Ich umarme Dich ganz fest. Ohne nachzudenken abgeschickt um 4 Uhr 39. Ich hoffe, dass sie es nicht bemerken wird, es ist doch ein wenig pathetisch, Nachrichten um 4 Uhr 39 abzuschicken. Sie weiß, dass ich normalerweise früh schlafen gehe. Sie wird vielleicht denken, dass ich von einer Abendgesellschaft zurückgekommen bin. Ich könnte auf ihren Namen klicken, und alle ihre Mails würden auf einen Schlag erscheinen, in chronologischer Reihenfolge. Es wäre zu traurig. Ich habe noch einen Ordner »Teheran«, ich werfe nichts weg. Ich würde einen guten Archivar abgeben. Warum habe ich ihr von Glühwein und Würstchen erzählt, wie dumm. Klingt viel zu unbekümmert, um aufrichtig zu sein, diese Mail.

Hat man eine Nachricht erst einmal ins Große Mysterium der elektronischen Ströme geworfen, kann man sie nicht mehr einfangen. Das ist schade. Sieh an, ich hatte diesen Text ganz vergessen, den ich nach meiner Rückkehr aus Teheran schrieb. Natürlich nicht seinen eisigen Inhalt. Ich erinnere mich wieder an Gilbert de Morgan in seinem Garten in Zaferanieh. An dieses seltsame Geständnis, wenige Wochen bevor Sarah Iran so überstürzt verlässt. Es gibt keinen Zufall, würde sie sagen. Warum habe ich Wert darauf gelegt, jenen Nachmittag in einem Bericht festzuhalten? Um mich dieser unappetitlichen Erinnerung zu entledigen, um wieder und wieder mit Sarah darüber zu diskutieren, um alle meine Kenntnisse über die iranische Revolution damit auszuschmücken oder um des so seltenen Vergnügens willen, auf Französisch zu schreiben?

»Es gehört nicht zu meinen Gepflogenheiten, über die Liebe zu sprechen, und noch weniger, über mich, da Sie sich aber für Orientforscher interessieren, die sich im Gegenstand ihrer Forschung verloren haben, muss ich Ihnen eine absolut außergewöhnliche und in vielerlei Hinsicht erschreckende Geschichte erzählen, die mir sehr nahegeht. Sie erinnern sich bestimmt, dass ich zwischen 1977 und August 1981 hier in Teheran war. Ich erlebte die Revolution und den Beginn des Ersten Golfkriegs mit, bis die Beziehungen zwischen Frankreich und Iran so angespannt waren, dass man uns evakuiert und das Französische Institut für Iranologie in einen Dornröschenschlaf versetzt hat.«

Gilbert de Morgans Stimme klang etwas verlegen; es war schwül geworden am späten Nachmittag; der Boden war eine Ofenplatte, die die den Tag über gespeicherte Hitze wieder abstrahlte. Der Smog legt sich mit einem schmutzig rosa Schleier über die noch von den letzten Sonnenstrahlen entflammten Berge; selbst das dichte Weinlaub über unseren Köpfen schien unter der sommerlichen Trockenheit zu leiden. Die Haushälterin Nassim Khanom hatte uns Erfrischungsgetränke gebracht, köstliches mit Bergamotte aromatisiertes Wasser mit Eis, dem Morgan ein paar kräftige Schuss armenischen Wodkas hinzufügte: der Alkoholpegel in der hübschen kleinen Karaffe sank beständig, und Sarah, die die griesgrämigen Anwandlungen ihres Doktorvaters schon öfter erlebt hatte, beobachtete ihn mit leicht beunruhigter Miene, wie mir schien – aber vielleicht war es auch nur gespannte Aufmerksamkeit. Sarahs Haar leuchtete im Abendlicht. Nassim Khanom kreiste ständig um uns, brachte alle Arten von Süßigkeiten, Gebäck oder safrangelbe, kandierte Früchte, und inmitten der Rosen und Petunien vergaß man den Straßenlärm, das Hupen und sogar den Gestank der Dieselbusse, die direkt auf der anderen Seite der Gartenmauer vorbeirasten und dabei die Erde leicht vibrieren und die Eiswürfel in den Gläsern klirren ließen. Gilbert de Morgan setzte seine Erzählung fort, ohne auf das Hin und Her Nassim Khanoms oder den Lärm von der Valiasr-Straße zu achten; die Schweißflecken unter seinen Achseln und auf seiner Brust wurden größer.

»Ich muss Ihnen die Geschichte von Frédéric Lyautey erzählen«, fuhr er fort, »einem jungen Mann aus Lyon, auch er ein angehender Wissenschaftler, ein Spezialist für die klassische persische Dichtung, er studierte an der Universität von Teheran, als es die ersten Demonstrationen gegen den Schah gab. Trotz unserer Warnungen nahm er an allen Demonstrationszügen teil; er begeisterte sich für die Politik, für die Werke Ali Schariatis, für die Geistlichen im Exil, für Aktivisten jeder Couleur. Im Herbst 1977 ist Lyautey im Laufe der Demonstrationen, die auf den Tod Schariatis in London folgten (damals war man sich sicher, dass er umgebracht worden war), zum ersten Mal von der SAVAK, der Geheimpolizei, verhaftet und, als man feststellte, dass er Franzose war, fast unverzüglich wieder auf freien Fuß gesetzt worden; allerdings erst, nachdem man ihm eine kleine Abreibung verpasst hatte, wie er sagte, was uns alle sehr erschreckte, denn als er bei uns im Institut auftauchte, war er voller blauer Flecken, seine Augen waren angeschwollen, und vor allem, und noch viel schrecklicher, fehlten ihm zwei Fingernägel an der rechten Hand. Er schien davon nicht sonderlich angegriffen zu sein; er lachte beinahe darüber, doch statt uns zu beruhigen, beängstigte uns dieser offenkundige Mut: Selbst die Standfestesten waren damals erschüttert über die Gewalt und die Folter, doch Lyautey zog eine heldenhafte Energie daraus, ein so bizarres Gefühl der Überlegenheit, dass wir schon vermuteten, sein Verstand könnte mindestens ebenso sehr unter den Folterern gelitten haben wie sein Körper. Er empörte sich über die Reaktion der französischen Botschaft, die ihm, berichtete er, bedeutet habe, dass es für ihn gut gelaufen sei, dass er sich nicht in diese Demonstrationen einzumischen habe, die ihn nichts angingen, das solle er sich gesagt sein lassen. Um ihm seine Meinung zu sagen, hatte Lyautey tagelang das Büro des Botschafters Raoul Delaye belagert, einen Arm noch in der Schlinge und eine Hand verbunden, bis es ihm gelang, den Botschafter bei einem Empfang anzuranzen: Wir alle, Archäologen, Forscher, Diplomaten, wurden Zeuge, wie Lyautey mit schmutzstarrenden Verbänden, langem fettigem Haar und in einer viel zu großen Jeans auf den äußerst korrekten Delaye losging, der überhaupt nicht wusste, mit wem er es zu tun hatte – zur Entlastung des Botschafters muss man sagen, dass es damals im Gegensatz zu heute sehr viele französische Wissenschaftler und Studenten in Teheran gab. Ich erinnere mich sehr gut an Lyautey, der mit hochrotem Kopf Delaye seinen Groll und seine revolutionären Botschaften ins Gesicht spuckte, bis sich zwei Gendarmen auf den Wütenden stürzten, der sich anschickte, lauthals gestikulierend Gedichte auf Persisch zu deklamieren, sehr wilde Verse, die ich nicht kannte. Ein wenig bestürzt sahen wir, wie Lyautey in einer Ecke des Botschaftsgartens nachweisen musste, dass er ein Mitglied des Instituts für Iranologie war, damit die Gendarmen ihn gehen ließen, ohne ihn der iranischen Polizei auszuliefern.

Natürlich hatten ihn die meisten der Anwesenden wiedererkannt, und ein paar brave Leute beeilten sich, den Botschafter über die Identität des Störenfrieds zu unterrichten: Bleich vor Wut versprach Delaye, diesen »Tobsüchtigen« aus Iran ausweisen zu lassen, doch sei es, weil ihm die Folterungen nahegingen, die dieser junge Mann erlitten hatte, sei es wegen dessen Nachnamen und seiner möglichen verwandtschaftlichen Verbindung zum verblichenen Marschall gleichen Namens, er ließ seinen Worten keine Taten folgen; so wenig wie die Iraner, die wahrscheinlich Wichtigeres zu tun hatten, als sich mit auswärtigen Revolutionären zu beschäftigen und ihn in das nächste Flugzeug nach Paris zu setzen, was sie später sicher bereut haben.

Jedenfalls fanden wir ihn nach Ende des Empfangs wenige Schritte entfernt vom Eingang zur Residenz ganz ruhig vor der italienischen Botschaft auf dem Trottoir sitzen und rauchen; er schien mit sich selbst zu reden oder jene unbekannten Verse vor sich hin zu murmeln, ein Erleuchteter oder ein Bettler, und ich schäme mich ein wenig einzugestehen, dass ich auf der Avenue de France die entgegengesetzte Richtung eingeschlagen und Lyautey seinem Schicksal überlassen hätte, wenn nicht ein Kollege darauf bestanden hätte, ihn nach Hause zu bringen.

Schon am übernächsten Tag wurde uns ›die Affäre Lyautey‹ von Charles-Henri de Fouchécour, dem damaligen Direktor unseres Instituts, wieder in Erinnerung gerufen, dem der Botschafter die Leviten gelesen haben muss; Fouchécour ist ein großer Gelehrter, daher konnte er den Vorfall sofort wieder vergessen und sich seinen geliebten Fürstenspiegeln widmen, und während wir uns um Lyauteys Gesundheit hätten sorgen sollen, interessierten wir alle, Freunde, Forscher, Autoritäten, uns lieber für andere Dinge.«

Gilbert de Morgan legte eine kleine Pause ein, um sein Glas zu leeren und dabei die Eiswürfel kreisen zu lassen, die nicht die Zeit zum Schmelzen gehabt hatten; Sarah warf mir erneut einen sorgenvollen Blick zu, wenngleich nichts an der bedächtigen Rede ihres Doktorvaters darauf hindeutete, dass er betrunken war – ich konnte mich des Gedankens nicht erwehren, dass auch er wie jener Lyautey, dessen Geschichte er erzählte, einen zumindest in Iran berühmten Familiennamen trug: Jacques de Morgan war, nach Dieulafoy, der Begründer der französischen Archäologie in Persien. War Gilbert mit dem offiziellen Grabräuber aus Frankreichs Dritter Republik verwandt? Keine Ahnung. Der Abend brach über Zaferanieh an, und die Sonne sank allmählich ins Laub der Platanen. Auf der Valiasr-Straße musste es um diese Uhrzeit zu einem gigantischen Stau gekommen sein – wahrscheinlich war die Straße so verstopft, dass es nicht das Geringste nützte, zu hupen, was für ein wenig Ruhe im Garten der winzigen Villa sorgte, in dem Morgan, nachdem er sich wieder ein Glas eingeschenkt hatte, mit seiner Geschichte fortfuhr:

»Einige Wochen lang haben wir von Fred Lyautey nichts mehr gehört – von Zeit zu Zeit tauchte er im Institut auf, trank eine Tasse Tee mit uns, ohne etwas Besonderes zu sagen, und verschwand wieder. Sein Äußeres war wieder normal geworden; an unseren Diskussionen über die sozialen und politischen Unruhen beteiligte er sich nicht, er sah uns nur lächelnd an, irgendwie mit überlegener Miene, vielleicht ein wenig verächtlich, jedenfalls sehr irritierend, als ob er der Einzige wäre, der die aktuellen Ereignisse verstünde. Die Revolution war im Gange, auch wenn in den Kreisen, in denen wir uns bewegten, Anfang 1978 noch niemand an den Sturz des Schahs glauben konnte – und dennoch hatte die Pahlavi-Dynastie nur noch ein Jahr vor sich.

Gegen Ende Februar (es war kurze Zeit nach der ›Erhebung‹ von Täbris) sah ich Lyautey zufällig im Café Naderi wieder. Er befand sich in Begleitung einer herrlichen, um nicht zu sagen, umwerfenden jungen Frau, einer Studentin der französischen Literatur namens Azra, die ich schon ein- oder zweimal gesehen hatte und die mir, warum sollte ich es verhehlen, wegen ihrer großen Schönheit aufgefallen war. Ich war bestürzt, sie in Begleitung von Lyautey wiederzusehen. Er sprach damals so gut Persisch, dass man ihn für einen Iraner halten konnte. Selbst seine Gesichtszüge hatten sich ein wenig verwandelt, er hatte eine dunklere Farbe bekommen, wie mir schien, und ich glaube, dass er sein Haar, das er halblang trug wie die Iraner, gefärbt hatte. Er nannte sich Farid Lahouti, weil er fand, dass es sich ähnlich anhörte wie Fred Lyautey.«

Sarah unterbrach ihn: »Wie der Dichter Lahouti?«

»Oder wie der Teppichhändler im Basar, wer soll das wissen. Jedenfalls redeten ihn die Kellner hier, die er alle kannte, mit *Agha-ye Lahouti* an, so dass ich mich fragte, ob er nicht schon selbst glaubte, dass dies sein wahrer

Familienname sei. Es war absolut lächerlich und ärgerte uns im höchsten Maße, sicherlich aus Neid, denn sein Persisch war wirklich perfekt: Er beherrschte alle Register, die gesprochene Sprache ebenso wie die Mäander des klassischen Persisch. Später erfuhr ich, dass es ihm sogar gelungen war, Gott weiß wie, einen Studentenausweis mit seinem Passfoto auf den Namen Farid Lahouti zu bekommen. Ich muss zugeben, dass es ein Schock für mich war, ihn dort, im Café Naderi – das ein wenig unser Schlupfwinkel war –, in Begleitung von Azra zu sehen. Warum hatte er sie ausgerechnet hierher mitgebracht? Damals gab es viele Cafés und Bars in Teheran, kein Vergleich zu heute. Ich vermutete, dass er mit ihr gesehen werden wollte. Vielleicht war es aber auch einfach nur Zufall. Jedenfalls habe ich mich zu ihnen gesetzt«, Morgan seufzte, »und eine Stunde später war ich nicht mehr derselbe.«

Er sah in sein Glas, konzentrierte sich auf den Wodka und auf seine Erinnerungen; vielleicht sah er auch ein Gesicht, ein Phantom in der Flüssigkeit.

»Azras Schönheit, ihre Anmut, ihre Zartheit hatten mich verzaubert.«

Seine Stimme war leiser geworden. Er sprach nur für sich. Sarah warf mir einen Blick zu, der besagen sollte: »Er ist völlig betrunken.« Ich wollte gerne mehr darüber wissen, erfahren, was sich danach im Café Naderi, mitten in der Revolution, zugetragen haben mochte – ich bin im Café Naderi gewesen, in dem Sadeq Hedayat Stammgast war, Sarah hat mich dorthin mitgeschleppt wie in alle postrevolutionären Teheraner Cafés, es war ein wenig deprimierend, nicht weil man keinen Alkohol mehr bekam, sondern weil die jungen Leute dort, die ihr falsches Pepsi austranken und sich dabei in die Augen sahen, oder die Dichter, die mit einer Zigarette an der Lippe Zeitung lasen, alle ein wenig traurig und niedergeschlagen aussahen, erdrückt von der Islamischen Republik; das Café Naderi war ein Relikt, eine Spur aus alten Zeiten, eine Erinnerung an das frühere, das offene und kosmopolitische Stadtzentrum, und daher wie geschaffen, seine Gäste in tiefe Nostalgie zu stürzen.

Sarah wartete, ob Gilbert de Morgan mit seiner Geschichte fortfahren oder, vom armenischen Wodka besiegt, auf dem kurzgeschorenen Rasen vor der Terrasse zusammenbrechen würde; ich fragte mich, ob wir nicht besser gehen sollten, zurück in die Unterstadt, doch die Aussicht, bei dieser Hitze in einem riesigen Stau zu landen, war nicht sehr ermutigend. Die U-Bahn war von der kleinen Villa in Zaferanieh so weit entfernt, dass wir sicher sein konnten, sie zu Fuß nur schweißgebadet zu erreichen, vor allem Sarah unter ihrem islamischen Umhang und ihrem *Rupusch*. Besser, wir blieben noch eine Weile in diesem typischen iranischen Garten und kosteten vom Nougat aus Isfahan, den Nassim Khanom uns anbot, spielten vielleicht sogar noch eine Partie Krocket auf dem weichen Rasen, der dank der Pflege des Mieters und des Schattens durch die großen Bäume grün geblieben war, bis die Temperatur ein wenig fiele, bis die hohen Berge um den Sonnenuntergang herum die Hitze der Täler aufgesaugt haben würde.

Morgan legte eine lange, für die Zuhörer ein wenig peinliche Pause ein. Er sah uns nicht mehr an; er beobachtete in seinem leeren Glas, wie die Spiegelungen der Sonnenstrahlen die Eiswürfel in zerbrechliche Diamanten verwandelten. Schließlich hob er den Kopf.

»Ich weiß nicht, warum ich Ihnen dies alles erzähle, entschuldigen Sie bitte.«

Sarah drehte sich zu mir um, als suchte sie nach meiner Zustimmung – oder als wollte sie sich für diese scheinheilige Platitude entschuldigen:

»Sie langweilen uns keineswegs, im Gegenteil. Die Revolution ist eine hochinteressante Periode.«

Die Revolution riss Morgan augenblicklich aus seiner Träumerei.

»Während der ganzen vierzig Tage war es ein Grollen, das anschwoll, jedes Mal dumpfer, jedes Mal machtvoller. Ende März fanden in mehreren iranischen Großstädten Demonstrationen zum Gedenken an die Toten von Täbris statt. Dann gab es am 10. Mai wieder welche, und so fort. *Arbain*. Die vierzig Tage lange Trauerzeit. Der Schah hatte dennoch Maßnahmen ergriffen, um den Forderungen der Opposition entgegenzukommen – Ablösung der SAVAK-Führer, an denen das meiste Blut klebte, Ende der Zensur und Pressefreiheit, Freilassung zahlreicher politischer Gefangener. Es ging so weit, dass im Mai die CIA ihre Regierung in einer berühmten Note darüber informierte, ihre in Iran stationierten Agenten würden bestätigen, dass ›die Lage sich gegenwärtig normalisiert und Iran sich nicht in einer vorrevolutionären und noch weniger in einer revolutionären Situation befindet‹. Doch das Grollen wurde noch lauter. Um die Inflation zu bekämpfen und damit der Hauptforderung des Volks nachzukommen, verfolgte Premierminister Dschamschid Amusegar ein drakonisches Sparprogramm: Er hatte systematisch alle staatlichen Aktivitäten auf Eis gelegt, die öffentlichen Investitionen gestoppt, einen Baustopp über alle staatlichen Großvorhaben verhängt und war mit einem System von Bußgeldkatalogen und Demütigungen den ›Profiteuren‹ zu Leibe gerückt, in der Hauptsache den Basar-Händlern, die die Teuerung durch ihre Preise weitergaben. Diese durchgreifende Politik war von Erfolg gekrönt: Innerhalb von zwei Jahren hatte er die ökonomische

Krise im Griff, die Inflation meisterlich durch eine massive Arbeitslosigkeit in den Städten ersetzt und sich nicht nur den Mittelstand und die Arbeiter, sondern auch das traditionelle Handelsbürgertum zum Feind gemacht. Das heißt, 1978 hatte Reza Schah Pahlavi außer seiner riesigen Familie, die offenkundig weltweit Milliarden Petrodollars verschleuderte, und einer Handvoll korrupter Generäle, die bei den Rüstungsverhandlungen und in den Salons der amerikanischen Botschaft paradierten, faktisch keinerlei Unterstützung mehr. Er schwebte über allem. Selbst diejenigen, die sich mit seiner Hilfe bereichert hatten, die vom kostenlosen Bildungssystem profitiert hatten, die dank seiner Alphabetisierungskampagnen lesen gelernt hatten, kurz alle, von denen er naiv annahm, dass sie ihm dankbar sein müssten, wünschten ihn fort. Anhänger hatte er nur noch unter denjenigen, deren Vergehen er deckte.

Wir jungen französischen Wissenschaftler verfolgten die Ereignisse mehr oder weniger distanziert zusammen mit unseren iranischen Freunden; aber keiner von uns, ich betone, keiner (außer vielleicht den Männern vom Geheimdienst an unserer Botschaft, aber auch das bezweifele ich) konnte sich vorstellen, was uns im Jahr danach erwartete. Außer Frédéric Lyautey natürlich, der sich nicht nur *ausmalte*, was geschehen könnte, den Sturz des Schahs, die Revolution, sondern sich das auch *wünschte*. Er war in Revolutionsstimmung. Wir sahen ihn immer seltener. Ich wusste von Azra, dass er wie sie in einer progressiven ›islamistischen‹ (das Wort hatte damals eine andere Bedeutung) Gruppierung kämpfte, die sich für die Durchsetzung der revolutionären Ideen Ali Schariatis einsetzte. Ich fragte Azra, ob Lyautey konvertiert war – sie schaute mich völlig überrascht und verständnislos an. Für sie war Lahouti so offensichtlich Iraner, dass sich seine Zugehörigkeit zur Schia *von selbst verstand*, sollte er konvertiert sein, so musste das lange zurückliegen. Natürlich, und das betone ich ausdrücklich, gibt es in der Iranologie und allgemein in der Islamwissenschaft immer mehr oder weniger inspirierte Gläubige, und es wird sie immer geben. Eines Tages werde ich Ihnen die Geschichte jener französischen Kollegin erzählen, die 1989 bei der Nachricht von Khomeinis Tod in Tränen aufgelöst war und laut ›Emâm ist tot! Emâm ist tot!‹ rief; bei seinem Begräbnis auf dem Friedhof Beheschte Zahra wäre sie inmitten der von Helikoptern aus mit Rosenwasser besprengten Menge fast vor Kummer gestorben. Sie war zum ersten Mal in Iran und erst einige Monate zuvor angekommen. Bei Lyautey lag der Fall anders. Er war kein Frömmler, das weiß ich. Er hatte weder den Eifer der Konvertiten noch diese mystische Kraft, die man bei manchen spürt. Es klingt unglaublich, aber er war einfach Schiite wie jeder andere Iraner, von Herzen und in aller Schlichtheit. Aus Empathie. Ich bin mir nicht einmal sicher, ob er wirklich gläubig war. Aber er brannte für Schariatis Ideen vom ›roten Schiismus‹, dem Schiismus der Märtyrer, der revolutionären Tat gegenüber dem ›schwarzen Schiismus‹ der Trauer und der Passivität. Die Möglichkeit, dass der Islam eine Kraft der Erneuerung sein, dass Iran die Konzepte seiner eigenen Revolution aus sich selbst heraus entwickeln könnte, begeisterte ihn. Ganz wie Azra und Millionen andere Iraner. Amüsant fand ich (und ich war nicht der Einzige), dass Schariati in Frankreich studiert hatte; er hatte die Seminare von Massignon und Beque besucht; Lazard war sein Doktorvater gewesen. Ali Schariati, der am meisten iranische oder zumindest am meisten schiitische Denker der Revolution, hatte seine Überlegungen bei französischen Orientalisten entwickelt. Das dürfte Ihnen doch gefallen, Sarah. Ein Stein mehr in Ihrem kosmopolitischen Konzept einer ›gemeinsamen Konstruktion‹. Erwähnt Edward Saïd denn Schariati?«

»Hm, ja, ich glaube, in *Kultur und Imperialismus*. Aber ich erinnere mich nicht mehr, in welchem Zusammenhang.«

Sarah hatte sich auf die Lippen gebissen, bevor sie antwortete; sie hasste es, wenn man sie dabei ertappte, etwas nicht zu wissen. Sobald wir zurück im Institut waren, würde sie sich in die Bibliothek stürzen – und laut aufheulen, wenn die Gesamtausgabe der Werke von Saïd zufällig nicht am Platz war. Morgan nutzte diese Abschweifung vom Gespräch, um sich ein kleines Glas Wodka einzugießen. Gott sei Dank ohne darauf zu bestehen, dass wir es ihm gleichtaten. Zwei Vögel flatterten um uns herum und landeten manchmal auf dem Tisch, um die Krümel aufzupicken. Ihre Brust war gelb, Kopf und Schwanz tiefblau. Morgan fuchtelte mit großer, eher komischer Geste, um sie zu verscheuchen, als handelte es sich um Fliegen oder Hornissen. Er hatte sich sehr verändert seit Damaskus und sogar seit Sarahs Disputation in Paris, wo ich ihn das letzte Mal vor meiner Ankunft in Teheran gesehen hatte. Wegen seines Barts, seines an den Kopf geklatschten Haars, seiner unzeitgemäßen Kleidung, seiner Aktentasche aus blauem und schwarzem Skai-Leder, eines Werbegeschenks von Iran Air aus den siebziger Jahren, oder seines cremefarbenen Blousons mit den dunklen Flecken an den Ellbogen und entlang dem Reißverschluss; wegen seines Atems, der jedes Mal noch stärker nach Alkohol roch, wegen all dieser kleinen Schwächen, die sich auf seinem Körper anhäuften, glaubten wir, dass er das Gleichgewicht verlor, dass er sich im freien Fall befand. Der etwas vernachlässigte Eindruck, den manche Universitätsangehörige bisweilen machen, die von Natur aus gelehrt und zerstreut sind, war hier nicht die Ursache. Sarah mutmaßte, er habe sich eine jener Krankheiten der Seele eingefangen, die einen in der Einsamkeit verzehren; in Paris, sagte sie, gab er sich in seiner kleinen Zweizimmerwohnung dem Rotwein hin und reihte die Weinflaschen vor dem Bücherschrank auf, unter den ehrwürdigen Lyrik-Sammlungen der klassischen persischen Dichter. Und hier, in Teheran, war es der armenische Wodka. Dieser große Hochschullehrer war von außergewöhnlicher Bitterkeit, während mir seine Karriere brillant, ja ganz und gar beneidenswert erschien; er genoss internationales Ansehen; dank seines neuen Postens im Ausland verdiente er bestimmt phantastische Summen, und dennoch befand er sich im freien Fall. Er fiel und versuchte, sich im Fallen zu fangen, sich an Zweige zu klammern, vor allem an Frauen, junge Frauen, er versuchte, sich an ihrem Lächeln festzuhalten, an den Blicken, die sich in seine verletzte Seele bohrten, es war ein schmerzhafter Balsam auf offener Wunde. Sarah kannte ihn seit mehr als zehn Jahren und fürchtete sich davor, mit ihm allein zu sein, besonders wenn er getrunken hatte: Nicht dass der alte Gelehrte ein gefährlicher Tiger gewesen wäre, doch sie wollte ihm eine Demütigung ersparen, und das Gefühl einer Zurückweisung hätte seine Melancholie noch verstärkt, wenn sie gezwungen gewesen wäre, ihm den Kopf zurechtzurücken. Ich dagegen dachte, dass dieser bedeutende Akademiker und große Spezialist für die persische und europäische Lyrik, der Hafis ebenso in- und auswendig kannte wie Petrarca, Nima Youschidsch ebenso wie Germain Nouveau, schlicht alle Symptome des Mittagsdämons zeigte, oder vielmehr, in Anbetracht seines Alters, eines um drei Stunden verspäteten Mittagsdämons; dieses Klimakterium bei einem eingefleischten Verführer, einem Mann, der noch im Verfall zeigte, dass er einst schön und charismatisch gewesen war, schien mir in der Tat geeignet zu sein, einen gewissen Trübsinn auszulösen, einen Trübsinn, der von manischen Phasen der Verzweiflung unterbrochen wurde wie jener, deren Zeuge wir hier waren, inmitten von Rosen und Vögeln, bei Bergamotte und Nougat in einer Hitze, die schwerer auf Teheran lastete als alle Schleier des Islam.

»Nach unserer Begegnung traf ich Frédéric und Azra im Laufe des Jahres 1978 regelmäßig wieder. Sie war offiziell die »Verlobte« von Frédéric Lyautey oder vielmehr von Farid Lahouti, sie verbrachten ihre Zeit damit, sich politisch zu betätigen, zu demonstrieren, über die Zukunft von Iran, über die Möglichkeit der Revolution und schließlich über ihren Verlauf zu diskutieren. Der Schah übte in diesem Sommer Druck auf die Regierung des benachbarten Irak aus, Khomeini aus Nadschaf des Landes zu verweisen, da er glaubte, auf diesem Weg seine Verbindung zur Opposition im Innern zu unterbrechen. So fand sich Khomeini im Pariser Umland in Neauphle-le-Château wieder, ausgestattet mit der ganzen Medienmacht des Westens. Er war sehr viel weiter entfernt von Teheran, aber den Ohren und Herzen seiner Landsleute unendlich viel näher. Wieder einmal wandte sich eine Maßnahme, die der Schah getroffen hatte, gegen ihn selbst. Khomeini rief zum Generalstreik auf, der das Land, die ganze Verwaltung, vor allem aber, und viel schlimmer für das Regime, die Ölindustrie lahmlegte. Farid und Azra beteiligten sich an der Besetzung des Campus der Teheraner Universität, dann an den Auseinandersetzungen mit der Armee, die zu den Aufständen vom 4. November 1978 führen sollten: Gewalt breitete sich überall aus, Teheran stand in Flammen. Teile der britischen Botschaft brannten; Geschäfte, Bars, Banken, Polizeistationen brannten – alles, was das Reich des Schahs oder den Einfluss des Westens repräsentierte, wurde angegriffen. Am nächsten Morgen, dem 5. November, war Azra bei mir. Sie war gegen 9 Uhr morgens unangekündigt vorbeigekommen, schöner denn je, trotz ihres betrübten Gesichtsausdrucks. Sie war absolut unwiderstehlich. Sie schwebte im brandheißen Wind der Freiheit, der über Iran wehte. Ihre Gesichtszüge waren so ebenmäßig, aus Schatten modelliert, fein, ihre Lippen hatten die Farbe von Granatapfelkernen, ihr Teint eine leichte dunkle Bräunung; sie duftete nach Sandelholz und warmem Zucker. Ihre Haut war ein Talisman aus Balsam, der allen den Verstand raubte, die sie berührte. Die Sanftheit ihrer Stimme hätte einen Toten trösten können. Mit Azra zu sprechen, ein paar Worte mit ihr zu wechseln, war so hypnotisch, dass man sich schnell davon wiegen ließ, ohne zu antworten, man wurde zu einem Faun, der eingeschlummert ist, als ein Erzengel ihn anhauchte. Mitten im Herbst war das Licht noch immer strahlend; ich habe einen Tee aufgesetzt, die Sonne überflutete meinen winzigen Balkon, der auf eine kleine, zur Avenue Hafis parallel verlaufende *Kutscheh* (Allee), hinausging. Sie war erst ein einziges Mal zusammen mit einem Teil der kleinen Bande Naderis bei mir gewesen, noch vor dem Sommer. Meist hatten wir uns in Cafés getroffen. Ich verbrachte mein Leben draußen. Ich zog durch diese Cafés in der Hoffnung, sie zu treffen. Und jetzt hatte sie die dem Chaos ausgelieferte Stadt zu Fuß durchquert und war um 9 Uhr früh zu mir gekommen. Sie hatte sich an die Adresse erinnert. Am Vorabend, erzählte sie, war sie Zeugin eines Zusammenstoßes von Studenten und Armee auf dem Campus geworden. Die Soldaten hatten geschossen, es hatte Tote unter den jungen Leuten gegeben, und sie zitterte noch immer vor Aufregung. In dem Durcheinander hatte sie Stunden gebraucht, um die Fakultät zu verlassen und nach Hause zu ihren Eltern zu gelangen, die ihr ausdrücklich verboten hatten, an die Universität zurückzugehen – sie hatte sich darüber hinweggesetzt. Teheran befinde sich im Krieg, sagte sie. Die Stadt roch nach Feuer; nach einer Mischung von brennenden Reifen und verbranntem Müll. Es würde eine Ausgangssperre geben. Das Feuer ersticken, das war die Politik des Schahs. Noch am selben Nachmittag verkündete er sogar die Bildung einer Militärregierung mit den Worten: ›Volk von Iran, Ihr habt Euch gegen die Unterdrückung und die Korruption erhoben. Als Schah von Iran und als Iraner kann ich diese Revolution der iranischen Nation nur begrüßen. Ich habe die Botschaft eurer Revolution verstanden, Volk von Iran.‹ Auch ich hatte von meinem Fenster aus den Qualm der Unruhen gesehen, die Schreie und das Klirren von zerschlagenen Fensterscheiben in der Avenue Hafis gehört, hatte Dutzende von jungen Männern in die Sackgasse rennen sehen, in der ich wohnte – wollten sie ein Restaurant oder eine Bar mit westlichem Namen angreifen? Die Anweisungen der Botschaft lauteten klar: Zu Hause bleiben. Warten, bis der Sturm sich legt.

Azra war sehr beunruhigt, nichts hielt sie auf ihrem Platz. Sie fürchtete um Lyautey. Sie hatte ihn bei einer Demonstration drei Tage zuvor aus den Augen verloren. Seitdem hatte sie nichts mehr von ihm gehört. Sie hatte ihn tausend Mal angerufen, war bei ihm vorbeigegangen, war trotz des Verbots ihrer Eltern zur Universität gegangen, um ihn zu suchen. Ohne Erfolg. Sie war schrecklich besorgt, und der Einzige, den sie von seinen ›französischen Freunden‹ kannte, war ich.«

Die Erinnerung an Azra und die Revolution verliehen Morgan einen Zug, der uns beunruhigte. Seine Leidenschaft war kalt geworden; sein Gesicht zeigte keine Regung, war ganz in der Erinnerung versunken; er betrachtete beim Reden sein Glas, hielt es mit beiden Händen fest umklammert, als presste er die Erinnerung aus diesem profanen Kelch. Ich konnte Sarah ansehen, dass es ihr unangenehm war, vielleicht auch langweilig, wenn nicht gar beides. Sie schlug abwechselnd ein Bein über das andere, klopfte mit den Fingern auf die Lehne ihres Korbstuhls, spielte mechanisch mit einer Süßigkeit herum und legte sie schließlich zurück auf den Untersetzer ihres Glases.

»Es war das erste Mal, dass wir von Lyautey sprachen. Gewöhnlich vermied Azra das Thema aus Scham; ich aus Eifersucht. Ich muss zugeben: Ich hatte keinerlei Neigung, mich für das Schicksal dieses Irren zu interessieren. Er hatte mir das Objekt meiner Leidenschaft gestohlen. Und wenn er beim Teufel war, es war mir vollkommen gleichgültig. Azra war bei mir, und das genügte für mein Glück. Ich hatte vor, es so lange wie möglich auszunutzen.

Deshalb sagte ich ihr, es sei sehr wahrscheinlich, dass Lyautey anriefe oder wie gewöhnlich unangekündigt vorbeikäme, was natürlich eine Lüge war.

Sie blieb fast den ganzen Tag bei mir. Sie telefonierte mit ihren Eltern, beruhigte sie, erzählte ihnen, sie sei in Sicherheit bei einer Freundin. Wir verfolgten die Fernsehsendungen und hörten gleichzeitig BBC. Wir hörten die Rufe, die Sirenen auf der Straße. Manchmal meinten wir Schüsse zu hören. Man sah den Rauch über der Stadt. Wir saßen beide auf dem Sofa. Sogar die Farbe des Sofas ist mir in Erinnerung geblieben. Dieser Moment verfolgt mich seit Jahren. Die Gewalt in diesem Moment. Seine Süße, Azras Duft an meinen Händen.«

Hier fiel Sarah die Tasse aus der Hand; das Gefäß prallte von ihr ab, rollte ins Gras, ohne zu zerbrechen. Sie stand von ihrem Stuhl auf, um sie aufzuheben. Morgan musterte ausgiebig ihre Beine, dann ihre Hüften, er gab sich keine Mühe, es zu verhehlen. Sarah setzte sich nicht wieder; sie blieb im Garten stehen und betrachtete lange die seltsam verschrobene Fassade der Villa. Morgan wischte wieder mit dem Handrücken durch die Luft und verjagte die Meisen, goss sich abermals einen Drink ein, dieses Mal ohne Eis. Er murmelte etwas auf Persisch, sicher Verse eines Gedichts, ich meinte, einen Reim zu hören. Sarah wanderte unterdessen auf dem kleinen Grundstück umher; sie betrachtete jeden Rosenstrauch, jeden Granatapfelbaum, jede Japanische Kirsche. Ich stellte mir vor, was sie dachte, wie peinlich, sogar schmerzlich es für sie war, der Beichte ihres Meisters zu lauschen. Morgan brauchte keine Zuhörer mehr. Der Wodka wirkte, ich vermutete, dass er sich in Kürze volltrunken in Tränen auflösen und endgültig sein Schicksal bejammern würde. Ich war mir nicht sicher, ob ich Lust hatte, ihm bis zum Ende zuzuhören, doch bevor Sarah zurückkam und mir Gelegenheit bot, ebenfalls aufzustehen, nahm Morgan mit noch tieferer und keuchender Stimme seine Erzählung wieder auf:

»Sie müssen zugeben, die Versuchung war zu groß. Neben ihr zu sitzen, hautnah … Ich erinnere mich an ihren eisigen erstaunten Blick, als ich ihr meine Leidenschaft offenbarte. Unglücklicherweise war sie – wie soll ich sagen – indisponiert. Wie in der Liebesgeschichte von *Vis und Ramin*. Die Erinnerung an die antike Romanze rüttelte mich wach. Ich bekam Angst. Ende des Nachmittags begleitete ich sie schließlich nach Hause. Wir mussten das verwüstete, von der Armee besetzte Stadtzentrum umgehen. Azra sah beim Gehen fortwährend zu Boden. Dann kehrte ich allein in meine Wohnung zurück. Ich werde diesen Abend nie vergessen. Ich war zugleich glücklich und traurig.

Lyautey tauchte schließlich in einem Militärkrankenhaus im Norden der Stadt wieder auf. Er hatte einen schweren Schlag auf den Schädel erhalten, die Behörden hatten die Botschaft informiert, die das Institut anrief. Ich sprang sofort in einen Wagen und eilte an sein Krankenbett. Vor der Tür zu seinem Zimmer stand ein Offizier der Armee oder der Polizei mit schwer dekorierter Brust und entschuldigte sich mit aller iranischer Höflichkeit für dieses Versehen. Aber wissen Sie, sagte er mit einem ironischen Lächeln, es ist nicht leicht, in einer gewaltsamen Demonstration einen Iraner von einem Franzosen zu unterscheiden. Vor allem von einem Franzosen, der Parolen auf Persisch brüllt. Lyautey verschwand fast unter seinen Verbänden. Er schien erschöpft zu sein. Als Erstes sagte er zu mir, dass der Schah sich nicht mehr lange halten würde, ich stimmte zu. Dann erklärte ich ihm, dass Azra ihn suche, dass sie vor Sorge umkomme; er bat mich, sie anzurufen und sie zu beruhigen – ich schlug ihm vor, ihr noch am selben Abend einen Brief zu überbringen, wenn er das wolle. Er bedankte sich überschwänglich für diese freundliche Geste. Er verfasste vor meinen Augen einen kurzen Brief auf Persisch. Er musste noch drei Tage unter Beobachtung bleiben. Dann ging ich zur Botschaft; ich verbrachte den Rest des Tages damit, unsere lieben Diplomaten davon zu überzeugen, dass man Lyautey zu seinem eigenen Wohl nach Frankreich zurückschicken müsse. Dass er verrückt sei. Dass er sich Farid Lahouti nenne, sich eine iranische Identität erschlichen habe, dass er sich politisch betätige und sich selbst gefährde. Dann ging ich bei Azra vorbei, um ihr Freds Nachricht zu bringen. Sie ließ mich nicht herein, gewährte mir keinen Blick, sondern blieb hinter dem Türspalt verborgen und schlug die Tür zu, sobald sie den Brief in den Händen hielt. Vier Tage später, unmittelbar nach seiner Entlassung aus dem Krankenhaus, saß Fred Lyautey im Flugzeug nach Paris, offiziell aus Gesundheitsgründen zurückgeführt, in Wirklichkeit von den Iranern auf Initiative der Botschaft des Landes verwiesen. Eine Rückkehr in den Iran war ihm untersagt worden.

Ich hatte also Azra für mich. Doch ich musste sie dazu bringen, mir meine Avancen zu verzeihen, die ich bitter bereute. Sie war sehr mitgenommen von Lyauteys Abreise, der ihr aus Paris schrieb, er sei Opfer eines monarchistischen Komplotts geworden und komme zurück, ›sobald die Freiheit nach Iran zurückkehrt‹. In seinen Nachrichten nannte er mich seinen ›einzigen Freund unter den Franzosen‹, den einzigen, dem er in Teheran vertraut habe. Wegen der Streiks, die den Postverkehr lahmlegten, schickte er seine Briefe auf dem diplomatischen Weg an mich mit dem Auftrag, sie ihr zu überbringen. Ein oder zwei Briefe täglich, die ich jede Woche in Bündeln von acht oder zehn Briefen empfing. Ich konnte es mir nicht verkneifen, sie zu lesen, und sie machten mich rasend vor Eifersucht. Lange, auf Persisch verfasste erotische Gedichte von unerhörter Schönheit. Verzweifelte Liebeslieder, düstere Oden, von der Wintersonne seiner Liebe erhellt, die ich der Angebeteten in den Briefkasten stecken sollte. Dass ich selbst diese Briefe an Azra überbringen musste, zerriss mir jedes Mal das Herz vor ohnmächtiger Wut. Es war die reinste Folter – die unbewusste Rache Lyauteys. Ich spielte den Briefträger nur in der Hoffnung, Azra vor ihrem Wohnhaus zu begegnen. Manchmal war der Schmerz so groß, dass ich einige der Umschläge, nachdem ich sie geöffnet hatte, samt ihres Inhalts verbrannte – wenn die Gedichte zu schön waren, zu erotisch, wenn ich vermutete, dass sie Azras Liebe zu Lahouti noch stärker machen würden, wenn ich zu sehr unter ihnen litt, dann zerstörte ich sie.

Im Dezember nahm die Revolution an Fahrt auf. Der Schah hatte sich im Niavaran-Palast verschanzt, man hatte das Gefühl, er würde ihn nur mit den Füßen voraus wieder verlassen. Die Militärregierung war natürlich nicht in der Lage, das Land zu reformieren, und die Verwaltungen waren noch immer gelähmt von den Streiks. Trotz Ausgangssperre und Demonstrationsverbot organisierte sich die Opposition immer mehr: Dabei spielte die Geistlichkeit in Iran wie im Exil eine immer entscheidendere Rolle. Der religiöse Kalender half dem Schah nicht: Der Dezember entsprach damals *Muharram*, dem ersten Monat des islamischen Kalenders. Die Feierlichkeiten zum Gedenken an das Martyrium Imam Husseins verhießen eine Gelegenheit zu Großdemonstrationen. Einmal mehr beschleunigte der Schah selbst seinen Sturz: Er gab dem Druck der Geistlichkeit nach und erlaubte die friedlichen religiösen Aufmärsche am zehnten Tag des Trauerfests, dem *Aschura*-Tag. Millionen Menschen im ganzen Land versammelten sich auf den Straßen. Teheran war in der Hand der Massen. Seltsamerweise kam es zu keinem der berüchtigten Zwischenfälle. Man spürte, dass die Opposition inzwischen eine solche Größe, eine solche Macht erreicht hatte, dass Gewalt nichts mehr nützte. Über die Reza-Schah-Straße ergoss sich ein riesiger Strom von Menschen auf den Schahyad-Platz, der zu einem zitternden See geworden war, aus dem das Wahrzeichen der Monarchie, der Schahyad-Turm, wie ein Fels aufragte, und man spürte, dass sich seine Bedeutung ändern, er zum Wahrzeichen der Revolution, der Freiheit und der Macht des Volkes werden würde. Ich glaube, alle Ausländer, die in jenen Tagen in Teheran waren, erinnern sich an die außerordentliche Kraft, die diese Menschenmenge ausstrahlte. Ganz Iran war auf den Beinen im Namen Imam Husseins, den die Seinen im Stich gelassen hatten, im Namen der Gerechtigkeit angesichts der Tyrannei.

An diesem Tag wussten wir alle, dass das Regime stürzen würde. Alle glaubten wir, das Zeitalter der Demokratie breche an.

In Frankreich hatte Frédéric Lyautey, wild entschlossen zurückzukehren, Khomeini in Neauphle-le-Château seine Dienste als Übersetzer angeboten: Einige Wochen lang war er einer der zahlreichen Sekretäre des Imams und beantwortete für ihn die Briefe seiner französischen Bewunderer. Das Umfeld des Geistlichen beargwöhnte ihn, man hielt ihn für einen Spion, worunter er entsetzlich litt – er rief mich häufig an, unterhielt sich dann immer sehr freundschaftlich mit mir, kommentierte die neuesten Nachrichten von der Revolution, beneidete mich um das große Glück, dass ich diese ›historischen‹ Augenblicke in Iran erleben könne. Er wusste offenbar nichts von meinen Machenschaften, mit denen ich ihn aus dem Land vertrieben hatte, und von meiner Leidenschaft für Azra. Sie hatte ihm nichts davon erzählt. Tatsächlich war er es, der sie drängte, noch einmal auf mich zuzukommen. Azras Vater war am 12. Dezember in seinem Haus verhaftet und an einen geheimen Ort gebracht worden, wahrscheinlich ins Evin-Gefängnis. Zu diesem Zeitpunkt wurde jedoch kaum noch jemand verhaftet: Der Schah versuchte, mit der Opposition zu verhandeln, um die Militärregierung zu beenden und in einem letzten Reformwillen danach freie Wahlen abzuhalten. Die Verhaftung von Azras Vater, einem einfachen Lehrer an einem Gymnasium und seit kurzem in der Tudeh-Partei engagiert, war ein Rätsel. Die Revolution schien unvermeidlich, doch die aberwitzige Unterdrückungsmaschinerie arbeitete auf absurde Weise im Verborgenen weiter – niemand verstand, warum dieser Mann verhaftet worden war, während am Vortag oder zwei Tage zuvor Millionen Menschen auf der Straße offen ›Tod dem Schah‹ gebrüllt hatten. Am 14. Dezember gab es eine Gegendemonstration für das Regime, einige tausend Schergen und Soldaten in Zivil marschierten ihrerseits auf und schwenkten Porträts von Pahlavi. Wir konnten selbstverständlich nicht voraussehen, was kommen würde, nicht ahnen, dass der Schah einen Monat später gezwungen sein würde, das Land zu verlassen. Die Angst von Azras Familie war umso größer, als das Durcheinander und die revolutionären Kräfte auf ihrem Höhepunkt waren. Lyautey überzeugte Azra am Telefon von der Notwendigkeit, sich mit mir in Verbindung zu setzen. Sie rief kurz vor Weihnachten bei mir an; ich hatte keine Lust, über die Feiertage nach Frankreich zurückzukehren; ob Sie es glauben oder nicht, ich wollte mich nicht von ihr entfernen. Ich sollte sie also wiedersehen. In den anderthalb Monaten war meine Leidenschaft noch weiter gewachsen. Ich hasste mich und ich begehrte Azra, ich hätte mit dem Kopf gegen die Wand laufen können.«

Sarah war zum Gartentisch zurückgekommen; sie blieb immer noch stehen, die Hände auf den Rücken ihres Stuhls gelegt, wie eine Beobachterin, eine Schiedsrichterin. Sie hörte mit abwesender Miene zu, fast geringschätzig. Ich gab ihr mit dem Kopf ein Zeichen, ob wir gehen sollten, doch sie reagierte nicht. Ich war (und sie bestimmt auch) hin- und hergerissen zwischen der Lust, das Ende der Geschichte zu erfahren, und einem gewissen Schamgefühl, verbunden mit dem Bedürfnis, diesem in seinen Liebes- und Revolutionserinnerungen umherirrenden Gelehrten zu entkommen. Morgan schien unser Zaudern nicht zu bemerken; er schien es ganz normal zu finden, dass Sarah stehen blieb; wenn wir gegangen wären, hätte er seine Reminiszenzen bestimmt allein weiterverfolgt. Er unterbrach sich nur, um einen Schluck Wodka zu nehmen oder einen schlüpfrigen Blick auf Sarahs Körper zu werfen. Die Haushälterin hatte sich ins Haus geflüchtet und war nicht zurückgekehrt, sie hatte bestimmt Besseres zu tun, als zuzusehen, wie sich ihr Chef betrank.

»Azra bat mich, meine Beziehungen spielen zu lassen, um Informationen über die Verhaftung ihres Vaters zu erhalten. Ihre Mutter, sagte sie, würde die abstrusesten Möglichkeiten in Betracht ziehen, dass ihr Vater in Wirklichkeit ein Doppelleben geführt habe, dass er ein sowjetischer Agent sei usw. Lyautey hatte von seinem Krankenbett aus gesehen, wie ich mich ausführlich mit einem ordenbehangenen Offizier unterhalten hatte; in seinem Wahn hatte er daraus geschlossen, ich würde persönlich alle SAVAK-Führer kennen. Ich habe Azra nicht aufgeklärt. Ich bat sie, zu mir zu kommen, damit wir darüber sprechen konnten, was sie ablehnte. Ich schlug ihr daher vor, uns im Café Naderi zu treffen, und versicherte ihr, bis dahin über die Situation ihres Vaters nachgeforscht zu haben. Sie willigte ein. Meine Freude war grenzenlos. Wir hatten den ersten Tag im Monat *Day*, die Wintersonnenwende. Ich besuchte eine Dichterlesung: Eine junge Frau las aus dem Band *Lasst uns an den Beginn der kalten Jahreszeit glauben* von Forugh Farrochzad, und besonders der einfache und tief empfundene Schmerz des Gedichts *Es tut mir so leid um den Garten* ließ meine Seele gefrieren, keine Ahnung, warum – ich kann noch heute das halbe Gedicht auswendig, *kasi be fekr-e golhâ nist, kasi be fekr-e mâhihâ nist*, ›niemand denkt an die Blumen, niemand an die Fische, niemand will glauben, dass der Garten stirbt‹. Ich vermute, die Aussicht, Azra wiederzusehen, hatte mich übermäßig empfänglich gemacht für alle Bitten, die an mich herangetragen wurden. Die Gedichte von Forugh erfüllten mich mit Trauer, als läge alles unter Schnee; dieser aufgegebene Garten mit seinem leeren Becken und seinem Unkraut war das Bild meiner Verlassenheit. Nach der Lesung gab es einen Umtrunk für alle – im Gegensatz zu mir war die Gesellschaft eher fröhlich, fieberte vor revolutionärer Hoffnung: Das Ende der Militärregierung und die mögliche Nominierung Schapur Bachtiars, eines gemäßigten Oppositionellen, für den Posten des Premierministers war das beherrschende Gesprächsthema. Einige wagten sogar die Prognose, der Schah danke in Bälde ab. Viele fragten sich, wie die Armee reagieren würde – ob die Generäle mit Unterstützung der Amerikaner einen Staatsstreich versuchten? Diese ›chilenische‹ Hypothese erschreckte alle. Die quälende Erinnerung an die Entmachtung Mossadeghs 1953 war gegenwärtiger denn je. Ich rotierte an diesem Abend. Mehrfach erkundigte man sich bei mir nach Neuigkeiten von Lahouti, ich wich der Frage aus und wechselte schnell den Gesprächspartner. Die meisten aus dem Publikum – Studenten, junge Lehrer, angehende Schriftsteller – kannten Azra. Ich erfuhr von einem der Gäste, dass sie seit Lyauteys Abreise nicht mehr ausging.

Ich erkundigte mich bei einem Freund von der Botschaft nach Azras Vater – und handelte mir sofort eine gewaltige Abfuhr ein. Wenn es sich um einen Iraner handele, könne man nichts tun. Schon bei doppelter Staatsbürgerschaft sei es grenzwertig … Außerdem herrsche im Augenblick wirklich Chaos in der Verwaltung, man wisse nicht einmal mehr, an wen man sich wenden könne. Er log, das war klar. Ich war also selbst gezwungen zu lügen. Azra setzte sich im Café Naderi mir gegenüber; sie trug einen dicken Wollpullover mit Fischgrätenmuster, auf dem ihr schwarzes Haar glänzte; sie sah mich nicht an, gab mir nicht die Hand, grüßte mich mit leiser Stimme. Ich begann mich lang und breit für meine Missgriffe, meine Grobheit vom Vormonat zu entschuldigen, dann sprach ich von Liebe, von meiner Leidenschaft für sie, mit allem Zartgefühl, zu dem ich imstande war. Schließlich erwähnte ich meine Erkundigungen wegen ihres Vaters; ich versicherte ihr, dass ich sehr bald, bestimmt schon am nächsten Tag mehr erfahren würde. Ich sagte ihr, dass es mich sehr traurig mache, sie so sorgenvoll und so niedergeschlagen zu sehen, und dass ich alles tun würde, was in meiner Macht stehe, vorausgesetzt, sie würde mich morgen wieder besuchen. Ich flehte sie an. Sie schaute noch immer weg, nach den Kellnern, den Gästen, auf das weiße Tischtuch, die lackierten Stühle. Ihre Augen flimmerten. Sie schwieg. Ich schämte mich nicht. Ich schäme mich noch heute nicht. Wenn Sie nie von einer solchen Leidenschaft erschüttert waren, können Sie das nicht verstehen.«

Wir schämten uns – Morgan sank mehr und mehr über dem Tisch zusammen; ich sah Sarah erstarrt, versteinert über die Wendung seines Geständnisses; ich stellte mir die Wut vor, die in ihr aufstieg. Ich war verlegen; ich wollte nur noch aus diesem glühend heißen Garten verschwinden – es war gerade sieben Uhr. Die Vögel vergnügten sich zwischen den Schatten und der untergehenden Sonne. Ich stand ebenfalls auf.

Auch ich vertrat mir kurz die Beine in dem kleinen Garten. Morgans Villa in Zaferanieh war ein magischer Ort, ein Puppenhaus, sicher war sie einst als Wachhaus für ein großes, inzwischen verschwundenes Anwesen gebaut worden, was auch ihre merkwürdige Lage fast am Rand an der Valiasr-Straße erklären würde. Morgan hatte die Villa von einem seiner iranischen Freunde gemietet. Das erste Mal, als ich auf Einladung des Meisters dorthin kam, im Winter, kurz vor unserer Reise nach Bandar Abbas, als alles schneebedeckt war und die kahlen Rosensträucher unter dem Reif glänzten, brannte ein Feuer im Kamin – einem orientalischen Kamin, dessen abgerundeter Sims und die spitz zulaufende Verkleidung an die Kamine im Topkapi-Palast in Istanbul erinnerten. Überall lagen kostbare Teppiche in lebhaften und dennoch vielfältig schattierten Farben in Violett-, Blau- und Orangetönen; die Wände waren geschmückt mit Kacheln aus der Epoche der Kadscharen und teuren Miniaturen. Der Salon war klein und hatte, ideal für den Winter, eine niedrige Decke; hier rezitierte der Professor Gedichte von Hafis, dessen *Divan* er seit Jahren in Gänze auswendig zu lernen versuchte wie die Gelehrten von früher: Er behauptete, Hafis auswendig zu lernen sei die einzige Möglichkeit, zu einem tieferen Verständnis dessen zu gelangen, was er den *Raum* der Ghasele nannte, die Verkettung der Verse, die Anordnung der Gedichte, die Wiederkehr der Personen und der Themen; Hafis zu kennen bedeute, von der Liebeserfahrung durchdrungen zu werden. »Ich fürchte, meine Tränen werden meinen Kummer verraten, und dieses Rätsel geht um die Welt. Hafis, mit dem Moschus ihres Haars in deiner Hand, halte den Atem an, sonst lüftet der Zephyr dein Geheimnis!« In das oder die Rätsel eindringen – phonetische Rätsel, metrische Rätsel, metaphorische Rätsel. Leider stieß der Dichter des 14. Jahrhunderts den alten Orientalisten zurück: Trotz all seiner Bemühungen erwies es sich letzten Endes als unmöglich, sich alle vierhundertachtzig Ghaselen des *Divan* zu merken. Er warf die Verse durcheinander, vergaß manche wieder; die ästhetischen Regeln der Sammlung und besonders die Einheit jedes Distichons, das vollkommen war wie Perlen, die sich eine nach der anderen auf den Faden der Metrik und des Reims zur Kette der Ghasele reihten, leisteten dem Vergessen Vorschub. Von den viertausend Versen, die das Werk enthält, kann ich vielleicht dreitausendfünfhundert, jammerte Morgan. Immer fehlen mir fünfhundert. Immer. Und es sind nie dieselben. Manche tauchen im Gedächtnis auf, andere verschwinden. Sie bilden eine Wolke aus Fragmenten, die sich zwischen mich und die Wahrheit schiebt.

Diese mystischen Betrachtungen vor dem Kaminfeuer hielten wir damals für eine literarische Grille, für die letzte Marotte eines Gelehrten – die Bekenntnisse in jenem Sommer gaben ihnen aber einen völlig anderen Sinn. Geheimnis, Liebe, Schuld – wir erkannten nun ihren Ursprung. Und wenn ich nach meiner Rückkehr nach Wien diesen ernsten und feierlichen Text verfasste, dann sicher nicht nur, um sie meinerseits schriftlich festzuhalten, sondern auch, um durch die Prosa wieder bei Sarah zu sein, die schwermütig und erschüttert abgereist war und sich nun durch die Pariser Tristesse kämpfte. Was für ein seltsames Gefühl es ist, wenn man sich selbst wiederliest. Wie ein alternder Spiegel. Ich fühle mich von diesem alten Ich angezogen und abgestoßen wie von einem anderen. Eine erste Erinnerung, die sich zwischen die Erinnerung und mich geschoben hat. Ein transparentes Blatt Papier, durch das ein Licht fällt, um andere Bilder daraufzuzeichnen. Ein Kirchenfenster. *Ich* ist in der Dunkelheit. Das Sein ist immer in dieser Distanz, irgendwo zwischen einem unergründlichen Selbst und dem Anderen, das man in sich trägt. In der Wahrnehmung der Zeit. In der Liebe, die die Unmöglichkeit der Verschmelzung zwischen dem Selbst und dem Anderen ist. In der Kunst, in der Erfahrung der Andersheit.

Wir konnten genauso wenig aufbrechen, wie Morgan es schaffte, seinen Bericht zu beenden – er setzte seine Beichte fort, vielleicht ebenso verwundert über seine Fähigkeit zu reden wie über unsere, ihm zuzuhören. Trotz all meiner Zeichen klammerte sich Sarah weiter an ihren Gartenstuhl.

»Azra willigte schließlich ein, mich wieder zu besuchen. Und sogar mehrere Male. Ich erzählte ihr Lügen über ihren Vater. Dem Rat seines Generalstabs folgend, verließ der Schah am 16. Januar Iran, angeblich flog er ›in Urlaub‹ und übertrug die Macht einer Übergangsregierung unter der Führung von Schapur Bachtiar. Die ersten Maßnahmen Bachtiars waren die Auflösung der SAVAK und die Entlassung aller politischen Gefangenen aus der Haft. Azras Vater kehrte nicht zurück. Ich glaube, niemand hat je erfahren, was aus ihm geworden ist. Die Revolution schien vollbracht. Gegen den Rat der Regierung brachte eine Boeing der Air France zwei Wochen später Ayatollah Khomeini nach Teheran. Hunderttausende begrüßten ihn wie den Mahdi. Ich fürchtete nur eines, dass Lyautey im Flugzeug sein könnte. Aber nein. Er komme in Bälde, kündigte er Azra in seinen Briefen an, die ich nach wie vor las. Er machte sich Sorgen wegen der Traurigkeit, des Schweigens, der Kühle Azras. Er versicherte sie seiner Liebe; nur Mut!, schrieb er, nur noch wenige Tage, und wir sind wieder vereint. Er könne diesen Schmerz und diese Scham, von der sie redete, nicht verstehen, wenn sie ihm nicht die Gründe dafür nenne, schrieb er.

Azra war so traurig, wenn wir uns trafen, dass ich nach und nach anfing, mich selbst anzuwidern. Ich liebte sie leidenschaftlich und wollte, dass sie glücklich, fröhlich, selbst leidenschaftlich wäre. Doch meine Zärtlichkeiten riefen nur kalte Tränen bei ihr hervor. Ich besaß vielleicht ihre Schönheit, doch sie selbst entzog sich mir. Der Winter war endlos, eiskalt und düster. Um uns stürzte Iran ins Chaos. Wir hatten einen Moment lang geglaubt, die Revolution sei beendet, doch sie begann gerade erst. Die Religiösen und die Anhänger Khomeinis kämpften gegen die moderaten Demokraten. Einige Tage nach seiner Rückkehr hatte Khomeini in Konkurrenz zum amtierenden einen eigenen Premierminister ernannt, Mehdi Bazargan. Bachtiar wurde zum Volksfeind erklärt, zum letzten Repräsentanten des Schahs. Es wurden Parolen für eine ›islamische Republik‹ geschrien. In jedem Stadtviertel wurde ein Revolutionskomitee organisiert. Sofern man das organisieren nennen konnte. Überall griff man zu Waffen. Knüppel, Schlagstöcke, dann, nach dem Anschluss eines Teils der Armee am 11. Februar, Sturmgewehre: Die Milizen Khomeinis besetzten alle Verwaltungsgebäude und sogar den Palast des Schahs. Bazargan wurde der erste Regierungschef, der nicht vom Schah ernannt worden war, sondern von der Revolution – in Wirklichkeit von Khomeini. Man spürte, dass eine Gefahr drohte, dass eine Katastrophe unmittelbar bevorstand. Die revolutionären Kräfte waren so unvereinbar, dass es unmöglich war vorauszusagen, welche Form das neue Regime haben würde. Die Kommunisten der Tudeh-Partei, die marxistischen Muslime, die Volksmudschahedin, die religiösen khomeinitreuen Partisanen der *Welayat-e Faqih*, die liberalen Unterstützer Bachtiars und sogar Vertreter der kurdischen Autonomiebewegung kämpften mehr oder weniger direkt miteinander um die Macht. Die Meinungsfreiheit war total, und es wurden massenhaft Zeitungen, Pamphlete, Gedichtsammlungen gedruckt. Die Wirtschaft war in katastrophalem Zustand; das Land war so zerrüttet, dass die Grundnahrungsmittel knapp wurden. Der Überfluss Teherans schien in einer Nacht verschwunden zu sein. Trotzdem trafen wir uns unter Freunden und aßen dosenweise geschmuggelten Kaviar mit großen grünen Körnern zusammen mit *Sangak*-Brot und Wodka aus der Sowjetunion – für Dollars war alles zu haben. Einige bekamen Angst vor dem vollständigen Zusammenbruch des Landes und versorgten sich mit ausländischen Devisen.

Seit kurzem wusste ich auch, warum Lyautey nicht nach Iran zurückkam: Er befand sich in einem Pariser Vorort im Krankenhaus. Schwere Depressionen, Halluzinationen, Delirium. Er sprach nur noch Persisch und war überzeugt, tatsächlich Farid Lahouti zu heißen. Die Ärzte glaubten, es handele sich um Überarbeitung und einen Schock im Zusammenhang mit der iranischen Revolution. Seine Briefe an Azra wurden noch zahlreicher: noch zahlreicher und jedes Mal düsterer. Er schrieb nichts von seinem Krankenhausaufenthalt, nur von den Qualen der Liebe, des Exils, von seinem Schmerz. Häufig wiederholten sich Bilder, die während der Abwesenheit blauschwarz gewordene, harte und bröckelnde Glut, ein Baum mit vereisten Zweigen, getötet von der Wintersonne; ein Fremder vor dem Rätsel einer sich nicht öffnenden Blüte. Da er es selbst nicht erwähnte, habe ich Azra nie über Lyauteys Gesundheitszustand aufgeklärt. Meine Erpressung und meine Lügen belasteten mich. Ich wollte, dass Azra ganz mir gehörte; ihren Körper zu besitzen war nur ein Vorgeschmack auf einen noch umfassenderen Genuss. Ich gab mir Mühe, aufmerksam zu sein, sie zu verführen, sie nicht mehr zu nötigen. Mehr als einmal war ich so weit, ihr die Wahrheit zu sagen, die ganze Wahrheit zu offenbaren, dass ich keine Ahnung hatte, wie es um ihren Vater stand, in welcher Verfassung Lyautey in Paris war, welche Machenschaften von mir zu seiner Ausweisung geführt hatten. Meine Täuschungen waren in Wirklichkeit Liebesbeweise. Ich hatte nur aus Leidenschaft gelogen und ich hoffte, sie würde es verstehen.

Azra wurde sich darüber klar, dass ihr Vater wahrscheinlich nie mehr zurückkehren würde. Alle Häftlinge des Schahs waren bereits entlassen, ihren Platz nahmen bereits die Partisanen und Soldaten des alten Regimes ein. Es strömte Blut – Offiziere und hohe Funktionäre wurden in aller Eile hingerichtet. Khomeinis Revolutionsrat sah jetzt in Mehdi Bazargan, dem von ihm selbst eingesetzten Premierminister, ein Hindernis bei der Errichtung der Islamischen Republik. Die ersten Zusammenstöße und später die Umwandlung der Komitees in ›Revolutionswächter‹ und ›Mobilisierte der Unterdrückten‹ bereiteten den Boden für die Machtübernahme. Im revolutionären Überschwang schienen die gesellschaftliche Mitte und die mächtigsten politischen Gruppierungen (Tudeh-Partei, Nationale Demokratische Front, Volksmudschahedin) nicht zu bemerken, welche Gefahren ihnen drohten. Das mobile Revolutionsgericht mit Sadegh Chalchali, genannt der ›Blutrichter‹, der zugleich Richter und Henker war, hatte seine Arbeit bereits aufgenommen. Trotz alldem wurde das Kaiserreich Iran nach einem Referendum, zu dem unter anderem die Kommunisten und die Mudschahedin aufgerufen hatten, ab Ende März zur Islamischen Republik Iran und man begann, deren Verfassung auszuarbeiten.

Azra vertrat offensichtlich nicht mehr die Thesen Schariatis, sondern hatte sich der kommunistischen Tudeh-Partei angenähert. Sie war weiterhin politisch aktiv, nahm an Demonstrationen teil und veröffentlichte feministische Beiträge in parteinahen Zeitungen. Sie hatte auch eine kleine Auswahl der mehr politischen Gedichte von Farid Lahout zusammengestellt und sie niemand Geringerem als Ahmad Schamlou persönlich anvertraut – er war damals bereits der bekannteste Dichter, der innovativste, der sprachmächtigste, und er hatte sie großartig gefunden (obwohl er bei den dichterischen Werken seiner Zeitgenossen keine Milde walten ließ): Er war verblüfft, als er erfuhr, dass dieser Lahouti in Wirklichkeit ein französischer Orientalist war, und veranlasste, dass einige dieser Texte in einflussreichen Zeitschriften veröffentlicht wurden. Dieser Erfolg machte mich wahnsinnig vor Eifersucht. Selbst Tausende Kilometer entfernt und eingesperrt schaffte es Lyautey, mir das Leben zu vergällen. Ich hätte diese verfluchten Briefe allesamt vernichten sollen, statt nur einige den Flammen zu übergeben. Im März, als es wieder Frühling wurde, als man an Neujahr das Jahr 1 der Revolution feierte, als die Hoffnungen des ganzen Volks mit den Rosen austrieben, Hoffnungen, die ebenso gewiss verbrennen sollten wie die Rosen, und ich schon Pläne schmiedete, das Objekt meiner Leidenschaft zu heiraten, stärkte diese dumme Gedichtsammlung aufgrund der Wertschätzung, die sie durch vier Intellektuelle erfuhr, die Verbindung zwischen Azra und Fred. Sie sprach von nichts anderem mehr. Wie der oder andere diese Gedichte gewürdigt habe. Wie der Schauspieler Sosundso am Abend die Verse vortragen würde bei einer Lesung, die irgendein in Mode gekommenes Magazin organisiert hatte. Dieser Triumph gab Azra die Kraft, mich zu verachten. Ich spürte ihre Verachtung in ihren

Gesten, in ihrem Blick. Ihre Schuld hatte sich verwandelt in einen verächtlichen Hass auf mich und alles, was ich repräsentierte, Frankreich, die Universität. Ich ließ bereits meine Beziehungen spielen, damit sie ein Stipendium für ihre Dissertation bekam und wir nach Ablauf meines Iranaufenthalts gemeinsam nach Paris zurückkehren konnten. Ich wollte sie heiraten. Mit größter Verachtung schleuderte sie alles von sich. Schlimmer noch: Sie verweigerte sich mir. Sie kam sogar in meine Wohnung, um mich zu verhöhnen, mir von diesen Gedichten, von der Revolution zu erzählen, und wies mich dann ab. Zwei Monate zuvor hatte ich sie in den Armen gehalten, und jetzt war ich nichts mehr als widerlicher Abschaum, den sie angeekelt wegwarf.«

Gilbert stieß sein Glas um, als er mit einer zu ausladenden Geste die Vögel vertrieb, die sich inzwischen sogar über die Kuchenkrümel auf dem Tisch hergemacht hatten. Er schenkte sich umgehend nach und leerte sein kleines Glas mit einem wohldosierten Schluck. Er hatte Tränen in den Augen, die nicht vom Alkohol herzurühren schienen. Sarah hatte sich wieder hingesetzt. Sie sah den beiden Vögeln nach, die in den Schutz der Büsche flatterten. Ich wusste, sie schwankte zwischen Mitleid und Wut; sie sah ihn nicht an, aber sie ging nicht. Morgan schwieg, als ob die Geschichte zu Ende war. Plötzlich tauchte Nassim Khanom wieder auf. Sie trug die Tassen, die Untertassen und die Schalen mit den Süßigkeiten ab. Sie trug einen dunkelblauen *Rupusch*, der fest unter dem Kinn zugebunden war, einen grauen Kittel mit braunen Motiven; sie sah mit keinem Blick zu ihrem Arbeitgeber. Sarah lächelte ihr zu; sie erwiderte ihr Lächeln, bot ihr Tee oder Limonade an. Sarah bedankte sich freundlich für ihre Bemühungen, auf iranische Weise. Ich merkte, dass ich vor Durst umkam, und überwand meine Schüchternheit, um Nassim Khanom zu bitten, mir etwas Limonade zu bringen: Meine Aussprache des Persischen war so schrecklich, dass sie mich nicht verstand. Wie üblich kam Sarah mir zu Hilfe. Ich hatte den Eindruck – und wie kränkend das war! –, sie sagte genau dasselbe, nur dieses Mal verstand Nassim Khanom sofort. Unwillkürlich hegte ich sofort den Verdacht, Opfer eines Komplotts zu sein, mit dem diese ehrbare Dame mich auf die Seite der Männer, die ihres schrecklichen Arbeitgebers, einordnete, der noch immer schwieg, die Augen gerötet vom Wodka und der Erinnerung. Sarah bemerkte meine Entrüstung und legte sie falsch aus; sie starrte mich einen Augenblick an, als wollte sie mich an der Hand nehmen, um uns aus dem schmutzigen Sumpf zu ziehen, in den wir an diesem Nachmittag geraten waren, und diese plötzliche Zuwendung machte die Bande zwischen uns so stark, dass ein Kind damit hätte Gummitwist spielen können in jenem unheilvollen, vom Sommer verbrannten Garten.

Morgan hatte nichts mehr hinzuzufügen. Er schwenkte wieder und wieder sein Glas, starrte in die Vergangenheit. Zeit zu gehen. Ich zog an diesen berühmten unsichtbaren Schnüren, Sarah stand gleichzeitig mit mir auf.

Danke, Gilbert, für diesen herrlichen Nachmittag. Danke. Danke.

Ich kippe das Glas Limonade hinunter, das Nassim Khanom mir noch gebracht hat. Gilbert erhebt sich nicht, er murmelt persische Verse, von denen ich nichts verstehe. Sarah bindet im Stehen den violetten Seidenschleier über ihrem Haar. Ich zähle automatisch die Sommersprossen in ihrem Gesicht. Ich denke an Azra, Sarah, fast derselbe Klang, fast dieselben Briefe. Dieselbe Leidenschaft. Auch Morgan betrachtet Sarah. Im Sitzen heftet er seine Augen auf ihre Hüften, die unter dem islamischen Mantel, in den sie trotz der Hitze soeben geschlüpft ist, verborgen sind.

»Was ist aus Azra geworden?«, frage ich, um ihn von Sarahs Körper abzulenken, dumm, eifersüchtig, wie man einen Mann an den Vornamen seiner Frau erinnert, um ihn mit dem Silbenklang im Namen des lieben Gottes und des Moralgesetzes zu züchtigen.

Mit schmerzlichem Gesicht wendet sich Morgan mir zu:

»Ich weiß nicht. Man hat mir erzählt, sie sei vom Regime hingerichtet worden. Das ist gut vorstellbar. Anfang der achtziger Jahre sind Tausende von politischen Aktivisten verschwunden. Männer und Frauen. Das Vaterland war in Gefahr. Statt das Regime wie beabsichtigt zu schwächen, hat der irakische Angriff es gestärkt, ihm eine Entschuldigung dafür geliefert, die Opposition im Innern zu beseitigen. Die jungen Iraner, die zwischen dem Schah und der Islamischen Republik lebten, diese Mittelschicht (schrecklicher Ausdruck), die für die Demokratie protestiert, geschrieben, gekämpft hatte, alle endeten in irgendeinem Geheimgefängnis am Galgen, starben an der Front oder wurden ins Exil gezwungen. Ich habe Iran kurz nach Kriegsbeginn verlassen und bin erst acht Jahre später, 1989, wieder zurückgekommen. Es war nicht mehr dasselbe Land. Die Universität war voll von ehemaligen Kämpfern, unfähig, zwei Worte aneinanderzureihen, die nur durch die Gnade der Basidschi zu Studenten geworden waren. Studenten, aus denen Professoren werden würden. Völlig unwissende Professoren, die wiederum Studenten zu völliger Mittelmäßigkeit ausbilden würden. Alle Dichter, alle Musiker, alle Wissenschaftler waren in der inneren Emigration, zermalmt von der Diktatur des Trauerschleiers. Alle im Schatten der Märtyrer. Bei jedem Blinzeln wurden sie an einen Märtyrer erinnert. Ihre Straßen, ihre Gassen, ihre Lebensmittelgeschäfte trugen die Namen von Märtyrern. Tote und Blut. Totendichtung, Totenlieder, Grabblumen. Lyrik wurde zu Namen von

Militäroffensiven: *Morgenröte I, Morgenröte II, Morgenröte III, Morgenröte IV, Morgenröte V, Kerbela I, Kerbela II, Kerbela III, Kerbela IV* und so weiter, bis zur Parusie des Mahdi. Ich weiß nicht, wo und wann Azra gestorben ist. Im Evin-Gefängnis sicher. Ich bin mit ihr gestorben. Lange vorher. 1979, im Jahr 1 der Revolution, im Jahr 1357 nach dem iranischen Sonnenkalender. Sie wollte mich nicht mehr treffen. So einfach ist das. Sie löste sich in ihrer Scham auf. Während Khomeini darum kämpfte, seine Macht zu festigen, verließ Azra mich endgültig, gestärkt von ihrer Liebe für Lahoutis Gedichte. Sie habe die Wahrheit erfahren, sagte sie. Eine Wahrheit – wie ich intrigiert hatte, um ihren Geliebten zu entfernen, wie ich bezüglich ihres Vaters gelogen hatte –, nicht *die* Wahrheit. Die Wahrheit ist nämlich meine Liebe für sie, die sie jeden Augenblick, den wir zusammen waren, hätte bemerken können. Das ist die einzige Wahrheit. Ich war nie ganz und gar ich außer in den Momenten, in denen wir vereint waren. Ich habe nie geheiratet. Ich habe nie jemandem etwas versprochen. Ich habe mein ganzes Leben auf sie gewartet.

Fred Lyautey war nicht so geduldig wie ich. Lahouti erhängte sich im Dezember 1980 im Garten seiner Klinik mit einem Laken an einer Ulme. Azra hatte ihn seit fast zwei Jahren nicht mehr gesehen. Eine gute Seele hat ihr die Nachricht von seinem Tod überbracht. Dennoch kam Azra nicht zu dem Gedenkabend, den wir für Lyautey im Institut veranstaltet haben. Übrigens ist keiner dieser berühmten Dichter gekommen, die sein Werk angeblich so sehr schätzten. Es war ein gelungener Abend, besinnlich, leidenschaftlich, im engsten Kreis. Er hatte mich in seiner üblichen großsprecherischen Art zu seinem ›literarischen Nachlassverwalter‹ bestimmt. Ich verbrannte alle seine Schriften zusammen mit meinen im Ausguss. Alle Erinnerungen an jene Zeit. Die Fotografien verdrehten und wanden sich gelblich in den Flammen; die Schreibhefte verbrannten langsam wie Holzscheite.«

Wir brachen auf. Gilbert de Morgan rezitierte weiter geheimnisvolle Verse. Er hob kurz die Hand zum Abschied, als wir durch die kleine Tür in der Gartenmauer verschwanden. Er blieb allein zurück mit seiner Haushälterin und dieser Vogelfamilie mit roten Federn auf dem Kopf, die man auf Deutsch *Spechte* nennt und die in Baumhöhlen nisten.

Im Taxi, das uns ins Stadtzentrum zurückbrachte, wiederholte Sarah immer wieder: »Was für ein erbärmlicher Kerl, mein Gott, warum erzählt er uns das alles, was für ein Dreckskerl«, ungläubig, als könnte sie letzten Endes die Wirklichkeit dessen, was Gilbert de Morgan erzählt hatte, nicht anerkennen, als wäre sie nicht davon überzeugt, dass dieser Mann, den sie seit mehr als zehn Jahren regelmäßig aufsuchte, der in ihrem Berufsleben eine so große

Bedeutung hatte, in Wirklichkeit ein anderer war, ein Faust, der keinen Mephisto gebraucht hatte, um seine Seele dem Bösen zu verkaufen und Azra zu besitzen, eine Person, deren gesamtes Wissen auf einem moralischen Betrug gründete, der solche Ausmaße hatte, dass man daran zweifeln konnte. Sarah konnte der Wahrheit aus dem guten und einfachen Grund nicht ins Gesicht sehen, weil er sie selbst erzählt hatte. So verrückt konnte er nicht sein, sich selbst zu zerstören, und daher – das waren zumindest Sarahs Überlegungen, die Art, wie sie sich schützte – log er. Er machte uns etwas vor. Aus irgendeinem unbekannten Grund wollte er, dass man ihn missbilligte. Vielleicht bürdete er sich die Gräueltaten eines anderen auf. Wenn sie ihm das übelnehme und ihn Abschaum nenne, dann vor allem, weil er uns mit diesem Schmutz und dieser Niedertracht überschüttet habe. Er kann nicht einfach so eingestehen, dass er dieses Mädchen vergewaltigt und erpresst hat, und selbst wenn, kann er nicht so eiskalt davon erzählen, in seinem Garten, bei einer Flasche Wodka, und ich spürte, wie ihre Stimme stockte. Sie war den Tränen nahe in diesem Taxi, das mit Vollgas über die mehrspurige Stadtautobahn Modarres bretterte, die früher, zur Zeit Azras und Farids, Autobahn des Großkönigs geheißen hatte. Ich war nicht überzeugt, dass Morgan log. Im Gegenteil, die Szene, der wir beigewohnt hatten, diese Abrechnung mit sich selbst, war mir bis in ihre historischen Dimensionen außerordentlich aufrichtig vorgekommen.

Die Abendluft war warm, trocken, aufgeladen; es roch nach dem verbrannten Gras der Randstreifen und all den Lügen der Natur.

Letztlich war mir dieser großgewachsene Gilbert de Morgan doch eher sympathisch, glaube ich. Wusste er am Tag dieses Bekenntnisses schon von seiner Erkrankung? Wahrscheinlich – aus gesundheitlichen Gründen verließ er Iran zwei Wochen später endgültig. Ich erinnere mich nicht, diesen Text Sarah zum Lesen gegeben zu haben, ich sollte ihn ihr schicken, in einer bereinigten Fassung, aus der alle Bemerkungen über sie entfernt sind. Ob sie daran interessiert wäre? Sie würde diese Seiten bestimmt anders lesen. Die Liebesgeschichte von Farid und Azra würde zu einer Parabel über den Imperialismus und die Revolution werden. Sarah würde die Charaktere von Lyautey und Morgan einander gegenüberstellen und eine Reflexion über die Andersheit daraus ableiten: Fred Lyautey leugnete die Idee ganz und gar und tauchte in den Anderen ein, glaubte, der Andere zu werden, und wurde es beinahe, nämlich im

Wahn; Morgan versuchte, sie zu besitzen, die Andersheit zu beherrschen, sie an sich zu ziehen, um sie sich anzueignen und sich ihrer zu erfreuen. Der Gedanke ist absolut deprimierend, dass Sarah unfähig ist, eine Liebesgeschichte einfach als das zu lesen, was sie ist, nämlich eine Liebesgeschichte, das heißt, die Abdankung der Vernunft zugunsten der Leidenschaft; das ist *symptomatisch*, würde der gute Doktor Freud sagen. Sie leistet Widerstand. Für Sarah ist die Liebe nur ein Bündel von Kontingenzen, bestenfalls der allgemeine Potlatch, schlimmstenfalls ein Machtspiel im Spiegel des Begehrens. Wie traurig. So viel ist sicher, sie versucht, sich vor dem Schmerz der Affekte zu schützen. Sie will kontrollieren, was sie möglicherweise verletzen könnte; sie verteidigt sich im Vorhinein gegen die Schläge, die man gegen sie führen könnte. Sie schottet sich ab.

Alle Orientalisten, die von gestern wie die von heute, stellen sich diese Frage nach der Differenz, nach dem Eigenen, nach dem Anderen – kurze Zeit nach der Abreise Morgans, als mein Idol, der Musikologe Jean During, gerade in Teheran eintraf, bekamen wir Besuch von Gianroberto Scarcia, einem bedeutenden italienischen Spezialisten für die persische Literatur, einem Schüler des großen Alessandro Bausani, des Vaters der italienischen Iranologie. Scarcia war ein brillanter Mann, außerordentlich gelehrt und witzig; unter anderem interessierte er sich für die persische Literatur Europas: diese Bezeichnung, *persische Literatur Europas*, faszinierte Sarah. Dass man bis Ende des 19. Jahrhunderts wenige Kilometer von Wien entfernt klassische Gedichte auf Persisch verfassen konnte, entzückte sie ebenso sehr (vielleicht sogar noch mehr) wie die Erinnerung an die arabischen Dichter Siziliens, der Balearen oder Valencias. Scarcia behauptete sogar, der letzte persische Dichter des Westens, wie er ihn nannte, sei ein Albaner, der bis in die 1950er Jahre zwischen Tirana und Belgrad zwei Versromane gedichtet und erotische Ghaselen geschrieben habe. Auch nach den Balkankriegen und sogar nach dem Zweiten Weltkrieg speiste die Sprache Hafis' noch den alten Kontinent. Das Faszinierende an diesen Texten ist, fügte Scarcia mit einem kindlichen Lächeln hinzu, dass sie die große Tradition der klassischen Dichtung fortführten, aber indem sie sie mit Modernität anreicherten – so wie Naim Frashëri, der Sänger der albanischen Nation und letzte persische Dichter des Westens, der seine Gedichte auf Albanisch wie auch auf Türkisch und Griechisch verfasste. Freilich zu einem anderen Zeitpunkt: Im 20. Jahrhundert ist Albanien unabhängig und die türkisch-persische Kultur in den Balkanländern am Aussterben. »Was für eine sonderbare Haltung«, meinte Sarah tief beeindruckt, »wenn ein Dichter in einer Sprache schreibt, die in seinem Land niemand oder fast niemand mehr versteht, nicht mehr verstehen will!« Und mit einem spöttischen Funkeln in seinem klaren Blick fügte Scarcia hinzu, dass man eine Geschichte der arabisch-persischen Literatur in Europa schreiben müsste, um dieses kulturelle Erbe wiederzuentdecken. Der Andere in einem selbst. Scarcia sah bedrückt aus: »Unglücklicherweise ist ein Großteil dieser Schätze zu Beginn der 1990er Jahre mit den Bibliotheken in Bosnien zerstört worden. Diese Spuren eines anderen Europa stören. Doch es gibt noch einige Bücher und Manuskripte in Istanbul, in Bulgarien, in Albanien und an der Universität von Bratislava. Wie Sie sagen, liebe Sarah, der Orientalismus muss ein Humanismus sein.« Sarah machte große Augen – demnach hatte Scarcia also ihren Artikel über Ignaz Goldziher, Gershom Scholem und den jüdischen Orientalismus gelesen. Scarcia hatte alles gelesen. Von der Höhe seiner achtzig Jahre betrachtete er die Welt mit einer nie versiegenden Neugier.

Die Konstruktion einer europäischen Identität als sympathisches Puzzle von Nationalismen hat alles beseitigt, was nicht in deren ideologische Schubladen passte. Adieu Differenz, adieu Vielfalt.

Ein Humanismus auf welcher Grundlage? Welcher Universalität? Gott, der sich ganz in die Stille der Nacht zurückgezogen hat? Kann die Einheit der Conditio humana – mitten unter denen, die andere abschlachten, aushungern, die Umwelt verschmutzen – noch Grundlage von etwas sein? Keine Ahnung. Vielleicht das Wissen. Das Wissen und der Planet als neuer Horizont. Der Mensch als Säugetier. Komplexes Überbleibsel einer karbonischen Evolution. Ein Rülpser. Eine Wanze. Es steckt nicht mehr Leben in einem Menschen als in einer Wanze. Genauso viel. Mehr Materie, aber genauso viel Leben. Ich beklage mich über Dr. Kraus, aber meine Lebensbedingungen sind ziemlich beneidenswert im Vergleich mit denen eines Insekts. Die menschliche Gattung gibt zurzeit nicht gerade ihr Bestes. Man möchte sich am liebsten in seine Bücher, seine CDs und seine Kindheitserinnerungen verkriechen. Das Radio ausmachen. Oder im Opiumrausch versinken wie Faugier. Er war auch da, als Gianroberto Scarcia zu Besuch kam. Er war gerade von einer Exkursion in den Rotlichtbezirk zurückgekommen. Dieser so fröhliche Spezialist für die Prostitution bastelte an einem Lexikon der persischen Gossensprache, einem Wörterbuch des Schreckens – natürlich mit den Termini technici des Drogenmilieus, aber auch mit dem Vokabular der männlichen und weiblichen Prostituierten, die er besuchte. Faugier war immer mit Dampf und unter Segeln unterwegs, wie die Franzosen zu Bisexuellen sagen; im Stil eines Gavroche erzählte er uns in aller Offenheit von seinen Exkursionen, und oft hätte ich mir am liebsten die Ohren zugehalten. Hätte man nur ihm zugehört, wäre Teheran ein gigantisches Freudenhaus für Rauschgiftsüchtige gewesen – ein stark übertriebenes Bild, aber doch nicht ganz ohne wahren Kern. Als ich eines Tages am Tadschrisch-Platz aus dem Taxi stieg, stellte mir der sehr alte Taxifahrer, dessen Lenkrad nicht befestigt zu sein schien, damit es auf sein heftiges Zittern nicht reagierte, ganz direkt, nahezu unverblümt die Frage: Was kostet eine Nutte in Europa? Er musste seine Frage mehrmals wiederholen, so schwierig war für mich das Wort *Dschende* sowohl auszusprechen als auch zu verstehen: Ich hatte es nie aus irgendjemandes Mund gehört. Ich konnte meine Ahnungslosigkeit nur schwer rechtfertigen; der alte Mann weigerte sich zu glauben, dass ich noch nie eine Prostituierte aufgesucht hatte. Nach längerem Sträuben ließ ich schließlich eine beliebige Zahl fallen, die ihm abenteuerlich vorkam; er begann zu lachen und sagte schließlich, ah, jetzt verstehe ich besser, warum Sie nicht zu Nutten gehen! Bei dem Preis heiratet man lieber! Dann erzählte er mir, dass er erst am Abend zuvor eine Hure in seinem Taxi bestiegen habe. »Nach acht Uhr abends«, sagte er, »sind die Frauen, die allein unterwegs sind, häufig Huren. Die von gestern hat mir ihre Dienste angeboten.«

Er fuhr, mit dem Fuß auf dem Gaspedal, im Zickzack über die Autobahn, überholte rechts, hupte und rüttelte an seinem Lenkrad wie ein Besessener; er drehte sich um, um mich anzusehen, und der alte Paykan nutzte seine Unaufmerksamkeit, um gefährlich nach links auszubrechen.

– Sind Sie Moslem?

– Nein, Christ.

– Ich bin Moslem, aber ich liebe die Nutten sehr. Die gestern wollte zwanzig Dollar.

– Aha.

– Finden Sie das nicht auch teuer? Hier sind sie Nutten, weil sie Geld brauchen. Das ist traurig. Es ist nicht wie in Europa.

– In Europa ist es auch nicht lustiger, müssen Sie wissen.

– In Europa ist es ein Vergnügen für sie. Hier nicht.

Ich hatte nicht den Mumm, ihm seine Überzeugungen zu nehmen. Der Alte verstummte für einen Moment, um sich zwischen einem Reisebus und einem riesigen japanischen Geländewagen durchzuschmuggeln. In den Rabatten am Rand der Autobahn beschnitten Gärtner die Rosenstöcke.

– Zwanzig Dollar war zu teuer. Ich sagte ihr: Mach mir einen guten Preis! In meinem Alter könnte ich dein Großvater sein!

– Aha.

– Ich kenne mich aus mit Nutten.

Im Institut erzählte ich diese ungewöhnliche Geschichte Sarah, die sie überhaupt nicht zum Lachen fand, und Faugier, der sehr belustigt davon war. Das war, kurz bevor er von den *Basidschi* angegriffen wurde; er hatte eine Tracht Prügel abbekommen, ohne dass die Gründe für die Auseinandersetzung klar gewesen wären – ob es ein politisches Attentat war, das auf Frankreich zielte, oder eine bloße »Sittenwidrigkeit«. Mehr wusste man nicht darüber. Faugier behandelte seine blauen Flecken mit Gelächter und Opium, und wenn er sich auch weigerte, Einzelheiten über den Angriff zu erzählen, wiederholte er jedem, der es hören wollte, dass die Soziologie wirklich ein Kampfsport sei. Das erinnerte mich an den Lyautey aus dem Bericht von Morgan – er weigerte sich, die Gewalt zur Kenntnis zu nehmen, deren Opfer er geworden war. Wir wussten, dass Iran ein potentiell gefährliches Land sein konnte, in dem die Schergen der Macht, ob die offiziellen oder die verborgenen, einen selten mit Samthandschuhen anfassen, doch wir dachten alle, wir seien durch unsere Staatsangehörigkeit und unseren akademischen Grad geschützt – aber wir täuschten uns. Die Wirbel in den inneriranischen Machtzirkeln konnten uns sehr wohl treffen, ohne dass man wirklich wusste warum. Der hauptsächlich Betroffene täuschte sich darin allerdings nicht: Seine Forschungen waren seine Sitten, seine Sitten waren Teil seiner Forschungen, und die Gefahr war einer der Gründe, warum ihn diese Forschungsgegenstände interessierten. Er meinte, die Gefahr, einen Messerstich abzubekommen, sei in einer anrüchigen Bar in Istanbul größer als in Teheran, und damit hatte er bestimmt recht. Sein Aufenthalt in Iran ging jedenfalls (zur großen Erleichterung der französischen Botschaft) zu Ende; diese Tracht Prügel, sagte er, klinge wie ein unheilvoller Abschiedsgesang, und seine blauen Flecken seien ein Geschenk zum Andenken an die Islamische Republik. Die Vorlieben Faugiers, seine Lust, Unruhe zu stiften, hinderten ihn nicht daran, sein eigenes Leben in furchterregender Klarheit zu sehen – er war sich sein eigener Forschungsgegenstand; er gab zu, dass er sich wie viele Orientalisten und Diplomaten, die dies nur selten eingestanden, aus erotischen Gründen für den Osten, die Türkei und Iran entschieden hatte, weil er den orientalischen Körper begehrte, es war ein Bild von Laszivität und Freizügigkeit, das ihn seit seiner Jugend faszinierte. Er träumte von den eingeölten Muskeln der Männer in den traditionellen Turnhallen, von den Schleiern parfümierter Tänzerinnen, von den durch Khol hervorgehobenen – männlichen und weiblichen – Blicken, von den Dämpfen der Hamams, in denen alle Phantasien Wirklichkeit wurden. Er träumte davon, diese Begierden zu erforschen, und er hatte diesen Traum verwirklicht. Er hatte die Wirklichkeit nach diesem orientalistischen Bild von der Almeh und dem Epheben abgesucht, und diese Wirklichkeit hatte ihn so sehr begeistert, dass sie sich an die Stelle seines ursprünglichen Traums setzte; er liebte seine alten Prostituierten-Tänzerinnen, die Animierdamen der düsteren Kabaretts von Istanbul; er liebte seine entsetzlich stark geschminkten iranischen Transvestiten, seine flüchtigen Begegnungen im hintersten Teil eines Teheraner Parks. Auch wenn die türkischen Bäder bisweilen schmutzstarrend waren, auch wenn die schlecht rasierten Wangen der Epheben kratzten wie Striegel, er war immer leidenschaftlich bei der Sache – mit Leidenschaft für die Lust und für die Forschung, fügte Sarah hinzu, der er das »Tagebuch seiner Feldforschung«, wie er es nannte, zu lesen gegeben hatte: Der Gedanke, Sarah könnte sich in eine solche Lektüre vertiefen, war mir natürlich äußerst zuwider, ich war grauenhaft eifersüchtig auf diese sonderbare Beziehung vermittels eines Tagebuchs. Auch wenn ich wusste, dass Faugier nicht von geringstem Reiz für Sarah war, noch sie für Marc, war mir der Gedanke unerträglich, dass Sarah auf diese Weise von seinem Intimleben erfahren würde, von den Einzelheiten seines *wissenschaftlichen* Lebens, die gerade in diesem Fall mit denen seines *sexuellen* Lebens übereinstimmten. Ich sah Sarah als Louise Colet, die in Flauberts Reisetagebuch aus Ägypten las:

»Almehen (Tänzerinnen) – blauer Himmel – die Frauen sitzen vor ihren Türen – auf Matten aus Palmblättern oder stehen – helle Gewänder, übereinander getragen, flattern im Wind.«

Oder, schlimmer noch.

»Ich gehe mit Sophia Zougairah hinunter – sehr verdorben, rege, genießerisch, kleine Tigerin. Ich beflecke den Divan.

Zweiter Fick mit Kuchuk – als ich sie auf die Schulter küsste, spürte ich ihre Piasterkette zwischen meinen Zähnen – ihre Möse beschmutzte mich wie mit Samtwülsten – ich habe mich ganz wild gefühlt.«

Und so weiter, jede Perversion, zu der Orientalisten fähig sind. Mir vorzustellen, wie Sarah die (selbstredend schändliche) Prosa dieses geckenhaften Erotomanen genießt, von dem ich sicher wusste, dass er etwas ähnlich Grauenhaftes schreiben konnte wie jenes *ihre Möse beschmutzte mich*, war die reinste Folter. Wie konnte Flaubert Louise Colet diese Qualen antun, das ist unbegreiflich; der große Stilist aus der Normandie muss schon sehr von seinem Genie überzeugt gewesen sein. Oder vielleicht dachte er, wie im Grunde auch Faugier, seine Notizen seien *unschuldig*, und die Obszönität, die sie in Szene setzten, gehörten nicht in den Bereich des Wirklichen, sondern zu einer anderen Kategorie, in die Wissenschaft oder zur Reiseliteratur, zu einer Untersuchung, die diese pornographischen Betrachtungen von seinem eigenen Leben, seinem Fleisch und Blut entfernte: Wenn Flaubert schreibt: »nächster Fick voller Zärtlichkeit«, oder »ihr Möschen, wärmer als ihr Bauch, wärmte mich wie ein Plätteisen«, wenn er erzählt, wie er, nachdem Kuchuk in seinen Armen eingeschlafen ist, spielerisch Wanzen an der Wand zerquetscht, Wanzen, deren Geruch sich mit dem Sandelholzparfüm der jungen Frau vermischt (das schwarze Blut der Insekten zeichnet hübsche Linien auf den Kalk), dann nur, weil er überzeugt ist, seine Beobachtungen würden Interesse wecken und nicht Abscheu: Er wundert sich, dass Louise Colet über die Passage in der Stadt Esneh entsetzt ist. In einem Brief versucht er sich zu rechtfertigen, was mindestens genauso grässlich ist: »Als ich nach Jaffa kam«, erzählt er, »atmete ich zugleich den Geruch der Zitronenbäume und den der Kadaver ein.« Für ihn lauert der Schrecken überall, er vermischt sich mit der Schönheit; Schönheit und Lust wären nichts ohne Hässlichkeit und Schmerz, man muss beides zusammen empfinden. (Flauberts Manuskript soll auf Louise Colet einen solchen Eindruck machen, dass sie achtzehn Jahre später, 1869, anlässlich der Feierlichkeiten zur Einweihung des Suezkanals, als sich ganz Europa am Ufer des Nils drängte, ebenfalls nach Ägypten reiste – sie sah die Almehen und ihre Tänze, die sie vulgär fand; zwei Deutsche schockierten sie, weil sie so sehr von den klingenden Piasterketten der Tänzerinnen hypnotisiert waren, dass sie mit ihnen verschwanden, das Schiff verpassten und einige Tage später wieder auftauchten, »auf schamlose Weise erschöpft und lächelnd«; sie machte auch in Esneh halt, doch nur, um die Verwüstungen der Zeit auf dem Körper der armen Kuchuk Hanem zu sehen; es wird ihr eine Genugtuung gewesen sein.)

Das orientalische Begehren ist auch ein körperliches Begehren, nach Herrschaft über den Körper, nach der Auflösung des anderen in der sexuellen Lust: Wir wissen nichts über Kuchuk Hanem, die Tänzerin und Prostituierte vom Nil; abgesehen von ihrer erotischen Anziehungskraft und dem Namen des Tanzes, den sie vorführt, dem *Bienentanz*, abgesehen von ihrer Kleidung, ihren Bewegungen, der Beschaffenheit ihrer Möse kennen wir nichts, wissen wir weder, was sie gesagt, noch, was sie gefühlt hat – sie war zweifellos die berühmteste Almeh von Esneh, oder vielleicht die einzige. Allerdings haben wir einen weiteren Zeugenbericht über Kuchuk, und zwar von einem Amerikaner, der die Stadt zwei Jahre vor Flaubert besuchte und seine *Nile Notes of a Howadji* später in New York veröffentlicht hat – George William Curtis widmet Kuchuk darin zwei Kapitel; zwei poetische Kapitel, aufgeschwemmt mit mythologischen Bezügen und wollüstigen Metaphern (*O Venus!*), und der Körper der Tänzerin, ein »tiefsinniger, orientalischer, intensiver und phantastischer« Körper, krümmt sich wie der Schlauch einer Wasserpfeife und die Schlange der Erbsünde. Ansonsten kennen wir von Kuchuk nur ihr Herkunftsland – Flaubert zufolge kam sie aus Syrien, Curtis zufolge aus Palästina – und ein einziges Wort, *buono* – laut Curtis *»one choice Italian* *word she knew«: buono*, die ganze schmutzige, vom Druck des westlichen Anstands befreite sexuelle Lust, die Kuchuk erregen konnte, und die Seiten aus *Salambo* und aus der *Versuchung des heiligen Antonius*, zu denen sie Flaubert angeregt hat.

Marc Faugier interessiert sich im Rahmen seiner »teilnehmenden Beobachtung« für die Berichte aus dem Leben, die Stimmen der Almehen und Khawalen des 21. Jahrhunderts, er befragt sie nach ihren persönlichen Lebenswegen, ihren Leiden, ihren Freuden; in diesem Sinn verbindet er die ursprünglichen orientalistischen Interessen mit den Bestrebungen der heutigen Sozialwissenschaften, ebenso fasziniert wie Flaubert von der Mischung aus Schönheit und Schrecken, vom Blut der zerquetschten Wanze – und der Sanftheit des Körpers, den er besitzt.

Bevor man an das Schöne denken könne, müsse man in die schlimmsten Abscheulichkeiten eintauchen und sie ganz und gar durchmessen haben, meinte Sarah – zwischen dem Angriff auf Faugier, Morgans Erkrankung, den Hinrichtungen durch den Strang und der fortwährenden Trauer um Imam Hussein strahlte Teheran immer mehr Gewalt und Tod aus. Zum Glück gab es die Musik, die Tradition und die iranischen Instrumentalisten, die ich dank Jean During kennenlernte, der ein würdiger Nachfolger der großen Straßburger Orientalistenschule war – mitten im strengen und puritanischen Islam funkelten noch die Musik, die Literatur und die Mystik, der Humor und das Leben. Tausend Konzerte, tausend Gedichte für jeden Erhängten; tausend *Dhikr* und tausend Gelächter für jede Enthauptung. Wenn sich nur unsere Journalisten noch für etwas anderes interessieren würden als für Schmerz und Tod – es ist 5 Uhr 30 morgens, nächtliche Stille; der Bildschirm ist eine Welt für sich, eine Welt, in der es keine Zeit und keinen Raum mehr gibt. *Ischq, hawa, hubb, mahabba*, das sind die arabischen Wörter für die leidenschaftliche Liebe, die Liebe unter Menschen und die Liebe zu Gott, die dasselbe ist. Sarahs Herz, göttlich; Sarahs Körper, göttlich; Sarahs Worte, göttlich. Isolde, Tristan. Tristan, Isolde. Isolde, Tristan. Der Zaubertrank. Die Einheit. Azra und Farid und ihr tragisches Glück, Menschen, zermalmt vom Schicksalsrad. Wo ist Suhrawardis Licht, auf welchen Orient zeigt die Bussole, welcher in Purpur gekleidete Erzengel wird kommen, um uns das Herz für die Liebe zu öffnen? *Eros, Philia* oder *Agape*, welcher griechische Trunkenbold in Sandalen wird, begleitet von einer Flötenspielerin, die Stirn von Veilchen umkränzt, von neuem kommen, um uns an den Wahnsinn der Liebe zu erinnern? Khomeini hat Liebesgedichte geschrieben. Gedichte, in denen es um Wein und Trunkenheit geht, um den Liebhaber, der um die Geliebte weint, um Rosen und Nachtigallen, die Liebesbotschaften überbringen. Für ihn ist das Martyrium eine Liebesbotschaft. Das Leiden eine sanfte Brise. Der Tod eine Mohnblume. Das sagt wohl alles. Ich habe den Eindruck, dass heutzutage nur Khomeini von der Liebe spricht. Adieu Mitleid, es lebe der Tod.

Ich war grundlos eifersüchtig auf Faugier, ich weiß, dass er gelitten hatte, dass er ein Martyrium erlitt, dass er floh, dass er geflohen war, dass er schon lange vor sich selbst floh, bis er schließlich zusammengekrümmt auf einem Teppich in Teheran landete, die Knie unter dem Kinn, konvulsivisch zuckend; seine Tätowierungen, erzählte Sarah, mischten sich mit den blauen Flecken zu geheimnisvollen Zeichnungen; er sei halb nackt gewesen, habe schwer geatmet, die Augen starr und weit aufgerissen, ich habe ihn gewiegt wie ein Kind, fügte Sarah immer noch entsetzt hinzu, ich musste ihn wiegen wie ein Kind, mitten in der Nacht im Garten des ewigen Frühlings, dessen rote und blaue Blumen im Halbdunkel furchterregend waren – Faugier kämpfte mit sich zwischen Angst und Entzug, die Angst verschlimmerte den Entzug und der Entzug die Angst, und diese beiden Monstren belagerten ihn nachts. Riesen, phantastische Kreaturen quälten ihn. Angst, Verzweiflung in der absoluten Einsamkeit des Körpers. Sarah tröstete ihn. Sie sagte, sie sei bis zum Morgengrauen bei ihm geblieben; als es dämmerte, sei er dann eingeschlafen, seine Hand in ihrer, immer noch auf dem Teppich, auf dem er zusammengebrochen war. Faugiers Abhängigkeit (erst vom Opium, später dann, wie er es selbst vorausgesagt hatte, vom Heroin) wurde durch eine weitere Sucht verstärkt, die mindestens ebenso mächtig war, der Sucht nach jenem anderen Vergessen, das im Sex liegt, im fleischlichen Vergnügen und dem orientalischen Traum; sein Weg nach Osten endete hier, auf diesem Teppich in Teheran, in seiner eigenen Sackgasse, in jener Aporie zwischen dem Ich und dem Anderen, die die Identität ist.

»Gut ist der Schlaf, der Tod ist besser«, sagte Heinrich Heine in seinem Gedicht *Morphine*, »freilich / Das Beste wäre, nie geboren sein.« Ich frage mich, ob jemand Heines Hand gehalten hat in den langen Monaten seines Leidens, jemand, der nicht Bruder Schlaf unter der Mohnhaube war, der sanft die Stirn des Kranken gestreichelt und seine Seele von allen Schmerzen befreit hat – und ich, werde ich meine Agonie allein in meinem Zimmer oder im Krankenhaus erleiden, ich darf nicht daran denken, wenden wir den Blick von Krankheit und Tod ab, wie Goethe, der Sterbenden, Leichen und Beerdigungen immer aus dem Weg gegangen ist: Dem Reisenden aus Weimar ist es jedes Mal gelungen, dem Anblick des Sterbens zu entkommen, der Ansteckung mit dem Tod zu entgehen; er ersann sich einen Ginkgo, jenen unsterblichen Baum aus dem Fernen Osten, den Vorfahren aller Bäume, dessen zweilappiges Blatt auf so wunderbare Weise die Vereinigung in der Liebe darstellt, dass er ein getrocknetes Exemplar an Marianne Willemer geschickt hat – »Fühlst du nicht an meinen Liedern,/ Daß ich eins und doppelt bin?«. Die hübsche Wienerin (Pausbacken, üppige Formen) ist dreißig Jahre alt, Goethe fünfundsechzig. Für Goethe ist der Orient das Gegenteil des Todes; nach Osten zu schauen heißt, seinen Blick von der Hippe abzuwenden. Heißt fliehen. In die Dichtung Saadis und Hafis', in den Koran, ins ferne Indien zu entfliehen. Der *Wanderer* marschiert zum Leben hin. Zum Orient, zur Jugend und zu Marianne, gegen das Alter und seine Frau Christiane. Goethe wird zu Hatem, Marianne zu Suleika. Christiane in Weimar kann allein sterben, Goethe wird ihr nicht die Hand halten, er wird nicht an ihrer Beerdigung teilnehmen. Wende ich mich auch vom Unvermeidlichen ab, wenn ich ständig an Sarah denke, wenn ich im Speicher meines Computers suche, um ihren Brief aus Weimar wiederzufinden,

Mein sehr lieber François-Joseph,

es fühlt sich seltsam an, in Deutschland zu sein, in dieser Sprache, die Dir so nahe ist, ohne dass Du hier bist. Ich weiß nicht, ob Du schon einmal nach Weimar gereist bist; ich vermute ja, Goethe, Liszt und sogar Wagner, ich denke, das muss Dich angezogen haben. Ich erinnere mich, dass Du ein Jahr in Tübingen studiert hast – das ist gar nicht so weit weg von hier, wie mir scheint. Seit zwei Tagen bin ich in Thüringen: Schnee, Schnee, Schnee. Und eine Eiseskälte. Du fragst Dich, was ich hier mache – ein Kolloquium, natürlich. Ein Komparatisten-Kolloquium über die Reiseliteratur des 19. Jahrhunderts. Mit Kapazitäten. Habe Sarga Moussa kennengelernt, den großen Spezialisten für die Ansichten vom Orient im 19. Jahrhundert. Wunderbarer Vortrag über das Reisen und das Gedächtnis. Ein bisschen neidisch auf sein Wissen, zumal er perfekt Deutsch spricht, wie die meisten der geladenen Teilnehmer. Ich habe zum x-ten Mal ein Paper über Faris al-Schidyaqs Reisen in Europa vorgestellt, freilich in einer neuen Version, doch ich habe immer das Gefühl, mich endlos zu wiederholen. Der Preis des Ruhms.

Natürlich haben wir das Goethe-Haus besucht – man hat den Eindruck, der Meister wird sich gleich aus seinem Sessel erheben und uns begrüßen, so gut scheint alles erhalten zu sein. Das Haus eines Sammlers – überall Sammlerobjekte. Kabinette, Aufbewahrungsschränke für die Zeichnungen, Schubladen für die Mineralien, die Vogelskelette, griechische und römischen Gussformen. Sein winziges Schlafzimmer neben seinem großen Büro unter dem Dach. Der Sessel, in dem er starb. Das Porträt seines Sohnes August, der zwei Jahre vor seinem Vater in Rom gestorben ist. Das Porträt von seiner Frau Christiane, die fünfzehn Jahre vor ihm gestorben ist. Das Schlafzimmer von Christiane mit ihrem Nippes: ein schöner Fächer, ein Kartenspiel, ein paar Flacons, eine blaue Tasse mit einer sehr rührenden Inschrift in goldenen Buchstaben: An die Treue. *Ein Federhalter. Zwei kleine Porträts, eines in jungen Jahren, eines in älteren. Es ist ein seltsames Gefühl, durch dieses Haus zu gehen, in dem alles, wie es heißt, geblieben ist wie 1832. Ein bisschen das Gefühl, ein Grab zu besuchen, Mumien inklusive.*

Das Erstaunlichste ist die Beziehung Weimars zum Orient – durch Goethe natürlich, aber auch durch Herder, Schiller und Indien oder auch Wieland und sein Dschinnistan. *Ganz zu schweigen von den (um diese Jahreszeit nicht zu erkennenden) Ginkgos, die die Stadt seit mehr als einem Jahrhundert so zahlreich bevölkern, dass man ihnen sogar ein Museum gewidmet hat. Doch ich denke, Du kennst das alles – mir war es unbekannt. Der Hang zum Orient im deutschen Klassizismus. Einmal mehr wird einem bewusst, wie sehr Europa eine kosmopolitische Konstruktion ist … Herder, Wieland, Schiller, Goethe, Rudolf Steiner, Nietzsche … man hat den Eindruck, in Weimar genüge es, einen Stein anzuheben, und schon kommt eine Verbindung zum Fernen Osten zum Vorschein. Und doch bleibt man in Europa – die Vernichtung ist nicht weit. Das Konzentrationslager von Buchenwald befindet sich nur wenige Kilometer entfernt von hier, der Besuch soll schrecklich sein. Ich habe nicht den Mut, hinzugehen.*

Weimar war 1945 dreimal heftig bombardiert worden. Kannst Du Dir das vorstellen? Eine Stadt mit sechzigtausend Einwohnern ohne jegliches militärisches Interesse zu bombardieren, wo doch der Krieg schon fast gewonnen ist? Pure Gewalt, pure Rache. Das Symbol der ersten parlamentarischen Republik auf deutschem Boden zu bombardieren, zu versuchen, das Haus Goethes zu zerstören, das Cranachs, die Archive von Nietzsche … mit Hunderten tonnenschwerer Bomben, abgeworfen von jungen Fliegern, die gerade erst an Bord gekommen waren aus Iowa oder Wyoming, die ihrerseits im Rumpf ihrer Flugzeuge bei lebendigem Leib verbrennen werden, es ist schwierig, irgendeinen Sinn darin zu erkennen, ich schweige lieber.

Ich habe ein Souvenir für Dich: Erinnerst Du Dich an meinen Artikel über Balzac und die arabische Sprache? Nun, ich könnte noch einen darüber schreiben, schau Dir diese schöne Seite an, die Du kennen müsstest:

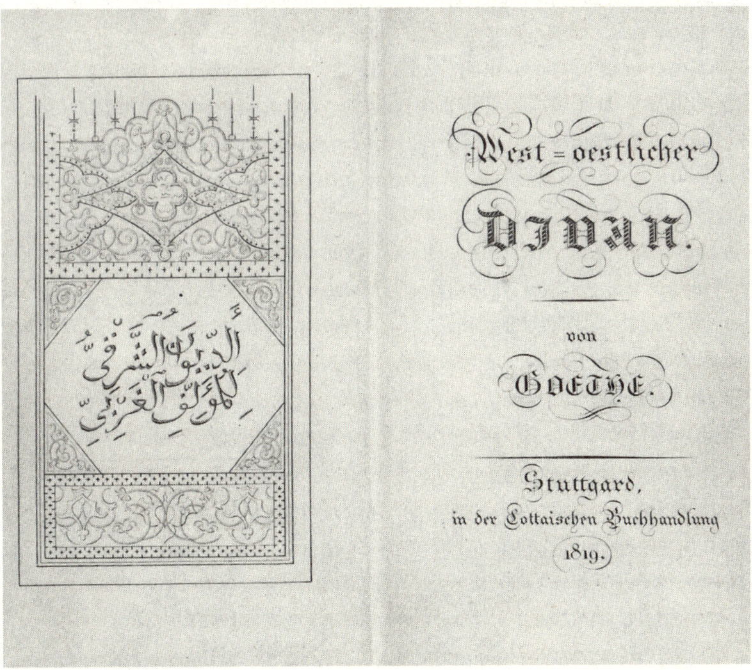

Es ist die der Erstausgabe des Divan. *Auch hier erscheint die arabische Schrift, auch hier gibt es Unterschiede zwischen dem Arabischen und dem Deutschen, wie Du sehen kannst: auf Arabisch steht dort* Der östliche Divan des westlichen Schriftstellers. *Ich finde diesen Titel sehr intrigant, vielleicht wegen des »westlichen« Schreibers. Es ist keine Mischung mehr wie im deutschen Original, ein »westöstlicher« Divan, sondern eine Gedichtsammlung des Ostens, zusammengetragen von einem Mann des Westens. Von arabischer Seite aus gesehen handelt es sich nicht um eine Mischung, eine Verschmelzung des einen mit dem anderen, sondern um einen von seinem Autor getrennten, westlichen Gegenstand. Wer hat diesen Titel für Goethe übersetzt? Seine Jenaer Professoren? Im Goethemuseum habe ich eine Seite mit arabischen Übungen gesehen – der Meister vergnügte sich offensichtlich damit (in der artigen Kalligraphie des Anfängers), ein paar Wörter aus einer Sammlung von Heinrich von Dietz zu lernen, einem der ersten preußischen Orientalisten, aus den* Denkwürdigkeiten von Asien in Künsten und Wissenschaften. *(Mein Gott, was für eine schwierige Sprache Deutsch doch ist, ich habe fünf Minuten gebraucht, um diesen Titel abzuschreiben.)*

Es gibt immer etwas vom Anderen im Ich. Wie im größten Roman des neunzehnten Jahrhunderts, Ein Bein über das andere geschlagen, oder Leben und Abenteuer des Fariac *von Faris al-Schidyaq, über den ich heute Nachmittag gesprochen habe, diesen unglaublichen arabischen Text, der 1855 in Paris auf Kosten von Raphaël Calla, einem Exilanten aus Damaskus, gedruckt worden war. Ich muss Dir die Titelseite des Buchs zeigen.*

Von hier aus gesehen entspricht die Mischung von Schidyaqs Titel dem Goethes; man hat den Eindruck, dass die hundertfünfzig Jahre danach nichts anderes versucht haben, als alles geduldig auseinanderzuschneiden, was die beiden Männer zusammengebracht hatten.

In Weimar sieht man auch (durcheinander aufgezählt): einen Altar von Cranach mit einem herrlich unförmigen und grünlichen Dämon, das Schiller-Haus, das Haus von Liszt, die Bauhaus-Universität, hübsche Barockpaläste, ein Schloss, das Andenken an die Verfassung einer zerbrechlichen Republik, einen Park mit hundertjährigen Hecken, eine kleine Kirche in Ruinen (unter Schnee), die direkt einem Gemälde Schinkels entsprungen sein könnte, ein paar Neonazis, Würste, Hunderte

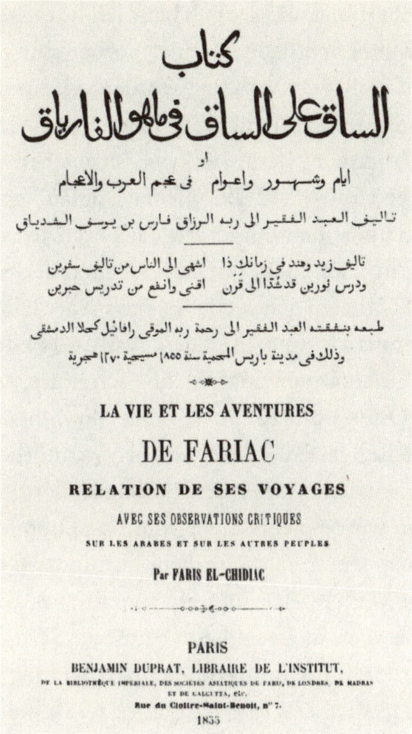

كتاب

الساق على الساق في ما هو الفارياق

او

ايام وشهور واعوام في عجم العرب والاعجام

تاليف العبد الفقير الى ربه الرزاق فارس بن يوسف الشدياق

تاليف زيد وهند في زمانك ذا اشهى الى الناس من تاليف سفرين
ودرس نورين قد شُدّا الى قَرَن اقنى وانفع من تدريس حبرين

طبعه بنفقته العبد الفقير الى رحمة ربه الموفي رافائيل كحلا الدمشقي

وذلك في مدينة باريس المحمية سنة ١٨٥٥ مسيحية ١٢٧٠ هجرية

LA VIE ET LES AVENTURES

DE FARIAC

RELATION DE SES VOYAGES

AVEC SES OBSERVATIONS CRITIQUES

SUR LES ARABES ET SUR LES AUTRES PEUPLES

Par FARIS EL-CHIDIAC

PARIS

BENJAMIN DUPRAT, LIBRAIRE DE L'INSTITUT,

DE LA BIBLIOTHÈQUE IMPÉRIALE, DES SOCIÉTÉS ASIATIQUES DE PARIS, DE LONDRES, DE MADRAS ET DE CALCUTTA, etc.

Rue du Cloître-Saint-Benoît, n° 7.

1855

von Thüringer Würsten in allen Formen, getrocknet, gegrillt, und meine besten Erinnerungen an Germanien.

Sei gegrüßt

Sarah

um bei der erneuten Lektüre zu vergessen, dass mich der Tod sicher vor dem Alter Goethes oder dem des großen Libanesen Faris al-Schidyaq ereilen wird? Wenigstens sind die Aussichten gering, dass ich, von einer Flugabwehrrakete getroffen oder von einem Abfangjäger abgeschossen, am Steuer eines Bombers sterben werde, das ist mehr oder weniger ausgeschlossen, wenngleich ein Flugzeugabsturz immer möglich ist: In der heutigen Zeit kann man mitten im Flug mit einer russischen Rakete zusammenstoßen oder bei einem terroristischen Anschlag zerrissen werden, das ist nicht beruhigend. Neulich habe ich im *Standard* gelesen, dass ein vierzehnjähriger Dschihadist bei der Vorbereitung eines Anschlags auf den Bahnhof von Wien verhaftet worden sei, ein Baby-Dschihadist aus dem bekannten Terroristennest St. Pölten, und über diese Nachricht würde man doch lächeln, wenn sie kein Zeitzeichen wäre – bald werden sich steirische Horden auf die Wiener Ungläubigen stürzen, »Jesus ist groß!« brüllen und einen Bürgerkrieg auslösen. Ich erinnere mich an keinen Anschlag in Wien mehr seit dem Attentat der Palästinenser Abu Nidals auf dem Flughafen Schwechat in den 1980er Jahren, Gott behüte, Gott behüte, aber man kann nicht sagen, dass Gott in diesen Zeiten sein Bestes gibt. Die Orientalisten auch nicht – ich hörte, dass ein Spezialist für den Nahen Osten empfahl, man möge alle jungen Dschihadisten nach Syrien ausreisen lassen, sollten sie doch woanders aufgehängt werden; sie würden entweder unter den Bomben oder bei den Gefechten sterben, und man würde nichts mehr von ihnen hören. Es würde genügen, die Überlebenden an der Rückkehr zu hindern. Diese verführerischen Vorschläge werfen allerdings ein moralisches Problem auf: Darf man vernünftigerweise die Regimenter unserer Bärtigen wegschicken, damit sie sich an der unschuldigen Zivilbevölkerung Syriens und des Iraks für Europa rächen? Das ist ein bisschen wie seine Abfälle in Nachbars Garten ausleeren, nicht sehr schön. Zwar praktisch, aber nicht sehr moralisch.

5 Uhr 33

Sarah irrt sich, ich bin nie in Weimar gewesen. Ein Konzentrat von Deutschland, in der Tat. Eine Miniatur für Sammler. Ein Bild. Welche Kraft bei Goethe. Sich mit fünfundsechzig Jahren in den *Divan* von Hafis und in Marianne Willemer zu verlieben. Alles durch die Brille der Liebe zu lesen. Liebe bringt Liebe hervor. Die Leidenschaft als Motor. Goethe die Maschine des Begehrens. Dichtung als Kraftstoff. Ich hatte dieses zweisprachige Frontispiz des *Divan* vergessen. Wir alle haben diese Dialoge vergessen in unserer Eile, die Werke über einer Nation wieder zu schließen, ohne im Hohlschnitt, im Falz, im Bundsteg den Raum zu sehen, der sich zwischen den Sprachen auftut, zwischen dem Deutschen und dem Arabischen. Man sollte sich mehr für die Vertonungen des *West-östlichen Divan* interessieren, von Schubert, Schumann, Wolf und sicher etlichen Dutzend weiteren Komponisten bis zu Luigi Dallapiccola und seinen rührenden *Goethe Liedern* für Mezzosopran und 3 Klarinetten. Es ist schön zu sehen, wie sehr Hafis und die persische Dichtung die bürgerliche Kunst Europas befruchtet haben, Hafis und natürlich Omar Khayyam – von Khayyam, dem respektlosen Gelehrten, steht seit einigen Jahren sogar eine Statue nicht weit von hier mitten im Vienna International Centre, ein Geschenk der Islamischen Republik, die keine revanchistischen Gedanken gegenüber dem Gott zürnenden Dichter des Weins hegt. Eines Tages würde ich gerne einmal mit Sarah auf der Donau zu diesem Denkmal fahren, den vier Gelehrten aus weißem Marmor, die mitten zwischen den Gebäuden der Vereinten Nationen unter einem Baldachin aus braunem Stein thronen, eingerahmt von Säulen, die an die Säulen der Apadana in Persepolis erinnern. Khayyam, den die Übersetzung von Edward FitzGerald mit einem Schlag berühmt gemacht hatte, erobert das gebildete Europa; der vergessene Mathematiker aus Chorasan wird ab 1870 zu einem europäischen Dichter ersten Ranges – Sarah hat sich mit dem Fall Khayyam im Zusammenhang mit Sadeq Hedayats Kommentar zu der von ihm edierten Ausgabe beschäftigt, einem auf das Wesentliche reduzierten Khayyam, beschränkt auf die Vierzeiler aus den ältesten kritischen Textausgaben. Ein eher skeptischer denn mystischer Khayyam. Sie erklärte den großen, weltweiten Erfolg Omar Khayyams zunächst mit der Einfachheit der Form des Vierzeilers und seiner Universalität, dann mit der Vielfältigkeit der versammelten Texte: So, wie er in den mehreren tausend Vierzeilern erscheint, die ihm zugeschrieben werden, nacheinander als Atheist, Agnostiker oder Muslim, mal als hedonistischer, mal als kontemplativer Liebender, eingefleischter Trunkenbold oder mystischer Trinker, bietet der Gelehrte aus Chorasan allen etwas, um allen zu gefallen – selbst Fernando Pessoa, der im Laufe seines Lebens fast zweihundert Vierzeiler verfasste, die von FitzGeralds Übersetzung inspiriert waren. Sarah gab ohne Bedenken zu, dass ihr an Khayyam die Einführung Hedayats und die Gedichte Pessoas am besten gefielen; sie hätte die beiden gerne zusammengebracht und ein ziemlich schönes Monster geschaffen, einen Kentauren oder eine Sphinx, bei dem Sadeq Hedayat unter dem Schatten Khayyams zu den Vierzeilern Pessoas einführte. Auch Pessoa liebte den Wein,

Auf Lust folgt der Schmerz, auf Schmerz die Lust.
Wir trinken Wein, weil wir Feste feiern.
Wir trinken Wein, weil wir schrecklich trauern.
Doch gleich von welchem Wein wir trinken, was bleibt?

und er war mindestens ebenso skeptisch und verzweifelt wie sein persischer Vorfahre. Sarah erzählte mir von den Kneipen in Lissabon, in denen Fernando Pessoa trank, Musik oder Dichter hörte, und in der Tat ähneln sie in seiner Beschreibung den iranischen *Meyhane* so sehr, dass Sarah ironisch hinzufügte, Pessoa sei ein Heteronym von Khayyam, der westlichste und atlantischste Dichter Europas in Wirklichkeit also ein Wiedergänger des Gottes Khayyam,

Nach den Rosen, Mundschenk, hast du eifrig
Wein in meinen Kelch gegossen und bist davongeeilt.

Wer ist blumiger als du, der du entschwunden bist?
Wer weinseliger als du, der sich verweigert hat?

und in endlosen Gesprächen mit unserem Freund Parviz in Teheran machte sie sich ein Vergnügen daraus, die Vierzeiler von Pessoa ins Persische zurückzuübersetzen, um den Geschmack dessen wiederzufinden, wie sie sagte, was verloren gegangen – den Geist des Rausches.

Parviz hatte uns zu einem Privatkonzert eingeladen, bei dem ein junger Sänger, begleitet von einem *Tar-* und einem *Tombak*-Spieler, Vierzeiler von Khayyam sang. Der Sänger (um die dreißig, weißes Hemd mit Rundkragen, schwarze Hose, schönes dunkles, ernstes Gesicht) hatte eine wunderbare Tenorstimme, deren Nuancenreichtum sich in dem schmalen Salon, in dem wir zusammengekommen waren, voll entfalten konnte; der Perkussionist glänzte – mit unglaublicher Präzision und Geschwindigkeit entlockten seine Finger der Haut des *Zarb* einen großen Reichtum an Klängen, die in den Tiefen wie in den höchsten Höhen immer klar und deutlich und auch bei hochkomplexen Rhythmen tadellos phrasiert waren. Der *Tar*-Spieler war ein Jugendlicher von sechzehn oder siebzehn Jahren, es war eines seiner ersten Konzerte; die Virtuosität der beiden älteren schien ihn zu tragen, das Publikum ihn mitzureißen; in den Instrumentalimprovisationen lotete er die *Guschehs*, die melodischen Ideen der ausgewählten modalen Tonfolgen, mit einem Können und einer Ausdruckskraft aus, die seinen Mangel an Erfahrung für meine Anfängerohren bei weitem ausglichen. Die Kürze der gesungenen Lieder, je vier Verse von Khayyam, erlaubte es den Musikern, Vierzeiler um Vierzeiler die Rhythmen und die verschiedenen Modi zu erkunden. Parviz war entzückt. Sorgfältig schrieb er mir die Verse in mein Notizheft. Mein Aufnahmegerät würde es mir dann ermöglichen, mich in der furchtbaren Übung einer Transkription zu schulen. Ich hatte bereits Instrumente notiert, *Setar* oder *Tombak*, aber noch nie eine Stimme, und ich war neugierig darauf, in aller Ruhe auf dem Papier zu sehen, wie sich der Wechsel von Kürzen und Längen der persischen Metrik im geschulten Gesang darstellte, wie der Sänger das Metrum oder die Silben des Verses überträgt, um sie in einen Rhythmus zu integrieren, und wie die traditionellen musikalischen Phrasen des *Radif* durch den

Künstler bei der gesanglichen Darbietung eines Gedichts umgesetzt, mit Leben erfüllt wurden. Neugierig auch auf die Begegnung eines Textes aus dem 12. Jahrhundert, eines tausendjährigen musikalischen Erbes, mit zeitgenössischen Musikern, die diesen Text vor einem ausgewählten Publikum in all seinen Möglichkeiten individuell interpretierten.

Schenk mir von diesem Wein zum Abschied von ihr ein,
Abschied vom Nektar, rosig wie deine heißen Wangen.
Ach! Wie die Arabeske der Locken deines Haars
So ernst und aufrecht soll meine Reue sein.

Die Musiker saßen wie wir im Schneidersitz auf einem roten Teppich aus Täbris mit einem dunkelblauen Medaillon in der Mitte; die Wolle, die Kissen und unsere Körper schufen eine klare Akustik mit einem warmen Klang ohne jeden Nachhall; rechts von mir saß Sarah auf ihren Fersen, ihre Schulter berührte meine. Die Atmosphäre des Liedes war mitreißend; die dumpfen und tiefen Wellen der so nahen Trommel schienen unsere von den Trillern des *Tar* erweichten Herzen überfließen zu lassen; wir atmeten mit dem Sänger, hielten den Atem an, um ihm in die Höhen jener langen, untereinander verbundenen Tonfolgen zu folgen, die hell und klar klangen, ohne Vibrato, ohne Schwanken, bis er sich plötzlich, in der Mitte dieses Klanghimmels angekommen, in eine Reihe akrobatischer Figuren stürzte, eine Abfolge von Melismen und Tremolos, die so facettenreich, so bewegend waren, dass sich meine Augen mit Tränen füllten, die ich zurückhielt und verschämt unterdrückte, während der *Tar* der Stimme antwortete und dabei immer und immer wieder modulierend den Satz aufnahm, den der Sänger gerade zwischen die Wolken gezeichnet hatte.

Wenn du Wein trinkst, stehst du vor der Wahrheit
Vor der Erinnerung an deine verflossnen Tage,
Den Zeiten der Rose, den betrunknen Freunden.
Aus diesem traurigen Kelch trinkst du die Ewigkeit.

Ich spürte Sarahs warmen Körper neben mir und war doppelt berauscht – wir hörten im Einklang, so synchron in unseren Herzschlägen und Atemzügen, als hätten wir selbst gesungen, ließen uns berühren, forttragen vom Wunder der menschlichen Stimme, dem tiefen Zusammenklang, der geteilten Menschlichkeit, wir erlebten einen dieser seltenen Augenblicke, in dem man, wie Khayyam sagt, die Ewigkeit trinkt. Auch Parviz war hingerissen – als uns der Gastgeber, ein befreundeter Arzt und Musikliebhaber, nach lang anhaltendem Applaus und einer Zugabe am Ende des Konzerts einlud, zu irdischeren Speisen überzugehen, gab er seine gewöhnliche Zurückhaltung lachend auf, teilte seine Begeisterung mit uns und hüpfte dabei von einem Bein aufs andere, um die vom langen Sitzen im Schneidersitz eingeschlafenen Beine auszuschütteln; auch er war halb trunken von der Musik und rezitierte noch die Gedichte, deren gesanglichen Vortrag wir gehört hatten.

Die Wohnung des Arztes Reza befand sich in der zwölften Etage eines nagelneuen Hochhauses am Vanak-Platz. Bei gutem Wetter konnte man von hier aus bestimmt über ganz Teheran bis nach Varamin sehen. Über einer Linie, von der ich vermutete, dass es die Autobahn nach Karadsch war, die sich flankiert von Gebäudereihen die Hügel hinaufschlängelte, bis sie zwischen ihnen verschwand, war ein rötlicher Mond aufgegangen. Parviz unterhielt sich mit Sarah auf Persisch; aufgewühlt von der Musik, war ich erschöpft und hatte nicht mehr die Kraft, ihrem Gespräch zu folgen; ich träumte, die Augen in die Nacht gerichtet, hypnotisiert vom gelben und roten Lichterteppich der südlichen Stadtbezirke, von den Karawansereien früherer Zeit, die Khayyam aufgesucht hatte; zwischen Nischapur und Isfahan hatte er bestimmt in Ray gerastet, der ersten Hauptstadt der Seldschukenfürsten, die ihn schützten, lange bevor der Mongolensturm sie in einen Steinhaufen verwandelte. Von dem Wachturm aus, auf dem ich stand, hätte man sehen können, wie der Mathematiker und Dichter mit einer langen Karawane von Pferden und Kamelen aus Baktrien vorüberzog, eskortiert von Soldaten zum Schutz gegen die Ismailiten aus der Festung Alamut. Sarah und Parviz unterhielten sich über Musik, ich verstand die Worte *Dastgâh*, *Sehgâh*, *Tschahârgâh*. Khayyam hat wie viele Philosophen und Mathematiker des klassischen Islam selbst eine Epistel über die Musik verfasst, in der er seine Theorie der Brüche nutzt, um die Intervalle zwischen den Noten zu bestimmen. Die Menschheit auf der Suche nach Harmonie und Sphärenmusik. Die Gäste und die Musiker plauderten bei einem Umtrunk. In schönen, bunten Karaffen stand eine Vielzahl von Getränken bereit; auf dem Buffet türmten sich eingelegte Gemüse, Kräuterkuchen, riesige Pistazien mit kräftig rosafarbenen Kernen; Parviz bot uns seinen *White Iranian* an, einen von ihm zusammengestellten Cocktail, der aus einer Mischung von Joghurt, iranischem Schnaps und einer Prise Pfeffer bestand (mich konnte er damit nicht begeistern, ich lehnte ab). Er und unser Gastgeber klagten, dass Wein fehlte – schade, Khayyam würde nach Wein verlangen, viel Wein, sagte Parviz, Wein aus Urmia, Wein aus Schiras, Wein aus Chorasan ... Ist doch unerhört, dass wir in einem Land leben, das den Wein und die Reben besungen hat wie kein anderes, und keinen bekommen, legte der Medicus nach. Sie könnten ihn selbst herstellen, erwiderte ich und dachte an das Experiment unserer Diplomaten mit dem »Cuvée Neauphle-le-Château«. Parviz sah mich angewidert an – wir ehren den Nektar zu sehr, als dass wir diesen scheußlichen, halb vergorenen Traubensaft trinken, den es in den Teheraner Küchen gibt. Ich erwarte, dass die Islamische Republik den Genuss von Wein erlaubt oder ihn zumindest offiziell toleriert. Auf dem Schwarzmarkt ist der Wein viel zu teuer und oft schlecht erhalten. Bei meiner letzten Europareise, fügte unser Gastgeber noch hinzu, habe ich gleich nach meiner Ankunft drei Flaschen australischen Syrah gekauft und ihn den ganzen Nachmittag über allein getrunken, wobei ich den Pariserinnen hinterhersah, die unter meinem Balkon vorbeispazierten. Das Paradies! Das Paradies! *Ferdows, Ferdows*! Als ich mich schließlich nicht mehr auf den Beinen hielt, dufteten sogar meine Träume nach Wein.

Ich konnte mir ohne weiteres vorstellen, welche Wirkung der Genuss von drei Flaschen Rotwein vom anderen Ende der Welt auf einen Teheraner hatte, der nie trank. Nach einem Wodka Orange und einem *White Iranian* war ich selbst ein wenig beschwipst. Sarah schien Parviz' schreckliche Mixtur mit dem ein wenig vom Arak geronnenen Joghurt zu schmecken. Der Arzt erzählte uns von den glorreichen achtziger Jahren, als alkoholische Getränke so knapp waren, dass er in seiner Praxis sagenhafte Mengen an achtzigprozentigem Ethanol abzweigte, um daraus alle möglichen Mischungen herzustellen, mit Kirschen, Gerste, Granatapfelsaft etc. Bis man begann, um Diebstählen vorzubeugen, das Ethanol mit Kampfer zu versetzen, wodurch es ungenießbar wurde, wie Reza mit trauriger Miene hinzufügte. Erinnerst du dich, wie es war, als die Islamische Republik anfing, die Synchronisation ausländischer Filme und Serien zu zensieren?, warf Parviz ein. Ein großer Moment. Plötzlich sah man im Western, wie ein Kerl mit Colts an den Hüften einen Saloon betrat und dem Barkeeper auf Persisch zurief: »Limonade!« Der Barkeeper servierte ihm ein winziges Glas mit einer bernsteinfarbenen Flüssigkeit, der Cowboy kippte sie in einem Zug und rief erneut: »Noch eine Limonade!« Es war zum Schießen. Jetzt fällt es einem nicht einmal mehr auf, ergänzte Parviz. Keine Ahnung, ich schaue schon seit einer Ewigkeit kein iranisches Fernsehen mehr, gestand Reza.

Nach diesen ethylischen Betrachtungen und einer Würdigung des Buffets kehrten wir nach Hause zurück; ich war noch ganz aufgewühlt von dem Konzert – in einem Zustand leichter Bewusstseinstrübung. Mir gingen Bruchstücke musikalischer Phrasen durch den Kopf; der Pulsschlag der Trommel, das Aufblitzen der Laute, das endlose Oszillieren der Stimme klangen mir im Ohr. Wehmütig dachte ich an diejenigen, die das Glück hatten, solche Gefühle wecken zu können, die ein musikalisches oder dichterisches Talent besaßen; im Taxi träumte Sarah auf ihrer Seite der Rückbank wahrscheinlich von einer Welt, in der man Khayyam in Lissabon und Pessoa in Teheran rezitierte. Sie trug einen dunkelblauen islamischen Mantel und hatte ein weißgepunktetes Kopftuch umgebunden, unter dem einige Strähnen ihres roten Haars hervorschauten. Sie lehnte sich an die Tür, sah zum Fenster hinaus in die Teheraner Nacht, die an uns vorbeizog; der Fahrer schüttelte den Kopf, um sich wach zu halten; das Radio spielte etwas düstere Klagelieder, in denen es darum ging, für Palästina zu sterben. Sarahs rechte Hand lag flach auf dem Kunstledersitz, ihre Haut war der einzige helle Fleck im Fahrgastraum, wenn ich sie in meine schlösse, würde ich die Wärme und das Licht der Welt ergreifen: Zu meiner großen Überraschung fasste sie nach meiner Hand, ohne sich mir zuzuwenden, drückte sie fest, zog sie zu sich – und ließ sie nicht mehr los, nicht einmal, als wir am Ziel ankamen, und auch nicht Stunden später, als die rote Morgensonne den Berg

Damawand entflammte, in mein Zimmer strömte und mitten in den von unseren Körpern durchpflügten Laken auf ihr vor Müdigkeit blasses Gesicht und ihren unendlich nackten Rücken schien, auf dem, von den Wellen ihres Atems gewiegt, der lange Drachen ihrer Wirbel hervortrat mit seinen feurigen Spuren, diesen Sommersprossen, die bis in den Nacken reichten wie erkaltete Sterne, eine Galaxie, durch die ich mit dem Finger reiste und phantastische Reiserouten zeichnete, während Sarah auf der anderen Seite ihres Körpers meine linke Hand unter ihrer Brust an sich drückte. Und ich streichelte ihren Hals, dem ein zarter rosiger, von einem Spalt der Jalousie gebündelter Sonnenstrahl etwas Feenhaftes verlieh; auf dem Höhepunkt des Tumults, mit dem der Tag anbrach, noch überrascht von dieser rückhaltlosen Intimität, von ihrem süßen, nach Fasten und einem Hauch Alkohol duftenden Atem, entzückt über die Ewigkeit, die ewig währende Möglichkeit, mich endlich in ihrem Haar zu vergraben, nach Belieben mit dem Auge über ihre Wangen, ihre Lippen zu wandern, betäubt von der Zärtlichkeit ihrer Küsse, den lebhaften und heiteren, kurzen oder tiefen Küssen, bestürzt darüber, dass ich mich ohne die geringste Scham oder Befangenheit, mit angehaltenem Atem, von ihr hatte entkleiden lassen, geblendet von ihrer Schönheit, von der Unkompliziertheit, mit der wir einander nackt gegenüberstanden nach Minuten oder Stunden in Stoffen, des Reibens von Baumwolle, von Seide, des Öffnens von Haken, den kleinen Unbeholfenheiten, den Anläufen, im Einklang von Körper, Herz, Orient zu vergessen, im großen Ganzen des Begehrens, dem großen Chor des Begehrens, in dem so viele Landschaften, vergangene wie zukünftige, einen Platz einnehmen, sah ich Sarah für einen kurzen Augenblick nackt in der Nacht von Teheran. Sie hat mich gestreichelt, ich habe sie gestreichelt, und nichts drängte uns, uns unserer durch das Wort Liebe zu versichern, so versunken waren wir in der schlammigsten Schönheit der Liebe, dieser absoluten Gegenwart beim Anderen, im Anderen, in der das Begehren in jedem Augenblick befriedigt, in jeder Sekunde erneuert wurde, weil wir jede Sekunde eine neue Farbe entdeckten, die wir in diesem Kaleidoskop des Halbdunkels begehrten – Sarah seufzte und lachte, sie seufzte und lachte, und ich fürchtete mich vor diesem Lachen, ich fürchtete mich so sehr davor, wie ich es mir wünschte, so sehr, wie ich es hören wollte, wie heute in der Nacht von Wien, wenn ich versuche, die Erinnerungen an Sarah einzufangen wie ein Tier Sternschnuppen. Ich kann in meinem Gedächtnis kramen, soviel ich will, von dieser Nacht leuchten in meiner Erinnerung nur einzelne Momente auf. Das Aufleuchten der ersten ungeschickten Berührung unserer Lippen, nachdem unsere Wangen den Anfang gemacht hatten, unbeholfener, gieriger Lippen, die sich auch auf unseren Finger verirrten, als diese über unsere Gesichter wanderten und den Schmerz auf unseren Stirnen heilten, die zusammengestoßen waren vor Überraschung, vor dieser mit einer eigenartigen Ungeschicklichkeit einhergehenden Überraschung, einander in der Umarmung zu entdecken, ohne dass uns wenige Minuten zuvor auch nur irgendetwas auf diesen Krampf des Herzens, diese Atemlosigkeit vorbereitet hätte, weder die vergangenen Jahre, die wir damit zugebracht hatten, darauf hinzuleben, noch die Träume, die vielen Träume, die plötzlich hinter diese fleischliche Absicht zurücktraten, fade wurden, ausradiert von den Blitzen einer beginnenden Wirklichkeit, der Freude an einem Atemhauch, an einem Blick, der so nah ist, dass man die Augen schließt, dass man sie wieder öffnet, dass man die Augen, die einen ansehen, mit seinen Lippen schließt, dass man diese Augen küsst, sie wieder mit den Lippen schließt und merkt, wie groß eine Hand ist, wenn sich die Finger endlich begegnen und sich nicht mehr halten, sondern sich ineinanderschieben.

Das Aufleuchten ihres aufgerichteten Körpers im Gegenlicht, der Horizont, der vom weißen Marmor ihres Busens verdeckt wird, unter dem ihr Bauch kreisende Bewegungen macht; das Aufleuchten eines Gedankens, H-Dur, ich habe H-Dur gedacht, und der Gedanke, ich sei mir für einen Augenblick fern von der Gegenwart abhandengekommen, ich hätte mich für einige Sekunden gesehen, in H-Dur, als Zeuge meiner eigenen Fragen, als Urheber der Gesten eines anderen, warum H-Dur, wie dem H-Dur entkommen, und dieser Gedanke war so unpassend, so erschreckend, dass ich für einen Augenblick erstarrt bin, völlig abwesend war, und Sarah hat mein Zögern bemerkt (verlangsamter Rhythmus, leichtes Streicheln meiner Brust) und mich ganz einfach durch das Wunder ihrer Zärtlichkeit daraus befreit.

Das Aufleuchten von Getuschel in der Dunkelheit, von Ausgeglichenheit, abgerundet durch die Reibung der Stimmen an den Körpern,

Schwingungen in der gespannten Luft Teherans, in der süßen, noch andauernden Trunkenheit der Musik und der Begleitung – was haben wir uns in jener Nacht alles gesagt, was die Zeit nicht ausradiert hat, der dunkle Glanz eines lächelnden Auges, die Mattheit einer Brust, das Aroma einer etwas rauen Haut unter der Zunge, der Duft des Schweißes, der betörende, säuerliche Geschmack der empfindlichen, gierig verschlungenen, nassen Falten, überschwemmt von den langen Wellen des Orgasmus; die geliebten Fingerkuppen in meinem Haar, auf meinen Schultern, auf meinem Schwanz, den ich vor ihren Zärtlichkeiten verbergen wollte, bevor auch ich mich hingab, mich ihr überließ, damit die Vereinigung sich fortsetzte, damit die Nacht dem unvermeidlichen Morgen entgegengehen konnte: Beide im Profil, ohne zu wissen, welche Flüssigkeiten welches Stöhnen begleitet, wie ineinandergefügte Statuen, unsere Hände an ihrer Brust zusammengepresst, die Knie in den Kniekehlen, die Blicke aneinandergekoppelt, uns umschlingend, ein Äskulapstab, die brennend heißen Zungen, die sich immer wieder mit einem Biss in den Hals, in die Schulter kühlten, wenn wir versuchten, unsere Körper, so gut es ging, im Zaum zu halten, bis ein gemurmelter Name die Zügel reißen ließ, sich in offene Silben auflöste, in reinen Lauten ergoss, die von der Macht der Umklammerung erstickt wurden.

Ehe die Morgenröte der Krieger aus dem Buch der Könige vom Damavand herabsteigt, ertönt in der atemlosen Stille, in der ich noch immer verblüfft und verwundert bin, dass Sarah bei mir liegt, der Gebetsruf, den man in Teheran immer vergisst, den man nie hört, weil er, verhalten, in den Geräuschen der Stadt untergeht – als fragiles Wunder, von dem man nicht weiß, ob es aus einer benachbarten Moschee oder einer benachbarten Wohnung kommt, fällt der *Adhan* auf uns, hüllt uns ein, ist Urteil oder Segen, klingender Balsam: »Und als mein Herz mir in aufgeregter Liebe für diese Stadt und ihre Klänge bis zum Halse zu schlagen beginnt, begreife ich, dass alle meine Wanderungen nur einen einzigen Sinn hatten: den Sinn dieses Rufens zu erfassen«, sagte Muhammad Asad. Und endlich verstehe ich diesen Sinn, einen Sinn, den der Süße des Teilens und der Liebe, und ich weiß, dass Sarah wie ich an die Verse der Troubadoure denkt, an das traurige Morgenständchen: Der Ruf vermischt sich mit dem Gesang der ersten Vögel, den Sperlingen, unseren

Nachtigallen der Armen (»*Sahar bolbol hekâyat bâ Sabâ kard*, Bei Sonnenaufgang spricht die Nachtigall zum Wind«), und mit dem Gleiten der Automobile, mit den Düften von Teer, Reis und Safran, dem Geruch Irans, der sich für mich auf immer mit dem Geschmack nach salzigem Regen von Sarahs Haut verbindet: Wir bleiben reglos und stumm liegen, lauschen den Klangschichten dieses blinden Augenblicks und wissen, dass er bei Tageslicht zugleich Liebe und Trennung bedeutet.

6 Uhr 00

Noch keine Antwort. Gibt es Internet in Kuching, der Hauptstadt von Sarawak? Ja natürlich. Es gibt auf der Welt keinen Ort mehr ohne Internetzugang. Selbst mitten in den entsetzlichsten Kriegen findet man zum Glück oder zum Unglück eine Verbindung zum Netz. Sogar in ihrem Kloster in Darjeeling hatte Sarah ein Internetcafé in der Nähe. Dem Bildschirm entgeht man nicht. Nicht einmal in der Katastrophe.

Als sie am Tag nach dieser so zärtlichen Nacht zitternd vor Schmerz und Schuldgefühlen in das erste Flugzeug nach Paris stieg, in die Abendmaschine der Air France, nachdem sie den ganzen Tag über kein Auge zugetan hatte und, mit einem von der französischen Botschaft in aller Eile ausgestellten Papier versehen, in dem der sehr ernste Gesundheitszustand ihres Bruders bestätigt wurde und die iranischen Behörden gebeten wurden, ihr eine unkomplizierte Ausreise zu ermöglichen, von einer Polizeistation zur nächsten gerannt war, um diese grässlichen Visa-Angelegenheiten zu regeln, auf die sich die Iraner so gut verstehen, wobei sie ständig das Gefühl hatte, Samuel sei, so wie die Stimme ihrer Mutter geklungen hatte, bereits gestorben, was auch immer man ihr mitteilte, eilte ich in Teheran noch am selben Abend an den Computer, um ihr einen Brief nach dem anderen zu schicken, Briefe, die sie gleich nach ihrer Ankunft lesen würde, wie ich dummerweise hoffte, während sie sich, am Boden zerstört vom Schock, der Entfernung, der Fassungslosigkeit und der Ungläubigkeit angesichts dieser Nachricht, unter dem unerschütterlichen Sternenhimmel schlaflos in ihrem Sitz wälzte. Auch ich verbrachte die Nacht, ohne ein Auge zuzutun, in wütender und ungläubiger Traurigkeit.

Den ganzen Abend über bis zum Morgen hatte ihre Mutter vergeblich versucht, sie anzurufen, hatte in ihrer Verzweiflung das Institut und das Konsulat erreicht, Himmel und Hölle in Bewegung gesetzt, bis man endlich jemanden zu mir schickte, um mich zu verständigen, während Sarah, nachdem sie mir von weitem schamhaft einen Kuss zugeworfen hatte, die Badezimmertür hinter sich schloss, um ihre Anwesenheit vor dem Boten zu verbergen – der Unfall hatte sich am Nachmittag zuvor ereignet, der Unfall, das Ereignis, die Entdeckung, Genaueres wusste man noch nicht, Sarah sollte ihre Mutter zu Hause anrufen, und genau diese Worte, *zu Hause*, nicht im Krankenhaus, nicht weiß Gott wo, sondern *zu Hause* bei ihrer Mutter, waren es, die ihr eine Vorahnung von der Tragödie vermittelten. Sie war zum Telefon gestürzt, ich sehe noch ihre Hände über den Tasten, wie sie zögerte, sich vertippte, ich habe mich dann verdrückt, bin ebenfalls hinausgegangen, aus Anstand ebenso wie aus Feigheit.

An diesem letzten Tag irrte ich mit ihr zusammen durch die Niederungen der iranischen Justiz, ins Passamt, ein Königreich der Tränen und des Kummers, in dem Afghanen, die sich illegal im Iran aufhielten, in von Zement und Farbe fleckigen Klamotten niedergeschlagen und in Handschellen, begleitet von Pasdaran, an uns vorbeimarschierten und ein bisschen Trost in den Blicken der Anwesenden suchten; wir warteten stundenlang auf einer abgewetzten Holzbank unter den Porträts des ersten und des zweiten Revolutionsführers, und Sarah stand alle zehn Minuten auf, um zum Schalter zu gehen und immer dieselbe Frage und dasselbe Argument zu wiederholen, »*bâyad emshab beravam*, ich muss noch heute Abend abreisen, ich muss noch heute Abend abreisen«, worauf der Beamte ihr jedes Mal antwortete »morgen«, »morgen«, »morgen können Sie ausreisen«, und in meiner egoistischen Leidenschaftlichkeit hoffte ich, dass sie tatsächlich erst am nächsten Tag abreisen würde, dass ich einen Abend, eine Nacht mehr mit ihr zusammen sein und sie, so stellte ich es mir vor, über die Katastrophe trösten könnte, die wir nur undeutlich erahnten, und das Schlimmste in diesem heruntergekommenen Vorzimmer unter dem erzürnten Blick Khomeinis und der dicken Brille des kurzsichtigen Chamenei war, dass ich sie nicht in den Arm nehmen konnte, nicht einmal ihre Hand halten oder ihr die Tränen abwischen konnte, die ihr aus Wut, Angst und Ohnmacht übers Gesicht liefen, aus Furcht, ein solches Zeichen der Unschicklichkeit und des Verstoßes gegen die islamische Moral würde ihre Chancen, das Ausreisevisum zu erhalten, noch weiter verringern. Als jede Hoffnung, den magischen Stempel noch zu bekommen, vergeblich schien, kam schließlich ein höherer Offizier (ungefähr fünfzig, kurzer, grauer Bart, eher gutmütig mit Bauch in einer tadellosen Uniformjacke) auf dem Weg in sein Büro an uns vorbei; als guter Familienvater hörte er sich Sarahs Geschichte an, bekam Mitleid, und nachdem er mit jener hochherzigen Größe, die nur mächtigen Diktaturen eigen ist, ein geheimnisvolles Dokument abgezeichnet hatte, rief er einen Untergebenen, um ihn anzuweisen, er möge dem Pass der vor ihm Stehenden das theoretisch unerreichbare Siegel aufdrücken, so dass sich besagter Untergebener, derselbe unerschütterliche Beamte, der uns den ganzen Vormittag über rücksichtslos hatte schmoren lassen, dieser Aufgabe wiederum mit einem leicht ironischen oder mitleidigen Lächeln annahm und Sarah nach Paris abflog.

H-Dur – die Morgendämmerung, die die Liebesszene beendet; der Tod. Erklingt Szymanowskis *Lied von der Nacht*, das die Verse des Mystikers Rumi so gut mit der langen Nacht von Tristan und Isolde verbindet, in H-Dur? Ich erinnere mich nicht mehr, aber es ist wahrscheinlich. Ohne jeden Zweifel eine der erhabensten symphonischen Kompositionen des letzten Jahrhunderts. Die Nacht des Orients. Der Orient der Nacht. Tod und Trennung. Mit diesen Chören, die wie Sternenhaufen funkeln.

Szymanowski hat auch Gedichte von Hafis vertont, zwei Liederzyklen, die er kurz vor dem Ersten Weltkrieg in Wien komponierte. Hafis. Man hat den Eindruck, die Welt kreise um sein Geheimnis wie der mystische Feuervogel um den Berg. »Pst! Hafis, sei still! Niemand kennt die göttlichen Geheimnisse. Wen willst Du fragen, was aus der Wiederkehr der Tage geworden ist?« Um sein Geheimnis und um seine Übersetzer, von Hammer-Purgstall bis Hans Bethge, dessen Adaptionen »orientalischer« Dichtung so häufig vertont wurden. Szymanowski, Mahler, Schönberg oder Viktor Ullmann, sie alle sollten zu Bethges Versionen greifen. Bethge, der Reisende, der sich fast nicht vom Fleck rührte, der weder Arabisch noch Persisch oder Chinesisch konnte. Das Original, die Essenz soll sich zwischen dem Text und seinen Übersetzungen befinden, in einem Land zwischen den Sprachen, zwischen den Welten, irgendwo im *Nâkodjââbad*, dem Ort-des-nicht-Stattfindens, dieser Bilderwelt, der auch die Musik entspringt. Es gibt kein Original. Alles ist in Bewegung. Zwischen den Sprachen. Zwischen den Zeiten, der Zeit von Hafis und der von Hans Bethge. Die Übersetzung als metaphysische Praxis. Die Übersetzung als Meditation. Es ist sehr spät, um an diese Dinge zu denken. Es ist die Erinnerung an Sarah und an die Musik, die mich in diese melancholischen Zustände treibt. In diese großen Leerräume in der Zeit. Wir wussten nicht, was die Nacht an Schmerz bereithielt; welche lange und sonderbare Trennung sich nach diesen Küssen auftrat – ich kann mich unmöglich wieder ins Bett legen, noch ertönt kein Vogel oder Muezzin in der Finsternis von Wien, solange das Herz vor Erinnerungen laut pocht, einen Mangel leidet, der vielleicht genauso mächtig ist wie der Mangel an Opium, der Mangel an Atem und an Zärtlichkeiten.

Sarah hat eine glänzende Karriere hingelegt; man lädt sie ständig zu den prestigeträchtigsten Kolloquien ein, dabei ist sie immer eine akademische Nomadin geblieben, ohne feste Stelle, wie man so sagt, im Gegensatz zu mir, der genau über das Gegenteil verfügt: eine sichere Stellung auf einem bequemen Campus mit netten Studenten in der Stadt, in der ich aufgewachsen bin, aber mit einer Reputation, die gegen null tendiert. Bestenfalls kann ich von Zeit zu Zeit auf einen Festvortrag an der Universität von Graz oder auch Bratislava oder Prag zählen, um mir die Beine zu vertreten. Seit vielen Jahren schon bin ich nicht mehr in den Mittleren Osten zurückgekehrt, nicht einmal mehr nach Istanbul. Ich könnte stundenlang vor diesem Bildschirm sitzen und Sarahs Artikel und öffentliche Auftritte durchgehen, ihre Reisen rekonstruieren, Kolloquien in Madrid, Wien, Berlin, Kairo, Aix-en-Provence, Boston, Berkeley, bis nach Bombay, Kuala Lumpur oder Djakarta, eine Karte des Weltwissens.

Manchmal kommt es mir so vor, als wäre die Dunkelheit angebrochen, als hätte sich die Finsternis des Westens über den Orient der Lichter gelegt. Dass der Geist, das Studium, die Wonnen des Geistes und des Studiums, von Khayyams oder Pessoas Wein, dem 20. Jahrhundert nicht widerstanden haben, dass die kosmopolitische Konstruktion der Welt nicht mehr im Austausch der Liebe und der Gedanken stattfindet, sondern im Austausch von Gewalt und Industrieprodukten. Die Islamisten im Kampf gegen den Islam. Die Vereinigten Staaten und Europa im Krieg gegen das Andere in ihnen selbst. Wozu nutzt es, Anton Rubinstein und seine *Lieder des Mirza-Schaffy* dem Vergessen zu entreißen. Wozu soll es gut sein, sich an Friedrich von Bodenstedt und sein Werk *Tausend und ein Tag im Orient* zu erinnern, an seine Beschreibungen der Abendgesellschaften mit Mirza Schaffy, dem aserbaidschanischen Dichter in Tiflis, an seine Besäufnisse mit georgischem Wein, seine taumelnden Lobreden auf die kaukasischen Nächte und die persische Dichtung, an die Gedichte, die der Deutsche sturzbetrunken in den Straßen von Tiflis brüllte. Bodenstedt, ein weiterer vergessener Übersetzer. Ein Reisender. Und vor allem, ein Schöpfer. Das Buch *Die Lieder des Mirza-Schaffy* war im 19. Jahrhundert allerdings einer der großen Erfolge der »orientalischen« Literatur in Deutschland. Ebenso wie ihre Vertonungen von Anton Rubinstein in Russland. Wozu sich an die russischen Orientalisten und ihre schönen Begegnungen mit der Musik und der Literatur Zentralasiens erinnern. Man muss schon Sarahs Energie haben, um sich immer wieder neu aufzubauen, immer wieder Trauer und Krankheit ins Gesicht zu sehen, muss schon die Beharrlichkeit aufbringen, weiter in der Traurigkeit der Welt zu stöbern, um Schönheit oder Wissen daraus zu ziehen.

Mein lieber Franz,

ich weiß, ich schreibe Dir nicht viel in diesen Zeiten, lasse kaum etwas von mir hören, verliere mich im Reisen. Ich bin für einige Zeit in Vietnam, im Tonkin, im Annam und in Cochinchina. Ich bin in Hanoi um 1900. Ich sehe Dich große Augen machen: in Vietnam? Ja, stell Dir vor, für ein Projekt zu den Phantasien über die Kolonialwelt. Leider ohne Paris zu verlassen. Über das Opium. Ich habe mich in die Berichte des süchtigen Jules Boissière vertieft, des armen okzitanischen Beamten, der mit vierunddreißig Jahren an seiner Leidenschaft zugrunde ging, nachdem er so manche Pfeife geraucht und es mit dem dunklen Licht der Opiumlampe als einzigem Begleiter mit dem Dschungel von Tonkin, der Kälte, dem Regen, der Gewalt und den Krankheiten aufgenommen hatte – die Geschichte von der Darstellung des Opiums in der kolonialen Literatur ist außerordentlich interessant. Der Vorgang der Essentialisierung des Opiums als »fernöstlich«, als das, was die »gute, süße Droge«, wie Boissière sagt, an Mystik, an Klarheit im Zentrum der kolonialen Gewalt auf sich vereinigt. Für Boissière ist das Opium die Ver-

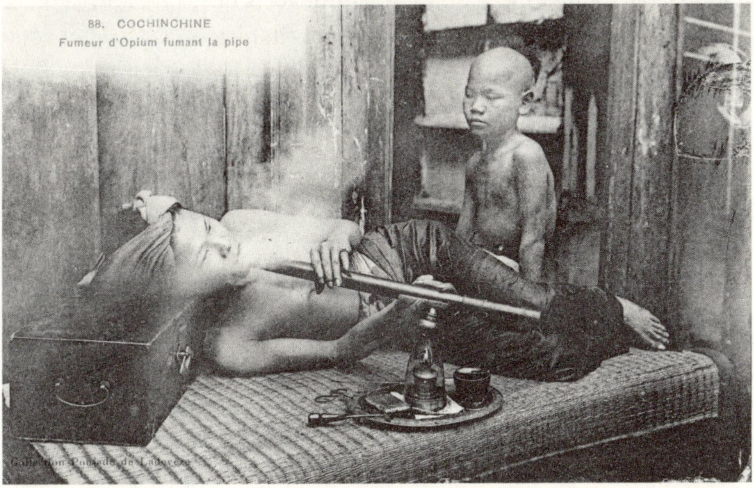

bindung zum Vietnamesen; sie teilen nicht nur die Pfeifen und die Sänften, sondern auch den Schmerz des Mangels und die Gewalt der Zeitläufe. Der Opiumraucher ist ein besonderer Mensch, ein Weiser, der zur Gemeinschaft der Seher gehört: ein empfindsamer Visionär und Bettler. Das Opium ist die leuchtende Schwärze, die sich der Grausamkeit der Natur und den Gräueln der Menschen entgegenstellt. Man raucht, nachdem man gekämpft hat, nachdem man gefoltert hat, nachdem man gesehen hat, wie die Köpfe von den

Säbeln abgeschlagen wurden, die Ohren von den Macheten abgetrennt wurden, die Körper von Ruhr und Cholera verheert waren. Das Opium ist eine gemeinsame Sprache, eine gemeinsame Welt; nur die Pfeife und die Lampe haben die Macht, einen in »die Seele Asiens« eindringen zu lassen. Die Droge (die präkoloniale Geißel, die durch den kaiserlichen Handel eingeführt wurde, eine furchtbare Waffe der Herrschaft) wird zum Schlüssel für eine fremde Welt, die man durchdringen muss, dann zu dem, was diese Welt am besten repräsentiert, zu dem Bild, das diese Welt für die westlichen Massen am vollkommensten zeigt.

Hier zum Beispiel zwei Postkarten, die in den zwanziger Jahren aus Saigon abgeschickt wurden. Die Jugendlichkeit der Modelle vermittelt den Eindruck, dass das Opiumrauchen eine nicht nur außerordentlich weit verbreitete, sondern auch eine allgemein akzeptierte, ewige, bäuerliche, natürliche Praxis ist; die schwarze Kiste mit dem Vorhängeschloss schließt sicher alle Geheimnisse dieser exotischen Länder ein, in denen man sich dieser kindlichen Leidenschaft hingibt. Bildnis des Einheimischen als süchtiges Kind.

»Überall muß man sich mit Giften betäuben: China hat sein Opium, der Islam den Haschisch, der Westen die Frau … Vielleicht ist ›Liebe‹ nichts als der verzweifelte Versuch des Westens, sich vom Zwange des Gegebenen, des der Menschheit Auferlegten, zu befreien«, schreibt Malraux in seinem Roman So lebt der Mensch*; dieser zumindest seltsame Satz zeigt gut, wie das Opium zur Apanage des Fernen Ostens wird, auf welche Weise sich unsere Vorstellungen herausbilden; es geht freilich nicht darum, die Wirklichkeit der Verwüstungen in Zweifel zu ziehen, die das Opium in China oder in Vietnam angerichtet hat, sondern zu erkennen, wie diese Bildwelt entstanden ist und auf welche Weise sie der kolonialen Propaganda dient.*

Ich erinnere mich, wie Marc in Teheran im Opium versunken war, und ich frage mich, ob er nicht einem großen Traum erlegen ist, ob nicht alle seine wissenschaftlichen Rechtfertigungen nur unbewusste Entschuldigungen dafür sind, um, wie wir alle, in die Traumgefilde einzutauchen, in denen man sich selbst entkommt.

Ich erkläre Dir das alles, doch in Wirklichkeit würde auch ich mich am liebsten auf einer Matte ausstrecken, den Kopf an einen Koffer gelehnt, die Dämpfe des Vergessens einatmen, meine Seele den Zaubertränken überlassen und alle Schmerzen des Verlusts vergessen. Mein Opium sind die Texte und die Bilder, die ich jeden Tag in den Pariser Bibliotheken aufsuche, diese Schmetterlinge aus Wörtern, die ich sammle, die ich beobachte, ohne an etwas anderes zu denken, dieses Meer aus alten Büchern, in dem ich ertrinken will – trotz allem muss ich immer an meinen Bruder denken, ich habe das Gefühl zu hinken, als würde ich immer schief liegen, und wenn ich auf einen allzu brutalen oder allzu bewegenden Text stoße, kann ich meine Tränen manchmal kaum noch zurückhalten, dann schließe ich mich in mein Zimmer ein und nehme eine dieser modernen Pillen, die sicher nicht den Zauber noch die Macht des Opiums besitzen, und schlafe vierundzwanzig Stunden am Stück.

Ihr Leidenden, hier liegt der Schatz, der euch bleibt:
Raucht. Und ihr, nachsichtige Götter, seid gesegnet,
Dass ihr das Glück einer Geste preisgegeben habt.

So lautet die Grabinschrift, die Albert de Pouvourville für seinen Freund Jules Boissière in der Trấn-Quốc-Pagode in Hanoi, geschrieben hat. Ich würde mir wünschen, dass das Glück von einer Geste abhinge. Ich weiß, dass Du an mich denkst; ich lese Deine Briefe jeden Tag, ich versuche, darauf zu antworten, doch es gelingt mir nicht, ich habe Angst, dass Du deshalb böse auf mich bist, also vergrabe ich mich in meine Forschungsarbeiten wie ein Kind, das sich unter seiner Bettdecke versteckt.

Schreib mir trotzdem, ich umarme Dich,
Sarah

Sarah hat sich damit wieder aufgebaut, dass sie weiter nach Osten und tiefer in sich gegangen ist, vorwärts auf dem Weg dieser spirituellen und wissenschaftlichen Suche, durch die sie ihrem eigenen Unglück entkommen konnte – ich bleibe lieber in meiner Wiener Wohnung, auch wenn ich unter Schlaflosigkeit, Krankheit und Grubers Hund leide. Ich habe nicht ihren Mut. Krieg war nie der beste Moment für unsere Kongregation. Die Archäologen wurden zu Spionen, die Sprachwissenschaftler zu Goldschmieden der Propaganda, die Ethnologen zu Sträflingsaufsehern. Sarah tut richtig daran, in jene geheimnisvollen und fernen Gegenden auszuwandern, in denen man sich mehr für den Handel mit

Pfeffer und philosophische Konzepte interessiert und weit weniger für Schlächter und Pyrotechniker. *Im Orient des Orients*, wie Pessoa sagte. Was würde ich wohl finden im fernen China, im Königreich Siam, bei den gequälten Völkern Vietnams und Kambodschas oder auf den Philippinen, den von den Spaniern eroberten Inseln, die auf der Landkarte zwischen der einen und der anderen Seite der Welt unschlüssig zu verharren scheinen, gebeugt über den riesigen Pazifik, die letzte Barriere, die das Chinesische Meer begrenzt, oder auf Samoa, dem östlichsten Punkt deutscher Sprache, oder dem westlichsten, der Pazifikkolonie des bismarckschen Reichs, das den Spaniern die letzten Krümel ihrer Besitzungen südlich des Äquators abgekauft hatte, was wird man im Westen des Westens wohl finden, dort, wo sich der Gürtel des Planeten schließt, ein paar zitternde Ethnologen und schwitzende Verwalter der Kolonien, die unter dem untröstlichen Blick der Einheimischen ihren Spleen in Alkohol und Gewalt ertränken, Import-Export-Unternehmen, Offshore-Banken, Touristen oder auch Wissen, Musik, Liebe, Austausch und Begegnungen – die letzte Spur des deutschen Kolonialismus ist, wie es sich gehört, ein Bier, das Tsingtao, benannt nach der Hauptstadt des deutschen Schutzgebiets Kiautschou im Nordosten des geheimnisvollen Chinas; einige tausend Deutsche bewohnten dieses vom himmlischen Kaiserreich für neunundneunzig Jahre gepachtete Territorium, das im Herbst 1914 japanische Truppen mit Hilfe eines britischen Kontingents schließlich im Sturm einnahmen, angezogen vielleicht von seiner großen Brauerei aus Ziegelstein, die auch heute noch Millionen Flaschen Bier in die ganze Welt exportiert – und wieder ist ein Bogen geschlagen: das ehemalige Kolonialbier kolonisiert ein Jahrhundert später seinerseits den kapitalistischen Planeten. Ich stelle mir vor, wie im Jahr 1900 die Maschinen und die Braumeister aus Deutschland eintrafen und in der herrlichen, zwischen Shanghai und Peking gelegenen Bucht an Land gingen; erst kurze Zeit zuvor hatten die deutschen Kanonenboote sie der Mandschu-Dynastie entrissen, in die die Westmächte eingefallen waren wie Würmer in eine offene Wunde: Die Russen genehmigten sich Port-Arthur, die Franzosen Fort-Bayard, die Deutschen Tsingtao, ohne die Besitzungen in den Städten von Tientsin oder Shanghai mitzuzählen. Selbst unser armes Österreich-Ungarn erhielt einen Zipfel von Tientsin und beeilte sich, heißt es, ihn mit Gebäuden im Wiener Stil zuzupflastern, einer Kirche, einigen Wohnhäusern, Geschäften. Hundertsechzig Kilometer entfernt von Peking muss Tientsin einer Europa-Ausstellung geglichen haben mit einem französischen, englischen, deutschen, russischen, österreichischen, belgischen und sogar italienischen Viertel. Auf wenigen Kilometern, so der Eindruck, konnte man das hochmütige und kolonisatorische Europa durchlaufen, jenes Europa der Briganten und Abenteurer, die schon 1860 in Peking den Sommerpalast geplündert und in Brand gesetzt hatten, die englischen und französischen Soldaten waren so versessen auf die Pavillons des Parks, das Porzellan, die Goldverzierungen, die Brunnen und sogar die Bäume, dass sie den Palästen ihre Reichtümer wie ein gieriger Pöbel entrissen, bevor sie sie in Schutt und Asche legten, und später fand man die kaiserlichen chinesischen Teller und Bronzegefäße, die Ausbeute der Plünderungen und der Gewalt, sogar auf den Märkten von London oder Paris. Peter Fleming, der Bruder des Schöpfers von James Bond und Reisegefährte von Ella Maillart, erzählt in seinem Buch über die berühmten 55 Tage von Peking, in denen die Vertreter der elf europäischen Nationen im Botschaftsviertel ihrer Belagerung durch die Boxer und die kaiserliche Armee standhielten, dass ein Orientalist untröstlich weinte, als ein Feuer das einzige vollständig erhaltene Exemplar der riesigen *Yongle-Dadian*-Enzyklopädie aus der Ming-Zeit zerstörte, die im frühen 15. Jahrhundert zusammengestellt worden war und das ganze Wissen der Welt in elftausend Bänden enthielt; elftausend Bände, dreiundzwanzigtausend Kapitel und Abermillionen handgeschriebener Ideogramme, die in den knisternden Flammen der unglücklicherweise neben der britischen Botschaft gelegenen kaiserlichen Bibliothek in Rauch aufgingen. Ein unbekannter Sinologe weinte: Einer der wenigen, die sich in der aufgeheizten Kriegslage bewusst waren, was hier verlorenging, befand sich dort mitten in der Katastrophe, und plötzlich wurde ihm sein eigener Tod gleichgültig, er hatte gesehen, wie das Wissen in Rauch aufging, wie sich das Vermächtnis der alten Weisen auflöste – und er betete hasserfüllt zu einem unbekannten Gott, damit die Flammen mit den Chinesen auch die Engländer vernichteten, oder begnügte er sich damit, betäubt vom Schmerz und von der Schande, die Augen durch die Tränen der Wut vor dem Rauch geschützt, den Funkenflug und die brennenden Papierschnipsel zu beobachten, die sich der Sommernacht bemächtigten? Man weiß es nicht. Dagegen weiß man ganz genau, hätte Sarah gesagt, dass der Sieg der Fremden über die Chinesen zu Massakern und Plünderungen von unerhörter Gewalt führte, selbst die Missionare fanden, so scheint es, zusammen mit den Soldaten der ruhmreichen alliierten Nationen Gefallen an Blut und Rachelust. Abgesehen von dem unbekannten Sinologen weinte offenbar niemand der zerstörten Enzyklopädie nach; man setzte sie auf die Liste der Kriegsopfer, der Opfer des Imperialismus und der wirtschaftlichen Eroberung eines widerspenstigen Reichs, das sich beharrlich weigerte, sich in Stücke reißen zu lassen.

Auch im *Orient des Orients* entgeht man nicht mehr dem Eroberungsdrang Europas, seinen Händlern, Soldaten, Orientalisten oder Missionaren – die Orientalisten sind die Übersetzer aus der anderen Sprache, die Missionare die in die andere Sprache: Dort, wo die Wissenschaftler fremdes Wissen übersetzen und importieren, exportieren die Geistlichen ihren Glauben, lernen die lokalen Sprachen, um das Neue Testament an Ort und Stelle verständlicher zu machen. Die ersten Wörterbücher des Tonkin-Chinesischen, des Chinesischen oder des Khmer sind von Männern der Mission verfasst worden, ob sie nun Jesuiten, Lazaristen oder Dominikaner waren. Diese Missionare bezahlten einen hohen Preis für die Verbreitung des Glaubens – ich werde ihnen einen weiteren Band meines großen Werkes widmen müssen:

Über die verschiedenen Formen von Wahn im Orient
Vierter Band
Die Enzyklopädie der Enthaupteten

Unter anderem haben die Kaiser von China und Annam eine beträchtliche Anzahl von Hausierern Jesu zu Märtyrern gemacht, von denen viele anschließend durch Rom selig- oder sogar heiliggesprochen wurden, Märtyrer von Vietnam, China oder Korea, deren Leiden denen der römischen Märtyrer in nichts nachstand, wie der Heilige Théophane Vénard, für dessen Enthauptung in der Nähe von Hanoi fünf Säbelhiebe nötig waren: Der junge Franzose stirbt für seinen Glauben in den 1850er Jahren am Ufer des Roten Flusses zu einem Zeitpunkt, als die Offensive der Franzosen in Annam den Kaiser zwingt, die Christenverfolgungen zu forcieren. Man berichtet, er habe ruhig vor dem Fluss gekniet, den Henker an seiner Seite: der erste Säbelhieb, zu schnell und schlecht angesetzt, verfehlt den Nacken und trifft ihn nur an der Backe; Théophane betet weiter. Vielleicht weil der Henker noch angespannter ist wegen seines ersten Fehlschlags, streift er mit seinem zweiten Hieb nur den Hals, vergießt ein wenig Blut des Missionars, beendet sein Gebet aber nicht; fünf Mal musste der Kopfabschneider (man stellt ihn sich vor wie im Film, groß, fett und kahlköpfig, doch vielleicht war er klein, behaart und vor allem, wie es heißt, trunksüchtig, was seine missglückten Hiebe plausibel erklären würde) seinen Arm heben, bis der Kopf des Märtyrers endlich rollte, sein Körper zusammenbrach und seine Gebete verstummten. Sein Kopf wurde aufgespießt und zur Abschreckung am Ufer des Roten Flusses aufgepflanzt, sein Leichnam im Schlick begraben – in der Dunkelheit der Nacht stahlen Katechumenen beides, gaben dem Torso ein echtes Begräbnis auf einem christlichen Friedhof und dem Kopf eine Glasglocke, damit er am Bischofssitz in Hanoi als Reliquie aufbewahrt werden konnte, und hundertfünfzig Jahre später wurde der junge Priester der Pariser Mission zusammen mit zahlreichen seiner zerstückelten, erwürgten, verbrannten oder enthaupteten Brüder heiliggesprochen.

Todesart: Kopfabschlagen mit dem Säbel, Kreuzigung, Zerstückelung, Bauchaufschlitzen, Ertränken, verschiedenerlei Folterungen führen die Akten der Missionare in Asien auf.

Welchen Heiligen soll ich in meiner Agonie um Trost bitten, den Heiligen Théophane Vénard oder andere massakrierte Heilige, oder einfach Sankt Martin, den Heiligen meiner Kindheit, auf den ich in Österreich bei den Fackelzügen am 11. November immer so stolz war – für meine Wiener Mitbürger ist Sankt Martin nicht der Heilige Martin von Tours, dessen Grab ich als Kind mit meiner Großmutter und Mama in der gleichnamigen Basilika (vergoldet, eher orientalisch als gallisch) gesehen hatte, wodurch ich in meiner kindlichen Religiosität eine besondere Nähe zu dem Legionär im zerschnittenen Mantel entwickelte, eine Nähe, die ich mit dem Schilf und den Sandbänken am Ufer der Loire sowie mit den Porphyrsäulen der stillen unterirdischen Grabkammer verband, in der dieser so mildtätige Heilige ruhte, den man, wie Mutter sagte, in jeder

Angelegenheit um Fürsprache bitten konnte, was ich nicht versäumte, wenn ich ihn, sicher ungeschickt, um Bonbons, Süßigkeiten und Spielzeug bat. Meine Verehrung für den Soldaten-Bischof war ganz und gar eigennützig, und wenn wir uns in Wien, mitten im Herbst, aufs Land begaben, um die Martinsgans zu essen, war dieses etwas trockene Geflügel für mich direkt mit Tours verbunden; ganz sicher kam es von dort angeflogen – wenn eine Glocke in der Lage war, von Rom zurückzukommen, um die Wiederauferstehung zu verkünden, dann konnte wohl eine Gans von der Touraine nach Österreich fliegen, um sich zu Ehren des Heiligen gut durchgebraten zwischen Maronen und Serviettenknödel zu legen. Seltsamerweise war der heilige Benedikt, obwohl das Dorf meiner Großmutter seinen Namen trug, für mich nie etwas anderes als diese Ansammlung von Silben: Denn im Kopf eines Kindes ist ein Legionär, der seinen Mantel mit einem Bettler teilt, bestimmt viel attraktiver als ein italienischer Mönch, so wichtig dieser für die mittelalterliche Spiritualität auch gewesen sein mag – allerdings ist Sankt Benedikt der Schutzheilige der Sterbenden, er ist also mein Fürsprecher, ich sollte vielleicht in ein Bildnis des heiligen Benedikt investieren, meiner Ikone vom heiligen Christophorus untreu werden. Der kanaanäische Hüne starb ebenfalls durch Enthauptung, auf Samos; er ist der Heilige des Übersetzens, derjenige, der einem hilft, Flüsse zu überqueren, der den Christ von einem Ufer zum anderen getragen hat, der Schutzheilige der Reisenden und der Mystiker. Sarah liebte die orientalischen Heiligen. Ob Sankt Andreas von Konstantinopel oder Symeon von Emesa, sie erzählte die Geschichten dieser *Narren in Christo*, die ihre Narrheit benutzten, um ihre Heiligkeit zu verbergen – Narrheit bedeutete damals Andersheit der Sitten, die unerklärliche Differenz in den Handlungen: Symeon, der vor Emesa einen toten Hund auf dem Weg findet, ihm eine Leine um den Hals bindet und ihn hinter sich herzieht, als wäre er lebendig; immer noch Symeon, der das Spiel betreibt, beim Gottesdienst die Kerzen zu löschen, indem er Nüsse nach ihnen wirft, und der dann, als man ihn verjagen will, die Kanzel erklimmt, um die Gottesdienstbesucher mit getrockneten Früchten zu bombardieren, bis die Gläubigen ihn aus der Kirche werfen; Symeon, der tanzt, der mit den Händen klatscht und mit den Füßen klopft, der die Mönche verspottet und Lupinen futtert wie Wölfe.

Bilger ist vielleicht so ein Heiliger, wer weiß. Der erste heilige Archäologe, der seine Heiligkeit hinter einer undurchdringlichen Narrheit versteckt. Vielleicht hat er in der Wüste die Erleuchtung gehabt, auf den Ausgrabungsstätten, angesichts der Spuren der Vergangenheit, die er im Sand freilegte und deren biblische Weisheit er nach und nach durchdrang, bis sie an einem Tag, der heller war als alle anderen, zu einem riesigen Regenbogen wurde. Bilger ist jedenfalls der Wahrhaftigste von uns allen; er begnügt sich nicht mit einem leichten Sprung in der Schüssel, mit Schlaflosigkeit oder undefinierbarer Krankheiten wie meinen, und auch nicht mit der spirituellen Sucht Sarahs, er ist heute der Forscher seiner eigenen inneren Andersheit.

Sarah war auch ganz versessen auf Missionare, ob Märtyrer oder nicht; sie seien, sagte sie, die Unterwasserwelle, das mystische oder wissenschaftliche Gegenbild des Kanonenboots – beide bewegten sich gemeinsam vorwärts, entweder folgen die Soldaten dicht auf die Geistlichen und die Orientalisten oder sie gehen diesen ein wenig voraus, die manchmal auch beides zugleich sind. Und manch einer war sogar alles drei auf einmal, wie Alois Musil, der Dominikaner-Pater Jaussen oder Louis Massignon, die heilige Dreifaltigkeit des Jahres 1917. Die erste Tibet-Durchquerung zum Beispiel (und es war mir eine Freude, dass ich Sarah mit dieser Großtat des nationalen Weihwasserwedels bekannt machen konnte) war das Werk eines österreichischen Jesuiten aus Linz, Johannes Gruber, vielleicht ein Vorfahre meines Nachbarn: Dieser heilige Mann des 16. Jahrhunderts, zu seiner Zeit Mathematiker und Missionar, war der erste Europäer, der auf dem Rückweg von China Lhasa besuchte. Auf ihren langen Forschungsreisen durch die buddhistischen Lande stieß Sarah auf weitere Missionare, weitere Orientalisten, über die sie mir mindestens ebenso häufig leidenschaftliche Berichte schickte wie über die Wüstenspione – über Pater Évariste Huc zum Beispiel, der mit seiner südländischen Gutmütigkeit (wenn ich mich recht erinnere, stammte er aus Montauban am Ufer des Tarn, der rosigen Heimat des Malers Ingres, der den Orientalisten und Halil Pascha so sehr am Herzen lag) während eines Besuchs von Sarah in Wien, dem ersten nach Samuels Tod, auf einer ansonsten eher angespannten, ziemlich eintönigen Wiener Jause alle erheitert hatte. Sie war damals in Darjeeling. Die schrecklichen Wiener Museen, die Orientalisten-Erinnerungen und eine eigenartige Distanz, die wir versuchten, mit Hilfe von Wissenschaft und gelehrten Reden zu überbrücken: Ihr Aufenthalt kam mir sehr lang vor. Ich ärgerte mich über Sarah. Zugleich war ich stolz, ihr mein Wiener Leben zu zeigen, und schrecklich enttäuscht darüber, nicht sogleich wieder zur Teheraner Intimität zurückzufinden. Nichts als Unbeholfenheit, Ungeduld, Gezänk und Unverständnis. Ich hätte sie gerne ins Museum des Belvedere oder auf den Spuren meiner Kindheit nach Mariahilf mitgenommen, doch sie interessierte sich nur für Schreckensgeschichten oder buddhistische Zentren. Ich hatte diese Monate mit der Erinnerung an sie verbracht, hatte so viel in das Warten auf sie investiert, mir eine Phantasiegestalt geschaffen, die so vollkommen war, dass sie auf einmal mein ganzes Leben ausfüllte – was für ein Egoismus, wenn ich daran denke. Trotz ihrer Briefe habe ich das Ausmaß ihrer Trauer, ihres Schmerzes, des Gefühls der Ungerechtigkeit, die der brutale Verlust eines so nahen Menschen auslösen kann, nie begriffen:

Lieber Franz, danke für diese diplomatische Nachricht, sie hat mich zum Lachen gebracht – das ist im Augenblick sonst ziemlich schwierig. Du fehlst mir sehr. Oder vielmehr, alles fehlt mir sehr. Ich habe das Gefühl, aus der Welt zu sein, ich schwimme in der Trauer. Ich brauche nur dem Blick meiner Mutter zu begegnen, und schon beginnen wir beide zu weinen. Wir weinen über die Traurigkeit des anderen, über die Leere, die wir auf dem erschöpften Gesicht des anderen sehen. Paris ist ein Grab, nur Erinnerungsfetzen. Ich setze meine Streifzüge durch die literarischen Gefilde des Opiums fort. Ich weiß nicht mehr genau, wie es um mich steht.

Ich küsse Dich traurig, und bis bald
Sarah

Franz Ritter schrieb:

Meine liebe Sarah,

wenn Du wüsstest, wie schwer es manchmal ist, den eigenen Ansprüchen zu genügen, wenn man nicht das Glück hat, Franzose zu sein, wie mühsam es ist, sich allein kraft seiner Intelligenz in die Regionen aufzuschwingen, in denen sich Deine Landsleute bewegen, und ihre sublimen Beweggründe, ihre Sorgen und ihre Gefühle zu verstehen!!! Ich war neulich zum Abendessen bei dem Kulturattaché Deines großen Landes eingeladen und konnte dabei ermessen, wie weit der Weg für mich noch ist, bis ich ihm an den Knöchel reiche. Der Kulturattaché ist Musiker; Du erinnerst Dich sicher, dass er keine Gelegenheit ausließ, um sich mit mir über die Wiener Oper oder die Philharmonie zu unterhalten. Da er unverheiratet ist, empfängt er häufig Gäste bei sich, in seiner hübschen Villa in Niavaran. Die Einladung schmeichelte mir sehr. Kommen Sie, sagte er, ich habe iranische Freunde eingeladen, wir werden zusammen musizieren und zu Abend essen. Ohne jeden Schnickschnack, nur was der Kühlschrank so hergibt.

Ich kam zur vereinbarten Zeit, gegen 20 Uhr, nachdem ich eine Viertelstunde durch den Schnee gestapft war, weil der Paykan des Taxifahrers ins Rutschen kam und er sich weigerte, die Straße weiter hoch zu fahren. Ich komme am Portal an, klingele, warte, klingele wieder: nichts. Ich beschließe also, die Gelegenheit zu nutzen und in der eisigen Nacht eine Runde zu drehen, vor allem, wie ich zugeben muss, weil reglos vor dem Tor zu warten den sicheren Tod bedeutet hätte. Ich schlendere ein paar Minuten ziellos umher, und als ich nach einigen Minuten wieder vor dem Haus vorbeigehe, stoße ich zufällig auf die Haushälterin, die gerade zur Tür herauskommt: Ich stürme auf sie zu, erkundige mich, und sie antwortet:

– Ach, Sie waren das, der geklingelt hat. Monsieur macht gerade Musik mit seinen Freunden, er öffnet nie, wenn er spielt.

Bestimmt, weil sich das Musikzimmer auf der anderen Seite der Villa befindet und man dort die Klingel nicht hört. Gut, gut. Ich trete eilig ein und gehe durch das Vestibül mit seinen eindrucksvollen dorischen Säulen, den klassischen Leuchtern, so klassisch wie die Musik, die zu mir dringt, Cembalo, Flöte. Couperin? Ich durchquere den großen Salon und achte darauf, nicht auf die wertvollen Teppiche zu treten. Ich frage mich, ob ich nicht vielleicht hier warten sollte, Du kennst mich, ich bin eher höflich, ich bleibe also dort stehen und warte auf eine Pause, bevor ich ins Musikzimmer trete, wie im Musikverein. Es ist genügend Zeit, die Gemälde zu betrachten, die Skulpturen von Epheben aus Bronze und, ach du Schreck!, die Matschspuren, die meine schlecht abgetretenen Schuhe überall auf dem Marmor hinterlassen haben. O Schande. Ein Teutone landet in diesem Hafen der Schönheit. Ich konnte genau meinen zögerlichen Weg um die Teppiche herum von einer Statue zur anderen verfolgen. Eine noch größere Schande. Daran soll es nicht scheitern: Ich erblicke eine Perlmutt-Schachtel, die aussieht, als enthielte sie Papiertaschentücher, ich schnappe sie und hoffe, dass die Sonate lange genug dauert, damit ich meine Putzarbeit erledigen kann, ich knie mit der Schachtel in der Hand nieder und höre:

– Ah, Sie sind eingetroffen? Was tun Sie denn, wollen Sie Murmeln spielen? Aber bitte, kommen Sie doch, treten Sie ein.

Tatsächlich, die Schachtel enthielt Porzellanmurmeln, frag mich nicht, wie ich sie mit einer Schachtel Papiertaschentücher verwechseln konnte, ich könnte es Dir nicht sagen: Aus einem ästhetischen Affekt heraus sicher, man denkt, in solch einer Umgebung kann eine Kleenex-Schachtel nur aus Perlmutt sein. Lächerlich, ich habe mich lächerlich gemacht, man verdächtigt mich also, auf dem Teppich Murmeln spielen zu wollen, während drinnen meisterlich musiziert wird. Ein Kulturbanause. Der österreichische Musikologe spielt lieber Murmeln auf den Orientteppichen, als Couperin zu hören.

Ich seufze, stelle die Schachtel vorsichtig zurück und folge dem Kulturattaché ins besagte Musikzimmer: ein Sofa, zwei Sessel, einige orientalistische Gemälde, wieder Skulpturen, ein Spinett, Musiker (am Cembalo der Attaché, ein iranischer Flötist) und das Publikum, ein junger Mann mit einem sympathischen Lächeln.

Darf ich vorstellen: Mirza, Abbas – Franz Ritter, österreichischer Musikologe, Schüler von Jean During.

Wir schütteln uns die Hände; ich setze mich, und sie beginnen zu spielen, was mir Zeit verschafft, meine Schmach einen Augenblick zu vergessen und über mich selbst zu lachen. Mit geschlossenen Augen, um sich konzentrieren zu können, summt der Attaché beim Spielen leise mit. Ein schönes Stück, wirklich, die Flöte von ergreifender Tiefe, filigran und glasklar das Cembalo.

Nach fünf Minuten beenden sie ihren Vortrag, ich applaudiere. Der Attaché erhebt sich:

– Ich denke, wir können zum Fondue schreiten. Hier entlang, verehrte Feinschmecker.

Ach ja, ich hatte vergessen zu sagen, es handelte sich um eine Einladung zum Käsefondue, das in Teheran so selten auf den Tisch kommt, dass man es sich nicht entgehen lässt. Als der Attaché mich dazu einlud, hatte ich geantwortet:

– Ein Fondue? Das habe ich noch nie gegessen.

– Tatsächlich? Gibt es kein Fondue in Österreich? Nun, das ist die Gelegenheit, Sie einzuweihen. Es schmeckt weit besser als Raclette, sogar besser als Schweizer Raclette. Raffinierter. Ja, in der Tat raffinierter. Und bei diesem Schnee ist es das ideale Gericht.

Der Kulturattaché interessiert sich für alle Künste einschließlich der Kochkunst.

Zu viert machen wir uns also auf in die Küche und walten unseres Amts. Ich hatte trotz der Vorwarnung des Attachés und der angekündigten Plünderung des Kühlschranks mit einem ein wenig versnobten Dîner gerechnet, bei dem große und kleine Teller aufgetragen würden, und jetzt finde ich mich mit einer umgebundenen Schürze wieder, »man pfeift auf die Etikette«, wie Ihr sagt.

Mir obliegt es, das Brot zu schneiden. Nun denn. Ich schneide unter dem wachsamen Auge des Chefs, der die Größe der Stücke kontrolliert. Der Chef ist Mirza, in Personalunion auch Präsident des Feinschmecker-Clubs, der sich, wie ich erfahre, einmal wöchentlich beim Kulturattaché trifft.

– Letzte Woche gab es Wachteln, hmm … vorzügliche Wachteln, erzählt er. Köstlich. Kann man natürlich nicht vergleichen mit der einfachen Kost heute. Fondue, Geräuchertes, Weißwein. Die ganze Originalität liegt im iranischen Brot und natürlich in den Sabzi. Es wird uns sicher schmecken.

Der Attaché beobachtet entzückt, wie seine Gäste sich zu schaffen machen, ihm gefällt der Trubel in seiner Küche, man merkt es ihm an. Er schneidet den Schinken und die Hartwurst in feine Scheiben, die er auf einem großen blauen, iranischen Fayenceteller anrichtet. Ich habe schon seit Monaten kein Schwein mehr gegessen und komme mir vor, als würde ich auf außergewöhnliche Weise einem Verbot zuwiderhandeln. Wir decken den Tisch, unterhalten uns nebenher beim Aperitif, bis es Zeit ist, sich zu Tisch zu begeben. Die Spieße sind fertig, die Sabzi werden gerichtet, die diesem heidnischen Abendessen zusammen mit dem Sangak einen multikulturellen Anstrich geben. Und dann ruft der Attaché wenig diplomatisch:

– Also gut, ein Strip-Fondue! Wer sein Brotstück verliert, muss das Hemd ausziehen. Und er bricht in großes Gelächter aus, richtet seinen Blick zum

Himmel und schüttelt dabei den Kopf von rechts nach links. Schockiert klammere ich mich an meinen Spieß.

Man geht zum Wein über, ein weißer Graves, der übrigens köstlich schmeckte. Mirza eröffnet das Fondue, taucht sein Brotstück in den geschmolzenen Käse und holt es mühelos wieder heraus, wobei sich dünne Fäden bilden. Ich versuche es meinerseits: Es schmeckt zugegebenermaßen ausgezeichnet.

Das Gespräch dreht sich um Wein.

Der Attaché wirft mit zufriedenem Gesichtsausdruck in die Runde:

– Ich darf euch verkünden, ich habe mir gerade ein Aktiendepot Côtes-du-Rhône zugelegt. Ja, liebe Freunde, ich bin Wein-Aktionär!

Den beiden anderen Genießern steht der Neid ins Gesicht geschrieben.

– Das ist doch eine gute Nachricht! Die Côtes-du-Rhône!

Alle nicken zustimmend mit den Köpfen.

Man unterhält sich über das Mostgewicht, die Gärfässer und die Verfahren des Kelterns. Ich kämpfe mehr mit dem Fondue, das einem, sobald es abkühlt, nicht in den Mund wächst, wenn Du mir diesen Ausdruck erlaubst, vor allem nicht mit dem weichen und luftigen iranischen Brot, das kein längeres Eintunken in die lauwarme Masse durchsteht, ohne sich gefährlich aufzulösen. Ich hätte mehrmals fast mein Hemd gelassen.

Kurz, ich habe nicht viel gegessen.

Dann war das Fondue ohne Missgeschick überstanden, niemand hatte etwas anderes im Topf verloren als seine Illusionen. Es schlossen sich das Dessert, der Kaffee, der Verdauungsschnaps und ein Gespräch über Kunst an, um genau zu sein, kandierte Maronen aus der Provence, italienischer Espresso, Cognac und eine Diskussion über »Form und Inhalt«. Ich schlürfte die Beiträge des Attachés, zusammen mit dem V.S.O.P. Cognac laufen sie mir wie geschmiert die Kehle hinunter:

– Ich bin ein Ästhet, sagt er. Ästhetik ist in allen Dingen. Manchmal ist die Form sogar der Inhalt, wenn man den Dingen auf den Grund geht.

– Wie beim Fondue, sage ich.

Ich ernte düstere Blicke der beiden Hilfs-Ästheten, aber der Attaché, der kein humorloser Mann ist, lacht kurz nervös auf, hoho, und fährt mit inspiriertem Blick fort:

– Iran ist das Land der Formen. Ein äs-the-tisch for-mel-les Land.

Wie Du siehst, habe ich bei alldem die Muße, viel an Dich zu denken. Ich hoffe, ich habe Dich in diesen traurigen Augenblicken ein wenig aufgeheitert. Ich umarme Dich ganz fest,

Franz

Paris ist ein Grab, und ich erzähle ihr komische Geschichten aus dem gesellschaftlichen Leben, zeichne Karikaturen von Leuten, die ihr gleichgültig sind, wie blöd muss man sein, welche Schande – manchmal führen die Einsamkeit, die Ohnmacht der Verzweiflung dazu, wie ein Ertrinkender wild um sich zu schlagen. Bei diesem Kulturattaché traf übrigens eine tiefe Sympathie für Iran mit immenser Bildung zusammen. Ich erzähle ihr Lügengeschichten, und was noch schlimmer ist, ich erzähle ihr nichts von diesen langen Wochen in Teheran ohne sie, die ich fast ausschließlich mit Parviz verbrachte, mit dem ich Gedichte las, mit dem großen Parviz, dem Freund, der sich geduldig alles anhörte, was ich nicht sagte.

Außer Parviz war mir in Teheran niemand geblieben. Faugier war schließlich, körperlich zerstört und psychisch zugrunde gerichtet von seinem Forschungsgegenstand, nach Frankreich zurückgekehrt und lebte in einem Opiumtraum. Er hatte sich von mir verabschiedet, als würde er in eine andere Welt reisen, würdevoll, mit einem wortkargen feierlichen Ernst, der ziemlich erschreckend war bei diesem einst überschwänglichen Dandy – ich hatte noch den Mann aus Istanbul, den verführerischen Gavroche, den Prinzen der Nächte von Istanbul und Teheran vor Augen, aber er hatte sich aufgelöst, war fast nicht mehr vorhanden. Ich weiß nicht, was aus ihm geworden ist. Ich habe mehrfach mit Sarah darüber gesprochen, das Einzige, was mehr oder weniger gesichert war: Trotz all seiner Fähigkeiten, all seiner Publikationen gehörte Marc Faugier nicht mehr der akademischen Welt an. Sogar Google weiß nichts Neues über ihn.

Neue Forscher waren angekommen, darunter ein österreichischer Landsmann, Schüler von Bert Fragner, dem Direktor des Instituts für Iranistik an der Akademie der Wissenschaften in Wien, jener Akademie, die der gute Hammer-Purgstall seinerzeit gegründet hatte. Dieser Landsmann und Historiker war kein schlechter Kerl, er hatte nur einen Fehler, er führte Selbstgespräche im Gehen – stundenlang wanderte er die Flure auf und ab und dachte dabei laut nach, er legte Kilometer auf den Fluren zurück, und diese ebenso gelehrte wie unbegreifliche Monodie ging mir tierisch auf die Nerven. Wenn er nicht auf und ab wanderte, stürzte er sich in endlose Go-Partien mit einem anderen Neuankömmling aus Norwegen, einem exotischen Norweger, der auf so hohem Niveau Flamenco-Gitarre spielte, dass er jedes Jahr an einem Festival in Sevilla teilnahm. Hier kam alles zusammen, was die Welt an schrillen Begegnungen aufbieten konnte: Ein österreichischer Philatelist, der sich für die Geschichte der iranischen Briefmarken begeisterte, spielte Go mit einem norwegischen Zigeuner-Gitarristen, der sich auf das Studium des Erdölmanagements verlegt hatte.

Von ein oder zwei gesellschaftlichen Anlässen abgesehen, wie jenem Besuch beim musikliebenden Kulturattaché, verbrachte ich die letzten Wochen bei Parviz oder zurückgezogen, umgeben von den Dingen, die Sarah bei ihrer überstürzten Abreise nach Paris nicht hatte mitnehmen können: viele Bücher, der herrliche blassblaue Gebetsteppich aus Chorasan, der immer noch vor meinem Bett liegt, ein silberner elektrischer Samowar, eine Sammlung von Kopien alter Miniaturen. Unter den Büchern befanden sich – natürlich – die Werke von Annemarie Schwarzenbach, darunter vor allem *Das glückliche Tal* und *Tod in Persien*, in denen die Schweizerin das Lar-Tal am Fuße des Damawand beschreibt. In dieses trockene Hochtal, durch das die Bäche des höchsten Berges in Iran hinabfließen und in dem bereits Graf Gobineau einhundertfünfzig Jahre vor uns sein Zelt aufgeschlagen hatte, wollten Sarah und ich zusammen reisen – zu diesem majestätischen, im Sommer von Basaltstreifen durchzogenen Kegel mit der weißen Schneehaube, zusammen mit dem Fujiyama oder dem Kilimandscharo ein Bild des perfekten Bergs, der sich freistehend in den Himmel erhebt und mit seinen fünftausendsechshundert Metern die umliegenden Gipfel weit überragt. Ich fand auch einen umfangreichen Bildband über das Leben Annemaries; viele Aufnahmen, die sie selbst auf ihren Reisen gemacht hatte, und Porträts anderer von ihr, besonders von ihrem Ehemann, dem Botschaftssekretär Clarac. Auf einem davon sieht man sie halbnackt – sie trägt nur eine schwarze Shorts –, wie sie mit schmalen Schultern und kurzem Haar bis zu den Knien in einem Fluss steht, die Arme am Körper angelegt. Ihre unbedeckten Brüste, die Hände, die an ihren Schenkeln herabbaumeln, und ihr überraschtes Gesicht lassen sie zerbrechlich aussehen, auf traurige oder verletzliche Weise verschlossen in der grandiosen Landschaft des Hochtals, das von Binsen und Dornengestrüpp gesäumt und von dürren, felsigen Berghängen überragt wird. Ich habe ganze Abende einsam in meinem Zimmer in diesem Bildband geblättert und bedauert, keine Fotos von Sarah zu haben, kein Album, das ich betrachten könnte, um mich wieder in ihrer Gesellschaft zu befinden – ich hielt mich an Annemarie Schwarzenbach; ich las den Bericht ihrer Reise mit Ella Maillart von der Schweiz nach Indien. Doch ich suchte vor allem in diesen beiden von fiebernder Verliebtheit und narkotischer Melancholie bestimmten Texten, die Annemarie in Iran angesiedelt hat und von denen der eine der in etwas weitere Ferne gerückte Reflex des anderen, sehr intimen ist, vor allem nach etwas von Sarah, nach dem, was sie mir über diese Bücher erzählt hätte, den tieferen Grund ihrer Leidenschaft für das Leben und das Werk des »untröstlichen Engels«. Beide Bücher enthielten mit dem Füllfederhalter notierte Unterstreichungen und Randbemerkungen; ich konnte anhand der Farbe der Randnotizen nachverfolgen, welche Passagen mit der Furcht, der unaussprechlichen Angst zu tun hatten, die die Erzählerin nachts erfasste, in welchen Passagen es um Drogen und Krankheit ging und welche den Orient betrafen, die Vision vom Orient, die die junge Frau hatte. Bei der Lektüre von Sarahs Randnotizen (Krähenfüße, schwarze Marginalia, die ich mehr entziffern als lesen musste) konnte ich eine der fundamentalen Fragen erahnen, oder glaubte, sie zu erahnen, die nicht nur Sarahs Werk zugrunde lagen, sondern die auch die Texte von Annemarie Schwarzenbach so fesselnd machten – der Orient als Resilienz, als Suche nach Heilung von einer geheimnisvollen Krankheit, einer tiefliegenden Angst. Eine psychologische Suche. Eine mystische Suche ohne Gott, ohne andere Transzendenz als die innersten Bereiche des Selbst, eine Fahndung, die im Fall von Schwarzenbach mit einem traurigen Scheitern endete. In jenen Gegenden gab es nichts, was zu ihrer Heilung hätte beitragen, nichts, was ihr Leid hätte mindern können: die Moscheen bleiben leer, der *mihrab* ist nur eine Nische in der Wand; die Landschaften sind im Sommer vertrocknet oder im Winter unzugänglich. Sie bewegt sich in eine menschenleere Welt hinein. Und selbst als sie bei einer jungen Frau, die halb Türkin, halb Tscherkessin ist, die Liebe findet und meint, die öden Landstriche mit Leben zu füllen, die sie an den Hängen des lodernden Damawand zurückgelassen hat, ist das, was sie entdeckte, der Tod. Die Krankheit der Geliebten und der Besuch des Engels. In der Liebe können wir die Leiden des anderen ebenso wenig teilen wie unsere eigenen heilen. Im Grund sind wir immer allein, sagte Annemarie Schwarzenbach, und ich fürchtete, als ich Sarahs Randnotizen in *Tod in Persien* entzifferte, dass dies auch ihre tiefste Überzeugung war, eine Überzeugung, die in dem Moment, als ich diese Zeilen las, für sie freilich noch durch ihre Trauer verstärkt worden sein dürfte, wie sie es für mich durch meine Einsamkeit war.

Ihr Interesse und ihre Leidenschaft für den Buddhismus sind nicht nur eine Suche nach Heilung, sondern ein tiefes Gefühl, von dem ich weiß, dass es schon lange vor dem Tod ihres Bruders da war – ihr Aufbruch nach Indien nach ihren Abstechern in den Fernen Osten in den Pariser Bibliotheken kam nicht überraschend, auch wenn ich es zugegebenermaßen wie eine Ohrfeige empfand, wie eine Trennung. Ich war es, den sie mit Europa verließ, und das wollte ich ihr, wie ich zugeben muss, deutlich heimzahlen, ich wollte mich für ihr Leiden rächen. Es musste erst diese besonders berührende Mail eintreffen, in der es um Darjeeling und Andalusien geht,

Darjeeling, 15. Juni

Mein lieber Franz,

nach einem Blitzbesuch in Europa bin ich jetzt wieder zurück in Darjeeling: zwei Tage Paris bei der Familie, dann zwei Tage Granada für ein langweiliges Kolloquium (Du weißt, was das heißt) und zwei Tage für die Rückreise über Madrid, Delhi und Kalkutta. Ich hätte gerne in Wien vorbeigeschaut (von hier gesehen ist Europa so klein, dass man leicht meint, man könne es einfach so durchqueren, wenn es einem in den Sinn kommt), aber ich war mir nicht sicher, ob Du da sein würdest. Oder ob Du wirklich Lust gehabt hättest, mich zu sehen.

Jedes Mal, wenn ich nach Darjeeling zurückkomme, habe ich das Gefühl, die Ruhe, die Schönheit, den Frieden wiederzufinden. Die Teesträucher fließen die Hügel hinab; es sind kleine Büsche von rundem Wuchs mit länglichen Blättern, die dicht nebeneinander gepflanzt werden: von oben betrachtet sehen die Felder aus wie ein grünes, eng gelegtes Mosaik aus Knöpfen, bemoosten Kugeln, die sich über die Hänge des Himalaya ziehen.

Bald kommt der Monsun, es wird in einem Monat mehr regnen als bei Dir in einem Jahr. Die große Dusche. Die Berge werden schwitzen, triefen, ausschlämmen; jede Straße, jedes Gässchen, jeder Pfad wird sich in einen reißenden Bach verwandeln. Die Steine, die Brücken, manchmal sogar die Häuser werden fortgespült.

Ich miete ein kleines Zimmer nicht weit weg von dem Kloster, in dem mein Meister lehrt. Das Leben ist einfach. Frühmorgens meditiere ich bei mir, dann gehe ich ins Kloster, wo ich in der Lehre unterwiesen werde; am Nachmittag lese oder schreibe ich ein wenig, abends wieder, dann gehe ich schlafen und so weiter. Der regelmäßige Tagesablauf kommt mir sehr entgegen. Ich versuche, ein wenig Nepalesisch und Tibetanisch zu lernen, ohne großen Erfolg. Landessprache ist hier Englisch. Weißt Du was? Ich habe herausgefunden, dass Alexandra David-Néel Sängerin war, Sopranistin. Sie hat sogar eine Karriere begonnen: Stell Dir vor, sie hatte Engagements an den Opern von Hanoi und Haiphong … Dort sang sie Massenet, Bizet etc. Das Programm der Oper von Hanoi dürfte Dich interessieren! Der Orientalismus im Orient, der Exotismus im Exotismus, das wäre doch etwas für Dich! Danach war Alexandra David-Néel eine der ersten Entdeckerinnen Tibets und eine der ersten buddhistischen Frauen Europas. Du siehst, ich denke an Dich.

Eines Tages müssen wir noch einmal über Teheran und sogar über Damaskus sprechen. Ich bin mir meines Teils der Verantwortung an dieser ganzen Geschichte bewusst, die man »unsere Geschichte« nennen könnte, wenn es nicht so hochtrabend klingen würde. Ich würde Dich sehr gerne in Wien besuchen. Wir würden ein bisschen diskutieren, würden spazieren gehen – es gibt noch jede Menge schreckliche Museen für mich zu besuchen. Das Bestattungsmuseum zum Beispiel. Aber nein, das ist ein Scherz. Gut, das ist alles ein wenig zusammenhanglos. Bestimmt, weil ich gerne über Dinge sprechen würde, die ich mich nicht zu sagen getraue, weil ich gerne auf Ereignisse zurückkommen würde, die man nicht so gerne anspricht – ich habe mich nie bei Dir für Deine Briefe nach Samuels Tod bedankt. Sie strahlen bis heute das Mitgefühl und die Anteilnahme aus, die ich in ihnen gefunden habe. Keine Worte des Trosts haben mich so berührt wie Deine.

Bald ist es zwei Jahre her. Zwei Jahre schon. Die Buddhisten sprechen nicht von »Konversion«, zum Buddhismus konvertiert man nicht, man sucht in ihm Zuflucht. Man flüchtet sich zu Buddha. Das beschreibt genau das, was ich getan habe. Ich habe hier Zuflucht gesucht, bei Buddha, im Dharma, in der Sangha. Ich werde der Richtung folgen, in die diese drei Bussolen zeigen. Ich fühle mich ein wenig getröstet. Ich entdecke in mir und um mich eine neue Energie, eine Kraft, die in keiner Weise verlangt, dass ich meinen Verstand aufgebe, ganz im Gegenteil. Was zählt, ist die Erfahrung.

Ich sehe Dich lächeln … Es ist schwierig, dies zu vermitteln. Stell Dir vor, dass ich im Morgengrauen freudig aufstehe, dass ich eine Stunde lang freudig meditiere, dass ich sehr alte und sehr weise Texte höre und studiere, die mir die Welt sehr viel natürlicher offenbaren als alles, was ich bis jetzt lesen oder hören konnte. Ihre Wahrheit drängt sich auf sehr rationale Weise auf. Es gibt nichts zu glauben. Es geht nicht um »Glauben«. Es gibt nur noch die Lebewesen, die in ihrem Leiden verloren sind, es gibt nur noch das sehr einfache und sehr komplexe Bewusstsein einer Welt, in der alles zusammenhängt, einer Welt ohne Substanz. Ich würde Dich das alles gerne entdecken lassen, aber ich weiß, dass jeder seinen eigenen Weg geht – oder eben nicht.

Aber jetzt zu etwas anderem – in Granada habe ich einen Vortrag gehört, der mich begeistert hat, ein Funke Schönheit in der Flut von Langeweile, im Strom des Gähnens. Es handelte sich um einen Beitrag über die hebräische lyrische Dichtung Andalusiens und ihre Beziehungen zur arabischen Dichtung, aufgezeigt an den Gedichten von Schmuel ibn Naghrela, dem dichtenden Heerführer (er war Großwesir), von dem erzählt wird, er habe sogar auf dem Schlachtfeld gedichtet. Welche Schönheit diese Verse und die ihrer arabischen »Brüder« haben! Noch erfüllt von diesen ganz und gar irdischen Liebesliedern, den Beschreibungen der Gesichter, der Lippen, der Blicke, bin ich in der Alhambra spazieren gegangen. Es war sehr sonnig und der Himmel stach von den roten Mauern des Bauwerks ab, sein Blau rahmte sie wie ein Bild. Ein merkwürdiges Gefühl erfasste mich; es kam mir vor, als hätte ich den ganzen Tumult der Zeit vor Augen. Ibn Naghrela war lange vor der Prachtentfaltung der Alhambra gestorben, dennoch besang er schon die Brunnen und die Gärten, die Rosen und den Frühling – die Blumen im Palacio de Generalife sind nicht mehr dieselben, sogar die Mauersteine sind nicht mehr dieselben Steine; ich dachte an die verschlungenen Wege meiner Familie und der Geschichte, die mich dorthin zurückgebracht hatten, wo wahrscheinlich meine fernen Vorfahren gelebt hatten, und ich hatte das eindringliche Gefühl, dass alle Rosen nur eine einzige Rose sind und alle Leben nur ein einziges Leben, dass die Zeit eine ebenso illusorische Bewegung ist wie Ebbe und Flut oder der Sonnenlauf. Eine Frage des Gesichtspunkts. Und vielleicht hatte ich, weil ich aus einem Kongress von Historikern kam, die geduldig an Lebensberichten schreiben, die Vision eines Europa, das ebenso unterschiedslos, ebenso mannigfaltig, ebenso bunt ist wie die Rosensträucher der Alhambra, die ihre Wurzeln, ohne es zu wissen, so tief in die Vergangenheit und die Zukunft strecken, dass man unmöglich angeben kann, woher sie wirklich kommen. Und dieses schwindelerregende Gefühl war nicht unangenehm, im Gegenteil, es versöhnte mich einen Moment lang mit der Welt, offenbarte mir für einen Augenblick das Wollknäuel des Lebensrads.

Ich höre Dich noch hier lachen. Aber ich versichere Dir, es war ein sehr seltener, einzigartiger Augenblick. Die Erfahrung von Schönheit und zugleich das Gefühl ihrer Leere. Gut, mit diesen schönen Worten muss ich Dich jetzt verlassen, es ist schon spät. Morgen gehe ich zum Internetcafé, um diese Mail zu »posten«. Antworte mir schnell, erzähle mir ein wenig von Wien, von Deinem Leben in Wien, Deinen Plänen …

Ich umarme dich.

Herzlich

Sarah

damit ich plötzlich entwaffnet dastand, überrascht, ebenso verliebt wie in Teheran, vielleicht sogar noch mehr – was hatte ich in diesen zwei Jahren gemacht? Ich hatte mich in mein Wiener, in mein akademisches Leben gestürzt; ich hatte Beiträge verfasst, ein wenig geforscht, ein Buch in einer unbedeutenden wissenschaftlichen Reihe veröffentlicht; ich hatte die ersten Anzeichen der Krankheit gespürt, die ersten schlaflosen Nächte gehabt. Zuflucht suchen. Ein schöner Ausdruck. Gute Praktiken. Das Leiden bekämpfen oder vielmehr versuchen, dieser Welt zu entkommen, dem Schicksalsrad, das nur Schmerz bedeutet. Als ich diesen Brief aus Andalusien erhielt, bin ich zusammengebrochen. Teheran war wieder ganz gegenwärtig, auch alle Erinnerungen an Damaskus, Paris, Wien, eingefärbt mit Traurigkeit und Bitterkeit, wie ein einziger Lichtstrahl genügt, um den riesigen Abendhimmel zu tönen. Bei Dr. Kraus machte ich keinen besonders guten Eindruck. Mama sorgte sich wegen meiner Magerkeit und meiner Apathie. Ich versuchte zu komponieren, eine Übung, die ich (ausgenommen von den Spielereien mit den Versen von Levet in Teheran) schon viele Jahre aufgegeben hatte, und zu schreiben, meine Erinnerungen an Iran auf Papier oder vielmehr auf den Bildschirm und in den Äther zu bringen, eine Musik zu finden, die ihnen glich, ein Lied. Ich versuchte vergeblich in meiner Umgebung, an der Universität oder bei Konzertbesuchen ein neues Gesicht zu finden, auf das ich meine lästigen und rebellischen Gefühle richten konnte, die nach niemand anderem verlangten als nach Sarah; es endete immer damit, dass ich, wie an jenem Abend mit Katharina Fuchs, vor dem floh, was ich selbst hatte in Gang setzen wollen.

Eine angenehme Überraschung: Während ich mich mit der Vergangenheit herumschlug, gab Nadim zusammen mit einem Ensemble aus Aleppo ein Konzert in Wien; ich kaufte eine Karte in der dritten Reihe – und hatte ihm mein Kommen nicht angekündigt. Sie spielten lange, von einem Perkussionsinstrument begleitete Improvisationen in den Tonskalen *rast*, *bayati* und *hedjazi*, brachten einen Dialog mit einer *Nay* zur Aufführung, und diese lange persische Rohrflöte mit ihrem warmen Klang verband sich wunderbar mit Nadims brillantem Lautenspiel. Ohne Sänger schöpfte Nadim dennoch aus traditionellen Melodien; das Publikum (die gesamte arabische Gemeinde Wiens einschließlich der Botschafter war anwesend) erkannte die Lieder wieder, bevor sie sich in den Variationen auflösten, und man konnte den Saal vor andächtiger Inbrunst fast mit tiefer Stimme mitsummen hören und spürte, wie das Publikum vor ehrfürchtiger Leidenschaft zitterte. Nadim lächelte bei seinem Spiel – der Schatten seines kurzen Barts verlieh seinem Gesicht durch den Kontrast noch mehr Strahlkraft. Ich wusste, dass er mich im Gegenlicht des Scheinwerfers nicht sehen konnte. Nach der Zugabe, während des lang anhaltenden Applauses, erwog ich kurz, mich aus dem Staub zu machen, nach Hause zu gehen, ohne ihn zu begrüßen, zu fliehen; dann ging das Licht wieder an, ich zögerte immer noch. Was sollte ich ihm sagen? Worüber sprechen, außer über Sarah? Hatte ich wirklich Lust, ihm zuzuhören?

Ich ließ mir den Weg in seine Loge zeigen; der Flur war verstopft mit Vertretern der Diplomatie, die auf die Künstler warteten, um sie zu begrüßen. Ich kam mir zwischen diesen Leuten ziemlich lächerlich vor; ich fürchtete mich – wovor? Dass er mich nicht wiedererkennen würde? Dass er genauso verlegen wäre wie ich? Nadim ist weit großherziger – kaum hatte er den Kopf aus seiner Loge gestreckt, bahnte er sich bereits einen Weg durch die Menge, und das ohne das kurze Zögern, mit dem man einen Unbekannten von einem alten Freund unterscheidet, um mich mit den Worten, ich habe gehofft, dass du kommst, *old friend*, in die Arme zu schließen.

Als wir beim anschließenden Essen mit Musikern, Diplomaten und anderen Persönlichkeiten einander gegenübersaßen, erzählte mir Nadim, dass er sehr wenig Neues von Sarah wisse und sie seit Samuels Begräbnis in Paris nicht mehr gesehen habe; sie befinde sich irgendwo in Asien, mehr wisse er nicht. Er fragte mich, ob ich wüsste, dass sie sich lange zuvor hatten scheiden lassen, eine Frage, die mich schrecklich verletzte; Nadim hatte keine Ahnung, wie nahe wir uns standen. Ohne es beabsichtigt zu haben, hatte er mich mit dieser einfachen Frage von ihr losgerissen. Ich wechselte das Thema, wir kramten unsere Erinnerungen an Syrien hervor, an die Konzerte in Aleppo, die wenigen Stunden Lautenunterricht, die ich in Damaskus bei ihm genommen hatte, unsere gemeinsam verbrachten Abende, diese *Ouns*, wie das schöne arabische Wort lautet, um Treffen von Freunden zu bezeichnen. Ich wagte nicht, den Bürgerkrieg anzusprechen, der bereits begonnen hatte.

Plötzlich mischte sich ein jordanischer Diplomat (tadelloser dunkler Anzug, weißes Hemd, Brille mit vergoldeten Bügeln) in unser Gespräch, er sei in Amman gut bekannt gewesen mit dem Meister der irakischen *Oud*, Mounir Bachir, sagte er – ich habe bei solchen musikalischen Anlässen häufig festgestellt, dass die Anwesenden leichtfertig mit den Namen großer Interpreten um sich werfen, die sie getroffen oder gehört haben, ohne dass man wüsste, ob diese Vergleiche, die damit einhergehen, als Lob oder Demütigung gemeint sind; solche Erwähnungen bewirken bei den Musikern oft ein verlegenes Lächeln, in das sich verhaltener Zorn über die Flegelhaftigkeit des vorgeblichen Bewunderers mischt. Nadim lächelte den Jordanier erschöpft, verständnisvoll oder verdrossen an, ja, Monsieur Bachir sei der Größte, nein, er habe nicht das Glück gehabt, ihn kennenzulernen, obwohl sie einen gemeinsamen Freund hätten, Jalaleddin Weiss. Die Erwähnung von Weiss brachte uns sofort wieder nach Syrien und auf unsere Erinnerungen zurück, schließlich wandte sich der Diplomat seinem Nachbarn zur Rechten zu, einem UNO-Mitarbeiter, und überließ uns unseren Reminiszenzen. Im Zustand jener Erregtheit, die sich häufig nach großen Konzerten einstellt, hinzu kamen noch der Wein und die Erschöpfung, gestand Nadim mir unumwunden, dass Sarah die Liebe seines Lebens gewesen sei. Obwohl ihre Ehe gescheitert war. Wenn das Leben in jenen Jahren nur leichter für mich gewesen wäre, sagte er. Wenn wir dieses Kind bekommen hätten, sagte er. Das hätte alles verändert, sagte er. Doch Vergangenheit sei Vergangenheit. Außerdem sei morgen ihr Geburtstag, sagte er.

Ich beobachtete Nadims Hände, sah in Gedanken seine Finger über das Nussbaumholz der Laute wandern oder mit dem Plektrum hantieren, jenem Kiel einer Adlerfeder, den man mit der Handinnenseite festhalten muss, ohne ihn zu umklammern. Die Tischdecke war weiß, abgesehen von einigen Kürbiskernen, die von der Kruste eines Brotstücks neben mein Glas gebröselt waren, in dem die Kohlensäurebläschen langsam an die Oberfläche aufstiegen. Kleinste Kohlensäurebläschen, die eine zarte vertikale Linie bildeten, ohne dass man, trotz der völligen Durchsichtigkeit des Ganzen, feststellen konnte, woher sie kamen. Plötzlich hatte ich solche Bläschen in den Augen, ich hätte sie nicht beachten sollen, sie stiegen auf und stiegen auf – fein wie Nadelspitzen, beharrlich, und dabei ohne Quelle, ohne ein anderes Ziel als aufzusteigen und zu verschwinden, verursachten sie ein leichtes Brennen, so dass ich die Augen zudrücken musste und nicht mehr in der Lage war, den Blick auf Nadim zu richten, auf früher, auf jene Vergangenheit, deren Namen er soeben ausgesprochen hatte. Und je länger ich den Kopf gesenkt hielt, desto stärker wurde das Brennen in den Augenwinkeln, und die Bläschen wuchsen und wuchsen und versuchten wie im Wasserglas, an die Oberfläche zu gelangen, und ich musste sie daran hindern.

Ich schützte ein dringendes Bedürfnis vor und machte mich feige aus dem Staub, nachdem ich mich notdürftig entschuldigt hatte.

Darjeeling, 1. März

Mein lieber François-Joseph,

danke für Dein herrliches Geburtstagsgeschenk. Das ist das schönste Juwel, das mir je geschenkt wurde – und ich bin sehr froh, dass Du es warst, der es gefunden hat. Es wird einen besonderen Platz in meiner Sammlung bekommen. Ich kenne weder diese Sprache noch diese Musik, doch die Geschichte dieses Lieds ist absolut magisch. Sevdah! Saudade! Wenn Du erlaubst, werde ich es in einen meiner nächsten Artikel aufnehmen. Immer wieder diese gemeinsamen Konstruktionen, dieses Hin und Her, diese übereinandergelegten Masken. Wien, Porta Orientis; alle Städte Europas sind Tore zum Orient. Erinnerst Du Dich an die persische Literatur aus Europa, von der Scarcia in Teheran erzählte? Ganz Europa ist im Orient. Alles ist kosmopolitisch, hängt miteinander zusammen. Ich stelle mir vor, wie diese Sevdalinka zwischen Wien und Sarajewo erklingt, so wie die Saudade des Fado in Lissabon, und ich fühle mich ein wenig … Ein wenig wie? Ihr fehlt mir, Europa und Du. Ich spüre sehr stark das Sankhara-Sukkha, das allgegenwärtige Leiden, das vielleicht die buddhistische Bezeichnung für Melancholie ist. Und den Kreislauf des Samsara, des Lebensrads. Das Vergehen der Zeit, das Leiden am Bewusstsein der Endlichkeit. Man darf sich dem Leiden nicht überlassen. Ich werde meditieren; ich schließe Dich immer in meine Visualisierungen ein, Du stehst hinter mir, zusammen mit den Menschen, die ich liebe.

Ich umarme Dich, grüße die Strudlhofstiege von mir.

S.

Franz Ritter schrieb:

Meine liebe Sarah,
herzlichen Glückwunsch zum Geburtstag!

Ich hoffe, es geht Dir gut in Deinem Kloster. Ist es Dir nicht zu kalt? Ich stelle mir vor, wie Du im Schneidersitz in Deiner eiskalten Zelle vor einer Schale Reis sitzt, und das ist ein wenig beunruhigend als Vision. Ich gehe davon aus, dass Dein Lamakloster nicht dem von Tim in Tibet *gleicht, aber vielleicht hast Du das Glück, einen schwebenden Mönch zu sehen. Oder die großen tibetanischen Hörner zu hören, ich glaube, die machen einen Höllenlärm. Offenbar gibt es sie in verschiedenen Längen, je nach Ton, den sie hervorbringen; diese Instrumente sind so gewaltig groß, dass es schwierig ist, den Ton mit dem Atem und dem Mund zu modulieren. Ich habe in unserer Tonbibliothek nach Aufnahmen gesucht, es steht nicht viel davon im Regalfach »tibetanische Musik«. Doch Schluss mit der Geschwätzigkeit. Ich erlaube mir, Dich in Deiner Kontemplation zu stören, weil ich ein kleines Geburtstagsgeschenk für Dich habe.*

Die bosnische Volksmusik umfasst eine traditionelle Liedgattung, die Sevdalinka *heißt. Der Name stammt von einem türkischen Wort,* Sevdah, *das dem Arabischen entlehnt ist,* sawda, *und das »die Schwarze« bedeutet. In seinem* Kanon der Medizin *nennt Avicenna so die schwarze Galle, die* melan kholia *der Griechen, die Melancholie. Es handelt sich also um ein bosnisches Äquivalent des portugiesischen Worts* Saudade, *das (anders als die Etymologen behaupten) ebenfalls vom arabischen* sawda *kommt – also von derselben schwarzen Galle. Die* Sevdalinke *sind Ausdruck einer Melancholie, wie die Fados. Melodien und Begleitung sind eine balkanische Variante der osmanischen Musik. Ende der etymologischen Vorrede. Und jetzt, Dein Geschenk:*

Ich schenke Dir ein Lied, eine Sevdalinka: Kraj tanana šadrvana, *die eine kleine Geschichte erzählt. Wenn der Abend anbricht, hört die Tochter des Sultans dem Plätschern des klaren Wassers ihres Brunnens zu; jeden Abend beobachtet ein junger arabischer Sklave wortlos und unverwandt die wunderschöne Prinzessin. Das Gesicht des Sklaven wird jedes Mal blasser, schließlich ist er bleich wie der Tod. Sie fragt ihn nach seinem Vornamen, woher er komme und welches sein Stamm sei; er antwortet nur, er heiße Mohammed und komme aus dem Jemen vom Stamm der Asra: jenen Asra, sagt er, die sterben, wenn sie lieben.*

Der Text dieses Lieds mit seinem türkisch-arabischen Motiv ist nicht, wie man glauben könnte, ein altes Gedicht aus osmanischer Zeit. Er stammt von Safvet-beg Bašagić und ist die Übersetzung eines berühmten Gedichts von Heinrich Heine, Der Asra. *(Erinnerst Du Dich an das Grab des armen Heine auf dem Friedhof von Montmartre?)*

Safvet-beg Bašagić wurde 1870 in Nevesinje in Herzegowina geboren, er studierte gegen Ende des 19. Jahrhunderts in Wien; er sprach Türkisch, lernte Arabisch und Persisch bei den Wiener Orientalisten. Er verfasste eine österreichisch-ungarische Doktorarbeit auf Deutsch; er übersetzte Omar Khayyam ins Bosnische. Diese Sevdalinka *verbindet Heinrich Heine mit dem alten Osmanischen Reich – das orientalistische Gedicht wird orientalisch. Es findet (nach einer langen imaginären Reise, die über Wien und Sarajewo führt) zur Musik des Orients zurück.*

Es ist eine der bekanntesten und meist gesungenen Sevdalinke *in Bosnien, wo wenige von denen, die sie hören, wissen, dass sie der Phantasie des Dichters der Lorelei entsprungen ist, eines in Düsseldorf geborenen Juden, der in Paris starb. Du kannst das Lied im Internet leicht hören (ich empfehle Dir die Versionen von Himzo Polovina).*

Ich hoffe, dieses kleine Geschenk gefällt Dir.

Ich umarme Dich ganz herzlich.

Hoffentlich bis bald.

Franz

Ich wollte ihr von meinem Zusammentreffen mit Nadim erzählen, dem Konzert, den Bruchstücken, die er mir von ihrem Privatleben anvertraut hatte, doch ich war nicht dazu in der Lage, und dieses seltsame Geburtstagsgeschenk hatte sich an die Stelle eines schmerzhaften Geständnisses gesetzt. Gedanke um sieben Uhr morgens: Ich bin ein unglaublicher Feigling, Mama würde sagen, dass ich einen alten Freund für eine Weibergeschichte im Stich gelassen habe. Ich behielt die Zweifel für mich, diese dummen Zweifel, die Sarah mit einer ihrer so entschiedenen Gesten vom Tisch gefegt hätte, so glaube ich zumindest, ich habe ihr diese Fragen nicht gestellt. Sie hat nie mehr anders als respektvoll und reserviert von Nadim gesprochen. Meine Gedanken sind dermaßen wirr, dass ich nicht weiß, ob Nadim für mich ein Freund oder ein Feind ist, oder ein gespenstische Erinnerung an vergangene Tage, dessen Auftritt in Wien meine widersprüchlichen Gefühle, den Schweif jenes Kometen, der meinen Himmel in Teheran entflammt hatte, wie in einem Shakespeare-Drama nur noch mehr durcheinanderbrachte.

Ich sage mir, »es ist Zeit, das alles zu vergessen, Sarah, die Vergangenheit, den Orient«, und dennoch folge ich dem Kompass meiner Obsession zur Startseite meiner Mailbox, noch immer keine Nachricht aus Sarawak, dort ist es jetzt 13 Uhr, ob sie sich gerade etwas zu Mittag kocht, es herrscht gutes Wetter, zwischen dreiundzwanzig und dreißig Grad meldet die trügerische Welt der Datenverarbeitung. Als Xavier de Maistre seine *Reise um mein Zimmer* veröffentlichte, ahnte er nicht, dass hundertfünfzig Jahre später diese Art der Forschungsreise die Norm sein würde. Lebe wohl, Tropenhelm, lebe wohl, Moskitonetz, ich besuche Sarawak im Morgenmantel. Anschließend drehe ich eine Runde auf dem Balkan, höre eine *Sevdalinka* und betrachte nebenher Bilder von Višegrad. Dann durchquere ich Tibet, von Darjeeling bis zu den Dünen der Taklamakan-Wüste, der Wüste aller Wüsten, und gelange nach Kaxgar, der Stadt der Geheimnisse und Karawanen – vor mir, im Westen, erhebt sich das Pamir-Gebirge; dahinter liegen Tadschikistan und der Wachankorridor, der wie ein gebogener Finger herausragt, auf seinen Fingergliedern könnte ich bis nach Kabul rutschen.

Es ist die Stunde der Hingabe, die Stunde der Einsamkeit und der Agonie; die Nacht gibt nicht nach, sie ist noch nicht bereit, in den Tag überzugehen, so wenig wie mein Körper bereit ist für den Schlaf, er bleibt angespannt, mit angespanntem Rücken, schweren Armen, einem beginnenden Wadenkrampf, schmerzendem Zwerchfell, ich sollte mich hinlegen, doch warum jetzt, kurz vor dem Morgengrauen, noch ins Bett gehen?

Es wäre die Stunde des Gebets, der Moment, um das *Horologion* aufzuschlagen, das Buch mit den Stundengebeten im orthodoxen Christentum, und zu beten; Herr, hab Mitleid mit denen, die wie ich keinen Glauben haben und auf ein Wunder warten, das sie nicht erkennen können. Dabei ist das Wunder greifbar nahe für uns gewesen. Manche witterten um die Klöster der Kirchenväter herum den Duft des Weihrauchs in der Wüste, sie vernahmen in der unermesslichen Steinwüste die Erinnerung an den Heiligen Makarios, den Eremiten, der an seinem Lebensabend einmal einen Floh erschlug: Er bedauerte zutiefst, sich gerächt zu haben, und um sich zu bestrafen, verbrachte er sechs Monate nackt in der Steinwüste, bis sein Leib nur noch eine einzige Wunde war. Er starb in Frieden und »hinterließ der Welt die Erinnerung an seine großen Tugenden«.

Wir haben die Säule von Symeon Stylites gesehen, diesen erodierten Fels in seiner großen rosaroten Basilika, den heiligen Symeon, den Mann der Sterne, der an den Sommerabenden seinen nackten Leib auf der riesigen Säule in einer Talsohle der syrischen Wüste den Gestirnen darbot; wir haben den heiligen Josef von Copertino erblickt, den »fliegenden Frater« und Possenreißer, den Kutte und Levitation mitten in der Kirche in eine Taube verwandelten; wir folgten den Spuren des heiligen Athanasius von Alexandria, der ebenfalls in den Wüstensand aufgebrochen war, zu diesem Gott aus Sandkörnern in der Sonne, wir folgten den Spuren jener weniger bekannten Heiligen, die sanft bedeckt werden vom Geröll, dem Schotter, den Schritten und den Gebeinen, die im Winter und durch das Vergessen bröckelig, ihrerseits vom Mond gestreichelt werden: Die Pilger, die vor Akkon ertrunken sind, die Lungen voller Wasser, das das gelobte Land auswäscht, der barbarische und menschenfressende Ritter, der in Antiochia die Ungläubigen rösten ließ, bevor er sich in der orientalischen Dürre zur Einzigartigkeit Gottes bekehrte, der tscherkessische Sappeur vor den Stadtmauern von Wien, der mit der Hand das Schicksal Europas grub, Verrat beging und dem vergeben wurde, der kleine mittelalterliche Bildhauer, der rastlos einen Holzjesus abschliff und ihm dabei Wiegenlieder vorsang wie einer Puppe, der spanische Kabbalist, der sich in den Zohar vertiefte, der Alchemist in der Purpurrobe mit dem stets entgleitenden Quecksilber, die persischen Weisen, deren tote Körper nie die Erde beschmutzten, die Raben, die die Augen der Gehängten pickten wie Kirschen, die wilden Tiere, die die Verdammten in der Arena in Stücke rissen, das Sägemehl, der Sand, der ihr Blut aufnahm, die Schreie und die Asche der Scheiterhaufen, der sich krümmende und fruchtbare Olivenbaum, die Drachen, die Greife, die Seen, die Ozeane, die endlosen Sedimente, in denen tausendjährige Schmetterlinge eingeschlossen sind, die Berge, die Stein für Stein, Sekunde für Sekunde unter ihren Gletschern verschwinden, bis zum flüssigen Magma der Sonne, alles singt Loblieder auf seinen Schöpfer – aber mich stößt der Glaube ab, selbst mitten in der Nacht. Abgesehen vom Satori der Bademeisterlatschen in der Moschee Süleymans des Prächtigen gibt es keine Leiter, um Engel hinaufklettern zu sehen, keine Höhle bei Ephesus, in der man, gut bewacht von einem Hund, zweihundert Jahre schlafen kann; nur Sarah hat, in anderen Grotten, die Kraft der Tradition und ihren Weg der Erleuchtung gefunden. Ihre langsame Hinwendung zum Buddhismus beginnt mit einem wissenschaftlichen Interesse, mit der Entdeckung von Budasafs Geschichte in al-Masudis *Die Goldwiesen*, als sie zu Beginn ihrer Laufbahn über das Wunderbare arbeitete: Auf ihrer Wanderung nach Osten durchquert sie den klassischen Islam, die Christenheit und sogar die geheimnisvollen Sabier des Korans, von denen al-Masudi aus den Quellen seines 8. Jahrhunderts heraus glaubte, sie seien von Budasaf inspiriert gewesen, der ersten muslimischen Buddhagestalt, die er mit Hermes Trismegistos in Verbindung bringt. Sarah hat die Wandlungen dieser Erzählungen geduldig rekonstruiert bis hin zu ihrem christlichen Pendant, dem Leben der Heiligen Barlaam und Josaphat, einer syrischen Version der Geschichte des Bodhisattva und seines Wegs zum »Erwachen«; sie hat sich für das Leben des Prinzen Siddharta Gautama selbst begeistert, des Buddhas unseres Zeitalters, und für seine Lehren. Ich weiß, dass sie *Liebe* empfindet für Buddha und für die tibetanische Tradition, deren Meditationspraxis sie angenommen hat, für Marpa, den Übersetzer, und seinen Schüler Milarepa, den schwarzen Magier, der um das Jahr 1000 herum in einem einzigen Leben zur Erleuchtung gelangte, weil er sich der schrecklichen Disziplin beugte, die sein Meister ihm auferlegte, worüber alle Aspiranten auf das »Erwachen«, darunter Sarah, ins Schwärmen geraten. Sie hat das koloniale Opium schnell aufgegeben, um sich auf Buddha zu konzentrieren, sie begeisterte sich für die Erforschung Tibets und für die Wissenschaftler, Missionare und Abenteurer, die den tibetanischen Buddhismus in der modernen Zeit in Europa verbreitet haben, bevor sich die großen einheimischen Meister seit den sechziger Jahren in allen vier Himmelsrichtungen des Okzidents niederließen und selbst damit begannen, die spirituelle Energie des Buddhismus weiterzugeben. Wie ein nervöser Gärtner, der im Glauben, Unkraut zu vernichten, dessen Samen in sämtliche Winde verstreut, hat China durch die Besatzung Tibets, das Niederbrennen der Klöster und die Vertreibung zahlreicher Mönche ins Exil den tibetanischen Buddhismus in der ganzen Welt verbreitet.

Bis nach Leopoldstadt. Als wir nach unserem Besuch im Kriminalmuseum, dem Museum der aufgeschlitzten Frauen, der Henker und der Bordelle zwei Schritte vom Karmeliterplatz entfernt, in eine der kleinen Gassen hinaustraten, wo Wien zwischen niedrigen Häusern, Gebäuden aus dem 19. Jahrhundert und modernen Bauten schwankt und ich auf meine Füße sah, um nicht dauernd Sarah anzuschauen, während sie laut über die Wiener Seele, das Verbrechen und den Tod nachdachte, blieb sie plötzlich stehen und sagte, sieh mal einer an, ein buddhistisches Zentrum! Sie begann, die Programme im Schaufenster zu studieren, und begeisterte sich für die Namen der tibetanischen Rinpoches, die als Schirmherren dieser *Gönpa* im Exil aufgeführt waren – sie war erstaunt, dass diese Gemeinschaft derselben tibetanischen Schule angehörte wie sie, mit roten oder orangenen Kappen, genau weiß ich das nicht mehr, ich war nie gut darin gewesen, mich an die Farbe der Kopfbedeckungen zu erinnern oder mir die Namen der großen Reinkarnierten zu merken, die sie verehrt, aber ich freute mich über die guten Auspizien, als die sie diese Entdeckung deutete, über das Funkeln in ihren Augen und ihr Lächeln, und insgeheim sogar über die Aussicht, dass sie dieses Zentrum in der Leopoldstadt eines Tages vielleicht zu ihrer neuen Höhle machen könnte – Auspizien gab es zahlreiche an jenem Tag, eine seltsame Mischung unserer gemeinsamen Vergangenheit: Zwei Straßen weiter unten kamen wir an der Hammer-Purgstall-Gasse vorbei; ich hatte ganz vergessen (sollte ich es jemals gewusst haben), dass der alte Orientalist Namensgeber einer Wiener Straße war. Das Straßenschild führte ihn als »Gründer der Akademie der Wissenschaften« auf, und wahrscheinlich verdankte er die Auszeichnung dieser Leistung weit mehr als seiner Leidenschaft für orientalische Texte. Mir ging wieder das Kolloquium von Hainfeld durch den Kopf, während Sarah (schwarze Hose, roter Rollkragenpulli, schwarzer Mantel unter flammenden Haarsträhnen) weiter über das Schicksal philosophierte. Eine Mischung aus erotischen Bildern, Erinnerungen an Teheran und Hammers Schloss in der Steiermark verschlang mich, ich nahm ihren Arm, und um das Viertel nicht gleich wieder zu verlassen, nicht über den Donaukanal zurückzukehren, bin ich mit ihr in die Taborstraße abgebogen.

In der Konditorei mit dem stattlichen Café im Neobarock-Stil, in das wir einkehrten, erzählte Sarah von Missionaren, und während sie über den Lazaristen Huc aus Montauban plauderte, hatte ich den Eindruck, dass dieses Meer aus Wörtern kein anderes Ziel hatte, als ihre Verlegenheit zu verbergen; wenngleich ich die Geschichte jenes Pater Huc, der von seiner Reise nach Lhasa und seinen Gesprächen mit den buddhistischen Mönchen so fasziniert war, dass er noch zwanzig Jahre lang davon träumte, dorthin zurückzukehren, ziemlich interessant fand, fiel es mir schwer, die notwendige Aufmerksamkeit dafür aufzubringen. Ich sah überall nur die Ruinen unserer gescheiterten Beziehung, die schmerzliche Unmöglichkeit, wieder in den gleichen Takt, die gleiche Melodie zu finden, und dann konnte ich nicht umhin, während sie Tee trank und sich dabei abmühte, mir die Grundbegriffe ihrer Philosophie einzutrichtern, den Buddha, das *Dharma*, die *Sangha*, mich nach diesen blaugeäderten Händen an der Tasse zu sehnen, nach den im Rot ihres Pullovers geschminkten Lippen, die eine leichte Spur auf dem Porzellan hinterließen, und der unterhalb ihres Gesichts pochenden Schlagader, und ich hatte die Gewissheit, dass diese gemeinsame Verlegenheit, diese linkische Geschwätzigkeit, mit der wir nur das Schweigen unserer Bestürzung auszufüllen versuchten, das Einzige war, was uns in dem Moment jenseits der Erinnerungen vereinte, die wie schmutziger Schnee um uns wegschmolzen. Teheran war verschwunden, das Einverständnis unserer Körper hatte sich in nichts aufgelöst, das unserer Seelen verblasste allmählich. Dieser zweite Besuch in Wien leitete einen langen Winter ein, den ihr dritter Besuch nur noch bestätigte – sie wollte über Wien als *Porta Orientis* arbeiten und schlief nicht einmal mehr bei mir, was mir letztlich ersparte, schmachtend, reglos und einsam in meinem Bett zu liegen und die ganze Nacht über zu hoffen, dass sie zu mir kommen würde; ich hörte sie die Seiten ihres Buches umblättern, dann sah ich unter meiner Tür ihre Lampe erlöschen, ich lauschte lange ihren Atemzügen und erst im Morgengrauen gab ich die Hoffnung auf, dass sie doch noch in der Tür meines Zimmers im Gegenlicht erscheinen würde, und sei es nur für einen Kuss auf meine Stirn, der die Ungeheuer der Nacht verscheucht hätte.

Sarah wusste nicht, dass Leopoldstadt, jenes Viertel, in dem sich diese Konditorei befand, das Zentrum des jüdischen Lebens im Wien des 19. Jahrhunderts gewesen war mit den größten Tempeln der Stadt, darunter der, wie es heißt, herrlichen türkischen Synagoge im maurischen Stil – alle diese Gebäude, erklärte ich ihr, waren 1938 zerstört worden, und nur die Gedenktafeln und ein paar Bilder aus jener Zeit sind von ihnen erhalten geblieben. Ganz in der Nähe waren Schönberg, Schnitzler oder Freud aufgewachsen, deren Namen mir unter vielen anderen einfielen, darunter auch der eines Schulkameraden am Gymnasium, des einzigen Juden in Wien, mit dem ich mich oft traf: Er nannte sich Seth, aber sein richtiger Vorname war Septimus, weil er das siebte und letzte Kind eines sehr sympathischen Lehrerehepaars aus Galizien war. Seine Eltern waren nicht gläubig: Statt einer religiösen Erziehung zwangen sie ihren Sohn, zweimal pro Woche die ganze Stadt zu durchqueren bis nach Leopoldstadt, damit er Unterricht in jüdischer Literatur erhielt von einem alten litauischen Lehrer, der auf wunderbare Weise der Katastrophe entkommen war und den die Stürme des 20. Jahrhunderts schließlich in die Taborstraße verschlagen hatten. Dieser Unterricht war für Septimus eine echte Strafarbeit; er bestand neben dem Studium zweier Grammatiker aus dem 18. Jahrhundert und feiner dialektaler Unterschiede darin, seitenweise Texte von Isaak Singer zu lesen und zu kommentieren. Eines Tages beklagte sich mein Freund bei seinem Lehrer:

»Herr Lehrer, wäre es nicht möglich, wenigstens einmal einen anderen Autor zu lesen?«

Der Lehrer muss viel Humor gehabt haben, denn Septimus wurde zur Strafe auferlegt, eine sehr lange Erzählung von Israel Joschua Singer, dem älteren Bruder Isaacs, auswendig zu lernen; ich sehe ihn noch stundenlang diese Geschichte eines Verrats rezitieren, bis er sie wirklich in- und auswendig konnte. Sein römischer Vorname, seine kameradschaftliche Offenheit und sein Unterricht in jiddischer Kultur machten ihn für mich zu einer Ausnahmeerscheinung. Inzwischen ist Septimus Leibowitz zu einem der großen Historiker des Jiddischlands vor der Vernichtung geworden, der in langen Monographien eine ganze materielle und sprachliche Welt vor dem Vergessen bewahrt. Ich habe ihn schon seit viel zu langer Zeit nicht mehr gesehen, dabei liegen unsere Büros weniger als zweihundert Meter voneinander entfernt an einem der Innenhöfe des wunderbaren Campus der Universität Wien, um den uns die ganze Welt beneidet – bei ihrem letzten Besuch fand Sarah unseren *Cortile*, den wir mit den Kunsthistorikern teilen, absolut großartig: Sie begeisterte sich für unseren Patio mit seinen beiden großen Säulenvorbauten und der Bank, auf der sie seelenruhig mit einem Buch in der Hand wartete, bis ich mein Seminar beendet hatte. Während ich meinen Vortrag über die *Pagodes* von Debussy abspulte, hoffte ich, dass sie sich nicht verirrt hatte und meinen Hinweisen gefolgt war, um unsere Toreinfahrt an der Garnisongasse zu finden; ich musste einfach alle fünf Minuten einen Blick aus dem Fenster werfen, so dass die Studenten sich fragen mussten, welche meteorologische Mücke mich wohl gestochen haben mochte, dass ich mit solcher Ängstlichkeit den Wiener Himmel studierte, der im Übrigen wie gewöhnlich vollkommen grau war. Nach Beendigung des Seminars nahm ich die Treppe hinunter vier Stufen auf einmal und versuchte dann, als ich im Erdgeschoss anlangte, zu einem Gang von normaler Geschwindigkeit zurückzufinden; sie saß auf der Bank, hatte einen großen orangefarbenen Schal um ihre Schultern gelegt und las in aller Ruhe. Seit dem frühen Morgen war ich mir nicht sicher: Sollte ich ihr das Institut zeigen? Ich schwankte zwischen meinem kindlichen Stolz, ihr mein Büro, die Bibliothek, die Hörsäle zu zeigen, und der Scham, die mich befiele, wenn wir Kollegen, insbesondere Kolleginnen begegnen würden: Wie sollte ich sie ihnen vorstellen? Sarah, eine Freundin, Freunde hat schließlich jeder. Nur dass man mich in diesem Institut noch nie mit jemand anderem gesehen hat als mit ehrbaren Kollegen oder meiner Mutter, und auch das nur sehr selten. Vielleicht ist es an der Zeit, genau das zu ändern, dachte ich. Mit einem Star der internationalen Forschung zu erscheinen, einer charismatischen Frau, das würde mein Wappen vielleicht vergolden, dachte ich. Oder vielleicht auch nicht, dachte ich. Vielleicht würde man glauben, ich wolle mit dieser rothaarigen Schönheit im orangefarbenen Schal Eindruck schinden. War mir denn überhaupt daran gelegen, ein so wertvolles Kapital bei Flurgesprächen zu vergeuden? Sarah blieb zu kurz, um die Zeit mit Kollegen zu verschwenden, die sie sympathisch finden könnten. Wenn sie schon unter dem fadenscheinigen Vorwand, Gott weiß welchen Palast nutzen zu können, nicht bei mir schlief, dann sollte ich sie nicht auch noch zotigen Professoren oder eifersüchtigen Harpyien überlassen.

Sarah war in ein dickes Taschenbuch vertieft und lächelte; sie lächelte über das Buch. Am Tag zuvor hatte ich mich in einem Kaffeehaus im Zentrum mit ihr getroffen, wir waren über den Graben flaniert, doch wie der Hobel zögert, das warme Holz unter dem alten Firnis bloßzulegen, wurde ich, als ich sie dort, mit dem Schal um die Schultern gelegt, in dieser so vertrauten, so alltäglichen Umgebung, in ihre Lektüre vertieft sah, von einer gewaltigen Welle der Melancholie überschwemmt, von einer wässrigen und salzigen, zärtlichen und sehnsüchtigen Flut. Sie war fünfundvierzig Jahre alt, und man konnte sie noch immer für eine Studentin halten. Ein dunkler Kamm hielt ihr Haar zurück, auf ihrem Schal glänzte eine silberne Spange. Sie war ungeschminkt. Mit einer kindlichen Freude im Gesicht.

Schließlich bemerkte sie, dass ich sie beobachtete, stand auf und schloss ihr Buch. Habe ich mich auf sie gestürzt, bin ich mit Küssen über sie hergefallen, bis sie mit mir verschmolz? Nein, keineswegs. Ich habe mich von weitem zu ihr geneigt und sie ungeschickt auf die Wange geküsst.

– Und, hast du gesehen, gar nicht so übel hier, oder?

– Geht's gut? Wie war dein Seminar? Das ist ein herrlicher Platz hier, wirklich, was für ein wunderbarer Campus!

Ich erklärte ihr, dass dieser riesige Gebäudekomplex früher einmal das Allgemeine Krankenhaus von Wien war, das man im 18. Jahrhundert gegründet, während des gesamten 19. Jahrhunderts laufend erweitert und erst vor wenigen Jahren der Wissenschaft übergeben hatte. Ich führte sie überall herum – über den großen Platz, durch die Bibliotheken; in die ehemalige jüdische Hauskapelle des Hospitals (– *Heilung für die Seelen* –), die heute ein Denkmal für die Opfer des Nationalsozialismus ist, ein kleiner Bau in der Form eines Domes, der an die Mausoleen der Heiligen in den syrischen Dörfern erinnert. Sarah wiederholte unablässig: »Was für eine schöne Universität.« – »Auch eine Art von Kloster«, antwortete ich, und sie musste lächeln. Nachdem wir die aufeinanderfolgenden Innenhöfe durchquert hatten, gelangten wir zu dem großen runden Backsteinturm, plump und voller Mauerritzen, der ehemaligen Irrenanstalt, die mit ihren fünf Stockwerken einen kleinen Park überragt, wo eine Gruppe von Studenten trotz des drohenden schlechten Wetters im Gras saß, plauderte und Sandwiches aß. Die langen und sehr schmalen Fenster, die Tags an der Fassade und die Zäune einer endlos dauernden Renovierung gaben dem Gebäude vollends eine absolut düstere Erscheinung – vielleicht auch, weil ich wusste, was der Narrenturm an Schrecken barg, das pathologisch-anatomische Museum, eine Sammlung von Gläsern mit Formalin voller entsetzlicher Tumore, angeborener Missbildungen, doppelköpfiger Kreaturen, deformierter Föten, syphilitischer Geschwüre und Blasensteine in Räumen mit abgeblätterter Farbe, verstaubten Schränken, unebenen Böden, wo man über fehlende Fliesen stolperte, bewacht von Medizinstudenten in weißen Kitteln, bei denen man sich fragt, ob sie sich zu ihrer Zerstreuung nicht mit dem Alkohol für die medizinischen Präparate betrinken, einmal den Saft eines riesenwüchsigen Phallus probieren und am nächsten Tag den eines Embryos mit Hirnvergrößerung in der naiven Hoffnung, deren symbolische Eigenschaften zu erwerben. Der ganze Schrecken der Natur im Reinzustand. Der Schmerz der toten Körper hat den der gestörten Geister ersetzt, und die einzigen Schreie, die man heute dort hört, sind die der wenigen entsetzten Touristen auf ihrer Wanderung durch diese trübseligen Kreise, die denen der Hölle in nichts nachstehen.

Sarah hatte Erbarmen mit mir: Meine Beschreibung genügte ihr, sie drängte mich nicht, diese gewaltige Müllhalde der Medizin vergangener Zeiten zu besuchen (in meiner Naivität sah ich darin ein Zeichen, dass mit dem Praktizieren des Buddhismus ihre Begeisterung für den Schrecken nachgelassen hatte). Wir setzten uns auf eine Bank in die Nähe von Studenten; zum großen Glück konnte Sarah nicht verstehen, worum es in deren wenig wissenschaftlichem Gespräch ging. Sie träumte mit lauter Stimme, sprach von diesem Narrenturm, zog Verbindungen zu dem dicken Roman, den sie gerade las: Es sei der Turm Don Quijotes, sagte sie. Der Turm der Irren. Weißt du, dass *Don Quijote* der erste arabische Roman ist? Der erste europäische und der erste arabische Roman, sieh mal, Cervantes nennt Sayyid Hamid Ibn al-Ayyil als seinen Verfasser, den er Cide Hamete Benengeli schreibt. Der erste große Narr in der Literatur stammt aus der Feder eines maurischen Historikers aus der Mancha. Man sollte diesen Turm wieder nutzen und ein Museum des Wahns darin einrichten, das mit den orientalischen Heiligen und Narren in Christo, mit den Don Quijotes beginnen und nicht wenige Orientalisten einschließen würde. Ein Museum der Vermischung und der Bastardisierung.

– Man könnte sogar Freund Bilger eine Wohnung in der obersten Etage anbieten, mit großen Glasfenstern, damit man ihn beobachten kann.

– Du kannst ja ganz schön böse sein. Nein, in der obersten Etage würde das arabische Original des *Quijote* aufbewahrt werden, das zweihundertfünfzig Jahre später verfasst wurde, *Leben und Abenteuer des Fariac* von Faris al-Schidyaq.

Sie setzte ihre Erkundung der Traumgefilde fort. Doch sie hatte sicher recht, ein Museum des Anderen in einem selbst, untergebracht im Narrenturm, das Hommage und Erforschung der Andersheit zugleich wäre, war vielleicht keine schlechte Idee. Ein schwindelerregendes Museum, so schwindelerregend wie jenes kreisrunde Asyl mit den Zellen voller Leichen und Totensäften, die ihr einen Artikel über Sarawak wert waren – seit wann ist sie eigentlich dort, ein paar Monate höchstens, von wann ist die letzte Nachricht, die sie mir geschickt hat?

Mein lieber Franz,

ich werde Darjeeling bald verlassen.

Vor einer Woche hat mein Meister nach den Unterweisungen mit mir gesprochen. Es wäre besser, sagt er, ich kehrte in die Welt zurück. Er glaubt, dass mein Platz nicht hier sei. Es sei keine Strafe, meint er. Es fällt mir schwer, es mir einzugestehen. Du kennst mich, ich bin verletzt und entmutigt. Ich weiß, hier spricht der Hochmut aus mir. Ich komme mir vor wie ein Kind, das zu Unrecht gescholten wurde, und ich leide, wenn ich sehe, wie mächtig mein Ego ist. Als würde alles, was ich hier gelernt habe, in der Enttäuschung verschwinden. Das Leiden, Dukkha, *könnte nicht stärker sein. Die Aussicht, nach Europa zurückzukehren – nach Paris also –, erschöpft mich im Voraus. Vielleicht bietet man mir eine Stelle an der École française d'Extrême-Orient in Kalkutta an. Keine feste Stelle, nur eine Mitarbeit im Forschungsbereich, aber dann hätte ich wenigstens eine Anlaufstelle. Wieder neue Gebiete. Über Indien zu arbeiten würde mir gefallen – über die Darstellungen von Indien in Europa, über die Bilder von Europa in Indien. Über den Einfluss des indischen Denkens im 19. und 20. Jahrhundert. Über die christlichen Missionare in Indien. Wie ich es in den vergangenen zwei Jahren zum Buddhismus gemacht habe. Sicher, leben kann ich davon nicht, aber vielleicht könnte ich hier und da ein paar Seminare anbieten. Das Leben ist so einfach in Indien. Oder so schwer.*

Ich male mir Deine Reaktion aus (ich höre Deinen überzeugten und über jeden Zweifel erhabenen Ton): Sarah, du fliehst. Nein, Du würdest eher sagen: Du läufst davon. Die Kunst der Flucht. Nach all den Jahren habe ich nicht mehr viele Anknüpfungspunkte in Frankreich – einige Kollegen, zwei oder drei alte Schulfreundinnen, die ich seit zehn Jahren nicht mehr gesehen habe. Meine Eltern. Manchmal überlege ich, wie es wäre, in ihre Wohnung zurückzukehren, in mein Jugendzimmer neben dem von Samuel, das mit Reliquien vollgestopft ist, und dann zittere ich. Die wenigen Monate, die ich mich nach seinem Tod dort im Opium der Kolonien vergraben habe, jagen mir noch heute Schauer über den Rücken. Mein Meister kennt mich von allen auf der Welt am besten, er hat sicher recht: Ein Kloster ist kein Ort, um sich zu verstecken. Der Verzicht auf jede Bindung ist keine Flucht. Das habe ich wohl begriffen. Dennoch, selbst wenn ich gründlich darüber nachdenke, fällt es mir schwer, den Unterschied zu sehen … Die Weisung ist von einer solchen Brutalität, dass ich sie nicht begreifen kann.

Ich umarme Dich, sehr bald schreibe ich Dir ausführlicher.

S.

P. S: Beim Durchlesen dieses Briefs sehe ich nichts als Verwirrung in meinen eigenen Gefühlen, das Ergebnis meines Hochmuts. Welches Bild wirst Du von mir haben! Ich weiß nicht, warum ich Dir das alles schreibe – oder vielmehr doch, das weiß ich. Verzeih mir.

Seit letztem Frühjahr kein weiteres Lebenszeichen mehr, trotz der vielen Mails, die ich ihr wie immer schickte – ich hielt sie über die kleinsten Vorkommnisse und Heldentaten, über meine musikwissenschaftlichen Forschungen auf dem Laufenden; ich machte mir Sorgen um ihre Gesundheit, ohne sie mit meinen gesundheitlichen Schwierigkeiten zu belästigen, meinen zahllosen Besuchen bei Dr. Kraus (»Ah, Doktor Ritter, wie gut, dass ich Sie habe. Wenn Sie wieder gesund sind oder tot, werde ich mich schrecklich langweilen«), um den Schlaf und den Verstand wiederzufinden, und ich habe mich gelangweilt. Schweigen wird mit allem fertig. Alles ist im Schweigen eingeschlossen. Alles erlischt in ihm oder schläft in ihm ein.

Bis zu dieser neuen Episode ihrer Betrachtungen über den symbolischen Kannibalismus, die ich gestern Morgen erhielt. Der Totenwein von Sarawak. Sie rückt diese Praxis in die Nähe einer mittelalterlichen Legende, eines tragischen Liebesgedichts, das zum ersten Mal im *Tristan*-Roman eines gewissen Thomas d'Angleterre auftaucht – Isolde schmachtet nach Tristan, und aus ihrer Traurigkeit entsteht ein düsteres Lied, das sie ihren Gesellschafterinnen vorsingt; dieser Lai erzählt vom Schicksal Guiruns, der durch eine List vom Ehemann seiner Geliebten überrascht und auf der Stelle getötet wird. Der Ehemann schneidet Guiruns Herz heraus und gibt es der Frau, die Guirun liebte, zu essen. Diese Erzählung wurde danach vielfach aufgegriffen und übertragen; viele Frauen wurden dazu verdammt, bei schrecklichen Festgelagen das Herz ihres Geliebten zu verspeisen. Das Leben des Troubadours Guillem de Cabestany endete auf diese Weise, er wurde ermordet und seine Geliebte gezwungen, sein Herz zu essen, bevor sie selbst getötet wurde. Manchmal hat die extremste Grausamkeit unverhoffte Folgen; sie verschafft den Liebenden die Möglichkeit, endgültig, der eine im anderen, vereint zu sein, den Graben zu überwinden, der das Ich vom anderen trennt. Die Liebe verwirkliche sich im Tod, betont Sarah, was sehr traurig ist. Ich frage mich, welche Rolle weniger zu beneiden ist, die des Verspeisten oder der Speisenden, trotz aller kulinarischen Vorsichtsmaßnahmen, mit denen sich die mittelalterlichen Erzählungen umgeben, um das schreckliche Rezept des verliebten Herzens zu beschreiben.

Sieh an, die Nacht beginnt sich aufzuhellen. Man hört einige Vögel. Natürlich werde ich jetzt müde. Die Augen fallen mir zu. Ich habe diese Seminararbeit noch nicht korrigiert, dabei hatte ich es der Studentin versprochen –

Mein lieber Franz,

entschuldige bitte, dass ich Dir nicht früher geschrieben habe – ich habe Dir so lange nicht mehr geschrieben, dass ich nicht mehr wusste, wie ich dieses Schweigen brechen sollte; deshalb habe ich Dir diesen Beitrag geschickt – das war gut so.

Seit Beginn des Sommers bin ich in Sarawak; nach einem kurzen Aufenthalt in Kalkutta (die Stadt ist noch verrückter, als Du Dir vorstellen kannst) und auf Java, wo ich den Schatten Rimbauds und Segalens begegnet bin. Von Sarawak kannte ich nichts und niemanden, außer der Saga der Familie Brooke, und manchmal tut es gut, sich den neuen Eindrücken und der Entdeckerlust zu überlassen. Ich bin einer sehr sympathischen Anthropologin in den Wald gefolgt, sie hat mich auf die Spur (wenn ich so sagen darf) des Totenweins gebracht und mir ermöglicht, einige Zeit bei den Berawan zu verbringen.

Wie geht es Dir? Du kannst Dir nicht vorstellen, wie sehr ich mich über Deine (kurze) Nachricht gefreut habe. Ich habe in den letzten Tagen viel an Damaskus und Teheran gedacht. An die vergehende Zeit. Ich stellte mir vor, wie mein Artikel in einem Sack aus Segeltuch in einem Schiffsbauch liegt, dann im Zug, in der Tasche des Briefträgers, in Deinem Briefkasten und schließlich in Deinen Händen. Eine verdammt lange Reise für ein paar Seiten.

Erzähl mir ein bisschen von Dir …

Ich umarme Dich ganz fest, und bis sehr bald, hoffentlich,

Sarah

Franz Ritter schrieb:

Meine Liebe, gestern Morgen habe ich Deinen Sonderdruck erhalten, ich wusste gar nicht, dass man heute noch welche druckt … Vielen Dank – doch was für ein Horror ist dieser Totenwein! Ich mache mir große Sorgen deshalb. Geht es Dir gut? Was machst Du in Sarawak? Hier ist alles wie immer. Mitten in der Universität hat gerade der Weihnachtsmarkt eröffnet. Grässliche Gerüche nach Glühwein und Würstchen. Hast Du vor, bald einmal wieder nach Europa zu kommen? Schreib, was es Neues bei Dir gibt.

Ich umarme Dich ganz fest.

Franz

Das Herz ist nicht verspeist worden, es schlägt – sie ahnt natürlich nicht, dass ich auch vor dem Bildschirm sitze. Antworten. Geht es ihr denn gut? Was ist das für eine Geschichte mit den Berawan, ich war so besorgt, dass ich nicht einschlafen konnte. Es gibt nichts wirklich Neues in meiner alten Stadt. Wie lange wird sie in Sarawak bleiben? Lügen: Was für ein Zufall, ich war gerade aufgestanden, als Deine Mail eintraf. Umarmen,

Name drunter und schnell senden, damit sie keine Gelegenheit hat, wieder in Gott weiß welche mysteriösen Gefilde zu verschwinden.

Und warten.

Und warten. Nein, ich kann nicht endlos vor diesen Nachrichten sitzen und warten, dass

Franz!

Es ist merkwürdig und angenehm zu wissen, dass Du da bist, am anderen Ende der Welt, und sich vorzustellen, dass diese Mails schneller sind als die Sonne. Ich habe das Gefühl, Du hörst mir zu.

Du schreibst, mein Beitrag über die Berawan in Sarawak beunruhige Dich – ich bin froh, dass Du an mich denkst; tatsächlich fühle ich mich nicht besonders wohl, ich bin gerade ein wenig traurig. Doch das hat nichts mit Sarawak zu tun, sondern vielmehr mit den kalendarischen Zufällen: Manchmal stößt man auf ein Datum und stürzt dann in ein langes trauriges Andenken – alles nimmt eine leichte Trauerfarbe an, ob man will oder nicht, und diese dunkle Wolke braucht ein paar Tage, bis sie sich auflöst.

Wie Du gelesen hast, stellen die Berawan die Leiber ihrer Toten in Tonkrügen auf die Verandas ihrer »Langhäuser«, jener gemeinschaftlich bewohnten Gebäude, die unseren Weilern gleichen und in denen bis zu hundert Familien wohnen. Sie warten, bis der Leichnam verwest ist. Die Verwesungsflüssigkeit tropft aus einem Bambusrohr, das unten am Krug angebracht ist. Wie beim Reiswein. Sie warten, bis dieses Leben aufhört, aus dem Körper zu rinnen, um ihn für tot zu erklären. Der Tod ist für sie ein langer Prozess, nicht ein Augenblick. Dieser flüssige Rückstand der Verwesung ist für sie ein Zeichen, dass noch Leben da ist. Ein flüssiges Leben, das man berühren und trinken kann.

Jenseits des Grauens, das diese Tradition bei uns vielleicht auslöst, liegt eine große Schönheit in diesem Brauch. Es ist der Tod, der aus dem Körper weicht, nicht nur das Leben. Immer beides zusammen. Es ist nicht einfach nur ein symbolischer Kannibalismus wie der des Liebesnarren Dik al-Dschinn, der sich mit dem mit der Asche seiner Liebesleidenschaft versetzten Wein berauschte. Es ist eine Kosmogonie.

Das Leben ist eine lange Meditation über den Tod.

Erinnerst Du Dich an Isoldes Liebestod, von dem du mir so ausführlich erzählt hast? Du hörtest darin die absolute Liebe, der sich Wagner selbst nicht bewusst war. Einen Augenblick der Liebe, der Vereinigung, der Einheit mit dem Ganzen, der Einheit der Lichter des Ostens und der westlichen Dunkelheit, von Text und Musik, von Stimme und Orchester. Ich höre darin den Ausdruck der leidenschaftlichen Liebe, die Karuna. Nicht nur Eros, der die Ewigkeit sucht. Die Musik als universellen Ausdruck des Leidens an der Welt, wie Nietzsche meint. Diese Isolde liebt im Augenblick ihres Todes so sehr, dass sie die ganze Welt liebt. Das Fleisch vergeht mit dem Geist. Es ist ein heikler Moment. Er enthält den Keim seiner eigenen Zerstörung. Das ganze Werk enthält im Keim seine eigene Zerstörung. Wie wir. Weder sind wir auf der Höhe der Liebe noch auf der Höhe des Todes. Dazu bedürfte es des Erwachens, des Bewusstseins. Sonst erzeugen wir nichts als Leichensaft, alles, was aus uns kommt, ist nur ein Elixier des Leidens.

Du fehlst mir. Dein Lachen fehlt mir. Ein wenig Leichtigkeit. Ich wäre sehr gerne an Deiner Seite. Ich habe genug von den Reisen. Nein, das stimmt nicht – ich werde nie genug vom Reisen haben, aber ich habe etwas verstanden, vielleicht mit Pessoa:

Der gute Khayyam ruhe, sagt man,
In Nishapur unter duftenden Rosen.
Aber dort liegt er nicht, Khayyam,
Er ist hier, und er ist unsere Rosen.

Ich meine jetzt zu ahnen, was mir mein Meister in Darjeeling sagen wollte, als er mir empfahl wegzugehen. Die Welt braucht Vermischung, Leute in der Diaspora. Europa ist nicht mehr mein Kontinent, ich kann also dorthin zurückkehren. Teil der Netze sein, die sich dort kreuzen, es als Fremde erkunden. Etwas dorthin mitbringen. Etwas von mir geben und das Geschenk der Vielfalt ins Licht rücken.

Ich werde eine Zeitlang nach Wien kommen, was hältst Du davon? Ich werde Dich von der Universität abholen, werde mich im hübschen Innenhof auf die Bank setzen, werde auf Dich warten und der Reihe nach das Licht in Deinem Büro und die Leser in der Bibliothek betrachten; ein Professor wird in seinem Raum das Fenster offen gelassen haben; die Musik wird in den Pa-

tio strömen, und ich werde wie letztes Mal das Gefühl haben, in einer freundschaftlichen, beruhigenden Welt zu sein, einer Welt der Freude und des Wissens. Ich werde schon im Voraus darüber lachen, wie mürrisch und erstaunt Du darüber bist, mich zu sehen, Du wirst sagen: »Du hättest mich wenigstens benachrichtigen können«, und Du wirst auf diese zärtliche, etwas verschämte Weise auf mich zugehen, in der Du mir ein wenig steif – guindé *– Deinen Brustkorb entgegenstreckst, um mir, die Hände im Rücken, einen Kuss auf die Wange zu drücken, und gleichzeitig einen Schritt zurücktreten. Dieses Zaudern liebe ich sehr an Dir, es erinnert mich an Aleppo, an Palmyra und vor allem an Teheran, es ist so süß und zart.*

Wir sind leider keine erleuchteten Wesen. Ab und zu erfassen wir die Differenz, das Andere, nehmen flüchtig wahr, wie wir uns mit unserem Zaudern, unseren Schwierigkeiten, unseren Irrtümern herumschlagen. Ich werde Dich von der Universität abholen, wir werden am Narrentum vorbeigehen, unserem Turm, Du wirst über die Baufälligkeit und den verwahrlosten Zustand des Gebäudes schimpfen, über das »Museum der Entsetzlichkeiten«, das sich darin befindet; Du wirst sagen: »Das ist absolut indiskutabel! Die Universität sollte sich schämen!«, und Deine Zornesausbrüche werden mich zum Lachen bringen; dann werden wir die Strudlhofstiege hinuntergehen, um meinen Koffer bei Dir abzustellen, und Du wirst ein wenig verlegen sein, wirst meinem Blick ausweichen. Weißt Du, es gibt etwas, das ich Dir nie erzählt habe: Bei meinem letzten Besuch in Wien habe ich das Angebot angenommen, in diesem luxuriösen Hotel zu übernachten, erinnerst Du Dich? Anstatt bei Dir zu schlafen? Du warst schrecklich verärgert. Ich glaube, ich tat es in der uneingestandenen, etwas kindlichen Hoffnung, Du würdest mich begleiten, wir würden in einem schönen fremden Zimmer mit dem weitermachen, was wir in Teheran begonnen haben.

Tout à coup, j'ai le mal de toi,
Que c'est beau Vienne,
Que c'est loin Vienne,
Auf einmal fehlst du mir,
Wie schön es ist in Wien,
Wie weit es ist nach Wien,

S.

Sie klingt geschwollen, doch immerhin. *Guindé* bedeutet laut meinem Wörterbuch »jemand, der sich bemüht, würdig zu erscheinen, und dabei die Natürlichkeit verliert«, wie beschämend. Sie übertreibt. Manchmal kann sie wirklich unausstehlich sein. Wenn sie nur wüsste, in welchem Zustand ich mich befinde, in welch schrecklichem Zustand, wenn sie wüsste, mit welchen Qualen ich mich herumschlage, würde sie sich nicht so über mich lustig machen. Der Tag bricht an; im Morgengrauen sterben die Leute, sagt Victor Hugo. Sarah. Isolde. Nein, nicht Isolde. Wir wollen den Tod nicht sehen. Wie Goethe. Goethe, der sich weigert, Tote zu sehen, Krankheiten nahe zu kommen. Er weist den Tod zurück. Er wendet den Blick ab. Er glaubt, er verdanke sein langes Leben der Flucht. Schauen wir woanders hin. Ich habe Angst, große Angst. Ich habe Angst zu sterben und Angst, Sarah zu antworten.

Que c'est beau Vienne, Que c'est loin Vienne ist ein Zitat, doch woraus, von wem, von einem Österreicher? Grillparzer? Oder vielleicht Balzac? Selbst wenn ich es übersetze, sagt es mir nichts. Mein Gott, was soll ich antworten, was antworten, fragen wir den Dschinn Google wie den Geist aus der Flasche, Geist, bist du da, ach, zum Teufel mit der Literatur, es sind Liedzeilen aus einem schrecklichen französischen Chanson, ein schrecklicher französischer Chanson, da ist der ganze Text, gefunden in 0,009 Sekunden – mein Gott, wie lang das Lied ist. Das Leben ist lang, es kann sehr lang sein, besonders, wenn man diese Barbara hört, »*Si je t'écris ce soir de Vienne*« – »Wenn ich dir heute Abend aus Wien schreibe«, was für eine Idee, Sarah, was ist bloß in Dich gefahren bei all den Texten, die du auswendig kennst, Rimbaud, Rumi, Hafis – diese Barbara hat ein unheimliches Gesicht, schalkhaft oder dämonisch, mein Gott, ich hasse französische Chansons, Edith Piaf mit ihrer Reibeisenstimme, Barbara so traurig, dass sie eine Eiche fällt, ah, da fällt mir eine Antwort ein, ich kopiere ihr ein paar andere Liedzeilen, Schuberts Winter, da ist es!, kaum zu erkennen, weil sich im Bildschirm die Sonne spiegelt, die Richtung Donau aufgeht, das schwache Licht der Hoffnung, man muss alles durch die Brille der Hoffnung sehen, den anderen in sich lieben, es zugeben, dieses Lied lieben, das alle Lieder zusammenfasst, alles seit den *Tageliedern* der Minnesänger, den *Gesängen der Frühe* Schumanns und aller Ghaselen der Schöpfung, man ist immer erstaunt über das, was immer wiederkehrt:

die Antwort der Zeit, das Leiden, das Mitgefühl und der Tod; der Tag, der nicht aufhört zu tagen; der Orient der Lichter, der Osten, die Richtung, in die der Kompass weist und der purpurrote Erzengel, man ist erstaunt, bei Tagesanbruch, über den von Leid und Liebe geäderten Marmor der Welt, na los, komm schon, es ist keine Schande, es ist seit langem keine Schande mehr, es ist nichts dabei, dieses Winterlied abzutippen, es ist keine Schande, seinen Gefühlen nachzugeben

> Die Augen schließ' ich wieder,
> Noch schlägt das Herz so warm.
> Wann grünt ihr Blätter am Fenster?
> Wann halt' ich mein Liebchen im Arm?

und der milden Sonne der Hoffnung.

Über die verschiedenen Formen von Wahn im Orient

Die verliebten Orientalisten 98
Die Karawane der Verkleidungskünstler 158
Wundbrand & Tuberkulose 222
Porträts von Orientalisten und Kommandeuren der Gläubigen 248
Die Enzyklopädie der Enthaupteten 376

Zueignung

Für Peter Metcalf und seinen Artikel »Wine of the Corpse, Endocannibalism and the Great Feast of the Dead in Borneo«, erschienen in *Representations* Nr. 17, 1987, dem ich die Anregungen für Sarahs Artikel »Über den Totenwein in Sarawak« entnommen habe – und der in Wirklichkeit viel tiefschürfender und gelehrter ist als das, was Franz und Sarah darüber sagen.

Für das Berliner Künstlerprogramm des Deutschen Akademischen Austauschdiensts, das mir den Aufenthalt in Berlin ermöglichte und es mir erlaubte, mich in den deutschen Orientalismus zu vertiefen.

Für alle Forschenden, von deren Arbeiten ich zehrte, Orientalisten der Vergangenheit und moderne Gelehrte, Historiker, Musikologen, Literaturspezialisten. Ich habe versucht, wenn ich ihre Namen erwähnte, ihre Ansichten, so gut es ging, nicht zu verraten.

Für meine alten Lehrer Christophe Balay und Ricardo Zipoli; für den Zirkel der melancholischen Orientalisten; für meine Freunde in Paris, Damaskus und Teheran.

Für die Syrer.

Bibliographische Hinweise

Für die Übersetzung der Zitate haben wir folgende Werke verwendet, den Text bisweilen auch den Erfordernissen von Mathias Enards Text angepasst:

Achim von Arnim, »Isabella von Ägypten«, in: *Erzählungen in einem Band*, München 1971.

Muhammad Assad, *Der Weg nach Mekka*, Düsseldorf 2009.

Honoré de Balzac, *Briefe an die Fremde*, übers. v. Eugenie Faber, 2 Bde., Leipzig 1911.

Honoré de Balzac, *Briefe an die Fremde – Eine Auswahl*, übers. v. Gerda Gensberger, Bremen 1996.

Honoré de Balzac, *Das Chagrinleder*, übers. v. Hedwig Lachmann, neu durchges. v. Erika Wesemann, Frankfurt am Main 1996.

Honoré de Balzac, *Die Lilie im Tal*, übers. v. René Schickele, Leipzig/Weimar 1982.

Paul Celan, *Gedichte in zwei Bänden*, Frankfurt am Main 1983.

Louis-Ferdinand Céline, *Reise ans Ende der Nacht*, übers. v. Hinrich Schmidt-Henkel, Reinbek bei Hamburg 2003.

Isabelle Eberhardt, *Sandmeere*, 4 Bde., übers. v. Grete Osterwald, Frankfurt am Main 1981.

T. S. Eliot, *The Waste Land – Das öde Land*, übers. v. Norbert Hummel, Frankfurt am Main 2008.

Gustave Flaubert, *Reise in den Orient*, übers. v. Reinhold Werner u. André Stoll, Frankfurt am Main 1985.

Arthur de Gobineau, *Die Plejaden*, übers. v. Eva Rechel-Mertens, Zürich 1964.

Franz Grillparzer, *Tagebuch auf der Reise nach Konstantinopel und Griechenland*, Salzburg 1988.

Mohammed Schemsed-din Hafis, *Der Diwan*, übers. v. Joseph von Hammer-Purgstall, München 2007.

Basil Hall, *Schloss Hainfeld, oder: Ein Winter in Steiermark*. Unter den Augen des Verf. aus d. Engl. übers. v. Minna Herthum, Berlin 1836.

Joseph Freiherr von Hammer-Purgstall, *Erinnerungen aus meinem Leben*, Wien/Leipzig 1940.

Heinrich Heine, *Werke*, Bd. 3, *Schriften über Frankreich*, »Über die Französische Bühne«, Frankfurt am Main 1984.

Heinrich Heine, *Hist.-kritische Gesamtausgabe der Werke*, Bd. 2, Neue Gedichte, Anhang, Hamburg 1983.

Sadeq Hedayat, *Die blinde Eule*, übers. v. Anneliese Ghahraman-Beck u. Bahman Nirumand, Frankfurt am Main 1990.

Hugo von Hofmannsthal, *Reden und Aufsätze II, 1914–1924*, in: *Gesammelte Werke*, 10 Bde., Frankfurt am Main 1979.

Homer, *Odyssee*, übers. v. Roland Hampe, Stuttgart 1979.

Victor Hugo, *Historische Notizen aus der Zeit, in der ich lebte*, übers. v. Oscar von Bieberstein, Leipzig 1900.

Victor Hugo, *1848: ein Revolutionsjournal*, übers. v. Jörg W. Rademacher, Berlin 2002.

Johann Wolfgang von Goethe, *Werke* (Hamburger Ausgabe), Bd. 2, *Gedichte und Epen II*, München 1988.

Agenore Incroci, Sergio Leone, Furio Scarpelli, Luciano Vincenzoni, *Zwei glorreiche Halunken*, Film von Sergio Leone, Italien 1966. Dt. Synchronfassung 1967.

Franz Kafka, Max Brod, *Eine Freundschaft*, Bd. 2: *Briefwechsel*, hrsg. von Malcolm Pasley, Frankfurt am Main 1989.

Omar Khayyam, *Rubaiyat – Sinnsprüche*, übers. v. Friedrich Rosen, Stuttgart 1914.

Alphonse de Lamartine, *Gedichte*, Erster Band, Übers. nicht genannt, München 1831.

Franz Liszt, *Briefe an Marie Gräfin d'Agoult*, übers. v. Käthe Illch, Berlin 1933.

Franz Liszt, *Gesammelte Schriften in sechs Bänden*, hrsg. u. übers. v. Lina Ramann, Leipzig 1880–1883.

Ella Maillart, *Der bittere Weg: Mit Annemarie Schwarzenbach unterwegs nach Afghanistan*, übers. v. Carl Bach, Basel 2001.

André Malraux, *So lebt der Mensch*, übers. v. Ferdinand Hardekopf, Frankfurt am Main 1969.

Thomas Mann, *Doktor Faustus*, Frankfurt am Main 1967.

Wilhelm Müller, *Die Winterreise*, mit einem Nachw. v. Dietrich Fischer-Dieskau, Berlin 2015.

Robert Musil, *Der Mann ohne Eigenschaften*, Reinbek 1981.

Friedrich Nietzsche, *Sämtliche Werke*, Krit. Studienausgabe, München 1999.

Friedrich Nietzsche, *Sämtliche Briefe*, Krit. Studienausgabe, München 2003.

Fernando Pessoa, *Esoterische Gedichte. Mensagem. Englische Gedichte*, übers. v. Georg Rudolf Lind, Zürich 1989.

Fernando Pessoa / Álvaro de Campos, *Poesias – Gedichte*, übers. v. Georg Rudolf Lind, Zürich 1987.

Arthur Rimbaud, *Briefe, Dokumente*, übers. v. Curd Ochwadt, Reinbek 1964.

Arthur Rimbaud, *Sämtliche Dichtungen*, übers. v. Thomas Eichhorn, München 1997.

Mewlana Dschelal ad-Din Rumi, *Mesnevi oder Doppelverse*, übers. v. Georg Rosen, München 1913.

Saadi, *Der Rosengarten*, übers. v. Karl Heinrich Graf, neu bearb. u. hrsg. v. Dieter Bellmann, München 1998.

Badr Schakir as-Sayyab, *Die Regenhymne*, übers. v. Khalid Al-Maaly u. Stefan Weidner, Berlin 1995.

Annemarie Schwarzenbach, *Wir werden es schon zuwege bringen, das Leben*, Pfaffenweiler 1993.

Georg Trakl, »Klage«, in: *Das dichterische Werk*, hrsg. v. Walther Killy u. Hans Szklenar, München 1972.

François Villon, *Sämtliche Dichtungen*, übers. v. Walter Küchler, bearb. v. Marie Luise Bulst, Heidelberg 1972.

Richard Wagner, *Die Kunst und die Revolution / Das Judentum in der Musik / Was ist deutsch?*, München 1975.

Hinweise der Übersetzer

Seite 8: das Ostinato des *Zarb* – anderer, aus dem Arabischen stammender Name für die Tombak, die hölzerne Bechertrommel der klassischen persischen Musik.

Seite 13: *Nicht-Orte* – Bezieht sich auf den Begriff »non-lieu« des französischen Anthropologen Marc Augé, siehe Marc Augé: *Orte und Nicht-Orte. Vorüberlegungen zu einer Ethnologie der Einsamkeit*, Frankfurt/M. 1994, und ders., *Nicht-Orte*, München 2010, beide übers. v. Michael Bischoff.

Seite 17: *D-Wagen* – So nennen die Wiener die Straßenbahn der Linie D.

Seite 70: *die Mélodies hongroises* – Klavierwerk von 1846, das eine Bearbeitung von Schuberts 1824 geschriebenen *Mélodie hongroise* (D 817) und des vierhändigen *Divertissement à la Hongroise* (D 818) war und später unter dem Titel »Schuberts Ungarische Melodien gesetzt von Liszt« herauskam.

Seite 84/85: Die Übersetzung der arabischen Verse aus Honoré de Balzacs *Chagrinleder* lautet:

Wenn du mich besitzest, wirst du alles besitzen.
Aber dein Leben wird mir gehören. Gott hat es
So gewollt. Wünsche, und deine Wünsche
Werden erfüllt werden. Deine Wünsche
Aber richte nach deinem Leben. Es
Ist in mir. Bei jedem Wunsch
Werde ich abnehmen wie
Deine Tage. Willst du
Mich? Nimm. Denn
Gott wird dich
Erhören.

Seite 96: Frau eines *deutschen Barons* – Es handelt sich um Jane Digbys zweiten Ehegatten, Karl Theodor von Venningen-Ullner, den letzten Herrn von Venningen, den sie in München am Hof Ludwig I. kennenlernte – einen Adligen aus dem nördlichen Kraichgau, der 1829 Schloss Riegerting im oberösterreichischen Innkreis nahe von Bayern erwarb.

Seite 120: bei der Lektüre der Briefe von Annemarie Schwarzenbach, dem *untröstlichen Engel* – die Bezeichnung »ange inconsolable« geht auf Roger Martin du Gard zurück, der Annemarie Schwarzenbach sein Buch *Confidence africaine* (dt. *Das Geständnis*, übers. v. Christoph Schwerin, Bremen 1992) widmete und ihr dafür dankte, dass sie »ihr schönes Gesicht eines untröstlichen Engels über diese Erde spazierenführt«.

Seite 130: *Algerien den Algeriern* – Titel eines 1861 erschienenen Buchs von Ismaël Urbain, der später zur Parole des Unabhängigkeitskampfes der Algerier wurde (in Deutschland meist so übersetzt).

Seite 211: das *Epitheton* des *Homers von der Donau* – Anspielung auf Homers Bezeichnung der Morgenröte als »rosenfingrige Eos« (Odyssee, 12,8 und 12,316), der Homer von der Donau ist hingegen eine Erfindung des Autors.

Seite 212: einer Fee oder *Pari* – eine Pari (oder auch Peri, im Plural Paria) ist ein Fabelwesen aus der persischen Mythologie, eine Art geflügelte Fee, die für das Reine und Gute in der Welt steht, ein Wesen zwischen Mensch und Engel.

Seite 229: Armer *Humilis*! – Humilis war ein Pseudonym, unter dem Léonce de Larmandie 1904 und 1910 Gedichte von Germain Nouveau herausbrachte. Nouveau hat zu Lebzeiten nur wenige Gedichte selbst veröffentlicht und wenn, dann meist unter verschiedenen Pseudonymen.

Seite 311: Diese würdigen Nachkommen der Mönche aus der *Abtei von Thélème* – Gegen Ende des zweiten Buchs von *Gargantua und Pantagruel* (Kapitel 52–57) entwirft Rabelais in satirischer Zuspitzung ein Kloster als verkehrte Welt: die Abtei Thélème. Dort können Männer und Frauen in völliger Freiheit zusammenleben, heiraten, rauschende Feste feiern: »Ihre ganze Ordensregel bestand aus einem einzigen Paragraphen, der lautete: Tu, was dir gefällt!« (»Fay ce que vouldras«).

Seite 322: alle Symptome des *Mittagsdämons* – Der Mittagsdämon (*démon de midi*) ist hier nicht nur eine metaphorische Bezeichnung der Melancholie, sondern Metapher für die Midlife-Crisis.

Seite 334/335: die Umwandlung der Komitees in »Revolutionswächter« und »*Mobilisierte der Unterdrückten*« – das ist, wörtlich übersetzt, der volle Name der paramilitärischen Basidschi: *Basidsch-e Mostaz'afin*, organisatorisch ein Zweig der Pasdaran (Revolutionswächter).